Tief im Hochwald

Mutter und Sohn morden gemeinsam! Simon Reinsch, geb. 1993, lebt fast immer schon in Trier und studiert im Hunsrück Medieninformatik. Mutter Moni Reinsch, geb. 1968 in Trier, hat mehrere Jahre im Hochwald gearbeitet und die Region sowie ihre Menschen bestens kennengelernt. Zurzeit studiert sie Psychologie in Trier. Gemeinsam konstruieren sie das grobe Gerüst, Mutter schreibt, liest vor, und die gemeinsame Feinplanung für das nächste Kapitel beginnt. »Tief im Hochwald« ist ihr erster Kriminalroman. Informationen und Kontakt unter www.reinschrift.eu

MONI UND SIMON REINSCH

Tief im Hochwald

KRIMINALROMAN

emons:

Bibliografische Information der Deutschen Bibliothek
Die Deutsche Bibliothek verzeichnet diese Publikation
in der Deutschen Nationalbibliografie; detaillierte bibliografische
Daten sind im Internet über http://dnb.d-nb.de abrufbar.

MIX
Papier aus verantwortungsvollen Quellen
FSC www.fsc.org FSC® C083411

Umschlagfoto: mauritius images/Rainer Mirau
Umschlaggestaltung: Tobias Doetsch
Satz: César Satz & Grafik GmbH, Köln
Druck und Bindung: CPI – Clausen & Bosse, Leck
Printed in Germany 2013
ISBN 978-3-95451-101-3
Originalausgabe

Hass ist die Rache des Feiglings dafür,
dass er eingeschüchtert ist.
George Bernard Shaw

EINS

Es war schon dunkel, als er seinen Passat Kombi in den schmalen Waldweg zwischen dem Fichtenwald auf der linken und dem Laubwald zu seiner rechten Seite lenkte. Er wollte nicht allzu tief in den Wald hineinfahren, nur gerade so weit, bis er an eine Stelle kam, wo er so parken konnte, dass er den Weg für andere Fahrzeuge nicht blockieren würde. Der Waldboden war vom Regen aufgeweicht, und er würde vorsichtig sein müssen. Er öffnete das Handschuhfach und nahm eine große Taschenlampe heraus. Sein Handy war noch in der Freisprechanlage verankert, aber er würde es mitnehmen müssen, wenn er den Weg finden wollte. Hoffentlich hatte er zwischen diesen hohen Bäumen überhaupt Empfang. Kein Wunder, dass diese Landschaft als Hochwald bezeichnet wurde. Vorhin auf der Straße hatte er noch einiges erkennen können, aber hier war es schon stockfinster, obwohl er gerade erst den Verkehrslagebericht um neunzehn Uhr dreißig gehört hatte.

Er stieg aus dem Auto und fluchte, weil er mit seinen neuen schwarzen Lederschuhen genau in eine Pfütze getreten war. Auf dem Weg zum Kofferraum sah er vorsichtig auf den Boden, bog eine Brombeerranke zurück, die vor dem Autoheck hing, und öffnete die Kofferraumklappe. Er zog den Reißverschluss seines Rucksacks, den er darin verstaut hatte, auf und nahm eine kleine Umhängetasche heraus. Er warf einen letzten Blick hinein, um zu überprüfen, ob auch alles da war: eine kleine Schaufel aus Metall, ein Schweizer Messer mit zahlreichen hilfreichen Funktionen und vor allem Latexhandschuhe, die er sich nun überstreifte. Das Terrain sollte schwierig sein, und er hatte keine festen Schuhe dabei, aber es musste auch so gehen.

Er warf im Schein der Kofferraumbeleuchtung einen Blick auf das Display seines Handys. Er würde nicht weit gehen müssen. Er fragte sich, warum die Mission so schwierig sein sollte, Kategorie vier auf einer Skala von eins bis fünf. Als er per Telefon sein Hotelzimmer gebucht hatte, hatte er bereits erwähnt, dass es spät werden könnte. Hoffentlich bekam er noch etwas zu essen, wenn er mit diesem Auftrag fertig war. Aber während er im Wartezimmer auf den Arzt gewartet hatte, hatte er mit seinem Handy im Internet nach einer guten Gelegenheit für den heutigen Abend gesucht. Es war schon einige Tage her, dass er zuletzt eine Entdeckung gemacht hatte, und in diese Gegend würde er so bald nicht mehr kommen.

Er richtete den Strahl seiner Taschenlampe auf den Weg vor sich und leuchtete anschließend die hohen Bäume ab. Dort vorn, etwa vier, fünf Baumreihen weiter, konnte er einen kleinen leuchtenden Punkt an einer Fichte erkennen, in knapp zwei Metern Höhe: ein winziger Spiegel in der Größe eines Fingernagels, den er im Hellen nicht wahrgenommen hätte, der ihm jetzt aber den Weg wies. Es würde schwierig werden, zugleich auf den völlig durchweichten Waldboden und auf die Hinweise zu achten, die ihn zu seinem Ziel führen würden. Rund dreißig Meter weiter erkannte er einen zweiten leuchtenden Punkt, dieses Mal rechts vom Weg an einem Laubbaum. Er verglich immer wieder die Angaben auf seinem Handy mit seiner aktuellen Position. Es konnten nicht mehr viele Hinweise kommen, denn es hieß in der Beschreibung, es werde weniger als eine Stunde dauern.

Als er einen Hochsitz erreichte, wusste er, dass er am Ziel war, mehrere Lichtpunkte wiesen an der Leiter nach oben, und er erklomm die morschen Stufen. Unter der Sitzbank in einer Ecke der Plattform fand er die Dose, die in der Beschreibung so vielversprechend geklungen hatte. Er sollte der Erste sein, der sie fand. Sie war erstaunlich schlecht versteckt, er würde den Besitzer darauf aufmerksam machen, dass Unbeteiligte sie zufällig finden könnten. Er stellte seine Tasche auf die Bank, legte die Taschenlampe auf die Armauflage des Ausgucks und betrachtete in ihrem Schein die durchsichtige Kunststoffbox. Sie enthielt einen Gegenstand, den er laut Beschreibung nach Nürnberg bringen sollte. Dort würde er nächste Woche wieder sein, der Auftrag ließ sich gut mit seinen sonstigen Plänen verbinden. Er klappte den Deckel der Box auf, die ihn spontan an seine Brotdose erinnerte, die mit einem angetrockneten Hefeteilchen auf seinem Beifahrersitz lag, und fand in ihrem Inneren einen Lottoschein. Im oberen linken Feld hatte jemand die Zahl Neunundvierzig angekreuzt, im nächsten Kästchen die Siebenundzwanzig, daneben die Vier und im vierten Feld die Fünfunddreißig. In der unteren Reihe war ebenfalls je eine Zahl pro Kästchen angekreuzt: elf, vier, einundvierzig und zwei. Jemand hatte den Schein laminiert. Seltsam, warum kreuzte jemand auf einem Tippschein 6 aus 49 nur jeweils eine Zahl an? Das würde er sich im Internet ansehen müssen, aber er hatte schon einen Verdacht. Auf der Rückseite stand in der oberen rechten Ecke klein der Hinweis: »TBYBGGB«. Daneben ein maschinengeschriebener Vermerk: »Dieser Gegenstand soll in der Dose verbleiben.«

Unter sich hörte er plötzlich Schritte und ein lautes Rufen. Erst wollte er sich im Hochsitz verstecken, aber die Stimme forderte ihn auf, ganz langsam wieder herunterzukommen. Er fragte sich, ob es vielleicht ein Mitwisser sei, der ihn aufgestöbert hatte, oder der hiesige Förster. Ihm war bewusst, wie rutschig seine Schuhe waren, deshalb konzentrierte er sich auf den Abstieg. Er bedauerte, in der Finsternis nicht sehen zu können, wo er hintrat. Als er etwa auf der mittleren Sprosse der Leiter stand, fühlte er von unten durch die Sprossen hindurch einen Schlag gegen seine Brust wie von einer Faust, zugleich durchfuhr ihn ein stechender Schmerz. Mit der rechten Hand griff er an sein Herz, verlor das Gleichgewicht, verfehlte eine Sprosse und stürzte in die Tiefe. Noch im Fallen fragte er sich, warum es in seiner Brust so warm wurde, als es in seinen Ohren rauschte und alles um ihn schwarz wurde.

»Achtzehn.«

»Zwanzig.«

»Zwei.«

»Drei.«

»Vier.«

»Weg.«

»Ruth, mach mal noch 'ne Runde. Für den Herrn Pastor ein Bier, für mich ein Bier und einen Korn und für Heiner« – Hajo sah seinen Freund, den Polizisten Heiner Landscheid, fragend an, und der nickte sofort – »auch.«

»Herr Nert, du bist doch mit dem Trecker hier, wie möchtest du denn nach Hause kommen?«, tadelte ihn Ruth.

»Oh, Frau Wirtin, sind wir heute wieder förmlich? Möchtest du auch noch Hans-Joachim zu mir sagen? Sonst sagst du doch auch Hajo zu mir.«

»Stimmt, aber nicht, wenn du betrunken bist. Ihr seid mir eine schöne Bande: Du denkst dir, wenn der Pastor dir seinen Segen gibt und der Dorfpolizist mittrinkt, kann dir als Fahrer nichts passieren.«

»Ruth, jetzt fahr ich schon seit Katharinas Tod kein Auto mehr, und in den zehn Monaten, die ich schon mit dem Trecker über die Felder nach Hause fahre, ist noch nie etwas passiert. Ich bringe ja auf der Straße niemanden in Gefahr«, argumentierte Hajo Nert. »Arbeitest du zurzeit nicht mit diesem jungen Kevin zusammen?«, wandte er sich an den Polizisten. »Der hat mich heute gefragt, warum ich eigentlich Hajo genannt werde. In der Generation scheint man das gar nicht mehr zu kennen.«

»Und, hast du ihm von deiner Großmutter erzählt?«, fragte der Pastor.

»Genau, so hat mich schon meine Großmutter genannt, und eigentlich hat nie jemand Hans-Joachim zu mir gesagt.«

»Auf Hajo!« Alle am Tisch prosteten sich zu, selbst Ruth Eiden. Sie lächelte bei der Erinnerung an Hajos Großmutter, und ihr sonst blasses Gesicht, das viel zu wenig Sonne abbekam, zwischen den langen schwarzen Haaren, die sie meist zu einem strengen Pferdeschwanz zusammengefasst hatte, strahlte. Sie hatte die Hände in die ausladenden Hüften gestemmt, sodass ihre vom Getränkeschleppen muskulösen Oberarme in dem engen schwarzen T-Shirt zur Geltung kamen.

»Sag mal, Ruth, hattest du nicht erzählt, du hättest heute einen Übernachtungsgast? Hat der den Gasthof ›Zur Post‹ im Dunkeln nicht finden können? Was weißt du denn über unseren Fremden?«, fragte Josef Feldmann, der pensionierte Pastor des Ortes.

»Herr Pastor, wie gut, dass Ihr dem Beichtgeheimnis unterliegt und nicht ich, sonst könnte ich Euch Eure Fragen gar nicht beantworten.« Ruth trocknete sich die Hände an ihrer Schürze ab, die hinten ein wenig auseinanderklaffte, weil sie eher auf schmalere Personen zugeschnitten war, kam zum Tisch herüber und zog sich einen freien Stuhl heran, wobei sie die Bestellung kurzerhand vergaß.

»Den Namen hab ich nicht richtig verstanden, er sagte nur, er sei Referendar oder so. Ich glaube, er hat gesagt, er sei Farmerreferendar oder so ähnlich und hätte in der Gegend zu tun. Er wusste nicht, wann er hier sein könnte, das hinge von seinen Terminen ab. Ob es möglich wäre, dass er erst nach zwanzig Uhr käme, wollte er wissen. Ich hab ihm gesagt, dienstags sei Skatrunde, die sei nie vor Mitternacht zu Ende, da könne er sich ruhig Zeit lassen. Hajo, du lebst doch auch auf einem alten Bauernhof, kommt der Farmerreferendar dann auch zu dir?«

»Ich hab ja mein ganzes Land verkauft, als es Bauland werden sollte, und Tiere habe ich auch keine mehr, ich brauche keinen Referendar, der zu mir in die Lehre kommt.«

Der Pastor blickte auf die Uhr. »Er muss sich aber schon beeilen, wenn er noch vor Mitternacht hier sein möchte. Wo kommt der denn her?«

»Ich weiß es nicht. Er wollte nach Süddeutschland, sagte, er sei hier für den Bezirk zuständig und hätte vorher einen Termin in Hermeskeil, da habe er aber kein Zimmer mehr bekommen und ob wir etwas frei hätten. Mehr hat er mir nicht erzählt. Klang sehr gebildet am Telefon«, antwortete Ruth. »Ist schon komisch: Da ist Hermeskeil mit seinen fast sechstausend Einwohnern mehr als doppelt so groß wie Hellersberg, aber sie haben kein Bett frei.«

»Und was machst du, wenn er um Mitternacht noch nicht da ist?«, erkundigte sich Heiner Landscheid.

Ruth war eine kernige Frau, die jede Situation zu meistern wusste. »Na, Heiner, solange ich die Polizei im Haus habe, haben wir ja wohl noch keine Sperrstunde. Wollt ihr jetzt noch eure Runde?« Ruth ging wieder zum Tresen und nahm die leeren Gläser mit. Die drei Männer nahmen ihre Skatkarten wieder auf.

Nachdem Ruth die Getränke gebracht und alle Gläser vom Abend gespült und weggeräumt hatte, wischte sie die Tische ab, stellte die Stühle hoch, fegte durch die Schankstube und setzte sich anschließend wieder zu den Männern an den Tisch. »Hajo, hast du mal was von deinem Enkel gehört?«, wandte sie sich an Hans-Joachim Nert. »Wie lange ist er schon weg?«

Hajo winkte verärgert ab, er spielte gerade einen Grand und musste sich konzentrieren. Wenig später warf er triumphierend seine Karten offen auf den Tisch. »Ihr könnt keinen Stich mehr bekommen, zählt mal eure Punkte.«

Heiner Landscheid raffte seine und die Karten des Pastors zusammen und kam insgesamt lediglich auf neunundzwanzig Augen – ein klarer Sieg für den Rentner Hajo Nert, der die beiden anderen Schneider gespielt hatte.

»Hajo, ich hab dich gefragt, was der Jonas macht. Und ich mach hier gleich dicht, das ist eure letzte Runde, es ist schon nach eins«, beharrte Ruth.

»Jonas ist seit Juli weg, also schon zwei Monate«, antwortete Hajo. »Aber es geht ihm gut in Amerika. Seine Gastfamilie ist nett, die Schule ist in Ordnung, und das Wetter in Florida ist natürlich ein Traum für so einen Jungen.«

»Ich hätte mein Kind nicht für ein ganzes Jahr so weit weggeschickt«, bemerkte Heiner Landscheid. »Wenn ich mir das vorstelle, mein Jüngster ist gerade zwanzig, wenn ich den vor vier Jahren für ein ganzes Jahr ins Ausland geschickt hätte …«

»Wenn ich mitzureden hätte, wäre der Junge zu mir auf den Hof gekommen und nicht zu Wildfremden nach Amerika, aber ihr kennt doch meinen Sohn und vor allem meine Schwiegertochter. Die war immer schon eine durchtriebene Person. Mit sechzehn war sie schon mit Jonas schwanger, und heute holt sie ihre verpasste Jugend nach. Ihr kam es gerade recht, dass Johannes Anfang des Jahres seine Hälfte des Hofs, die er nach Katharinas Tod geerbt hat, sofort gewinnbringend verkaufen konnte. Sie wollte sowieso nie etwas mit seiner Hochwälder Heimat zu tun haben. Darum haben sie auch nie zusammen hier gewohnt, obwohl sie dadurch viel Geld hätten sparen können, sondern sind direkt nach Johannes' Abitur nach Trier gezogen. Der Junge war ihnen bei ihrem Lebensstil immer schon im Weg, und seit sie das Erbe haben, ist es nur schlimmer geworden. Manchmal denke ich, für Johannes wäre es sicher besser gewesen, sie hätte das Kind damals abgetrieben und er wäre nicht schon mit neunzehn Vater geworden. In dem Alter sind sie einfach nicht reif genug für so viel Verantwortung, aber …«

Der Pastor räusperte sich. »Hans-Joachim, ich bin zwar betrunken und nicht mehr im Dienst, aber ich bin immer noch Pastor, und solche Reden möchte ich nicht von dir hören.«

Ruth sah, wie Hajo beschämt in die letzte Pfütze in seinem Bierglas blickte. »Du hast ja recht, was würde ich ohne den Jungen machen. Aber seit Anna-Lena sich nur noch ›Lenny‹ nennen lässt und als Frau Neureich jeden Kontakt zu ihrem Schwiegervater ablehnt, weil sie sich für mich schämt, wird es für mich langsam auch immer schwerer, mit Jonas in Kontakt zu bleiben.«

»Wie macht ihr das denn, telefoniert ihr?«, fragte Heiner Landscheid nach.

»Selten, wegen der Zeitverschiebung. Ob ihr es glaubt oder nicht, wir schreiben uns E-Mails.«

»Du hast einen Computer?«, wunderte sich Heiner, der als Polizist notgedrungen im Dienst Umgang mit einem Computer hatte, was ihm mit achtundfünfzig Jahren nicht immer leichtfiel, wie er oft genug betonte, aber Hajo hatte als ehemaliger Schlosser nie damit zu tun gehabt. Nachdem seine Frau gestorben war, hatte er erzählt, wie gut es ihm im Grunde passte, dass sein Arbeitgeber durch die Finanzkrise auch seine finanziellen Nöte hatte und ihm den Vorruhestand angeboten hatte. So hatte Hajo sich zunächst voll und ganz um seinen kleinen Nebenerwerbsbauernhof gekümmert, den er bislang nur als Hobby betrieben hatte. Nachdem sein Sohn seinen eigenen Anteil der Ländereien verkauft hatte, hatte auch Hajo nach und nach seine Grundstücke und Tiere aufgegeben.

»Nein, ich schaffe mir auch mit neunundfünfzig Jahren so etwas nicht mehr an, obwohl ich manchmal schon darüber nachdenke«, sagte Hajo.

»Und wie schreibt ihr euch dann?«, hakte Ruth nach.

»Ich weiß nicht, ob du das wissen willst.« Hajo stierte in sein Glas, das er inzwischen leer getrunken hatte, als würde er seinem Bier nachtrauern. »Meine Nachbarin hat doch einen Computer, und zu der gehe ich notgedrungen immer, wenn ich sehen will, wie es dem Kind geht.«

Ruth konnte Heiner ansehen, wie er überlegte, welche Nachbarin Hajo meinte. »Du meinst die Studentin, die bei Klaus wohnt?«

Ein Schmunzeln kroch über Hajos Gesicht. »Da bringst du mich auf eine gute Idee. Vielleicht sollte ich da mal nachfragen, statt immer zu Ursula zu müssen.«

»URSULA?«, klang es aus drei Mündern gleichzeitig.

»Ja, Ursula«, gab Hajo Nert bedrückt zu.

»Warum hat die denn einen Computer in ihrem Alter?«, fragte Ruth neugierig, obwohl sie selbst nur rund zehn Jahre jünger war als Ursula Greimerath.

»Nachdem ihr letzter Mann gestorben ist, hat eine Freundin sie darauf gebracht, dass man viele Männerbekanntschaften im Internet machen könnte, und das probiert sie neuerdings aus. Da sieht schließlich niemand, dass sie schon über sechzig und mächtig aus dem Leim gegangen ist. Im Internet schreibt sie bestimmt allen, sie sei süße siebzehn und heiße Chantal oder so.«

Ruth stand auf, holte eine Flasche Jägermeister hinter dem Tresen hervor und schenkte vier Gläser voll.

»Das kann ich nicht glauben. Einen Absacker noch aufs Haus, und dann ist es Zeit für euch zu gehen.«

»Heiner, steh auf, du bist im Dienst.«

Gabriele versuchte verzweifelt, ihren Mann zu wecken. Es musste fast zwei gewesen sein, als dieser von seiner Skatrunde nach Hause gekommen war. Gegen halb zwei war sie auf der Toilette gewesen, da war das Bett neben ihr noch leer.

Heiner lag auf dem Bauch, die Füße hingen aus dem Bett heraus, die Socken, von denen einer den Anblick eines großen Lochs unter dem Ballen der linken dicken Zehe bot, hatte er nicht ausgezogen. Sein Uniformhemd lag auf dem Boden, die Hose hingegen hatte er noch an, was Gabriele erst sah, als sie ihm die Decke wegzog.

»Hm, lass das. Heute ist Samstag, ich will weiterschlafen.« Heiner griff verärgert hinter sich und versuchte, seine Bettdecke festzuhalten.

»Das nützt dir nichts, der Wolfgang hat angerufen, er hat eine Leiche gefunden.«

»Eine was?« Ihr Mann schien seinen Ohren nach dieser Nacht noch nicht recht zu trauen.

»Wolfgang Schindler ist heute Morgen in den Wald gefahren, um Holz zu schlagen für den Winter. Seine Bäume wurden neulich gefällt und müssen geschnitten werden. Ihm ist erst ein Auto mit Nürnberger Kennzeichen aufgefallen, das am Wegrand stand. Und nicht viel weiter musste er rechts in seinen Wald abbiegen, und dann hat er ihn vor dem Hochsitz liegen sehen.«

»Wen?«, brummte Heiner.

»Das weiß ich doch nicht, bin ich deine Frau oder dein Hilfspolizist? Steh endlich auf und kümmere dich darum.« Sie ließ ihren Blick auf dem Mann ruhen, den sie vor über dreißig Jahren als schmucken, groß gewachsenen und gut gebauten Jüngling mit dunkler Haarpracht geheiratet hatte. Seinem Gesicht und seinem Körperbau sah man die stattliche Erscheinung von einst bis heute an, aber inzwischen lappte sein Bauch über die immer enger werdenden Hosen, und die Haare waren weiß und spärlich geworden, auch wenn man ihnen die Lockenstruktur trotzdem ansah.

Heiner rollte sich vorsichtig auf die Seite und wollte aufstehen, aber sein Kreislauf machte das noch nicht mit. Er ließ sich wieder ins Kissen sinken und wartete einen Moment. Langsam kam er auf die Beine und zog das zerknitterte Hemd vom Vortag an.

»Heiner, wehe dir, wenn du mit dem Hemd aus dem Haus gehst!«, schrie Gabriele auf, was Heiner nur dazu veranlasste, sich die Ohren zuzuhalten. »Du musst dir sowieso mal neue Hemden besorgen, die spannen immer mehr über deinem Bauch. Oder meinst du, es geht schneller, wenn du abnimmst?«

»Dem Toten wird es egal sein«, erwiderte Heiner und ging in die Küche, wo er umständlich ein Kaffeepad in die Maschine klemmte und sich eine Tasse schwarzen Kaffee aufbrühte.

»Guten Morgen«, kam es gut gelaunt vom Frühstückstisch hinter ihm. »Vater, man sollte nicht so viel trinken, wenn man nichts verträgt. Und da sagst du mir immer, in der Lehre hätte ich nichts als Saufen gelernt.«

Gabriele unterbrach ihren Sohn Thorsten: »Ist doch auch wahr, ihr Zimmerleute trinkt alle viel zu viel. Aber, Heiner, du als Polizist, du solltest dich schämen. Mein Vater hat immer schon gesagt, wer abends lumpt, kann auch morgens früh raus.«

»Wer abends vögelt, kann auch morgens nicht fliegen«, konterte Thorsten, dem dieser Spruch meistens am Wochenende galt. Seine

Mutter war derart sprachlos, dass er sich ohne einen weiteren Kommentar ihrerseits aus dem Staub machen konnte.

»Thorsten«, rief Heiner ihm nach, »wo fährst du denn hin?«

»Ich will um zehn Uhr in Hermeskeil sein, also muss ich sofort los, ich hab nur noch eine Viertelstunde.«

»Warte, mein Junge, kannst du mich mitnehmen? Ich bin nicht ganz sicher, ob ich schon Auto fahren darf.«

Thorsten schmunzelte. »Klar, ich zieh mich fertig an, bin gleich bei dir.«

Heiner wandte sich zum Kühlschrank und schmierte sich ein Brot dick mit grober Leberwurst. Auf dem Weg zu Thorstens Wagen kam er am Regenfass vorbei. Er hielt sein Brot mit der rechten Hand weit hinter sich und tauchte kurz entschlossen den Kopf bis zum Kragen seines zerknitterten Hemdes in das Fass.

»So, Thorsten, ich bin jetzt auch fertig«, sagte er grinsend zu seinem Sohn, der in der Tür stand, während er sich die Tropfen von der Halbglatze wischte. Er nahm einen Bissen von seinem Brot und fragte kauend: »Was willst du schon um zehn Uhr in Hermeskeil?«

»Och, am Gymnasium ist heute Herbstbasar, und da wollte ich mal sehen, was die Leute so auf die Beine gestellt haben.«

Heiner sah seinen Sohn von der Seite an. »Die Leute oder ein ganz bestimmtes Mädchen?«

Thorsten grinste ertappt.

»Wie gut, dass ich dich nicht nach Amerika geschickt habe, so bekomme ich wenigstens mit, was du tust«, nuschelte Heiner, stieg auf der Beifahrerseite ein und lehnte sich im Autositz zurück.

Wolfgang Schindler saß auf dem Hänger seines Traktors und versperrte die Durchfahrt auf dem schmalen Waldweg. Neben dem Fahrzeug stand Kevin Wahlen, der blutjunge Polizist aus Hermeskeil, der Peter Erschens vertreten sollte, bis dessen Knieoperation ihm wieder einen Einsatz erlaubte. Peter Erschens fiel schon seit sechs Wochen aus, und er würde voraussichtlich mindestens vier weitere Wochen fehlen. In der Zeit musste sich Heiner mit seinem unerfahrenen Kollegen herumschlagen. Er war schon froh, dass er überhaupt Unterstützung bekam, auch wenn der schlaksige, unbeholfene Knabe ihm manchmal eher im Weg stand, als dass er etwas nützte. Seine Bewegungen wirkten oft unkoordiniert, als hätte er keine rechte Kontrolle über seine Glieder, fast als würden sie nicht ganz zu ihm gehören.

Thorsten hielt hinter dem Traktor an und ließ Heiner aussteigen. Thorsten hob die Hand zum Gruß, und Kevin Wahlen winkte zurück. Man kannte sich, vom Fußball, vom Dorffest, aus der Disco. Wolfgang Schindler erwiderte den Gruß nicht, er blickte starr vor sich hin und schien einen beliebigen Punkt auf der Erde zu fixieren.

Thorsten fuhr mit seinem alten Astra rückwärts aus dem Waldweg, um rechtzeitig nach Hermeskeil zu kommen, während Heiner seinen jungen Kollegen missbilligend musterte.

»Sie hatten wohl keine Zeit, Ihre Uniform zu suchen, Herr Wahlen?«, tadelte er den Neuling. Dessen braune Haare waren an den Seiten kurz und normalerweise vorn mit Gel hochgestellt, wobei er heute allerdings nur verschwitzt aussah und auch so roch. Seine blaue Jeans war am Oberschenkel dekorativ gerissen und saß halb auf seinem Hintern, an dem man eine karierte Unterhose sehen konnte. Das durchnässte T-Shirt trug die Aufschrift »Ich bin neu hier, kannst du mir mal zeigen, wo ich alles finde?«. Darüber trug er eine schwarze Daunenjacke.

»Guten Morgen, Herr Landscheid. Tut mir leid, ich komme nicht von zu Hause.« Er grinste verlegen. »Ich war bis sechs Uhr in der Tenne und nach der Disco bei einem Kumpel, als der Anruf kam. Von da bin ich direkt hergekommen.« Er fuhr sich mit einer Hand durch das verschwitzte Haar, das ihm schlaff am Kopf klebte.

»Schon gut, warum sind Sie überhaupt hier?«, erkundigte sich Heiner.

Kevin Wahlen zeigte hinter sich auf den Traktor, wo Wolfgang Schindler noch immer regungslos saß.

»Morgen, Wolfgang. Ist alles klar mit dir?«, fragte Heiner. Die Männer kannten sich schon seit der Schulzeit.

Wolfgang Schindler starrte weiter vor sich hin.

»Wolfgang?«

Keine Reaktion.

»Warum also sind Sie hier?«, wandte sich Heiner abermals an Wahlen.

»Ihre Frau deutete am Telefon an, sie sei nicht sicher, ob Sie kommen könnten, Sie hätten heute Nacht einen schweren Einsatz gehabt. Darum hat sie mich auf dem Handy alarmiert, und ich bin gleich hergefahren. Was ist denn passiert, Chef?«

»Och, eine ortsinterne Angelegenheit, darum müssen Sie sich nicht kümmern, wenn Sie nur aushelfen, danke«, nuschelte Heiner verlegen. »Bleiben Sie mal bei Wolfgang und sagen Sie mir, wo die Leiche liegt!«

Kevin Wahlen wies vor den Traktor, und Heiner ging am Traktor vorbei, der ihm die Sicht versperrte. Unmittelbar vor dem alten Hanomag lag eine männliche Leiche, das Gesicht nach unten, den linken Fuß mit dem schwarzen Lederschuh in einem unnatürlichen Winkel abstehend und platt wie ein Igel auf der Bundesstraße. Der Mann lag rechts vom Weg, aber sein linker Fuß ragte in die Fahrrinne. Er lag direkt vor der Leiter zum Hochsitz, auf dem Heiner schon oft mit dem alten Förster gesessen und auf Schwarzkittel geschossen hatte. Seit der Förster im Ruhestand war und der Hellersberger Forst von Hermeskeil aus mitverwaltet wurde, war das Revier ziemlich vernachlässigt worden. Auch der Hochsitz sah aus, als sei er normalerweise nicht mehr in Gebrauch, die Leiter war morsch und bemoost. Auf der siebten Sprosse war das Moos abgetreten, als sei jemand dort mit dem Fuß abgerutscht und gestürzt.

Heiner ging zu dem Toten und wollte sich bücken, um ihn umzudrehen, als er merkte, dass sein Kreislauf solche Bewegungen bislang nicht zuließ. Sollte das mal sein junger Kollege machen. Er ging wieder am Traktor vorbei zu den beiden Männern.

»Wolfgang, was ist passiert? Kennst du den Mann?«

Wolfgang Schindler reagierte noch immer nicht. Heiner griff in seine Uniformjacke und tastete nach dem Flachmann, den er immer dabeihatte. Anscheinend hatte er ihn gestern Abend aber schon leer getrunken, die Flasche war leicht und gluckerte nicht, als er sie vorsichtig schüttelte.

»Warten Sie, ich habe eine Dose Red Bull im Auto, vielleicht tut ihm das gut«, schlug Kevin Wahlen vor und lief zu seinem alten Golf.

Schwerfällig hievte sich Heiner auf die Plattform des Anhängers und ließ sich neben Wolfgang Schindler nieder.

Nun, da der junge Polizist nicht mehr wie ein Wachhund bei ihm stand, schien Wolfgang Schindler langsam zu erwachen.

»Der lag einfach da«, brummelte Wolfgang. »Du musst mir glauben, Heiner, ich hab dem nichts getan. Der war schon tot. Der hat sich nicht gerührt.«

»Schon gut, Wolfgang, erzähl mal, was geschehen ist.«

»Ich muss doch mein Holz reinholen. Es hat die letzten Tage schon so viel geregnet, und ich muss das Holz ins Trockene bringen, damit ich es spalten kann. Also habe ich mich heute Morgen auf den Weg gemacht. Ich hatte gestern Abend so drei Bierchen getrunken oder vier, ich habe nicht mitgezählt. Seit wir diese Vogelflugschau in Kell haben, gibt es hier wieder einige Greifvögel. Einer der Habichte zog gerade seine Kreise über dem Wald, und ich habe nach ihm gesehen. Schließlich kenne ich meinen Wald wie meine Westentasche. Plötzlich ruckelte mein alter Hanomag, so als hätte ich etwas überfahren. Ich hab nach unten gesehen, und da lag er. Einfach so, mitten in meinem Wald. Aber der war schon tot, das versichere ich dir. Ich hab den nicht umgebracht, Heiner, das musst du mir glauben, ich nicht.« Dankbar nahm er die Dose, die Kevin Wahlen ihm geöffnet hinhielt, und schüttelte sich, als der Energy-Drink durch seine Kehle rann.

»Pfui Teufel, so was trinkt ihr jungen Leute freiwillig?«

»Es schmeckt nicht gut, aber es verleiht Flügel«, zitierte der Jungspund den Werbespruch und setzte die Dose selbst an.

»Um wie viel Uhr war das?«, hakte Heiner nach.

»Ich weiß es nicht, ich habe doch keine Uhr an.«

»Aber Sie haben doch ein Handy«, warf der junge Polizist ein.

»Stimmt, meine Frau hat mich dazu gedrängt, nicht mehr ohne Handy in den Wald zu fahren, nachdem Matthias letztes Jahr diesen Unfall beim Holzschlagen hatte und sich mit der Kettensäge in den Oberschenkel geschnitten hat. Aber ich benutze das nie, ich bin gar nicht auf die Idee gekommen, nach der Uhrzeit zu sehen. Ich habe bloß meine Frau angerufen, und die hat ihrerseits Gabriele Bescheid gesagt. Ich weiß nicht genau, wann das war.«

»Kann ich mal bitte Ihr Handy haben?«, bat Kevin Wahlen, und Schindler reichte es ihm. Wahlen tippte auf dem Gerät herum und meinte: »Sie haben um acht Uhr siebenundvierzig Ihre Frau angerufen. War das sofort nach dem Fund?«

»Ich glaube schon, aber da war er schon tot. Er war ganz kalt und steif!«

»Sie haben den Toten angefasst?«, fragte Wahlen angeekelt, der offenbar in seiner kurzen Laufbahn bislang keinen Toten gesehen, geschweige denn angefasst hatte.

»Ich musste schließlich wissen, ob er tot ist. Aber er hat sich genauso angefühlt wie mein Harras letztes Jahr, nachdem er unter dem Scheunentor eingeklemmt wurde und ich es erst am nächsten Tag gemerkt habe. So ein guter Hund«, murmelte Schindler vor sich hin.

Schindler und Heiner schwiegen in Erinnerung an den Hund, bis Kevin Wahlen die Gedanken der beiden unterbrach.

»Herr Landscheid, was machen wir denn jetzt wegen des Toten?«

»Ach ja, der Tote. Sehen wir uns mal an, ob er uns eine Visitenkarte dagelassen hat, die wir ihm an den dicken Zeh heften können. Na, an den rechten dicken Zeh, links geht eher nicht mehr.«

Heiner rutschte von dem Anhänger auf den Boden und bemerkte, dass sich sein Kreislauf inzwischen wieder gefangen hatte. Er ging erneut zu dem Toten, kniete sich hin und wollte ihn gerade umdrehen, als er zwischen den Schulterblättern des Mannes einen dunklen Fleck auf dessen schwarzer Jacke ausmachte. Woher die Feuchtigkeit bloß kam? Da der Tote noch immer steif war, lag er keinesfalls länger als einen Tag da, und geregnet hatte es zuletzt gestern am frühen Vormittag. Heiner drehte den Toten auf den Rücken und blickte in ein ihm unbekanntes Gesicht. Der Mann sah gut aus, glatt rasiert, schlank, Hemd, Krawatte, die feinen Schuhe … Was der wohl im Wald gewollt hatte? Er trug Latexhandschuhe, die aber ganz grün vom Moos und an zwei Stellen zerrissen waren.

»Äh, Verzeihung, Herr Polizeihauptmeister, aber auf der Polizeischule haben wir gelernt, dass wir einen Toten nicht so einfach anfassen dürfen. Wir könnten Fingerabdrücke verwischen oder Hinweise vernichten. Die Kriminaltechnik –«

Heiner unterbrach seinen eifrigen Kollegen.

»Herr Wahlen, wir müssen uns schließlich vergewissern, ob der Mann auch wirklich tot ist. Außerdem müssen wir wissen, wo er herkommt. Im Grenzgebiet zum Saarland könnte es doch auch sein, dass wir gar nicht zuständig sind. Dann würden wir die Kollegen aus Trier völlig unnötig rufen. Also machen wir erst einmal gewissenhaft unsere Arbeit, bevor wir anderen unnötig Arbeit machen.«

Kevin Wahlen sah seinen vorläufigen Vorgesetzten ungläubig an, machte sich aber eifrig daran, die Taschen des Toten zu durchsuchen. Er entnahm der Innentasche der Jacke einen Schlüsselbund mit zwei Haustürschlüsseln, zwei weiteren Schlüsseln, bei denen es sich vermutlich um einen Briefkasten- und einen Fahrradschlüssel handelte, sowie einem Autoschlüssel für einen Volkswagen. Papiere hatte der Mann keine bei sich.

»Soll ich mal nachsehen, ob er seine Papiere im Auto liegen hat?«, erkundigte sich Wahlen diensteifrig bei Heiner.

»In welchem Auto überhaupt?«

»In dem schwarzen Passat Kombi, der vorn an der Kreisstraße steht. Ich weiß nicht, wo kommt ›N‹ als Autokennzeichen denn her?«

Landscheid wischte sich mit dem zerknitterten Ärmel über die Halbglatze. Seine Jacke hatte er ausgezogen und auf den Toten gelegt. »Damit sie nicht schmutzig wird«, murmelte er vor sich hin. »Ich habe kein Auto gesehen«, sagte er wahrheitsgemäß. Vielleicht war er doch auf der kurzen Strecke von zu Hause bis hierher in den Wald eingenickt? »Ja, ja, gehen Sie mal nachsehen«, meinte er zu Wahlen. »Ich sehe mich inzwischen hier weiter um.«

Er ging zurück zum Hanomag und setzte sich wieder zu Wolfgang Schindler auf den Anhänger. »Du, Wolfgang, ist dir ein fremdes Auto aufgefallen?«

»Klar«, brummte Schindler. »Der parkt nun mal so blöd, dass ich Mühe hatte, mit meinem Traktor daran vorbeizukommen. Ein Kombi, nicht von hier, das ist mir gleich aufgefallen.«

»Der Junge sieht sich das Auto mal an. Wenn du möchtest, kannst du wieder nach Hause fahren, ich komme später zu dir. Wenn du die Tat nicht gesehen hast, brauchst du auch nicht zu bleiben.«

Wolfgang Schindler war anzusehen, dass er zwischen dem

Wunsch, schnell von hier fortzukommen, und dem, weitere Details zu erfahren, schwankte. »Wieso sprichst du so sicher von einer Tat? Kann der nicht nur so gestorben sein?«

»Eher unwahrscheinlich. Ich habe ihn umgedreht. Er hat ein Loch in der Brust und liegt in seinem eigenen Blut, das müssen sich meine Kollegen von der Spurensicherung mal ansehen. Sieht aus wie eine Stichwunde. Er trägt Latexhandschuhe, was im Wald nicht so üblich ist. Ich schätze, er war im Wald mit seinem Mörder verabredet.«

Wahlen kam wieder den Weg entlang, auf beiden Backen kauend. »Das ganze Auto ist voller Medikamente. Ob er ein Dealer war? Gibt es Dealer für illegale Medikamente? An der Rückenlehne des Beifahrersitzes hängt eine Anzugjacke. Im Kofferraum liegt ein vornehmer, leichter Mantel und auf dem Beifahrersitz eine Brotdose mit einem trockenen Teilchen von gestern. Na ja, also, da *lag* ein trockenes Teilchen. Ich hatte aber noch nichts gefrühstückt.« Er hielt dem ranghöheren Kollegen ein Portemonnaie entgegen.

Heiner nickte verständnisvoll, schließlich hatte er wenigstens schon sein Leberwurstbrot gegessen. Dennoch brummte er: »Wollten Sie mir nicht eben erklären, was Sie in der Polizeischule gelernt haben? Der Verzehr möglicher Beweismittel war da hoffentlich nicht dabei, oder?«

Kevin Wahlen zog schuldbewusst den Kopf zwischen die Schultern.

»Junger Mann, ich denke, Sie sind leichter als ich, da wäre es besser, wenn Sie mal auf den Hochsitz hinaufklettern.« Heiner besah sich den Inhalt des Portemonnaies und fluchte, als er eine Visitenkarte herauszog. »Von wegen Saarland, der kommt aus Speyer, scheint aber in Nürnberg zu arbeiten, daher wohl das Autokennzeichen. Dann müssen wir uns wohl doch erst mal darum kümmern. Ich rufe schon mal die Kollegen in Trier an und warte auf die. Ich fürchte, es handelt sich um Mord, unser Mann wurde meiner Meinung nach erstochen.«

Kevin Wahlen erklomm die schmierige Leiter und murmelte vor sich hin, dass er nicht daran denken dürfe, dass er immer schon Höhenangst gehabt habe.

»Was haben Sie gesagt?«, rief Heiner nach oben.

»Ach, nichts«, erwiderte der junge Kollege. Er zählte laut die Sprossen mit. »Dreizehn Tritte. Das musste diesem armen Mann ja Unglück bringen!«, antwortete er. Heiner sah, wie Wahlen sich oben auf die Bank setzte und einen Moment verschnaufte.

»Und, Wahlen, was sehen Sie?«, rief Heiner von unten.

Wahlen erschien im Ausguck und stieß dabei an etwas Schweres, Längliches, das vom Hochsitz in die Tiefe stürzte und vor Heiners Füßen zerschellte. »Ich sehe bis nach Hellersberg, aber Hermeskeil kann ich nicht sehen, dafür sind die Fichten zu hoch. Zu Ihnen runter möchte ich nicht sehen, sonst wird mir schwindelig«, erwiderte der junge Polizist.

Heiner war der herunterstürzenden Taschenlampe ausgewichen und bückte sich, um die Einzelteile aufzusammeln. »Mensch, Wahlen, ich wollte nicht wissen, ob Sie die Aussicht genießen, ich wollte wissen, ob da oben etwas Verwertbares liegt«, gab er zurück.

Wahlen richtete seinen Blick wieder auf das Innere des Hochsitzes. »Ich habe das Gefühl, der Hochsitz schwankt im Wind, ich muss mich mal setzen.«

Heiner hörte etwas klappern. »Was war das?«, fragte er.

»Hier oben liegt eine leere Brotdose. Und eine braune Umhängetasche, wie Studenten sie oft dabeihaben. Ich bringe sie gleich runter«, antwortete Wahlen. Er hängte sich die Tasche über und machte sich an den Abstieg. Auf der dritten Sprosse blieb er auf Augenhöhe mit der Bank stehen.

»Was ist? Sehen Sie noch was?«, fragte Heiner.

»Da liegt etwas, Moment.«

Wahlen kletterte wieder hinauf. Einen Moment später hörte Heiner, wie sein junger Kollege rief: »Hier klemmt noch etwas zwischen den Brettern, Moment. Es ist ein Lottoschein, den jemand eingeschweißt hat. In einigen Kästchen ist jeweils eine Zahl angekreuzt. Hat der etwas zu bedeuten?«

Wahlen stieg wieder hinunter. Als er endlich unten war, lehnte er sich an die Leiter und holte tief Luft.

»Alles klar?« Heiner sah ihn besorgt an.

»Aber sicher, mir macht die Höhe nichts aus«, behauptete der junge Polizist.

»Ist das alles, was Sie gefunden haben?« Heiner hatte ihm bereits die Umschlagtasche abgenommen, gerade groß genug, um eins dieser kleinen Netbooks hineinzutun. Der Inhalt ließ ihn staunen: eine kleine Gartenschaufel aus Metall und eine Plastiktüte vom Drogeriemarkt mit einzeln verpackten Feuchttüchern, zwei Überraschungsei-Figuren, einem kleinen Päckchen Taschentücher mit bunten Tiermotiven sowie zwei Magneten in Marienkäferform.

»Sonst lag da oben nur die leere Brotdose. Aber die war ganz bestimmt schon leer, ich habe nichts daraus gegessen, das schwöre ich«, stammelte Kevin Wahlen.

»Und wieso haben Sie die nicht mitgebracht? Wir wissen doch gar nicht, ob die wichtig ist. Gehen Sie noch mal hoch und holen Sie das gute Stück. Ich setze mich in der Zwischenzeit zu Wolfgang.«

Wolfgang Schindler hatte inzwischen wieder mehr Farbe im Gesicht. Er hatte eine Thermoskanne mit Kaffee aufgeschraubt und kam beim Trinken so langsam wieder zu sich.

»Und, was hat der Junge gefunden?« Seine Neugier gewann wohl die Oberhand über seinen Ekel.

»Nur eine Tasche mit Krimskrams und einer Schaufel, was auch immer das bedeutet. Weißt du was, du kannst mich mal mitnehmen bis zu diesem Passat, ich sehe mir das Auto auch mal an. – Wahlen«, rief Heiner nach oben, »ich bin dann mal beim Auto, bleiben Sie hier, bis die Kriminaltechnik da ist.«

Wolfgang Schindler kletterte auf den Fahrersitz und ließ den Traktor an. Heiner blieb auf der Ladefläche sitzen, um gleich bei dem Kombi aussteigen zu können. Das Gespann ließ sich nur schwer rückwärts rangieren, aber zum Wenden war kein Platz, und der Tote lag noch immer im Weg.

Als Wahlen zum zweiten Mal merklich blass die Leiter hinunterstieg und sich zu der Leiche umwandte, sah er dort, wo eben der Traktor gestanden hatte, etwas in der Sonne blinken. Ein flach gedrücktes, vermutlich sehr teures Handy lag in der Fahrrinne neben der Stelle, an der zuvor der linke Fuß des Toten gelegen hatte, bevor Heiner Landscheid ihn umgedreht hatte.

Hajo freute sich schon auf einen kühlen Viez. Diese moselfränkische Form des Apfelweins aus den typischen kleinen Äpfeln, die sich für nichts anderes nutzen ließen, war eben das beste Getränk nach einer Wanderung. Nachdem es in den letzten Tagen viel geregnet hatte, war es schon seit gestern Vormittag trocken und relativ warm für Mitte September. Im vergangenen Jahr war seine Frau Katharina vom Scheunenboden auf seinen alten Opel Kapitän gefallen und dabei tödlich verunglückt. Trotz des Schmerzes, dem Hajo kaum gewachsen gewesen war, hatte er versucht, etwas Gutes im Tod seiner Frau zu sehen, mit der er fast sein ganzes Leben geteilt hatte. Es war ihr immer wichtig gewesen, unabhängig und selbstständig zu sein, aber ihre Augen hatten bereits stark nachgelassen, und ihre Finger waren arthritisch geworden.

Wenn Hajo durch den Hochwald wanderte, dachte er oft darüber nach, ob ein derart schneller Tod zu einem Zeitpunkt, wo sie gerade noch selbstständig gewesen war, Katharinas Wunsch gewesen wäre. Wäre Katharina nicht genau auf der Kante zwischen Dach und Scheibe gelandet und hätte das Auto in der Mitte geknickt, hätte man vielleicht den alten Kapitän weiterhin nutzen können. Aber so hatte Hajo ihren Tod auch als Zeichen gesehen und nie wieder ein Auto angerührt. Seitdem wanderte er viel, erkundete die Natur mit seinem Rucksack, in dem er stets eine große Flasche klares Wasser, einen kleinen Flachmann mit Apfelkorn, einen in Stücke geschnittenen Apfel und meist zwei Scheiben Schwarzbrot und ein großes Stück Salami mit sich trug. Wenn er in der Natur unterwegs war, vermisste er seine Frau nicht ganz so sehr wie sonst, da sie selten mitgewandert war und er sein Hobby inzwischen ohne das schlechte Gewissen, sie den ganzen Tag allein zu lassen, ausüben konnte. Als verwitweter Frührentner wurden die Tage manchmal sehr lang und einsam. Darum war er schon heute Vormittag aus dem Haus gegangen und ein Stück des Saar-Hunsrück-Steiges entlanggewandert. Der Steig war seit rund drei Jahren fertiggestellt, und es gab immer wieder neue Abschnitte, die er erkunden konnte. Wenn er das Haus morgens verließ, bekam er meist einen günstigen Bus zum Anfangspunkt seiner Wanderung, sodass er eine gute Tagesetappe bis nach Hause vor sich hatte.

Als er auf den Gasthof »Zur Post« zuging, merkte er schon,

dass es im Dorf irgendwie unruhig war. Normalerweise war an einem Mittwochabend gegen siebzehn Uhr dreißig nur wenig los im Ort, aber heute standen viele Autos auf dem Platz vor der Kirche. Da es noch warm war, hatte der Gasthof »Zur Post« nach wie vor Tische im seitlich angrenzenden Biergarten stehen. Hajo konnte schon auf die Entfernung sehen, dass fast alle Tische besetzt waren. Um neunzehn Uhr sollte eigentlich erst die Versammlung des Festkomitees zum Wettbewerb »Dorf der Region« stattfinden, zu der fast das ganze Dorf zusammenkam. Ende September würde die Prüfungskommission kommen, um den Ort zu begutachten und zu bewerten, ob Hellersberg sich »Dorf der Region« würde nennen dürfen. Das würde vor allem einen gewissen Bekanntheitsgrad und damit einen nicht zu verachtenden Zustrom von Touristen bringen. Obwohl die Hellersberger einerseits ganz gern unter sich blieben und jeden Fremden erst einmal kritisch beäugten, würden sie das Geld der Fremden selbstverständlich gern nehmen.

Hajo war schon gespannt, ob der Übernachtungsgast noch gekommen war, nachdem Pastor Feldmann, Heiner Landscheid und er den Gasthof verlassen hatten, oder ob Ruth das Zimmer ganz umsonst entstaubt und gelüftet hatte. Durch den nahen Ruwer-Hunsrück-Radweg, der erst im Herbst 2008 fertiggestellt worden war, und den Saar-Hunsrück-Steig, der als Premiumwanderweg galt, kamen immer mehr Aktivurlauber in die Region rund um Hellersberg, daher würde der nächste Gast vielleicht gar nicht so lange auf sich warten lassen. Der »Hellersberger Hof« hatte vor vier oder fünf Jahren schließen müssen, weil er nie ausgelastet gewesen war und sich Karl-Josef Lehnen die dringend notwendige Renovierung nicht mehr hatte leisten können.

Vor dem Gasthof stand Ursula Greimerath und winkte Hajo, sie ging ihm sogar in ihrem unnachahmlichen Watschelgang entgegen und fragte schon von Weitem: »Hallo, mein Lieber, was sagst du zu den Neuigkeiten? Man ist wirklich nirgendwo mehr sicher. Ich habe mir solche Sorgen gemacht, als ich heute Morgen die Nachricht erfahren habe, und du warst den ganzen Tag nicht zu Hause. Ich hatte richtig Angst, dir sei auch etwas zugestoßen.«

Hajo umfasste Ursula zaghaft an den Schultern und nutzte die seltene Gelegenheit, als sie Luft holte. »Wie du siehst, geht es mir blendend. Ich schlage vor, ich gehe erst einmal zur Toilette, wasche mir die Hände, und du bestellst mir bitte schon einmal einen Viez und suchst uns einen schönen Platz. Und danach erzählst du mir, was in Hellersberg los ist.« Er schob Ursula sanft, aber bestimmt von sich weg und ließ keine Widerrede zu.

Vor der Tür zur Schankstube standen wie immer einige Raucher, die ins Gespräch vertieft waren. Der stämmige Bürgermeister Werner Justinger stellte sich Hajo in den Weg. Seine eindrucksvolle Figur und seine deutliche, tiefe Stimme ließen kein Ausweichen zu. Er galt als zuverlässig und unverblümt. Mittlerweile stand er schon in seiner dritten Amtszeit dem gut zweitausend Seelen fassenden Ort vor.

»Hajo, du kommst doch immer viel herum, ist dir nichts aufgefallen? Du streifst schließlich immer durch die Wälder, da hast du möglicherweise etwas gesehen, dessen Bedeutung dir gar nicht bewusst war.«

»Könnte einer von euch bitte so lieb sein und mir endlich erzählen, was das ganze Dorf in Aufruhr versetzt? Oder habe ich den Anfangstermin unserer Versammlung falsch im Kopf, dass ihr alle schon da seid?«, erwiderte Hajo.

Als alle gleichzeitig zu reden begannen und Hajo keine der Antworten richtig verstehen konnte, wandte er sich direkt an Friedhelm Stüber, den Leiter des Kirchenchors, der ihm am nächsten stand und meist keine großen Umschweife bei Erklärungen machte. Seine Gesichtszüge wirkten freundlich und offen, aber angespannt.

»Friedhelm, kannst du mich bitte in aller Kürze aufklären? Ich muss zur Toilette, und im Hof wartet ein Viez auf mich!«

Friedhelm Stüber fasste kurz zusammen, dass Wolfgang Schindler im Wald einen unbekannten Toten entdeckt habe, der vermutlich erstochen worden sei, man müsse demnach von einem Verbrechen im Hellersberger Forst ausgehen. Hajos Blase ließ ihm keine Zeit mehr für Rückfragen, er ließ die Raucher stehen und eilte auf die Toilette. Dort traf er auf Josef Feldmann, mit dem er die letzte Nacht durchgezecht hatte.

»Josef, Josef, was ist in Hellersberg nur los, seit du die Gemeinde nicht mehr leitest? Mord und Totschlag in Hellersberg? Wo sind wir inzwischen hingekommen?«

»Sei mir gegrüßt, Hajo. Ich weiß auch nicht genau, was hier los ist. Wie es aussieht, handelt es sich um den Fremden, auf den wir gestern Abend vergeblich gewartet haben. Sie haben ein Auto aus Nürnberg in der Nähe gefunden. Heiner Landscheid ist zurzeit wieder auf der Dienststelle, aber vorhin war er hier und hat Ruth erklärt, dass das ganze Auto voller Medikamente war. Und wie es aussieht, waren die nicht für Tiere und Pflanzen, wie man es bei einem Farmerreferendar erwartet hätte, sondern es handelte sich offenbar um einen *Pharmareferenten*, der für Süddeutschland zuständig und zurzeit im Hunsrück unterwegs ist. Unterwegs war, müsste ich wohl eher sagen. Gott möge sich seiner Seele annehmen.«

Beide schüttelten sich an der Rinne ab, zogen die Reißverschlüsse hoch und gingen gemeinsam zum Waschbecken.

»Gab es schon einmal einen Mord in Hellersberg?«, erkundigte sich Hajo, der schon sein ganzes Leben lang vor Ort lebte und sich an keinen erinnern konnte.

»Zumindest keinen, den man auch als solchen nachweisen konnte«, erwiderte der Pastor. »Es gab schon so manchen Unfall mit landwirtschaftlichen Maschinen, bei denen ich als Pastor so meine Zweifel hatte, nachdem ich die Menschen oder ihre Partner zuvor im Beichtstuhl hatte, aber sagen darf ich dazu nichts. Dann gab es einige Todesfälle wie bei deiner Katharina oder einen Ertrunkenen in der Ruwer, wo Heiner ermitteln musste, aber er konnte auch da keinen Mord nachweisen. Ich glaube ja, dass dieser Mann mit seinem Mörder verabredet war, der aber ganz bestimmt nicht von hier kam«, mutmaßte Feldmann. »Das war gewiss kein Hellersberger, für die lege ich meine Hand ins Feuer. Warum sollte einer von uns einen Wildfremden mit dem Messer auf der Leiter zum Hochsitz erstechen, wie Heiner erzählt hat?«

Beide trockneten sich die Hände ab, verließen die Herrentoilette und trafen draußen auf die Bäckersfrau, die ebenfalls von der Toilette kam.

»Herr Pastor, was ist bloß aus unserem schönen Hellersberg geworden?«, erkundigte sie sich mit einer Mischung aus Entrüstung und Neugierde. »Mir ist vorhin ein Blech mit Brötchen verbrannt, weil ich vor lauter Neuigkeiten gar nicht dazu kam, auf meinen Ofen zu achten. Ständig kam jemand, um Brot oder Kuchen zu kaufen und mir das Neueste zu erzählen. Wer macht so was? Was sind das für Menschen, die unser friedliches Hellersberg aufsuchen, um bei uns jemanden umzubringen? Können die das nicht bei sich zu Hause machen?«

Der molligen Bäckersfrau sah man an, dass sie einen anstrengenden Tag gehabt hatte. Der Pastor blieb mit ihr im Gespräch, und Hajo gab ihm per Handzeichen zu verstehen, dass man sich später abermals sehen würde, und ging wieder in die Wirtsstube zurück. Diese war ungewöhnlich voll, und auf dem Weg zum Durchgang in den Hof war fast kein Durchkommen. Eine Gruppe junger Erwachsener stand in der Ecke und diskutierte lautstark über die Ereignisse. Hajo erkannte Jeremy Wahlen, den Bruder von Kevin, der zurzeit Heiner zur Hand ging. Er schien das Wort zu führen und erzählte eine Menge Details, die er von seinem Bruder erfahren haben musste.

Diana Erschens, eine gleichaltrige Mitschülerin von Jonas, mit dem sie schon ein paarmal bei Hajo auf dem Hof gewesen war, winkte ihm zu. Ihre glatten Haare gingen ihr inzwischen fast bis zum Po und betonten ihre schlanke Gestalt. Ihr Lächeln wirkte natürlich und einnehmend, wobei diese Wirkung vor allem darauf zurückzuführen war, dass sie sich nicht bewusst zu sein schien, wie hübsch sie tatsächlich war. Sie stand mit einigen Jugendlichen in einer anderen Ecke des Schankraums, alle eine Flasche Biermixgetränk in der Hand. Das waren Ruths Gäste von morgen.

Am runden Tisch an der hinteren Wand saß Jürgen Rommelfanger, der Organist, der sowohl in Hermeskeil als auch in Hellersberg und den umliegenden Gemeinden sonntags und zu Feierlichkeiten die Orgel spielte. Er wirkte wie immer ein bisschen fahrig und ernst. Sein Blick wirkte meist leicht entrückt und freudlos. Er war einige Zeit aus Hellersberg weg gewesen, aber vor fünf Jahren war er zurückgekehrt, weil es seiner Mutter nicht gut ging und er sie nicht mehr allein lassen konnte. Jürgen Rommelfanger erweckte den Anschein, wieder einmal in seiner eigenen Welt gefangen zu sein. Einerseits fand Hajo es ganz erfreulich, dass Rommelfanger mal nicht allein zu Hause bei seiner Mutter saß, aber der Organist sah nicht so aus, als würde er sich in der Gesellschaft der anderen an dem großen runden Tisch wohlfühlen. Er sah verschreckt aus, bleich, mit großen, geweiteten Augen und einem zusammengekniffenen Mund. Ein Blick auf Rommelfangers Hände sagte Hajo, dass dieser in Gedanken auf seiner großen Orgel spielte und sich in die Musik flüchtete. Er sah oft so aus, wovor war er bloß immer auf der Flucht? Irgendetwas mochte er verbergen, immer zuckte er erschrocken zusammen, wenn man ihn ansprach. Er hinterließ den Eindruck, sich nur auf seiner Orgelbank sicher zu fühlen, aber auch da hatte er oftmals einen Ausdruck im Gesicht, als wolle er der Orgel etwas heimzahlen. Es ging das Gerücht um, dass Rommelfanger in Berlin einige Zeit rumgehangen habe und von Frau zu Frau gestolpert sei, bis er nach einer großen Enttäuschung beschlossen habe, heimzukehren und seine Mutter zu pflegen. Aber das konnte doch nicht alles im Leben sein für einen Mann von fünfunddreißig Jahren.

Hajo fragte sich, ob Jürgen Rommelfanger sich eher dem neuen Pastor Lämmle anvertraute oder ob er noch mit Josef Feldmann sprach, wenn er beichten wollte. Aber er konnte diesem Gedanken nicht weiter nachhängen, da Ruth Eiden sich ihm gerade in den Weg stellte und ihm auf einem Tablett einen Viez hinhielt.

»Was sagst du dazu, dass unser Gast gestern gar nicht mehr kommen konnte?« Ruth Eiden ließ das leere Tablett sinken und wischte sich mit der feuchten Hand einige Haare aus der Stirn, die sich aus ihrem Pferdeschwanz gelöst hatten.

Aus dem Augenwinkel bemerkte Hajo, wie Heiner Landscheid den Gasthof betrat und sich durch das Gedränge einen Weg zu ihnen bahnte.

»Ist dir noch etwas zu dem Fremden eingefallen, der anscheinend gar kein Farmerreferendar, sondern ein Medikamentenvertreter war?«, fragte Hajo.

»Die gleiche Frage wollte ich dir auch gerade stellen, Ruth«, sagte Heiner und zückte seinen Notizblock. Er blickte sehnsüchtig auf den Viezkrug, den Hajo bereits halb geleert hatte.

Ruth fragte, was sie Heiner bringen sollte, aber der antwortete: »Nein, Ruth, du bleibst mal bei mir, das ist so eine Art Zeugenvernehmung. Weißt du, wo Holger Zilk herkam und wohin er unterwegs war?«

Ruth sah Heiner erstaunt an. »Wer ist Holger Zilk?«

»Unser Toter selbstverständlich. Holger Zilk, sechsunddreißig Jahre, Pharmareferent. Wohnte in Speyer, arbeitete aber für einen Medikamentengroßhandel in Nürnberg. Wir haben eine Halteranfrage gestellt und darüber einiges herausgefunden. Im Kofferraum war ein Rucksack mit einigen persönlichen Utensilien: Kulturbeutel, ein Krimi, ein paar Socken und Unterhosen. Auf dem Rücksitz lag ein Kleidersack mit zwei Anzügen, Krawatten, Hemden und so. Jemand, der aus dem Koffer lebt, während zu Hause eine Frau und zwei Kinder warten. Oder eben nicht mehr warten, seine Frau hat ihn vor ein paar Wochen vor die Tür gesetzt und lebt inzwischen mit ihrem Kollegen zusammen. Ob die beiden mit dem Mord etwas zu tun haben könnten? Dann hätten sie das aber direkt in Speyer oder in Nürnberg erledigen können, wieso ausgerechnet hier?« Heiner griff geistesabwesend nach Hajos Viezkrug und leerte ihn in einem Zug.

»Ich weiß nur das, was ich dir schon erzählt habe«, antwortete Ruth. »Als er anrief, war in der Wirtsstube eine Gruppe Radfahrer, die mächtig viel getrunken und lautstark gesungen haben, darum konnte ich ihn am Telefon nicht richtig verstehen. Er sagte nur, er hätte in Hermeskeil zu tun und würde anschließend zu mir kommen, es könne aber später werden. Ich weiß auch nicht, wo er am nächsten Tag hinwollte, er war wirklich kaum zu verstehen.« Ruth wirkte, als sei ihr das Missverständnis mit dem Farmerreferendar peinlich, und sie versuchte, sich zu erklären, dabei machte ihr niemand einen Vorwurf.

»Wenn du mich nicht mehr brauchst, Heiner, ich könnte heute das Geschäft meines Lebens machen und weiß gar nicht, wie ich das allein schaffen soll«, drängte sie.

»Was zahlst du die Stunde?«, erkundigte sich Hajo.

»Wieso, willst du servieren? Ich bin nicht sicher, ob ich eine Schürze habe, die dir passt.«

»Nein, nein, ich bin verabredet, aber vielleicht wüsste ich jemanden für dich. Also wie viel?«

»Sieben Euro, mehr ist nicht drin.«

»Mal ehrlich, du verdienst in den nächsten drei Stunden so viel, besonders wenn du Hilfe hast, da geht auch noch mehr.«

»Verdammt, acht Euro, aber plötzlich!«

»Ich schicke dir gleich Hilfe. Bin draußen bei Ursula, wir sehen uns zur Versammlung.«

Zehn Minuten später saß Hajo endlich bei Ursula, die schon leicht verärgert war, da er sie hatte warten lassen, aber Hajo konnte sie mit den neusten Details, die er von Heiner erfahren hatte, besänftigen.

Hajo winkte Diana, der er eben kurzerhand einen Nebenjob verschafft hatte und die gerade mit einem leeren Tablett an ihm vorbeiging, und bestellte zwei weitere Viez, wogegen Ursula sich aber schrill lachend wehrte.

Werner Justinger, der Bürgermeister, erschien in der Tür zum Biergarten und forderte alle, die wegen der Versammlung zum Wettbewerb »Dorf der Region« gekommen waren, auf, in den Festsaal zu kommen.

Ruth hatte kurzerhand den Biergarten für geschlossen erklärt, da sie mit nur einer Bedienung unmöglich Lokal, Biergarten und Festsaal zur selben Zeit abdecken konnte. Es gab auch zahlreiche Anfragen wegen Essens, denen Ruth nicht zusätzlich nachkommen konnte, aber Karl-Josef Lehnen, der Pächter des einstigen »Hellersberger Hofes«, hatte eine Idee und besprach sich zunächst mit Ruth und danach mit der Bäckersfrau und dem Vater des Metzgers. Als die Tür aufging und die Bäckersfrau und der junge Metzger Brot, Brötchen, Aufschnitt, gewürztes Mett, Rohesser und Wiener Würstchen hereinbrachten, nahm Karl-Josef Lehnen seine ehemalige Konkurrentin Ruth Eiden kurz in den Arm, fragte, wo er eine Schürze finde, und äußerte vergnügt:

»Wenn es Brei regnet, muss man einen Löffel haben. Du willst die Leute doch nicht gehen lassen? Mich juckt es in den Fingern, mit anzupacken, so einen Umsatz gab es in Hellersberg seit Jahren nicht mehr.«

Ruth küsste Karl-Josef flüchtig auf die Wange, was nicht ganz leicht war, da er sie mit seinem schlanken Körper um mindestens einen Kopf überragte, reichte ihm eine Schürze und fragte die sechzehnjährige Diana, mit der sie hochzufrieden war, ob sie vielleicht eine Freundin habe, die ebenso fleißig sei.

»Das ist Philipp Ott aus Kell. Wir kennen uns von der Schule«, stellte Diana Ruth ihren neusten Mitarbeiter vor, der sich bereits die dargebotene Schürze umband. Ruth begutachtete den jungen, schlanken Mann mit den lässigen, aber sauberen Jeans und dem modischen Kapuzen-Sweatshirt, der nur wenig älter wirkte als Diana. Seine braunen Locken brauchten demnächst einen Haarschnitt, aber die stechenden blauen Augen, die leicht vorstanden, zogen alle Aufmerksamkeit auf sich und ließen den Rest seiner Erscheinung völlig verblassen.

Karl-Josef Lehnen drängte sich durch die Menge zum Rednerpult, wo der Bürgermeister gerade mit der Begrüßung beginnen wollte, und ergriff das Mikrofon.

»Wir hatten keine Zeit mehr, Speisekarten zu drucken, aber ihr könnt bei Diana und Philipp belegte Brote, Rohesser und kalte Wiener für je zwei Euro bestellen.«

Die Menge klatschte, während er in die Küche eilte und Ruth den Tresen überließ.

Als der Bürgermeister die Versammlung endlich eröffnen konnte, war es halb acht. Alle waren mit Essen, Getränken und Neuigkeiten versorgt, und der Festsaal war voll bis auf den letzten Platz. Es gab ein mehrköpfiges Festkomitee, das sich bereits im Vorfeld regelmäßig getroffen hatte und heute im Wesentlichen die Pläne vorstellen und Freiwillige zur Mithilfe suchen wollte. Aufgrund der besonderen Umstände waren heute mindestens viermal so viele Leute anwesend wie üblich, es würde daher viele Möglichkeiten geben, weitere Mitstreiter zu rekrutieren.

»Liebe Hellersberger«, begann Werner Justinger, und widerstrebend wurde die Menge ruhiger. »Wie ihr alle gehört habt, hat sich in der Nähe von Hellersberg ein tragischer Unfall oder möglicherweise sogar Mord ereignet. Ein Fremder zwar, trotzdem gilt ihm unser Mitgefühl. Wir können davon ausgehen, dass dieses tragische Ereignis nur durch einen Zufall, oder wollen wir sagen, Unglücksfall bei uns geschehen ist, und hoffen, dass unser lieber Heiner den Fall bald an die zuständigen Behörden abgeben kann.

Wenden wir unsere Aufmerksamkeit daher lieber dringlicheren Dingen zu, nämlich unserer Teilnahme am Wettbewerb ›Dorf der Region‹.«

Einige klatschten Beifall, andere wirkten aufgrund der Schnodderigkeit, mit der der Bürgermeister über den Todesfall hinwegging, ein wenig pikiert.

»Wie ihr alle wisst, wird in drei Wochen die Prüfungskommission kommen, um das festzustellen, was wir schon alle längst wissen: dass Hellersberg wirklich das schönste Dorf der Region ist. Es gibt einige Schwerpunkte, die wir gern setzen möchten: Musik, künstlerische Gestaltung, die Aufwertung des allgemeinen Erscheinungsbildes durch Schaufenster, Leuchtreklamen, Blumen –«

»Herr Bürgermeister, wenn ich Sie da mal unterbrechen darf«, fiel Alexandra Stüber ihm ins Wort. »Bevor wir beim allgemeinen Erscheinungsbild ins Detail gehen, möchte ich den ersten Punkt noch einmal aufgreifen, den Sie genannt haben: die Musik.«

Alexandra Stüber, die rechts außen am Tisch des Festausschusses saß, stand nun auf und setzte sich mit geübter Sängerstimme und großen Gesten in Szene. Sie verzichtete bewusst auf ein Mikrofon, damit ihre Stimme gerade so leise war, dass alle gut zuhören mussten und keiner mehr mit seinem Sitznachbarn reden konnte, und trotzdem laut genug war, um bis zum letzten Platz gehört zu werden. Jedes ihrer blond gesträhnten, schulterlangen Haare saß an seinem Platz, und ihre große, schlanke Figur mit den stets modischen Kleidern, die ausgesucht lässig wirkten, zog Aufmerksamkeit auf sich.

Es folgte ein ausschweifender Monolog über ein geplantes Gospelkonzert in der Kirche, der im Wesentlichen ihren Mann Friedhelm als Chorleiter, sie selbst als Solistin und irgendwie auch den Kirchenchor und Jürgen Rommelfanger als Organisten einschloss. Alexandra ließ keinen Zweifel daran, dass sie ihren Mann am Keyboard für die bessere Wahl halte, Pastor Lämmle aber darauf bestanden habe, dass zur Kirche auch ihr Organist gehöre.

Der neue Pastor lächelte gequält. Er kam aus Schwaben und hatte im Hochwald bislang nicht so recht Fuß fassen können. Er sprach im wahrsten Sinne des Wortes nicht die Sprache der

Hochwälder. Er war zuvor in einer kleinen Gemeinde in seiner Heimat tätig gewesen, und seine Versetzung in den Hunsrück war eine große Herausforderung für ihn, der er mit Anfang vierzig bislang nicht gewachsen zu sein schien. Er machte mit dem leicht schütteren Haar und der runden Brille, die seine ohnehin schon hohe Stirn noch höher erscheinen ließ, einen recht intellektuellen und gelehrten Eindruck, was auf manchen Hochwälder befremdlich und hochmütig wirkte. Aufgrund seiner Größe ging er leicht vornübergebeugt und damit immer seinem Zuhörer zugewandt, was ihn bei wohlwollender Betrachtung sehr sympathisch machte.

Aber gerade Alexandra Stüber, die Frau des Chorleiters, machte es dem neuen Pastor immer wieder schwer. Sie ließ ihn ständig spüren, dass er nicht gebürtig aus dem Hochwald kam und nicht richtig hergehörte. An allem hatte sie rumzumäkeln. Die Liturgie war anders als bei Pastor Feldmann, bei Pastor Feldmann waren bislang viel mehr Leute in die Messe gegangen, Pastor Feldmann hatte eine viel bessere Auswahl an Liedern … Die Wahrheit war, dass es Josef Feldmann völlig egal gewesen war, welche Lieder gesungen wurden, er hatte da schlichtweg Friedhelm und Alexandra Stüber ihren Willen gelassen. Feldmann war manipulierbarer und gleichmütiger gewesen, sofern es nicht um Glaubensfragen ging, aber das machte den alten Pastor nicht automatisch zum besseren Geistlichen.

»Wir hätten es ja bevorzugt, das Konzert auf dem Kirchplatz abzuhalten, aber schließlich mussten andere ihre Interessen durchsetzen und einen«, sie spuckte das folgende Wort förmlich aus, »*Handwerkermarkt* initiieren.«

»Danke, Frau Stüber, wie reizend, dass Sie direkt darauf zu sprechen kommen, da kann ich gleich anschließen«, riss Bürgermeister Justinger das Wort wieder an sich. Er fuhr damit fort darzulegen, wer welche Aktivitäten angeboten hatte, und betonte, sie alle brauchten weiterhin reichlich Unterstützung. Viele Hände reckten sich, ein Kuchen- und ein Salatbuffet wurden vorgeschlagen, der Förster war sicher, sein Bruder aus Hermeskeil würde Biertischgarnituren zur Verfügung stellen, wenn die Getränke bei ihm bezogen würden, und so wurde lebhaft und mit erstaunlich großer Beteiligung geplant.

»Ich möchte außerdem erwähnen«, verschaffte der Bürgermeister sich abermals Gehör, »dass unser Dorfkünstler Rolf Trost sich bereit erklärt hat, einige seiner Kunstwerke an verschiedenen Orten im Dorf auszustellen. Leider konnten wir Herrn Trost ja nicht als festes Mitglied des Planungsausschusses gewinnen, will sagen, Herr Trost kam leider nicht zu allen anberaumten Terminen.« Justinger, der sich diesen Seitenhieb nicht hatte verkneifen können, wandte sich an den Künstler, der in der letzten Reihe saß: »Herr Trost, wenn Sie mal eben Ihr Konzept kurz vorstellen könnten.«

Trost ließ sich erst ein wenig bitten. Er fuhr sich mit beiden Händen, die von körperlicher Arbeit gezeichnet waren, durch die langen, grau melierten Locken und rückte seine schwarze Brille zurecht. Endlich stand er auf, blieb aber an seinem Platz stehen und verkündete wahrheitsgemäß: »Ein Konzept habe ich so gesehen gar nicht –«

»Aber Herr Trost«, ergriff Alexandra Stüber wieder übereifrig das Wort, »wenn Sie jetzt quasi zu uns gehören, darf ich sicher Rolf zu dir sagen.« Rolf Trost war anzusehen, dass ihm das nicht gefiel, aber vor den versammelten Hellersbergern hatte er keine Möglichkeit, dieses Du auszuschlagen.

»Wie wäre es«, fuhr Alexandra Stüber fort, »wenn wir alle mal zu dir ins Atelier kommen und uns die Werke ansehen, die du ausstellen möchtest.«

Trost winkte heftig ab. »Dazu ist meine Werkstatt zu klein, und ich möchte auch nicht jedes meiner Werke der Öffentlichkeit preisgeben.«

»Aber wir wissen schließlich nicht einmal, mit welchen Werkstoffen du arbeitest.«

»Ich werde Werke aus Holz und Stein ausstellen. Sobald ich weiß, welche Plätze ich bestücken soll, werde ich dem Festausschuss rechtzeitig eine Auswahl vorstellen«, antwortete Trost.

»Und ich dachte schon, Sie würden die Tonskulpturen ausstellen, die Sie immer im alten Töpferofen meines Großvaters bei mir in der Backstube brennen«, rief die Bäckersfrau mit einem deutlichen Anklang von Erleichterung.

Die Menge war unruhig vor Neugierde geworden. Keiner wusste Näheres über den Künstler, der zwar in Hellersberg geboren worden war, nach einer gescheiterten Schulkarriere aber das Dorf verlassen hatte und vor zwei Jahren unerwartet zurückgekehrt war. Sein kinderloser Patenonkel hatte ihm einen alten Hof am Ortsrand vererbt, den Trost gänzlich ohne fremde Hilfe zur Werkstatt umgebaut hatte. Viele Dorfbewohner hätten das Haus gern einmal von innen gesehen, aber Trost hatte jegliche Hilfe abgelehnt. Er habe die Pläne genau im Kopf, und eine Abweichung von seiner Vorstellung könne die Ausstrahlung des Ortes verändern, hatte er gesagt. Für die meisten klang diese Aussage so esoterisch, dass sie nie wieder fragten.

Trost setzte sich wieder hin und machte damit deutlich, dass das Thema für ihn beendet war. Es folgte eine Diskussion über die Plätze, die für das Ausstellen der Kunstwerke in Frage kamen, an der sich Trost jedoch nicht beteiligte. Zu guter Letzt erhielt er den Auftrag, fünf Stellen mit Skulpturen zu bestücken.

Man vertagte sich auf Samstag nächster Woche morgens ab zehn Uhr, um mit den gemeinsamen Arbeiten zu beginnen.

»Ich finde deine Idee mit deinem Apfelstand wundervoll«, lobte Hajo seine Nachbarin Ursula. »Dein Apfelkuchen ist wunderbar, dein Apfelschnaps ist weithin bekannt, und selbstverständlich können wir auch Apfelsaft und Viez anbieten.«

»Wir, Hajo? Wir machen den Stand demnach gemeinsam?« So war es gar nicht gemeint gewesen, aber das wollte Hajo nicht zugeben, schließlich war er auf eine Mitfahrgelegenheit aus.

»Die Feinplanung machen wir nächste Woche, wie Justinger gesagt hat«, beendete Hajo die Überlegungen und leerte seinen Viez in einem Zug.

ZWEI

Die Woche bis zum nächsten Treffen verging wie im Flug. Ganz Hellersberg beteiligte sich an den Vorbereitungen. Am Freitag war Hajo mit der Apfelernte fertig geworden, hatte Apfelsaft und Viez gemacht und war nun endgültig so weit, dass er sich einen Ruhetag gönnen konnte. Ursula musste nach Losheim fahren, um einzukaufen.

»Ursula, wenn du so gut wärst, über Scheiden nach Losheim zu fahren und mich mitzunehmen, könnte ich über den Saar-Hunsrück-Steig bis Weiskirchen wandern. Das sind rund dreizehn Kilometer, von da komme ich schon wieder zurück«, bat Hajo, als er Ursula am Donnerstag Äpfel für Gelee und Kuchen vorbeibrachte.

Hajo wanderte gern am frühen Morgen, da waren noch nicht so viele Leute unterwegs, wenn der Wald erwachte. Sie verabredeten sich für acht Uhr und fuhren pünktlich los.

Auf seinem Schoß hatte Hajo seinen Rucksack mit der üblichen Verpflegung.

Ursula griff an ihm vorbei, öffnete das Handschuhfach und ließ die Hand länger als notwendig zwischen Hajos Beinen liegen. Hajo erstarrte und wagte nicht, sich zu bewegen, aus Angst, eine ungewollte Berührung herbeizuführen. Eine scharfe Rechtskurve zwang Ursula dazu, endlich wieder beide Hände ans Lenkrad zu nehmen. Hajo plumpste etwas Warmes in den Schoß. Zum Glück hielt er den Rucksack so, dass er sehen konnte, was da in seinem Schoß vor sich ging.

»Ich bin schon um sechs Uhr aufgestanden, um dir einen kleinen Apfelkuchen zu backen, damit du unterwegs an mich denkst.« Der süße Geruch von Äpfeln und Zimt stieg Hajo in die Nase und hätte ihm fast die Sinne vernebelt, wäre ihm nicht bewusst gewesen, welchen Zweck Ursula mit dieser Verlockung verband.

»Das ist ganz lieb von dir, ich werde ihn bestimmt genießen«, meinte Hajo spröde und versuchte, den Kuchen irgendwie in seinen Rucksack zu stopfen.

Er ließ sich an der Hauptstraße in Richtung Römerburg absetzen. Der Aufstieg zur Römerburg war steil und teilweise sehr steinig, aber Hajo liebte diese Überreste der mittelalterlichen Burganlage, die vermutlich auf den Resten einer römischen oder sogar keltischen Festung gebaut worden war. In dieser Gegend war er früher schon einmal mit Katharina wandern, bevor es den Fernwanderweg von Orscholz an der Saarschleife beziehungsweise von Trier bis nach Idar-Oberstein gegeben hatte. Der y-förmige Weg verband mit seinen drei Schenkeln die Regionen Mosel, Saar und Nahe und war zu einem beliebten Ziel für Wanderer geworden, was sicher auch daran lag, dass er fast gar nicht über asphaltierte Wege führte. Der Kneippanlage zu seiner Rechten schenkte Hajo keine Beachtung, dafür war es um diese Uhrzeit noch zu frisch, er käme ja später an einer weiteren Kneippanlage vorbei.

Entlang des Bachs wanderte Hajo zum Bärenfelsen, dort überquerte er den Bach und erreichte kurz hinter dem Unterstand über Holzstufen den Grenzweg zwischen Rheinland-Pfalz und dem Saarland. Die sieben historischen Grenzsteine, an denen Hajo vorbeikam, zeugten von den Grenzstreitigkeiten zwischen den Gemeinden Scheiden und Zerf im achtzehnten Jahrhundert. Rechts vom Weg verlief ein schmaler Graben, der die Grenze zwischen den Bundesländern markierte. Gleich würde Hajo die höchste Stelle auf dem Felsenweg erreicht haben, somit wäre er auf immerhin fünfhundertfünfundachtzig Höhenmetern, da würde es sich anbieten, eine Rast einzulegen. Rund fünf Kilometer hätte Hajo bis dahin zurückgelegt, das war eine gute Teilstrecke, um sich über den Apfelkuchen herzumachen. Auf der linken Seite des Weges lagen nebeneinander drei Steine mit der Aufschrift »Felsenweg – höchster – Punkt«. Hatte da nicht sonst immer ein weiterer Stein gelegen, auf dem »585 m« stand? Hajo wühlte in seinem Rucksack, kramte die Flasche Apfelsaft heraus, die irgendwie nach unten gerutscht war, machte Ursulas Päckchen mit dem Apfelkuchen auf und sah sich nach einem geeigneten Rastplatz um. Als er sich umdrehte, sah er, dass genau gegenüber den Steinen ein Mann an einen Baum gelehnt saß und offenbar ruhte. Den Kopf hatte er nach vorn geneigt und die Baseballmütze verkehrt herum darauf sitzen. Hajo grüßte, aber der Mann schien tief zu schlafen. Als Hajo vor sich auf den Boden blickte, sah er zwei Dinge, die ihn verwunderten: Mitten auf dem Weg lag ein Navigationsgerät wie das, das er selbst immer zum Geocachen verwendete. Und neben dem Mann lag der Stein mit der Aufschrift »585 m«, dessen Fehlen ihm vorhin aufgefallen war.

»Hey, ich glaube, Sie haben da was verloren.« Hajo bückte sich schwerfällig und sah sich das Navi genauer an. Es wirkte wie ein etwas neueres Modell als sein eigenes, aber es war abgeschaltet. Er hielt es dem Fremden hin.

»Sagen Sie mal, so geht das aber nicht, dass Sie mir nichts, dir nichts den Stein da wegnehmen. Das ist ein Orientierungspunkt für Wanderer, das ist nicht nur irgendein Stein.«

Der Fremde reagierte weder auf Hajos Worte noch auf die ausgestreckte Hand mit dem kleinen Gerät von der Größe eines alten, klobigen Handys. Als der Mann sich nicht regte, berührte Hajo ihn an der Schulter.

»Sind Sie zum Geocachen gekommen, gibt es hier ein Versteck?«, fragte Hajo den Unbekannten.

Noch immer keine Antwort. Hajo, der nach wie vor auf dem Boden hockte, sah dem Mann zum ersten Mal direkt ins Gesicht und stieß einen erschrockenen Schrei aus. Der Mann schlief überhaupt nicht. Die Augen in seinem nach unten geneigten Gesicht waren weit aufgerissen, sein Mund zu einem stummen Schrei verzogen.

Irgendetwas kam ihm an diesem Mann bekannt vor, aber darüber konnte er später nachdenken.

Hajo kramte in seinem Rucksack nach seinem Handy, das er für Notfälle immer bei sich trug und bislang noch niemals benutzt hatte. Mit zittrigen Fingern schaltete er es ein und versuchte, sich an die vierstellige Geheimzahl zu erinnern. Katharina hatte immer darauf bestanden, dass er auf seine Wanderungen ein Handy mitnahm für den Fall, dass er sich einmal verirrte oder sich beispielsweise den Knöchel verstauchte und Hilfe brauchte. Sie hatte auch die Geheimzahl ausgesucht. Hajo tippte ihr Geburtsdatum ein, was er für das Naheliegendste hielt. Falsche PIN, neuer Versuch. Bestimmt war es ihr Hochzeitstag, aber der fiel ihm im Moment beim besten Willen nicht ein. Hastig versuchte er, seinen Trauring vom Finger zu zerren, aber vor sechsunddreißig Jahren war er wesentlich schlanker gewesen. Er lutschte an seinem Finger herum, bis er endlich den Ring lösen und das eingravierte Datum lesen konnte, das ihm sofort wieder vertraut war. Er tippte die vier Ziffern ein und wurde mit den Worten »Hallo, mein Dickerchen« auf dem Display begrüßt. Ein warmes Gefühl breitete sich trotz der Situation in Hajo aus. Er tippte die Nummer von Heiners Festnetzanschluss ein, da er die Handynummer seines Skatkumpels nicht auswendig wusste. Freitagmorgen, mehr als unwahrscheinlich, Heiner zu Hause anzutreffen.

»Landscheid«, meldete sich eine Frauenstimme.

»Gabriele?«, schrie Hajo ins Handy.

»Ja, Gabriele Landscheid, mit wem spreche ich bitte?«

Das Handy piepste, Hajo sah auf das Display: »Akku schwach«.

»Hallo, ist da jemand?«

»Ja, ich bin's, Gabriele, der Hajo. Aber ich bin nicht allein, hier ist noch jemand.«

»Guten Morgen, Hajo. Ja, du klingst auch gerade so, als wärst du nicht ganz allein. Warum rufst du denn an?«

»Gabriele, hol mal schnell den Heiner ans Telefon!«

»Hans-Joachim Nert, es ist Freitag, halb zehn, wo ist Heiner da normalerweise? Auf der Dienststelle selbstverständlich.«

»Gabriele, mein Handy ist fast leer. Schick Heiner hierher, ich glaube, er ist tot!«

»Wer ist tot?«

»Der Mann hier neben mir. Ich bin –«

Die Verbindung riss ab, der Akku hatte keinen Saft mehr. Hoffentlich würden Heiner und Gabriele bald darauf kommen, wo Hajo war, sonst müsste er auf den nächsten Wanderer warten, was an einem Freitagmorgen lange dauern konnte. Oder er musste die mehr als zwei Kilometer nach Waldhölzbach laufen und den Toten allein lassen.

Erst nach zwanzig Minuten hatte Hajo sich so weit beruhigt, dass ihm richtig bewusst wurde, dass ihn an dieser Stelle niemand finden konnte. Ursula konnte nicht wieder vom Einkaufen zurück sein, und sonst hatte er niemandem erzählt, wo er wandern wollte. Er überlegte, ob er Heiner einen Zettel schreiben sollte, aber was sollte er schreiben? »Bin gleich zurück«? »Heiner, ich war das nicht«?

Hajo beschloss, über den Felsenweg nach Waldhölzbach zu laufen. Wenn er seinen Rucksack mitnehmen würde, wäre er deutlich langsamer, aber hierlassen wollte er ihn auch nicht. Nie zuvor war sich Hajo so verunsichert und hilflos vorgekommen. Er entschied sich, mit Gepäck in die benachbarte Gemeinde zu wandern, dann müsste er später vielleicht nicht mehr hierher zurückkommen.

Obwohl Hajo ein geübter Wanderer war, zog sich der Weg schier endlos dahin. Als er über den Bach musste, rutschte er auf den glitschigen Steinen aus und fiel unsanft hin. Sein Konzentrationsvermögen war durch den Fund von eben arg strapaziert, auf den steinigen Abstiegen fehlte ihm an diesem Tag die gewohnte Trittsicherheit. Der Weg war zum Teil recht steil, und Hajo kam schnell außer Atem. Als er am Teufelsfelsen ankam, setzte er sich für einen kurzen Moment auf die Schaukel. Die steilen Aufstiege waren heute zu viel für Hajos Herz. Normalerweise genoss er an dieser Stelle immer die wundervolle Aussicht, aber heute hatte er hierfür überhaupt keinen Blick. Hajo atmete kurz durch, bevor er weiterging. Nach knapp vierzig Minuten kamen endlich die ersten Wohnhäuser von Waldhölzbach hinter dem Backhaus am Parkplatz in Sicht, und Hajo beschleunigte seine Schritte. Auf sein Klingeln am ersten Haus reagierte niemand, aber gegenüber registrierte Hajo eine alte Frau auf einer Gartenbank vor dem Haus. Sie weigerte sich jedoch, ihn telefonieren zu lassen, und verwies ihn an ihre Schwiegertochter wenige Häuser weiter.

»Ja?«, klang es aus der Sprechanlage über dem Klingelknopf.

Hajo räusperte sich. »Entschuldigen Sie bitte, ich bin Hans-Joachim Nert aus Hellersberg. Mein Handy ist leer, und ich müsste mal ganz dringend telefonieren. Wirklich dringend!«

»Moment, bitte.«

Hajo wartete und besah sich die umliegenden Häuser, bis hinter ihm die Tür aufging und ihm eine Frau Ende zwanzig mit einem Baby auf dem linken Arm und einem schnurlosen Telefon in der rechten Hand entgegentrat.

»Sie können gern von dort draußen telefonieren.«

»Guten Morgen, Frau …« Hajo schielte auf das Klingelschild.

»… Langenbach-Segeberg. Ist Ihnen etwas zugestoßen?«

»Mir nicht, aber jemand anderem. Ich möchte Ihre Freundlichkeit nicht überstrapazieren, aber ich brauche die Nummer der Polizeistation in Hellersberg.«

»Polizei?« Sie trat erschrocken einen Schritt zurück.

»Ja, im Wald … Hören Sie, der Beamte aus Hellersberg muss sofort kommen. Die Nummer seiner Dienststelle weiß ich aber leider nicht.«

»Wozu brauchen Sie im Saarland so dringend die rheinland-pfälzische Polizei?«, wollte die Frau wissen.

»Bitte, geben Sie mir endlich das Telefon, ich rufe noch mal Gabriele an.«

»Ich denke, Sie wollten die Polizei … Wissen Sie überhaupt, was Sie wollen?«

»Bitte, ich rufe Gabriele Landscheid an, die Ehefrau des Polizisten. Die kann das organisieren.«

»Na gut, ein Anruf. Wir haben schließlich eine Flatrate. Aber damit ist es auch genug. Nicht, dass Sie mir noch eine Handynummer anrufen, das läuft nämlich nicht über die Flatrate.«

Hajo wurde ungeduldig und griff nach dem Apparat. Die junge Frau trat einen Schritt zurück in den schützenden Hausflur, bereit, die Tür sofort zuzuschlagen, falls das Telefonat nur eine Ausrede wäre und der Mann sie übertölpeln wollte. Aber Hajo drehte sich mit dem Rücken zum Haus und tippte mit zittrigen Fingern Heiners Privatnummer ein.

»Landscheid«, meldete sich wieder Gabriele.

»Gabriele, hier ist wieder Hajo.«

»Hajo, du warst eben plötzlich weg, ich konnte Heiner zwar informieren, dass etwas los ist, aber ich wusste überhaupt nicht, wohin ich ihn schicken sollte.«

»Völlig richtig, Gabriele. Ich bin gerade in Waldhölzbach und darf von einer reizenden jungen Frau aus telefonieren. Meinst du, ich kann mir die Nummer von Heiners Dienstanschluss im Kopf merken?«

»Das will ich meinen, alter Skatbruder. Ruf die 18202 an, Heiner wartet schon auf deinen Anruf.«

»Ich danke dir, bis später.« Erleichtert drückte Hajo die rote

Taste und wollte gerade wieder neu wählen, als die junge Mutter ihm von hinten auf die Schulter tippte.

»Einen Anruf, hatte ich gesagt, einen! Ich muss gleich zum Babyschwimmen nach Weiskirchen und habe wirklich keine Zeit mehr.«

»Junge Frau.« Hajo versuchte, energisch und dennoch höflich zu sein. »Ich möchte Sie nicht beunruhigen, aber ich habe eben im Wald einen Toten gefunden.«

Die Frau schrie auf und wich zurück, als habe Hajo eine ansteckende Krankheit, hielt aber weiterhin ihre Hand fordernd nach dem Telefon ausgestreckt.

»Nein, ich rufe die Polizeistation in Hellersberg an. Das ist unterlassene Hilfeleistung, wenn Sie mich nicht telefonieren lassen«, sagte Hajo energisch.

»Aber ich muss nach Weiskirchen«, entgegnete die Frau noch einmal, während Hajo bereits die Nummer eintippte.

Heiner Landscheid kam entgegen Hajos Erwartung nicht mit dem Polizeiwagen, sondern mit seinem privaten Opel Omega.

»Länderübergreifend darf ich nicht ermitteln. Wieso konntest du nicht die Kollegen im Saarland rufen?«, erkundigte er sich spürbar gereizt bei seinem Freund.

»Heiner, ich kenne den Wald wie meine Westentasche. Ein paar Meter weiter führt diese kleine Brücke über den Graben, dahinter wäre der Tote im Saarland gewesen, aber die höchste Stelle des Felsenweges liegt ganz klar in Rheinland-Pfalz, und somit bist du zuständig, das lässt sich nicht ändern«, antwortete Hajo ebenfalls gereizt. Schlimm genug, dass er einen Toten gefunden hatte, musste er sich auch noch für seinen Anruf bei Heiner rechtfertigen. Hätte er sich nicht einfach »Ich möchte diesen schlafenden Mann nicht wecken, ich frühstücke erst in der Blockhütte an der Kneippanlage« denken und vorbeigehen können?

Hajo wäre gern im Auto geblieben. Ihm zitterten die Beine, und er war den Weg eben erst in die Gegenrichtung gegangen, aber in Heiners Augen waren Strecken über zweihundert Meter fahrend zurückzulegen. Daher kannte Heiner weder den Felsenweg noch den Wegpunkt mit der Höhenangabe, und so musste Hajo ihn doch begleiten.

Als sie am Ziel waren, schilderte Hajo zunächst die Umstände, unter denen er den Toten gefunden hatte. Als Heiner dessen Baseballmütze anhob, erkannten sie auch die vermutliche Todesursache: Der Hinterkopf des Mannes war zertrümmert worden. Blut klebte an der Unterseite des Steins mit der Höhenangabe, der links neben dem Mann lag, statt an seinem Platz auf der gegenüberliegenden Seite des Weges. Heiner Landscheid rief die Kollegen von der Spurensicherung an.

Kevin Wahlen war heute Morgen wieder aus Hellersberg abgezogen worden, da ein Kollege in Hermeskeil krank geworden war, und somit war Heiner vorerst auf sich allein gestellt. Zwischen Hellersberg und Hermeskeil gab es eine traditionelle Rivalität, sodass Heiner niemals den Kollegen gegenüber eingestanden hätte, dass ihn die Situation überforderte. Er wusste nicht genau, ob dieser Teil des Wanderweges wirklich zu seinem Gebiet gehörte, und hielt es für sicherer, die Kollegen in Trier zu verständigen. Es komme jemand raus, wurde ihm am Telefon versichert.

»Geht es schnell?«, erkundigte sich Heiner bei dem Kollegen aus Trier.

»Wieso, ist Gefahr im Verzug?«

»Nein, nein«, erwiderte Heiner mit einem Blick auf seine Armbanduhr. »Nur … Es ist schon nach elf Uhr, und heute ist Freitag.«

»Ja? Und?«, erkundigte sich der städtische Kollege.

»Na, um zwölf mache ich freitags immer Feierabend!«

Wortlos wurde am anderen Ende aufgelegt.

Als er endlich wieder zu Hause war, legte sich Hajo erschöpft aufs Bett und schlief umgehend ein. Es war fast sechszehn Uhr, als er die Augen wieder aufschlug. Verdammt, Lederallergie, dachte er sich. Das war immer schon so gewesen: Jedes Mal, wenn er wach wurde und Schuhe trug, hatte er Kopfschmerzen. Er versuchte, sich die Geschehnisse des Vormittags ins Gedächtnis zu rufen; als jedoch die Erinnerungen auf ihn einströmten, wäre er froh gewesen, sich lieber nicht erinnern zu können. Er tappte, völlig aus dem Rhythmus gekommen, ins Bad, zog sich aus und duschte so kalt wie möglich. Langsam kamen die Lebensgeister wieder, und sein Kopf wurde erschreckend klar. Dieser Tote hatte ihn völlig aus der Bahn geworfen. Ob Heiner und seine Kollegen aus Trier schon eine Ahnung hatten, wer er war und was passiert sein könnte? Um achtzehn Uhr war er, wie jeden Freitag, mit Heiner und dem Pastor zum Skat verabredet, da würde er hoffentlich mehr erfahren. Hajo machte sich fertig und lief zu Heiners Haus im Ortskern. Sein Vater sei noch im Büro, sagte ihm Thorsten, Heiners Jüngster, es bestehe offenbar der Verdacht, dass die Ehefrau des Toten den Mann erschlagen haben könnte. Hajo ging zu Fuß zur Polizeidienststelle, wobei er schon vor der Tür die Bäckersfrau traf.

»Hajo, hast du schon gehört, dass Heiner einen Toten gefunden hat?«, hielt sie ihn aufgeregt an.

»So ähnlich, ja«, erwiderte Hajo zurückhaltend.

»Und zurzeit hat er eine Frau bei sich, das ist sicherlich die Mörderin. Eine ganz Schlanke mit feuerroten Haaren und irren grünen Augen. Sie sieht aus wie eine Hexe. Du solltest da besser nicht reingehen, wer weiß, ob sie dich nicht auch verhext«, riet sie Hajo.

»Oh, Cordula, gut, dass du mir das sagst. Da will ich mal ganz schnell sehen, ob ich Heiner vor der Hexe retten kann«, antwortete Hajo, der nicht wirklich an Hexen im Hunsrück glaubte.

Als er die Dienststelle betrat, sah er zunächst niemanden, hörte aber Stimmen aus dem angrenzenden Büro, in dem Heiner für gewöhnlich nur saß, wenn er vor seinen Mitarbeitern seine Ruhe haben wollte. Da er im Moment üblicherweise allein Dienst schob, musste es andere Gründe dafür geben, dass er das Büro nutzte.

»Heiner, bist du da?«, fragte Hajo vorsichtig nach hinten.

»Hajo, bist du das?«, kam als Antwort durch die offen stehende Bürotür.

»Kann ich dir irgendwie helfen, Heiner?«, fragte Hajo.

»Komm durch, ich mache dich mit jemandem bekannt.«

Hajo ging zögernd in den hinteren Raum durch und verstand spontan, wovor die Bäckersfrau ihn hatte warnen wollen. Eine schlanke Frau Ende dreißig mit sprühenden Augen und leuchtend roten Haaren saß auf dem Stuhl vor Heiners Schreibtisch und funkelte Hajo an. Sie trug eine Hose, die einmal weiß gewesen sein musste, aber nun verstaubt und fleckig an den Knien war. Ihre grünen Schuhe schienen vom Waldboden schmutzig und verstaubt zu sein, obwohl sie eher für eine Tanzveranstaltung als für eine Wanderung geeignet zu sein schienen. Die ebenfalls grüne Bluse, die die Dame trug, war viel zu dünn für diese Witterung. Sie wirkte so, als habe sie für heute ganz andere Pläne gehabt und sei von irgendetwas überrascht worden. Wer war sie? Die Ehefrau des Toten, wie die Bäckersfrau angedeutet hatte?

»Darf ich euch miteinander bekannt machen?«, sagte Heiner, stand auf und kam um seinen Schreibtisch herum. »Frau Vanessa Müller-Laskowski, die Kollegin aus Trier«, er wies auf die schlanke Rothaarige, die auf einmal gar nicht mehr so gefährlich wirkte, »Herr Hans-Joachim Nert, mein Freund und Skatbruder und der unglückliche Finder unseres toten Saarländers.«

Hajo nickte der Fremden zu, zog sich einen der schweren Stühle heran und setzte sich vorsichtig auf die vordere Kante, da die Lehnen nicht breit genug für sein Körperformat waren.

»Kollegin?«, stieß Hajo hervor.

»Ja, ich hatte dir doch gesagt, dass ich Trier informiert habe und man mir –«

»Kollegin?«, wiederholte Hajo abermals und lachte laut prustend los.

»Kriminalkommissarin Vanessa Müller-Laskowski, freut mich, Sie kennenzulernen.« Die Dame streckte ihm die Hand entgegen, aber Hajo hielt sich den runden Bauch vor Lachen.

»Hajo, ist alles in Ordnung?«, erkundigte sich Heiner, und die junge Dame rückte pikiert mit ihrem Stuhl ein Stück von Hajo weg.

»Bitte entschuldigt«, antwortete Hajo und wischte sich mit einem großen Taschentuch eine Träne aus dem Augenwinkel. »Im Dorf geht bereits das Gerücht um, du hättest eine Hexe gefangen, die ihren Ehemann umgebracht hat. Da werden aber einige enttäuscht sein.« Noch immer schmunzelnd, steckte er sein Taschentuch zurück in die Hosentasche.

Auch Heiner lächelte wissend, aber Frau Müller-Laskowski schien nicht zu verstehen, worin der Witz lag.

»Hexe?«, fragte die Rothaarige gereizt und zog dabei eine Augenbraue hoch.

»Na ja, ich denke, es liegt an der ungewohnten Aufmachung und den Haaren und Ihren bezaubernden Augen. So jemanden sieht man bei uns im Hochwald nicht oft, da muss schon etwas Übernatürliches im Spiel sein oder so«, erklärte Hajo schmunzelnd. Aber der Humor der Dame schien sich nicht so recht mit seinem und Heiners Humor zu decken. »Nicht, dass ich das auch so sehen würde«, fügte Hajo schnell hinzu, aber die Frau winkte ab.

»Können Sie sich vorstellen, wie häufig ich in meinem Leben auf meine Haarfarbe angesprochen worden bin? Was mir alles schon unterstellt und vorgeworfen wurde, weil ich nicht ganz so aussehe wie alle? Aber das ist ehrlich der Gipfel. Gibt es im Hunsrück noch das klassische Feindbild, an dem man sich orientiert, wenn etwas geschieht?« Sie war außer sich.

Heiner schob ihr beschwichtigend eine Packung Kekse über den Tisch zu, die sie aber ignorierte. »Fahren Sie mal wieder runter; der Hochwald ist, wie er ist. Es sind rechtschaffene Menschen, die sich Sorgen um ihre eigene Sicherheit machen und froh wären, wenn der Fall schon aufgeklärt wäre. Und da ist ein unbekanntes Gesicht für sie immer eine potenzielle Gefahr. Seine Dorfgemeinschaft kennt man ja, da gibt es niemanden, dem man einen Mord zutraut. Aber unbekannte Leute machen Angst. Die sprechen eine andere Sprache, die bringen neue Gedanken ins Dorf, die bergen möglicherweise Gefahren«, klärte Heiner seine jüngere Kollegin über die Eigenarten der Hochwälder auf.

»Aber Sie sind schon der deutschen Sprache mächtig?«, erkundigte sie sich überheblich.

»Der Sprache schon, aber wir sagen meistens das, was wir denken. Und bei Unbekannten wissen wir eben nicht, was in denen vorgeht. Und wenn die auch noch so attraktiv sind wie Sie« – Frau Müller-Laskowski schnaubte verächtlich – »dann sind sie ganz klar eine Gefahr für die Ehefrauen im Dorf. Und ich bin sicher, das war eine Frau, die dieses Gerücht gestreut hat.«

Hajo nickte. »Klar. Ich habe es von der Bäckersfrau gehört. Habt ihr hier weiterhin zu tun?«

Beide nickten.

»Gut, machen wir mal ein Experiment. Ich gehe in den Gasthof und höre mal, was die Gerüchteküche so kocht. Und ihr kommt später nach, und wir essen zusammen in der ›Post‹.«

Heiner nickte zustimmend, aber seine Kollegin wirkte noch immer verärgert. »Sie werden die Hochwälder nicht ändern, nehmen Sie sie einfach so, wie sie sind«, sagte Heiner zu Vanessa Müller-Laskowski. Und an Hajo gewandt: »Wir sehen uns gegen achtzehn Uhr zum Skat, wie immer.«

Als Hajo die Polizeidienststelle verließ, wunderte er sich gar nicht darüber, draußen abermals der Bäckersfrau über den Weg zu laufen.

»Na, Hajo, was meinst du? Sie sieht genau wie eine echte Mörderin aus, oder? Da gibt es gar keinen Zweifel!«

Hajo verkniff sich ein Grinsen. »Cordula, du hast recht. Sie hat alles, was man als Mörderin auf dem Saar-Hunsrück-Steig braucht: zwei Beine, zwei Arme und zwei Augen. Sie könnte es genauso gut gewesen sein wie du und ich auch. Das macht uns genauso verdächtig.«

»Aber hast du nicht diese irren grünen Augen gesehen?«

»Sie sind grau.«

»Nein, Hajo, als ich sie vorhin gesehen habe, also direkt nach der Tat, leuchteten sie grün. Daran gibt es keinen Zweifel.«

»Na, das könnte tatsächlich das entscheidende Indiz sein. Ich geh jetzt jedenfalls zur ›Post‹ einen Happen essen, vielleicht erfahre ich da ja noch mehr.«

Hajo wandte sich zum Gehen, drehte sich aber ein letztes Mal um. »Sag mal, Cordula, wieso bist du überhaupt hier? Hat die Bäckerei freitags nicht mehr bis achtzehn Uhr geöffnet?«

Sie wirkte verlegen. »Na ja, es waren schon seit heute Nachmittag keine Kunden mehr da, und da wollte ich mal selbst sehen, was es so an Neuigkeiten in Hellersberg gibt.«

Hajo gingen Heiners Worte durch den Kopf: »Wir sagen meistens das, was wir denken.« Schade, dass manche nicht nachdachten, bevor sie sprachen, aber Cordula meinte es wirklich so, wie sie es gesagt hatte.

»Na, morgen früh wirst du sicher allerhand zu erzählen haben, wenn die Hellersberger ihre Wochenendbrötchen bei dir kaufen. Ich wünsche dir einen schönen Abend.«

Vor dem Gasthof »Zur Post« standen der Förster und der alte Metzger Klaus Jungblut miteinander ins Gespräch vertieft, jeder mit einer Zigarette in der Hand. Hajo grüßte und wollte vorbeigehen, als Jungblut ihn anhielt.

»Hajo, mein Sohn hat mir vorhin erzählt, dass Heiner eine Mörderin gefasst hat, hast du das auch schon gehört?«

»Ein weiterer Mord? Hier?« Hajo tat erstaunt.

»Ja, hast du es nicht gehört?«, fragte der Förster. »Auf dem Grenzweg hat eine Frau ihren Mann umgebracht, und Heiner hat sie schon geschnappt. Ich weiß nicht, wie er das so schnell geschafft hat, aber es steht bereits fest, dass sie die Mörderin ist.«

Hajo tat unwissend. »Aha, woran erkennt man so schnell, dass jemand eine Mörderin ist?«

»Na, sie hat feuerrote Haare, wilde grüne Augen, und ihre Hose ist ganz schmutzig vom Waldboden. Anscheinend hat Heiner sie geschnappt, bevor sie eine Gelegenheit hatte, ihre Kleidung verschwinden zu lassen. Sicherlich wird er es in Windeseile schaffen, dass sie ein Geständnis ablegt.«

»Was soll sie denn gestehen?«, hakte Hajo nach.

Der alte Metzger machte den Anschein, Hajo sachdienlich aufklären zu wollen. »Da ist ein Mann um die vierzig auf dem Grenzweg erschlagen aufgefunden worden. Er kommt aus dem Saarland, aber offenbar hat seine Frau ihn auf unserer Seite erschlagen, weil sich im Saarland eben alle untereinander kennen und sie möglicherweise befürchtet hat, da würde man ihr schnell auf die Schliche kommen. Aber unser Heiner ist pfiffig, der hat sie auch ganz schnell ausfindig gemacht.«

Hajo pfiff anerkennend durch die Zähne. »Da muss ich heute beim Skat aber aufpassen, wenn er wirklich so genau hinsieht. Nicht, dass er mich beim Schummeln ertappt.« Er legte verschwörerisch die Finger auf die Lippen und betrat die Gaststube.

Wie schon nach dem Mord an dem Medikamentenvertreter hatten sich ungewöhnlich viele Leute bereits zu früher Stunde in der Gaststätte eingefunden. Am vorderen Tisch saß eine Familie beim Abendessen, an der Theke waren bereits vier Hocker besetzt, und der frühere Pastor saß schon an dem kleinen Tisch in der Ecke. Karl-Josef Lehnen stand an der Theke und war ins Gespräch mit Ruth Eiden vertieft, und an einem langen Tisch links des Eingangs war der Bastelkreis von Hellersberg versammelt, sieben oder acht Frauen, die gemeinsam Bastelarbeiten für den Handwerkermarkt herstellten. Im hinteren Teil des Gasthofes standen einige Leute, die für gewöhnlich freitags erst um achtzehn Uhr zum Kegeln kamen. Mit anderen Worten, der Gasthof war brechend voll mit neugierigen Hellersbergern.

Hajo ging zunächst an die Theke, um sich einen Viez und eine Portion Bratkartoffeln mit gebackener Blutwurst zu bestellen. Ruth und Karl-Josef machten den Eindruck, als sei die gute Zusammenarbeit bei der Versammlung wegen der Wahl zum »Dorf der Region« keine einmalige Aktion gewesen, denn sie schienen gemeinsam über eine Erweiterung der Speisekarte nachzudenken. Ruth Eiden legte Hajo vertraulich eine Hand auf den Arm.

»Hast du schon gehört, schon wieder ein Toter auf Hellersberger Boden«, sagte sie verschwörerisch.

»Nein, was du nicht sagst«, erwiderte Hajo. »Gibt es schon nähere Informationen?«

»Ja, ein Mann um die vierzig, der von seiner Frau erschlagen wurde, aber Heiner hat die Frau schon gefasst und zum Verhör auf die Wache gebracht. Ich fürchte, aus eurer Skatrunde wird heute nichts.«

»Na ja, das ist nicht so schlimm, heute sind so viele Leute im Lokal, da lässt sich sicher ein dritter Mann finden. Sonst hast du vielleicht ein Schachbrett, dann spiele ich mit dem Pastor allein. Apropos, wer hat denn den Toten gefunden?«

»Ein Wanderer ist im wahrsten Sinne des Wortes über ihn gestolpert. Heiner hat schon Unterstützung aus Trier angefordert, wo hier ständig Morde passieren, aber die lassen sich sicher wieder Zeit bis Montag, bis sie mal jemanden schicken.«

Hajo verkniff sich jeden Kommentar, erwähnte, dass er wirklich sehr hungrig sei, und setzte sich dem Pastor gegenüber, der mit dem Gesicht zur Tür saß.

»Na, mein lieber Josef, ob da nicht manch einer in den nächsten Tagen zu deinem Nachfolger laufen muss, um zu beichten, dass er falsch Zeugnis wider seinen Nächsten geredet hat?«, fragte Hajo schmunzelnd.

»Du magst recht haben, mein lieber Hajo, aber vergib ihnen, denn sie wissen nicht, was sie tun.« Feldmann prostete ihm zu, und beide nahmen einen tiefen Schluck von ihrem kühlen Viez.

»Weißt du, wer der Wanderer war, der angeblich über den Toten gestolpert ist?«

»Nein, ich weiß nur …« Der Pastor verstummte, ebenso wie alle anderen Gäste im Lokal. Ruth kam gerade mit dem Teller Bratkartoffeln aus der Küche und sprach einen Gast an der Theke an, hielt aber mitten im Satz inne. Hajo wandte sich zum Eingang und fühlte sich wie in einem schlechten Western: In der Tür stand Heiner, neben sich die rothaarige Schöne mit dem unaussprechlichen Doppelnamen. Man konnte die Anspannung in der Luft förmlich knistern hören. Heiner blieb einen Moment lang stehen, nahm die Stimmung im Lokal auf und ging mit sicherem Schritt zur Theke, wobei seine Kollegin verunsichert an der Tür stehen blieb.

»Kommen Sie«, forderte Heiner sie auf, und sie folgte ihm mit ihrer schmuddeligen, aber augenscheinlich teuren weißen Hose und den hochhackigen grünen Schuhen. Ruth wollte sich mit dem Teller an ihnen vorbeidrücken, aber Heiner hielt sie auf.

»Heiner, ich muss bedienen, das siehst du doch«, sagte Ruth.

Heiner ergriff den Teller. »Für wen sind die Bratkartoffeln mit Blutwurst?«

Einige wandten sich ab und begannen wieder mit ihrem Gespräch, die meisten jedoch starrten weiter dieses ungleiche Paar an: Heiner in Uniform mit durchgeschwitztem, eng sitzendem Hemd und schmutzigen Hosenaufschlägen und einem durchgewuschelten Haarkranz, daneben die große, schlanke Unbekannte mit der teuren, aber ruinierten Kleidung und den feuerroten Haaren, die nach hinten zu einem strengen Pferdeschwanz zusammengefasst waren und so ihr kantiges, blasses Gesicht hervortreten ließen.

Hajo hatte sich erhoben und nahm Heiner seinen Teller ab. Der wandte sich wieder an Ruth Eiden. »Ruth, hast du noch ein Zimmer frei?«

Ruth schüttelte energisch den Kopf. »Nein, keine Chance, ich kann leider nicht vermieten. Vielleicht in Hermeskeil? Soll ich für dich anrufen?«

Heiner wies auf das Schlüsselbrett hinter der Theke, an dem kein Schlüssel zu fehlen schien.

»Äh, Renovierungsarbeiten, es steht leider kein Zimmer zur Verfügung«, stammelte die Wirtin.

»Renovierungsarbeiten? Seit wann?«

»Nun ja, die waren schon lange fällig, und da dachte ich mir …« Sie errötete.

»Du renovierst im September, wo du sicher sein kannst, dass du Gäste bekommst, die in der Gegend wandern oder Rad fahren? Renoviert man da nicht eher im Winter?« Heiner ließ nicht locker.

Nach wie vor starrten alle die Unbekannte an.

»Ruth, du hattest gar nicht erzählt –«, begann Karl-Josef Lehnen, der neben Ruth an der Theke stand und von ihr einen Knuff in die Rippen erhielt, sodass er kurz nach Luft schnappen musste.

»Ruth, kann ich dich mal kurz unter vier Augen sprechen?«, bat Heiner und zog Ruth Eiden mit sich in Richtung Küche. Dort angekommen fragte er: »Was soll das, warum willst du nicht vermieten?«

»Ich vermiete nicht an eine Mörderin«, stieß Ruth hervor. »Das macht mir Angst. Wer weiß, ob ich nachts in meinem eigenen Haus noch sicher bin.«

Heiner lehnte sich mit offenem Mund an die Arbeitsplatte. »Mörderin?«

»Ja, das ganze Dorf weiß, dass du die irre Ehefrau von dem Toten geschnappt hast. Sie gehört in ein Gefängnis, aber nicht in meinen Gasthof. Das ruiniert meinen ganzen Ruf.«

Heiner drehte sich wortlos um und ging zurück zu seiner Kollegin. Während er sie zum Tisch in der Ecke führte, von wo aus der Pastor ebenfalls dem Geschehen zugesehen hatte und Hajo sich gerade über sein Abendessen hermachte, blickte er über die Schulter zu Ruth zurück und sagte: »Ich hätte gern ein großes Bier und für die Dame …« Er blickte sie fragend an.

»Eine kleine Apfelschorle, bitte«, bestellte diese selbst mit fester, wohltönender Stimme. Die Leute fingen wieder an zu tuscheln.

»Heißt das, ich muss heute Abend zurück nach Trier fahren?«, fragte sie Heiner, als sie sich setzen.

»Warten Sie ein wenig, da wird mit Sicherheit noch ein Zimmer frei«, antwortete Hajo kauend. »Sonst … Josef, siehst du eine Chance auf Kirchenasyl?«

Im Hintergrund hörte man das gezischte Wort »Hexe« von der Hausfrauenrunde des Bastelkreises. Alle Gespräche verstummten wieder.

»Ich mache das nicht länger mit, ich fahre sofort wieder zurück«, brauste die Kommissarin auf, aber der Pastor war bereits aufgestanden.

»Liebe Brüder und Schwestern, wer von euch ohne Sünde ist, der werfe den ersten Stein. Was hat die Dame euch getan?«

Auf ein betretenes Schweigen folgte wiederum heftiges Getuschel.

»Man sagt, sie hätte –«, begann eine der Frauen aus der Kegelrunde, worauf Heiner auf sie zuging, seinen Block zückte und mit dem Stift darauf herumtippte.

»Wer genau war das, Hilde? Ich muss den Namen notieren und ein Protokoll aufnehmen.«

Die Frau schreckte zurück. »Äh, ich weiß nicht genau, man sagte …« Sie brach ab.

»Ja, was sagt man sonst noch im Dorf?«

Niemand wagte mehr, sich dazu zu äußern. Heiner wandte sich an den Hausfrauentisch: »Ich kenne mich da nicht so aus wie ihr, woran erkennt man denn eine Hexe? Und was sind ihre besonderen Fähigkeiten?«

Die Damen schienen peinlich berührt, eine kramte tief in ihrer Handtasche, eine versteckte sich hinter einem großen Taschentuch, eine andere tat so, als sei ihr die Wolle unter den Tisch gerollt.

»Seid ihr nicht ein wenig vorschnell mit euren Äußerungen?«, hakte Heiner nach. Es war untypisch für ihn, so forsch mit seinen Mitbürgern umzugehen, aber Hajo vermutete, dass er den Fall so schnell wie möglich wieder loswerden wollte. Da war es alles andere als hilfreich, wenn das ganze Dorf mauerte, die Kollegin aus Trier beleidigte und diese wieder abfuhr.

»Frau Kommissarin, möchten Sie sich selbst vorstellen, oder soll ich?«

Eine Frau in der Kegelgruppe ließ ihre Schuhe fallen, an der Theke wurde ein Glas umgestoßen, und Ruth Eiden vergaß, den Bierhahn abzustellen, sodass sich das fortwährend strömende Bier über ihre Hände ergoss.

»Kommissarin?«, stieß sie mühsam hervor.

»Jawohl, Kommissarin«, antwortete Heiners Kollegin. Sie ging durch das ganze Lokal auf die Theke zu, beugte sich nach vorn zu Ruth Eiden und sagte mit einem zuckersüßen Lächeln:

»Vanessa Müller-Laskowski, Mordkommission Trier, freut mich, Sie kennenzulernen. Könnte ich jetzt bitte mein Zimmer sehen?«

»Darf ich Ihnen noch Nachschub bringen, Frau Kommissarin? Eine weitere Tasse Kaffee vielleicht?«

»Danke, ich habe genug.« Vanessa fischte sich die Samstagsausgabe der Tageszeitung von der Theke und wollte sie gerade aufschlagen, als Ruth Eiden sie abermals ablenkte.

»Soll ich Ihnen ein Rührei machen? Oder ein weich gekochtes Ei?«

Vanessa verdrehte die Augen. »Vielen Dank, das ist sehr freundlich, aber ich frühstücke normalerweise gar nicht. Ich würde gern in Ruhe die Zeitung lesen, Herr Landscheid wollte mich gegen halb zehn hier treffen.«

»Selbstverständlich, aber Sie sagen Bescheid, wenn ich Ihnen noch etwas bringen kann?«

Vanessa war nicht entgangen, wie peinlich es Ruth Eiden war, dass diese sie am Vortag so abgewiesen hatte, obwohl natürlich keines ihrer Zimmer belegt war.

»Es stört Sie sicher nicht, wenn ich hier ein wenig herumräume? Um zehn Uhr ist unser Treffen zur Vorbereitung auf den Wettbewerb ›Dorf der Region‹ auf dem Kirchplatz, und da kann es durchaus sein, dass der ein oder andere Hellersberger vorher vorbeikommt.«

Vanessa schlug die Zeitung auf und stolperte erst einmal darüber, dass sie nicht die Stadtausgabe des Trierischen Volksfreundes vor sich hatte, die sie von zu Hause gewohnt war, sondern die Landausgabe Hochwald.

Als die Tür aufging, hatte sie den politischen Teil durchgelesen, den Lokalteil allerdings nur überflogen. Es interessierte sie nicht, ob es einen Verkehrsunfall im Hochwald gegeben hatte oder ob eine beliebige Grundschule ein neues Klettergerät bekam. Heiner Landscheid stand in der Tür und schüttelte sich wie ein nasser Hund.

»Ruth«, rief er, »draußen regnet es wie aus Kübeln, ich schätze mal, die Leute werden sich erst einmal bei dir treffen, sofern überhaupt jemand bei dem Wetter erscheint.«

»Danke, ich koch vorsichtshalber mal Kaffee und rufe Cordula an, ob sie mir ein paar Brötchen bringen lassen kann. Magst du einen Kaffee?«

Landscheid setzte sich zu Vanessa, die an diesem Morgen ein hellblaues kurzes Kleid und weiße hochhackige Schuhe trug. »Äh, Frau Kollegin, wir haben September, haben Ihnen die Kollegen in Trier nicht gesagt, dass im Hochwald bald der Winter kommt mit den ersten Schneefällen?«

Vanessa sah an sich herab. »Was soll das heißen, Herr Landscheid?«

»Sie werden frieren. Aber unter den Blicken der neidischen Hellersberger wird Ihnen wieder warm werden. Das ist wie ein Kneippbad, sehr gesund fürs Selbstbewusstsein.«

»Ich hatte nicht damit gerechnet, länger hierbleiben zu müssen«, erwiderte Vanessa. »Ich war ursprünglich gestern Abend zum Essen verabredet und hatte darum Wechselkleidung eingesteckt, um nicht in meinen Bürosachen erscheinen zu müssen.«

»Wo wohnen Sie denn, dass Sie nicht nach Hause fahren könnten, um sich umzuziehen?«, fragte Landscheid in seiner direkten Art, die Vanessa schon gestern aufgefallen war.

Vanessa starrte vor sich hin, rührte in ihrer leeren Kaffeetasse, setzte sie zum Trinken an und stellte sie ohne jede Gefühlsregung wieder ab. In Gedanken war sie weit weg.

»Frau Kollegin?«, versuchte Landscheid sie wieder zu erreichen.

»Entschuldigung, was war Ihre Frage?«, erkundigte sich Vanessa in abwesend klingendem Tonfall.

»Ich hatte gefragt, wo Sie wohnen, dass es sich nicht lohnt, nach der Arbeit zum Umziehen von Hellersberg nach Hause zu fahren.«

»Entschuldigen Sie, Herr Kollege, aber ich glaube, in nächster Zeit werde ich in Hellersberg wohnen.«

»Was soll das heißen?«

»Ich bin zurzeit sozusagen obdachlos.«

»Obdachlos?«

»Tja, genauer gesagt habe ich mich vor«, Vanessa blickte auf die Uhr, »fünfunddreißig Stunden und achtzehn Minuten getrennt und muss mir eine neue Bleibe suchen. Da kam mir Ihre Bitte um Unterstützung außerhalb von Trier gerade recht. Ich muss mir erst einmal in aller Ruhe eine neue Wohnung suchen und wenn möglich auch einen neuen Arbeitsplatz, da kommt mir die Abgeschiedenheit erst einmal sehr gelegen.«

»Abgeschiedenheit? Sie werden sich wundern, in Hellersberg tobt gerade der Bär. Diese beiden Morde, nächste Woche ist Kirmes, und in zwei Wochen kommt die Kommission zur Begutachtung von Hellersberg im Rahmen des Wettbewerbs ›Dorf der Region‹. Hier ist richtig was los.«

»Zwei Morde?«, fragte Vanessa.

»Na ja, den ersten Mord hatte ich bislang nicht erwähnt, der hat bestimmt nichts mit uns zu tun. Das war sicher nur ein Zufall, dass dieser Herr Zilk gerade im Hochwald ermordet wurde. Der Mann kam aus Speyer, arbeitete in Nürnberg und hatte familiäre Probleme. Ich persönlich gehe von einem Beziehungsdrama aus. Ich habe die Kollegen in Speyer eingeschaltet, die untersuchen derzeit das Umfeld des Toten.« Fachmännisch ergänzte er: »Wir haben sozusagen nur die Location gestellt. Der neue Partner von Zilks Frau ist als aggressiv bekannt. Die Speyerer Kollegen fühlen ihm auf den Zahn.«

»Mir erschließt sich nicht ganz, warum sie ihn ausgerechnet hier hätten töten sollen. Wann war das?«, fragte Vanessa.

»Das war letzte Woche Dienstag auf Mittwoch. Der Mann wurde erstochen, aber da er vermutlich nur zufällig in der Gegend war, gehen wir davon aus, dass er von jemandem, der ihn kannte oder beauftragt worden war, verfolgt wurde. Es gab keine Zeugen und keine Spuren, die darauf hingedeutet hätten, dass jemand von hier etwas mit dem Mord zu tun haben könnte. Darum haben meine Vorgesetzten in Hermeskeil den Fall an die Kollegen in Speyer weitergegeben, in der Hoffnung, dass die das schnell geklärt haben. Und dieser Saarländer hat sich sicher nur auf unsere Seite gelegt, um uns Arbeit zu machen, das ist mal wieder typisch.«

»Sie gehen auch dabei von einem Beziehungsdrama aus?«, wollte Vanessa wissen.

»Es sind doch meistens Beziehungsdramen. Aber warum die das nicht bei sich zu Hause ausmachen können, sondern unser schönes Hellersberg dazu brauchen, das verstehe ich nicht. Die Spurensicherung hat gestern alles untersucht; Todesursache, Tatwaffe und Todeszeitpunkt, früher Freitagmorgen, dürften zweifelsfrei feststehen.«

»Was wissen wir bislang über den Toten?«

»Seine Papiere lauten auf den Namen Martin Winter, wohnhaft in Weiskirchen. Er hatte den Schlüssel für einen Ford Focus bei sich, den wir bisher aber nicht gefunden haben. Außerdem hatte er einen kleinen Wanderrucksack mit seltsamen Utensilien dabei.« Landscheid kramte umständlich aus seiner Jackentasche einen Notizblock hervor, in dem er zu blättern begann. »Er hatte Latexhandschuhe dabei, ein Taschenmesser, eine Stirnlampe, zwei Teelichte sowie ein Schlüsselband einer Versicherung und ein kleines Geduldsspiel aus Holz. Warum trägt man so etwas bei sich? Nichts zu trinken, nichts zu essen, nur so dummes Zeug.« Er leerte den Kaffee, den Ruth ihm hingestellt hatte, in einem Zug und schüttelte verständnislos den Kopf.

»Haben Sie die Angehörigen inzwischen erreicht?«, fragte Vanessa.

»Sein Vermieter hat gesagt, Winters Freundin sei Reisebegleiterin und gestern ganz früh ins Ausland aufgebrochen. Er weiß aber weder, wo sie arbeitet, noch, wo sie hingeflogen ist. Ich habe das den Kollegen aus dem Saarland überlassen, ist schließlich denen ihr Toter.«

»Deren Toter«, korrigierte Vanessa ihn reflexartig.

»Hä?«, sagte Landscheid tief in Gedanken.

»Deren Toter, Genitiv. Wessen, ähnlich wie in Vanessa!«

Landscheid sah sie völlig verständnislos an. »Genitiv? Steht das als Todesursache fest?«

»Äh, ja, schuldig am Tod der deutschen Sprache. Danke!« Vanessa vergrub das Gesicht in den Händen und blieb eine Weile so sitzen.

»Und ich dachte, er sei erschlagen worden«, beharrte Landscheid.

»Ach ja, stimmt, das kann es auch gewesen sein. Wann sind wir mit den Kollegen in Weiskirchen verabredet?«

»Die melden sich, haben sie gesagt. Ich dachte, wir warten erst mal ab, ist schließlich Samstag. Ermitteln können wir immer noch am Montag, falls die Kollegen aus dem Saarland bis dahin nicht schon jemanden verhaftet haben.«

»Das ist nicht Ihr Ernst, oder? Ihr Wochenende können Sie ein anderes Mal genießen, aber nicht, wenn hier gerade zwei Morde passiert sind. Wir müssen als Erstes wissen, warum dieser Herr Winter am frühen Morgen auf diesem Wanderweg unterwegs war. Das ist ja nicht gerade üblich an einem Freitagmorgen. Der war schließlich berufstätig, warum war er nicht bei der Arbeit?«

»Die Saarländer haben mir erzählt, dass er Elektriker ist und Schicht arbeitet und Freitag erst am Nachmittag Dienst gehabt hätte. Die Kollegen wissen aber auch nicht, warum er unterwegs gewesen sein könnte. Und diese Freundin kennt auch keiner, mit der war er noch nicht so lange zusammen.«

Nach und nach füllte sich das Gasthaus »Zur Post«. Ruth Eiden hatte belegte Brötchen und Kaffee vorbereitet und lief emsig hin und her, bediente und hielt Schwätzchen. Vanessa merkte, dass die Leute immer wieder neugierige Blicke zu ihr herüberwarfen, aber niemand traute sich, sie anzusprechen. Da trat Hajo an ihren Tisch.

»Morgen, Frau Kommissarin, Morgen, Heiner. Darf ich mich setzen?«

Vanessa wies auf einen freien Stuhl. Der dicke Frührentner, der den Toten gefunden hatte, war ihr gestern sehr angenehm aufgefallen. Er hatte zwar etwas unsortiert gewirkt, ungefähr so, als sei er mit der Situation überfordert, aber im Gegensatz zu manchem anderen Hellersberger hatte er sie wenigstens weder für eine irre Mörderin noch für eine Hexe gehalten, und heute Morgen hatte er auch wieder mehr Farbe im Gesicht und wirkte wesentlich aufgeräumter.

»Herr Nert, haben Sie sich von Ihrem Schock inzwischen wieder erholt?«, erkundigte sie sich besorgt.

»Na ja, ich habe, abgesehen von meiner Frau, zuvor noch nie einen Toten gefunden, das ist nicht gerade schön, sag ich Ihnen. Habt ihr inzwischen schon was herausgefunden?«

Vanessa versuchte vergeblich, ihn davon abzuhalten, aber Landscheid fasste unbeirrt den aktuellen Stand kurz zusammen und erwähnte auch, dass sie sich vor allem darüber wunderten, dass der Mann so früh auf dem Grenzweg unterwegs gewesen war. Hajo fasste sich an die Stirn.

»Entschuldige, Heiner, das hab ich gestern ganz vergessen. Vielleicht hab ich eine Antwort auf diese Frage.«

Hajo kramte in seinen weiten Hosentaschen und förderte ein Gerät zutage, das für Vanessa auf den ersten Blick aussah wie ein Handy, aber wesentlich dicker und klobiger war und vor allem weder ein Zahlenfeld noch ein Touchpad hatte. Außerdem war es leuchtend orange. Hajo legte es vor Vanessa und Landscheid auf den Tisch.

»Was ist das?«, fragte Vanessa kritisch.

»Ein Cachenavi«, gab Hajo in einem Tonfall zur Auskunft, als erwarte er, dass sie das selbst erkennen würden.

»Ein Cachenavi?«, fragte Vanessa überrascht.

»Das habe ich gestern gefunden. Genau genommen hab ich erst diesen Mann da sitzen sehen und danach das orange Ding auf dem Weg. Ich wollte es ihm zurückgeben und hab ihn gefragt, ob er cachen wolle, aber er hat mir selbstverständlich nicht geantwortet.«

»Moment mal, wovon sprechen Sie überhaupt?«, hakte Vanessa nach. »Was ist das für ein Gerät, und was ist Cachen?«

Hajo schien zu überlegen, wie er das erklären könnte. »Bevor der Jonas nach Amerika ist, hat er mir gezeigt, wie Cachen geht. Er hat es eine ›elektronische Schnitzeljagd‹ genannt. Man hat so ein Gerät, gibt darin bestimmte Koordinaten ein und sucht damit nach einem Schatz, den man sich vorher im Internet rausgesucht hat. Ich mache das auch immer auf meinen Wanderungen, da bekommt man Ecken zu sehen, von denen man nicht einmal wusste, dass es sie gibt.«

Völlige Ahnungslosigkeit schlug ihm entgegen.

»Du machst so was auch? Wie kommst du denn an die nötigen Informationen?«, erkundigte sich Landscheid.

»Na, deswegen gehe ich doch immer zu Ursula. Da kann ich E-Mails von Jonas lesen. Mit dem Schreiben tue ich mich noch immer schwer, ich brauche Ewigkeiten zum Tippen. Der Jonas sieht für mich ins Internet und sucht mir da Caches in der Nähe raus. Danach schickt er mir so einen Link. Ich brauche da nur draufzuklicken und kann die Cachebeschreibung bei Ursula ausdrucken. Die nehme ich zu meiner Wanderung mit, und wenn ich Glück habe, finde ich einen Schatz.«

»Welcher Art sind diese Schätze?«, fragte Vanessa.

»Na ja, ›Schatz‹ ist nicht ganz die richtige Bezeichnung. Manchmal ist der Schatz nur ein Filmdöschen, manchmal findet man eine Kunststoffdose, in der ein paar Kleinigkeiten sind, die man durch eigene Kleinigkeiten austauschen und mitnehmen kann. Ich selbst nehme selten etwas mit, darum geht es mir auch gar nicht. Ich trage mich nur mit meinem Cachernamen, dem Datum und der Uhrzeit im Logbuch ein.«

»Wie sieht so ein Logbuch aus?«, fragte Vanessa. Vielleicht konnte der Rentner ihnen doch nützlich sein, er schien Wissen beisteuern zu können, das ihr und Landscheid fehlte.

»Das hängt unter anderem von der Größe der Dose ab. Manchmal ist es nur ein kleiner Papierstreifen, vielfach ist es aber auch ein Vokabelheft«, erklärte Hajo. »Ich schicke dem Jonas eine Nachricht, und der trägt mich zusätzlich im Internet ein, das habe ich bisher nicht so richtig verstanden.«

»Und was sind das für Kleinigkeiten, die Sie erwähnt haben?«, fragte Vanessa.

»Das kann alles Mögliche sein. Manchmal ist nur Mist drin, ein Plüschtier, eine Figur aus einem Überraschungsei oder ein Chip für den Einkaufswagen. Aber manchmal ist auch ein Kugelschreiber drin oder etwas anderes Praktisches.«

»Wie ein Teelicht zum Beispiel oder ein Schlüsselband?«

»Genau, Frau Kommissarin, Sie haben das aber schnell verstanden.« Hajo strahlte.

»Und dieser Mann war demnach Cacher?«, fragte Landscheid.

»Ich denke, das würde die Utensilien im Rucksack erklären«, meinte Vanessa.

»Was war denn im Rucksack?«, fragte Hajo interessiert.

Landscheid zählte die Dinge auf und erläuterte, dass sie sich gewundert hätten, wieso er keine Verpflegung, sondern stattdessen seltsame Dinge dabeigehabt hatte.

»Und wozu braucht man eine Stirnlampe, ein Taschenmesser und Latexhandschuhe?«, fragte Vanessa.

»Na, ganz simpel: Manche Caches sind gut versteckt, in Höhlen, in Felsspalten, in Bächen oder Brunnen. Da ist man ganz froh, wenn man Handschuhe und eine Taschenlampe dabeihat.

Oder eben eine Stirnlampe, damit man die Hände frei hat. Es gibt schon mal Caches, bei denen man etwas aufschrauben muss oder aushebeln, da ist es sehr hilfreich, wenn man ein Taschenmesser benutzen kann. Das gehört quasi zur Grundausstattung. Hatte der Tote keine Cachebeschreibung bei sich?«

»Wie würde die aussehen?«, wollte Vanessa wissen.

»Ich selbst drucke mir das immer auf normalem Papier aus und habe die Blätter immer dabei. Kommt natürlich auch darauf an, ob man einen Traditional oder einen Multi sucht«, erläuterte Hajo, was in Vanessas Ohren sehr erfahren klang.

»Hajo, wovon sprichst du?«

»Ach so, das kennt ihr ja auch nicht. Also, es gibt sogenannte Traditionals, da gibt man seine Koordinaten ins Navi ein und findet dort den Cache. Damit ist die Aufgabe gelöst, was einfacher klingt, als es manchmal ist, weil man schließlich nicht nur am Boden etwas finden kann, sondern wie gesagt auch in richtig guten Verstecken. Es gibt auch Rätselcaches, bei denen man zu Hause erst Aufgaben lösen muss, um danach das Versteck finden zu können. So was mache ich aber nicht, weil ich mit dem Computer nicht gut genug zurechtkomme. Außerdem müsste ich mehr Zeit bei Ursula verbringen, als mir lieb ist, nicht, dass sie denkt, ich sei ihr etwas schuldig.« Hajo lächelte schuldbewusst. »Ein Multicache hingegen besteht sozusagen aus vielen kleinen Caches, die sich alle ergänzen. Ich habe die Koordinaten des ersten Verstecks, und da finde ich entweder die Koordinaten des nächsten Verstecks oder einen Teil der Koordinaten des Finals.«

Wieder nur verständnislose Gesichter am Tisch.

»Jonas hat mir das genau erklärt, ich verstehe schließlich gar nicht so viel Englisch. Also, diese Dosen, in denen man sich eintragen oder Dinge zum Tauschen finden kann, gibt es immer nur am Final. Der Traditional besteht sozusagen nur aus dem Final, aber bei einem Multi muss man meistens verschiedene Etappen suchen, bis man die Lage des Finals aus den Lösungen der einzelnen Aufgaben zusammengebastelt hat. Und wenn der Tote keine Cachebeschreibung dabeihatte, kann er schon mal nicht auf dem Weg zu einem Multicache gewesen sein, sonst hätte er die Unterlagen für unterwegs gebraucht. Er hätte sich Notizen machen müssen oder hätte die nächste Station schon in der Beschreibung gehabt, um die danach eingeben zu können. Falls er tatsächlich cachen wollte, war sein Ziel schon in seinem Gerät gespeichert.«

Vanessa wurde ganz aufgeregt. »Dann könnten Sie uns folglich zeigen, wo dieser Cache liegt? Und wenn ich Sie richtig verstanden habe, besteht die Möglichkeit, dass Martin Winter schon auf dem Rückweg von seinem Cache war, und demnach hätte er sich in dieses Logbuch mit Datum und Uhrzeit eingetragen? Das könnte den Todeszeitpunkt eventuell erheblich eingrenzen.«

Hajo kratzte sich den kurz geschorenen Kopf. »So wie es im Moment schüttet, brauchen wir gar nicht erst zu versuchen, uns den Fundort anzusehen. Bei dem Wetter schaffen Heiner und ich mit unserem Gewicht und Sie mit Ihren Schuhen den Felsenweg nie. Sollten wir nicht erst einmal im Internet recherchieren? Ich weiß leider nicht, wie man auf der Internetseite sucht, das macht Jonas immer für mich, aber grundsätzlich denke ich, wenn Sie mir helfen, müssten wir das schon zusammen hinbekommen. Kann ich aber erst noch einen Kaffee trinken und ein Brötchen essen? Allein frühstücken mag ich nicht, darum frühstücke ich normalerweise nie, aber wenn ich schon mal Gesellschaft habe …«

»Dann kann ich auch noch in Ruhe austrinken, aber danach sollten wir uns beeilen«, antwortete Vanessa.

Die Wirtsstube füllte sich. Draußen regnete es in Strömen, und man traf sich im Trockenen, um zu überlegen, wie es mit den Planungen weitergehen sollte. Selbst der Organist Jürgen Rommelfanger war da und erzählte gerade, dass sie die Kirmes am nächsten Wochenende zu einem Klassentreffen nutzen würden.

»Schon fünfundzwanzig Jahre aus der Grundschule raus, wir werden tatsächlich alle alt«, sagte er und strich sich über das schütter werdende Haar. »Wir dachten uns, zur Lutwinus-Kirmes sei ein schöner Termin. Ich bin tatsächlich der Einzige aus der Klasse, der noch in Hellersberg wohnt, alle anderen sind inzwischen weg von hier.«

»Haben Sie das Klassentreffen organisiert?«, erkundigte sich Rolf Trost, der Künstler. »Ich stelle mir das sehr aufwendig vor, alle Adressen herauszufinden und die Leute zusammenzutrommeln.«

»Nein, organisiert hat das ein Klassenkamerad, der mittlerweile in Hermeskeil wohnt. Er recherchiert viel im Internet und hat auf dem Weg einige der Ehemaligen gefunden. Die meisten Verwandten wohnen auch immer noch in Hellersberg, ich glaube, er hat sich erst einmal an die gewandt. Darum war es auch eine gute Idee, das Treffen auf das Kirmeswochenende zu legen. Da kommen sowieso fast alle nach Hause, um nach dem traditionellen Familienessen dem ganzen Dorf zeigen zu können, dass nach wie vor alle im Kreise der Familie zusammenkommen. Unser Klassenlehrer Herr Scherer ist im letzten Jahr gestorben, und die Sportlehrerin ist in Urlaub, aber unsere alte Religionslehrerin kommt, die Frau Ostermann. Erinnern Sie sich an die?«

Mit einem bitteren Auflachen nickte Rolf Trost kaum merklich. »Wer könnte Elfriede Ostermann vergessen? Lebt sie auch noch in der Nähe?«

»Ich bin nicht ganz sicher, ob sie in Holzerath oder in Kell wohnt, aber es ist irgendwo im näheren Umkreis. Sie wohnt bei ihrer Tochter.«

»Tja, der alte Scherer war schon in Ordnung«, sinnierte Rolf Trost. »Den hatte ich auch als Klassenlehrer. Damals herrschte einerseits Zucht und Ordnung, aber er konnte auch mal fünfe gerade sein lassen.«

Am Tisch saßen außerdem der Metzger Thomas Jungblut, Karl-Josef Lehnen, der Kunstschmied Franz Schuster und Friedhelm Stüber, die alle nickten.

»Ich glaube, er hat ganze Generationen von Hellersbergern durch die Schule gebracht«, sagte Jeremy Wahlen, der sich jetzt mit an den Tisch der Grundschulveteranen setzte. »Mein Bruder Kevin war der Letzte, den er unterrichtet hat. Als Kevin die Schule gewechselt hat, war Scherers Verabschiedung. Ich bin zwei Jahre jünger und hatte ihn nur mal als Vertretungslehrer. Wir hatten damals die alte Frau Geiben als Klassenlehrerin, erinnert sich jemand an die?« Damit hatte Jeremy Wahlen ein angeregtes Gespräch über die Grundschulzeit losgetreten.

»Bevor der Bürgermeister loslegt, gehe ich mal eben auf die Toilette«, entschuldigte sich Rommelfanger.

Trost, der für ihn aufstehen musste, beschloss, die Gelegenheit ebenfalls wahrzunehmen. Als sie am Tisch der Ermittler vorbeigingen, warf Rommelfanger einen Blick auf ein Foto des Toten und erstarrte.

»Darf ich mal?«, fragte er und griff nach dem Foto. Auch Trost blieb stehen und sah neugierig auf das Bild.

»Ist das nicht …?« Rommelfanger stockte. Alle sahen ihn gespannt an.

»Sie kennen den Toten?«, fragte Vanessa erwartungsvoll.

»›Kennen‹ wäre zu viel gesagt, aber er kommt mir irgendwie vertraut vor. Wissen Sie vielleicht …?« Er hielt Trost das Bild hin.

»Könnte das Martin Marx sein, der Neffe der Bäckersfrau?«, überlegte dieser laut.

»›Martin‹ stimmt, aber Martin Winter«, widersprach Vanessa. »Es sei denn, er hat einen neuen Namen angenommen. Landscheid, sind seine Papiere auf der Wache?«

Während Vanessa, Heiner und Hajo zum Ausgang eilten, bat Bürgermeister Justinger alle um Aufmerksamkeit, um die heute zu erledigenden Aufgaben zu besprechen.

Die drei traten in die muffige Polizeiwache. Die Luft roch verbraucht vom vorigen Abend, und die nasse Kleidung machte das Raumklima nicht angenehmer. Hajo riss zwei Fenster auf.

»Kann mal bitte jemand den Computer anmachen? Während ihr die Identität prüft, könnte ich herausfinden, auf welcher Seite wir wegen der Caches nachsehen müssen. Für den Rest brauche ich eure Hilfe. Leider kenne ich niemanden in Hellersberg, der auch cacht, sonst könnten wir uns Unterstützung holen, aber ich bin sicher, wir werden das auch so schaffen.«

Während der Computer hochfuhr, sahen sich Vanessa und Landscheid im Büro nebenan die Personalien des Verstorbenen näher an. Tatsächlich war Martin Winter vor einundvierzig Jahren als Martin Marx in Hellersberg geboren.

»Lassen Sie mich das mal auf meine Art machen«, sagte Landscheid und wählte die Telefonnummer der Bäckerei.

»Tatsächlich, Martin Marx ist nach der Schule von Hellersberg weggezogen, weil er irgendwo eine Lehre als Elektriker angefangen hat. Er hat geheiratet und den Namen seiner Frau angenommen.

Wo er heute wohnt oder was er macht, wusste Cordula Marx allerdings nicht, sie hat zu der Seite der Verwandtschaft keinen Kontakt«, berichtete Landscheid kurz darauf.

»Ich hab was«, ertönte Hajo aus dem Nebenraum, und alle drei drängten sich gespannt vor den Computer und sahen sich die Seiten an, auf denen Caches verzeichnet waren.

»Kannst du nicht den Jonas in Amerika anrufen, damit er uns hilft?«, fragte Landscheid.

»Ich könnte mir vorstellen, dass mein Enkel nicht gerade begeistert ist, wenn wir ihn morgens um halb fünf aus dem Bett werfen, damit er euch Schatzsuchen beibringen kann. Aber die junge Kommissarin ist bestimmt ganz findig am Computer«, schmeichelte Hajo der noch immer regennassen Vanessa, die unauffällig an ihn herangerückt war, um nicht allzu sehr zu frieren.

Nach einem Blick in Hajos Mails von seinem Enkel Jonas, von denen eine den Link zur richtigen Webadresse enthielt, reichten Vanessa einige Klicks, um zu finden, wonach sie suchten. Am Grenzweg war erst vor zwei Tagen ein neuer Cache gelegt worden, darum hatte Jonas diesen Hajo sicher bislang nicht vorgestellt. Er hieß schlicht nur »Grenzweg«. In der Beschreibung stand, dass hier Grenzen überschritten wurden und man bei den dort angegebenen Koordinaten nach dem Cache suchen sollte. Es war eindeutig ein Traditional, was erklärte, warum der Tote keine Cachebeschreibung mit sich geführt hatte.

»Demnach werden wir wohl diesen Felsenweg erklimmen müssen, oder?«, fragte Vanessa.

»Aber nicht, solange es weiterhin so schüttet, der Weg ist viel zu glitschig, da müssen wir noch warten«, bremste Landscheid sie.

»Stört es euch, wenn ich mal eben meinem Enkel schreibe, was hier passiert ist?«, erkundigte sich Hajo. »Ich muss es immer ausnutzen, wenn ich eine Gelegenheit bekomme, einen Computer zu benutzen, ohne Ursula darum bitten zu müssen. In letzter Zeit rückt sie mir ein wenig zu offensichtlich auf die Pelle, und mir gehen langsam die Ideen aus, wie ich sie auf Abstand halten kann. Ich wollte schon eine ansteckende Krankheit vorschützen, aber ich fürchte, dass sie daraufhin einen unglaublichen Helferinstinkt entwickeln und ich sie gar nicht mehr loswerden würde.« Hajo wirkte in seiner Verzweiflung auf Vanessa wie ein pubertierender Jugendlicher, was ihn durchaus sympathisch machte.

»Solange ich in Hellersberg bin, können Sie gern meinen Laptop benutzen«, bot sie hilfsbereit an. »Aber jetzt können Sie erst einmal diesen Rechner nehmen, wir haben ja einen zweiten Computer nebenan, an den wir uns setzen können.«

Während Vanessa und Landscheid sich abermals in das hintere Büro zurückzogen, tippte Hajo eine E-Mail an Jonas. Es dauerte eine ganze Weile, bis kein Tastengeklapper mehr zu hören war.

Hajo trat zu ihnen und musterte Vanessa. »Frau Kommissarin, welche Schuhgröße haben Sie?«

Vanessa sah auf ihre weißen Pumps, die dreckig waren vom Matsch einer Pfütze zwischen dem Gasthof und der Polizeiwache. »Normalerweise neununddreißig, warum?«

»Meine Katharina hatte auch neununddreißig, vielleicht habe ich zu Hause ein paar bessere Schuhe für Sie. Und eine dickere Jacke. Ich gehe rüber in die ›Post‹, esse eine Kleinigkeit und höre mir mal an, wie die Planungen vorankommen. Wenn Sie fertig sind, könnten Sie mich vielleicht abholen und mit zu mir nach Hause kommen? Dann sehen wir mal in Katharinas alten Kleiderschrank, den habe ich nach ihrem Tod nicht mehr angerührt.«

Obwohl es Vanessa einerseits schauderte, die Kleidung einer Verstorbenen anzuziehen, gefiel ihr der Gedanke, in ihre alte Wohnung fahren zu müssen, um sich etwas zum Anziehen zu holen, noch viel weniger.

»Danke für Ihr Angebot, ich komme darauf zurück. Im Moment können wir hier sowieso nicht viel machen. Wir haben die Kollegen in Trier um Verstärkung gebeten, aber die sind zu einer Dienstveranstaltung in Mainz und werden uns erst Montag wieder zur Verfügung stehen. Ich denke, wir werden mit den Kollegen im Saarland telefonieren, und danach komme ich vorbei«, stellte sie Hajo in Aussicht.

Der Regen hatte sich in ein leichtes Tröpfeln verwandelt, sodass die meisten Helfer für die Kirmes und den Wettbewerb draußen aktiv geworden waren. Mit Gummistiefeln, Regenjacken und -mänteln ausgerüstet, wurde gehämmert und geschraubt, gepflanzt und geplant. Hajo blieb einen Moment im Schutz des Bushäuschens stehen und beobachtete das Treiben auf dem Kirchplatz. Es würde einerseits die schönste Kirmes werden, die Hellersberg je gesehen hatte, weil der ganze Ort sich herausputzte wie für eine Hochzeit, andererseits würde es ganz schön stressig werden, nach der Kirmes alles wieder abzubauen, damit man pünktlich den Handwerkermarkt aufbauen könnte. Aber der Termin der Kirmes stand zwangsläufig fest, weil sich der Namenstag ihres Schutzpatrons, des heiligen Lutwinus, eben nicht verschieben ließ. Auch hatte die Kommission nicht nachgefragt, wann es Hellersberg recht wäre, begutachtet zu werden, sondern es war ein Termin mitgeteilt worden und fertig. Gegenwärtig konnte die Gemeinde einmal zeigen, wie viel Gemeinschaftssinn sie hatte. Vor der Kirche stand der Bildhauer Rolf Trost im lebhaften Gespräch mit dem Kunstschmied Franz Schuster. Der ältere Schuster blickte zu dem größeren Trost hinauf und schien ihm zu erklären, warum es wichtig sei, dass sein Stand genau dorthin kam, wo sie beide gerade standen. Laut schallten die Stimmen der beiden bis zu Hajo.

»Ich werde ein Schmiedefeuer aufbauen und vor Ort einige kleinere Kunstgegenstände schmieden. Gerade Gartenstecker erfreuen sich inzwischen größter Beliebtheit. Ein Blatt, eine Spirale, ein Haken, an dem man eine Blumenampel aufhängen kann … Die Leute lieben solche Dinge. Und das werde ich zu erschwinglichen Preisen anbieten. Aber ein Schmiedefeuer wird heiß, da kann ich nicht jeden beliebigen Stand nebenan haben. Wenn da Ursula Greimerath ihren Apfelkuchen anpreisen möchte, wird der schneller schlecht, als sie ihn verkaufen kann.«

»Man müsste mal einen genauen Plan machen, wie so ein Handwerkermarkt traditionell aufgebaut war. Im Mittelalter gab es da ganz klare Richtlinien, je nachdem, welcher Zunft die Leute angehörten. Haben Sie da einmal Erkundigungen eingeholt?«

»Nein, Herr Trost, das ist auch nicht meine Aufgabe. Ich bin Schmied, ich schmiede. Ich glaube, es gibt keinen hauptberuflichen Planer für diesen Markt, sondern nur ein paar Menschen, die sich sehr engagieren und sich Mühe geben, ihren Teil zum

Erscheinungsbild unseres schönen Hellersberg beizutragen. Wo werden Sie überhaupt Ihren Stand haben?«

Trost schnaubte verächtlich. »Ich bin Künstler, kein Straßenhändler. Ich werde meine Werke an einigen Stellen im Ort ausstellen, aber ich werde nicht mit meinen Werken hausieren. Ich habe nicht monatelang an einer Skulptur gearbeitet, damit ein dahergelaufenes neureiches Paar aus Düsseldorf sich die in ihr Wohnzimmer stellt. Eine Skulptur hat schließlich auch eine Seele, eine Aussage.«

Der bodenständige Schmied lächelte den jüngeren Eiferer belustigt an. »Und wovon leben Sie, wenn Sie Ihre Werke nicht verkaufen?«

»Es ist schrecklich profan, Kunst zu kommerziellen Zwecken herzustellen«, belehrte ihn Rolf Trost.

»Es freut mich, dass Sie sich das leisten können, so zu denken. Verraten Sie mir Ihr Geheimnis, wie Sie sich mit dieser Einstellung über Wasser halten«, forderte Franz Schuster ihn amüsiert auf.

»Ich lebe von Ersparnissen. Nicht in Kommerz umgewandelte Ersparnisse!«

»Sie sind doch gerade mal Mitte vierzig, schätze ich; wenn man davon ausgeht, dass Sie weitere vierzig Jahre leben, sind das große Worte. Wie konnten Sie diese Ersparnisse überhaupt anhäufen?«

»Ich nicht, mein Vater hat mit seiner Fensterfabrik –« Der Rest des Satzes ging im kehligen Lachen des Schmieds unter.

»Bitte entschuldigen Sie«, brachte er prustend hervor, »es ist selbstverständlich leicht, über Kommerz zu schimpfen, wenn man ein Leben als reicher Erbe führt.«

Trost wandte sich ab und stapfte zum Bürgermeister, um mit ihm die genauen Standorte für seine Skulpturen erneut durchzusprechen.

Hajo wandte sich vom Treiben auf dem Kirchplatz ab und ging auf den Gasthof zu. Viel Zeit war seit seinem Frühstück nicht vergangen, aber das Mittagsangebot, Sülze mit Kartoffelsalat oder Kappesmengsel, wäre heute genau nach seinem Geschmack.

In der Wirtsstube war es deutlich leerer geworden als noch am Vormittag. Ruth hatte Zeit, mit Karl-Josef zu plaudern, und es schien, als kämen die beiden sich immer näher. Im Moment hatte

Hajo den Eindruck, als würde Karl-Josef seit dem Tod seiner Frau endlich wieder mehr Energie entwickeln, es musste sich nur erst zeigen, ob er einen Konkurrenzbetrieb eröffnen wollte oder ob er mit Ruth zusammenarbeiten würde. Es war jedenfalls unterhaltsam, mit anzusehen, wie sich zwischen den beiden Menschen Mitte fünfzig eine Beziehung anzubahnen schien.

Als Hajos Essen gerade serviert wurde, betraten auch die beiden Ermittler das Lokal. Vanessa rümpfte die Nase, als sie das Durcheinander auf Hajos Teller sah.

»Was ist denn das?«, erkundigte sie sich leicht angewidert.

»Kappesmengsel, so ähnlich wie euer Teerdich in Trier, also Kartoffelpüree mit Sauerkraut und Kassler. Statt mit Kassler kann Ruth Ihnen das auch mit gebackener Blutwurst machen, echt lecker.«

Die Kommissarin schüttelte sich. Ruth trat an den Tisch und erkundigte sich, ob sie etwas essen wolle.

»Haben Sie eventuell einen Salat?«

»Sicher, wie wäre es mit einem Fitnesssalat? Der ist mit Roastbeefstreifen, dauert aber ein bisschen.«

»Gern, und dazu ein stilles Wasser.«

»Still haben wir nicht, nur medium. Heiner, möchtest du auch essen?«

Heiner schüttelte den Kopf. »Gabi hat sicherlich einen Eintopf gemacht, es ist Samstag. Ich geh mal nach Hause, ihr wisst ja, wo ihr mich findet. Heute Nachmittag komme ich noch mal vorbei.«

Vanessa bestellte ihr Wasser medium und sah Hajo beim Essen zu, während sie auf ihren Salat wartete. Als Hajo fertig war, wischte er sich den Mund ab, faltete die Serviette und bestellte einen Schnaps zur Verdauung. Vanessa wartete nach wie vor auf ihr Essen, während verführerische Küchendüfte immer mehr den Raum füllten.

»Erzählen Sie mir von Hellersberg«, bat Vanessa. »Natürlich kannte ich den Ort dem Namen nach, aber ich bin nicht sicher, ob ich je zuvor hier gewesen bin.«

Hajo lehnte sich zurück und dachte nach. »Im Grunde genommen gibt es nichts, was sich über Hellersberg groß zu erzählen lohnt. Wir haben in letzter Zeit durch den Bau des Ruwer-Hunsrück-Radwegs einen gewissen Aufschwung erlebt. Es kommen mehr Menschen hier durch als früher, die gern eine Kleinigkeit essen oder trinken möchten. Man hat einiges investiert, um die Leute in den Ort zu locken, aber es sind immer noch keine Massen, die bei uns ihr Geld lassen. Mal der ein oder andere Übernachtungsgast, wie gesagt mehr als früher, aber Hellersberg ist immer noch eher ein verschlafenes Nest. Wir sind aber auch nicht böse drum, wenn wir unter uns sind. Hier kennt jeder jeden, das ist uns ganz recht so.«

»Und Sie sind schon in Hellersberg geboren?«, fragte Vanessa, als Ruth mit ihrem Salat an den Tisch trat: Unter einer dicken Schicht aus Zwiebeln und Champignons ließ sich ein Stück Roastbeef von der Größe eines ordentlichen Steaks erahnen, daneben ein üppiger Salat aus verschiedenen grünen Salaten, Möhren, Gurken, Eierscheiben …

»Roastbeefstreifen?«, brachte Vanessa fast sprachlos hervor.

»Na klar, ich habe Ihnen das Roastbeefstück extra in Streifen geschnitten.«

»Guten Appetit«, grinste Hajo die verblüffte Städterin an und pulte sich mit einem Zahnstocher ein Stück Sauerkraut aus den Zähnen.

»Hoffentlich sind die Kleider Ihrer Frau groß genug, dass ich auch nach dem wirklich ausgezeichneten Essen hineinpasse.« Vanessa strich sich über einen unsichtbaren Bauch. »So gut habe ich schon lange nicht mehr gegessen, vor allem nicht für den Preis. In Trier hätte man für das Geld gerade mal das Grünzeug bekommen.« Zufrieden strahlte sie Hajo an. »Ich hätte besser das Leitungswasser genommen, selbst wenig Kohlensäure füllt den Magen zu viel. Wollen wir fahren? Ich hole nur eben meinen Laptop und mein Portemonnaie von oben.«

Ruth winkte von der Theke zu ihnen herüber. »Ich schreib es Ihnen auf die Zimmerrechnung, kein Problem.«

»Woher wusste sie …?«

»Sie hat mitgehört«, erklärte Hajo mit entwaffnender Ehrlichkeit.

Wenig später zwängte sich Hajo in Vanessas babyblauen fünfhunderter Fiat. »Hätten Sie mir vorher gesagt, dass Ihr Auto mir wie ein Kondom passt, wäre ich besser zu Fuß gelaufen«, presste er hervor.

»Das liegt nur am guten Essen, vorher hätten Sie noch reingepasst. Heute ist es selbst für mich zu eng«, parierte die schlanke Vanessa.

Zum Glück war es mit dem Auto nicht weit zu Hajos Hof. Sie parkten in der gepflasterten Einfahrt und gingen durch das große Tor ins Haus. Er roch ein wenig nach Männerhaushalt: ein bisschen zu sehr nach Alkohol, ungesundem Essen und Schweiß und zu wenig nach frischer Luft, aber alles in allem war es relativ sauber und ordentlich. Sie gingen direkt nach oben in ein hübsch eingerichtetes Schlafzimmer. Hajo öffnete die Türen eines großen Bauernschrankes und zeigte auf ordentlich gefüllte Schrankfächer, in denen die Oberteile nach Farben sortiert waren, Röcke rechts und Hosen links hingen, daneben Jacken, Wintermäntel und Kleider. Neben dem Bauernschrank stand ein circa halb so hoher Schuhschrank; Hajo öffnete ihn und zeigte auf ordentlich aufgereihte Schuhe.

»Bitte sehen Sie sich um. Möglicherweise ist manches dabei, was Ihnen passt. Dann müssen Sie nicht in Ihre Wohnung fahren. War es eine schlimme Trennung?« Mitfühlend sah er sie an.

Vanessa traten die Tränen in die Augen bei dieser ehrlichen Anteilnahme, und obwohl sie gar nicht darüber sprechen wollte, antwortete sie: »Ich lebe seit drei Jahren mit meinem Chef zusammen, was beruflich schon schwierig genug ist. Und vorgestern hat er mir mitgeteilt, dass er nach sechs Jahren wieder zu seiner Exfrau zurückkehren möchte. Sie haben eine behinderte Tochter, und er hält es für wichtig, gemeinsam mit seiner Exfrau für das Mädchen zu sorgen. Dafür habe ich sogar ein gewisses Verständnis, aber ich habe es nicht kommen sehen. Seine Exfrau war ebenfalls eine Kollegin und noch dazu sehr beliebt in der Trierer Kriminaldirektion. Sie ist wegen ihrer Tochter zu Hause geblieben, und als er und ich zusammengekommen sind, musste ich mir viele dumme Sprüche von den Kollegen anhören. Inzwischen scheint es so, als hätten einige mit ihren Kommentaren gar nicht so unrecht gehabt. Ich war nur eine Ablenkung. Und da bei ihr gerade irgendetwas renoviert wird, kann er im Moment nicht zu ihr ziehen, sondern blockiert unsere gemeinsame Wohnung, wo ich ihm beim besten Willen nicht über den Weg laufen möchte.« Sie schniefte und wischte sich mit dem Handrücken unauffällig die Nase ab, da sie kein Taschentuch bei sich trug. Hajo reichte ihr ein blumenbesticktes Taschentuch, das er aus einer Schublade der Schminkkommode genommen hatte. Im Flur läutete das Telefon.

»Ich höre mal, wer da etwas von mir möchte. Sehen Sie sich in Ruhe um, probieren Sie ruhig an, falls Ihnen ein Teil gefällt.« Er schloss die Tür hinter sich und ließ Vanessa allein.

Aus dem Flur hörte sie einen freudigen Ausruf, als Hajo vermutlich den Hörer abnahm.

Es dauerte eine Weile, bis sie Hajo an die Tür zum Schlafzimmer seiner Frau klopfen hörte. Vanessa hatte einen kleinen Berg an Kleidungsstücken zusammengelegt, der ihr über die ersten Tage hinweghelfen konnte. Nur Unterwäsche würde sie sich besorgen müssen, da weigerte sie sich, die Sachen einer Toten zu tragen, aber Katharina Nerts Kleidungsstücke waren erstaunlich geschmackvoll, eine ungewöhnliche Mischung aus elegantem Chic und Schlichtheit.

»Wie alt ist Ihre Gattin geworden?«, fragte sie vorsichtig nach.

»Dreiundfünfzig war meine Katharina, aber viele der Kleidungsstücke hingen schon lange ungenutzt im Schrank.« Hajo streichelte gedankenverloren über ein hellblaues Twinset aus dünner Kaschmirwolle. »Dazu hat sie immer den kurzen dunkelblauen Rock getragen, haben Sie sich den auch herausgenommen?«

Vanessa schüttelte den Kopf. »Sommerkleidung habe ich selbst, aber ich habe mir erlaubt, eine dunkelblaue Hose dazu auszusuchen. Sofern Ihnen das recht ist.«

Hajo legte ihr eine Hand auf den Unterarm. »Kind, ich bin ehrlich froh, wenn die Sachen getragen werden. Es hängen schöne Erinnerungen daran.«

»Es scheinen mir nicht die typischen Sachen zu sein, die ich bislang in Hellersberg so gesehen habe.«

»Das stimmt. Katharina war Musikerin. Sie hat Querflöte gespielt und Unterricht erteilt. Früher war sie in Trier im Orchester des Stadttheaters, aber nach und nach sind durch eine Krankheit ihre Finger immer steifer geworden. Sie konnte die Schmerzen manchmal kaum aushalten. Die Kleider trug sie überwiegend bei ihren Konzerten. Ihre Sachen, die sie auf dem Hof getragen hat, wenn sie Kartoffeln ausmachen oder den Kompost umgraben musste, sind unten in einem Schrank neben der Hoftür, aber davon möchten Sie ganz sicher nichts tragen. Aber werfen Sie mal schnell Ihren Klapprechner an, wir müssen uns etwas ansehen. Und wenn Sie möchten, können Sie sich gern noch mehr Sachen nehmen, nur keine Scheu. Ich hole Ihnen gleich einen Koffer vom Dachboden.«

»War das am Telefon Ihr Enkel?«

»Ja, und was Jonas herausgefunden hat, während ich mit ihm telefoniert habe, ist sensationell.«

»Eigentlich ist das ja Sache der Polizei. Aber ich habe den Eindruck, wir können wertvolle Zeit sparen, wenn Sie uns, was das Cachen angeht, mit Ihren Kenntnissen helfen. Und ich kann mich ja darauf verlassen, dass das unter uns bleibt, nicht wahr? Mein Rechner ist unten bei meiner Tasche. Gehen wir runter.«

Wie sich herausstellte, war es gar nicht so leicht, Empfang über Vanessas Internetstick zu bekommen. Die dicken Mauern des alten Bauernhauses ließen keinen Empfang zu. Während Vanessa auf der Terrasse und im Garten versuchte, ein Signal zu empfangen, kochte Hajo Kaffee und machte ein Tablett zurecht mit Tassen, Servietten, Tischsets und Zucker. Am anderen Ende des Gartens winkte Vanessa, als sie endlich Empfang hatte. Hajo trug einen alten Holztisch, das Tablett und zwei Stühle, deren Sitzpolster schon ziemlich verschlissen aussahen, zu ihr hinüber.

»Tut mir leid, ich habe keine Milch im Haus, brauche ich nie«, entschuldigte sich Hajo.

Vanessa lächelte ihn an. »Danke, ich trinke den Kaffee nur mit Zucker. Ich hätte gar nicht mit so einer gemütlichen Kaffeerunde gerechnet. Nachdem es heute Morgen so geschüttet hat, ist es inzwischen richtig schön geworden.« Dabei sah sie auf ihre Schuhe hinunter, die deutlich dunkle Flecken vom nassen Gras hatten.

Hajo folgte ihrem Blick. »Haben Sie auch mal nach den Schuhen meiner Frau gesehen?«

»Ehrlich gesagt bin ich in ihrem Kleiderschrank versunken.

Ich habe mich gefragt, was sie für eine Frau war, und habe einige Teile anprobiert. Ich habe mich gefühlt, als sei ich in diesen anderen Kleidungsstücken ein ganz anderer Mensch, und es hat einfach gutgetan, für ein paar Augenblicke Mord und Totschlag zu vergessen.« Fast schuldbewusst über ihren Müßiggang, verfiel sie daraufhin in Schweigen und deckte gedankenverloren den Tisch.

»Ich bin gleich wieder da«, sagte Hajo und ging ins Haus zurück. Als er wiederkam, trug er einen Weidenkorb am Arm, in den er neben zwei Löffeln und warmen Socken drei Paar Schuhe gelegt hatte, die für den Hochwald geeignet zu sein schienen, darunter ein Paar flache schwarze Schuhe, die elegant unter einer schwarzen Hose aussehen würden, aber auch gut zu einer sportlichen Kombination zu tragen wären. Außerdem hatte Hajo ihr ein Paar grobe beige Schuhe gebracht, mit denen Vanessa sich auf den Felsenweg wagen könnte. Zuoberst lag ein Paar dunkelblaue Gartenclogs aus Kunststoff.

»Die dürften für das feuchte Gras besser geeignet sein als Ihre Schuhe«, sagte Hajo und reichte ihr den Korb. »Umgezogen haben Sie sich ja noch immer nicht, ich habe mal eine Decke mitgebracht. Aber erst einmal möchte ich Ihnen zeigen, was Jonas gefunden hat, bevor Sie sich wieder an die Kleidersuche machen können.«

Vanessa schmolz bei so viel Fürsorge fast dahin. Dieser Mann könnte vom Alter her ihr Vater sein und benahm sich erfreulicherweise auch wie ein Vater und nicht so, als sei sie Freiwild, nur weil sie ihm erzählt hatte, dass ihre Beziehung gerade gescheitert war. Sie fühlte sich sicher und geborgen und zum ersten Mal seit zwei Tagen entspannt. Zögerlich wandte sie sich ihrem Computer zu, der schon in den Ruhemodus gefahren war.

»Also, Herr Nert, was möchten Sie mir zeigen?«

»Ich bin der Hajo. Herr Nert sagt fast nie jemand zu mir, dabei komme ich mir immer ganz seltsam vor. Und ehrlich gesagt kann ich Ihren Namen gar nicht aussprechen. Können wir uns da nicht auch auf etwas anderes einigen?«

In einem anderen Zusammenhang wäre ihr diese Aussage sicherlich plump vorgekommen, aber bei Hajo klang es einfach nur ehrlich und aufrichtig.

»Ich bin Vanessa, freut mich, Hajo.«

»So, und jetzt lassen Sie mich mal ins Internet, der Jonas wollte mir eine E-Mail schreiben.«

Als Hajo seine Mails aufgerufen hatte, drehte er den Laptop so, dass sie gemeinsam lesen konnten:

Lieber Opa,.
es war schön, mal wieder deine Stimme zu hören. Ich vermisse dich! Also, ich habe mal in die Caches gesehen und eine interessante Entdeckung gemacht: Du hast erzählt, der Mord letzte Woche sei im Hellersberger Forst passiert. Ich habe mir anhand deiner Beschreibung einmal alle Caches im Hochwald angesehen und habe entdeckt, dass dort auch ein Cache lag. Er war gerade neu gelegt worden, es wäre ein FTF *gewesen.*

Vanessa zeigte auf die Abkürzung. »Was bedeutet FTF?«

»›First to find.‹ Jemand hatte den Cache ganz neu gelegt. Der Erste, der einen solchen Cache findet, darf stolz darauf sein, sich als Erster eintragen zu können. Außerdem winkt ihm häufig eine Belohnung, manchmal ein Essensgutschein, manchmal eine besondere Kleinigkeit, die er sich aus der Dose nehmen kann. Es ist ein besonderer Reiz, einen Cache zu finden, den zuvor niemand gefunden hat. Aus den Kommentaren der anderen Cacher kann man häufig schon Hinweise herauslesen, beispielsweise, ob man in einem Bach suchen muss oder eher in einem Baum oder so. Aber der Erste hat keinerlei Hilfe und ist auf sich allein gestellt. Das spornt schon an. Das könnte erklären, warum dieser Mann erst in den Wald gefahren ist, bevor er zur ›Post‹ kommen wollte.«

Sie wandten sich wieder der Mail zu.

Sieh dir selbst einmal die Cachebeschreibung an. Nach dem Mord haben sich zwei Leute beschwert, dass die Dose nicht da sei, wo sie laut Beschreibung hätte sein sollen. Danach hat jemand den Cache archiviert.

»Das bedeutet was?«, bat Vanessa erneut um Aufklärung.

»Der Cache ist nach wie vor als Beschreibung im Netz, aber er ist nicht länger verfügbar. Das wird gemacht, wenn etwas zerstört wurde oder auch nur, wenn der Cacheowner, also derjenige, der den Cache gelegt hast, sich einige Zeit nicht um den Cache kümmern kann.«

»Kannst du feststellen, ob es beide Male der gleiche Cacheowner war?«

»Dazu können wir uns gern beide Caches ansehen, aber da das Jonas leichterfällt als mir, lesen wir doch erst einmal, was er schon herausgefunden hat.«

Ich habe mir auch den anderen Cache am Saar-Hunsrück-Steig angesehen. Der war auch noch ganz neu, aber zwei Leute haben schon geloggt, es wäre demnach kein FTF *gewesen. Vielleicht könnt ihr die Leute ausfindig machen. Schreib sie einfach mal an und lass dir mal den Cache schildern. Die Logs geben nicht viel her. Aber sieh dir das doch selbst an. Ich finde es ungewöhnlich, dass beide Mordopfer Cacher waren, aber das ist vielleicht nur ein Zufall. Es ist eben ein weitverbreitetes Hobby. Letzte Woche habe ich bei mir in Florida einen Cache gemacht. Es waren viele Stechmücken da, und ich musste ganz schön aufpassen, aber es hat trotzdem Spaß gemacht.*

Vanessa lehnte sich zurück und las nicht weiter. »Kommt da noch etwas Relevantes?«

Hajo überflog den Rest der Mail. »Wie man es nimmt, mein Enkel hat mich lieb, und er macht sich Sorgen um mich, weil ich den Toten gefunden habe. Aber das ist nicht wirklich relevant.«

»Na ja, etwas Relevanteres im Leben als die Liebe eines Menschen kann es meiner Meinung nach nicht geben«, entgegnete Vanessa lakonisch und legte Hajo eine Hand auf den Unterarm.

»Wollen wir uns noch einmal beide Caches ansehen? Ich bin heute zu nervös zum Tippen, ständig erwische ich zwei Tasten. Könntest du das für mich machen?« Dabei drehte er den Laptop zu Vanessa hin.

»Die Seite habe ich schon aufgerufen, du müsstest nur meinen Namen und mein Passwort eingeben.«

»Hajo oder Hans-Joachim?«

»Nein, mein Cachername ist ›Opel Kapitän‹ in Erinnerung an mein geliebtes Auto.«

Vanessa schmunzelte.

»Und mein Passwort –«

»Das sollte man aber niemandem verraten!«, ermahnte sie ihn.

»Ist egal, ist doch eh alles nur ein Spiel. Also, das Passwort lautet ›Jonas‹.«

»Na gut, da wäre ich vermutlich auch ohne Hinweis draufgekommen. Alternativ hätte ich ›Katharina‹ ausprobiert.«

»Ich weiß schon, das ist nicht sehr geistreich, aber ich bin in solchen Dingen ein alter Mann, ich kann mir so Sachen nicht mehr merken. Und wenn ich mich nicht mehr an den Namen meines Enkels erinnern kann, bin ich auch zu alt zum Wandern.«

»Beginnen wir mit dem Cache vom Saar-Hunsrück-Steig«, schlug Vanessa vor, nachdem sie Hajos Zugangsdaten eingegeben hatte.

Gemeinsam fanden sie im Internet den gesuchten Grenzweg-Cache unter dem Titel »Hier wurden Grenzen überschritten«. Die Cachebeschreibung erzählte ausgiebig von der historischen Bedeutung des Grenzweges und erwähnte einen Stein mit der Höhenangabe.

Inzwischen hatte sich ein weiterer Cacher auf der Seite eingetragen. Als neuster Log stand dort:

Leider konnte ich die Höhenangabe nirgendwo finden, und im Internet gibt es verschiedene Angaben. Habe auch nicht finden können, wozu das wichtig ist. Trotzdem TFTC. *Ist an der Fundstelle etwas passiert? Die sah irgendwie zerstört aus. Ein Teil des Weges ist mit Polizeiband abgesperrt. Bitte an den Owner, den Cache einmal zu überprüfen!*

»TFTC heißt nur ›thanks for this cache‹«, nahm Hajo Vanessas Frage vorweg. »Das heißt folglich, die Dose ist weiterhin da, sonst hätte der die nicht finden können. Aber was bedeutet das mit dieser Höhenangabe? Wir müssen dringend hin und uns das selbst ansehen. Ich habe noch Wanderschuhe von Katharina.«

Vanessa sah auf die Uhr. »Wie lange werden wir ungefähr laufen müssen?«

»Von Waldhölzbach eine knappe Stunde, aber das ist kürzer als von Scheiden aus. Wenn wir sofort gehen …«

»Wir müssen Herrn Landscheid auf jeden Fall mitnehmen, das hier ist kein Sonntagsspaziergang, sondern eine Ermittlung. Sagt diese Cachebeschreibung darüber hinaus etwas aus, das ich bloß nicht erkenne? Und ich möchte mir den anderen Cache im Internet ansehen, vielleicht können wir da später auch vorbeifahren.«

»Wir suchen vermutlich ein Filmdöschen oder eine kleine Tupperdose. Das Gelände hat laut Cachebeschreibung die Stufe drei von fünf, das passt. ›Nicht kinderwagen- oder rollstuhlgeeignet‹ – stimmt auch. Schwierigkeitsstufe eins von fünf, schwer hat er es uns demnach nicht gemacht.«

»Und der andere Cache?«

Hajo zeigte Vanessa, wo sie im Internet zu suchen hatte. »Das ist folglich auch ein Traditional, also nur ein einzelner Cache. Aber den hat jemand anders gelegt. Der andere Owner hieß ›Maria und Josef‹, aber der hier heißt ›Sehenden Auges‹, was auch immer das bedeutet. Terrain zwei, Schwierigkeit eins, Größe ›small‹.«

»Was habe ich mir darunter vorzustellen?«

»Ich rechne mit einer Tupperdose von der Größe einer Brotdose. Die Anweisungen sind aber sehr speziell, sieh mal.« Er las ihr den Text der Cachebeschreibung vor: »›Von oben betrachtet‹ ist schon mal ein aufschlussreicher Name, das dürfte auf den Hochsitz hinweisen. Da steht: ›Der Teufel hat das Spielen erfunden, und vielleicht betreibt er es bis heute. Welches Spiel wird hier gespielt?‹ Worauf könnte sich der Owner damit beziehen?«

Vanessa schüttelte den Kopf. Sie wusste wahrscheinlich noch weniger als Hajo von diesem ersten Mord, da Landscheid ihn bislang kaum für erwähnenswert gehalten hatte.

»Außerdem steht hier: ›Der FTF findet einen Gegenstand, der nach Nürnberg möchte.‹ Das würde erklären, wieso dieser Medikamentenvertreter gerade diesen Cache gesucht hat, der kam immerhin aus Nürnberg.«

»Wir sollten Herrn Landscheid anrufen, damit wir uns beide Tatorte einmal ansehen können. Die Wanderschuhe wären dafür sicherlich eine gute Wahl, und ich habe oben eine Hose rausgelegt, die ich dazu anziehen könnte. Unterwegs kann Herr Landscheid uns vielleicht mehr erzählen.«

Zwanzig Minuten später waren sie zu dritt in Landscheids Opel Omega unterwegs nach Waldhölzbach. Vanessa trug eine braune

Hose, die Wanderschuhe, eine kurzärmelige grüne Bluse und darüber eine dünne beige Strickjacke. Neben ihr auf dem Rücksitz lag zudem eine dunkelbraune Steppjacke. Alle Kleidungsstücke waren etwas in die Jahre gekommen, aber tadellos sauber und in Ordnung.

»Waren Sie doch zu Hause und haben sich Wechselkleidung geholt, Frau Kollegin? Das finde ich gut, wobei wir mit der Arbeit auch gut bis Montag hätten warten können. Ich habe schon ein schlechtes Gewissen, wenn die ganze Gemeinde die Kirmes und den Wettbewerb vorbereitet, und ich gehe stattdessen wandern.«

Vanessa blieb vor Erstaunen der Mund offen stehen. Sahen diese Sachen aus, als seien es ihre eigenen? Wobei sie ihr tatsächlich verblüffend gut passten, für ihr Alter musste Katharina Nert eine fabelhafte Figur gehabt haben. Und war die Bewertung als »Dorf der Region« tatsächlich wichtiger als die Aufklärung eines Mordes? Vanessas Pflichtbewusstsein rebellierte, andererseits hatte sie in den vergangenen Jahren immer äußerst effizient und zielstrebig gearbeitet, aber genutzt hatte es ihr aus heutiger Sicht nichts. Vielleicht war der behäbige Kollege wesentlich glücklicher in seinem Job. Sie musste wohl erst noch lernen, dass sie momentan im Hochwald war und hier die Uhren langsamer tickten.

»Hajo, kannst du dem Herrn Polizeihauptmeister bitte einmal erklären, was wir in der Zwischenzeit herausgefunden haben?«, bat Vanessa.

»Was hast du eigentlich mit den Ermittlungen zu tun? Ich dachte, wir nehmen dich nur mit ins Dorf?«

Hajo überging die Frage und erläuterte: »Wir haben uns einmal die Caches angesehen und interessante Dinge herausgefunden, aber das müssen wir uns vor Ort ansehen. Es gab an der Stelle, wo der erste Mord stattfand, zufällig auch einen Cache. Hast du dort etwas gefunden, was darauf hinweisen könnte, dass dieser Mann aus Nürnberg ein Cacher war?«

»Woran hätte ich das merken können?«

»Er hätte ein Navi dabeihaben müssen, wobei nicht alle Modelle so auffällig sind wie dieses orangefarbene Teil. Und ein paar der üblichen Cacher-Utensilien: Taschenlampe, Taschenmesser, Handschuhe, eine Cachebeschreibung …«

»Eine kleine Schaufel, Feuchttücher und Überraschungsei-Figuren haben wir gefunden. Passt das auch?«

»Allerdings! Typische Cacher-Utensilien. Und die anderen Sachen?«

»Ja, er trug so dünne Handschuhe, die waren aber ganz kaputt. Da er das ganze Auto voller Medikamente hatte, passte das für mich, so was trägt man doch auch in jeder Arztpraxis. Er hatte einen ganzen Karton davon im Kofferraum. Auf dem Hochsitz lag eine Taschenlampe, aber die brauchte er schließlich in der Dunkelheit. Cachebeschreibung, Navi, Taschenmesser, daran könnte ich mich erinnern, so was war nicht da. Wie kommt ihr darauf, dass der Mann ein Cacher war?«

»Es gibt dort einen Cache mit der Aufforderung, etwas nach Nürnberg zu bringen. Und da er aus Nürnberg kam –«

»Genau genommen aus Speyer«, parierte Landscheid, »er arbeitete nur in Nürnberg.«

»Jedenfalls wäre es ihm ein Leichtes gewesen, etwas nach Nürnberg zu bringen«, argumentierte Vanessa. »Haben Sie vielleicht eine Dose gefunden, die ein Cacheversteck gewesen sein könnte?« Sie wandte sich an Hajo. »Was sagtest du, Filmdose oder kleine Kunststoffdose?«

Hajo überlegte einen Moment. »Nein, dann wäre es ein Micro. Der Cache müsste größer sein als eine Filmdose, eher eine Brotdose oder so. Es gibt auch noch größere Caches, bis zur Größe einer Munitionskiste sogar, die heißen aber ›regular‹.«

»Munitionskiste?«, fragten Vanessa und Heiner gleichzeitig erstaunt.

»Ja, ich habe einmal eine in Italien in den Bergen gefunden. Aber so eine findet man nicht alle Tage. Ist viel zu auffällig, da werden die Muggel eben auch neugierig.«

»Die Muggel?«, fragten Vanessa und Landscheid wiederum gleichzeitig.

»Ihr solltet mal zu Friedhelm gehen und euch für den Chor anmelden, ihr beide könnt das gut«, meinte Hajo grinsend.

»Also, was sind Muggel?«, wollte Landscheid noch immer wissen.

»Jonas hat mir erklärt, dass das aus den Harry-Potter-Romanen kommt. Im Jargon der Zauberer sind Menschen, die nicht zaubern können, Muggel.«

»Und aus Sicht der Cacher sind Leute, die keine Ahnung von Cachen haben, folglich Muggel?«, schloss Vanessa.

»Genau. Es besteht immer die Gefahr, dass Muggel einen Cache zerstören, mitnehmen, woanders verstecken oder auch unwissend als Müll wegwerfen oder so. Darum werden die Dosen gut versteckt und getarnt und liegen manchmal eben auch an Stellen, die nur schwer zugänglich sind und wo sie niemand im Vorbeigehen zufällig entdeckt.«

»Klingt gar nicht so schlecht«, meinte Vanessa, wogegen Landscheid brummte:

»Blödsinn. Wandern und dabei auch noch im Matsch wühlen, völlig überflüssig.«

»Also, Herr Landscheid, gab es eine solche Dose am Tatort?«, fragte Vanessa.

»Ich war nicht oben, aber der Kollege aus Hermeskeil, der mich an dem Tag unterstützt hat, der hat eine Brotdose auf dem Hochsitz gefunden. Er sagte, sie sei leer, ich habe ihn aber extra ein zweites Mal hochgeschickt, um sie zu holen, weil ich nicht wollte, dass Müll im Wald liegen bleibt. Wir haben damals keine Fingerabdrücke auf der Dose gefunden. Es ließ sich nicht feststellen, ob die Dose Zilk gehörte oder ob er sie auch nur in die Hand genommen hatte, da er Handschuhe trug, es schien aber auch nicht wichtig zu sein. Damals haben wir den Todesfall ja nicht mit Geocachen in Verbindung gebracht. Ich bin nicht sicher, was daraus geworden ist. In seinem Auto lag auch eine Brotdose, die auf dem Hochsitz sah aber völlig anders aus. Die auf dem Hochsitz war mit einem Deckel, den man auf vier Seiten festklickt, im Auto lag eine ganz normale Klappdose mit einem Verschluss.«

»Könnte es sein, dass Holger Zilk diesen Cache auf dem Hochsitz verstecken wollte, damit jemand anders diesen Gegenstand, um den es geht, wieder nach Nürnberg zurückbringt?«, wandte sich Vanessa an Hajo.

»Grundsätzlich wäre das möglich. Es gibt sogenannte Travelbugs und Geocoins, das sind Gegenstände, Medaillen oder Plaketten, die einen Auftrag zu erfüllen haben, sozusagen eine Mission. Sie sollen von der Stelle aus, wo sie in Umlauf gebracht werden, ein bestimmtes Ziel erreichen. Jonas wollte noch einen Cache legen, der von Hellersberg nach Florida soll, aber das hat er nicht mehr geschafft, er hatte zuletzt alles mögliche andere im Kopf, bevor er geflogen ist. Aber warum sollte er nicht einen Cache legen, der von Florida hierherkommt? Es kann gut sein, dass der Startpunkt von Hellersberg nach Nürnberg von dem Toten selbst festgelegt worden ist.« Hajo stutzte. »Nein, Moment mal, das kann gar nicht sein. Der Cache stand schon im Internet, deswegen wäre das unlogisch.«

»Herr Landscheid, fragen Sie bitte noch einmal bei dem Kollegen Wahlen nach, ob ihm unter diesen Umständen etwas einfällt, was wir bislang nicht in den richtigen Zusammenhang gesetzt haben«, sagte Vanessa.

Landscheid rief Wahlen, der inzwischen wieder in Hermeskeil arbeitete, von seinem Handy aus an, und Vanessa und Hajo hörten, wie sein Tonfall immer ungehaltener wurde.

»Ich habe ihn darauf angesprochen, ob da wirklich kein Taschenmesser gelegen hat«, schimpfte Landscheid, nachdem er aufgelegt hatte. »Sagt der mir doch, da hätte tatsächlich eins auf dem Boden des Hochsitzes gelegen, aber er hätte geglaubt, es wäre sein eigenes, und hat es eingesteckt. *Wieder* eingesteckt, wie er betont hat. Aber er meint, er würde zu Hause mal nachsehen, ob er sich vielleicht doch getäuscht hat und es gar nicht sein Messer gewesen ist.«

»Ich fass es nicht! Ist es üblich, sich erst einmal an Beweismitteln zu bedienen? Ich bin mal gespannt, was im Laufe der Ermittlungen noch alles ans Licht kommt«, meinte Vanessa zu ihrem Kollegen. »Herr Polizeihauptmeister, ich glaube wirklich, wir sollten uns die beiden Tatorte einmal zusammen ansehen.«

Der Weg war rutschig vom vielen Regen am Vormittag, und keiner von ihnen fühlte sich heute trittsicher. Vanessa trug Schuhe, die ihr nicht vertraut waren, Landscheid war das Gehen als solches nicht vertraut, und Hajo traute sich den Gang selbst nicht recht zu, weil er wusste, welche Stelle ihr gemeinsames Ziel war. Daher kamen sie nur sehr langsam voran. Am Teufelsfelsen machten sie halt, um sich ächzend auf die Schaukel fallen zu lassen und den Blick über das Tal zu genießen. An der Kneippanlage legten sie eine weitere Pause ein, kühlten sich die Unterarme und setzten sich kurz vor die Hütte, um zu verschnaufen. Als sie am Grenzweg angekommen waren, wurde der Weg endlich eben, und sie kamen zügiger voran. Schon von Weitem sahen sie das rot-weiße Absperrband. Der Stein, der den Kopf des Toten zertrümmert hatte, war von der Spurensicherung konfisziert worden, somit fehlte die erwähnte Höhenangabe, die der Cacher im Internet vermisst hatte. Hajo hatte bereits vor einigen Minuten sein Navigationsgerät eingeschaltet und blickte immer wieder auf das Display.

»Wir haben Glück, manchmal hat man im Wald fast gar keinen Empfang, aber hier geht es gut, vermutlich, weil wir uns an der höchsten Stelle befinden. Ob der Cache darum hier oben liegt?«

Am Wegrand lagen die drei Steine mit der Aufschrift »Felsenweg – höchster – Punkt«. Zielsicher ging Hajo auf das Gebüsch dahinter zu, bückte sich und bog einige Äste und Zweige zurück. Vanessa sah, wie er unter einer Wurzel, gut verdeckt von Steinen und Blättern, eine Brotdose hervorholte.

»Nein, nicht anfassen, du könntest Fingerabdrücke verwischen«, schrie Vanessa entsetzt, aber Hajo hatte die Dose schon in der Hand und wischte gerade mit seinem Jackenärmel Schmutz vom Deckel.

Triumphierend hielt Hajo die Dose in die Höhe.

»Hajo, nein, die Fingerabdrücke«, rief Vanessa, woraufhin er die Dose sofort fallen ließ. Sie sprang auf, und ihr Inhalt verteilte sich über den Waldboden.

»Wir brauchen Handschuhe und Beweissicherungsbeutel, bitte«, wandte sich Vanessa an Landscheid.

»Es ist Wochenende, so was habe ich heute nicht bei mir. Was machen wir denn da?«

Vanessa glaubte, einem Herzanfall nahe zu sein. Sie kramte in ihrer Hosentasche und zog das blumenbestickte Taschentuch hervor, von dem sie bisher lediglich eine Ecke benutzt hatte. Damit konnte sie die wenigen Teile, die sich in der Dose befunden hatten – ein Geduldsspiel aus Holz sowie ein Kreisel aus Kunststoff, das Logbuch in Form eines kleinen Vokabelheftes und ein Bleistift –, wieder einsammeln und in die Dose zurücklegen. Auf der Dose klebte ein Zettel mit der Aufschrift: »Offizieller Geocache. Bitte nicht entfernen. Diese Dose ist Bestandteil eines Spiels. Für mehr Details: www.opencaching.de«.

Hajo hatte ein frisches großes kariertes Taschentuch aus seiner Tasche gezogen und hielt es Vanessa schuldbewusst entgegen.

»Tut mir leid, da ist mein Eifer möglicherweise zu weit gegangen. Wenn du mit der Spurensicherung fertig bist, kann ich das Logbuch danach bitte haben, um mich einzutragen?«

Vanessa wickelte die Dose in Hajos Taschentuch, steckte beides in die weiten Taschen der Steppjacke und sah sich abermals um. Dabei entdeckte sie noch etwas, das aussah wie eine Visitenkarte und ins Laub gerutscht war. Auf einem kleinen Zettel, den jemand laminiert hatte, stand: »Berechne aus der Höhenangabe d=a*b-c.«

Sie hob den Zettel auf und hielt ihn Hajo hin.

»Was würdest du daraus lesen?«, erkundigte sie sich ein wenig hilflos.

»Es ist nicht normal, dass man bei einem Traditional eine Aufgabe in der Dose findet. Bei manchen Multis findet man zwischendurch Dosen, in denen sich Aufgaben befinden, die man lösen muss, um die nächste Koordinate zu bekommen. Warum es hier so etwas gibt, kann ich mir nicht erklären, aber ich würde sagen, die Formel bezieht sich auf die Höhenangabe, auf die fünfhundertfünfundachtzig Meter, demnach ist das Ergebnis fünfunddreißig.«

Vanessa sah ihn verständnislos an.

»Na, beim Cachen geht es meistens um das Errechnen von Koordinaten. Und da steht sozusagen fünfunddreißig, also fünf mal acht minus fünf.«

»Hajo, ich weiß bislang nicht, was das zu bedeuten hat, aber ich glaube, du hast uns gerade erheblich weitergeholfen.«

Vanessa packte auch den Zettel in die Dose und wandte sich an ihren Kollegen.

»Herr Landscheid, ich möchte gern den anderen Tatort sehen, vielleicht findet Herr Nert dort ebenfalls wichtige Hinweise, die Sie sich bislang nicht erklären konnten.«

»Sind Sie schwindelfrei?«, fragte Landscheid und wandte sich zum Gehen.

Eine gute Stunde später standen sie am Hochsitz. Hajo hatte auch von diesem Cache die Koordinaten rechtzeitig eingegeben und hatte guten Empfang auf seinem Gerät. Sie hatten bereits den Boden um den Hochsitz herum grob abgesucht, ob dort vielleicht etwas lag.

»Ich habe noch immer nicht die genaue Position, die Abweichung beträgt rund sieben Meter. Ich vermute, dass die Dose auf dem Hochsitz wirklich der Cache war. Alles, was Heiner erzählt hat, würde dafür sprechen«, erläuterte Hajo.

»Herr Landscheid, bitte sehen Sie auf dem Hochsitz nach, ob Ihrem jungen Kollegen noch mehr durchgegangen ist. Wobei im Gegensatz zu dem anderen Versteck auch die Spurensicherung an dieser Stelle gesucht hat, da dürfte theoretisch nichts mehr sein.«

Mit zitternden Knien erklomm Landscheid die Leiter, sah sich auf dem schmalen Holzgerüst um und kletterte kurz darauf wieder nach unten. »Kollege Wahlen und die Spurensicherung scheinen nichts weiter übersehen zu haben«, sagte er. »Vielleicht hat sich uns aber auch die Bedeutung eines der Fundstücke bislang nicht erschlossen.«

»Ich denke, wir fahren zur Dienststelle und sehen uns die verbliebenen Fundstücke noch einmal an«, meinte Vanessa. »Oder sind die nach wie vor in der Kriminaltechnik?«

»Mittlerweile ist der Mord so lange her, dass wir die Sachen alle wieder in Hellersberg haben. Aber hat das nicht Zeit bis Montag? Ich wollte –«, nörgelte Landscheid.

»Nein«, fiel ihm Vanessa als seine ranghöhere Kollegin ins Wort. »Ich werde mir die Sachen heute noch ansehen, und Sie sollten auch eine bessere Arbeitsmoral zeigen und nicht einfach nur den Hammer fallen lassen, wenn Sie keine Lust mehr haben.«

»Darf ich auch einen Blick auf die Sachen werfen?«, schaltete sich Hajo ein.

»Das würde mich sogar sehr freuen, du scheinst dabei den meisten Sachverstand zu haben«, antwortete Vanessa.

Landscheid hatte zwar das Büro aufgeschlossen und einen Kaffee zubereitet, aber anschließend war er mit dem Hinweis auf das Wochenende und wichtige familiäre Verpflichtungen wieder gegangen. Vanessa hatte ihn abermals verärgert darauf hingewiesen, dass sie in einem Mordfall steckten und es sich nicht leisten konnten, pünktlich Feierabend zu machen. Landscheid hatte sich jedoch damit gerechtfertigt, dass sie von der Kriminaltechnik heute sowieso niemanden mehr erreichen könnten und auch sonst vorerst keine neuen Erkenntnisse zu erwarten seien, und war vor sich hin schimpfend verschwunden.

»Darf ich die Sachen jetzt auch ohne Handschuhe anfassen? Tut mir echt leid wegen eben«, sagte Hajo schuldbewusst.

»Nicht so schlimm. Wir müssen nur deine Fingerabdrücke nehmen, damit die Kollegen in der Kriminaltechnik deine als Täterabdrücke ausschließen können.«

Aus einem Karton nahm Vanessa eine kleine Gartenschaufel aus Metall, eine Brotdose, Feuchttücher, zwei Überraschungsei-Figuren, zwei Magnete und ein kleines Päckchen Papiertaschentücher mit Tiermotiven sowie ein völlig zerdrücktes Handy.

»Außerdem liegt hier ein laminierter Lottoschein, den Landscheids Kollege am Tatort gefunden hat, wobei aber nicht feststeht, ob der auch dem Toten gehört hat oder überhaupt mit dem Mord in Verbindung steht. Da der Tote diese Handschuhe trug, hat er keine Fingerabdrücke hinterlassen, es kann demnach sein, dass dieser seltsame Lottoschein schon länger dort lag.« Vanessa sah von der beiliegenden Akte auf, die sie kurz überflogen hatte.

Hajo hatte den Lottoschein in die Hand genommen und von beiden Seiten genau untersucht. »Was steht dort oben in der Ecke?«, fragte er mit zusammengekniffenen Augen. »Ich habe nicht die richtige Brille dabei.«

Vanessa beugte sich vor und entzifferte: »TBYBGGB. Außerdem steht da: ›Dieser Gegenstand soll in der Dose verbleiben.‹«

»Dann ist der Schein ein Teil des Caches. Hast du mal etwas zum Schreiben da?«

Vanessa reichte ihm verblüfft Papier und Stift. Hajo schrieb in eine Reihe die Buchstaben A bis M und darunter die Buchstaben N bis Z, sodass die Buchstaben jeweils exakt untereinanderstanden.

»›TB‹ ist das Kürzel für ›Travelbug‹, dieses Ding sollte demnach eine Mission erfüllen und irgendwohin gebracht werden. Und YBGGB bedeutet …« – er fuhr mit dem Finger über seine Tabelle und notierte sich die Buchstaben gemäß eines Cachercodes, in dem die übereinanderstehenden Buchstaben miteinander vertauscht wurden – »... das bedeutet ›Lotto‹. Ich weiß zwar noch nicht, was es heißen soll, aber das ist auf jeden Fall ein Cache! Diktier mir bitte mal die angekreuzten Ziffern«, bat Hajo und reichte Vanessa den Lottoschein.

Sie diktierte, und Hajo ordnete die Zahlen nach einem System, das anscheinend für ihn als Cacher, aber nicht unbedingt für Vanessa einen Sinn ergab: neunundvierzig, siebenundzwanzig, vierhundertfünfunddreißig und darunter elf, vier, vierhundertzwölf. Hajo schrieb noch etwas unter die Ziffern und zeigte Vanessa mit triumphierendem Lächeln den Zettel.

»49°Nord, 27.435 und 11°Ost, 04.412. Was auch immer sich dort befindet, es ist irgendein Hinweis!«

Mit anerkennender Bewunderung nahm Vanessa den Zettel entgegen und warf einen hilflosen Blick darauf. »Was bedeutet das?«

»Das sind Koordinaten, ich weiß nur nicht, wo sich der angegebene Punkt befinden soll. Kannst du das nicht in deinen Computer eingeben?«

Vanessa tippte die Zahlen ein und ließ verschiedene Suchmaschinen für sich arbeiten, aber sie gelangte zu keinem Ergebnis.

Hajo sah auf seine Uhr. »Darf ich ein Ferngespräch führen?«

»Du möchtest, dass Jonas uns hilft?«, fragte Vanessa.

»Für den wird das ein Kinderspiel sein, er kennt sich mit so was aus.« Hajo grinste stolz.

Jonas hatte gerade keinen Zugriff auf seinen Computer, weil er mit seiner Gastfamilie am Strand lag, aber er versprach, sich das Ganze nachher zu Hause anzusehen. Sie sollten ihm die genauen Koordinaten per E-Mail schicken, er würde auch an diese E-Mail-Adresse antworten. Da sie aber eben erst an den Strand gefahren und die Wellen so toll seien und sie außerdem auf dem Heimweg noch einkaufen wollten, würde es sicher spät werden, es werde sich daher für sie nicht lohnen, die ganze Zeit vor dem Computer zu sitzen und auf seine Antwort zu warten.

»Wie spät ist es momentan in Florida?«, erkundigte sich Vanessa.

»Beste Mittagszeit, das kann dauern. Wir bekommen wahrscheinlich erst heute Nacht eine Antwort. Vielleicht sollten wir uns morgen abermals hier treffen. Ich schlage vor, du kommst nach dem Frühstück noch einmal zu mir raus, du hast nämlich vorhin in der Eile vergessen, die ganzen Kleidungsstücke einzupacken. Dann sehen wir uns gemeinsam Jonas' Nachricht an und sind danach hoffentlich einen Schritt weiter. Was ich aber bis jetzt nicht verstanden habe: Wozu ist das alles überhaupt wichtig?«

Vanessa schüttelte ihren Kopf mit den langen roten Haaren und fuhr sich mit der Hand über die verspannten Schläfen.

»Hajo, ich weiß es nicht. Aber es scheint momentan unser einziger Ermittlungsansatz zu sein. Zurzeit habe ich nur den Eindruck, *dass* es wichtig ist, aber ich kann mir bislang keinen Reim darauf machen.«

Hajo kehrte auf ein Bier in der »Post« ein und traf dort wie erwartet den alten Pastor, der gerade ein halb leeres Bierglas vor sich hatte.

»Gott zum Gruß, lieber Hajo. Ich habe dich heute bei den Vorbereitungen zur Kirmes und für den Wettbewerb vermisst. Hattest du Wichtigeres zu tun? Oder ist dir dieser Tote so sehr in die Glieder gefahren, dass du deine Pflichten als Dorfmitglied vernachlässigst?«, erkundigte sich Josef Feldmann. »Ich mache mir ernsthafte Sorgen um dich. Du weißt, ich bin zwar nicht mehr der Pastor, aber ich fühle mich noch immer als Seelsorger. Wenn du dich mir anvertrauen möchtest, stehe ich dir immer zur Verfügung.«

Beschwichtigend legte Hajo die Hand auf den Arm des Pastors.

»Lieber Josef, ich weiß deine Fürsorge zu schätzen, aber ich war heute durchaus nicht untätig. Ich habe mit der Kommissarin zusammengearbeitet und versucht, ihr bei der Auflösung der beiden Morde behilflich zu sein.«

Erstaunt zog Feldmann die Augenbrauen hoch. »Du? Wäre das nicht eher Heiners Aufgabe gewesen?«

Hajo lächelte. »Es hat sich herausgestellt, dass ich in diesem Fall das größere Fachwissen habe«, ließ er geheimnisvoll verlauten. »Ich mache mich auch gleich wieder auf den Heimweg, es waren zwei harte Tage für mich, und ich hoffe, dass ich Vanessa morgen ebenfalls weiterhelfen kann.«

»Vanessa?« Der Pastor, der zwar nur vier Jahre älter war als Hajo, aber von Berufs wegen Frauen abhold sein sollte, runzelte fragend die Stirn.

»Na, diesen Nachnamen kann doch niemand aussprechen. Und ich fand es ganz übel, wie sie gestern vom ganzen Dorf behandelt worden ist, da schadet es ihr sicher nicht, wenn sie das Gefühl hat, dass sie sozusagen unter Freunden ist.«

Der Pastor schien sich noch immer mahnende Worte zu überlegen, als Hajo sein Bierglas energisch auf den Tisch stellte. »Sag mal, Josef, jetzt verstehe ich erst, worauf du hinausmöchtest. Hast du ein Problem damit, dass ich zu einer Frau ein bisschen nett bin?«

Anhand der Miene des Pastors konnte Hajo erkennen, dass dieser sich ertappt fühlte.

»Josef, das ist nicht dein Ernst. Dieses Mädel könnte meine Tochter sein, allein das macht sie schon mal zu einem Tabu. Außerdem habe ich ihr nur ein paar Kleidungsstücke von Katharina zur Verfügung gestellt, weil sie zurzeit nicht nach Hause kann oder möchte. Und mir tut es gut, dass ich seit Langem endlich mal wieder etwas Sinnvolles zu tun habe. Jonas fehlt mir, mein Viez ist fertig, die Äpfel sind verarbeitet, und ich freue mich über eine Aufgabe, bei der auch mein Kopf einmal etwas zu tun bekommt.« Er leerte sein Glas und kramte seine Geldbörse hervor, um zu bezahlen. Er war wirklich wütend auf seinen Freund.

»Aber deine Katharina ist gerade mal seit einem knappen Jahr tot –«

»Lass Katharina aus dem Spiel! Sie hätte bestimmt gewollt, dass wir der armen Frau helfen. Aus Rücksicht auf die veralteten Moralvorstellungen im Ort habe ich ihr schon kein Zimmer bei mir zu Hause angeboten, obwohl ich mich gefreut hätte, heute Abend mein Bier nicht in der Kneipe trinken zu müssen, sondern in angenehmer Atmosphäre zu Hause. Du hast ein Leben lang allein gefrühstückt, aber ich lege Wert auf die Gesellschaft anderer. Gute Nacht!« Verärgert knallte Hajo eine Handvoll Kleingeld auf den Tisch und ging nach Hause.

VIER

Als Hajo gegen halb neun am nächsten Morgen in einer ausgebeulten Schlafanzughose und einem verschossenen Doppelripp-Unterhemd am Küchentisch saß und auf einer Scheibe Schwarzbrot mit Apfelgelee kaute, sah er vor seinem Haus den kleinen babyblauen Fiat halten. Die makellosen Beine schälten sich aus dem Auto, Vanessa war wieder nur mit ihrem kurzen Kleidchen bekleidet und trug ihre hohen Schuhe.

Hajo überlegte, ob er so tun sollte, als sei er noch nicht wach, doch dann dachte er sich, dass sie zwei erwachsene Menschen waren und Vanessa sicher kein Problem damit haben würde, einen alten Mann im Schlafanzug zu sehen. Er füllte einen zweiten Becher Kaffee, öffnete die Haustür und hielt ihn Vanessa am ausgestreckten Arm entgegen.

»Frühstück, Frau Kommissarin«, begrüßte er sie lächelnd.

»Ich bin zu früh, tut mir leid, aber ich konnte nicht schlafen. Frau Eiden war gar nicht glücklich, als ich schon so früh nach dem Frühstück gefragt habe. Offensichtlich hätte sie gern erst selbst gefrühstückt und die Zeitung gelesen. Das Frühstück, das es daraufhin gab, war so lieblos angerichtet, dass ich gar keinen Appetit mehr hatte. Und so hat auch ihr Kaffee geschmeckt. Ich nehme gern eine Tasse.« Sie hatte die Schuhe abgestreift und setzte sich auf die Bank ohne Rückenlehne, wobei sie die verfrorenen Füße aneinanderrieb.

»Die Hose ist gestern am Tatort schmutzig geworden, und ich habe sie ausgewaschen. Da es in meinem Zimmer aber eiskalt ist, war die Hose heute Morgen noch feucht. Daher blieb mir nichts anderes als meine Städterkluft«, erläuterte Vanessa ihren Aufzug.

»Geh ruhig nach oben und zieh dir etwas Warmes an, ich ziehe mich auch mal um und mache uns ein bisschen Frühstück«, schlug Hajo vor.

Zwanzig Minuten später war das Haus erfüllt vom Duft nach Rührei und Speck. Getoastetes Graubrot mit Griebenschmalz und Möhren- und Kohlrabistücke mit einem Kräuterquarkdip standen auf dem Tisch. Hajo trug eine saubere Jeans, ein kariertes Hemd und Hosenträger, als Vanessa im hellblauen Kaschmir-Twinset mit dunkelblauer Hose und den flachen schwarzen Schuhen die geräumige Küche betrat.

»Männerfrühstück«, meinte Hajo leicht verlegen. »Das Brot ist schon älter, aber getoastet schmeckt es noch immer gut. Und so ein kräftiges Frühstück ist ein guter Start in den Tag. Wenn du lieber Apfelgelee magst, Ursula versorgt mich da immer bestens. Ich selbst mag das Zeug gar nicht so sehr, aber ich hatte noch ein Glas offen. Aber irgendwann kommt Jonas wieder, und der könnte sterben für Apfelgelee.«

»Danke, das ist genau das Richtige für heute. Ich bin wunschlos glücklich, so bin ich schon lange nicht mehr verwöhnt worden.« Vanessa setzte sich wieder auf die Bank und langte kräftig zu. Zwischen zwei Bissen kramte sie in ihrer Handtasche und zog ein Blatt Papier hervor. »Ich war heute Morgen schon auf dem Revier und habe meine Mails abgefragt. Ich habe dir eine Mail von Jonas ausgedruckt und meinen eigenen Rechner mitgebracht, damit wir weiterarbeiten können. Ich bin neugierig, ob er etwas herausgefunden hat.«

»Hast du die Nachricht nicht gelesen?«, fragte Hajo erstaunt.

»Natürlich nicht. Briefgeheimnis!«

Jonas schrieb:

Lieber Opa, liebe Frau Kommissarin (ich nehme mal an, Sie lesen mit), ich habe mir die Sachen, die ihr mir geschrieben habt, mal genauer durch den Kopf gehen lassen und ein bisschen im Internet recherchiert (Opa, das hättet ihr auch machen können, was ist das denn für eine Feld-Wald-und-Wiesen-Kommissarin?). Die Angaben auf dem Lottoschein sind wirklich Koordinaten, und zwar liegt der Cache in Nürnberg in der Kirche St. Lorenz. Was ist das für ein seltsames Spiel, das da gespielt wird? Haltet mich auf dem Laufenden! Hier in Florida ist es furchtbar langweilig. Die Schule hat zwar wieder angefangen, aber sie ist keine echte Herausforderung für mich. Meine Gastfamilie gibt sich alle Mühe, nett zu mir zu sein, aber meistens habe ich nur die Möglichkeit, fernzusehen oder Computer zu spielen. Dass wir gestern mal am Strand waren, war wirklich eine große Ausnahme. Der Sohn der Familie ist etwa so alt wie ich, aber er hat an nichts Interesse, er isst, sieht Filme oder verschanzt sich

mit irgendwelchen Ballerspielen in seinem Zimmer. Also gebt meinem armen Hirn bitte Futter!!!
Viel Erfolg und bis bald!
Euer Jonas
P.S.: Opa, wie heißt denn deine Kommissarin, damit ich sie beim nächsten Mal auch ansprechen kann?

Hajo war leicht errötet und wollte sich gerade bei Vanessa für Jonas entschuldigen, als diese in lautes Gelächter ausbrach.

»Wahrscheinlich hat Jonas absolut recht. Wenn wir uns ein wenig angestrengt hätten, hätten wir das auch herausfinden können, aber wozu sollen wir die Computerarbeit machen, wenn das die jungen Leute liebend gern für uns erledigen? Klingt jedenfalls sehr sympathisch, dein Enkel. Schreib ihm, ich heiße Vanessa, und wenn er wieder in Hellersberg ist, möchte ich ihn gern auf eine Pizza einladen.«

»Ist in Ordnung«, antwortete Hajo erleichtert. »Aber was nutzt uns die Information?«

»Ich weiß es bisher nicht«, gab Vanessa wahrheitsgemäß zu.

In jedem Jahr war die Kirmes zu Ehren des Schutzpatrons von Hellersberg, des heiligen Lutwinus, ein großes Ereignis, aber in diesem Jahr schienen viele sie als eine Art Generalprobe vor der Begutachtung von Hellersberg als potenziellem »Dorf der Region« zu betrachten. Es war zwar seit jeher üblich, dass die ortsansässigen Familien ihre gesamte Verwandtschaft einluden, aber nie zuvor waren so viele der Einladung gefolgt. Der ganze Ort war herausgeputzt wie ein Weihnachtsbaum. Alles blitzte und strahlte, und das Programm war reichhaltig und abwechslungsreich. Nur Rolf Trost hatte sich bislang geweigert, seine Skulpturen vorab auszustellen, da er Angst hatte, randalierende Jugendliche könnten vor der Begutachtung etwas beschädigen, wie er sagte.

Das Kirmesprogramm sollte am Freitagabend mit einer Darbietung des ortsansässigen Mundharmonikavereins sowie dem Konzert einer Coverband mit Musik der achtziger Jahre beginnen. Am Samstag würde Kaffee und Kuchen mit Unterstützung des Fördervereins der Grundschule angeboten, am frühen Abend sollte ein Festamt in der Kirche St. Lutwinus stattfinden, und anschließend wäre der Fassanstich auf dem Vorplatz der Kirche. Der Kirmessonntag hatte sich über die Jahre als Kinder- und Familientag etabliert, der mit dem Frühschoppen begann, gefolgt von Kaffee und Kuchen durch die Unterstützung des Fördervereins der Kindertagesstätte, nachmittags folgten zunächst das Kinderprogramm mit Clown Pippo, ein Unterhaltungskonzert des Chors und anschließend Tanzmusik mit einem DJ aus Hermeskeil. Am Montagabend würde die Kirmes mit Livemusik zum Tanzen ausklingen. Es gab die üblichen Stände, an denen man gebrannte Mandeln, Zuckerwatte, Liebesäpfel, Pilzpfannen, Bratkartoffeln und Schwenkbraten kaufen konnte, daneben Wein- und Bierstände, aber auch einen Autoscooter und ein Karussell. Dass eine Kirmes klassischerweise das Kirchweihfest für den Schutzpatron des Ortes war, war im Laufe der Jahre immer mehr in den Hintergrund getreten. Kaum einer kannte noch die Geschichte des heiligen Lutwinus, der zu Beginn des achten Jahrhunderts Bischof zu Trier gewesen war. Der Legende nach rastete Lutwinus bei einem Jagdausflug in der Nähe der Saarschleife und schlief ein. Ein Adler blieb über dem Schlafenden in der Luft stehen und schützte ihn damit vor der Sonne. Dies sah Lutwinus als göttliches Zeichen an und ließ eine Kapelle errichten, an deren Stelle später eine Kirche gebaut wurde.

Mit dem Wetter hatte man Glück. In der zweiten Septemberhälfte hätte es auch deutlich regnerischer sein können.

Hajo freute sich aus zweierlei Gründen auf die Kirmes: Nicht nur, dass er den Kirmesbetrieb als solches mochte, er freute sich vor allem auf einen, den er lange nicht gesehen hatte, nämlich seinen Sohn Johannes. Da auch Johannes am Klassentreffen teilnehmen wollte, würde er sich endlich mal wieder in Hellersberg blicken lassen. Seine Frau Lenny hatte keinerlei Verständnis für das ländliche Leben und ließ sich nur selten dazu herab, ihren Schwiegervater zu besuchen, was Hajo allerdings nicht gerade bedauerte. Es gab nichts, womit sie zufrieden war. Darum freute sich Hajo umso mehr, dass nur Johannes zum Klassentreffen kam und Vater und Sohn mal wieder ein wenig Zeit zusammen haben würden. Hajo wusste nicht, ob die Bank in Luxemburg Johannes tatsächlich so wenig Zeit ließ oder ob sein Sohn sich nur vor den Familienbesuchen drückte, aber das war ihm auch nicht wichtig. Ab und zu ein Besuch aus einem ehrlichen Bedürfnis heraus war für ihn mehr wert als regelmäßige, unehrlich gemeinte Pflichtbesuche. Hajo hatte Wildschwein in Rotwein-Zimt-Beize eingelegt, die Kartoffelklöße und den Rotkohl dazu würde er selbst machen. Er hatte Birnen in Rotwein mariniert, und zum Nachtisch würde er Bratäpfel füllen. Den ganzen Freitag verbrachte Hajo in der Küche, und abends ging er zum Festplatz. Als er an einer Reihe Biertische vorbeikam, rief ein Mann im Alter seines Sohnes:

»Hallo, Herr Nert, Sie haben das Konzert des Mundharmonikavereins verpasst. Ob Ihnen da je verziehen wird?« Die Runde lachte.

Hajo sah sich am Tisch um, an dem einige ihm bekannte Gesichter saßen, aber auch ein paar Leute, bei denen er nur vermuten konnte, um wen es sich handelte. Die Gruppe rückte zusammen, damit Hajo sich dazusetzen konnte, und nach und nach stellte sich jeder vor und erzählte ihm und somit auch den Klassenkameraden, was in den vergangenen Jahren so passiert war und wohin es ihn verschlagen hatte.

»Was ist überhaupt aus Udo geworden? Mit dem war Johannes doch früher viel zusammen«, erkundigte sich Doris. Alle am Tisch wurden still.

»Hast du das damals nicht gehört? Udo ist angeblich im Studentenwohnheim aus dem offenen Fenster im vierten Stock gefallen, während seine Kumpels im Nachbarraum Karten gespielt haben. Geglaubt habe ich diese Version nie. Aber Udo war immer schon sehr still und in sich gekehrt«, erklärte Jürgen Rommelfanger.

»Kommen sonst alle aus eurer Klasse?«, fragte Hajo.

»Es ist ganz seltsam«, antwortete Matthias Zimmer. »Ich habe ja versucht, dieses Treffen zu organisieren, und habe alle angeschrieben. Viele Eltern wohnen nach wie vor in Hellersberg oder in der Umgebung, aber Jürgen und ich sind die Einzigen, die hier in der Gegend geblieben sind. Die Mädchen sind zum Großteil nur nach Trier oder Saarbrücken gezogen, aber die Jungs haben sich überallhin verstreut. Einer ist nach Amerika ausgewandert und kann logischerweise nicht kommen, Michael ist Tänzer in Berlin und hat am Wochenende einen Auftritt, kann daher auch nicht kommen, einer züchtet Schafe in Irland, ein anderer hat ein Weingut in Südfrankreich gekauft und steckt mitten in der Weinlese.«

»Du wolltest eben erzählen, was aus den Zwillingen geworden ist«, meldete sich eine Frau zu Wort, von der Hajo wusste, dass sie Anna hieß.

Matthias Zimmer zögerte kurz und erklärte schließlich:

»Tja, die Zwillinge, Frank und Dirk. Zunächst wollte die Mutter mir gar nichts erzählen. Sie meinte nur, die beiden hätten kein Interesse an einem Klassentreffen. Ich war der Meinung, das sollten sie selbst entscheiden, und habe ihre Mutter gebeten, wenn sie mir die Adressen schon nicht nennen wollte, die Einladungen an ihre Söhne weiterzuschicken. Nach ein paar Tagen kam der Brief an Frank mit dem Vermerk ›unbekannt verzogen‹ zurück. Ich habe neulich zufällig den Cousin der Zwillinge getroffen. Der erzählte mir, Frank sei seines Wissens obdachlos und als Alkoholiker völlig abgestürzt. Entweder die Mutter weiß tatsächlich nicht, wo er wohnt, oder er hat ihr irgendeine Adresse gegeben, die nie gestimmt hat.«

Schweigen legte sich über die Runde, bis schließlich einer fragte: »Und Dirk?«

»Der lebt schon seit längerer Zeit in einer psychiatrischen Klinik, wie mir der Cousin erzählt hat. Zwei Selbstmordversuche, Ehe gescheitert, zum Glück ohne Kinder. Er gilt wohl als nicht therapierbar und lebt so vor sich hin in seiner eigenen Welt.«

Alle schwiegen nachdenklich und bestürzt. Hajo erinnerte sich: Die Zwillinge waren außerordentlich hübsche Jungs gewesen, mit engelsgleichen Gesichtern, langen blonden Locken und großem Charme. Dass ausgerechnet sie so abgestürzt waren, schockierte alle.

»Wann kommt denn Johannes?«, riss Hartmut Hajo aus seinen Gedanken.

»Er muss heute lange arbeiten, kommt aber morgen Mittag zum Essen, damit er pünktlich zur Führung durch die Grundschule um vierzehn Uhr bei euch ist. Was habt ihr außerdem geplant?«

Eine der Frauen erläuterte, dass morgen um fünfzehn Uhr dreißig gemeinsames Kaffeetrinken geplant sei und anschließend im Wesentlichen ein gemütliches Beisammensein, was vermutlich in verschärftes Leistungstrinken ausarten werde. Sie wirkte dabei leicht pikiert. Die Männer lachten wie ertappte Jugendliche.

»Warte ab, vielleicht hatten Jürgen und ich eine weitere Idee«, sagte Matthias geheimnisvoll.

»Du darfst aber nicht vergessen, dass ich um achtzehn Uhr die Orgel zum Festamt spielen muss. Wir müssen versuchen, unseren Zeitplan einzuhalten«, ermahnte ihn der Organist.

»Ich lasse euch mal wieder allein und gehe zu meiner eigenen Altersklasse«, verabschiedete sich Hajo und pochte auf den Tisch.

Die ganze Woche über hatte Hajo versucht, mit Vanessa weitere Hinweise herauszufinden. Er war froh, eine Aufgabe zu haben, und hatte den Eindruck, die Ermittlungen mit seinen Kenntnissen übers Geocachen vorantreiben zu können. Nachdem Heiner anfangs gehofft hatte, die Morde seien eher zufällig auf Hellersberger Grund und Boden geschehen, war es nach den neusten Erkenntnissen augenfällig, dass die Morde mit den Caches, die sie gefunden hatten, zu tun hatten und miteinander in Zusammenhang standen. Hajo hatte viel mit Jonas telefoniert und ihm mit Vanessas Hilfe gemailt. Jonas hatte sie erst darauf hingewiesen, dass ein Travelbug eine zufällig generierte Nummer tragen würde und keinen verschlüsselten Namen. Außerdem war dieser Travelbug nirgendwo im Internet zu finden gewesen, und außer dem Lottoschein, der laut Hinweis in der Dose bleiben sollte, hatten sie auch keinen Gegenstand gefunden, der nach Nürnberg hätte gebracht werden sollen. Holger Zilk hatte ganz sicher nichts Derartiges bei sich gehabt, es bestand nur noch die Möglichkeit, dass der Mörder den betreffenden Gegenstand an sich genommen hatte. Auch die Kollegen in Nürnberg hatten in der Kirche St. Lorenz keinen Cache finden können, ebenso wie sie sich auf den Cache am Saar-Hunsrück-Steig bislang keinen Reim machen konnten. Nach Rücksprache mit den Kollegen im Saarland, in Nürnberg und Speyer konnten die Personen, die in einer offensichtlichen Beziehung zu den Opfern standen, zwischenzeitlich als mögliche Tatverdächtige ausgeschlossen werden, da sie alle, insbesondere Zilks Frau und ihr neuer Lebensgefährte, Alibis hatten. Auch die Freundin von Martin Winter war inzwischen aus dem Ausland zurückgekehrt und vernommen worden. Sie schilderte, dass ihr Freund in den letzten Tagen sehr nervös gewesen sei. Sie hatte es auf Stress am Arbeitsplatz zurückgeführt und ihm daher bei ihrem morgendlichen Telefonat empfohlen, vor der Arbeit cachen zu gehen, weil sie dachte, dass ihm ein Spaziergang durch die Natur ein wenig Ruhe bringen werde. Im Nachhinein räumte sie ein, dass sein Verhalten vielleicht auch ein Ausdruck von Angst gewesen sein könnte, was sie nicht erkannt habe, weil die beiden sich noch nicht so lange kannten. Die Freundin erzählte, Winter habe nicht viele Kontakte gehabt, sie konnte sich aber nicht vorstellen, dass er Feinde hatte, was auch die Kollegen und Nachbarn bestätigten. Mit seiner Familie hatte Winter schon vor Jahren gebrochen, darum war er schon als Jugendlicher aus Hellersberg fortgezogen. Warum, ließ sich nicht rekonstruieren. Die direkten Angehörigen lebten nicht mehr, die entferntere Verwandtschaft vertrat sehr unterschiedliche Theorien, die keine tatsächlichen Schlüsse zuließen.

Es schien so, als tappe die Polizei völlig im Dunkeln. Am Mittwoch war Vanessa nach Trier gefahren, als sie sicher wusste, dass ihr Lebensgefährte im Präsidium war. Sie hatte sich Kleidung und einige sonstige Utensilien geholt und sich auf einen längeren Aufenthalt in Hellersberg eingerichtet. Der Polizeichef hielt ihr bei ihren Ermittlungen den Rücken frei, und beide waren froh, sich bei der Arbeit nicht begegnen zu müssen. Stattdessen stand Vanessa in engem Kontakt mit ihrem Trierer Kollegen Gunter Hermesdorf, der seinerseits gut mit der Kriminaltechnik zusammenarbeitete. Die Ermittlungen im Fall des toten Saarländers musste Vanessa im Wesentlichen den Kollegen des Nachbarbundeslandes überlassen. Sie stand aber ständig mit ihnen in Verbindung, da die Erkenntnis, dass Winter gebürtiger Hellersberger gewesen war, den Verdacht nahelegte, dass er nicht zufällig auf Hellersberger Grund ermordet worden war.

Ruth Eiden hatte Vanessa inzwischen einen Sondertarif angeboten, der letztlich günstiger war als eine Mietwohnung in Trier und die täglichen Fahrten in den Hunsrück. Und da Vanessa sowieso das Gefühl hatte, dringend Abstand von ihrem alten Leben zu brauchen, und bislang keine Energie für ein neues hatte, fühlte sie sich inzwischen in Hellersberg ganz gut aufgehoben.

Am Samstagmorgen stand Hajo schon früh auf, um das Mittagessen vorzubereiten. Der Braten musste für mehrere Stunden in den Backofen, die Klöße und die Bratäpfel, deren Füllung schon im Kühlschrank wartete, konnte er bereits vorbereiten. Wenn Johannes um vierzehn Uhr an der Schule sein wollte, würden sie früh essen müssen. Hajo hatte überlegt, ob er Vanessa zum Essen einladen sollte, aber er wollte den Mittag allein mit seinem Sohn genießen. Sie könnte am nächsten Tag kommen und mit ihm zusammen die Reste essen, das wäre dann auch keine derart formelle Einladung. Er fürchtete sich davor, sich vor seinem Sohn erklären zu müssen, dabei wollte er nur nett sein. Zugegeben, es tat ihm gut, jemanden zu umsorgen, aber für ihn war es eher so, wie man sich um eine Schwiegertochter gekümmert hätte, mehr steckte nicht dahinter.

Als Johannes kam, war noch Zeit genug für einen Aperitif im Wohnzimmer. Sie tranken gemütlich einen alten Sherry zusammen, und Hajo lauschte den Erzählungen seines Sohnes über dessen Arbeit, über die vielen Veranstaltungen, die sie neuerdings besuchten, wo Jonas nicht mehr zu Hause war, und über den Garten. Hajo nahm wahr, dass sein Sohn vermied, das Gespräch auf Lenny oder Jonas zu bringen, denn Johannes wusste, dass Hajo es nicht guthieß, dass sie Jonas abgeschoben hatten. Es war nicht dessen Entscheidung gewesen, ein Jahr nach Amerika zu gehen, aber Lenny hatte gemeint, in Jonas' Alter brauche man so etwas dringend zur Persönlichkeitsbildung. Leider litt Lenny immer wieder unter der Vorstellung, sie müsse an Jonas all das verwirklichen, was sie selbst verpasst hatte. Und da es Jonas als das kleinere Übel erschien, ein Jahr bei Fremden zu sein, als es mit seiner Mutter zu verbringen, hatte er sich gefügt.

Als Hajo Johannes in der warmen Bauernküche zu Tisch bat,

entfuhr diesem ein anerkennendes »Mannomann!«. Er bedankte sich dafür, dass sich sein Vater sichtlich Mühe gegeben hatte, und gab zu, er habe ein schlechtes Gewissen, weil er sich so selten blicken ließ. Es war einer dieser seltenen Momente, in denen Johannes sich seinem Vater öffnete und erzählte, wie sehr es ihn störe, dass Lenny nur Karriere, Geld und ihr persönliches Vergnügen im Kopf habe, und dass es schwer sei, ein vernünftiges Leben mit ihr zu führen. Johannes musste sich selbst eingestehen, dass sie sich entfremdet hatten. Seit nicht einmal mehr Jonas als Bindeglied vor Ort war, besuchten sie zwar zusammen verschiedene Veranstaltungen, aber eher aus gegenseitiger Rücksichtnahme, nicht aufgrund gemeinsamer Interessen. Johannes stand von der Bank auf, trat hinter seinen Vater und nahm ihn liebevoll in den Arm.

»Ich danke dir, Paps. Ich komme gern nach Hause, und mir wird gerade schmerzlich bewusst, dass ich das viel zu selten tue. Damals, nach dem Abitur, konnte ich nicht schnell genug in die Stadt ziehen, heute merke ich, dass Hellersberg eigentlich immer meine Heimat war und immer noch ist.«

Hajo schluckte die aufsteigenden Tränen runter, räusperte sich und überlegte, welche Reaktion angemessen wäre. Er hätte Johannes sagen können, wie sehr es ihn verletzte, dass dieser sich so selten blicken ließ. Stattdessen sagte er voller Liebe und mit Wärme in der Stimme: »Ich bin froh um jeden Moment, den du bei mir bist, aber ich bin auch froh, dass du dein eigenes Leben führst.«

Hajo schluckte die Vorwürfe hinunter, die er hegte, seit Johannes nach Katharinas Tod so schnell wie möglich sein Erbe verkauft hatte, um an Geld zu kommen. Er konnte sich vorstellen, wie schwer es war, Kinder zu bekommen, wenn man selbst noch ein halbes Kind war, darum sagte er nichts, sondern freute sich im Grunde seines Herzens, dass aus Johannes trotz aller Startschwierigkeiten ins Erwachsenenleben etwas geworden war.

»Und jetzt zieh mal bitte den Rotwein auf, der Öffner liegt wie immer in der Schublade im Tisch unter deinem Platz.«

Sie genossen das Essen, und nach einem anschließenden alten Williams in der gemütlichen, vom Backofen wohlig warmen Küche hätte Johannes fast sein Klassentreffen vergessen.

»Soll ich dich mit dem Auto mit ins Dorf nehmen?«, erkundigte sich Johannes bei seinem Vater. Der runzelte die Stirn.

»Du bist alt genug, um zu wissen, was du tust, aber bei dem, was du bislang getrunken hast, und dem, was du im Laufe des Tages noch trinken wirst, reicht es sicher nicht, dass ich mit Heiner befreundet bin, wenn sie dich erwischen. Ich würde an deiner Stelle zu Fuß gehen.«

Johannes sah auf seine Füße, an denen er schwarze Slipper unter einer schwarzen Jeans trug. »Die sind nicht gerade für lange Strecken geeignet.« Dabei ließ er offen, ob er die Füße oder die Schuhe meinte. Hajo blickte ebenfalls auf Johannes' Füße.

»Welche Größe hast du? Vierundvierzig?«

Johannes nickte.

»Du kannst Wanderschuhe von mir haben, wenn du möchtest. Pack deine Schuhe in eine Tüte und nimm sie zum Wechseln mit ins Dorf. Du kannst die Tüte bei Ruth in der ›Post‹ hinterlegen. Vanessa kann sie morgen wieder mitbringen, wenn sie zum Essen kommt.«

»Paps, wer ist diese Vanessa?«, hakte Johannes nach. »Jonas hat mir auch schon von ihr erzählt und scheint ganz begeistert zu sein. Was geht da zwischen euch vor?«

Es war genau das Gespräch, das Hajo nicht hatte führen wollen.

»Zwischen uns geht gar nichts vor. In Hellersberg hat es in den letzten zweieinhalb Wochen zwei Morde gegeben, und Vanessa unterstützt Heiner bei der Aufklärung. Da sie zurzeit keine Bleibe hat, wohnt sie vorübergehend in der ›Post‹. Und Jonas hat dir sicher schon erzählt, wie hilfreich es ist, dass er mir Geocachen beigebracht hat, denn das scheint ein wesentlicher Punkt bei den Ermittlungen zu sein, und bei der Polizei kennt man so etwas wohl nicht.« Wieso hatte er das Gefühl, sich vor seinem Sohn rechtfertigen zu müssen?

»Und was ist so faszinierend an ihr?«

»Nichts, höchstens die Tatsache, dass sie so verblüffend normal ist. Aber ich bin sicher, du wirst sie noch kennenlernen, mach dir selbst ein Bild. Und jetzt solltest du dich auf den Weg machen, damit du nicht zu spät kommst und ich mir nach dem Essen meinen Mittagsschlaf gönnen kann.«

»Aber ich kann dich doch nicht mit der ganzen Arbeit alleinlassen!«, protestierte Johannes.

»Wenn ich jetzt nicht schlafe, bin ich nachher total übermüdet, also geh bitte!«, log Hajo.

Johannes genoss das Klassentreffen. Da Jürgen und Matthias alles allein hatten vorbereiten müssen, weil sonst niemand in unmittelbarer Nähe wohnte, fehlten ein wenig die Spuren einer weiblichen Hand, aber grundsätzlich war an alles gedacht worden. Es gab keine Servietten oder Dekorationen, dafür aber Sekt, Orangensaft und Laugenbrezel zur Begrüßung. Jürgen spielte dazu im Hintergrund ein wenig auf einem Keyboard, während Matthias eine kleine Ansprache hielt und alle herzlich willkommen hieß. Von allen Seiten wurden witzige, leicht peinliche und auch unangenehme Erinnerungen aufgewärmt.

Jürgen und Matthias hatten sich den Generalschlüssel zur Grundschule besorgt und machten nun eine Führung mit allen durch die alte Aula und die Klassenräume, die sie in den vier Jahren benutzt hatten. Sie machten Fotos, quetschten sich auf die kleinen Stühle und besahen sich die heutige Schulausstattung. Wie sich herausstellte, hatten verblüffend wenige aus der alten Klasse eigene Kinder. Anna und Oliver hatten zwei Söhne und drei Töchter, Johannes hatte Jonas, Hartmut und zwei der Frauen hatten je zwei Kinder, Matthias, Jutta und Roland je eins.

Jürgen Rommelfanger sah auf die Uhr und rief in die Runde:

»Leute, gleich steht Religion auf dem Stundenplan. Frau Ostermann stößt in Kürze zu uns. Sie ist die einzige Lehrkraft, die der Einladung gefolgt ist.«

Frau Ostermann musste inzwischen um die achtzig sein. Sie war den ehemaligen Grundschülern schon damals steinalt vorgekommen. Sie staunten, als sie hörten, dass Frau Ostermann bei ihrer Tochter lebte, weil alle sie für eine ewige Jungfrau gehalten hatten.

»Ich war damals schließlich der einzige Evangelische in der Klasse, wie war denn die Ostermann so?«, fragte Oliver nach.

»Wie seid ihr bloß auf die Idee gekommen, ausgerechnet sie einzuladen?«, erkundigte sich Hartmut.

»Wir haben einfach alle Lehrer eingeladen, aber sie war die Einzige, die zugesagt hat«, erläuterte Matthias.

»Die alte Ostermann war eine Schreckschraube. Alle hatten Angst vor ihr. Nie konnte man es ihr recht machen. Immer hat sie einen ermahnt und an die Gebote erinnert. Wir Jungs mussten oft in der Ecke stehen oder ihr die Tasche zum Auto tragen. Sie war eine richtige Kinderhasserin«, schilderte Roland, als Jürgen laut und vernehmlich hustete.

In der Tür stand eine alte, gebeugte Frau, vornehm, aber fad gekleidet in einen dunkelblauen Faltenrock, eine warme Strumpfhose in festen Schuhen und eine weiße Bluse.

»Frau Ostermann, das freut uns aber, dass Sie sich die Mühe gemacht haben, an unserer kleinen Feier teilzunehmen.« Mit überschwänglicher Freude, von der Johannes wusste, dass sie nur gespielt sein konnte, ging Matthias auf die alte Frau zu und streckte ihr die Hand entgegen.

»Entschuldigen Sie bitte, dass ich Sie nicht mehr erkenne, aber meine Augen sind nicht mehr so gut, wie sie sein sollten. Ich höre auch nicht mehr allzu gut. Mal sehen, ob ich mich noch an den ein oder anderen erinnere.«

Sie schritt die Reihe ab, begrüßte jeden mit festem Händedruck, ließ sich den Namen nennen und von jedem kurz schildern, was aus ihm geworden war. Als die Reihe beendet war, war es an der Zeit, hinüber zum Festplatz zu gehen, um dort Kaffee und Kuchen zu sich zu nehmen. Jürgen wollte Frau Ostermann mit dem Auto mitnehmen, aber diese war trotz ihrer schlechten Augen mit dem eigenen Wagen da. Also verabredeten sich alle auf dem Festplatz.

Der Tag verlief harmonisch, mit viel Gelächter und vielen Geschichten. Als Matthias und Jürgen mitteilten, sie hätten einen kleinen Rundgang durch Hellersberg geplant, weil so viele nicht mehr in ihrer alten Heimat wohnten, stöhnte die Lehrerin auf.

»Da werde ich nicht mitgehen, aber ich kenne sicher noch die ein oder anderen Eltern oder Geschwisterkinder. Ich werde auf jeden Fall bis zum Festamt in Hellersberg bleiben, danach wird es aber Zeit, dass ich nach Hause komme, ich kann im Dunkeln kein Auto mehr fahren. Außerdem wollte ich auf dem Heimweg wie immer an der Lutwinus-Kapelle haltmachen.«

Somit trennten sich ihre Wege, und Johannes holte schnell die Wanderschuhe aus dem Gasthof, die er am Mittag bei Ruth Eiden abgegeben hatte. Am Fenster saß eine hübsche rothaarige Frau in seinem Alter, die tief in ein Buch versunken schien. Sein Blick verharrte auf ihr, während er auf Ruth Eiden wartete, damit sie ihm die Schuhe hinter der Theke hervorholen konnte.

Gerade rechtzeitig zum Festamt kam die Gruppe zurück. Jürgen verabschiedete sich vorerst und ging in die Kirche, während die anderen sich wieder auf dem Festplatz versammelten. Der Organist hatte sich schon am Mittag eingespielt und musste nicht wesentlich früher da sein. Der alte Pastor hätte sicher darauf bestanden, aber der junge Pastor Lämmle hatte viel Verständnis dafür, wenn Jürgen nicht viel früher kam, da er selbst ja auch aus Kell anreisen musste. Regelmäßig hatte er in zwei Pfarreien direkt nacheinander Messen abzuhalten und daher kaum Zeit, dazwischen Kontakt zu seinen Schäfchen aufzunehmen.

»Tja, der alte Feldmann war noch ein Pastor zum Anfassen«, sagte einer von Johannes' Schulkameraden mit einem breiten Grinsen.

Alle waren erleichtert, dass Frau Ostermann sich schon vor dem Rundgang von allen verabschiedet hatte und bei ihrer Rückkehr bereits in der Kirche saß, da die Gespräche mit ihr sehr gezwungen und wenig unterhaltsam gewesen waren.

Es wurde ein langer, feuchtfröhlicher Abend. Nach dem offiziellen Fassanstich durch den Bürgermeister und den Reden, denen niemand so recht zuhörte, wurde es irgendwann draußen zu kühl und zu feucht, und alle zogen sich in den Gasthof »Zur Post« zurück. Johannes sah sich immer wieder suchend nach der Rothaarigen um, die er nicht kannte, die seiner Meinung nach aber von einer Aura aus Schwermut und dennoch einer geheimnisvollen Energie umgeben war. Gegen elf sah er sie durch den Gastraum eilen. Sie grüßte knapp und ging an der feiernden Schulklasse vorbei zur Treppe nach oben. Johannes sah ihr nach und verspürte das dringende Bedürfnis, sie näher kennenzulernen.

»Jürgen, du wohnst doch noch in Hellersberg, wer ist die unbekannte Schöne?«, fragte Johannes den Organisten.

»Du meinst unsere Kommissarin?«, entgegnete Jürgen. »Vergiss sie, sie steht unter dem besonderen Schutz deines Vaters.«

FÜNF

Am nächsten Tag um halb zwölf, einem strahlend schönen Herbstmittag, sah Hajo den hellblauen Fiat in seine Einfahrt einbiegen. Vanessa trug ein schwarzes Shirt und darüber ein kurzes Hängerkleidchen in schwarz-lila Karomuster. Darunter hatte sie hochhackige schwarze Pumps und eine glänzende Nylonstrumpfhose, die ihre Beine betonte. Als Hajo die Haustür öffnete, hielt sie ihm eine Flasche Schnaps entgegen.

»Ich habe Frau Eiden gefragt, was du gern trinkst, und sie hat mir diesen Mirabellenschnaps verkauft. Ich habe ihn gestern Abend schon bei ihr probiert, du hast einen guten Geschmack.«

Hajo nahm die Flasche entgegen und hätte Vanessa am liebsten vor Dankbarkeit für diese nette Geste umarmt, aber er wusste nicht recht, wie sie das aufgefasst hätte.

»Dann hoffe ich mal, dass wir uns den nach dem Essen verdient haben. Es stört dich hoffentlich nicht, wenn wir adelig essen?«

Vanessa sah ihn fragend an.

»Na, von gestern. Die Klöße habe ich selbstverständlich frisch gemacht und den Nachtisch auch, aber der Braten und der Rotkohl sind von gestern. Ich habe uns als Vorspeise ein Pilzsüppchen gekocht, war nicht sicher, ob es reichen würde.« Hajo nahm Vanessa ihren kurzen schwarzen Mantel ab, den sie über dem Arm trug, und bat sie ins Haus. Draußen war es sonnig und warm, darum hatte Hajo auf der Terrasse gedeckt.

»Wir sind zu dritt?«, fragte Vanessa nach einem Blick auf den geschmackvoll gedeckten Tisch: Zierkürbisse auf einer orangefarbenen Tischdecke, buntes Herbstlaub und Bündel aus Holunderbeeren, dazu altmodisches, aber vornehmes weißes Porzellan mit Goldrand.

Hajo nickte.

»Womit kann ich mich nützlich machen?«, fragte Vanessa.

»Ich wecke mal eben meinen Sohn, und dann brauche ich ein paar letzte Minuten in der Küche, aber setz du dich nur, ich mach das ganz gern allein«, antwortete Hajo.

»Lass deinen Sohn ruhig schlafen, ich habe schon von Frau Eiden gehört, dass es gestern wohl sehr spät geworden ist. Sie war mächtig müde heute Morgen, als sie mir Frühstück gemacht hat. Die Letzten sind erst gegen fünf Uhr nach Hause gegangen.«

Die Suppe aßen sie nur zu zweit, aber als Hajo gerade den Braten aufgeschnitten hatte, kam Johannes mit völlig zerzaustem Haar durch die Terrassentür nach draußen. Er trug blaue Boxershorts und ein Peanuts-T-Shirt und blinzelte in die Sonne, bis er Vanessa entdeckte.

»Oh«, entfuhr es ihm ein wenig erschrocken.

»Hallo, ich bin Vanessa«, grüßte diese und hielt ihm unbefangen die Hand entgegen.

Johannes kratzte sich am Kopf und versuchte, seine sonst tadellos sitzenden, schwarz glänzenden Haare irgendwie mit den Fingern in Form zu bringen, was aber hoffnungslos war, da sie wild in alle Richtungen vom Kopf abstanden. Sie waren gerade so lang, dass sie ein wenig Gel und viel Aufmerksamkeit benötigten, um diesen tadellosen Sitz zu bekommen.

»Ich bin Johannes, aber das wissen Sie vermutlich«, erwiderte er den Gruß.

»Sie können mich ruhig duzen, ich glaube, wir sind ungefähr im gleichen Alter, und Ihr Vater und Ihr Sohn duzen mich auch«, meinte Vanessa schmunzelnd.

Johannes reckte sich müde und entschuldigte sich, er müsse sich wohl schnell anziehen, er habe nicht gewusst, dass Besuch komme. Mit dem ersten Blick hatte Vanessa seinen durchtrainierten, gut aussehenden Körper erfasst. Durch die Küchentür trat Hajo auf die Terrasse und hielt eine große Platte mit Braten vor sich.

»Lass mal, Johannes, sie hat mich auch schon im Schlafanzug überrascht, sie kann damit umgehen«, sagte Hajo. »Ihr habt euch also schon miteinander bekannt gemacht?« Und zu seinem Sohn gewandt sagte er: »Du hast sowieso keine Zeit mehr, dich umzuziehen, sonst wird das Essen kalt. Möchtest du eine Vorsuppe, oder möchtest du direkt mit uns mitessen?«

»Ich wollte immer schon mal Wildschwein und Klöße zum Frühstück, danke, auf die Suppe verzichte ich. Und hättest du statt Rotwein Orangensaft für mich?«

Hajo lachte. »Apfelsaft kannst du haben, aber ich bin nicht sicher, ob das hilft. Ich bringe dir gleich ein Katermittel, und danach solltest du nur noch Wasser trinken.« Gemeinsam gingen sie in die Küche und wiesen Vanessa an, sitzen zu bleiben. Als sie mit dampfenden Schüsseln zurückkamen, trug Johannes eine dunkelgrüne Schürze, die ihm bis zum Knie reichte und auf der groß »Landliebe« stand. Vanessa liefen die Tränen vor Lachen über die blassen Wangen, die leicht gerötet waren und sie noch hübscher aussehen ließen.

»Darauf trinken wir.« Sie erhob ihr Glas. »Danke für die Einladung und auf einen ruhigen Sonntag.«

Sie hatten sich gerade Essen aufgelegt, und Johannes erzählte stockend vom gestrigen Klassentreffen, als Vanessas Handy klingelte.

»Entschuldigt bitte, ich hätte es wirklich gern abgeschaltet, aber mitten in einer laufenden Mordermittlung kann ich mir das leider nicht erlauben. Auch wenn mir sonst der Sonntag heilig ist«, erklärte Vanessa. Sie blickte auf das Display und schüttelte den Kopf mit ihren wallenden roten Haaren. »Eine Nummer, die ich nicht kenne, da rufe ich nach dem Essen zurück, so viel Zeit muss sein.« Sie schaltete von Klingeln auf Vibrieren.

»Das ist eine gute Einstellung«, pflichtete Hajo ihr bei. Johannes erzählte, er gehe auch nie ohne Handy irgendwohin und könne sie gut verstehen, als das Handy erneut vibrierte.

»Niemand zu Hause«, meinte Vanessa lachend und nahm eine weitere Kelle Soße auf ihren Kloß.

Aus dem Flur hörte man Hajos Telefon klingeln.

»Das ist nicht wahr. Johannes, kann das Lenny sein? Dann gehst du ran, ich esse jetzt.«

Als nach zwei Minuten das Telefon erneut klingelte, ging Johannes genervt ins Haus, da das Klingeln, wie er sagte, in seinem Kopf deutlich lauter schrillte als unter normalen Umständen und er seine Kopfschmerzen nicht weiter verstärken wollte.

Nach ein paar Minuten trat er wieder auf die Terrasse, inzwischen in Jeans und einem karierten kurzärmeligen Hemd.

»Es war Heiner Landscheid, er kommt Sie …«, er stockte, »… dich gleich abholen, sie haben eine Leiche gefunden. Ich wollte ihn an dich weitergeben, aber ihr kennt ja Heiner, immer sehr unkonventionell und sehr kurz angebunden, wenn er im Stress ist.«

»Hat er dir schon gesagt, wer die Leiche ist, wo, unter welchen

Umständen? Und woher weiß Herr Landscheid überhaupt, dass ich bei euch bin?« Vanessa machte ein Gesicht, als fühle sie sich ertappt.

»Keinerlei Informationen. An dein Handy bist du nicht gegangen, im Gasthof warst du nicht, aber Ruth Eiden hat selbstverständlich aufgepasst und wusste, dass du meine Schuhe mitgenommen hast. Wohin solltest du sonst gefahren sein, wenn nicht zu uns?«, schlussfolgerte Johannes.

»Hebst du mir einen Nachtisch auf?«, flehte Vanessa Hajo geradezu an. Wieder an Johannes gewandt fragte sie: »Und Landscheid hat wirklich gar nichts gesagt? Das ist ja mal vorbildlich, aber dann hätte er wenigstens nach mir verlangen müssen.«

Johannes schüttelte den Kopf, jedoch schien ihm dabei wieder sein Kater schmerzhaft bewusst zu werden, und er hielt abrupt inne.

»Nein, weder wo noch wer noch was passiert ist. Von wegen friedliches Landleben, so viele Morde passieren in der Stadt nicht.«

»Doch, aber da bekommst du es nicht so schnell mit. Und du kennst auch das Opfer üblicherweise nicht«, konterte Vanessa.

»Na ja, die letzten beiden Opfer waren ja quasi Unbekannte, hoffentlich bleibt es dabei«, sagte Hajo, als gerade Heiners Streifenwagen in die Auffahrt einbog. Vanessa wischte sich den Mund mit der Serviette ab, stand auf und ging zum Auto. Sie drehte sich noch einmal um.

»Ach ja, Johannes, wir sehen uns wohl eher nicht mehr, alles Gute. War nett, dich kennenzulernen.« Sie winkte ihm zu, worauf Johannes leicht errötete.

»Och, wahrscheinlich bin ich schon noch da, ich darf bislang kein Auto fahren«, antwortete er und winkte ebenfalls.

»Tschüss, Hajo, bis später und vielen Dank schon mal!«, rief Vanessa, während sie einstieg, worauf Heiner wendete und rasch davonfuhr.

»Tut mir leid, dass ich Ihre Landidylle störe, aber wir haben eine neue Leiche. Kann mir mal einer verraten, warum die alle am Wochenende sterben müssen?«, ereiferte sich Landscheid.

»Können wir sicher sein, dass es schon wieder Mord war?«, fragte Vanessa.

»Sie haben recht, selbstverständlich kann es auch eine natürliche Ursache haben, dass eine tote alte Frau auf einer Kniebank in einer Wegkapelle hockt. Sie könnte einen Herzinfarkt erlitten haben oder nachts erfroren sein. Wenn vor der Kapelle aber ein Gitter von über einem Meter Höhe ist, über das diese Frau in ihrem Alter und ihrem Rock sicherlich nicht allein hätte steigen können und dessen Vorhängeschloss unbeschädigt ist, und wenn ihre Hände an der Armpolsterung festgebunden sind, damit sie nicht umkippt, ist die Wahrscheinlichkeit eher gering, oder was meinen Sie?«

Vanessa holte tief Luft. »Wissen Sie auch schon, wer die Tote ist? Wieder eine Fremde?«

»Niemand aus Hellersberg, falls Sie das meinen, aber auch keine Unbekannte. Die alte Religionslehrerin, die gestern zum Klassentreffen kam, Frau Elfriede Ostermann.«

Vanessa versuchte, sich das Bild der Frau in Erinnerung zu rufen. Sie hatte gestern Nachmittag mit dem Künstler Rolf Trost, dem Kunstschmied Franz Schuster und dem Schreiner Uwe Lauer an einem Tisch gesessen und sehr kontrovers über moderne Kunst diskutiert, als eine alte Frau an ihren Tisch getreten war und die drei Männer begrüßt hatte. Die Lehrerin hatte an keinem ihrer ehemaligen Schüler ein gutes Haar gelassen. Den einen hatte sie renitent, den anderen faul und den dritten ungläubig genannt, und alle waren erleichtert gewesen, als Frau Ostermann zum nächsten Tisch weitergegangen war. Sie schien eine unangenehme und unbeliebte Frau gewesen zu sein, aber rechtfertigte dies einen Mord?

Der Wagen hielt vor einer kleinen Wegkapelle, die Vanessa in Hellersberg bislang gar nicht wahrgenommen hatte. Von der Straße in Richtung Holzerath führte ein kurzer Fußweg zu der Kapelle, die am Waldrand zum Verweilen einlud. Landscheid erläuterte, es sei eine Lutwinus-Kapelle in Anlehnung an die Adlerlegende. Auf der Stufe vor der offenen Seite der Kapelle blieben Vanessa und Landscheid stehen und sahen über das schmiedeeiserne Tor hinweg in den etwa zwei mal drei Meter großen Innenraum. An einer Kette, die durch die Gittertüren geschlungen war, hing ein glänzendes Vorhängeschloss. Auf einem kleinen Altar standen weiße Lilien und rechts und links des Altars große weiße Chrysanthemenbüsche. Hinter dem Altar war eine Statue des heiligen Lutwinus an der Wand angebracht, und an der Decke war ein prächtiges Fresko, das einen Adler zeigte, zu sehen. Ein wunderschöner Ort der Einkehr und Ruhe, aber nicht der ewigen Ruhe. Auf der Kniebank vor dem Altar kniete die alte Frau, die anhand ihrer Kleidung sofort zu erkennen war, aufrecht und irgendwie stolz. Die Sohlen ihrer festen Schuhe zeigten in Richtung Eingang, darüber wellten sich der dunkelblaue Faltenrock und die wärmende Trachtenjacke. Der Kopf war leicht nach vorn geneigt, als verharre sie im Gebet. Durch die Gittertür war nicht zu sehen, was Heiner Landscheid Vanessa über die Fesselung erzählt hatte, aber seitlich war ein kleines Fenster, durch das Licht in die Kapelle fiel und durch das man sehen konnte, wenn man sich auf die Zehenspitzen stellte.

»Wie kann sie nur da hineingekommen sein?«, fragte Vanessa. »Ist das Schloss beschädigt?«

»Nein, sie ist da ganz sicher nicht von allein rein.« Landscheid hielt Vanessa ein Paar Latexhandschuhe entgegen. Sie hörten, wie sich ein Auto näherte.

»Das wird der Schmied sein. Ich habe ihn gebeten, mir das Schloss aufzumachen. Ich hätte auch Hajo fragen können, aber Franz saß zum Frühschoppen in der ›Post‹, als ich Sie abholen wollte.«

»Gibt es keinen Schlüssel für die Kapelle?«, erkundigte sich Vanessa erstaunt, denn irgendjemand hatte vermutlich erst gestern sehr frisch aussehende Blumen auf den Altar gestellt.

»Worum geht es?« Der Schmied hatte seinen Wagen am Straßenrand geparkt und kam auf sie zu.

Vanessa und Landscheid traten zur Seite, damit Schuster an das Schloss herankäme. Mit einem Blick erfasste der Schmied die Situation.

»Sehe ich das richtig, dass das die alte Ostermann ist? Geschieht ihr recht, dem alten Drachen.«

Vanessa beäugte ihn interessiert. »Sie wissen, dass Sie sich mit solchen Äußerungen verdächtig machen, Herr Schuster?«

Schuster winkte ab. »Wenn Sie nach jemandem suchen, der die Ostermann nicht ausstehen konnte, sollten Sie von gemeinschaftlichem Mord, begangen von einem ganzen Dorf, ausgehen. Ich weiß gar nicht, wie jemand auf die Idee kommen konnte, die Alte einzuladen.«

»Das sind harte Worte, Herr Schuster. Wenn Sie uns bitte erst einmal die Tür öffnen könnten, ohne etwas zu beschädigen, würden wir uns die Leiche gern näher ansehen. Herr Landscheid«, wandte sie sich an ihren Kollegen, »haben Sie ein weiteres Paar Handschuhe für Herrn Schuster?«

Im Nu war das Schloss geöffnet, und sie konnten endlich die Kapelle betreten. Franz Schuster wollte mit in den winzigen Raum, doch Vanessa hielt ihn davon ab.

»Vielen Dank, Herr Schuster, Sie haben uns sehr geholfen. Da dies ein Tatort ist, muss ich Sie aber leider bitten, die Kapelle nicht zu betreten.«

Verunsichert wich Schuster zurück.

»Vielen Dank für Ihre Hilfe.« Damit schob Vanessa ihn unmissverständlich von der Eingangsstufe hinunter und griff nach ihrem Handy, um die Spurensicherung und den Rechtsmediziner anzurufen.

Dadurch, dass sie den Schmied nicht in die Kapelle gelassen hatte, kannte auch niemand außer ihr, Heiner Landscheid und dem Täter die Todesursache, denn von dem kleinen Fenster aus hatte man nicht sehen können, dass Elfriede Ostermann allem Anschein nach mit einem Draht oder etwas Ähnlichem, das tief in ihr Fleisch eingeschnitten hatte, erdrosselt worden war. Das Strangulationswerkzeug war entfernt worden, aber man konnte die Male sehen, die keinen Zweifel an der Todesursache ließen.

»Da hat irgendjemand also die alte Ostermann erstickt«, meinte Landscheid lakonisch, aber Vanessa widersprach ihm.

»Nein, nicht erstickt, erdrosselt. Sie sieht so aus, als habe sie sich gar nicht gewehrt. Sehen Sie sich ihre Fingernägel an, tadellos. Die sehen nicht nach einem Kampf aus, nicht einmal danach, dass sie überhaupt versucht hätte, die Schlinge von ihrem Hals zu lösen, sonst müsste sie bei der Länge ihrer Fingernägel wenigstens Kratzspuren am Hals haben. Dr. Breuer, unser Gerichtsmediziner, wird uns mehr dazu sagen können, aber ich schätze, sie wurde vollkommen überraschend und ruckartig stranguliert. Dabei setzt die Atmung umgehend aus, und meist tritt eine sofortige Ohnmacht ein. Das Gehirn wird nicht mehr mit Sauerstoff versorgt, der Tod tritt sehr schnell ein«, erläuterte Vanessa, die in ihrer Karriere schon mehrere Strangulationsopfer gesehen hatte.

»Sie meinen, da hat jemand gezielt Elfriede Ostermann aufgelauert und umgebracht?«, fragte Landscheid ungläubig.

»Das werden wir klären, und da werden uns die Gerichtsmedizin und die Kriminaltechnik hilfreich zur Seite stehen, aber haben Sie etwa Zweifel daran? Wie häufig werden denn im Hochwald Menschen erdrosselt und danach öffentlich zur Schau gestellt? Das war kein Zufallsmord, da bin ich mir sicher«, beteuerte Vanessa. Sie schärfte ihrem Kollegen ein, die Todesursache im Dorf auf gar keinen Fall zu erwähnen, damit sich der Mörder gegebenenfalls auf irgendeine Weise selbst verriet.

»Wer hat die Leiche gefunden?«

»Trudchen Fickert, eine alte Frau aus dem Dorf, die heute Morgen zum Beten herkam und die Blumen gießen wollte. Sie kümmert sich schon seit Jahren um die Kapelle. Sie hat Frau Ostermann sofort an ihrer Kleidung und den Haaren erkannt. Außerdem wunderte sie sich, warum das Auto der Ostermann an der Straße stand, obwohl diese gestern nach dem Festamt nach Hause fahren wollte. Frau Fickert wusste das ganz genau, weil die Ostermann zuvor noch über das Jungvolk geschimpft hatte, das sie zwar zum Klassentreffen eingeladen, aber dann eine Wanderung unternommen habe, auf die sie natürlich nicht mitkommen konnte. Auch in die Kirche würde fast niemand kommen, es sei alles gottloses Volk und ähnliche plakative Reden.«

»Wie wollte diese Frau Fickert denn die Blumen gießen, wenn das Tor verschlossen war? Und wo ist sie jetzt?«

»Gute Frage, ich denke, sie hat einen Schlüssel für das Schloss. Sie ist nach Hause gefahren, um uns von dort aus anzurufen, sie hat kein Handy. Ich habe ihr gesagt, sie sollte dort auf uns warten. Sie sagte zu mir, ihr Schlüssel zur Kapelle würde nicht mehr passen, sie könnte uns nicht weiterhelfen.«

»Gut, sobald die Spurensicherung und der Arzt da sind, werden wir sie besuchen. Schade um mein leckeres Mittagessen!« Vanessa war froh, dass sie wenigstens die Suppe und einen halben Kloß sowie zwei Bissen Braten gegessen hatte, bevor der Anruf kam.

»Was sagen Sie zu dem, was dieser Dr. Breuer über Erdrosseln erläutert hat, Sie scheinen da ja mehr Erfahrung zu haben?«, fragte Landscheid im Auto auf dem Weg zu Frau Fickert.

»Ich halte ihn für sehr kompetent. Wenn er von einem Bruch des Kehlkopfskelettes aufgrund der kräftigen Strangulation spricht, gehe ich davon aus, dass er weiß, wovon er spricht. Interessant finde ich, dass Breuer sagt, die Male an der Haut seien unterbrochen, was darauf hindeuten würde, dass der Täter sein Werkzeug direkt nach der Tat von Elfriede Ostermanns Hals entfernt hat. Ich bewundere immer, wie so ein Gerichtsmediziner aufgrund der Beschaffenheit der Wunde einen Draht als Waffe erkennen kann. Sie muss demnach wirklich direkt tot gewesen sein, wohl nicht allzu lange nach dem Festamt gestern. Zwischen sieben und acht passt ja auch zu den Zeugenaussagen, dass sie nicht mehr im Dunkeln Auto fahren wollte«, überlegte Vanessa.

»Bei einer so schwachen Person wie Elfriede Ostermann grenzt das unseren Täterkreis nicht nennenswert ein, oder?«, überlegte Landscheid.

»Dr. Breuer wird uns später Näheres dazu sagen, aber wenn ich seine ersten Andeutungen richtig verstanden habe, dürfte der Täter deutlich stärker als Frau Ostermann gewesen sein, was aber auch nicht sehr schwierig war«, erwiderte Vanessa.

Sie fuhren gerade vor dem Einfamilienhaus von Trudchen Fickert vor. Als sie bei ihr klingeln wollten, entdeckten sie an der Tür einen Zettel mit dem Hinweis »Bin gleich zurück«. Keine zwei Minuten später bog Frau Fickert mit einem Teller mit Kuchen um die Ecke und kramte in einer Kittelschürze nach dem Haustürschlüssel.

»Der Kuchenstand vom Förderverein des Kindergartens hat gerade geöffnet, ich musste uns selbstverständlich ein bisschen Kuchen besorgen«, erklärte sie und führte Vanessa und Landscheid in eine altmodische Wohnstube. Der Tisch war bereits gedeckt, dünner Kaffee und dicke Kondensmilch warteten auf ein Zusammenkommen.

»Ich wusste gar nicht recht, was ich tun sollte, als ich an der Kapelle war. Schließlich bin ich wieder nach Hause gefahren und habe meine Freundin angerufen. Die hat mir empfohlen, Sie zu informieren. Das war doch die alte Lehrerin, oder?«

Vanessa wollte diese Frage übergehen, um nicht zu viel preiszugeben, aber Heiner Landscheid hätte beinah entgegen ihrer Abmachung auch noch die Todesursache ausgeplaudert.

»Frau Fickert, das war sehr umsichtig von Ihnen, dass Sie das Schloss ungeöffnet gelassen und den Tatort nicht betreten haben«, lobte Vanessa die alte Dame, die sie erstaunt ansah.

»Ich habe versucht, reinzugehen, um zu sehen, ob ich helfen kann, aber mein Schlüssel passte nicht in das Schloss. Seit Jahren gehe ich mit diesem Schlüssel in die Kapelle, und auf einmal passt er nicht mehr, das muss man sich einmal vorstellen. Ich habe von draußen gerufen und versucht, durch das Gitter Frau Ostermann mit einem Stock, den ich in der Nähe gefunden habe, zu schütteln, aber sie hat sich nicht gerührt. Da dachte ich, ich kann ihr sowieso nicht helfen, darum bin ich nach Hause zum Telefonieren. An der Seite gibt es zwar ein Fenster, aber ich bin leider zu klein, ich konnte nicht reinsehen«, erklärte Frau Fickert aufgeregt.

Vanessa ließ sich den Schlüssel aushändigen, um ihn selbst auszuprobieren, aber sie hatte bereits den Verdacht, dass das Schloss ausgetauscht worden war. Vielleicht könnte man anhand des Schlosses den Täter ermitteln, möglicherweise war es ein ausgefallenes Schloss, das über den Händler auf den Täter schließen ließ. Aber große Hoffnung machte sie sich da nicht.

Sie aßen jeweils ihr Stück Kuchen fertig, hörten sich an, dass es nichts Günstigeres gebe, als auf solch einem Fest ein Stück Kuchen für einen Euro zu kaufen, wohingegen man beim Bäcker mindestens zwei Euro hinlegen müsse, und verabschiedeten sich mit dem Hinweis, dass Frau Fickert morgen auf die Wache kommen müsse, um ihre Fingerabdrücke nehmen zu lassen, damit diese auf dem Vorhängeschloss identifiziert und als Täterabdrücke ausgeschlossen werden konnten.

Vanessa ließ sich von Landscheid zur Gaststätte »Zur Post«

fahren, um sich umzuziehen und Hajo über Handy zu verständigen, dass sie bislang nicht abschätzen könne, wann und ob sie heute noch einmal vorbeikommen könne. Er solle keinesfalls auf sie warten, sagte sie ihm. Er erwiderte, er werde gleich einfach mit Johannes in den Ort laufen, bei dem schönen Wetter, sie würden sich sicherlich noch auf der Kirmes sehen. Anschließend telefonierte Vanessa mit Dr. Breuer, der aber kurz angebunden wie immer war und sie auf seinen Bericht in den nächsten Tagen verwies. Sie informierte auch ihren Trierer Kollegen Gunter Hermesdorf, der ihr zusicherte, sich gleich auf den Weg in den Hochwald zu machen. Für die Fahrt von Trier nach Hellersberg brauche er eine gute halbe Stunde, und da er gerade vom Joggen gekommen sei, müsse er dringend erst duschen, er sei in frühestens einer Dreiviertelstunde bei ihr.

In Hose und kurzärmeliger Bluse kam Vanessa wieder nach unten in den Schankraum und wurde sofort von Ruth Eiden und Karl-Josef Lehnen, der immer häufiger in der »Post« auch hinter dem Tresen zu sehen war, belagert. Frau Eiden hatte gehört, Frau Ostermann sei erschlagen worden, Herr Lehnen dagegen hatte erfahren, man habe sie erstochen. Vanessa speiste die beiden mit der abgedroschenen Phrase ab, aus ermittlungstechnischen Gründen könne sie nichts dazu sagen.

Als sie zur Polizeiwache ging, begegnete sie dem Bürgermeister, der mit dem alten und dem neuen Pastor zusammenstand und die aktuellen Ereignisse zu diskutieren schien.

»Die arme Frau Ostermann, Gott hab sie selig«, sagte Josef Feldmann. »Stimmt es, dass sie zunächst mit einem Strick erdrosselt und mit diesem danach an die Kniebank gefesselt worden ist? Sie mag manchem nicht so aufrechten Christen etwas engstirnig vorgekommen sein, aber sie war eine gute Seele und hat ein solches Ende nicht verdient.«

Der Bürgermeister hatte wiederum eine andere Version ihrer Tötung gehört und fragte nun, wie bloß die alte Frau über das Gitter geworfen worden sein könnte, ohne dass diese sich dabei das Genick gebrochen hatte. Wenigstens Pastor Lämmle hielt sich aus allen Spekulationen heraus.

Vanessa flüchtete in die Wache, von wo aus Landscheid und sie kurz darauf zu Frau Ostermanns Tochter fuhren. Selbst die hielt sich mit Mitgefühl eher zurück und wurde im Kondolenzgespräch von ihrem Sohn darauf angesprochen, ob er endlich die Wohnung seiner Oma beziehen könne.

Vanessa und Landscheid waren sich einig: Niemand schien so recht um die alte Frau zu trauern, und somit war der Kreis der möglichen Verdächtigen groß. In erster Linie waren verständlicherweise die Teilnehmer des Klassentreffens verdächtig, weil nur sie im Vorfeld hatten wissen können, dass Frau Ostermann kommen würde. Sie müssten überprüfen, wem sie möglicherweise im Vorfeld davon erzählt hatten. Schließlich ließ das ausgetauschte Schloss eine spontane Tat mehr als unwahrscheinlich erscheinen.

»Wir müssen dafür sorgen, dass die Klassenkameraden sich nicht wieder in alle Winde zerstreuen. Keiner von ihnen darf Hellersberg verlassen, bevor wir mit ihm gesprochen haben. Mein Kollege Hermesdorf aus Trier wird sicher auch gleich eintreffen, der kann uns bei den Vernehmungen helfen. Wissen Sie, ob die Klassenkameraden heute noch einmal verabredet sind?«, erkundigte sich Vanessa bei ihrem Kollegen.

»Sie gehen doch bei Nerts ein und aus, warum haben Sie Johannes nicht gefragt?«, kam die schnippische Antwort des Polizeihauptmeisters.

»Das werde ich bestimmt nicht mit Ihnen ausdiskutieren, aber als Sie mich abgeholt haben, wusste ich noch nicht, wer das Opfer ist. Wieso hätte ich mich daher nach den Plänen von Johannes Nert erkundigen sollen?«, verteidigte sich Vanessa. »Ich weiß aber, dass er gleich auf die Kirmes gehen wollte, wir sollten demnach zügig zum Festplatz gehen. Außerdem wundert es mich sehr, wie viele unterschiedliche Gerüchte in Hellersberg bereits im Umlauf sind. Ich weiß bislang nicht, wie, aber ich denke, wir sollten da gegensteuern.«

Landscheid schien bereits eine Idee zu haben, denn er sagte: »Ja, stimmt schon, Gerüchte sind am schlimmsten, da weiß man nie, was dabei herauskommt. Wir sollten offen damit umgehen.« Damit schloss er die Dienststelle ab, und sie machten sich gemeinsam auf den Weg zum Festplatz. Unterwegs kamen sie an einem alten Lieferwagen vorbei, auf dessen Fahrersitz Rolf Trost saß und wild auf einer Laptop-Tastatur herumhackte. Landscheid grüßte, aber der Künstler sah nicht einmal auf und tippte weiter.

»Warum macht er das nicht zu Hause, sondern hier auf dem Dorfplatz?«, wunderte sich Vanessa.

»Das habe ich bislang auch noch nicht erlebt. Er hat mir einmal erzählt, dass er bei sich zu Hause nicht immer Netz hat. Es klang ein wenig nach einer Verschwörungstheorie«, antwortete Landscheid. »Alle anderen im Dorf hätten Netz, nur er nicht, sagte er. Manchmal sitzt er im Gasthof, da gibt es ein offenes Netz für die Gäste, das wohl ziemlich weit reicht. Vermutlich reicht das bis hier, und er ist zu faul, um reinzugehen. Oder zu geizig, weil er ja nicht einfach nur in die Kneipe gehen kann, um ins Internet zu gehen, da müsste er wenigstens einen Viez bestellen.«

Sie gingen weiter, und Vanessa entdeckte auf dem Kirchplatz direkt Hajo und Johannes, die im Gespräch mit ein paar der Grundschulveteranen in der Nähe der Bühne saßen. Als Johannes Vanessa und Landscheid sah, winkte er sie heran und machte Vanessa neben sich Platz, damit sie sich zu ihm setzen konnte. Vanessa war froh, endlich sitzen zu können, denn die hohen Pumps hatte sie am Morgen nicht mit Blick auf einen längeren Spaziergang ausgewählt, und langsam taten ihr die Füße weh, obwohl sie inzwischen bequeme Schuhe trug.

»Frau Kommissarin, was gibt es Neues? Stimmt es, dass es die alte Ostermann getroffen hat?«, erkundigte sich Johannes.

Alle anderen am Tisch wandten sich ihnen zu. Vanessa sah sich um und erkannte einige Gesichter vom Vortag wieder, wusste aber nicht, wer alles zu Johannes' ehemaligen Klassenkameraden gehörte.

»Bitte entschuldigen Sie, Sie kennen mich nicht. Ich bin Vanessa Müller-Laskowski, Kriminalkommissarin aus Trier und zurzeit in Hellersberg, um Herrn Polizeihauptmeister Landscheid bei der Aufklärung einiger Verbrechen zu unterstützen.«

Landscheid nickte den gebürtigen Hellersbergern zu, die er schon seit ihrer Kindheit kannte.

»Darunter fällt bedauerlicherweise nun auch der Mord an Frau Ostermann«, fuhr Vanessa fort. »Wer von Ihnen ist wegen des Klassentreffens nach Hellersberg gekommen?«

Es meldeten sich außer Johannes weitere sieben Leute, darunter drei zierliche Frauen, die Vanessa insgeheim eher als Täterinnen ausschloss, weil Dr. Breuer gesagt hatte, die Tat sei mit großem Kraftaufwand verübt worden. Erdrosseln war zudem kein typisches Mittel einer Mörderin, obwohl die alte Dame aufgrund ihrer körperlichen Verfassung ohnehin wenig Widerstand hätte leisten können.

»Habe ich das richtig verstanden, dass Sie alle nicht aus der Gegend kommen außer Ihnen, Herr …?«

»Rommelfanger, Jürgen Rommelfanger«, half der Organist ihr weiter, der ebenfalls am Tisch saß. »Das stimmt nicht ganz, Matthias Zimmer hier neben mir wohnt in Hermeskeil und Johannes Nert in Trier, also nicht allzu weit entfernt. Die anderen …« Er zeigte in der Runde herum, nannte die Namen der Anwesenden und erklärte, wo jeder von ihnen wohnte.

In Gedanken speicherte Vanessa die Namen ab. Oliver Schmidt hatte Frau und Kinder, würde er sein Familienleben wegen einer alten Lehrerin gefährden, die ihn nie unterrichtet hatte? Somit war Hartmut Peters am wichtigsten, da er nicht aus der Region kam und in den nächsten Tagen nicht mehr erreichbar wäre. Die anderen könnte sie notfalls auch noch im Laufe der Woche erreichen, aber sobald Gunter da wäre, würden sie alle acht verhören müssen.

»Sie ahnen sicher, was auf Sie zukommt. Es ist wichtig, dass ich die Personalien von Ihnen allen festhalte und Sie über die Abläufe des gestrigen Tages und Ihre Beziehung zu Frau Ostermann befrage.«

»Das Festamt dauerte bis neunzehn Uhr«, erinnerte sich Jürgen Rommelfanger. »Danach war Frau Ostermann noch mit einigen im Gespräch. Sie hat sich von mir verabschiedet, und später sah ich sie beim Händeschütteln mit Doris Zimmermann und Jutta … Ich habe ihren Nachnamen vergessen, sie hat geheiratet.« Spontan konnte ihm niemand mit dem Namen aushelfen.

»Ja, sie hat mir gesagt, sie hätte sich gewünscht, aus mir wäre etwas Anständiges geworden und nicht nur eine Sängerin. Jutta hätte das richtig gemacht, sie hätte geheiratet und einen ehrbaren Beruf ergriffen«, zitierte eine der anwesenden Frauen die alte Lehrerin.

»Okay, ich würde die Auswärtigen dann bitten, kurz mit zur Polizeistation zu kommen, damit ich die Aussagen von jedem einzelnen aufnehmen kann. Außerdem muss ich von Ihnen allen Fingerabdrücke nehmen. Unabhängig davon, ob ich jemanden verdächtige, aber vielleicht haben Sie die Handtasche der Toten berührt oder Ähnliches, und ich könnte ihre Fingerabdrücke ausschließen. Die Einheimischen müssten unbedingt in den nächsten zwei Tagen vorbeikommen.«

»Erledigen wir das doch einfach sofort«, schlug Matthias Zimmer vor, und alle machten ihre Bereitschaft deutlich, Vanessa zu helfen, wo sie nur konnten. Vanessa blickte sich nach Landscheid um, um ihn um den Schlüssel zum Büro und seine Unterstützung zu bitten, und entdeckte ihn auf der Bühne am Mikrofon. Der Chor hatte bereits hinter ihm Aufstellung genommen, Friedhelm Stüber stand lässig am Bühnenrand und schien seine innere Ruhe gefunden zu haben, wohingegen seine Frau nervös an ihrem Halstuch zupfte, einen erneuten Tontest mit ihrem Mikro durchführte und es offensichtlich nicht erwarten konnte, endlich im Mittelpunkt zu stehen.

»Liebe Hellersberger, liebe Kirmesgäste«, begrüßte Landscheid die Anwesenden. »Wie meine Kollegin Vanessa Müller-Laskowski und ich festgestellt haben, haben die meisten von euch schon vom tragischen Tod von Frau Elfriede Ostermann gehört. Uns sind so viele verschiedene Todesursachen zu Ohren gekommen, dass wir klarstellen möchten, dass Frau Ostermann erdrosselt wurde.«

Vanessa sank in sich zusammen.

»Zurzeit suchen wir nach dem Vorhängeschloss, das bislang an der Kapelle angebracht war. Wer etwas zu dessen Verbleib sagen kann, möge sich bitte bei uns auf der Wache melden. Darüber hinaus möchten wir alle, die gestern mit Frau Ostermann Kontakt hatten, bitten, sich ebenfalls bei uns im Büro einzufinden. Meine Kollegin und ich werden gleich dort anzutreffen sein. Danke und allen weiterhin eine vergnügliche Kirmes.«

Seltsamerweise applaudierten einige, die offenbar nicht zugehört, sondern nur wahrgenommen hatten, dass irgendeine Ansprache beendet war. Landscheid hatte sein Mikrofon an Friedhelm Stüber weitergegeben, der souverän mit der Ansage begann, dass der Chor aus aktuellem Anlass auf das geplante Eröffnungslied »Oh Happy Day« verzichten wolle.

Vanessa sah ihrem Kollegen entgegen, der mit strahlendem Lächeln auf sie zukam.

»Ich habe Ihnen schon gesagt, nichts ist schlimmer als Gerüchte, denen wirken wir direkt mal entgegen.« Er war sichtlich stolz auf seine Idee.

»Danke, Landscheid, warum haben Sie den Täter nicht gleich aufgefordert, seine Kleidung zu verbrennen, das Schloss gänzlich zu entsorgen und sich rückwirkend ein Alibi zu besorgen? Das haben Sie ganz großartig gemacht, aber leider nicht im Sinne der Aufklärung, sondern im Sinne der Vertuschung einer Straftat.« Sie musste sich zusammenreißen, Landscheid nicht anzuschreien.

»Sie dürfen nicht vergessen, dass wir im Hochwald sind. Da kennt jeder jeden, da haben die Leute ein Recht darauf, informiert zu werden. Das ist ihnen wichtig. Und schließlich beobachtet hier noch jeder jeden im Guten wie im Schlechten. Es wird keinem ein Leid zugefügt, ohne dass es jemand mitbekommt, aber es gibt auch keine Verfehlung, die nicht zum Dorfgespräch wird. Glauben Sie mir, auch wenn das in der Stadt anders läuft, bei uns funktioniert das so«, versuchte Landscheid, sich zu verteidigen.

»Was zu beweisen wäre«, kam Johannes Vanessa zu Hilfe und legte seine Hand beschwichtigend auf ihren Arm, die sie aber sofort dadurch abstreifte, dass sie aufstand und sich ihre Tasche schnappte.

»Würde mich freuen, Sie alle gleich im Büro zu sehen, vielen Dank«, brachte sie mit mühsamer Beherrschung hervor und zischte ihrem Kollegen zu, über diese Szene sei noch nicht das letzte Wort gesprochen.

Als wenig später Gunter Hermesdorf in Hellersberg eintraf, konnte er nicht vor der Polizeiwache parken, weil sich eine Menschenschlange über den halben Kirmesplatz zog. Er quetschte sich an den Wartenden vorbei, was einige zu Unmutsbekundungen veranlasste. Dabei schnappte er Bemerkungen auf, die mehr als deutlich machten, dass niemand den Tod der Lehrerin wirklich zu bedauern schien. Im Inneren der Wache fand er Vanessa im Gespräch mit einem aufgebrachten Mann vor, der schilderte, warum er auf keinen Fall als Mörder in Frage komme. Eine Aussage, die meist sehr verdächtig war. Vanessa machte Gunter ein Zeichen, dass sie ihm gleich eine kurze Einführung nebenan in der kleinen Küchenecke geben werde.

»Was zur Hölle ist denn hier los?«, fragte Gunter seine Kollegin, als diese die Vernehmung endlich beendet hatte.

»Das ist Hochwald live. Wichtig waren mir die Klassenkameraden, weil die meiner Meinung nach am ehesten einen Bezug zu der getöteten Lehrerin hatten. Aber mein Kollege Polizeihauptmeister Heiner Landscheid hat kurzerhand das ganze Dorf einbestellt. Jetzt erzählen mir gefühlte zweitausend Leute, was sie gestern gemacht haben, warum sie keinesfalls der Täter sein können, und gleich auch noch, wen sie für den Verdächtigsten halten, weil der immer schon anders gewesen sei als andere«, beklagte Vanessa ihre Erfahrungen der letzten halben Stunde.

»Und, gibt es ein Schema, jemanden, der besonders häufig von den Leuten genannt wird?«, fragte Gunter.

»Leider nein. Was die Ostermann angeht, hatte wohl fast jeder einen Grund, sie umzubringen. Anscheinend jeder hatte Elfriede Ostermann entweder selbst als Lehrerin, oder die eigenen Kinder wurden von ihr unterrichtet. Sie war seit zwanzig Jahren nicht mehr im Schuldienst, daher könnte man, wenn man davon ausgeht, dass es keine zufällige Tat war, vorerst annehmen, dass alle unter sechsundzwanzig Jahren nicht verdächtig sind, was den Kreis der potenziellen Täter leider nicht erheblich einschränkt«, schilderte Vanessa.

»Nach dem, was Dr. Breuer und du erzählt haben, scheint man eine Frau als Täterin fast ausschließen zu können, aber da draußen habe ich einige gesehen, die kräftiger sind als mancher Mann«, meinte Gunter.

»Stimmt schon, ich kann den Leuten aber nicht sagen, es mögen bitte nur die kommen, die mehr als siebzig Kilo wiegen, oder? Die Spurensicherung hat bislang keine Fingerabdrücke gefunden, die einem Täter zuzuordnen wären. Es scheint keine verwertbaren

Spuren zu geben. In der Kapelle gab es nur Fingerabdrücke von Frau Fickert und von der Blumenhändlerin. Die Spurensicherung hat alles abgesucht, aber rund um die Kapelle ist Rindenmulch aufgeschüttet, sodass es keine verwertbaren Fußspuren gibt. Verwertbare Reifenspuren waren auch nicht zu finden, und somit tappen wir erst einmal im Dunkeln.«

Gemeinsam mit Landscheid führten sie den ganzen Tag Vernehmungen durch, die jedoch zu keinem sichtbaren Ergebnis führten.

SECHS

Entgegen Vanessas Erwartung ging die Kirmes bis zum Montagabend.

Noch immer tummelten sich die Kinder vor allem auf dem Autoscooter und an der Zuckerwattenbude. Am Abend würde ein letztes Mal Livemusik zum Tanzen gespielt, danach würde Hellersberg vorübergehend zum Alltag zurückkehren, bis am Freitag die Begutachtung zum »Dorf der Region« stattfinden sollte, die, wie Vanessa annahm, wieder alle in Ausnahmezustand versetzen würde.

Und dazwischen sollte sie versuchen, mit ihrem Kollegen Landscheid, auf den sie noch immer mächtig sauer war, und mit den Trierer Kollegen, denen sie da weit mehr zutraute, den Mörder zu finden.

Sie hatten beschlossen, Mittagspause zu machen, und Vanessa war gerade auf dem Weg zur »Post«, um eine Kleinigkeit zu essen, als neben ihr ein Wohnmobil mit niederländischem Kennzeichen hielt. Mit dem typischen Akzent der Niederländer fragte der Mann am Steuer, wo er wohl ein Ersatzteil für sein Wohnmobil bekommen könne.

Vanessa kannte sich nicht genügend aus, daher rief sie nach Landscheid, der in Sichtweite gerade in sein Auto stieg, da er seine Mittagspause zu Hause verbringen wollte. Er kam zu ihnen und erklärte dem Fahrer und dessen Frau den Weg zum Schmied Franz Schuster, wies sie aber darauf hin, dass wegen der Kirmes alles in Hellersberg geschlossen sei und sie es erst morgen dort versuchen sollten.

»Das ist wirklich die Zukunft des Hochwaldes«, sagte er anschließend zu Vanessa. »Leute, die gerade in Rente sind und mit dem Wohnmobil, dem Fahrrad oder den Wanderschuhen den Hochwald kennenlernen möchten, die bringen uns Geld. Damit wird sich die Investition in den Ruwer-Hunsrück-Radweg und den Saar-Hunsrück-Steig auf jeden Fall in ein paar Jahren bezahlt gemacht haben. Und landschaftlich ist der Hochwald für die Flachländer schlicht ein Traum.« Er nickte ihr zu und stieg in sein Auto.

Vanessa hatte Sonntagabend leider keine Zeit mehr gehabt, den Bratapfel bei Hajo zu essen, aber er hatte ihr versprochen, sie würden das in Kürze nachholen. Es war inzwischen zu kalt, um draußen zu sitzen, darum saßen sie am Montagabend im Wohnzimmer vor dem Kamin und ließen sich die Äpfel mit einer Füllung aus Marzipan, Rosinen, Nüssen und Butter schmecken.

»Meine Mutter hat immer zusätzlich Mohn reingemacht, das fand ich auch immer sehr lecker«, erinnerte sich Vanessa.

»Gibt es Neuigkeiten im Fall Ostermann?«, erkundigte sich Hajo.

»Mein Chef würde mir den Kopf abreißen, wenn er wüsste, dass ich dich in die Ermittlungen miteinbeziehe. Andererseits wären wir ohne dich noch lange nicht so weit. Aber heute Abend habe ich dienstfrei! Ich hatte irgendwie kein Wochenende, ich würde den Abend gern einmal genießen, ohne an Mord und Totschlag denken zu müssen«, bat Vanessa, wofür Hajo vollstes Verständnis hatte.

»Das heißt, vielleicht kannst du mir noch einmal helfen, du hast ein gutes kriminalistisches Gespür«, sagte sie gleich darauf. »Die Spurensicherung hat an der Gittertür der Kapelle eine winzige Kapsel aus Metall gefunden. Sie ist magnetisch und haftete ganz unauffällig zwischen den Stäben. Man kann sie aufdrehen, und innen enthielt sie einen winzigen Streifen Papier mit einigen wenigen Eintragungen, die jeweils aus einem Datum und einer Uhrzeit bestanden. Der letzte Eintrag ist vom 15. September, demnach gerade ein paar Tage her. Kannst du dir das erklären?«

»Schon wieder ein Cache?«, fragte Hajo verwundert. Als Vanessa ihn verblüfft anstarrte, erklärte er: »Na klar, das ist ein Nano, ein besonders kleiner Cache. Die findet man nicht oft. Im wahrsten Sinne des Wortes: Sie kommen nicht oft vor, und man findet sie oft auch nicht, weil sie eben so klein sind.«

»Das kann doch kein Zufall sein, oder?«

»Caches gibt es an allen möglichen Orten weltweit, aber da

sie versteckt sind, ahnt man das eben nicht. Auch oder gerade an Stellen, wo du als Muggel sie nie vermuten würdest. Hast du deinen Klapprechner dabei?«

»Nein, der liegt in der ›Post‹. Und wie gesagt: Kein Dienst heute Abend. Ich habe in den letzten Tagen mit so vielen Menschen gesprochen, so viele Fingerabdrücke genommen, die Plausibilität von zig Aussagen über Kreuz geprüft, war heute in Trier in der Kriminaltechnik und bei unserem Gerichtsmediziner, ich will einfach nicht mehr. Soll ich dich morgen früh abholen, und wir sehen uns das im Büro mal an?«, schlug Vanessa vor.

Vanessa war schon früh auf den Beinen. Heute war Dienstag, der Mord an Elfriede Ostermann war schon drei Tage her, und sie hatten bislang keinen richtigen Verdächtigen. Nach dem aktuellen Stand der Ermittlungen hätte der Mörder wirklich jeder sein können. Vielleicht hatte die Frau auch jemanden überrascht, der die Heiligenfigur stehlen wollte. Oder ihr Auto, während sie betete, und sie war doch nur ein zufälliges Opfer. Im Moment waren weiterhin alle Möglichkeiten offen, auch wenn persönliche Gründe am wahrscheinlichsten waren. Die Tatsache, dass am Tatort erneut ein Cache gefunden worden war, wunderte Vanessa jedoch. Sie hatte sich schon am frühen Morgen mit der Tochter von Frau Ostermann in Verbindung gesetzt, aber die hatte keinerlei Vorstellung davon, was Geocachen war, und hielt es für völlig ausgeschlossen, dass ihre Mutter so etwas gemacht hatte. Elfriede Ostermann habe nichts von Technik gehalten, sie hatte keinen Computer besessen, und sie hätte auch jegliches technische Gerät weder lesen noch bedienen können. Aber sollte es wirklich nur ein Zufall sein?

Vanessa fuhr schon gegen neun zu Hajo, um ihn abzuholen, sie wollte Gewissheit haben. Der stand im Hof und schnitt gerade seine Hecke, sie schien also nicht zu früh zu sein.

Wenige Minuten später saßen sie gemeinsam auf der Polizeiwache und starrten auf den Bildschirm von Landscheids Dienstrechner. Allmählich hatten sie sich mit der Internetseite hinreichend vertraut gemacht, um den Cache schnell finden zu können. Auch der war wieder ziemlich neu, bisher nicht viele Einträge im Internet von bisherigen Findern. Der Titel war »Suchet, und ihr werdet finden«, ein Traditional, Terrain eins von fünf, Schwierigkeit eins von fünf, Größe Nano. Als Text war vermerkt:

Es sind gerade die Kleinen und Unscheinbaren, an die man am wenigsten glaubt und deren Dasein doch so offensichtlich ist. Geht vorsichtig damit um und zerstört nichts! Feiert den Tag!

»Wer hat den Cache gelegt?«, fragte Vanessa.

»›Guter Hirte‹ ist der Cachername des Owners. Ob der noch mehr solche Caches gelegt hat?«, überlegte Hajo laut.

»Könntest du einmal nachsehen, wie viele Caches es überhaupt in der Gegend gibt?«, bat Vanessa. »Ich wüsste gern, wie wahrscheinlich es ist, dass zwischen den Caches und den Toten ein Zusammenhang besteht. Ich hoffe doch, dass es nicht allzu viele Caches gibt, dann könnten wir sie alle überprüfen oder gegebenenfalls sogar überwachen und hätten endlich eine verwertbare Spur. Wir könnten auch im Vorfeld Spuren an den Cacheverstecken auswerten und überprüfen.«

Hajo tippte eine E-Mail an Jonas und bat um Unterstützung.

Vanessa bot Hajo an, ihn wieder nach Hause zu fahren, bevor sie sich für den Rest des Tages die Vernehmungsprotokolle vom Kirmessonntag vornehmen müsse. Sie verabredeten sich für den Nachmittag, um gemeinsam einige Caches in der Region abzufahren.

Die Tür ging auf, und Vanessa fragte in die morgendliche Stille der Dienststelle: »Sind Sie das, Herr Landscheid?«

»Morgen«, brummelte der von der Tür. »Sie sind aber schon früh da.«

»Tja, Herr Kollege, das war heute auch nötig. Ich habe gestern noch ein wenig mit Trier telefoniert, und wir müssen mal eben generalstabsmäßig eine Einsatzleitstelle aus dieser Wache machen, weil heute die Kollegen aus Trier eintreffen, die die Hellersberger künftig mit einer Sonderkommission unterstützen werden. Ich habe zwanzig Brötchen mitgebracht und damit schon Frau Marx' gesamte Neugierde auf mich gelenkt. Danach war ich bei Metzger Jungblut, und auch da hatte ich das Gefühl, dass mir nur noch Misstrauen entgegenschlägt. Die Leute fürchten sich vor einem weiteren Mord.«

Vanessa stand an der Spüle, schnitt Brötchen auf, butterte sie und belegte sie mit Wurst, Schinken und Käse, den der Metzger zur Abrundung seines Sortimentes ebenfalls führte.

»Kochen Sie bitte ein paar Kannen Kaffee und stellen Sie Tassen und Teller bereit«, bat Vanessa. »Ich habe vom Bäcker einen Liter Milch mitgebracht und Würfelzucker. Ich kenne meine Trierer Kollegen, die arbeiten umso besser, wenn sie Kaffee und etwas zu essen haben. Und wir müssen schnell und effizient arbeiten.«

Kaffee kochen und Geschirr auf den Tisch stellen konnte ihr Kollege im Grunde besser, als komplizierte Polizeiarbeit zu verrichten, vermutete Vanessa. Während er Seite an Seite mit ihr Brötchen schmierte, schien er langsam wach zu werden.

»Manchmal frage ich mich, was ich eigentlich vor den Morden in Hellersberg gearbeitet habe. Sonst kommen Meldungen von geklauten Mofas, ich kontrolliere Baustellen, ob da alles ordnungsgemäß läuft, ich verteile Strafzettel, wenn bei einer Feier allzu wild geparkt wird. Das scheint im Moment alles zu ruhen. Seltsam, oder?«

»Hoffentlich ist es nicht die bekannte Ruhe vor dem Sturm«, meinte Vanessa, wusch sich die Hände und stellte einen Teller mit appetitlich angerichteten Brötchen auf ihren Schreibtisch.

»Wann kommen die Kollegen?«, erkundigte sich Landscheid.

»Wir hatten acht Uhr dreißig vereinbart, also in einer Viertelstunde. Aber einige kommen sicher schon früher.« Vanessa blickte aus dem Fenster und sah, wie ein Auto vor der Wache vorfuhr und neben dem Streifenwagen einparkte. »Da kommt Gunter Hermesdorf, den Sie schon kennen. Er sitzt nicht allein im Auto. Das da neben ihm ist Charlotte Baumgart, unsere Polizeipsychologin. Hinten sitzt unser Computerfachmann, den alle nur ›Freak‹ nennen, und daneben Bernadette Schubert, die

Kollegin von der Kriminaltechnik. So, Herr Kollege, auf ins Gefecht!« Sie straffte sich, warf einen Blick in den Spiegel auf der Toilette und ging nach vorn, als gerade die Tür aufging.

Inzwischen saßen sie zu zwölft im hinteren Zimmer. Kevin Wahlen war aus Hermeskeil zu ihnen gestoßen und hatte sich abermals ausgiebig wegen des Taschenmessers entschuldigt, das tatsächlich nicht sein eigenes gewesen war. Er hatte es bereits an die Kriminaltechnik weitergeleitet, aber außer seinen und Zilks waren keine weiteren Fingerabdrücke darauf gefunden worden. Der Polizeipräsident hatte aus Trier weitere fünf Kollegen zur Verstärkung geschickt. Landscheid hatte in der »Post« angerufen und Ruth Eiden gefragt, ob er ein paar Stühle leihen könnte, da sie auf der Wache nur sechs hatten. Vielleicht würden sie in den nächsten Tagen im hinteren Zimmer der Gaststätte tagen müssen, weil die Wache einfach zu eng war, aber sie scheuten sich davor, einen Raum, der nicht völlig von neugierigen Blicken und Ohren abgeschirmt war, für die Ermittlungen zu nutzen. Gunter Hermesdorf hatte zusammen mit Vanessa die Leitung der Soko übernommen.

Nachdem sich alle einen Überblick über den aktuellen Stand der Ermittlungen verschafft hatten, meinte Vanessa, es sei an der Zeit, der Tochter von Frau Ostermann mitzuteilen, dass die Leiche mittlerweile zur Beerdigung freigegeben worden sei. Als Vanessa und Landscheid die Polizeiwache verließen, entdeckten sie die Niederländer, die vorgestern nach dem Schmied gefragt hatten. Diese gestikulierten wild und liefen auf den uniformierten Landscheid zu. Ihre ersten Worte waren unverständlich, weil sie durcheinander auf Holländisch auf Vanessa und Landscheid einredeten. Beide sahen gar nicht mehr nach Urlaub aus, sondern wirkten außerordentlich verstört. Die Frau wies immer wieder hinter sich, wo Vanessa einige Häuser entfernt das Wohnmobil vor dem Haus des Schmieds stehen sah. Vanessa versuchte, beruhigend auf die beiden einzureden, als die Frau in Tränen ausbrach. Ihr Mann nahm sie in den Arm, und Vanessa bedeutete ihnen, sich auf die Gartenmauer zu setzen, vor der sie gerade standen, weil sie Angst hatte, die Frau könne jeden Moment zusammenbrechen.

Endlich hatte der Mann sich so weit gefasst, dass er auf Deutsch erklären konnte, sie seien gestern wie empfohlen zum Schmied gegangen, um ein Ersatzteil für ihr Wohnmobil fertigen zu lassen. Heute hatten sie es abholen sollen. Die Tür zur Werkstatt habe offen gestanden, darum seien sie einfach hineingegangen. Drinnen habe der Schmied vor einem verglühten Feuer gesessen und – hier rang er nach den richtigen Worten – sei anscheinend tot.

Vanessa und Landscheid baten die beiden, auf der Polizeiwache auf sie zu warten, und nahmen direkt die Kollegen von der Spurensicherung und Gunter mit.

Sobald Vanessa den Schmied sah, wusste sie, dass sie keinen Notarzt mehr brauchten, sondern schon wieder Dr. Breuer von der Gerichtsmedizin. Das sonst von der ständigen Arbeit nah am Feuer gerötete Gesicht des Schmieds wirkte blass und verfallen, seine Augen waren tief eingesunken.

»Ich habe den Eindruck, im Hochwald müsste ich immer mit Handschuhen rumlaufen«, murmelte Vanessa und reichte auch Landscheid ein Paar Latexhandschuhe. Sie suchte zwar noch den Puls des Mannes, wählte aber zugleich die Nummer von Dr. Breuer.

Franz Schuster war ein kleiner, aber kräftiger Mann Ende vierzig. Er trug die übliche Schürze eines Schmieds, hatte von der Arbeit geschwärzte Finger und nur einen spärlichen Haarkranz. Soweit Vanessa bislang mitbekommen hatte, wohnte er allein über seiner Werkstatt. Der Betrieb warf gerade genug für ihn selbst ab, Angestellte hatte er keine. Vanessa fragte sich, ob er immer in der Werkstatt aß, denn auf der Werkbank standen ein Topf mit kalter, fettiger Hühnerbrühe, daneben eine Flasche Mineralwasser sowie eine Tasse kalter Tee.

Recht schnell kam Dr. Breuer zu der Überzeugung, dass der Schmied nicht durch äußere Gewalteinwirkung gestorben sei. Die Spurensicherung nahm Proben der Suppe, obwohl der Löffel, der neben dem Topf lag, noch unbenutzt war. Die Getränke wurden abgefüllt und eingepackt, wobei der Tee als Brombeerblättertee identifiziert wurde, da der Beutel aus der Apotheke auf der Spüle in der Küche im Obergeschoss lag.

Schlammspuren an den Wanderschuhen des Schmieds sowie

die Reste im Müll in der Küche legten den Verdacht nahe, dass er Pilze gesammelt hatte.

»Frau Kollegin, ich denke, bis morgen Mittag bin ich einen Schritt weiter. Ich fürchte, das ist das erste Todesopfer dieser Pilzsaison«, sagte der Rechtsmediziner.

»Ich kann nicht einmal Champignons von Fliegenpilzen unterscheiden, sondern gerade mal geschnittene Champignons von ganzen Champignons, deshalb traue ich mich an Pilze nicht heran. Können Sie mir Näheres erklären?«, bat Vanessa den Arzt.

»Ich hasse Spekulationen, aber ich glaube, da können wir uns den Weg in die Rechtsmedizin nach Mainz sparen. Können Sie morgen bei mir in Trier vorbeikommen? Bis dahin bin ich sicher schon einen großen Schritt weiter.«

Nachdem der Schmied abtransportiert war, fuhr Vanessa zur Apotheke nach Hermeskeil, deren Aufkleber auf der Teepackung gewesen war. Landscheid hatte ihr erklärt, der Apotheker wohne im ersten Stock, sei aber bestimmt so kurz vor Quartalsende in der Apotheke zu finden, selbst am Mittwochnachmittag.

»Sicher kann ich mich erinnern. Der Mann kam am Sonntag zu mir in den Notdienst. Er erzählte mir, er habe Samstag auf der Kirmes gut gezecht und fühle sich miserabel. Er klagte über heftigen Durchfall und Erbrechen. Er konnte sich kaum auf den Beinen halten, hatte massive Kreislaufbeschwerden. Außer Medikamenten gegen Brechdurchfall habe ich ihm Brombeerblättertee mitgegeben, der wirkt zusammenziehend, blutreinigend und lindert Durchfälle. Ich habe ihm auch empfohlen, eine kräftigende Hühnersuppe zu kochen, weil bei Durchfall jede Form von Flüssigkeitszufuhr wichtig ist. Am Montag habe ich ihn noch einmal kurz in Hellersberg auf der Kirmes gesehen, da sah er wieder wesentlich besser aus und hat sich für meine Hilfe bedankt. Ich kann es nicht glauben, dass er jetzt tot sein soll.« Kopfschüttelnd starrte der Apotheker vor sich hin.

»Kennen Sie sich mit Pilzvergiftungen aus?«, fragte Vanessa.

»Marie-Luise, kommst du mal bitte?«, rief der Apotheker nach hinten. Wieder an Vanessa gewandt, sagte er: »Darauf hat sich meine Frau spezialisiert. Ich selbst bin ein Stadtmensch und kenne mich da nicht so aus, aber meine Frau kommt von hier und ist früher schon mit ihren Großeltern in den Wald gegangen zum Pilzesammeln.«

Aus den hinteren Räumen kam eine Frau Anfang fünfzig mit einer aufwendigen Hochsteckfrisur und langen, spitzen Fingernägeln nach vorn, die Vanessa sich nur sehr schwer als Pilzsucherin im Wald vorstellen konnte.

»Liebes, das ist eine Kommissarin aus Trier, Frau …«

»Vanessa Müller-Laskowski«, half sie ihm aus.

»Erinnerst du dich, ich hatte am Sonntag im Notdienst doch den einen Hellersberger, den wir Montag noch auf der Kirmes getroffen haben. Die Polizei hat ihn tot aufgefunden, und Frau Müller möchte sich nach der Möglichkeit erkundigen, ob er vielleicht an einer Pilzvergiftung gestorben sein könnte, da bist du doch die Expertin.«

Die Apothekerin sah Vanessa entsetzt an. »Grüner Knollenblätterpilz«, stieß sie nach einem Moment des Nachdenkens hervor.

»Bitte?«, hakte Vanessa nach.

»Dass ich da nicht sofort drauf gekommen bin. Ich war an dem Tag nicht in der Apotheke, und mein Mann hat mir erst davon erzählt, als wir den Mann vorgestern in Hellersberg trafen. Da ging es ihm ziemlich gut, und ich bin gar nicht auf die Idee gekommen, ihn zu warnen.« Die Frau schien sich Vorwürfe zu machen.

»Bitte klären Sie mich auf, ich habe gar keine Ahnung, wovon Sie sprechen«, bat Vanessa.

»Der Grüne Knollenblätterpilz ähnelt dem Champignon sehr und wird immer wieder mit ihm verwechselt, obwohl er eigentlich an anderen Stellen wächst und Kenner deshalb stutzig werden müssten. Der Knollenblätterpilz ist meist mit Eichen vergesellschaftet, wohingegen man den Champignon entweder als Wiesen- oder als Waldchampignon mit Fichten und Buchen zusammen findet. Fatal ist, dass schon ein winziger Bissen tödlich sein kann, auf jeden Fall reicht aber ein einziger Pilz, um einen erwachsenen Menschen zu töten. Bereits ein Pilz von fünfunddreißig Gramm enthält eine tödliche Dosis für einen Menschen von siebzig Kilo«, führte die Apothekerin aus.

»Aber haben Sie nicht erzählt, es ging ihm am Montag deutlich besser?«

»Das ist das Tückische an dieser Form der Pilzvergiftung. Erst nach acht bis zwölf Stunden treten die Brechdurchfälle auf, dann ist es zu spät, um den Magen auszupumpen. Außerdem denken viele gar nicht so weit. Er hat es wohl auf seinen Alkoholkonsum vom Vortag zurückgeführt. Es kommt zu Magen- und Darmblutungen und vor allem zu einer Leberschädigung. Am dritten Tag erleben die Vergifteten meist eine erleichternde Besserung und glauben, sie seien über den Berg. Danach bleibt die Urinausscheidung oft völlig aus, es kommt zu völligem Leberversagen. Das Herz pumpt weiter Blut in die Gefäße, das wird jedoch nicht mehr zum Herzen zurückgeführt, und letztlich stirbt das Opfer an Herzversagen meist ab dem fünften Tag nach Verzehr des Pilzes.«

Vanessa bekam eine Gänsehaut. »Kommt das häufig vor?«

»Wenn es in dieser Gegend Pilzopfer gibt, dann in der Regel durch den Grünen Knollenblätterpilz. In den letzten Jahren trifft es verstärkt Leute aus Osteuropa und Russlanddeutsche, weil die den Pilz mit einem für sie heimischen, ungiftigen Pilz verwechseln«, klärte die Apothekerin sie auf.

»Aber wäre Herr Schuster nicht normalerweise mit solch drastischen Beschwerden zum Arzt gegangen?«, wunderte sich Vanessa.

»Nicht unbedingt, ab dem dritten Tag geht es den Leuten ja wieder besser. Dass Leber und Herz nicht mehr mitmachen, spüren sie kaum und führen es meist auf die Schwächung durch den Durchfall zurück.«

»Damit haben Sie mir einen großen Schritt weitergeholfen. Da bin ich nicht ganz so unwissend, wenn ich mit dem Rechtsmediziner spreche. Und wir können annehmen, dass Franz Schuster die Pilze am Samstagmittag gegessen hat, wenn Sie sagen, es ging ihm am Montag wesentlich besser. Das ist ein ganz wichtiges Puzzlestück, vielen Dank!«

»Sieht ganz nach Grünem Knollenblätterpilz aus, nicht wahr?«, sagte Vanessa triumphierend in die Freisprechanlage, als sie mit dem Auto auf dem Rückweg nach Hellersberg war. Dr. Breuer klang erstaunt.

»Richtig, alle Anzeichen sprechen dafür, von der Fettleber bis zum Herzversagen. Wie haben Sie das erkannt?«, fragte der Arzt mit leichter Bewunderung.

»Dr. Breuer, wenn man sich im Hunsrück aufhält, lernt man eine Menge vom und zum Leben. Und in diesem Fall vor allem vom und zum Sterben, wie mir scheint. Bleibt nur die Frage, ob Schuster ein unwissender Sammler war und die Pilze versehentlich mit Champignons verwechselt hat oder ob er sich umbringen wollte. Können Sie mir dazu Näheres sagen?«

»Er war natürlich von der Vergiftung sehr geschwächt, aber ich kann keine Vorerkrankung erkennen. Die Kollegen von der Spurensicherung haben Arthrosemedikamente entdeckt, aber Gelenkbeschwerden sind auch für einen Schmied kein Grund für einen Freitod«, meinte Dr. Breuer. »Ich bin außerdem nicht sicher, ob ich mich mit Pilzen vergiften und danach auf die Kirmes und zur Apotheke gehen würde, das erscheint mir höchst unwahrscheinlich. Vergessen Sie nicht die Wirkdauer. Ich würde an Ihrer Stelle mal die Umgebung von Hellersberg absuchen, denn wo ein Pilz stand, steht meistens auch ein weiterer. Fragen Sie Einheimische, die kennen sich damit immer am besten aus. Möglicherweise finden Sie Spuren, die Ihnen irgendwie weiterhelfen, aber das ist sicherlich schwierig, gerade bei dem Regenwetter. Der Mann kann den ganzen Hochwald nach Pilzen durchforstet haben, er muss nicht unbedingt auf eine Stelle fixiert gewesen sein. Aber einen Versuch wäre es wert.«

Als Vanessa die Polizeiwache betrat, telefonierte Landscheid gerade. Sie setzte sich an ihren Schreibtisch und fasste die Erkenntnisse kurz schriftlich zusammen. Alle Kollegen waren ausgeflogen, vermutlich waren sie im Haus des Schmieds. Gunter hatte einen Zettel hinterlassen, er befrage zusammen mit Kevin Wahlen die Nachbarschaft und entferntere Verwandte, da Schuster keine direkten Angehörigen gehabt habe.

»Das war Maria Jungblut, die Schwiegertochter von Gieselind. Sie ist tot!«, sagte Landscheid, nachdem er aufgelegt hatte.

»Wie konnte sie dann anrufen?«, fragte Vanessa.

»Gieselind ist tot, und da wir zurzeit so viele Mordfälle haben, ist Maria unsicher geworden und fragt, ob wir vorbeikommen können.«

»Da bleibt uns vermutlich nichts anderes übrig.« Vanessa legte Landscheid ihre Notizen vor. »Währenddessen kümmern Sie sich bitte darum, wo man in der Gegend Grüne Knollenblätterpilze finden kann, und ich fahre zu Jungbluts. Wohnen sie über der Metzgerei?«

»Nein, nicht Vera. Maria! Das ist die Frau von Hermann, dem Großcousin von Klaus, die Frauen sind beide nur angeheiratet.« Landscheid beschrieb ihr den Weg zum Haus der Familie Jungblut.

Gieselind Jungbluts Schwiegertochter stand schon in der Haustür und erwartete die Polizistin. Vanessa stellte fest, dass sie die Frau vom Sehen kannte, sie war eine aus der Gruppe der Landfrauen, die den Bastelkreis in der »Post« abhielten. Da Maria Jungblut schon an die siebzig war, konnte Vanessa sich vorstellen, wie alt ihre Schwiegermutter sein musste, und schloss einen Mord daher schon fast aus. Frau Jungblut führte sie zum Bett der Toten, als es an der Tür klingelte. Vanessa war daraufhin einen Moment mit der Verstorbenen allein, deren Gesicht eingefallen war, die aber auf den ersten Blick keine Anzeichen von Gewalteinwirkung aufwies. Aus Gewohnheit streifte Vanessa Handschuhe über und berührte die alte Frau, die schon ganz kalt war. Sie lag, mit einem dünnen Nachthemd bekleidet, auf der Seite, sodass Vanessa sie gut von allen Seiten in Augenschein nehmen konnte. Ihr Gesundheitszustand schien altersgemäß gewesen zu sein, keine Fremdeinwirkungen, keine blauen Flecke. Der Pastor betrat den Raum.

»Guten Tag, Herr Lämmle. Soll ich Sie allein lassen?«, bot Vanessa an.

»Danke, Frau Kommissarin, das hat noch ein paar Minuten Zeit. Das Ehepaar Jungblut ist sehr verunsichert wegen der vielen Todesfälle. Ich war in den vergangenen Tagen häufiger hier. Frau Jungblut hat ihr Ende kommen sehen und hatte das Bedürfnis, die Beichte abzulegen und sich auch sonst ihren Kummer von der Seele zu reden.«

»Herr Pastor, ich weiß, Sie unterliegen dem Beichtgeheimnis, aber hat Frau Jungblut irgendetwas geäußert, das Sie an einem natürlichen Tod zweifeln lässt? Hatte sie Angst, wurde sie bedroht oder vernachlässigt?«, nutzte Vanessa die Gelegenheit, wo sie allein waren. »Der Tod einer Zweiundneunzigjährigen ist normalerweise nicht mehr so überraschend, dass man die Polizei rufen muss.«

»Leider hat Frau Jungblut erst in den letzten Tagen zum Glauben gefunden, ich habe sie zuvor nicht gekannt. Zu Pastor Feldmann ist sie nicht gegangen, und dass ich ihn abgelöst habe, hat sie erst vor Kurzem erfahren. Sie hatte für ihre zweiundneunzig Jahre einen erstaunlich wachen Geist, aber sie hatte keinen Lebenswillen mehr. Sie sah ihre Kraft schwinden, sie hatte Angst, ihrer Schwiegertochter, die sie stets gelobt hat, noch mehr zur Last zu fallen. Ich glaube nicht an einen gewaltsamen Tod, aber das wird uns die Ärztin gleich genauer sagen können, Maria Jungblut hat sie auch angerufen.« Er seufzte. »Die Familie hat schon so ihre Erfahrungen mit dem Tod gemacht …«

»Können Sie mir das näher erklären?«, bat Vanessa.

»Es dürfte rund fünfzehn Jahre her sein, dass Jungbluts Sohn beziehungsweise Enkel Udo als Student tödlich verunglückte. Die Familie glaubt bis heute nicht an einen Unfall, aber ob es Mord oder Selbstmord war, ist nie herausgekommen. Keiner konnte sich einen Grund für einen Selbstmord vorstellen. Die Freunde, die, als es passiert ist, mit ihm in der Wohnung waren, galten als glaubwürdig, und Spuren von Fremdeinwirkung waren damals nicht zu finden«, erläuterte der Pastor.

»War Udo einer jener Mitschüler, die beim Klassentreffen neulich gefehlt haben? Bei den Befragungen nach dem Klassentreffen ist der Name gefallen.«

»Das dürfte er sein, genau. Die Großmutter ist nie über den Tod ihres einzigen Enkels hinweggekommen. Sie hat mir gesagt, sie habe damals den Glauben verloren.«

Es klingelte abermals an der Tür, und wenig später kam Maria Jungblut mit einer Frau Anfang vierzig herein. Die Frau trug Jeans und Wanderschuhe und hatte eine große Arzttasche bei sich.

»Guten Tag, ich bin Dr. Marlene Schulze-Obersehr aus Hermeskeil. Hat die Frau Jungblut es endlich geschafft«, sagte sie und wandte ihren Blick zum Bett.

»Mein Name ist Vanessa Müller-Laskowski, ich bin von der Mordkommission in Trier«, stellte sich Vanessa vor.

»Mordkommission?«, fragte die Ärztin erstaunt nach und grüßte den Pastor mit einem Nicken.

»Wir sind so unsicher nach den vielen Todesfällen«, gestand Frau Jungblut. Der Pastor legte einen Arm um sie.

»Ist Ihr Mann unten?«, fragte er zaghaft.

»Ja, er sitzt in der Küche und weint sich die Augen aus. Er hat so an seiner Mutter gehangen, er kann diesen Raum gar nicht betreten.«

»Dann setzen wir uns zu ihm und sprechen gemeinsam ein Gebet«, schlug der Pastor vor und führte die Frau, die bei ihren letzten Worten ebenfalls zu weinen begonnen hatte, aus dem Zimmer.

»Er ist ein guter Geistlicher, auch wenn er einen schweren Stand in der Gemeinde hat«, meinte die Ärztin und begann die Tote zu untersuchen.

»Warum hat er es so schwer?«

»Pastor Feldmann war neunundzwanzig Jahre hier im Dienst. Er war einer von ihnen. Pastor Lämmle kommt nicht aus dem Hochwald, er kennt die Menschen in der Region nicht so gut, ihre Beziehungen untereinander, zu ihrer Umgebung und zu ihrer Arbeit. Er macht einen guten Job, aber es wird noch Jahre dauern, bis er Fuß gefasst hat. Außerdem hat er eine viel größere Gemeinde zu betreuen als seinerzeit Pastor Feldmann. Der war nur für Hellersberg zuständig, Pastor Lämmle aber sitzt in Hermeskeil und hat alle umliegenden Gemeinden zu betreuen. Allein die Tatsache, dass er nicht abends mit in der Kneipe sitzt, schafft schon eine gewisse Distanz.«

»Pastor Lämmle hat mir eben erzählt, Frau Jungblut sei nicht in die Gottesdienste von Pastor Feldmann gegangen und habe erst kürzlich wieder zum Glauben gefunden. Anscheinend hat sie den Tod ihres Enkels niemals verwunden. Wissen Sie etwas darüber, was Sie mir erzählen dürfen?«, fragte Vanessa.

»Sie hat ihren Udo so geliebt. Er war ein paar Jahre jünger als ich, aber am Gymnasium hat man eben alle gekannt. Wir haben beide in Aachen studiert, und ich erinnere mich, dass ich ihn zwei- oder dreimal übers Wochenende nach Hellersberg mitgenommen habe, als sein Auto kaputt war. Man kam gar nicht richtig an ihn heran. Er wirkte irgendwie innerlich gebrochen. Sein Tod hat mich damals nicht wirklich überrascht, weil ich den Eindruck hatte, er sei depressiv, habe aber nicht den Mut, sich Hilfe zu suchen.« Die Ärztin fuhr der alten Frau liebevoll durchs Haar, als sie die Untersuchung abgeschlossen hatte, und schloss ihre Tasche. »Frau Jungblut ist vielleicht an gebrochenem Herzen gestorben, aber sonst ging es hier mit rechten Dingen zu. Tut mir leid, dass die Familie Sie gerufen hat, ich habe gehört, Sie haben schon genug Todesfälle zu bearbeiten. Aber Jungbluts haben schon viel mitgemacht, ich kann sie verstehen.«

Damit verließen sie das Zimmer, und Vanessa verabschiedete sich von den Jungbluts und Pastor Lämmle.

»Sieht nach einem natürlichen Tod aus«, sagte Vanessa, als sie wenig später die Wache betrat und ihre Trierer Kollegen begrüßte, die sich zwischenzeitlich wieder dort eingefunden hatten. »Was haben Sie so in der Zwischenzeit herausgefunden, Herr Landscheid?«

Heiner Landscheid blickte vom Computer auf. »Die gute Nachricht gleich vorweg: Franz Schuster hat momentan keinen Führerschein. Alkoholkontrolle außerhalb des Dorfes. Und da er nicht so gern läuft, müssen wir das wohl auch nicht tun.«

»Was soll das heißen?«, fragte Vanessa genervt. »Wir haben keine Zeit für solche Rätsel.«

»Wie Herr Landscheid bereits gesagt hat, war der Schmied momentan nicht sehr mobil«, erklärte Gunter. »Daher können wir davon ausgehen, dass er die Pilze nur in der näheren Umgebung gesucht hat. Es kommen vermutlich nur drei Stellen in Frage, die wir überprüfen müssen.«

»Aber nicht bei dem Regen«, unterbrach ihn Landscheid.

»Es tut mir leid, Ihnen das sagen zu müssen, Herr Landscheid, aber der Regen hat inzwischen aufgehört. Da werden Sie wohl nicht drum herumkommen«, grinste Vanessa.

Sie teilten sich in drei Gruppen auf. Landscheid und Vanessa würden Landscheid zuliebe die der Schmiede am nächsten gelegene Stelle untersuchen, Gunter und die übrigen Kollegen übernahmen die beiden anderen.

»Hat eigentlich jemand nachgesehen, ob es an dieser Stelle einen Cache gibt?«, wollte Vanessa von Landscheid wissen, während sie in Wanderschuhen und Gummihandschuhen die ihnen zugewiesene Stelle nach Giftpilzen absuchten.

»Die Frau von der Spurensicherung, wie auch immer die heißt, hat das überprüft. Sie hat aber nichts gefunden.«

»Demnach gäbe es also keinen Cache-Serienmörder oder so. Vielleicht war es tatsächlich alles nur Zufall«, überlegte Vanessa.

Sie befanden sich am Übergang einer offenen Wiese zu einem Fichtenwald, als sie aufgewühlte Erde entdeckten, an der Pilzsucher zahlreiche Pilze stehen gelassen hatten.

»Nach allem, was ich heute über Pilze gelernt habe, gibt es Grüne Knollenblätterpilze nur in Laubwäldern. Auf dieser Wiese müssten eher Champignons wachsen.«

Fußspuren führten durch die aufgewühlte Erde und endeten an einer Fichte, zwischen deren Wurzeln Rindenstücke und Fichtenzapfen zu einem kleinen Haufen aufgeschichtet lagen.

»Ich habe mir gestern mal von Hajo zeigen lassen, wie so ein Cache funktioniert. Wir sind mit dem Auto Richtung Holzerath gefahren, da waren zwei Caches ganz nah an der Straße, anhand derer Hajo mir das Prinzip erklären konnte. Und so wie hier sah gestern auch eines der Cacheverstecke aus«, klärte Vanessa ihren Kollegen auf.

»Na, sehen wir uns das mal an«, sagte Landscheid, bückte sich und schob neugierig die Fichtenzapfen und die Rindenstücke zur Seite.

»Ich dachte, hier gibt es keinen Cache, was ist das dann?« Triumphierend hielt er eine Dose in die Höhe, durch deren durchsichtigen Deckel das Cachelogo und der Hinweis zu sehen waren, dass dieser Gegenstand Teil eines weltweiten Spiels sei.

»Ihre Kollegin hat doch eben erst nachgesehen. Da gab es ganz sicher keinen Cache an dieser Stelle.«

Erstaunt nahm Vanessa Landscheid die Dose ab. Darin war ein nagelneues Logbuch in Form eines kleinen Blocks, auf dessen erster Seite ein computergeschriebener Zettel klebte, auf dem stand: »Nomen ost omen! Herzlichen Glückwunsch zum Fund dieses Caches.«

Ein Becher aus Ton mit einem eingeprägten Kreis aus kleinen Strichen befand sich ebenfalls in dem Behälter.

»Muss es nicht ›Nomen *est* omen‹ heißen?« Vanessa drehte den Becher in ihrer behandschuhten Hand. »Ein hübsches Stück, ideal für einen kühlen Weißwein im Freien. Sagt Ihnen das Symbol irgendetwas?« Vanessa hielt Landscheid den Becher hin.

»Ich habe es ganz sicher schon einmal gesehen, aber ich erinnere mich nicht«, gestand der. »Aber verstehe ich das richtig, dass der Becher für den ersten Finder ist? Das sind demnach wir.« Er lächelte und betrachtete das Stück mit einem siegessicheren Beuteblick.

»Hat Hajo schon einmal erwähnt, ob es unterschiedliche Cacherseiten im Internet gibt, sozusagen unterschiedliche Gemeinschaften? Wenn nicht, hätte dieser doch im Internet zu finden sein müssen.«

Landscheid schüttelte den Kopf. »Ich habe mich mit dem Kinderkram noch nie befasst. Das ist wirklich kein Hobby für einen erwachsenen Mann.«

»Um ehrlich zu sein, mir hat es gestern viel Spaß gemacht«, sagte Vanessa, schlug ihre Kapuze gegen den gerade einsetzenden Regen hoch und machte mit ihrem Handy vorab Fotos von der Dose und deren Fundort. »Lassen wir mal die Kollegen von der Spurensicherung den ganzen Wald absuchen, hoffentlich finden sie in diesem Nieselregen verwertbare Spuren.«

Während sie auf die Spurensicherung warteten, zog Vanessa mit einigen Anrufen die anderen Gruppen von den möglichen Pilzstellen ab und beorderte sie zu sich. »Gunter kann hier gleich übernehmen«, sagte sie zu Landscheid. »Können Sie mir bitte die Telefonnummer von Hajo Nert geben? Er könnte uns bei diesem Cache sicher behilflich sein, ich würde ihn gern zu Hause abholen und mit ihm im Bürocomputer nach diesem Cache sehen.«

»Haben wir nicht wichtigere Probleme als diesen Cache?«, nörgelte Landscheid.

»Das kann ich bislang nicht genau beurteilen. Ich bin nicht sicher, wie wichtig dieser Cache ist. Ist es Ihnen bisher nicht in den Sinn gekommen, dass es vielleicht gar kein Zufall ist, dass bei allen Toten ein Cache gefunden wurde? Ich habe Zweifel daran, dass es tatsächlich nur ein Pilzunfall war. Darum würde ich der Sache gern auf den Grund gehen. Und ich glaube, Hajo kennt sich da weit besser aus als wir und kann uns zügig weiterhelfen, bevor wir beide im zähen Hochwälder Nebel herumstochern.«

Landscheid nannte ihr die Rufnummer, und Hajo war sofort bereit, mit ihnen zur Polizeiwache zu fahren. Als die Kollegen der Spurensicherung eintrafen, zeigte Vanessa ihnen den Fundort sowie die Cachedose mit dem Becher. Sie grübelten noch, ob dieser eine bestimmte Bedeutung haben könnte, als der Freak ihnen grinsend sein Handy entgegenhielt.

»Ich habe mal ein Foto von diesem Symbol auf dem Becher gemacht, und mein Handy hat es mit Internetfotos abgeglichen. Das war das Symbol eines Kirchentages, München 2010. Hilft euch das weiter?«

Vanessa sagte, sie werde es in ihre Überlegungen miteinbeziehen, und verabschiedete sich, da sie vor Ort nicht weiterhelfen konnte.

Wenige Minuten später hielt Landscheid mit dem Dienstwagen vor Hajos Haus. Hajo, der bei ihrem Eintreffen bereits in der Einfahrt gestanden hatte, ließ sich auf den Rücksitz fallen und drückte beiden Ermittlern von hinten zum Gruß die Schulter. »Was habt ihr beide herausgefunden, dass ihr meine Hilfe brauchen könnt?«, fragte er gespannt.

»Deine Freundin hier ist auf den Geschmack gekommen, was deine seltsamen Schnitzeljagden angeht, und möchte gern aus jedem Fall ein Cacheerlebnis machen.«

»Herr Landscheid! Urteilen Sie nicht über meine Ideen, solange Sie keine eigenen haben. Bislang glauben Sie nicht einmal daran, dass es Zusammenhänge zwischen diesen Todesfällen gibt, aber das würde ich gern mit Sicherheit bestätigt oder widerlegt sehen. Wir sollten aber ganz grundsätzlich versuchen, in diesen Fällen zusammen- und nicht gegeneinander zu arbeiten, auch wenn ich mir dessen bewusst bin, dass Kollegen aus übergeordneten Dienststellen nie gern gesehen sind.«

»Oh, wollen Sie auf einmal die Vorgesetzte herauskehren?«, schoss Landscheid zurück.

»Ich sagte, wir müssen zusammenarbeiten«, betonte Vanessa. »In der Stadt werden wir nicht für Anwesenheit bezahlt, sondern wir werden an unseren Erfolgen gemessen, sonst werden wir ganz schnell nicht mehr anwesend sein. Und ich würde gern einen Erfolg im Hunsrück verzeichnen. Und sollte Franz Schuster tatsächlich nur durch einen Pilzunfall gestorben sein, müssen wir beweisen, dass es kein Mord war. Ist das so schwer zu verstehen?«

Landscheid bog in die Parklücke vor der Polizeistation und stieg schweigend aus.

»Dicke Luft?«, wollte Hajo von Vanessa wissen.

»Ich würde es anders formulieren: Wir haben unterschiedliche Auffassungen von Arbeitsmoral und Zielen. Mein Ziel ist es nur bedingt, irgendwie meinen Job bis zur Rente zu behalten. Ich bin durchaus auch erfolgsorientiert und habe das Bedürfnis, meinem Job gerecht zu werden. Und dazu brauche ich eine gewisse Beharrlichkeit und Entschlossenheit. Diese Selbstgerechtigkeit, mit der der Kollege glaubt, die Fälle würden sich durch bloßes Abwarten lösen, bringt mich zur Weißglut«, machte Vanessa ihrem Ärger Luft.

»Mir scheint, der Königsweg liegt in der Mitte«, sagte Hajo. »Du kannst die Todesfälle nicht mit bloßer Willenskraft lösen, da wird auch ein gewisses Maß an Glück, Können und Zusammenarbeit notwendig sein. Etwas mehr Lockerheit auf deiner und etwas mehr Ernsthaftigkeit auf Heiners Seite könnten euch sicher eurem Ziel näher bringen.«

Vanessa stapfte neben ihm in die Dienststelle und warf ihre Jacke über ihren Schreibtischstuhl.

»Okay, bleiben wir bei den Fakten«, stieß Vanessa, noch immer erregt, aus. »Es scheint auch bei diesem Todesfall ein Cache im Spiel zu sein, der aber bislang nicht im Internet zu finden ist. Wir wissen nicht, ob das wichtig ist, aber ich würde es sehr begrüßen, wenn du, Hajo, uns dabei helfen könntest, es herauszufinden. Kann man einen Cache einfach so ins Internet stellen, oder gibt es da eine Kontrollinstanz, die neue Caches prüft und für andere Nutzer freigibt?«

Hajo wusste es nicht, aber nachdem sie sich durch mehrere Internetseiten zum Thema Geocaching geklickt hatten, hatten

Vanessa und er herausgefunden, dass ein Cache auf manchen Seiten erst von einem Reviewer freigegeben werden musste, bevor er veröffentlicht werden durfte. Der Reviewer begutachtete, ob der Cache allen formalen Richtlinien entsprach, etwa ob die Angaben zur Schwierigkeit stimmten und ob Caches nicht zu nah beieinanderlagen.

Vanessa notierte sich die Telefonnummern verschiedener Reviewer von der Internetseite. Sie hatte Glück, schon beim ersten Anruf konnte sich die Reviewerin direkt erinnern. Sie erzählte, sie habe den Cache über einen längeren Zeitraum bearbeitet. Da sie zufällig mit dem Fahrrad in der Gegend im Urlaub gewesen sei und es der erste Cache des Owners, also des Cachelegers, auf ihrer Internetseite gewesen sei, habe sie einen Probecache machen wollen, bevor sie ihn freigeben wollte. Es habe nämlich schon damit angefangen, dass der Titel »Nomen ost omen« einen Tippfehler zu enthalten schien, es müsse schließlich »Nomen est omen« heißen. Außerdem seien die Koordinaten nicht richtig angegeben worden, sodass sie den Cache nicht hatte finden können. Der Owner habe ihr die Lösungen seiner Cacherätsel bestätigt, aber die Koordinaten hätten nicht genau mit dem Versteck der Dose übereingestimmt, sodass er das noch einmal überarbeiten sollte. Sie sei auf dem Rückweg erneut an den angegebenen Koordinaten gewesen und habe den Cache dieses Mal planmäßig vorgefunden, aber vorher habe sie schon mehrmals mit ihm gemailt. Telefonisch habe sie ihn leider nicht erreichen können, die Nummer, die er ihr gegeben habe, schien nicht zu stimmen. Daher habe sich das Ganze schon eine Weile hingezogen, und sie habe den Cache heute endlich freigeben wollen.

»Er?«, hakte Vanessa nach. »Kennen Sie den Namen des Mannes?«

»Äh, nein, mit ›er‹ meine ich den Owner«, stellte die Frau richtig. »Er nennt sich ›Gemischtes Einzel‹, klingt für mich nach einem Pärchen. Ob mein Ansprechpartner männlich oder weiblich ist, weiß ich gar nicht genau, ich spreche den Owner mit seinem Cachernamen an.«

»Lässt sich herausfinden, wer den Cache legen wollte? Ich meine, sind die Namen irgendwo registriert? Oder können Sie mir sonst etwas über den Cache erzählen? Wie lange ist der Owner schon dabei? Solche Sachen sind wichtig für uns.« Vanessa hörte, wie die Reviewerin auf ihrer Tastatur hämmerte.

»Rufen Sie nicht aus Hellersberg an? Sie könnten sie kennen, eine Ursula Greimerath«, antwortete die Frau.

Sprachlos sah Hajo, der das Gespräch mithörte, Vanessa an. Vanessa bat die Reviewerin, sie möge ihr die Beschreibung des Caches und die Klarnamen der anderen Cacheowner per E-Mail schicken, und legte auf.

»Ursula?«, fragte Hajo zweifelnd. »Sie hat sich noch nie mit Geocachen beschäftigt. Ich habe ihr erzählt, wozu ich ihren Computer nutze, und sie hat sich bislang nur abfällig dazu geäußert. Ich kann mir das nicht vorstellen.«

»Warten wir mal die anderen Namen ab«, schlug Vanessa vor.

»Bei denen wissen wir ja, wie sich der Owner nennt. Zumindest deren Profile können wir uns ansehen, anschließend müssen wir nur auf die Klarnamen warten«, meinte Hajo. »Das hat Jonas mir neulich erklärt, mal sehen, ob ich es inzwischen selbstständig kann.«

Wiederum einige Klicks später wussten sie, dass »Gemischtes Einzel« bereits seit einiger Zeit angemeldet war, schon ein paar Caches gefunden, aber bislang keinen selbst gelegt hatte.

»Und wie sieht es mit den anderen Ownern aus? ›Sehenden Auges‹, ›Maria und Josef‹ und ›Guter Hirte‹. Vielleicht finden wir doch einen Zusammenhang!«

Alle vier Cacher hatten ein ähnliches Profil. Sie waren seit ein paar Monaten dabei und hatten teilweise gegenseitig ihre Caches gefunden, was logisch war, wenn sie in derselben Region tätig waren. Nichts Auffälliges.

Die Rewiewerin hatte inzwischen eine Mail mit den genauen Angaben zum Cache geschickt:

Nomen ost omen!
Rätselcache, Terrain 2 von 5, Schwierigkeit 1 von 5, Größe: Regular
Text:

Finde die Koordinaten a°N b.c und d°E e.f

a= Anzahl der Mitglieder des Kirchenchores 1996

b= Hausnummer des Pfarrhauses + 10

c= Höhe der Ortsmitte über NN – 154

d= Anzahl der Eingangsstufen zur Kirche

e= Höhe des Kirchturms + 1

f= erste urkundliche Erwähnung des Ortes – c

o= d

»Was müssen wir demnach machen?«, fragte Vanessa.

»Wir müssen die Antworten auf die Fragen herausfinden und in die zuoberst stehenden Koordinaten einsetzen«, erklärte Hajo.

»Möchtest du das herausfinden, oder soll ich die Aufgabe an Jonas weiterleiten?«, fragte Vanessa.

»Das kann ich gern übernehmen. Die Hausnummer ist fünfundzwanzig, die Höhe um die fünfhundert Meter, da sehe ich nach, das steht auf einem Schild an der Touristinformation. Es sind fünf oder sechs Stufen zur Kirche, das sehe ich ja vor Ort. Der Kirchturm hat um die vierzig Meter, da steht eine Tafel an der Kirche. Und zu Hause habe ich die Ortschronik vom Dorfjubiläum, da steht mit Sicherheit was über den Chor und die erste Erwähnung drin. Ich melde mich später wieder bei dir«, schlug Hajo vor.

Vanessa las weiter und traute ihren Augen kaum. »Als Cacheowner steht da Jeremy Wahlen, der Bruder unseres Hermeskeiler Kollegen Kevin, außerdem der Metzger Thomas Jungblut und eine Frau Dr. Marlene Schulze-Obersehr aus Hermeskeil. Ist das nicht diese Ärztin?«

»Genau, sie dürfte die Hausärztin von ganz Hellersberg sein. Wie wirst du weiter vorgehen?«

»Ich werde wohl morgen zusammen mit Kollege Landscheid ein paar Besuche machen müssen.« Kopfschüttelnd las Vanessa die Nachricht ein zweites Mal. »Ich hatte ehrlich gesagt insgeheim gehofft, alle Caches wären von derselben Person gelegt worden und wir müssten sie nur noch festnehmen.« Vanessa sah auf die Uhr.

»Ich kläre ein paar Dinge mit meinen Kollegen, danach mache ich auch endlich Feierabend. Für heute reicht es, das war ein ereignisreicher Tag.«

Nachdem Hajo die Wache verlassen hatte, rief Vanessa den Computerspezialisten an und beauftragte ihn, herauszufinden, ob die Namen zu den jeweiligen IP-Adressen gehörten. Sie schloss erschöpft die Wache hinter sich ab und machte sich auf den Weg zum Gasthof, um sich vor dem Abendessen zum Entspannen in die Badewanne zu legen.

Am Abend war es in der »Post« voller als sonst mittwochs üblich. In ihrer Ecke saßen Josef Feldmann und Hajo zusammen, aber ihnen fehlte der dritte Mann zum Skat. Vanessa setzte sich mit einem Krug Viez-Limo und einer Laugenbrezel zu ihnen an den Tisch.

»Mein Kind, dass Sie kein Skat können, wissen wir inzwischen. Womit verbringen Sie normalerweise Ihre Abende?«, wollte der Pastor wissen.

»Ich lese viel, ich liebe Brettspiele, und bisher habe ich sicherlich auch mehr Zeit mit Arbeiten verbracht, als gut für mich war. Ich werde mir in nächster Zeit ein neues Hobby suchen müssen«, antwortete Vanessa.

»Wenden Sie sich doch einmal an unseren Künstler, vielleicht hat Herr Trost eine Anregung für Sie«, schlug Feldmann vor.

Rolf Trost, der gerade auf dem Weg zur Toilette an ihnen vorbeiging, blieb stehen, als er seinen Namen hörte.

»Pastor Feldmann schlägt gerade vor, Sie könnten mich in Ihre Künste einweihen. Was hätten Sie denn anzubieten?«, fragte Vanessa unbedarft.

Trost lächelte süffisant. »Beginnen wir mit der Kunst der Verführung, gefolgt von gekonnten Fesselspielchen, und danach stehe ich zu meiner Kunst«, antwortete er dreist grinsend.

»Danke, ich bin im Zirkus als Entfesselungskünstlerin aufgetreten, das wäre wahrscheinlich nicht das Richtige für mich«, konterte Vanessa.

»Zu schade! Man müsste Ihnen mal völlig neue Seiten zeigen. Oder an welche Form von Kunst dachten Sie so?«

Hajo schaltete sich in das Gespräch ein. »Herr Trost, ich glaube, unser Pastor dachte eher an Skulpturen, Bilder oder Ähnliches, nicht wahr, Josef?«

»Ach, spricht man auch einen ehemaligen Geistlichen als Pastor an?«, stichelte Trost.

»Mein Sohn, ich habe keine Gemeinde mehr, aber ich bin noch immer Pastor im Ruhestand. Aber wenn es dir dabei besser geht, kannst du mich gern mit meinem Namen ansprechen«, entgegnete Feldmann.

»Ich glaube nicht, dass ich Ihr Sohn bin, Herr Pastor«, spuckte Trost förmlich aus. Vanessa und Hajo hingegen wünschte er einen Guten Abend und verließ den Gasthof.

»Ein sehr eigenwilliger Zeitgenosse, wie mir scheint. War er immer schon so?«, fragte Vanessa.

»Er hatte damals schon große Probleme in der Grundschule«, verriet der Pastor. »Seine Eltern hatten eine gut laufende Firma, und so konnten sie, statt ihren Sohn zu erziehen, ihn auf ein Internat schicken. Auch da hatte er gerüchtehalber ständig Ärger. Ich bin gar nicht mal sicher, ob er die Schule abgeschlossen hat. Er ging später nach Berlin, verdingte sich wohl eine Zeit lang als Straßenkünstler, und vor zwei Jahren kam er unerwarteterweise wieder nach Hellersberg zurück, da sein Onkel ihm ein Haus vererbt hatte. Er hat keine Geschwister, sein Vater ist tot, und die Mutter hat die Firma in andere Hände gegeben. Man sagt, er bekomme jeden Monat Geld von ihr unter der Bedingung, dass er niemals öffentlich seine Verbindung zur Familie zur Sprache bringt. Die Mutter lebt inzwischen im Altersheim. Ich glaube nicht, dass er die Firma oder das Vermögen erbt, wenn sie stirbt; vermutlich bekommt er lediglich seinen Pflichtanteil.«

»Was hat ihn bloß so verbittert gemacht?«, hakte Vanessa nach.

»›Verbittert‹ würde ich es nicht nennen«, sagte Karl-Josef Lehnen, der Trosts Auftritt mitbekommen hatte und von der Theke nun zu ihnen herübergekommen war. »Er ist bitter, aber eher im Sinne von bitterböse. Mit jedem legt er sich an, er schnüffelt überall herum, lässt sich aber nie selbst in die Karten gucken. Sein liebster Ausspruch ist ›man müsste mal‹. Er ist nichts anderes als ein Schwätzer.«

»Aber niemand wird von allein so«, beharrte Vanessa.

»Als Junge war er nur verträumt. Ich denke, er war nicht einmal in der Pubertät, als sein Vater starb, ein harter, unnachgiebiger Mann. Vielleicht war das der Auslöser«, überlegte Hajo. »Karl-Josef, spielst du mit? Heiner ist auf Familienbesuch.«

Lehnen setzte sich zu ihnen an den Tisch und meinte: »Wer weiß, wie lange ich noch in der ›Post‹ mit euch Skat spielen kann. In absehbarer Zeit werde ich den ›Hellersberger Hof‹ renovieren und wiedereröffnen, allerdings möchte ich dabei der ›Post‹ keine Konkurrenz machen. Stattdessen planen Ruth und ich eine gemeinsame Ausrichtung: Erlebnisgastronomie im ›Hellersberger Hof‹, und die normale Dorfkneipe bleibt in der ›Post‹.«

»Hast du den Eindruck, in der ›Post‹ würde man nichts erleben?«, fragte Hajo.

»Hajo, die ›Post‹ ist eine wunderbare Kneipe, aber hierher kommen viel zu wenige unserer zahlreichen Touristen. Heute wollen die Leute nicht mehr nur ein Bier trinken gehen, die möchten ein Event. Und so was wollen wir ihnen bieten. Mit Autorenlesungen, Konzerten, lauter Zeug, das bei modernen Menschen gefragt ist«, erklärte Lehnen.

»Ich bin kein moderner Mensch, lass uns lieber Skat spielen, bevor die Touristenmassen in Hellersberg einfallen«, sagte Hajo augenzwinkernd und gab die ersten Karten. Als Vanessa aufgegessen hatte, erhob sie sich und wünschte allen eine Gute Nacht.

SIEBEN

Als Vanessa am Donnerstagmorgen gerade die Polizeistation betrat, rief Dr. Breuer an. Noch im Mantel nahm sie seinen Anruf entgegen. Der Mediziner hielt an seiner ursprünglichen Diagnose fest.

»Es gibt ganz sicher keine Anzeichen von Gewalteinwirkung, nicht den geringsten Hinweis darauf, dass Schuster die Pilze unfreiwillig zu sich genommen haben könnte. Keine Spuren von Fesselungen, keine Verletzungen im Mund-Rachen-Bereich. Aber Todesursache war ganz klar eine Vergiftung durch Grüne Knollenblätterpilze. Die Leiche zeigt alle Zeichen des typischen Vergiftungsverlaufes. Bezüglich des Zeitpunktes, zu dem die Pilze gegessen wurden, bin ich mir sicher, dass es am Samstagabend gewesen sein muss. Ich denke, er ist ganz einfach ein Pilzopfer, mehr nicht.«

Ihr Computer meldete ihr eine neue E-Mail. Der Freak schrieb, er habe über die Provider die IP-Adressen überprüft, und sie würden jeweils zu den Namen passen.

Für acht Uhr dreißig hatte Vanessa eine Lagebesprechung anberaumt. Als alle eingetroffen waren, schilderte sie die neuesten Erkenntnisse und teilte die Gruppen für die heutige Arbeit ein. Gunter sollte das Umfeld von Franz Schuster näher beleuchten, die Kriminaltechniker würden heute die Spuren auswerten, die sie gestern im Wald sichergestellt hatten. Der Computerspezialist sollte sich intensiv mit der Internetrecherche rund um die Caches befassen, und Vanessa würde mit Landscheid die Leute aufsuchen, die laut der Reviewerin die Caches gelegt hatten.

Als Erstes führte sie ihr Weg zu Jeremy Wahlen, der aber nicht zu Hause war. »Heute erreichen Sie ihn erst nach sieben, aber morgen ist er in der Berufsschule, da ist er schon nachmittags zu Hause«, erklärte ihnen seine Mutter.

»Also fahren wir erst einmal zu Ursula Greimerath«, sagte Vanessa zu Landscheid, als sie wieder im Wagen saßen.

Das silberne Cabrio von Ursula Greimerath stand in der Einfahrt, aber auf Vanessas Klingeln reagierte niemand.

»Ursula?«, rief Landscheid und ging ungeniert um das Haus herum in den Garten. Dort saß die gut sechzigjährige Frau auf der Terrasse und hatte gerade eine grüne Maske im Gesicht und Gurkenscheiben auf den Augen.

»Hajo, bist du das?«, fragte Ursula Greimerath.

»Hallo, Frau Greimerath, ich bin Vanessa Müller-Laskowski, und Herr Landscheid ist bei mir«, grüßte Vanessa.

Erschrocken fuhr die Witwe hoch. »Ich geh mal schnell ins Bad«, beeilte sie sich zu sagen, aber Vanessa wehrte ab.

»Wenn Sie das Gemüse aus dem Gesicht nehmen würden, könnten wir uns schon unterhalten«, bat sie, als sie neben sich ein Klicken hörte. Heiner Landscheid hatte ein Foto mit seinem Handy gemacht. Vanessa ließ sich das Handy aushändigen und löschte das Foto kopfschüttelnd.

»Darf ich Ihnen ein Likörchen anbieten? Oder einen Kaffee? Etwas anderes? Ich könnte uns schnell ein paar Stückchen Apfelkuchen in die Mikrowelle tun«, rasselte Ursula Greimerath herunter.

»Danke, nein, wir sind dienstlich hier«, wehrte Vanessa ab.

»Aber das hindert uns nicht daran, etwas zu essen, oder?«, befand Landscheid.

»Danke, aber dafür lässt uns unsere Arbeit heute keine Zeit. Wenn wir jetzt zügig durcharbeiten, können wir vielleicht mal wieder zu einer vernünftigen Zeit Feierabend machen«, entschied Vanessa.

»Womit kann ich Ihnen denn sonst dienen?«

Bevor Landscheid wieder mit der Tür ins Haus fallen konnte, sagte Vanessa: »Herr Nert kommt doch immer wieder zu Ihnen, um Ihren Computer zu nutzen; wissen Sie, wozu er den Computer braucht?«

»Ist der Hajo verdächtig, hat er sich Pornoseiten angesehen oder so?«, fragte die Frau verschreckt.

»Oh, da muss ich ihn mal fragen«, antwortete Landscheid, und Vanessa verdrehte die Augen.

»Nein, Hajo ist nicht verdächtig. Wissen Sie, wozu er den Rechner nutzt?«

»Ich denke, im Wesentlichen schreibt er mit seinem Enkel, dem Jonas. Der ist seit einiger Zeit … Ach, ich vergaß, dass Sie die halbe

Zeit nebenan verbringen. Für mich hat Herr Nert gar keine Zeit mehr«, tat Ursula Greimerath deutlich ihr Missfallen kund.

»Also, er schreibt Jonas, sonst noch was?«

»Ab und zu fragt er, ob er auch Seiten ausdrucken darf. Er macht da so eine seltsame Schnitzeljagd oder so, und wenn er wandert, nimmt er immer so eine Beschreibung mit. Aber ich habe davon keine Ahnung.«

»Ehrlich nicht?«, hakte Vanessa nach.

»Nein, ich weiß nicht einmal, wie sich das nennt. Er mag es nicht, wenn ich mit ihm in einem Raum bin, wenn er am Computer sitzt. Er sagt immer, er kann sich nicht konzentrieren, wenn ich in seiner Nähe bin. Darum mache ich uns meistens ein kleines Abendessen zurecht, wenn er bei mir ist, und wir essen danach gemütlich. Er wollte mich schon einmal mitnehmen, aber ich wandere nicht gern.« Ursula wischte sich über die Stirn und schien die Maske vergessen zu haben, denn anschließend suchte sie hektisch nach einem Taschentuch, um ihre grün verschmierte Hand abzuwischen.

»Sie sind demnach noch nie mitgegangen und haben keine Ahnung, worum es sich bei Hajos Hobby handelt?«, vergewisserte sich Vanessa ein weiteres Mal.

»Nein, ganz sicher. Aber warum fragen Sie das alles? Ist etwas mit Hajo?«

»Wir wundern uns nur, warum Ihr Name bei dieser Schatzsuche auftaucht, aber das werden wir herausbekommen«, sagte Vanessa. Da Ursula Greimerath hierauf auch keine Antwort wusste, verabschiedeten sie sich.

»Wir müssen uns beeilen, wenn wir die Ärztin noch während der Sprechstunde in Hermeskeil erreichen wollen«, sagte Vanessa, als sie wieder im Auto saßen.

Als sie gerade an Trosts Hof vorbeifuhren, sahen sie drei Männer, die dessen Werkstatt betraten und ihnen im Vorbeifahren zuwinkten.

»Das Vorbereitungsteam hat schon befürchtet, dass Trost doch keine Skulpturen zur Verfügung stellen würde, weil er immer so ein Geheimnis um seine Werkstatt macht. Aber das da eben waren

Lehnen, Zimmer und sein Sohn, ich bin mal gespannt, was die nachher so erzählen«, erklärte Landscheid schmunzelnd.

»Da müssen wir nachher mal die Augen offen halten, was sie so im Dorf verteilen«, erwiderte Vanessa.

Als Vanessa und Landscheid in Hermeskeil auf den Parkplatz der Ärztin einbogen, wollte diese gerade in ihr Auto einsteigen. Vanessa bedeutete ihr zu warten und stieg aus, während Landscheid einen freien Parkplatz suchte. Ungeduldig blieb Frau Schulze-Obersehr neben der offenen Autotür stehen, aus dem Inneren des Wagens konnte Vanessa einen Hund bellen hören.

»Gut, dass ich Sie noch erwische, darf ich Sie etwas fragen?«, sagte Vanessa.

»Haben Sie Ihr Versichertenkärtchen dabei?«, fragte die Ärztin aus Routine.

Vanessa lächelte. »Die brauche ich in dem Fall nicht, sondern meinen Dienstausweis. Ich darf vermuten, Sie haben einen Computer?«

»Selbstverständlich, wie sollte ich sonst die Praxis organisieren? Warum fragen Sie?« Der Tonfall der Ärztin war merklich kühler geworden.

»Ich sehe, Sie tragen Wanderschuhe, wollten Sie zum Geocachen?«, fragte Vanessa ins Blaue hinein.

»Was ist das?«, gab die Medizinerin zurück.

»Es ist Ihnen unbekannt? Das wundert mich, denn unter Ihrem Namen werden Caches im Internet geloggt. Haben Sie dafür eine Erklärung?«

»Ich weiß nicht einmal, worum es sich bei Caches handelt.«

»›Sehenden Auges‹, sagt Ihnen das etwas?«

»Was ist das für ein Spielchen? Ich habe Mittagspause. Mein Hund wartet im Auto, ich wollte mit ihm spazieren gehen.« Sie reichte Vanessa eine Visitenkarte. »Wenn Sie weitere Fragen haben, kommen Sie bitte zu den Sprechzeiten in meine Praxis. Guten Tag.«

Damit setzte sie sich in ihr Auto und ließ den Motor an.

Vanessa und Landscheid parkten den Streifenwagen vor der Polizeistation und machten sich zu Fuß auf den Weg zum Metzger.

Auf dem Dorfplatz standen Kühlwagen und Getränkestände bereit, aber es sah nicht danach aus, als würden die Biertischgarnituren heute noch gebraucht. Man dachte laut darüber nach, ob statt Bier eher Glühwein verkauft werden sollte, worauf der Getränkehändler versprach, einen Kocher und Gewürze für Glühviez zu besorgen.

Sie blieben vor einer Plastik stehen, die am Morgen noch nicht dort gestanden hatte. Auch einige Jugendliche, die gerade mit dem Bus aus der Schule gekommen waren, standen um die Skulpturen herum und begutachteten sie amüsiert. Ein Junge wies auf eine Skulptur aus Ton, bei der sich nicht spontan erschloss, was genau sie darstellen sollte. Ein eher plumper Klotz in der Größe eines ausgewachsenen Schweins, der auf vier Pfosten oder Pfoten zu stehen schien, dahinter stand eine Säule von knapp einem Meter fünfzig Höhe. Beide Gebilde waren abwechselnd weiß und schwarz lackiert.

»Ich habe keine Vorstellung, was das sein soll, aber ich glaube, ihr hattet eine Idee. Was meint ihr?«, fragte Vanessa.

Diana prustete los, als einer der jungen Männer antwortete:

»Haben Sie damals den Bericht im Radio gehört, dass in einem Zoo dringend Panda-Nachwuchs gewünscht wird, und da die Panda-Dame kein Männchen an sich heranlässt, werden ihr Panda-Pornos gezeigt, damit sie weiß, wie das geht? Daran musste ich denken, als ich die Figuren gesehen habe. Ich glaube, die hat Trost sich auch angesehen, als er diese beiden geschaffen hat.«

Vanessa musste schmunzeln. »Dann ist es ja gut, dass man die Skulptur hier aufgestellt hat und nicht auf dem Platz vor der Kirche«, ulkte sie und winkte den jungen Leuten zum Abschied zu.

Drei Jugendliche lösten sich aus der Gruppe und riefen den anderen zu, dass sie sich mal eben ansehen wollten, was man vor der Kirche aufgestellt habe. Vanessa und Landscheid gingen lachend weiter zur Metzgerei, um Thomas Jungblut zu befragen.

»Ein guter Zeitpunkt, um den Metzger aufzusuchen, ich habe richtig Hunger«, meinte Landscheid.

»Was ist eigentlich neulich herausgekommen wegen des Falschparkers, von dem Sie mir erzählt hatten?«, erkundigte sich Vanessa.

»Das muss ich mir noch einmal durch den Kopf gehen lassen«, antwortete Landscheid lakonisch.

»Moment mal, es gibt Falschparker und Leute, die richtig parken, da gibt es meines Wissens keinen Ermessensspielraum. Kommen wir an dem Auto vorbei?«

»Das Fahrzeug steht nur jeden Montagvormittag dort, es dürfte zurzeit weg sein. Es gehört offenbar der Putzfrau unserer Heilpraktikerin Nora Zimmermann, die jeden Montagmorgen für fünf Stunden kommt und die Praxis und das Wohnhaus putzt.«

»Ich verstehe nicht, warum die Situation nicht eindeutig sein soll. Können wir dort entlanggehen?«, bat Vanessa. Sie gehörte zwar der Mordkommission an, aber sie wollte grundsätzlich Landscheids Arbeit und vor allem die Menschen im Hochwald gern verstehen.

Sie bogen um eine Ecke, und Vanessa sah ein rotes Cabriolet am Straßenrand stehen.

»Putzfrau?«, vergewisserte sie sich.

»Nein, aber die Putzfrau steht immer an der gleichen Stelle.«

Vanessa besah sich das Auto von allen Seiten.

»Also, es behindert keine Einfahrt, und es steht nicht zu weit auf der Straße. Auf dieser Seite gibt es keinen Gehweg, sondern nur die Schafsweide und einen unbefestigten Rand, sodass man dort auch keinen Durchgang frei lassen muss. Der Abstand zur Kreuzung ist auch gewahrt. Gibt es ein Straßenschild, das verbietet, dort zu parken?«

»Nein«, antwortete Landscheid schlicht.

»Will heißen?«, fragte Vanessa genauso knapp zurück.

»Der Bürgermeister möchte nicht, dass das Auto dort steht, weil die Straße dadurch zu schmal wäre, wenn ein Laster vorbeimöchte.«

Vanessa blickte die Straße hinauf und hinab. Auch an anderen Stellen parkten Autos, obwohl die Straße dort nicht breiter war.

»Das scheint mir nicht der wahre Grund zu sein. Gibt es einen weiteren?«

Landscheid druckste verlegen herum. »Ich glaube, in Wirklichkeit hat sich Alexandra Stüber bei Justinger beschwert, und er traut sich nicht, ihr zu widersprechen.«

Das klang schon glaubhafter.

»Aber in welcher Form fühlt sich Frau Stüber von diesem Auto gestört? Kommt sie mit ihrem Köter nicht daran vorbei?«, wollte Vanessa wissen.

Heiner Landscheid kaute an einer Antwort. »Nein, das kann es nicht sein. Morgens muss sowieso Friedhelm mit dem Hund gehen, und der nimmt mit Blacky den Weg über die Felder, nicht durch den Ort. Aber ich habe den Verdacht, es liegt eher daran, dass Nora eine Putzfrau hat und Alexandra nicht.«

Vanessa blieb stehen und starrte ihren Kollegen an. »Das ist hoffentlich nicht Ihr Ernst?«

»Ich glaube doch, das dürfte das Motiv sein. Ihre Putzfrau hat vor ein paar Wochen aufgegeben, weil Alexandra nur genörgelt hat. Es war ihr nicht sauber genug, die Frau war zu langsam, verlangte zu viel Geld, was auch immer. Alexandra hat bei der Chorprobe lautstark davon erzählt.«

»Sie sind auch im Chor?«, fragte Vanessa erstaunt nach.

»Nein, ich nicht, aber meine Frau. Sie würden sich wundern, was man da alles von seinen Mitmenschen erfährt.«

»Mich wundert im Hochwald gar nichts mehr. Ich staune immer wieder darüber, wie gut in Hellersberg jeder jeden kennt oder zu kennen glaubt. Jeder duzt jeden, durch alle Generationen und alle Hierarchien. Ist das nicht furchtbar eng?«

»Wieso eng?«, fragte Landscheid verwundert. »Eher familiär. Hier ist schließlich jeder mit jedem irgendwie verwandt. Man kennt sich, man vertraut sich, man kennt die ganze Sippe seit Generationen, und alle sind miteinander verschwägert oder Cousinskinder oder so. Und dann war es auch wichtig, dass der ein oder andere frisches Blut in den Ort gebracht hat, also hat ein Hellersberger eine Frau aus Holzerath geheiratet oder eine Frau aus Hellersberg einen Mann aus Kell. So durchmischt sich der ganze Hochwald, aber wir hängen alle um drei Ecken zusammen.«

»Ich bleibe dabei, mir wäre das zu eng«, beharrte Vanessa.

»Eng ist es nur, wenn man etwas zu verbergen hat. Wer nichts zu verbergen hat, dem gibt diese große Familie Geborgenheit und Sicherheit«, konterte Landscheid. Er hielt Vanessa die Tür zur Metzgerei auf und grüßte die Frau hinter der Theke.

»Hallo, Vera, ist Thomas hinten?«

Vera Jungblut zuckte die Achseln, obwohl sie mit Sicherheit wusste, wo ihr Sohn war.

»Es ist nichts passiert, wir haben nur eine Frage an ihn«, beruhigte Landscheid sie. Sie ging in die Wurstküche, um ihren Sohn zu holen.

»Es ist interessant, dass man als Mutter nie die Angst um das eigene Kind verliert. Ich frage mich nur, ob es nicht auch mit mangelndem Vertrauen zu tun hat, dass man dem eigenen Kind immer unterstellt, es könnte in Schwierigkeiten verwickelt sein«, dachte Vanessa laut vor sich hin, als Mutter und Sohn durch die schwere Metalltür des Kühlhauses zu ihnen nach vorn kamen. Thomas Jungblut streifte seine Handschuhe ab und hielt Vanessa die Hand zum Gruß hin, während er an Landscheid gewandt nur »Heiner« sagte und nickte.

»Hallo, Herr Jungblut, haben Sie einen Moment Zeit für uns?«, fragte Vanessa den jungen Metzger.

»Ehrlich gesagt ist es gerade schlecht, ich kann Sie nicht mit in die Wurstküche nehmen. Keine Schutzkleidung, Sie wissen schon. Geht es schnell?«

»Thomas, hast du einen Computer?«, fiel Landscheid mit der Tür ins Haus.

»Macht mich das verdächtig? Ich dachte, heutzutage sei man eher verdächtig, wenn man in meinem Alter keinen Computer hat«, brachte der sympathische Metzger lachend hervor.

Vanessa musterte den jungen Mann.

Jungblut war vermutlich Anfang bis Mitte dreißig. Er hatte eine gute Figur, war kräftig, aber alles andere als dick. Seine Arme sahen muskulös aus, er hätte problemlos jeden der Morde verüben können.

»Vielleicht müssen wir die Frage ein wenig präzisieren, Herr Landscheid«, rügte Vanessa indirekt ihren Kollegen. »Können wir uns hier offen unterhalten, solange keine Kunden da sind, Herr Jungblut?«

Vera Jungblut wischte sich die Hände an ihrer Schürze ab. »Ich kann auch gehen«, stieß sie deutlich angesäuert aus.

»Nicht nötig, Mutter, oder stehe ich unter irgendeinem Verdacht?«, beruhigte sie ihr Sohn.

»Nein, in keiner Weise, wir haben nur ein paar Fragen«, erwiderte Vanessa. »Was wissen Sie übers Geocachen?«

»Gar nichts, worum handelt es sich dabei?«

»Um eine Art elektronische Schnitzeljagd.«

»Dafür braucht man den Computer«, fiel Landscheid ihr ins Wort.

»Ich habe den Computer für meine Buchhaltung, und abends spiele ich ein bisschen im Internet. Viele Angebote kommen inzwischen per E-Mail, und manche Bestellungen mache ich direkt übers Internet. Wir benötigen schließlich für unseren Laden nicht nur die Fleischwaren, wir brauchen ja auch Einpackpapier, Folien, Handschuhe und Kassenrollen, all so ein Zeug bestelle ich am Rechner.«

»Aber um noch einmal aufs Geocachen zurückzukommen, das sagt Ihnen nichts?«, fragte Vanessa.

Thomas Jungblut schüttelte nur den Kopf, als Alexandra Stüber den Verkaufsraum betrat.

»Ach, ihr habt die Polizei im Haus, störe ich?«, fragte sie spöttisch.

»Hallo, Frau Stüber. Sie glauben es kaum, aber auch Städter haben Hunger«, erwiderte Vanessa und wandte sich wieder an den jungen Metzger. »Ich hätte gern ein Fleischkäsebrötchen und eine Portion Krautsalat. Und falls Sie haben, eine Cola light, bitte.«

»Heiner, für dich auch etwas?«, erkundigte sich Thomas Jungblut.

»Eine Frikadelle und ein Bier«, reagierte der Polizist prompt. »Alkoholfrei!«, schob er schnell nach, als er Vanessas Blick auffing. »Und viel Senf.«

Der Metzger reichte alles über die Theke, und die beiden begaben sich an einen Stehtisch am Fenster.

Alexandra Stüber kaufte mageren rohen Schinken, ein wenig Corned Beef und fragte nach Fleisch für ihren Terrier, der draußen angeleint war und die jungen Leute anbellte, die vorbeigingen. Durch das Fenster sah Vanessa, wie ein untersetzter Junge auf den Hund zuging und ihn ärgerte, wobei er genau berücksichtigte, wie lang dessen Leine war.

»Ich habe meine Geldbörse vergessen, ich hole das Fleisch später«, sagte Alexandra Stüber, aber Vera Jungblut reichte ihr die Tüte über die Theke.

»Du kannst ein anderes Mal bezahlen kommen, ich schreib es an«, gestand sie ihr zu, und Alexandra verließ eilig die Metzgerei.

»Nie im Leben hat die ihr Geld vergessen, die muss nur ihren Köter retten«, sprach Thomas Jungblut laut aus, was alle dachten.

Vanessa tupfte sich mit einer Serviette das Fett aus dem Mundwinkel. »Sehr lecker, vielen Dank. Noch einmal zu unserer Frage. Haben Sie eine Erklärung dafür, warum unter Ihrem Namen Geocaches gelöst und auch gelegt werden?«

Thomas Jungblut starrte sie verständnislos an. »Da ich bis eben nicht einmal wusste, wovon Sie überhaupt sprechen, muss ich leider passen. Und ich habe noch immer keine richtige Vorstellung davon, worauf Sie hinauswollen.«

»Manchmal habe ich das Gefühl, wir wissen das auch nicht«, war Landscheid eine Spur zu ehrlich.

Vanessa zückte ihr Portemonnaie und erkundigte sich, was sie schuldig sei.

»Nichts, fühlen Sie sich eingeladen«, bot Jungblut ihr an.

»Danke, sehr nett, aber das könnte als Bestechung ausgelegt werden, auf das Glatteis begebe ich mich nur ungern. Trotzdem vielen Dank für das Angebot.« Sie reichte einen Schein über die Theke, und Vera Jungblut gab ihr das Wechselgeld.

»Drei zwanzig«, sagte diese zu Landscheid.

»Ich habe keine Angst vor dem Vorwurf der Bestechung, danke«, gab der zurück. »Einen schönen Tag noch.« Er winkte zum Abschied und hielt Vanessa abermals die Tür auf.

Zum Abendessen war die Kneipe nicht ganz so voll wie sonst am Donnerstagabend. Die übliche Skatrunde aus Heiner Landscheid, Pastor Josef Feldmann und Hajo hatte sich eingefunden, Bürgermeister Justinger und ein paar Angehörige des Planungsausschusses saßen an einem Tisch und diskutierten lautstark, die Hausfrauenrunde bastelte Dekorationen im Nebenraum. Vanessa wählte nur einen Wurstsalat mit einer Laugenstange und setzte sich zu den Kartenspielern.

»Spielen Sie auch Skat?«, erkundigte sich ihr Kollege, der beim Gespräch am gestrigen Abend nicht dabei gewesen war.

»Nein. Früher haben mein Vater und mein Opa immer mit meinem Bruder zusammen gespielt, aber es ging immer sehr laut und aggressiv zu. Ich hasste es, wenn am nächsten Morgen weiter darüber diskutiert wurde, wie man etwas hätte anders machen müssen. Als mein Opa starb, hat mein Mann häufig mit den beiden Skat gespielt, aber das war immer mein Saunaabend, das wollte ich mir nie antun.« Sie starrte vor sich hin.

»Sie sind verheiratet?«, fragte der Pastor neugierig nach, und auch die anderen beiden ließen die Karten sinken.

Vanessa zögerte.

»Ist doch logisch, woher sonst sollte der Doppelname kommen?«, sagte Hajo.

»Wir waren zusammen auf der Polizeischule. Meinem Mann blieb bei einer Geiselnahme nichts anderes übrig, als auf den Geiselnehmer zu schießen, er erwischte aber leider auch die Geisel, die seitdem im Rollstuhl sitzt. Das hat mein Mann sich nie verziehen. Monatelang ist er von einem Therapeuten zum anderen gegangen, war in einer Reha, lange Zeiten krankgeschrieben. Vorher war er Polizist mit Leib und Seele, Tag und Nacht einsatzbereit, wann immer ein Anruf kam. Auf einmal war er unsicher in seinem Job, traute sich keine Entscheidung mehr zu, weigerte sich, eine Waffe zu tragen.« Vanessa sprach immer leiser.

»Mein Kind, in guten wie in schlechten Zeiten, das ist wirklich kein Grund, sich zu trennen«, ermahnte sie der Pastor.

»Das stimmt«, murmelte Vanessa. »Darum habe ich auch immer zu ihm gestanden, bis er sich mit seiner Dienstwaffe erschossen hat, weil er mit der Schuld nicht zurechtkam. Ihm hat nie jemand einen Vorwurf gemacht, aber die schlimmsten Dämonen sitzen in uns selbst.«

Niemand am Tisch sprach ein Wort. Vanessa hatte den Wurstsalat von sich weggeschoben und spielte mit ihrer Serviette. »Sechs Jahre ist das her, länger, als wir vorher überhaupt verheiratet waren.«

Sie schob hastig ihren Stuhl zurück, der umkippte und hart auf dem Boden aufschlug.

»Gute Nacht, meine Herren«, verabschiedete sie sich schluchzend und lief nach oben.

»Du dummer alter Moralapostel!«, warf Hajo dem alten Pastor vor. »Erst denken, dann reden! Musstest du das Kind so durcheinanderbringen? Ich glaube, sie hat schon genug gelitten, da braucht sie deine frommen Sprüche sicher am allerwenigsten. Deine Moralvorstellungen decken sich vielleicht noch mit dem Neuen Testament, aber nicht mehr mit der heutigen Zeit.« Er warf die Karten vor sich hin und hatte keine Lust mehr zu spielen.

ACHT

Nach zähem Frühnebel brach am Freitagmorgen die Sonne durch, auch wenn es kalt blieb. Alle packten mit an, um den Handwerkermarkt und alle geplanten Aktivitäten vollständig aufzubauen. Man konnte den Eindruck bekommen, ganz Hellersberg habe sich Urlaub genommen. Die Bewertungskommission hatte sich für elf Uhr angekündigt, einen Alternativtermin am Wochenende hatte sie leider nicht anbieten können. Die Kommission bestand aus sechs Personen, die mit Klemmbrettern und den Bewerbungsunterlagen von Hellersberg durch den Ort liefen und sich Notizen machten, Anwohner befragten und mit dem Planungsausschuss diskutierten. Die Stimmung war gut, die Bewohner waren angespannt, aber zufrieden mit dem Ergebnis ihrer Bemühungen und zuversichtlich.

Auf dem Handwerkermarkt herrschte geschäftiges Treiben. Von den Essensständen wehte der Geruch von Schwenkbraten, Pilzen und Waffeln herüber. Der Schreiner Uwe Lauer hatte vor seinem Stand einen Schnitz-Workshop für die Kinder initiiert, bei dem erstaunliche Dinge vollbracht wurden. Die Kommission blieb vor einer Statue von Rolf Trost stehen, einem zweiteiligen Werk aus einer fast mannshohen schwarzen Steinfigur ohne Gesicht und ohne Arme, die rau und nahezu unbehauen wirkte. Sie umschloss eine deutlich kleinere Figur aus weißem, glänzend poliertem Stein, ebenfalls ohne Gesicht. Justinger erläuterte, dass auch die anderen Statuen im Dorf vom selben Künstler gestaltet worden seien.

»Da steht doch auch dieser rund ein Meter fünfzig hohe Holzengel am Ortsausgang nach Holzerath. Der Oberkörper einer barocken Putte, aber unterhalb der Brust sieht er aus wie ein unterernährtes Model, ich meine den, der teils grob geschnitzt, teils glänzend poliert ist. Den finde ich ja eher befremdlich, aber diese Figuren haben doch eine ganz andere Ausstrahlung. Ist der Künstler auch zugegen?«, erkundigte sich eine Frau, die ein graues Kostüm trug.

Gabi Landscheid sah sich auf dem Platz um und erblickte in ihrer unmittelbaren Nähe Trost in einer Diskussion mit Karl-Josef Lehnen über die Fassadengestaltung seines alten Gasthofes.

»Herr Trost, könnten Sie mal eben …?«, forderte sie ihn auf und winkte ihn energisch heran. Trost schlurfte gemütlich zu der Gruppe und grüßte knapp.

»Sie haben also die Plastiken im Ort geschaffen?«, erkundigte sich die Dame in Grau.

»Ja«, antwortete Trost brummig.

»Könnten Sie uns dazu Näheres erzählen?«, ermunterte ihn ein jüngerer Mann, der ebenfalls zur Wettbewerbskommission gehörte.

»Was möchten Sie denn wissen?«, gab Trost wenig hilfreich zurück.

»Ich könnte mir unter den Skulpturen eventuell mehr vorstellen, wenn Sie uns die Titel Ihrer Werke verraten würden«, sagte die Frau.

»Diese beiden Steinfiguren tragen den Titel ›Stets zu Diensten‹. Ich habe einige Wochen daran gearbeitet, weil sich der schwarze Stein nur sehr schwer bearbeiten lässt.«

»Und die anderen Werke?«, fasste der grauhaarige Mann nach.

»Als Erstes haben Sie auf dem Weg von Trier wahrscheinlich die Faust aus Stein gesehen. Das ist ›He's Got the Whole World‹.«

»Wir kamen aus Richtung Mainz, sind daher erst an diesem großen, aus einem Baumstamm geschnitzten Adler vorbeigekommen.« Der Grauhaarige wandte sich an die Frau im grauen Kostüm. »Haben Sie den auch gesehen? Er sitzt auf einem Ast und scheint auf seine Beute hinunterzublicken. Fast zwei Meter hoch ist das Stück und in seinen Farbschattierungen und seiner Erhabenheit sehr beeindruckend.« Er drehte sich wieder zu Trost um. »Welchen Titel trägt der?«

»Das ist mein Werk ›Von oben herab‹. Den Engel habe ich ›Glaube, Liebe, Hoffnung‹ genannt. Meine Arbeiten mit Ton sind anders, sie verlangen mir sehr viel Konzentration ab. Es sind ganz andere Arbeitsabläufe als bei Holz oder Stein, darum nenne ich diese Skulptur ›Blut, Schweiß und Tränen‹.«

»Sehr interessant, und was stellt das Bildnis dar?«, hakte wiederum die Frau nach.

Trost kratzte sich die wirren, weiß-grauen Locken und überlegte an einer Antwort, als die Glocke der Lutwinus-Kirche zu läuten begann und man sich nicht mehr verständigen konnte.

Seine Antwort ging im Glockengeläut völlig unter. Auf den Stufen zur Kirche stand Pastor Lämmle mit einer einladenden Geste, und alle machten sich daraufhin auf den Weg zur Kirche, um das Gospelkonzert des Chors zu hören, heute mit »Oh Happy Day«.

»Kann man im Dorf auch zu Mittag essen?«, fragten nach stundenlangem Grübeln, Recherchieren und Kombinieren gleich zwei Kollegen. Vanessa sah auf die Uhr, es war schon nach eins.

»Wenn wir mit so vielen kommen, ist Ruth Eiden bestimmt überfordert, aber das Essen ist echt lecker. Ich laufe rüber und kläre mal mit ihr, was auf die Schnelle möglich ist, und rufe euch gleich an. Irgendwelche Dinge, die keiner von euch mag? Vegetarier dabei oder so?« Einmütiges Kopfschütteln.

Teller und Bestecke lagen schon auf dem Tisch, als die Sonderkommission zum Essen in den Gasthof »Zur Post« kam. Die Suppentassen waren bereits gefüllt und schnell verteilt. Während des Hauptgangs ging die Tür auf, und Hajo betrat mit Gummistiefeln und einer Latzhose den Schankraum. Die Polizisten sahen belustigt auf, und selbst Vanessa musste schmunzeln, weil er so ganz dem Klischee eines Landbewohners entsprach.

»Hallo, Ruth, ich muss im Wald nach meinem Holz sehen, um es vor dem ersten Schnee zu spalten. Hast du vorher noch was zu essen für mich?«, fragte er mit seinem wohltönenden Bass.

Vanessa bot ihm an, sich von ihren Schüsseln und Platten zu bedienen, die Ruth Eiden sehr üppig vollgeladen hatte. Sie holte ihm vom Nachbartisch einen Stuhl und platzierte ihn wie zufällig neben Charlotte Baumgart, der Polizeipsychologin. Ruth brachte Teller und Besteck und eine große Apfelschorle. Vanessa machte Hajo mit allen bekannt. Der dürre Computerspezialist, der so unscheinbar war, dass man ständig seinen Namen vergaß, hatte sich schon wieder mit seinem Smartphone an einen eigenen Tisch verzogen und recherchierte, spielte oder chattete, das wusste man nie so genau. Vanessa ertränkte ihre Pommes frites in Zigeunersoße und fragte Hajo nach dessen neusten Cacheerlebnissen.

Charlotte Baumgart horchte auf. »Woher kennt ihr euch überhaupt?«

Vanessa lächelte unschuldig. »Ohne Hajo würden wir bei den Morden bei Weitem mehr im Dunkeln tappen. Er hat uns überhaupt erst darauf gebracht, dass dieses Geocachen eine Gemeinsamkeit der Taten ist. Er hat mich in dieses Hobby eingeführt, und er kennt rund um Hellersberg jeden Eingeborenen und jeden Fleck. Er war mir in den letzten Tagen eine sehr große Hilfe.«

»Ich habe gehört, dass Bernadette Schubert auch cacht«, wandte Charlotte ein.

»Das stimmt schon, aber hätte Hajo nicht das Navi gefunden und uns darüber aufgeklärt, wozu man dieses Gerät nutzt, wären wir gar nicht erst auf die Idee mit dem Cachen gekommen«, sagte Vanessa.

»Damit haben Sie der Polizei allerdings einen großen Dienst erwiesen. Und Sie waren demnach auch zum Cachen unterwegs, als Sie Martin Winter gefunden haben?«, fragte Charlotte.

»Nein, an dem Tag wollte ich nur wandern, da war es eher Zufall, dass ich quasi über ihn gestolpert bin«, erwiderte Hajo.

»Hajo hat aber sehr besonnen reagiert, hat nichts angefasst und sofort den Kollegen Landscheid verständigt. Das ist ja leider nicht selbstverständlich«, erklärte Vanessa.

»Dann haben wir ja wirklich Glück, dass wir Sie dabeihaben«, bestätigte Charlotte an Hajo gewandt.

Innerlich lächelte Vanessa darüber, wie schnell sich die Psychologin auf die von ihr eingefädelte Fährte setzen ließ. Vanessa hoffte, Hajo in die Arbeit der Sonderkommission miteinbeziehen zu können, weil ihr sein Wissen über die Zusammenhänge im Dorf und die Eigenarten der Menschen in diesem Fall viel wichtiger erschienen als das, was man auf der Polizeischule an grauer Theorie lernte. Sie war grundsätzlich froh, einen jungen Kollegen wie Kevin Wahlen im Team zu haben, aber ohne nennenswerte Berufserfahrung war Kevin weniger hilfreich als Hajo mit seinen Sach- und Ortskenntnissen.

»Wir haben schließlich Herrn Polizeihauptmeister Landscheid als unser Verbindungsglied vor Ort, aber sollten wir Unterstützung brauchen, kommen wir gern auf Sie zurück«, meinte Charlotte Baumgart.

»Das verstehe ich völlig«, brummte Hajo und schob sich ein Stück Frikadelle in den Mund. »Heiner, hast du schon eine Vorstellung davon, wo der nächste Cache liegen könnte? Dann könnte ich mir das Gelände schon einmal ansehen.«

Ruth Eiden war an den Tisch getreten, um das benutzte Geschirr abzuräumen und nach Getränkewünschen zu fragen. Charlotte Baumgart schreckte zusammen, als die Wirtin an ihr vorbeigriff und eine leere Flasche vom Tisch nahm, und auch Vanessa wurde erst in dem Moment bewusst, was die Wirtin wahrscheinlich alles mitangehört hatte.

»Haben Sie Zeit, uns für eine Weile auf die Wache zu begleiten?«, fragte Charlotte Hajo, und Vanessa blinzelte ihm über den Tisch hinweg zu. Gunter hatte ihr erzählt, dass die Trierer Kollegen Vorbehalte gegen Hajo und die Inanspruchnahme seiner Kenntnisse hatten, weil Hajo zum einen kein Polizeibeamter, sondern ein Unbeteiligter war, und sie auf der anderen Seite nicht sicher waren, ob man ihn wirklich als Täter ausschließen konnte, da er zu allen Tatzeiten in Hellersberg war beziehungsweise an den Tatorten hätte gewesen sein können. Wenn aber jemand Drittes Hajo in die Ermittlungen einband, noch dazu die Psychologin und nicht irgendwer, würde Hajo endlich die Anerkennung in der Kommission bekommen, die ihm für seine wertvollen Hinweise zustand.

»Na gut, mein Holz für den Winter kann ich auch an einem anderen Tag holen und spalten, es ist immerhin erst Ende September. Das müsste sich einrichten lassen«, antwortete Hajo.

Gunter rief Ruth Eiden zu, sie möge bitte die Rechnung für alle fertig machen und durch zwölf teilen, Hajo sei ihr Gast.

Vanessa erzählte Hajo, Charlotte und sie hätten schon bei mehreren Fällen sehr erfolgreich zusammengearbeitet. Nachdem sich immer mehr abgezeichnet hatte, dass es sich nicht um Einzelmorde, sondern um Serientaten handelte, hatte der Polizeipräsident sie der Sonderkommission als Fallanalytikerin zugewiesen.

»Hajo, wir verzweifeln gerade an diesen Caches«, sagte Vanessa. »Es ist schließlich nicht so, dass wir uns nur zum Spaß Gedanken um diese Caches machen, wir versuchen ja zu verstehen, ob es da ein System gibt«, verteidigte Vanessa ihre Vorgehensweise gegenüber Landscheid.

»Sie meinen, alle Caches könnten zusammengehören und einen großen Cache ergeben?«, überlegte Landscheid. »Sie haben neulich von diesen Seriencaches erzählt.«

»Du meinst Multicaches? Wo man einzelne Caches lösen muss, um auf die Finalkoordinaten zu kommen?«, fragte Hajo.

»Ja, so was in der Art«, antwortete Landscheid. »Glaubt ihr, so etwas steckt hinter den Morden?«

»Die Idee ist gar nicht so abwegig«, räumte Vanessa ein. »Wir sollten einmal unsere bisherigen Erkenntnisse festhalten, auf Zettel schreiben und die dann an die Wand kleben, ich muss das immer groß vor mir sehen.« Vanessa kramte in ihrer Schreibtischschublade nach Papier und Klebeband.

»Ich glaube nicht, dass wir so Sachen haben, aber ich wollte gerade mal zu der Baustelle auf dem Weg nach Hermeskeil fahren, da sollen einige Baustellenschilder beschädigt und andere entwendet worden sein«, sagte Heiner Landscheid. »Auf dem Rückweg kann ich aus dem Schreibwarenlädchen Papier und Klebeband mitbringen.«

Nachdem Landscheid das Büro verlassen hatte, meinte Hajo: »Ein blindes Huhn trinkt auch mal einen Korn. Mal sehen, ob wir aus der Schnapsidee etwas basteln können.«

»Ich habe übrigens gestern mit Jeremy Wahlen gesprochen«, sagte Gunter. »Er sagt, er habe bis letzte Woche noch nie vom Cachen gehört, folglich kann er keiner der Owner sein. Er ist allerdings der Bruder unseres Polizeimeisters zur Anstellung, das könnte erklären, warum der Mörder der Polizei immer einen Schritt voraus ist.«

»Für die Hellersberger lege ich die Hand ins Feuer«, garantierte Hajo.

»Für alle?«

»Zumindest traue ich keinem von ihnen einen Mord zu«, beteuerte Hajo.

»Zilk und Winter waren beide Cacher, da mag es einen Zusammenhang geben. Aber was ist mit Ostermann? Die Frage ist auch, wie Franz Schuster ins Bild passt, da dieser Cache bisher nicht freigegeben war und er ihn offensichtlich auch nicht gefunden hatte«, überlegte Gunter laut.

»Ich weiß es auch nicht, aber Landscheid wusste, Champignons seien die einzigen Pilze gewesen, die Schuster zuverlässig erkannt hätte. Könnte ihm jemand Giftpilze untergeschoben haben?«, grübelte Vanessa.

»Ich habe zwar noch keine Vorstellung, wie und vor allem warum jemand das hätte machen sollen, aber ausschließen kann man es auch nicht«, räumte Hajo ein.

»Die Apothekerin sagte, ein einziger Pilz würde genügen, um einen erwachsenen Menschen umzubringen«, sagte Gunter. »Ob ihn jemand heimlich ins Essen gemischt hat? Leider hat die Spurensicherung dazu bisher keine eindeutigen Ergebnisse liefern können, wer sich zuletzt alles in der Werkstatt aufgehalten hat, aber es ist ja auch erst zwei Tage her, dass wir Schuster gefunden haben.«

»Und was könnte demnach Ziel all dieser Caches sein?«, fragte Hajo.

»Hajo, erkläre mir bitte noch einmal, was den Finalcache von den vorherigen Stationen unterscheidet«, bat Vanessa.

»Im Prinzip ist es genau das Gleiche wie an allen Stationen, man muss wieder eine Dose suchen. Die ist allerdings oftmals größer und sozusagen bedeutsamer. Nur diesmal gibt es kein weiteres Rätsel mehr. Außerdem besteht nur am Final die Möglichkeit, sich als Finder einzutragen und Gegenstände zu tauschen«, erläuterte Hajo.

»Sehe ich das richtig, dass sich die Finalkoordinaten aus den Rätseln oder den Angaben der einzelnen Stationen zusammensetzen?«, fragte Gunter.

»Richtig«, stimmte Hajo zu.

»Das würde bedeuten, dass diese Morde nur begangen wurden, um uns auf die verschiedenen Caches aufmerksam zu machen und uns an einen vom Mörder ausgewählten Punkt zu führen. Dann stellt sich aber die Frage, was sich an dieser Finalstation befinden soll«, überlegte Vanessa.

»Gehen wir einmal davon aus, alle Caches sind Teil eines Multicaches und ergeben die Koordinaten für einen bestimmten Ort.

Vielleicht soll dort ein weiterer Mord geschehen, der hoffentlich letzte, den es zu verhindern gilt. Demnach müssen wir die Angaben finden, die uns die Schlusskoordinaten verraten können«, überlegte Hajo.

»Lass uns noch einmal überlegen, wie Koordinaten aussehen. Nehmen wir diese Koordinaten in Nürnberg.« Vanessa blätterte in ihren Unterlagen und nahm sich ein Blatt aus dem Drucker, um die Koordinaten aufzuschreiben: 49°N 27.435 und 11°E 04.412.

»Je nachdem, wie diese Angaben aufgebaut sind, müssten wir es mit mindestens sechs Todesfällen zu tun haben, es sei denn, er oder sie gibt sogar jede Ziffer einzeln an. Wir können bislang von drei oder vier Morden ausgehen, je nachdem, ob Franz Schuster einem Unfall erlegen ist oder ob es Mord war. Wobei ich immer mehr Zweifel an seinem versehentlichen Tod habe.«

»Du meinst, wir hätten mit mindestens drei weiteren Todesfällen zu rechnen?«, fragte Gunter. »Also zwei weitere Morde, sodass sich die Koordinaten für den finalen Mord ergeben?«

»Hoffentlich folgt der Mörder der gleichen Logik wie ich und betrachtet diese Ziffern nicht einzeln. Wir müssen in jedem Fall zügig und effizient arbeiten, um die geplanten weiteren Taten zu verhindern«, antwortete Vanessa.

Gunter und Hajo stimmten ihr zu.

»Noch einmal, was haben wir? Als Erstes haben wir einen Lottoschein, der nach Nürnberg soll«, sagte Hajo. »Die einzelnen Kreuze ergaben ja schon diese Koordinaten in Nürnberg, fragt sich nur, was wir als erste Zahl für die Koordinaten des Finals einsetzen sollen. Vielleicht die Summe oder die Quersumme oder so aus den Zahlen.«

Sie rechneten verschiedene Möglichkeiten durch, kamen aber zu keinem Ergebnis, das zu der üblichen Schreibweise der Koordinaten passte.

Landscheid kam von der Baustelle zurück, hatte aber die Einkäufe vergessen. Er warf einen Blick auf den Lottoschein. »Womit rechnet ihr? Sechs Morde aus neunundvierzig?«, spottete er.

»Herr Landscheid, Sie sind genial!« Vanessa konnte sich gerade noch zurückhalten, ihm um den Hals zu fallen. »›Lotto‹ entspricht neunundvierzig, und Nürnberg wird mit ›N‹ abgekürzt. Das ist der erste Teil unserer Koordinaten: 49°N.«

Landscheid schüttelte den Kopf und teilte ihnen mit, er gehe lieber einkaufen, ob er etwas vom Bäcker mitbringen solle?

Sie entschieden sich für einen Birnenplunder und zwei Vollkorncroissants, worauf Landscheid wieder ging.

»Das ist so simpel, wieso sind wir da nicht sofort draufgekommen?«, ärgerte sich Vanessa. »Kannst du die Ergebnisse der anderen Caches bitte genauso schnell herausfinden?«

»In der zweiten Dose war ein Rätsel, obwohl es bei Traditionals keine Aufgaben zu lösen gibt«, sagte Hajo. »Erinnerst du dich an das Rätsel?«

Vanessa schlug in ihrer Akte nach und zitierte: »›Berechne aus der Höhenangabe d=a*b-c.‹ Die Höhenangabe stand auf dem Stein, mit dem der Wanderer erschlagen wurde. Es sind fünfhundertfünfundachtzig Meter, somit fünf mal acht ist vierzig, minus fünf ergibt fünfunddreißig. Ergibt das einen Sinn?«

Hajo schrieb auf: »49°N 35«.

»Ich finde, das klingt durchaus vielversprechend. Gab es bei dem dritten Cache auch einen Hinweis?« Gunter wurde unruhig.

Vanessa las aus der Akte vor: »›Es sind gerade die Kleinen und Unscheinbaren, an die man am wenigsten glaubt und deren Dasein doch so offensichtlich ist. Geht vorsichtig damit um und zerstört nichts! Feiert den Tag!‹«

Hajo wischte sich mit einem Taschentuch über die verschwitzte Glatze.

»Was ist mit den Kleinen und Unscheinbaren gemeint?«, überlegte Vanessa laut. »Und was sollte man nicht zerstören? Ich weiß auch nicht, ob es sich um einen besonderen Tag handeln soll oder um den Tag ganz allgemein, im Sinne von ›carpe diem‹, ›nutze den Tag‹.«

»Welcher Cache war das?«, fragte Gunter.

»Der von dem Mord in der Kapelle des heiligen Lutwinus«, antwortete Vanessa. »Kann das Rätsel damit zusammenhängen? Das Datum der Erbauung der Kapelle oder so? Wann hat Lutwinus denn gelebt oder gewirkt?«

»Na, Lutwinus fiel dieses Jahr genau auf den Kirmessamstag«, erklärte Hajo.

»Welches Datum war das?«, fragte Gunter.

»Der 23. September«, erwiderte Hajo.

»Das wäre dann der Gedenktag des Heiligen, das klingt gar nicht so schlecht. Aber den Text des Rätsels verstehe ich trotzdem nicht«, meinte Vanessa.

»Lasst uns das Datum einmal in die Koordinaten einsetzen und sehen, ob es zu einem logischen Ergebnis führt«, schlug Hajo vor.

Auf dem Blatt stand nun »49°N 35.239«, was nicht weit von den Koordinaten der anderen Caches abwich und völlig nachvollziehbar war, wenn man annahm, dass der gesuchte Ort sich ebenfalls in der Gegend um Hellersberg befand.

Landscheid kam vom Einkaufen zurück und brachte Teilchen, das gewünschte Papier und Klebeband mit. »Ich habe vorhin Alexandra Stüber mit ihrem Köter getroffen, als ich an der Baustelle war. Ihr wisst schon, wo die Amphibienbrücke gebaut wird. Und was sagt sie zu mir?«

Die drei sahen ihn erwartungsvoll an.

»Sie fragt, wozu wir eine Amphibienbrücke bräuchten, wir hätten im Hochwald doch gar keine Krokodile.«

Vanessa versuchte, ein Lachen zu unterdrücken, prustete letztlich aber laut los.

»Sie meinte, ich solle doch sagen, dass es sich um einen Krötenübergang handelt, darunter könnte sie sich auch etwas vorstellen«, erzählte Landscheid.

Sie gingen weiter die einzelnen Fälle durch, während sie schweigend kauten.

»Wolltet ihr den Cache bei Franz Schuster miteinbeziehen, obwohl er gar kein Schatzsucher war? Und dieser Cache war doch auch gar nicht freigegeben. Welchen Sinn macht es demnach, ihn miteinzubeziehen?«, fragte Landscheid kopfschüttelnd.

»Ich habe darüber nachgedacht, ob der Cacheleger von dem Schmied überrascht wurde und Schuster darum sterben musste. Weil er wusste, welche Person dahintersteckte, und er somit eine Gefahr darstellte«, mutmaßte Vanessa.

»Wenn wir davon ausgehen, dass der Mörder so eiskalt kalkuliert, wäre ihm auch kein Schreibfehler bei dem Cache unterlaufen.

Kann denn ›Nomen ost omen‹ eine besondere Bedeutung haben?«, fragte Hajo.

»Ich kann leider kein Latein, aber ich weiß, dass ›Ost‹ in euren seltsamen Spielchen vorkommt«, steuerte Landscheid bei.

Vanessa suchte in den Unterlagen, die sie auf den Schreibtischen verstreut hatten, und fand die Cachebeschreibung, die ihr die Reviewerin zugeschickt hatte. Gunter hatte währenddessen begonnen, ihre Erkenntnisse auf Zettel zu schreiben, damit Vanessa sie an die Wand kleben konnte.

»Hajo hat uns die Angaben zusammengesucht, daraus ergaben sich aber nur die Koordinaten, an denen wir die Dose gefunden haben. Aber wir konnten bisher keine Beziehung zu unseren anderen Fällen erkennen. Ganz unten in der Beschreibung steht ›o=d‹, das schien bislang in keinerlei Zusammenhang zu stehen, aber so passt endlich alles zusammen. Es gibt sechs Stufen zur Hellersberger Kirche, das Ergebnis von Frage d ist demnach sechs, und die Koordinaten hier in der Gegend sind 6°Ost, auf dem Navi steht aber die internationale Abkürzung ›E‹ für ›Ost‹. Herr Landscheid, Sie haben echt den Durchblick«, schmeichelte Vanessa ihrem Kollegen.

Vanessa ging an ihren Computer und öffnete sowohl die Cacheseite im Internet als auch Google Maps, um sich mögliche Koordinaten anzeigen zu lassen. »In der Gegend gibt es jede Menge Caches, einige sind ganz neu, manche aber auch schon älter. Sollen wir uns auf die neueren konzentrieren und jeden einzelnen Cache suchen? Das scheint mir bei dem bisherigen Schema das Sinnvollste zu sein.«

»Du meinst, der Mörder hat möglicherweise Hinweise bei den Caches versteckt und wir können die Morde verhindern, wenn wir die Caches lösen?«, fragte Hajo.

»Oder wir müssen jeden einzelnen Cache bewachen lassen, damit wir den Täter vor Ort schnappen, bevor er wieder morden kann«, ergänzte Gunter.

Hajo besah sich die Caches im Internet. »Die sind zum Teil weit verstreut, da braucht man schon die ganze Sonderkommission, um die alle an einem Tag zu finden. Aber gleich wird es dunkel, das könnt ihr heute nicht mehr schaffen.«

»Vielleicht ist es eine gute Idee, wenn wir beide schon mal mit den Caches direkt in Hellersberg beginnen. Sieh mal, dieser ist ganz neu und scheint am Ortsausgang nach Kell zu liegen. Vielleicht hat jemand etwas in dem Blumenkübel versteckt, der eigens für die Begutachtung aufgestellt wurde, oder bei Trosts Faust, oder?«

»Kann ich die Beschreibungen ausdrucken?«, fragte Hajo, was für Vanessa selbstverständlich war.

»Ich komme bei dir am Stand vorbei, sobald ich Feierabend machen kann, aber das dürfte nicht vor siebzehn Uhr sein. Wir müssen im Moment erst einmal unser gesamtes Material hinsichtlich der möglichen Endkoordinaten durchgehen und uns einen Überblick verschaffen.«

»Ich habe den Jugendlichen übrigens davon abgeraten, am Wochenende Caches zu machen«, informierte Hajo Vanessa. »Ich hatte ihnen neulich von meinem Hobby erzählt. Heute wollten sie mein Navi leihen, und ich habe gesagt, ich könnte es nicht hergeben. Ich habe kein gutes Gefühl dabei, wenn sie sich auf den Weg machen, während irgendein Irrer im Zusammenhang mit Caches mordet.«

Vanessa lobte Hajo für seine Umsicht. Hajo warf einen Blick auf die Zettel, die Vanessa bereits an die Wand geklebt hatte, als er vom Computer zum Drucker ging.

»Ist euch schon aufgefallen, dass es sich bei allen Caches um religiöse Bezüge handelt?«, fragte er.

Vanessa sah ihm über die Schulter und studierte die Angaben.

»Bei ›Sehenden Auges‹ kann ich keinen religiösen Hintergrund erkennen, auf ›Maria und Josef‹ könnte ich mich einlassen. ›Guter Hirte‹ kann religiös gemeint sein, muss aber nicht, aber worauf deutet unser ›Gemischtes Einzel‹ hin? Verbirgt sich dahinter etwas, was sich mir nicht direkt erschließt?«, fragte Gunter.

»Im Tennis ist ein gemischtes Doppel doch ein Spiel zu viert mit gemischtgeschlechtlichen Teams, oder?«, fragte Hajo.

»Das schon, aber wenn ein Mann und eine Frau gegeneinander Tennis spielen, nennt man das nicht gemischtes Einzel«, widersprach Gunter.

»Aber was möchte uns der Cacheleger sonst mit diesen Namen sagen?«, überlegte Vanessa. »Vielleicht müssen wir ganz weg von Tennis und müssen uns darüber hinaus Gedanken um Paarungen machen.«

»Ein gemischtes Einzel wäre demnach aber doch der Normalfall, oder? Männlein und Weiblein eben«, meinte Landscheid.

Die Psychologin hatte sich die ganze Zeit aus dem Gespräch herausgehalten und stattdessen in der Akte geblättert und zuletzt die Zettel an der Wand begutachtet. Nun drehte sie sich zu Vanessa um. »Und wenn vielleicht jemand darauf hinweisen möchte, dass es in dem Fall keine gewöhnliche Pärchenbildung gibt? Zum Beispiel gleichgeschlechtlich, was schließlich nicht im Sinne der Kirche wäre, oder?«, warf Charlotte Baumgart ein.

Die anderen sahen sie erstaunt an.

»Wenn ich das recht sehe, ist der Mörder ein äußerst intelligenter Mensch, bei dem es keine Zufälle gibt. Vielleicht mit Ausnahme des ersten Mordes, da bin ich nicht sicher, ob er den von langer Hand geplant hatte.«

»Moment, das musst du näher ausführen. Die Koordinaten, 49°Nord, das passt doch alles, das sieht doch durchaus geplant aus, wenn unsere Theorie stimmt«, wandte Gunter ein.

»Das ist schon richtig, aber ich bin nicht sicher, ob er an diesem Tag schon damit gerechnet hatte, seinem ersten Opfer über den Weg zu laufen. Dafür würde auch sprechen, dass zwischen dem ersten und dem zweiten Mord die bislang längste Zeitspanne lag, danach wurden die Abstände immer kürzer«, fuhr Charlotte fort.

»Das klingt logisch«, räumte Vanessa ein. »Und wie passt Martin Winter ins Bild?«

»Zuerst dachte ich auch, da gäbe es keinen Bezug. Aber ihr habt doch herausgefunden, dass er gebürtig aus Hellersberg kam. Hat jemand bei der Familie nachgefragt, warum er Hellersberg verlassen hat?«

»Ich hatte mit seiner Tante gesprochen. Seine Eltern sind tot, Geschwister gab es keine. Und seine Tante sagte, er sei weggezogen, um eine Ausbildung zu machen«, erzählte Landscheid.

»Das ist eine mögliche Erklärung, aber vielleicht nicht die einzige«, überlegte Charlotte. »Steckte vielleicht mehr dahinter, warum er Hellersberg seinerzeit verlassen hat?«

»Ich werde seine Tante Cordula Marx noch mal fragen«, schlug Landscheid vor.

»Okay, Charlotte, der dritte Mord war der an der Religionslehrerin. Die hatte einen Bezug zum Ort und zur Kirche. Quasi jeder Hellersberger hat sie gekannt – und nicht gerade gemocht«, fasste Vanessa zusammen.

»Genau. Der Tod des Schmieds ist mir allerdings nach wie vor ein Rätsel. Da gibt es zwar ganz klar einen Bezug zum Ort, aber wo ist der Bezug zur Kirche?«, fragte Charlotte. »Also abgesehen davon, dass sich ein paar Fragen um die Kirche drehten, scheint es keinen inhaltlichen Bezug zu geben.«

»Und da er keine Angehörigen hatte, können wir auch niemanden fragen«, schloss Landscheid.

»Was ist, wenn jemand durch den Mord Schusters Lebensweise anprangern möchte? War er vielleicht in einer Beziehung, die nicht so recht ins Dorf passte?«, fragte Charlotte.

»Eine gleichgeschlechtliche Beziehung? Nein, nicht, dass ich wüsste«, verwarf Landscheid die Idee.

»Möglicherweise nicht gleichgeschlechtlich, aber vielleicht in anderer Form ungewöhnlich: ein großer Altersunterschied, eine andere kulturelle Herkunft«, warf Gunter ein.

»Ich muss jetzt wieder an meinen Stand, wir sehen uns dann später«, meinte Hajo zu Vanessa.

»Ist gut. Und ich werde mit Pastor Lämmle sprechen und ihn fragen, ob ihm hierzu ein religiöser Bezug einfällt«, schlug Vanessa vor.

Vanessa hatte sich mit Hajo an einen der Biertische auf dem Kirchplatz gesetzt, nachdem sie am Ortsausgang nach Kell zwar den Cache, aber dabei nichts Verdächtiges gefunden hatten.

»Für mich wäre das nichts, den ganzen Tag hinter einem Stand zu stehen. Mir tun ja so schon abends die Füße weh«, sagte Vanessa.

»Mir macht das nichts aus, ich bin da robust und standhaft«, konterte Ursula Greimerath, die neben Hajo saß. Es missfiel ihr sichtlich, dass Vanessa so viel Zeit mit Hajo verbrachte, und anscheinend musste sie sich dringend in ein besseres Licht rücken. Vanessa lächelte ihr zu.

»Es freut mich, dass Sie sich in Ihr Schicksal fügen. Mein Schicksal sind eben diese Todesfälle, Ihres sind die Apfelkuchen.«

Ursula lief rot an.

»Erfahrungen sind wie Apfelkuchen: Selbst gemacht ist immer noch am besten«, steuerte Hajo bei. »Johannes kommt übrigens heute Abend auch. Er möchte auf jeden Fall morgen bei Oma Jungbluts Beerdigung dabei sein. Und da seine Frau ihn wohl in diesem Punkt gar nicht versteht und er sich höchstens mit ihr streitet, wenn er es ihr zu erklären versucht, kommt er heute schon und schläft bei mir.«

»Was hatte er mit der alten Frau Jungblut zu tun?«, erkundigte sich Vanessa.

»Johannes ist bei Jungbluts quasi wie ein zweites Kind aufgewachsen. Wann immer er eine Gelegenheit hatte, war Johannes bei Udo. Kurz vor dem Abitur gab es zwischen ihnen irgendein Zerwürfnis, über das Johannes nie mit mir gesprochen hat. Vielleicht wusste Katharina Bescheid, aber mir hat er sich nie anvertraut. Die beiden haben sich danach aus den Augen verloren. Udo ist nach Aachen gegangen und wurde bei uns zu Hause nie wieder erwähnt.« Hajo wischte sich mit einem großen Taschentuch durchs Gesicht.

»Du mochtest Udo Jungblut?« Vanessa legte Hajo eine Hand auf den Arm.

»Wie meinen eigenen Sohn. Ich dachte damals, es hinge damit zusammen, dass Lenny schwanger war und Udo und Lenny sich nicht verstanden oder Johannes als werdender Vater andere Interessen und Aufgaben hatte, aber ich weiß es nicht. Wahrscheinlich wäre es an der Zeit, einmal ein echtes Gespräch mit meinem Sohn zu führen.«

Kaum hatte er diesen erwähnt, ging die Tür auf, und Johannes steuerte zielsicher die Ecke an, in der sein Vater immer zum Skatspielen saß. Er grüßte in die Runde und setzte sich neben Vanessa.

Diana Erschens trat mit ein paar anderen Jugendlichen an ihren Tisch und grüßte höflich.

»Hallo, Frau Müller-Laskowski, wir hätten mal eine Frage.« Sie sah etwas verlegen aus.

»Jonas hat uns schon so viel über dieses Cachen erzählt, könnten wir da mal mitkommen?«

Johannes schien verwundert, denn wie in den meisten Familien wusste er als Vater am wenigsten von seinem eigenen Sohn.

»Tut mir leid«, sagte Vanessa, »Herr Nert hat mir vorhin schon erzählt, dass er euch ganz zu Recht nicht zum Cachen mitnimmt, solange hier Morde geschehen. Es gefällt mir nicht, dass ihr gerade jetzt in Gegenden herumlaufen möchtet, die euch vielleicht nicht vertraut sind, und ihr euch einzig und allein auf ein kleines Gerät verlassen wollt, um euch zurechtzufinden. Ich weiß, ihr habt ab Montag Herbstferien, aber die müsst ihr anders verbringen, cachen geht im Moment gar nicht.«

Die Jugendlichen murrten und argumentierten, dass sie in einer Gruppe zusammenbleiben würden, aber Vanessa schnitt ihnen das Wort ab. »Ich kann euch gut verstehen, und ich schlage vor, wenn das Ganze vorbei ist, cachen wir einen ganzen Tag zusammen, und ich fahre euch freiwillig durch die Gegend. Aber zurzeit geht es wirklich nicht. Ihr gefährdet nicht nur euch selbst, sondern auch die Arbeit der Polizei«, sagte Vanessa bestimmt.

»Sie meinen, es könnte weitere Todesfälle geben?«, fragte Philipp mit einer Mischung aus Angst und Neugierde in der Stimme.

»Ich möchte einfach nur verhindern, dass ihr euch in Gefahr begebt, das ist alles. Sobald wir den Täter haben, werdet ihr es erfahren, und wir lassen uns anschließend von Hajo zeigen, wie alles geht. Fragt doch mal Jonas per E-Mail, meines Wissens gibt es doch auch Caches, wo ihr zu Hause schon die Vorarbeit im Internet leisten könnt, die können wir dann demnächst zügig cachen«, beendete Vanessa die Diskussion, und die Jugendlichen zogen laut schwatzend ab.

»Schade, ich hätte mir das auch gern mal angesehen«, sagte Johannes. »Hoffentlich findet ihr einen neuen Termin, an dem meine Frau mich nicht schon verplant hat, sie würde keinesfalls mit mir durch den Wald laufen, statt zu irgendeinem Brunch zu gehen oder so.«

NEUN

Beim Frühstück am Samstag trat Pastor Lämmle an Vanessas Tisch in der Gaststube und fragte, ob es ihr etwas ausmache, wenn er mit ihr gemeinsam frühstücke. Vanessa war erfreut über die Gesellschaft. Ruth Eiden brachte ein weiteres Frühstücksgedeck und ein Kännchen Kaffee.

»So leid mir Hermann und Maria Jungblut in ihrer Trauer auch tun, so wohltuend ist es doch für mich, zu sehen, wie stark ihre Bindung zur Mutter und Schwiegermutter war. Da habe ich schon ganz andere Fälle gesehen.« Der Pastor pickte gedankenverloren alle Sonnenblumenkerne von seinem Brötchen und aß sie einzeln, während er dem Brötchen selbst zunächst keine Beachtung schenkte.

»Sie waren auch bei der Familie von Frau Ostermann?«, vergewisserte sich Vanessa.

»Das kann man in meinen Augen nicht Familie nennen«, entfuhr es dem Pastor. »Die Dame mag schwierig gewesen sein, aber statt Trauer habe ich bei ihren Hinterbliebenen nur Erleichterung wahrgenommen, das hat mich richtig erschüttert.«

»Kannten Sie die Lehrerin zu Lebzeiten?«

Pastor Lämmle lachte auf. »Wäre es als Geistlicher möglich gewesen, Frau Ostermann zu entgehen? Sie kannten sie sicherlich nicht, oder?«

»Ich konnte mir ein kurzes Bild von ihr am Tag vor ihrem Tod machen, als sie zum Klassentreffen nach Hellersberg gekommen ist. Sie ließ an keinem Schüler ein gutes Haar, ging von Tisch zu Tisch und kritisierte alle und alles. Also nicht nur die Schüler, die sie eingeladen hatten, sondern eigentlich hatte sie zum ganzen Dorf eine Meinung.« Vanessa sah die Frau in Gedanken vor sich.

»Treffender hätten Sie das Wesen der alten Dame gar nicht beschreiben können. Natürlich hat sie auch an mir immer herumgenörgelt und mir erklärt, wie viel besser Pastor Feldmann früher alles gemacht habe«, bestätigte der Pastor und biss herzhaft in sein gebuttertes Brötchen.

»Wissen Sie, was die beiden verbunden hat?«, fragte Vanessa kauend. »Ich meine, es ist seltsam, dass jemand Gnade vor ihren Augen gefunden hat.«

»Ich glaube, es war die unnachgiebige Strenge, die ihr imponiert hat«, mutmaßte Lämmle nach einem kurzen Moment des Nachdenkens.

»Er scheint zwar ebenfalls zu vielem eine Meinung zu haben, das ist mir auch aufgefallen, aber den Eindruck unnachgiebiger Strenge macht er auf mich nicht«, wunderte sich Vanessa.

»Ein katholischer Pastor betreut seine Gemeinde normalerweise bis zum siebenundsechzigsten Lebensjahr und auch darüber hinaus. Pastor Feldmann müsste dreiundsechzig sein, ist aber schon seit drei Jahren im Ruhestand. Warum, weiß ich bis heute nicht.«

Vanessa sah auf die Uhr. Es war nicht einmal neun, bis zur Beerdigung um zehn hatte sie reichlich Zeit, ihren Bericht zu schreiben.

Die Wirtin kam an den Tisch und fragte, ob sie noch etwas benötigten. Pastor Lämmle schien froh über die Unterbrechung zu sein, er kam auf seinen Vorgänger auch nicht mehr zu sprechen. Er plauderte ein wenig mit Vanessa über den Hochwald im Allgemeinen weiter. Als er sich verabschieden wollte, fiel Vanessa noch etwas ein.

»Pastor Lämmle, wir sind im Zusammenhang mit den Morden auf den Begriff ›Gemischtes Einzel‹ gestoßen. Der Begriff könnte einen religiösen Bezug, möglicherweise aber auch einen sexuellen haben, der sich uns nicht erschließt. Haben Sie eine Erklärung für uns?«, fragte Vanessa.

Der Pastor blickte sie fragend an und schüttelte langsam den Kopf. »Tut mir leid, aber beim Thema Sexualität bin ich der falsche Ansprechpartner. Wir sehen uns später«, sagte Pastor Lämmle und ging an die Theke, um zu zahlen.

Vanessa bekam mit, wie Ruth Eiden den Pastor bei dieser Gelegenheit fragte: »Wann wird eigentlich die Beerdigung von Franz Schuster sein?«

»Der Schmied wird verbrannt, das dauert ein paar Tage, bis wir das genaue Datum festlegen können. Es liegt unter anderem am Bestatter, wann der kann«, erklärte der Pastor.

»›Sarg Engel‹ aus Hermeskeil? Der macht doch im Moment das Geschäft seines Lebens«, meinte die Wirtin.

»Traurigerweise schon. Ich denke, morgen werde ich in der

Messe den Termin bekannt geben können. Ich spreche nachher bei der Beerdigung von Frau Jungblut mit dem Bestatter.«

»Ein seltener Gast«, sagte die Wirtin zu Vanessa, als sie den Tisch abräumte.

»Und wie häufig sind Sie Gast in seinem Haus?«, parierte Vanessa.

»Sonntags habe ich die Gaststube schon geöffnet, wenn Messe ist«, verteidigte sich Ruth Eiden.

»Genau, damit die Ehemänner zum Frühschoppen kommen können, während die Frauen sich den Segen abholen. Aber ich möchte nicht darüber urteilen, ich bin auch kein Kirchgänger«, versicherte Vanessa und verabschiedete sich auf ihr Zimmer.

Der Kirchplatz war schon weit vor zehn Uhr bis auf den letzten Parkplatz voll, obwohl die meisten Hellersberger zu Fuß da waren. Gieselind Jungblut musste einen großen Kreis an Freunden und Verwandten gehabt haben, der laut Autokennzeichen auch von außerhalb angereist war, um ihr die letzte Ehre zu erweisen. Viele von Gieselind Jungbluts Weggefährten lebten nicht mehr, aber einige Altersgenossinnen und -genossen waren von ihren Familien oder dem Fahrdienst ihrer Altersheime zur Kirche gebracht worden. Die Familie war vollzählig mit allen Nichten und Neffen und Anverwandten anwesend. Hermann Jungblut gehörte dem Vorstand des Sportvereins an, Maria war Mitglied des Bastelkreises und hatte früher einmal den örtlichen Kramladen betrieben, in dem auch ihre Schwiegermutter oft ausgeholfen hatte. Die ganze Familie war beliebt, und das Dorf trauerte aufrichtig mit ihr.

Vanessa saß in einer der hinteren Bankreihen der geräumigen Kirche und überblickte beinahe die gesamte Gemeinde. Der Chor hatte sich auf der Empore aufgestellt und begleitete die Trauerfeier würdevoll. Pastor Lämmle fand persönliche Worte und spendete den Hinterbliebenen Trost. Vanessa sah, dass viele Schultern vom Weinen bebten. Johannes Nert saß direkt hinter Maria und Hermann Jungblut neben seinem Vater, der ihm liebevoll die Hand auf den Arm gelegt hatte. Wieder einmal hatte Lenny ihren Mann nicht begleitet. Die Trauernden in den ersten drei Reihen hielten jeweils eine rote Rose in den Händen.

»Lasst uns der lieben Verstorbenen im stillen Gebet gedenken«, forderte Pastor Lämmle gerade auf, als irgendein Handy mit der Melodie von »Tears in Heaven« die Stille zerriss. Die Gemeinde begann unruhig zu tuscheln. Vanessa versuchte den Ursprung der Störung zu orten. Sie ließ den Blick schweifen und sah, wie neben Johannes ein junger Mann aufstand, den sie in seinem schwarzen Anzug zunächst nicht erkannt hatte. Als er durch den Mittelgang an ihr vorbei zum Kirchenportal eilte, erkannte Vanessa in ihm den jungen Metzger Thomas Jungblut. Mit beiden Händen malträtierte er das Telefon, ohne es jedoch zum Verstummen zu bringen.

»Die arme Vera, dass sie von ihrem Sohn bei der Beerdigung so blamiert wird!«, zischte eine Frau vor Vanessa ihrer Nachbarin zu.

Der weitere Gottesdienst verlief ohne Zwischenfälle. Als Pastor Lämmle mit der Gedenkfeier fertig war, stand am Ausgang der Kirche Herr Engel vom Bestattungsinstitut aus Hermeskeil und nahm Beileidskarten entgegen. Sein Mitarbeiter hatte einen Lautsprecher in der Hand und begleitete den Pastor nach draußen, zwei weitere Mitarbeiter schoben den Wagen mit dem blumengeschmückten Sarg quer über den ganzen Friedhof bis zu einer besonders schönen Stelle unter einer Linde. Die drei Angestellten wurden sichtlich nervös, weil der vierte Mann, der dringend gebraucht wurde, um den Sarg zu tragen und abzusenken, nirgendwo zu sehen war. Einer der Männer gestikulierte wild in Richtung von Herrn Engel, der den Gesichtszügen nach ein Bruder des Apothekers sein musste. Vanessa stand ein wenig abseits, um die Trauergemeinde zu beobachten, ohne sie zu stören. Die Gemeinde war vielleicht vier Meter vor dem Grab zum Stehen gekommen. Von hinten schoben immer mehr Leute nach, aber vorn ging es nicht weiter. Der Pastor wurde unruhig, er blickte um sich und bat um das Mikrofon. Dann begann er, mit der Gemeinde einen Rosenkranz zu beten, was Vanessa, die zwar evangelisch war, aber schon an einigen katholischen Bestattungen teilgenommen hatte, immer noch seltsam vorkam. Der Bestatter redete wild auf einen Mann im vorderen Bereich des Trauerzuges ein, der daraufhin auf Heiner

Landscheid zeigte. Landscheid wiederum suchte mit seinem Blick nach Vanessa und winkte sie zu sich heran. Der Pastor betete stoisch weiter.

Vanessa trat mit Landscheid an das offene Grab und erstarrte. In rund zwei Metern Tiefe lag ein lebloser Körper mit dem Gesicht nach unten, vermutlich der fehlende vierte Sargträger. Pastor Lämmle bat die Gemeinde um Verständnis, die Verstorbene habe um eine Beisetzung in aller Stille und im engsten Kreis gebeten. Sie hätten die Heimgegangene nun zu ihrer letzten Ruhestätte begleitet, und nun mögen sich alle ein weiteres Mal zu einer Andacht in der Kirche versammeln. Die Trauergemeinde redete verständnislos in gedämpftem Tonfall durcheinander, die Angehörigen sahen sich fragend an, aber niemand widersprach dem Pastor. Nur hinter vorgehaltener Hand hörte Vanessa ein »Das hätte es beim alten Pastor nicht gegeben«.

Herr Engel und seine drei Mitarbeiter stellten sich als Sichtschutz vor dem offenen Grab auf, und die Gemeinde zerstreute sich unter lautem Gemurmel. Im Stillen dankte Vanessa für Lämmles Geistesgegenwart.

Arme und Beine waren so grotesk verdreht und der Körper lag so reglos auf dem Boden der Grube, dass Vanessa nicht den Eindruck hatte, sie müsse als Erstes überprüfen, ob der Mann noch lebte. Dagegen sprach auch die klaffende Wunde in seinem Nacken, die von der Schaufel herrühren dürfte, die unweit der Grabstätte in einem Erdhügel steckte.

»Keiner betritt die Unfallstelle, Landscheid, sperren Sie die Grabstätte bitte weiträumig ab und sorgen Sie dafür, dass niemand die Schaufel berührt.« Vanessa nestelte ihr Handy aus der Manteltasche und rief abermals die Kollegen in Trier an.

Der Bestatter räumte ein, da alle schwarze Anzüge trügen, könne er es nicht mit Sicherheit sagen, aber er habe eigentlich keinen Zweifel daran, dass es sich bei dem Toten um Thomas Jungblut, den jungen Metzger und Anverwandten der kürzlich Verstorbenen, handelte.

»Es ist üblich, dass die Verwandten den Sarg tragen, aber die Hellersberger sind von den jüngsten Ereignissen so schockiert, dass niemand mit anpacken wollte«, erklärte Engel. »Der Metzger sagte mir, er habe kein Problem damit, er könne gern den vierten Mann machen. Meine Mitarbeiter mussten die Grabstätte vorbereiten, Weihwasserbehälter aufstellen, eine Schaufel bereitlegen, Blumenständer aufstellen für die wichtigsten Kränze und so. Danach hatten sie für die Dauer der Trauerfeier Pause und haben sich außerhalb der Friedhofsmauer zum Rauchen hingestellt, sagen sie. Ich habe mich gewundert, als Thomas Jungblut nicht parat stand, als wir mit dem Sarg kamen. Man muss zu viert sein, um den Sarg vom Wagen zu heben und in die Grabstätte abzusenken.«

Vanessa sah noch einmal auf die Leiche hinab, die stark aus der Wunde im Nacken geblutet hatte, aber auch links von ihr bildete sich ein dunkler Fleck in der feuchten Erde.

»Landscheid, können Sie erkennen, was das ist?« Vanessa deutete auf den Fleck. Landscheid schüttelte bedauernd den Kopf.

Von der Kirche her hörte man Stimmen. Vanessa bat die Bestatter, sie mögen die beiden Tore zum Friedhof schließen und einer möge am Tor zum Parkplatz stehen bleiben, um die Polizei einzulassen. Herr Engel bot sich an, am Tor zu bleiben, und bat zwei seiner Mitarbeiter, den Sarg in den kühlen Schatten zu schieben. Alle bewegten sich wie in einem zähen Traum. Die Geschäftigkeit um sie herum war irgendwie unwirklich.

Der Bestatter ließ Pastor Lämmle durch, der sich sofort an Vanessa wandte.

»Frau Kommissarin, was ist da passiert?«, erkundigte er sich aufgebracht.

»Wie es aussieht, haben wir unseren nächsten Mord«, antwortete Vanessa ohne Umschweife. »Herr Pastor, Sie haben genial reagiert, vielen Dank. Ich könnte hier weder eine Massenpanik noch Dutzende aufgeregte Menschen brauchen, die die Spuren zertrampeln. Die Kollegen aus Trier kommen gleich. Haben wir eine Möglichkeit, den Sarg so lange unterzustellen?«

Pastor Lämmle wies auf die Sakristei, als Herr Engel ihnen vom Tor winkte und die blonde Bernadette Schubert von der Kriminaltechnik durchließ. In der Hand hielt sie ihren großen Metallkoffer, den sie unweit der Grabstätte abstellte und dem sie eine Kamera und Handschuhe entnahm.

»Sie waren aber verblüffend schnell da, wo wohnen Sie denn?«, fragte Vanessa.

»Ich wohne in Saarburg, aber nachdem ich so viel von den Caches im Hochwald mitbekommen habe, war ich mit meinem Freund Ingo unterwegs, um Caches zu suchen. In dieser Gegend waren wir bisher allerdings noch nie.« Bernadette Schubert kniete sich hin und machte Fotos von der Leiche in dem offenen Grab.

»Sie cachen auch?«, hakte Vanessa nach.

»Na ja, Ingo und ich sind noch nicht lange zusammen, er ist recht neu im Einbruchsdezernat. Ich war erst ein paarmal mit zum Cachen, aber er hat da jahrelange Erfahrung. Er sieht im Wald schon Dosen, bevor man auch nur ahnt, dass da ein Cacheversteck sein könnte. Sind Sie denn schon weitergekommen?« Sie untersuchte gewissenhaft die Schleifspuren vor dem Grab, die darauf hinwiesen, dass Thomas Jungblut vermutlich erst erschlagen und danach in die Grube geschubst worden war. Auf dem Gras vor dem Aushub war ein großer, dunkler Blutfleck zu sehen.

»Wie gut, dass ich für eine Wanderung angezogen bin, da kann ich wenigstens in das Grab hinabsteigen, ohne mich zu blamieren. Im Sonntagsröckchen käme das sicher nicht so gut«, meinte Schubert mit Blick auf die beiden Bestatter, die rauchend unter der Linde standen und sich gedämpft unterhielten.

»Ach, die tun nichts, die wollen nur spielen«, versicherte Vanessa.

Dr. Breuer kam zusammen mit Gunter den Weg entlang.

»Vanessa, du solltest auf die Jagd gehen, du hast eine gute Abschussquote«, spottete Gunter.

Dr. Breuer bat die Bestatter, eine Leiter zu besorgen, damit er in die Grube steigen könnte. Was sich dem Arzt bot, entsprach nicht seiner Erwartung, wie er Vanessa, die am Rande des Grabes stand und zu ihm hinuntersah, informierte. Der Metzger war wie angenommen erschlagen worden, worauf auch die Spuren an der Schaufel deutlich hinwiesen. Hätte er diesen Schlag überlebt, wäre er wahrscheinlich durch den Schmerz bewusstlos geworden, als jemand ihm, vermutlich mit einer Gartenschere, den linken Mittelfinger abgetrennt hatte. Spätestens bei dem Sturz in die Grube dürfte Thomas Jungblut an einem Genickbruch gestorben sein, andernfalls wäre er, da er mit dem Gesicht in der lockeren Erde lag, erstickt. In dem Fall würde sich die lockere Erde in seiner Lunge wiederfinden. Erschlagen, verstümmelt und erstickt, hier hatte jemand ganz sichergehen wollen.

»Fängt dein Mörder mittlerweile an, Trophäen zu sammeln?«, fragte Gunter Vanessa. »Ist das noch so im Hochwald? Ich weiß, dass man sich ein Geweih an die Wand hängt, du musst gut aufpassen, ob du demnächst in irgendeinem Wohnzimmer einen Finger über dem Sofa hängen siehst.«

Vanessa schüttelte sich bei der Vorstellung. »Das Seltsame ist, dass er bei jedem Mord anders vorgeht, was mich immer wieder an einem Serienmörder zweifeln lässt. Es gibt einfach kein Schema. Das Einzige, was bislang bei allen Morden gleich war, war der Bezug zum Geocachen. Die Frage ist, ob es auf dem Friedhof einen Cache gibt. Gestern gab es ganz klar noch keinen, wir haben sämtliche Caches in und um Hellersberg aufgelistet, aber das werden wir nochmals überprüfen. Wenn hier kein Cache ist, gibt es nicht einmal diese Parallele, und wir wissen nicht, ob es sich um einen neuen Täter oder wirklich um einen Teil einer Mordserie handelt.«

»Auf dem Parkplatz standen so viele Autos, und ich habe im Ort so viele Leute gesehen, dass ich den Eindruck hatte, das ganze Dorf sei bei der Beerdigung gewesen. Können wir alle Anwesenden als Mörder ausschließen?«, fragte Gunter.

Der Mediziner rief aus der Grube:

»Der Tod ist definitiv erst vor sehr kurzer Zeit eingetreten, was auch logisch ist, wenn Sie ihn eben noch gesehen haben. Den genauen Zeitpunkt kann ich Ihnen natürlich erst mitteilen, wenn ich ihn im Labor hatte.«

»Der Zeitpunkt dürfte sehr leicht einzugrenzen sein. Thomas Jungblut ist mitten in der Trauerfeier aufgesprungen, weil sein Handy klingelte. Ich konnte sehen, wie er im Aufstehen versuchte, das Handy abzuschalten, aber es gelang ihm nicht. Danach habe ich ihn nicht mehr hereinkommen sehen, aber ich dachte, er stände bloß im hinteren Teil der Kirche, um die Trauerfeier nicht ein zweites Mal zu stören.«

»Meinen Sie das hier?«, fragte einer der Kriminaltechniker und hielt Vanessa ein tropfnasses Handy entgegen. »Das lag im Weihwasserbecken am offenen Grab. Jemand hat die SIM-Karte entfernt und die Batterieabdeckung offen gelassen, bevor er das Handy versenkt hat, damit es auch wirklich kaputtgeht. Die Abdeckung schwamm daneben.«

Vanessa hielt dem Techniker einen offenen Beweismittelbeutel entgegen und wandte sich an die beiden Bestatter, die noch immer abseitsstanden und rauchten.

»Haben Sie Herrn Jungblut nach dem Beginn der Trauerfeier noch einmal lebend gesehen?«

Der jüngere sah auf die Uhr. »Also um zehn Uhr sollte die Trauerfeier beginnen. Wir beide haben den Sarg reingebracht und die Blumen aufgestellt. Herr Engel steht immer vor der Kirche und nimmt Kondolenzkarten entgegen, um sie später den Angehörigen zu übergeben. Wilfried hat sich um die Mikrofonanlage gekümmert.«

Vanessa sah sich um. »Wo ist Ihr dritter Kollege überhaupt? Ich habe ihn seit den Vorfällen auf dem Friedhof gar nicht mehr gesehen.« Alle suchten nun mit den Augen den Friedhof ab, konnten den Mann, der den Lautsprecher getragen hatte, aber nirgends entdecken. Vanessa bat Gunter, mit Herrn Engel, der vorn am Tor stand, über den Verbleib des dritten Bestatters zu sprechen.

Inzwischen hatte Bernadette Schubert ebenfalls die Grube bestiegen und den Toten von allen Seiten fotografiert. Sie kletterte die Leiter hinauf und streifte die Handschuhe ab.

»Ich schlage vor, wir holen den Mann genau so raus, wie man einen Sarg herablassen würde, einfach Seile drumschlingen und stramm ziehen«, schlug sie pragmatisch vor.

»Das könnte aber zu Quetschungen oder Schürfungen führen, die wir danach erst von den prämortalen Verletzungen unterscheiden müssten«, gab Breuer zu bedenken. »Ich bin sicher, wir haben auch eine andere Möglichkeit.«

»Haben Sie noch einen Zinksarg zur Verfügung?«, wandte sich die Kriminaltechnikerin an die Bestatter.

»Dafür müssten wir erst nach Hermeskeil fahren, aber der lässt sich besorgen«, antwortete der jüngere der beiden.

Gunter kam vom Tor zurück und brachte den dritten Mitarbeiter von Herrn Engel mit, auf den er erregt einredete. Vanessa ahnte nichts Gutes.

»Wir werden Herrn Engel wahrscheinlich von einem Kollegen von uns ablösen lassen müssen, in ein paar Minuten dürfte da vorn die Hölle los sein.«

Heiner Landscheid kam interessiert näher und warf sich in die Brust, da er anscheinend glaubte, seine Rolle würde in den nächsten Minuten wichtig werden.

»Dieser Mann hier hatte nichts Eiligeres zu tun, als die Tageszeitung anzurufen und ein Interview anzubieten«, erklärte Gunter. »In den nächsten Minuten dürfte es hier vor Presse wimmeln, und der Sarg ist noch nicht einmal in der Erde. Der Pastor sitzt mit den Angehörigen und dem Sarg in der Sakristei und versucht, die armen Leute zu beruhigen. Sie wissen bislang nicht, dass es erneut einen Mord gab, und schon gar nicht, wen es dieses Mal getroffen hat. Die Gemeinde ist in Aufruhr und wüsste gern, wieso Gieselind Jungbluts Beerdigung plötzlich in aller Stille durchgeführt werden sollte.«

»Ich gehe mal nach vorn und kümmere mich um das Tor«, bot Landscheid an.

»Gunter, sei du so lieb und kümmere dich um die Presse«, wies Vanessa ihren Trierer Kollegen an. »Ich kenne die Leute in Hellersberg inzwischen ein bisschen und werde versuchen, mit ihnen zu reden. Außerdem habe ich so einigermaßen im Blick, wer alles in der Kirche war und somit als Täter ausscheidet.«

»Einen Moment, ich kläre noch ganz kurz …« Gunter redete weiter auf den Bestatter namens Wilfried ein und kam danach zu Vanessa herüber, die gerade eine Liste der Personen begonnen hatte, von denen sie mit Sicherheit wusste, dass sie in der Kirche gesessen hatten.

»Also, dieser kluge Totengräber kann definitiv sagen, dass er auf dem Friedhof war, als sich fast alle schon in der Kirche aufgehalten haben. Er hat als Letztes den Organisten gesehen, der noch eine Liedänderung mit dem Chorleiter und dessen Frau abgesprochen hat. Er erinnert sich, dass zuletzt eine Frau mit einem Kinderwagen in die Kirche geschlüpft ist, die ihr Kind zuvor draußen in den Schlaf gestillt hatte. Er selbst sei danach zu seinen Kollegen gegangen«, sagte Gunter.

Die Frau mit dem Kinderwagen war Vanessa auch aufgefallen, aber die schloss sie als Täterin eher aus. Der Täter musste jemand sein, der nicht an der Trauerfeier teilgenommen hatte, was weniger leicht festzustellen war, als wer anwesend gewesen war. Glücklicherweise hatte Familie Jungblut ein Kondolenzbuch am Kircheneingang ausgelegt, in das sich jeder Besucher der Trauerfeier hatte eintragen können, damit es anschließend einfacher wäre, Danksagungskarten an alle zu schicken. Dieses Buch würde Vanessa zusammen mit Heiner Landscheid und sicherlich auch mit dem Sohn oder der Schwiegertochter der verstorbenen Frau Jungblut durchsehen müssen.

Sie entschuldigte sich bei den Umstehenden, die noch immer auf den Zinksarg aus Hermeskeil warteten, und ging in die Sakristei zu Pastor Lämmle und den engsten Angehörigen von Gieselind Jungblut.

»Frau Kommissarin, warum ist draußen so viel Polizei, und warum kann meine Schwiegermutter nicht beerdigt werden?«, schleuderte Maria Jungblut Vanessa schon beim Eintreten entgegen.

Vanessa sah den Pastor an, der nur dezent den Kopf schüttelte. Offenbar hatte er ihnen die wahren Gründe bisher nicht erzählt.

»Mein Mann wird verrückt, wenn seine Mutter noch länger hier neben uns steht und nicht endlich unter der Erde ihre wohlverdiente Ruhe bekommt.«

Nun sah Vanessa Herrn Jungblut an, der mit hochrotem Kopf und an den Schläfen hervortretenden Adern mit den Fäusten auf den Tisch trommelte. Es würde nicht leicht werden, den beiden die wahren Gründe zu offenbaren.

Pastor Lämmle kam Vanessa mit dem zu Hilfe, womit er das Ehepaar bislang vertröstet hatte: »Ich habe Familie Jungblut bereits erzählt, dass die Grube nicht fertig vorbereitet war. Sie sind verständlicherweise verärgert über den Bestatter und sorgen sich vor allem darum, was das Dorf und die Verwandten sagen werden.«

Vanessa setzte sich neben Frau Jungblut und bedeutete dem Pastor per Kopfnicken, sich neben Gieselind Jungbluts aufgebrachten Sohn zu setzen, bevor sie anfing.

»Das Dorf wird vor allem denken, dass Pastor Lämmle einen

guten Job gemacht hat. Und der Bestatter auch. Leider hat jemand die Grube zu einem anderen Zweck missbraucht.«

Der Sohn riss entsetzt den Kopf hoch. »Das Grab meiner Mutter?«

»Jemand hat einen anderen Toten dort abgelegt, und wir müssen erst klären, wie es dazu kommen konnte«, erläuterte Vanessa vorsichtig.

Wie erwartet sprang Hermann Jungblut von seinem Stuhl auf. Der Pastor stand ebenfalls auf, legte ihm beschwichtigend einen Arm um die Schultern und mahnte ihn sanft zur Ruhe.

»Jetzt sagen Sie schon, was passiert ist«, forderte die Schwiegertochter.

Vanessa und der Pastor nickten sich zu. »Wie gesagt, es lag bereits ein Toter im Grab Ihrer Mutter«, antwortete Vanessa. »Während der Trauerfeier wurde einer der Sargträger ermordet, und wir müssen erst die Spuren sichern, bevor wir Ihre Mutter begraben können.«

Frau Jungblut schrie auf und brach in lautes Schluchzen aus. Hermann Jungblut erstarrte mitten in seinen Bewegungen und sackte in sich zusammen, sodass der Pastor ihn stützen musste.

»Nie im Leben kommt meine Mutter in ein Grab, in dem schon ein anderer lag«, rief Hermann Jungblut entschieden.

»Das kann ich gut verstehen, mein Sohn, ich werde mit Herrn Engel sprechen, ob seine Mitarbeiter ein anderes Grab vorbereiten können. Wenn es Herrn Engel möglich ist, würde ich vorschlagen, dass wir die Bestattung morgen nach dem normalen Sonntagsgottesdienst abhalten. Dann sind zwar nicht mehr ganz so viele Leute da wie heute, zumal viele, die heute schon in der Kirche waren, morgen kein zweites Mal kommen werden, aber wir könnten Ihrer Mutter eine würdige Beisetzung verschaffen.«

Vanessa nickte dem Pastor für diesen Vorschlag dankbar zu. Frau Jungblut schien die positiven Aspekte aus diesem Vorschlag herauszuhören, wohingegen ihr Mann anscheinend nur wahrnahm, dass die Leiche seiner Mutter einen weiteren Tag auf ihr Grab würde warten müssen.

Plötzlich stutzte Maria Jungblut. »Engels Sargträger waren doch alle da, da fehlte doch nur der Thomas.«

»Der mit seinem blöden Handy«, spuckte ihr Mann förmlich aus. »Den soll der Teufel holen!«

Hat er doch schon, ging es Vanessa durch den Kopf. Laut sagte sie: »Der Tote im Grab Ihrer Mutter ist Ihr Großneffe Thomas.«

Maria schrie auf, Hermann Jungblut aber schien nicht richtig begriffen zu haben.

Vanessa entschuldigte sich, sie müsse dringend mit den Eltern des Verstorbenen sprechen. Sie bat um das Kondolenzbuch und überließ dem Pastor das weitere Gespräch mit dem Ehepaar Jungblut.

Vanessa würde einen ihrer Trierer Kollegen bitten, sich zusammen mit Landscheid die Einträge im Kondolenzbuch anzusehen, um nachzuprüfen, wer alles am Trauergottesdienst teilgenommen hatte. Gabi Landscheid war im Chor, wahrscheinlich hatte sie von der Empore aus einen guten Überblick gehabt. Landscheid sollte daher dringend mit seiner Frau sprechen. Sie würden alle Möglichkeiten ausschöpfen müssen, um herauszufinden, wer bei der Trauerfeier gefehlt hatte. Es kam zwar in einem solchen Dorf nicht selten vor, dass einer den anderen denunzierte, aber ebenso war es möglich, dass man sich gegenseitig ein Alibi gab, wenn man es für richtig hielt. Sie würde sehr vorsichtig vorgehen müssen und war auf die enge Zusammenarbeit mit Landscheid angewiesen.

Hajo hatte ganz vorn gesessen; was die Anwesenheit der anderen Hellersberger anging, konnte er ihnen also kaum weiterhelfen, da er gar nicht die Möglichkeit gehabt hatte, alle zu sehen. Aber Johannes und er hatten in unmittelbarer Nähe zu Thomas Jungblut gesessen, sie würde daher trotzdem mit beiden sprechen müssen.

Als Vanessa die Sakristei verließ, sah sie, wie Heiner Landscheid den Eingang des Friedhofes gegenüber der Presse versperrte und ein weiterer Kollege vor dem Tor eine allgemeine Erklärung abgab, in der vermutlich alles und nichts gesagt wurde, während Bernadette Schubert sich darum kümmerte, dass der Ermordete in den Zinksarg gelegt wurde. Zunächst musste aber die Leiche von Gieselind Jungblut von der Presse unbemerkt durch den hinteren Friedhofsausgang nach Hermeskeil ins Kühlhaus gebracht werden, da der Friedhof in Hellersberg über eine solche Einrichtung nicht verfügte. Anschließend würden die Bestatter noch einmal zurückkommen und Thomas Jungblut nach Trier ins Kühlhaus der Pathologie unter die Argusaugen von Dr. Breuer bringen müssen. Und alles, ohne Aufsehen zu erregen. Vanessa wunderte sich, warum niemand am rückwärtigen Friedhofstor auf der Lauer lag, um Fotos zu schießen oder einen neugierigen Blick zu erhaschen, aber Bernadette Schubert erläuterte ihr breit grinsend, ihr Freund Ingo sei dort draußen mit seinem Dobermann, und sie habe ihn gebeten, niemanden auch nur in die Nähe des Tores zu lassen. Vanessa fiel erst in dem Moment auf, dass die Kriminaltechnikerin sie noch immer siezte, weil sich bislang keine Gelegenheit zum Du ergeben hatte.

»Nicht, dass es mir grundsätzlich unangenehm wäre, aber ich habe den Eindruck, wir beide arbeiten viel häufiger zusammen, als mir lieb ist. Ich bin Vanessa«, sagte sie zu der jüngeren Kollegin. Danach bat sie Bernadette und Dr. Breuer, der sich konsequent von allen Kollegen siezen ließ, ihr baldmöglichst ihre Erkenntnisse mitzuteilen, bei Bedarf komme sie natürlich gern auch nach Trier, wobei sie hoffte, eine Übermittlung der Ergebnisse per E-Mail oder am Telefon würde völlig ausreichen. Vanessa ging neben dem Leichenwagen her, als dieser vom Gelände fuhr, und schloss das Tor von außen. Lässig lehnte ein hünenhafter Blonder an einem Steinfindling, mit einem großen schwarzen Hund an der Leine, der gefährlich bellte.

»Hallo, Sie müssen Ingo sein, ich bin die abgeordnete Kollegin Ihrer Freundin, Vanessa Müller-Laskowski«, rief sie dem jungen Mann zu.

»Hi«, grüßte der Mann lächelnd zurück und hielt seinen Hund an der kurzen Leine. »Bärchen, mach Platz«, wies er seinen Hund an, der sich gehorsam hinlegte und mit dem Schwanz wedelte. Vorsichtig näherte sich Vanessa und reichte dem jungen Mann die Hand.

»Zu Ihnen kann ich ruhig sagen: ›Der tut nichts, der will nur spielen‹, aber den Schaulustigen gegenüber macht er einen auf mordende Bestie. Haben wir noch eine Chance auf Wochenende?«, erkundigte sich dieser auf eine sehr sympathische Art.

»Ich denke, wir sind gleich fertig, aber die nächste Woche dürfte mit viel Arbeit verbunden sein. Ich habe gehört, Sie wollen cachen gehen?«

Ingo hockte neben seinem Hund und kraulte dessen Ohren. »Ach ja, ich erinnere mich, Ihretwegen sind wir ursprünglich heute zum Cachen gefahren. Bernadette sagte, es gebe in der Gegend jede Menge Caches, und anscheinend hängen die irgendwie mit diesen Morden zusammen oder umgekehrt. Können wir vielleicht behilflich sein?«

»Welche Caches hatten Sie sich denn für heute rausgesucht?«, fragte Vanessa. »Ich wollte mich morgen noch einmal auf den Weg machen und einige aktuelle Caches in der Nähe suchen. Vielleicht können wir die Caches in dieser Gegend untereinander aufteilen.«

Ingo zog sein Handy hervor und ging damit ins Internet. Er zeigte Vanessa einige der Caches, die er ausgesucht hatte, wobei sich das teilweise mit Vanessas Plänen überschnitt.

»Wie viele Caches schaffen Sie denn so an einem Tag, was ist realistisch?«, erkundigte sich Vanessa. »Ich habe da bisher gar keine Vorstellung.«

»Das kann man so auch gar nicht sagen. Es gibt Multicaches, für die man einen ganzen Tag einplanen muss. Andererseits gibt es Drive-in-Caches, von denen kann man schon mal ein Dutzend am Tag schaffen. Es hängt immer davon ab, wie weit die Caches von der Parkmöglichkeit entfernt sind, wie kniffelig die Aufgaben sind oder wie schwierig das Terrain ist. Aber wir haben morgen ebenfalls nichts vor; was wir heute nicht schaffen, werden wir morgen halt dranhängen. Wann wollten Sie cachen gehen?«

»Lassen wir das Sie ruhig weg, ich heiße Vanessa. Meine Pläne für das Wochenende scheinen sich gerade mal wieder zu ändern. Ich wollte ursprünglich morgen Vormittag mit einem Bekannten los, aber wie es aussieht, wird diese Beerdigung morgen nachgeholt, was ich grundsätzlich sehr vernünftig finde, aber da darf ich nicht fehlen. Wir sollten sicherstellen, dass die morgige Beerdigung wirklich ohne Zwischenfälle über die Bühne geht. Demnach werden wir erst frühestens nach dem Gottesdienst losziehen können, das dürfte Mittag werden.«

»Okay, ich sims dich an, gib mir mal deine Handynummer.

Vielleicht können wir auch ein paar Caches gemeinsam machen«, schlug Ingo vor.

»Grundsätzlich gern, ich könnte sicher noch eine Menge lernen, aber wichtiger ist für uns, dass wir so viele Caches wie möglich in kurzer Zeit finden, weil uns vermutlich nur zwei weitere Caches fehlen, bis wir die Finalkoordinaten zusammenhaben. Und falls tatsächlich jede Koordinate mit einem Mord verbunden ist, müssen wir uns beeilen, um dem Täter zuvorzukommen. Wir können nur hoffen, dass die Caches schon veröffentlicht und wirklich bereits platziert wurden und nicht erst in unmittelbarem Zusammenhang mit den Morden gelegt werden. Wie ist euer Cachername?«

Ingo zeigte auf seinen beeindruckenden Hund, der tatsächlich auf den Namen »Bärchen« zu hören schien. »Wir sind die ›Saarbärchen‹. Und du?«

»Ich cache zusammen mit einem sehr netten älteren Herrn aus dem Ort, Hajo Nert. Sein Cachername ist ›Opel Kapitän‹ in Erinnerung an sein geliebtes Auto. Ich bin bisher gar nicht auf die Idee gekommen, mir ein eigenes Profil anzulegen. Ich habe auch gar kein Navi.«

Ingo warf einen Blick auf Vanessas Handy, das sie herausgenommen hatte, um mit ihm Rufnummern auszutauschen. »Du kannst doch mit deinem Handy cachen«, erkannte Ingo sofort.

»Kannst du mir zeigen, wie das geht? Ich habe das Handy noch nicht lange und habe mich bisher gar nicht richtig damit befasst, was es alles kann«, gestand Vanessa.

Ingo schien sofort in seinem Element zu sein, und er war sehr geduldig und gut im Erklären. Binnen einer Viertelstunde hatte er Vanessa alles gezeigt, was sie wissen musste, um mit dem Handy als Navi losziehen zu können. Vanessa sah darin eine Gelegenheit, effizienter zu arbeiten, weil sie sich von Hajo trennen könnte und sie in der gleichen Zeit doppelt so viele Caches kontrollieren könnten, andererseits war ihr nicht wohl bei dem Gedanken, sich allein auf die Suche machen zu müssen. Sie würde sich überlegen, wen sie darüber hinaus mit einbinden konnten. Gunter wahrscheinlich, auf jeden Fall auch Heiner Landscheid. Die Jugendlichen jedenfalls wollte sie unter gar keinen Umständen dabeihaben, nicht nur, weil es zu gefährlich war, sondern auch, weil sie bei einer polizeilichen Ermittlung einfach nichts zu suchen hatten.

Vanessa war froh, dass sie diesen Ausgang des Friedhofes genommen hatte. Der Leichenwagen kam gerade wieder den Weg entlanggefahren, und Ingo öffnete das Tor.

Der jüngere der Bestatter ließ das Fenster herunter und sagte: »Vorne am Haupteingang ist die Hölle los. Die Polizei hat den Weg zu diesem Tor kompromisslos gesperrt, da kommt man höchstens zu Fuß durch, aber alles tummelt sich bei diesen beiden Polizisten. Die Frau haben wir auf Eis gelegt, da machen wir morgen weiter. Wir bringen jetzt erst einmal den Metzger nach Trier. Was passiert weiter mit dem jungen Mann?«

»Das ist eine Sache der Rechtsmedizin und der Kriminaltechnik, dazu kann ich Ihnen wenig sagen«, antwortete Vanessa ausweichend. »Ich gehe aber davon aus, dass es sich nur um Verletzungen durch äußere Gewaltanwendung handelt, die sich gut untersuchen lassen, da wird er sicher bald zur Bestattung freigegeben. Bitte geben Sie meinem Kollegen noch Ihre Adressen, und ich melde mich, falls es nötig ist. Sie haben uns jedenfalls sehr geholfen, auch mit Ihrer Bereitschaft, die Beerdigung morgen endgültig durchzuführen. Haben Sie schon gehört, ob Herr Jungblut das Grab weiterhin für seine Mutter akzeptiert?«

»Nein, wir müssen noch mal ran, aber wir können nicht anfangen, solange der Friedhof von der Presse belagert wird. Keine Ahnung, wie das gehen soll«, erwiderte der Jüngere. »Aber erst einmal holen wir die Leiche und fahren nach Trier. Könnten Sie bitte hinter uns das Tor schließen? Wir machen das gleich wieder auf, wenn wir wieder fahren, aber der Wilfried hat mit der Presse schon genug Mist gebaut, ich will mich nicht auch noch mit dem Chef anlegen, wenn durch uns jemand auf den Friedhof gelangt.«

Vanessa wandte sich wieder Ingo zu, nachdem sie das Tor hinter dem Wagen geschlossen hatte.

»Ich hab's gerade mal gecheckt, es gibt auf dem Friedhof keinen Cache und auch keinen in unmittelbarer Nähe, der direkt mit dem Tod in Verbindung stehen könnte«, teilte Ingo ihr mit.

»Mensch, du denkst ja richtig mit. Aber der letzte Cache war bislang gar nicht freigegeben, als wir ihn gefunden haben, das könnte diesmal auch der Fall sein. Ich muss mit Gunter sprechen, und danach sehen wir mal weiter. Eventuell sehen wir uns morgen, sonst sicherlich demnächst.« Vanessa gab Ingo zum Abschied die Hand und machte sich auf den Weg zu ihrem Auto.

Unterwegs rief sie Gunter auf dem Handy an. »Na, wie ist die Lage da vorn?«, erkundigte sie sich.

»Die von der Presse sind wie die Aasgeier«, antwortete Gunter. »Du weißt ja, ich muss nicht alles sagen, was wahr ist, aber alles, was ich sage, muss wahr sein. Teilweise ist es möglich, ihren Fragen auszuweichen, aber es ist gar nicht so leicht. Und was gibt es bei dir?«

»Ich habe herausgefunden, dass der, der die Presse informiert hat, dringend Geld braucht, aber da sehe ich kein Tatmotiv. Mir erscheint es noch immer am wahrscheinlichsten, dass es sich um einen Serientäter handelt, und egal, wie unsinnig du das finden magst, ich glaube, ich muss mich mit ein paar Leuten auf die Suche nach weiteren Caches machen, damit wir den letzten Mord oder auch die letzten beiden Morde verhindern können. Was schlägst du vor, wie wir weiter vorgehen?«

»Sag mal, was ist eigentlich mit diesem Rentner, der wie ein Schatten an deiner Seite ist?«, fragte Gunter. »Kann es nicht auch sein, dass er die Informationen, die er von dir bekommt, nutzt, um gezielt rund um Hellersberg zu morden?«

»Ich gebe zu, der Verdacht könnte einem kommen, aber für Hajo lege ich meine Hand ins Feuer. Er kann keinesfalls der Mörder sein. Während Holger Zilk ermordet wurde, saß Hajo mit seinen Freunden Landscheid und Feldmann beim Skat im Gasthof ›Zur Post‹, was auch die Wirtin eindeutig bestätigt hat. Für den Mord an Martin Winter hat er selbstverständlich kein Alibi und für den an Elfriede Ostermann auch nicht, aber während der Metzger ermordet wurde, hatte ich Hajo in der Kirche im Blick«, erklärte Vanessa.

»Und was ist mit seinem attraktiven Sohn, der eindeutig auch deine Nähe sucht?«, gab Gunter zu bedenken. »Vielleicht gibt dein Freund Hajo die Informationen an ihn weiter und lässt morden?«

»Als Thomas Jungblut starb, saß Johannes neben seinem Vater in der Kirche. Aber ich weiß schon, dem gingen ein paar Morde voraus. Als Elfriede Ostermann gestorben ist, saß Johannes mit seinen Klassenkameraden zusammen und hat gezecht, aber die könnten sich sicherlich gegenseitig Alibis gegeben haben. Du hast recht, ich werde ihre Alibis überprüfen, aber nur, damit ihr endlich Ruhe gebt, ich war selten von einer Unschuld so überzeugt wie von Hajos. Und an Johannes' Unschuld habe ich auch keine Zweifel.«

»Okay, Nessi, was hältst du davon, wenn du bei den Eingeborenen bleibst und dich darum kümmerst, dass im Hochwald keine weiteren Menschenopfer zu beklagen sind, während ich in Trier die Stellung halte, mich mit dem Rechtsmediziner in Verbindung setze, der Kriminaltechnik über die Schulter sehe und Georg auf dem Laufenden halte?«, schlug Gunter vor.

»Das klingt in der Tat nach einer guten Aufteilung. Ich habe gehört, die Polizei sperrt die Straße ab, hast du Hilfe angefordert?«

»Dieser junge Kollege aus Hermeskeil, Polizeimeister zur Anstellung Kevin Wahlen, war bei seinen Eltern zu Besuch und hat von denen erfahren, dass da irgendetwas nicht ganz in Ordnung gewesen war bei der Beerdigung. Er kam zu uns und hat angeboten, uns zur Seite zu stehen.«

»Super, demnach ist Heiner Landscheid wieder frei, schick ihn bitte ins Büro. Er soll sich aber vorher von Herrn Engel das Kondolenzbuch geben lassen, das habe ich mit Gieselind Jungbluts Schwiegertochter so abgesprochen«, wies Vanessa ihren Kollegen an und machte sich auf den Weg zur Polizeiwache.

Gemeinsam machten Vanessa und Landscheid eine Liste all derer, die ganz sicher an der Trauerfeier teilgenommen hatten. Viele kannte Vanessa nur vom Sehen. Sie beschrieb ihrem Kollegen die Personen anhand von Ereignissen der letzten Wochen, Gesprächen auf der Kirmes, Begegnungen in der »Post« oder Ähnlichem, und Landscheid ordnete ihren Beschreibungen die jeweiligen Namen zu, sodass sie anschließend eine Menge Personen als Täter ausschließen konnten, aber noch immer hatten sie keinerlei Hinweis auf den wahren Täter. Sie glichen die Namen im Kondolenzbuch mit ihrer Liste ab und stellten fest, dass dort einige Leute eingetragen waren, die sie gar nicht gesehen hatten. Später kam Gabi

Landscheid vorbei. Ihr Mann hatte sie angerufen und gebeten, auf der Wache zu erscheinen, damit sie zum einen die Namen der Chormitglieder ergänzen und zum anderen ein paar Namen beisteuern konnte, die ihm und Vanessa bislang nicht eingefallen waren.

»Ich muss dringend Hajo anrufen, wir wollten uns nach der Beerdigung bei ihm zusammensetzen. Nicht, dass er etwas zu essen vorbereitet hat und auf mich wartet«, fiel Vanessa siedend heiß ein.

Landscheid grinste breit. »Ist es schon so weit, dass Sie sich vom Essen abmelden müssen? Für jemanden gekocht hat Hajo schon lange nicht mehr!«

»Ach, Herr Landscheid, könnten Sie diese Anspielungen bitte endlich unterlassen?«, brachte Vanessa verärgert hervor. »Dank Hajos Hilfe haben wir schon erhebliche Fortschritte in dieser Mordserie gemacht. Ohne ihn würden wir ganz sicher noch immer im Dunkeln tappen. Und er hat mir geholfen, als ich am Anfang im Dorf schon fast als Hexe und Mörderin verschrien war. Sie genießen seine Gegenwart doch genauso wie ich, oder wollen Sie mir erzählen, Sie spielen nur seit Jahren Skat zusammen, weil sich sonst niemand findet?«

Landscheid errötete. Gabi legte eine Hand auf Vanessas Arm und streichelte sie sanft. »Heiner meint nur, dass es auffällig ist, dass Sie so viel Zeit mit Hajo verbringen. Das ganze Dorf redet schon über euch beide. Es werden schon Wetten abgeschlossen, wann Sie bei Ruth ausziehen und ganz zu Hajo ziehen. Ich meine, mir kann es egal sein, ein so großer Altersunterschied ist schließlich kein Hindernis, aber die Leute reden halt gern. Da macht man sich eben seine Gedanken.«

Vanessa zog ruckartig ihren Arm weg, stand auf und ging zum Kühlschrank, um sich ein Glas Sprudel einzugießen. Sie blieb mit dem Rücken zu den beiden stehen und überlegte, ob sie es nötig hatte, sich tatsächlich zu rechtfertigen. Sie holte mehrfach tief Luft, um etwas zu erwidern, schluckte die Worte, die ihr bereits auf den Lippen lagen, aber wieder runter und drehte sich langsam um.

»Herr Landscheid, es ist Ihnen sicher klar, dass wir beide morgen an der Bestattung teilnehmen müssen. Ich werde mit meinem Kollegen Kommissar Hermesdorf sprechen, ob er nach der Beerdigung an der Totenfeier teilnehmen kann. Sie werden jedenfalls in dieser Zeit mit mir gemeinsam einige Geocaches machen. Ziehen Sie sich Wanderschuhe an, ich habe einige Caches herausgesucht, die wir alle absuchen müssen. Hajo kann ja mit jemand anderem losziehen.«

Vanessa trank einige Schlucke Sprudel, setzte das Glas ab und ging zur Toilette, von wo sie Hajo über Handy anrief und ihn darüber informierte, dass sie nicht kommen konnte.

»Ich führe gerade ein wichtiges Gespräch mit Johannes, bin gar nicht so böse, dass du gerade nicht dabei bist«, sagte Hajo. »Aber ich habe den Eindruck, wir könnten dabei den Gründen für diese Morde auf der Spur sein. Du musst später unbedingt vorbeikommen, wir sind auf jeden Fall zu Hause.«

»Spann mich nicht auf die Folter, worum geht es?«, wollte Vanessa wissen, aber Hajo mauerte.

»Das ist nichts, was ich mal eben so am Telefon erklären kann. Johannes wird nachher zu Jungbluts gehen und bestimmt mit ein paar anderen Leuten sprechen. Bis du kommst, sind wir schon einen Schritt weiter. Und jetzt möchte ich das Gespräch mit Johannes nicht länger unterbrechen, wir sehen uns später«, schnitt Hajo Vanessa das Wort ab und legte auf.

Es dämmerte schon, als Vanessa bei Hajo klingelte. Hajo sah aus, als hätte er einen anstrengenden Tag hinter sich.

»Johannes ist noch immer da?«, erkundigte sich Vanessa und schälte sich aus ihrer Winterjacke. »Ich habe sein Auto in der Einfahrt gesehen.«

»Im Moment ist nur sein Auto da, Johannes ist bei Jungbluts. Wir haben lange Zeit geredet, und danach wollte er eine Weile allein sein. Er ist zu Fuß ins Dorf gelaufen, aber er ist inzwischen schon seit fast zwei Stunden weg, ich glaube nicht, dass er noch lange bleibt. Kann ich dir etwas zu trinken anbieten? Essen habe ich leider nicht vorbereitet, ich habe die letzten beiden Stunden nur vor mich hin gestarrt. Bin froh, dass du jetzt da bist.«

Hajo führte Vanessa ins Wohnzimmer, wo im Kamin ein schwaches Feuer glimmte. Er legte Holz nach und regelte die Luftzufuhr, und sofort stoben wieder helle Flammen in die Höhe.

»Was hattet ihr beiden denn so Schwerwiegendes zu besprechen, dass dir das Gespräch so zugesetzt hat?«, fragte Vanessa.

»Trinkst du Rotwein?«, wich Hajo ihrer Frage aus, und Vanessa beschloss, ihn nicht weiter zu drängen. Offensichtlich brauchte Hajo Zeit, um dieses Thema anzusprechen.

Sie starrten eine Weile nebeneinander in die Flammen, als Hajo endlich das Schweigen brach.

»Ich hätte nie gedacht, dass ich meinen Sohn so wenig kenne. Er hat mich nie an seinem Leben teilhaben lassen, und ich habe es offenbar auch nie versucht. Ich war so ein schlechter Vater, und ich schäme mich dafür«, murmelte Hajo, und Tränen liefen über seine Wangen.

Vanessa wusste nicht recht, was sie sagen sollte. Sie hatte selbst keinerlei Erfahrung mit der Elternrolle und fühlte sich angesichts Hajos Verzweiflung hilflos. Darum entschied sie sich, zu schweigen und darauf zu warten, dass Hajo weitersprach. Er drehte sein Weinglas in der Hand und starrte noch immer in die Flammen.

Plötzlich wandte er sich Vanessa zu. »Kannst du mir erklären, wie es kommt, dass man so wenig von seinem eigenen Sohn weiß? Und ich dachte immer, ich wäre ein guter Vater.« Hajo schüttelte sich vor Verzweiflung und Verärgerung über sich selbst.

»Was auch immer zwischen euch war, ihr habt anscheinend heute darüber gesprochen. Dann kann das Band zwischen euch gar nicht so schlecht sein, wie du es gerade andeutest. Möglicherweise hattet ihr in der Vergangenheit keinen Zugang zueinander, vielleicht hat Johannes dich auch nicht in sein Leben miteinbeziehen wollen. Aber jetzt habt ihr miteinander geredet. Das ist doch das Wichtigste.«

»Ich bring das Schwein um!«, stieß Hajo erregt hervor.

Vanessa wurde wachsam. »Willst du mir nicht doch erzählen, worum es geht?«, forschte Vanessa vorsichtig nach.

»Da spielt er jahrelang scheinheilig mit mir Skat. Jawohl, scheinheilig, im wahrsten Sinne des Wortes. Ich dreh ihm den Hals um!«

»Dem Pastor Feldmann?«, vergewisserte sich Vanessa.

»Pastor!«, spuckte Hajo förmlich aus. »Ein elender Kinderschänder ist er! Vergreift sich an kleinen Jungs. Und das wahrscheinlich über Jahre. Warum habe ich das nicht gewusst?« Er schlug mit dem Kopf hinterrücks an die Wand, und Vanessa legte eine Hand hinter seinen Kopf und zog ihn sanft an ihre Schulter.

»Johannes?«, flüsterte sie beklommen.

»Ja! Nein! Ach, ich weiß gar nicht, wie ich es sagen soll.« Hajo sprang auf und ging zum Kamin, um die Flammen wieder kleiner zu stellen.

»Hat deine Frau davon gewusst?«, versuchte Vanessa das Gespräch in Gang zu bringen.

»Johannes ist mit neun Jahren zur Erstkommunion gegangen, wie das so üblich ist. Dritte Klasse eben. Den Kommunionsunterricht machen ja im Wesentlichen engagierte Mütter, also hatten die Kinder da gar nicht so viel Berührung mit dem Pastor.«

Vanessa hielt den Atem an, als ihr die Doppeldeutigkeit von Hajos Aussage bewusst wurde.

»Ja, das kann man genau so verstehen, wie ich es sage!«, bestätigte Hajo ihre Vermutung. »Anschließend wurden Johannes und viele andere Kinder Messdiener. Genau genommen nur Jungen, Mädchen waren damals noch nicht zugelassen. Die Messdiener sind regelmäßig zusammen ins Zeltlager gefahren oder in ein Haus der Jugend in der Nähe. Sie waren auch an den Wochenenden oder in den Ferien oft mit dem Pastor rund um Hellersberg unterwegs. Sie haben viel Zeit mit dem Pastor verbracht, wie es aussieht, Tag und Nacht. Ich weiß nichts Genaues, weil Johannes wenigstens das Glück hatte, nicht selbst betroffen zu sein. Also nicht körperlich. Aber er sei Zeuge gewesen, wie der Pastor einen anderen Jungen unsittlich berührt habe, aber ihn selbst hat der Pastor nicht angerührt, sagt er.«

»Diese Erfahrungen haben sicherlich dazu beigetragen, dass Johannes eine gewisse Hemmung hat, anderen Menschen zu vertrauen und Beziehungen aufzubauen. Verstehst du, ich meine echte Beziehungen, emotionale Bindungen«, überlegte Vanessa laut. »Du hast erzählt, Lenny sei sehr oberflächlich und die Kontakte, die Johannes üblicherweise pflegt, ebenfalls. Ihr beide vertraut euch zwar einerseits, teilt aber nicht viel miteinander. Johannes scheint mitunter verschlossen zu sein, unnahbar. Vielleicht aus der Angst heraus, verletzt zu werden. Vielleicht aber auch, weil er niemanden an dem teilhaben lassen möchte, was er damals erlebt hat. Da könnte die Angst mitspielen, einem Menschen, dem man vertraut, nicht alles erzählen zu können, was zur Bildung der Persönlichkeit beigetragen hat. Selbst wenn er nicht körperlich missbraucht wurde, so hat er doch genug mitgekriegt und gewusst, dass man ihn als Opfer bezeichnen kann.«

»Richtig, möglicherweise darum fühlt er sich in dieser oberflächlichen Welt wohler. Er hatte auch nie eine richtige Beziehung zu Jonas, vielleicht weil er nicht einschätzen konnte, wie viel Nähe zu einem Jungen richtig ist. Ich glaube fast, er war erleichtert, Jonas ausgerechnet in der Pubertät ins Ausland schicken zu können. Somit musste er Jonas keine Fragen beantworten, die ihn vielleicht an die schwerste Phase seines Lebens erinnert hätten«, bestätigte Hajo.

»Du hattest am Telefon erwähnt, Johannes wollte noch mit ein paar Leuten sprechen. Worum geht es da?«, versuchte Vanessa zu verstehen.

»Johannes war sicher nicht der Einzige, der solche Erfahrungen gemacht hat. Er hat sich überlegt, dass der Pastor eine ganze Generation in ihrer Beziehungsfähigkeit beeinflusst haben muss. Und bei irgendeinem bricht sich diese Wut und Verletzung offenbar gerade Bahn!«, schlussfolgerte Hajo.

»Schon möglich, dass eure Theorie stimmt, aber diese Ermittlungsarbeit sollte ich eigentlich mit meinen Kollegen führen, nicht Johannes als Laie«, wandte Vanessa ein.

»Sieh es nicht als Ermittlung, sieh es in dem Fall als Vergangenheitsbewältigung.«

»Aber du weißt, dass Johannes sich damit in Gefahr bringen kann, wenn sich der Täter in die Enge gedrängt oder entlarvt fühlt? Es wäre besser, wenn Johannes uns Namen nennt und dadurch hilft, die Zusammenhänge zwischen den Morden zu klären.«

»Er wird ja gleich kommen«, beschwichtigte Hajo sie. »Bislang hatte ich nicht darüber nachgedacht, aber heute, wo Johannes mich darauf hingewiesen hat, ist es doch wirklich auffällig, wie wenige aus Johannes' Grundschulzeit Kinder haben. Und wie wenige überhaupt in einer festen Beziehung sind. Oder wie wenige eine

Arbeit haben beziehungsweise eine Arbeit, bei der sie mit anderen Menschen Umgang haben müssen. Die wenigsten jedenfalls sind Teil eines Systems, sie sind keine normalen Angestellten oder so.«

»War da nicht einer dabei, der Rechtsanwalt in Frankfurt ist?«

Hajo blickte auf. »Ja, darüber bin ich auch gestolpert. Das klingt im Gegensatz zu vielen anderen alles andere als gescheitert. Aber weißt du, welche Leute er überwiegend vor Gericht vertritt?«

Vanessa schüttelte stumm den Kopf.

»Er vertritt Opfer von sexuellem Missbrauch. Sowohl Missbrauch an Kindern, wie es von verschiedenen katholischen Schulen und Internaten bekannt geworden ist, als auch Missbrauch an Ehefrauen oder beispielsweise Stiefkindern. Und wie mir scheint, ist er da bei der Wahl seines beruflichen Schwerpunktes durchaus von eigenen Erfahrungen geleitet worden.«

»Sind denn wirklich so viele Hellersberger von hier weggezogen? Ich meine, mehr, als eine sozusagen normale Landflucht rechtfertigt?«, fragte Vanessa.

»Einige wie der Metzger oder der Schreiner haben die elterlichen Betriebe übernommen, aber sonst gibt es auffallend viele wie diesen Martin Winter, ehemals Marx, die Hellersberg verlassen haben, sobald sie alt genug dafür waren. Oder auch Rommelfanger, Trost und einige andere, die erst einmal weg sind, um nach vielen Jahren erst wieder nach Hause zurückzukehren.«

»Aber für Johannes gilt das nicht. Was ist bei ihm anders?«

»Ich habe einmal einen Film darüber gesehen, dass viele Missbrauchsopfer ihre Erinnerungen sozusagen verkapselt in sich herumtragen. Auf die Erinnerungen haben sie im normalen Alltag keinen Zugriff mehr. Darum kann ich gar nicht beurteilen, ob Johannes wirklich nur Zeuge und selbst kein Opfer im körperlichen Sinne war oder ob er aus Selbstschutz keine Erinnerung mehr daran hat«, murmelte Hajo.

»Ich wünsche ihm, dass es die erste Variante ist. Ich frage mich nur, warum der Täter jetzt plötzlich zuschlägt. Wir werden nachforschen müssen, ob einer der jungen Männer aus Hellersberg neuerdings in Therapie ist oder ob eine Situation eingetreten ist, die sozusagen diese Erinnerungskapsel gesprengt und die alten Geschichten ans Licht gebracht hat. Ich werde mit unserer Psychologin darüber sprechen müssen. Das ist ein ganz wichtiger Ansatz bei den künftigen Verhören. Ich fürchte, wir werden alle kommenden Vernehmungen mit psychologischer Unterstützung führen müssen.«

Hajo sah Vanessa mit einer Mischung aus Verständnis und Abscheu an. »Du sprichst von diesen Menschen, als seien sie Verbrecher. Vanessa, es sind Opfer. Es sind Männer, die Schreckliches erlebt haben, was sie vermutlich für ihr ganzes Leben geprägt hat. Wie kannst du da von Verhören sprechen?«

Vanessa seufzte. »Hajo, ich gebe dir absolut recht. Aber wenn eure Theorie stimmt, scheint einer dieser Männer nicht mehr nur Opfer, sondern inzwischen selbst Täter zu sein. Wir müssen den Spagat schaffen, die Männer so behutsam und verständnisvoll wie nötig zu befragen und trotzdem nicht aus dem Blick zu verlieren, dass einer von ihnen die ihm widerfahrenen Demütigungen heute in Form von blanker Wut und Gewalt gegen andere Hellersberger richtet. Und die wichtigste Frage dabei ist, nach welchem Schema er sich seine Opfer aussucht. Wenn das alles stimmt, und ich habe keinen Zweifel an Johannes' Aussage, dann müssen wir vor allem erwirken, dass ein damaliges Opfer den Pastor anzeigt. Ich bin in diesem Thema keine Expertin, aber das Alter des Opfers, die Schwere der Tat und wie lange diese schon zurückliegt, wird einen Einfluss darauf haben, ob der Pastor nach wie vor belangt werden kann.«

»Vielleicht kann Johannes uns dazu Näheres sagen.«

»Unter diesem Gesichtspunkt gibt es mitunter ganz neue Aspekte, die wir bislang gar nicht in Betracht gezogen haben«, stimmte Vanessa zu.

Hajo legte ein Holzscheit nach, und das Feuer loderte auf. Vanessa verharrte schweigend auf dem Sofa und starrte in die Flammen. »Aber wieso wird dann nicht der alte Pastor ermordet? Wieso so viele Morde, ohne an den eigentlichen Übeltäter heranzugehen? Durch die vielen Missbrauchsfälle innerhalb der katholischen Kirche, die in letzter Zeit bekannt geworden sind, wäre es ein Leichtes, den Pastor öffentlich anzuklagen. Da muss etwas anderes dahinterstecken, aber ich verstehe es bisher nicht«, sagte sie schließlich.

Sie hörten, wie die Haustür aufgeschlossen wurde und Johannes die Diele betrat. Er kam mit einem großen Tablett mit belegten Brötchen ins Wohnzimmer, stellte es auf dem Couchtisch ab und drückte erst seinen Vater herzlich und grüßte danach Vanessa mit den in Luxemburg und der Umgebung üblichen Wangenküsschen links und rechts.

»Schöne Grüße von Jungbluts, wir sollen es uns schmecken lassen. Ruth Eiden hatte den Totenkaffee bereits vorbereitet und konnte mit den Brötchen selbstverständlich nichts mehr anfangen. Den Kuchen und die Suppe kann sie für morgen aufheben, aber die Brötchen müssen heute weg. Sie hat Jungbluts die ganzen Brötchen vorbeigebracht, sie sollten sehen, was sie damit machen, schließlich hätten sie sie auch bezahlt. Ich denke, der wahre Grund, warum sie vorbeigekommen ist, war der, dass sie in Erfahrung bringen wollte, was heute wirklich bei der Trauerfeier war.«

»Und, wie viel haben Jungbluts preisgegeben?«, wollte Vanessa wissen, um sich auf den Kenntnisstand im Dorf einstellen zu können.

»Jungbluts haben ihr im Wesentlichen mitgeteilt, dass die eigentliche Bestattung morgen nach der Messe nachgeholt wird«, erzählte Johannes. »Ruth Eiden wollte natürlich wissen, warum es erst geheißen habe, Gieselind wolle in aller Stille beerdigt werden, und auf einmal doch nicht, aber Maria hat erstaunlich gelassen reagiert und ihr erklärt, es sei ein Irrtum gewesen, sie wollten die gemeinsame Feier am Sonntag machen. Dann hat sie Ruth gebeten, den Totenkaffee für morgen vorzubereiten, hat sich für die Unannehmlichkeiten entschuldigt und Ruth um Verständnis gebeten, dass sie und Hermann gern allein sein möchten. Auf weiteres Nachfragen von Ruth hat sie einfach gar nicht reagiert.«

»Heißt das, alle Schuld bleibt am Pastor hängen? Das fände ich sehr bedauerlich, schließlich hat er außerordentlich geistesgegenwärtig reagiert und uns vor einer Massenpanik und vor allem vor der Zerstörung von Spuren bewahrt«, merkte Vanessa an.

»Maria war heute Nachmittag sehr gefasst. Sie sagte zu mir, die Tränen seien schon geweint. Ihre Schwiegermutter habe sich seit Tagen dem Tod gegenübergesehen, und sie hätten Zeit gehabt, um sich von ihr zu verabschieden. Sie möchte morgen in der Kirche eine Erklärung abgeben, das wollte sie mit Pastor Lämmle genauer besprechen. Oma Jungblut war früher so gläubig, ich habe nie verstanden, warum sie nach Udos Tod nie wieder in der Kirche war, aber so langsam wird alles klar.« Johannes nahm sich ein Brötchen mit rohem Schinken und knabberte gedankenverloren an der Gurkenscheibe, die zur Dekoration darauflag.

»Dein Vater hat schon angedeutet, was Pastor Feldmann euch in der Vergangenheit angetan hat. Was hat das mit Oma Jungblut zu tun?«, fragte Vanessa.

»Udo wurde damals von Pastor Feldmann wohl mehrfach körperlich missbraucht. Er wollte mir damals davon erzählen, aber er hat sich zu sehr geschämt, darum hat er nur Andeutungen gemacht. Er sprach davon, dass beide nackt waren, dass es meist dunkel war, aber er beließ es bei nebulösen Schilderungen von Zärtlichkeiten und anscheinend mehr. Wir werden wohl nie erfahren, was wirklich passiert ist, vielleicht Oralverkehr, vielleicht Analverkehr, es ist Udos Geheimnis geblieben. Wir waren ja zusammen Messdiener, aber mir hat der Pastor nie etwas getan, deshalb habe ich seine Schilderungen angezweifelt. Ich habe ihm geraten, er solle es seiner Mutter erzählen. Ich habe meiner Mutter alles erzählen können, darum dachte ich, Udo könne das auch. Aber seine Mutter hat damals gesagt, das könne nicht stimmen, und hat ihn übel bestraft. ›Der Pastor macht so was nicht!‹, hat sie gesagt. Und Jungen passiere das sowieso nicht, nur Mädchen würden missbraucht, Jungen nicht, das gäbe es überhaupt nicht. Langsam hat Udo selbst an dem gezweifelt, was er erlebt hat. Er hat sich seiner Oma anvertraut, aber die war damals selbst nach einem Schlaganfall sehr krank und konnte ihm nicht helfen. Sie war nicht fähig zu sprechen, hat ihm nur zugehört, was ihm durchaus guttat, denn er hatte endlich das Gefühl, dass ihm jemand glaubt. Als sie sich nach Jahren wieder erholt hatte, war Udo bereits tot. Möglich, dass Oma Jungblut den Zusammenhang gar nicht verstanden hatte. Ich denke, sie war auch genug mit ihrer eigenen Genesung beschäftigt. Und mit ihrer großen Trauer. Udo hatte mich gebeten, mit ihm zur Polizei zu gehen, aber ich war noch immer der Meinung, das sei nicht wirklich passiert. Udo war gerade von seiner ersten Freundin verlassen worden, und ich hatte das Gefühl, er suche nur nach einer Ausrede, warum das nicht an ihm gelegen haben soll. Er erklärte mir damals, er sei nicht beziehungsfähig, er könne sich auf kein Mädchen einlassen. Er überlege manchmal, ob er in Wirklichkeit schwul sei, weil er sich nicht erklären könne, warum der Pastor ihm sonst so nahe gekommen wäre. Irgendwann konnte ich es nicht mehr hören und hatte auch Angst vor Udo. Ich wollte nicht mit ihm in Verbindung gebracht werden, falls er tatsächlich schwul wäre. Mein Gott, ich war selbst noch ein Kind und hatte keine Ahnung. Ich war vierzehn oder fünfzehn, keine Erfahrung mit Mädchen, wir kannten alles nur sehr theoretisch, aus Zeitschriften und so. Ich konnte mit seinen Andeutungen leider nichts anfangen. Ich war zu feige, und ich bin alles andere als stolz darauf. Wir haben gar nicht mehr über das Thema gesprochen, monatelang nicht. Irgendwann lief mir Lenny über den Weg, und ich war froh, beweisen zu können, dass ich eine Freundin haben kann, dass ich in meiner Beziehungsfähigkeit zu Mädchen ganz normal war. Obwohl es mein ganzes Leben beeinflusst hat, war ich froh, dass Lenny damals schwanger wurde. Udo und ich hatten uns immer weiter auseinandergelebt, er warf mir Feigheit vor, und ich hatte ihm mit meinem Verhalten auch allen Anlass dazu gegeben. Als Udo starb, war ich sicher, dass es mit diesem Missbrauch zusammenhing, aber ich wusste, ich konnte es nicht mehr ändern. Ich hatte eine junge Familie, um die ich mich kümmern musste. Ich hatte Lenny, die das alles nicht verstanden hätte. Ich weiß doch, wie im Dorf geredet wird, und ich hätte nicht die Kraft gehabt, mich und die anderen diesem Gerede auszusetzen. Darum bin ich direkt nach dem Abi von Hellersberg weggezogen. Und wenn ich es richtig überlege, sind das viele von uns, was den Verdacht nahelegt, dass es nicht nur Udo in diesem Maße getroffen hat. Maria hat mich eben darauf angesprochen, wie es zu dem Bruch zwischen uns kam, wo ich doch früher wie ein zweiter Sohn für sie war. Sie fragte von sich aus, was ich von diesen Andeutungen wüsste, und da habe ich ihr alles erzählt.« Johannes wirkte erschöpft von seinem ausgiebigen Geständnis.

Vanessa brach nach einer Weile das Schweigen. »Habe ich das richtig verstanden, dass du selbst auch betroffen warst, aber Feldmann dich nicht körperlich belästigt hat? Weißt du, ob er noch mehr Jungs körperlich missbraucht hat?«

»Ich bin mir sogar absolut sicher. Bei einem war ich Zeuge, aber es war dunkel, und ich weiß nicht genau, wer es war. Vermutlich einer der Zwillinge.«

»Moment, ich verstehe das nicht ganz. Wieso hast du Udo nicht geglaubt und warst doch selbst Zeuge?«, wandte Vanessa ein.

»Wir waren damals mit den Firmlingen in so einer Art Schullandheim. Wir wollten Tischtennis spielen. Der Raum war abgesperrt, aber ich wusste, dass der Pastor den Schlüssel in seinem Zimmer neben der Tür an einem Haken hängen hatte. Ich habe geklopft, von drinnen aber nichts gehört. Also habe ich versucht, ob die Tür offen ist, um mir nur schnell den Schlüssel zu greifen. Im Zimmer war es dunkel, und als ich die Tür öffnete, hörte ich ein Stöhnen. Ich dachte erst, der Pastor würde vielleicht schlafen und hätte im Schlaf gestöhnt. Ich wollte ihn nicht aufwecken und war darum ganz leise. Als ich genauer hinsah, erkannte ich, dass neben dem dicken Pastor noch eine kleine, schmale Gestalt im Bett lag. Ich muss vielleicht dreizehn gewesen sein, ich habe die Situation damals nicht verstanden. Ich habe all die Jahre nicht mehr daran gedacht. Und jetzt, nach dieser langen Zeit, bin ich mir noch weniger sicher, was ich damals wirklich gesehen habe. Jedenfalls habe ich mir den Schlüssel genommen und bin mit den anderen in den Tischtenniskeller gegangen. Und da haben, soweit ich mich im Nachhinein erinnern kann, nur die Zwillinge gefehlt.«

»Ich höre immer wieder von den Zwillingen, was war an ihnen anders als an den übrigen Jungen?«

»Sie waren so engelsgleich. Und sie hatten nur sich. Die Mutter war immer schon krank, sie musste geschont werden, durfte sich nicht aufregen. Ich weiß nicht, was sie hatte. Und der Vater war sehr einfach gestrickt und ziemlich laut und polternd, vermutlich auch gewalttätig gegenüber seiner Frau und seinen Kindern. Er hat in der Türenfabrik gearbeitet und hatte da irgendwann einen tödlichen Unfall, mag sein, dass das kurz vorher war. Die beiden hatten auch nie andere Freunde, die waren immer zu zweit, haben sich nie voneinander getrennt, haben alles unter sich ausgemacht. Vermutlich haben sie einerseits die Zuwendung des Pastors genossen, weil es für sie ein völlig ungewohntes Gefühl war, jemandem etwas zu bedeuten. Wenn ich heute darüber nachdenke, haben sie sich ihm gegenüber vielleicht verpflichtet gefühlt, ihm für seine Zuneigung etwas zurückgeben zu müssen, und waren darum gefügig. Vermutlich hatten sie niemanden, der ihnen einmal gesagt hätte, dass das, was beim Pastor lief, nicht normal war«, mutmaßte Johannes.

»Was ist aus den Zwillingen geworden?«, fragte Vanessa.

»Der eine ist obdachloser Alkoholiker, der andere seit Jahren in der Psychiatrie. Das spräche durchaus dafür, dass sie von Feldmann missbraucht worden sind.«

»Wir brauchen die Namen und Adressen, damit wir die beiden verhören können«, sagte Vanessa.

»Ich glaube nicht, dass das viel bringen wird. Nach dem, was man so hört, hat sich Dirk um den Verstand gesoffen, und Frank sitzt sicher nicht umsonst in der Psychiatrie, ich bin nicht sicher, wie weit er sich überhaupt erinnern kann oder will«, gab Johannes zu bedenken. »Du brauchst dir ansonsten nur anzusehen, wie weit die Jungs alle von Hellersberg weggezogen sind. Drei sind ausgewandert, nach Frankreich, Irland, Amerika. Es konnte gar nicht weit genug weg sein.«

»Es gibt nicht gerade viele Arbeitsplätze in Hellersberg, kann nicht das der Hauptgrund dafür sein, warum kaum jemand hiergeblieben ist?«

»Die meisten Eltern haben noch ein Grundstück für ihre Kinder, auf dem diese später ihr eigenes Häuschen bauen können. Fahr mal durch Hellersberg und sieh dir die Baulücken an. Dann frag nach, wem die Grundstücke gehören. Die meisten dürften für Söhne gedacht gewesen sein.« Johannes wandte sich an seinen Vater: »Wie lange war Pastor Feldmann in Hellersberg tätig?«

Hajo dachte einen Moment nach. »Deine Mutter und ich haben vor sechsunddreißig Jahren geheiratet. Damals war noch Pastor Eiden in der Gemeinde. Er dürfte vielleicht vier Jahre später von Josef abgelöst worden sein.«

»Wenn die Kinder mit neun Jahren als Kommunionkinder zum ersten Mal in die Fänge des Pastors gerieten und er vor drei Jahren in Rente gegangen ist, wie Pastor Lämmle mir erzählt hat, heißt das, dass alle männlichen Hellersberger zwischen zwölf und, wenn man die Firmlinge und Messdiener hinzurechnet, fast fünfzig Jahren ein potenzielles Mordmotiv hätten?«, rechnete Vanessa laut.

»Diese Männer und deren Angehörige, die vielleicht auf Rache sinnen«, bestätigte Johannes.

»Wenn der Pastor umgebracht worden wäre, könnte ich das nachvollziehen, aber warum sind lauter andere Menschen ermordet worden? Welches kranke Hirn ist hier tätig?«, fragte Hajo verzweifelt.

Vanessa stand auf und trat an die Terrassentür. Sie blickte in die dunkle Nacht hinaus und hoffte, eine Eingebung zu bekommen, wo die Zusammenhänge lagen. »Gehen wir einmal davon aus, die Morde haben mit dem Pastor zu tun.«

Hajo räusperte sich. »Erinnerst du dich, dass ich dir schon am Mittwoch gesagt habe, es gebe da einen religiösen Zusammenhang? Überleg mal, wie die Cacheowner heißen, die Namen sind alles irgendwie religiöse Begriffe.«

»Aber die Wahl der Opfer ergibt keinen Sinn!«, warf Vanessa ein. »Zilk war nicht von hier. Könnte sein, dass Winter kein Zufallsopfer war, sondern bewusst ausgewählt wurde, aber warum? Frau Ostermann schien mit dem Pastor zu sympathisieren, das könnte die Wut oder den Hass des Täters erregt haben, aber was ist mit Schuster? Könnte er bei seinem Alter überhaupt ein Opfer Feldmanns gewesen sein? Und schließlich der Metzger: Nach ersten Erkenntnissen hatte er keine Feinde, er scheint beliebt gewesen zu sein im Dorf. Seine Beziehung zu den Eltern war intakt bis auf die üblichen Reibereien, zu denen es kommt, wenn eine neue Generation einen Traditionsbetrieb übernimmt.«

»Anfangs sah es so aus, als wollte der Mörder keinem Hellersberger was antun. Denkst du, es hat sich etwas in seiner Einstellung geändert? Ist irgendetwas vorgefallen, was seinen Ärger gegen das Dorf ganz akut erregt hat?«, fragte Johannes.

»Am ehesten nachvollziehbar scheint mir der Mord an Frau Ostermann zu sein«, meinte Vanessa.

»Stimmt. Alle haben sie gehasst, ausnahmslos alle«, sagte Johannes.

»Genau darum verstehe ich ja nicht, warum sich ihr irgendjemand anvertraut haben sollte«, wandte Vanessa ein.

»Du kannst nicht nachvollziehen, wie wichtig für einen Drittklässler im Hochwald die Kommunion ist oder zumindest damals war. Die Kommunion ist nicht nur ein Fest, sondern Bestandteil der Zeitrechnung. Man bekommt seinen eigenen Schreibtisch, sein Fahrrad, eine eigene Uhr zur Kommunion und nicht einfach nur im Alter von neun Jahren. Glaube und Kirche hatten einen ganz hohen Stellenwert. Somit war Frau Ostermann nicht nur die katholische Religionslehrerin, sondern eine besondere Respektsperson. Ich kann mir gut vorstellen, dass irgendeiner der Jungs sich ihr anvertraut hat, schließlich hat man ihr als Religionslehrerin in Sachen Kirche sicher nach dem Pastor die meiste Kompetenz zugetraut.«

»Aber würde man nicht zu jemandem gehen, dem man mehr vertraut als der Religionslehrerin?«, fragte Hajo.

»Den Eltern hat sich das Kind vielleicht schon anvertraut«, sagte Johannes. »Die haben ihm nicht geglaubt, es vielleicht sogar bestraft. Und so ein Neunjähriger hat doch sonst noch keine Ansprechpartner für solche Dinge. Elfriede Ostermann wird den Pastor in Schutz genommen haben, ähnlich wie Udos Mutter. Im Stil von: ›Ein Pastor tut das nicht, und einem Jungen passiert das sowieso nicht.‹ Vielleicht war es eine späte Rache, weil sie einen Jungen, der Hilfe gesucht hat, im Stich gelassen hat. Beziehungsweise: Auf ihre verletzende Art wird sie nicht nur nicht geholfen, sondern vermutlich erst richtig zugetreten haben. Das ist das naheliegendste Motiv, das ich erkennen kann. Bei den anderen Opfern fällt mir das schon schwerer.«

»Irgendwie haben diese Morde mit Geocaching zu tun. Der Mörder möchte uns noch etwas Besonderes zeigen. Ich denke, ich werde den Pastor in Schutzhaft nehmen müssen. Ich werde morgen mit meinem Kollegen Gunter sprechen, ob wir nicht sowieso einen Haftbefehl bekommen können, aber wie ich unsere Juristen kenne, brauchen wir erst einmal stichhaltige Beweise, bis wir den Pastor letztlich auch zu seinem eigenen Schutz aus dem Verkehr ziehen können. Heiner Landscheid sollte ich meiner Meinung nach eher außen vor lassen, er könnte dem Pastor alles erzählen. Im schlimmsten Fall könnte der Mörder das mitbekommen und eine Kurzschlusshandlung begehen«, meinte Vanessa.

Hajo und Johannes nickten zustimmend.

»Gibt es einen gebürtigen Hellersberger, der während aller Morde in Hellersberg war, aber sonst nicht?«, fragte Johannes.

»Schuster wurde vermutlich am selben Tag vergiftet, an dem auch Elfriede Ostermann ermordet wurde, also am Kirmessamstag. Bei der Trauerfeier heute waren auch einige, die sicherlich zur Kirmes da waren. Wie du selbst zum Beispiel«, merkte Vanessa an. »Zu den beiden vorherigen Morden sehe ich da aber keine Parallele. Wir müssen alle Fälle erneut unter einem völlig neuen Gesichtspunkt aufrollen. Sagt mal, ihr beiden, wie kamt ihr überhaupt auf die Idee, dass diese Morde etwas mit Pastor Feldmann zu tun haben könnten? Oder wie kamt ihr überhaupt auf das Thema?«

Johannes und Hajo schwiegen eine Weile unschlüssig. Schließlich begann Johannes: »Paps wollte wissen, warum ich damals den Kontakt zu Udo verloren habe. Da fing ich an zu weinen, und ich glaube, so eine Situation hatten wir beide noch nie zusammen erlebt. Darum musste ich ganz vorn anfangen.«

»Es spricht für euch, dass ihr dieses Gespräch überhaupt miteinander führen konntet, wenn auch sehr spät. Mich regt schon die Vorstellung auf. Da möchte man zum Pastor gehen und ihn auf der Stelle verhaften, was wir auch machen werden, sobald sich jemand traut, ihn wegen der Ereignisse in der Vergangenheit anzuzeigen. Dafür wird es nötig sein, mit möglichst vielen Opfern zu sprechen und uns einen Überblick über die Situation zu verschaffen. Nur aufgrund des bloßen Verdachts oder vager Aussagen, was anderen damals passiert sein könnte, können wir leider noch nichts tun. Aber trotz allem, was er sich früher hat zuschulden kommen lassen, scheint er im Moment Opfer zu sein und nicht Täter. Dennoch – oder gerade deshalb – ist es wichtig, dass wir ihn zum Reden bringen. Und bei allem Verständnis, das ich möglicherweise für die Motive des Täters haben könnte, leben wir hier in einem Rechtsstaat, der keine Selbstjustiz zulässt. Verdammt noch mal, warum zeigt er den Pastor nicht an? Warum stellt er sich nicht auf den Kirchplatz und klärt die Hellersberger darüber auf, was sie jahrelang geduldet, vertuscht, ignoriert haben?« Vanessa hatte sich in Rage geredet. »Johannes, was du erzählst, erklärt zwar, was mit Udo passiert ist, aber wie kommt ihr darauf, dass die Morde damit zusammenhängen?«

»Wir haben über diese Serie an Todesfällen nachgedacht, sowohl über die Morde, die eindeutig einen religiösen Bezug haben, als auch über die, deren Bezug zur Kirche nicht sofort zu erkennen war. Bei diesem ersten Cache, dem Lottoschein-Cache, bin ich mir nicht sicher, da ist das Thema nicht klar angeschnitten«, führte Hajo aus.

»›Der Teufel hat das Spielen erfunden, vielleicht treibt er es bis heute‹«, zitierte Vanessa die Cachebeschreibung aus dem Gedächtnis. »Der Besitzer nannte sich ›Sehenden Auges‹, und das Ziel sollte eine Kirche in Nürnberg sein. Wir müssen prüfen, ob Feldmann einen Bezug zu dieser Kirche hat oder ob es nur irgendeine Kirche in Nürnberg sein sollte, um den Zusammenhang zu Kirche überhaupt und zu diesem Buchstaben ›N‹ für ›Norden‹ herzustellen. Okay, gehen wir mal davon aus, dass unsere Annahme stimmt. Zweiter Cache?«

»›Hier wurden Grenzen überschritten‹«, zitierte dieses Mal Hajo. »Und ›Maria und Josef‹ als Owner, wieder ein religiöser Bezug. Der Name Josef wurde sogar erwähnt, ihr seid nur nicht darüber gestolpert, weil ihr die Zusammenhänge seinerzeit nicht kanntet. Und vielleicht war gar nicht die Grenze zwischen Rheinland-Pfalz und Saarland gemeint, sondern ethisch-moralische Grenzen.«

»Auch das leuchtet mir ein. Die Religionslehrerin wurde in der Kapelle ermordet, die dem heiligen Lutwinus geweiht ist, da erkenne selbst ich den religiösen Bezug. Und Nummer vier war der Schmied, bei dessen Cache sich einige Fragen um die Hellersberger Kirche drehten. ›Gemischtes Einzel‹ hingegen könnte auf eine unsittliche Beziehung zwischen einem Geistlichen und einem Minderjährigen anspielen«, sagte Vanessa.

»Der Tod auf dem Friedhof geschah in unmittelbarer Nähe der Kirche, da muss man nicht lange nach einem Bezug suchen. Bleibt nur die Frage, ob da auch wieder ein Cache dazugehört«, fasste Johannes zusammen.

»Die viel wichtigere Frage ist, wie es weitergeht. Wo könnte der nächste religiöse Zusammenhang hergestellt werden? Müssen wir die Kirche selbst überwachen? Den Pastor werde ich jedenfalls in Gewahrsam nehmen müssen. Was ist, wenn ein wütender Mob über ihn herfällt? Wenn die Mütter und Väter plötzlich einsehen, dass ihre Kinder damals die Wahrheit erzählen wollten und sie ihnen nicht geglaubt haben? Ich weiß gar nicht, wie es mit einer

Anklage aussieht. Die Verjährungsfristen hängen inzwischen zum Glück mit der Schwere der Tat und dem Alter der Opfer zusammen. Es wird die entscheidende Frage sein, wann sich welche Tat ereignet hat. Aber damit müssen sich Leute befassen, die sich besser damit auskennen als ich. Wichtig ist, wie gesagt, dass sich jemand traut, den Pastor anzuzeigen. Ich glaube, es ist alles andere als leicht, mit dieser Schmach, mit diesem erlittenen Leid an die Öffentlichkeit zu gehen und Anklage zu erheben. Habt ihr denn eine Vermutung, wer noch betroffen sein könnte? Ich kann nicht einfach heute Abend in die ›Post‹ gehen, mich an die Theke stellen und laut in die Runde fragen, wer von Pastor Feldmann in den vergangenen dreißig Jahren sexuell belästigt worden ist. Ich kann diese Männer nicht geradeheraus im Verhör fragen, ob sie als Kinder sexuell missbraucht wurden und darum heute Vergeltung suchen. Ich bin keine Psychologin, ich bin nur Polizistin. Und selbst wenn ich meine Kollegin Charlotte Baumgart hinzuziehe, stehen die Leute nicht wieder Schlange vor der Polizeiwache, um endlich eine Aussage machen zu können. Mal abgesehen davon, dass ihr beide ja meint, auffallend viele hätten Hellersberg früh verlassen. Die anderen sind vielleicht froh, dass sie ihre Erinnerungen ganz tief in sich vergraben konnten. Die möchten nicht daran erinnert werden, die möchten nicht, dass wir darin wühlen und alles wieder an die Oberfläche bringen. Das sind Menschen, die ganz viel Hilfe und Fürsorge benötigen, aber das können wir gar nicht leisten. Wir sind von der Mordkommission, wir müssen Morde aufklären – und vor allem Morde verhindern«, stöhnte Vanessa.

»Ich werde morgen ein paar meiner ehemaligen Klassenkameraden anrufen«, schlug Johannes vor. »Das heißt, ich könnte auch sofort damit anfangen, sofern du deinen Laptop dabeihast. Ich habe die aktuellen Adressen nicht, die müsste ich im Internet suchen.«

Vanessa schüttelte erschöpft den Kopf.

»Ruf Jürgen Rommelfanger oder Matthias Zimmer an. Die werden dir sicher mit einer Liste helfen können«, sagte Hajo.

Johannes sagte, er wolle zuerst Rommelfanger anrufen, nahm sein Rotweinglas und ging nach draußen in den Flur. Im folgenden Gespräch klang Johannes erst aufgebracht, mit einem Mal schwieg er und hörte nur noch zu. Als er wieder ins Wohnzimmer kam, war er blass.

»Jürgen auch«, seufzte er nur und setzte sich auf den Sessel, zog die Beine an und machte sich ganz klein.

»Was hat er erzählt?«, fragte Vanessa vorsichtig.

»Ich habe ihn gebeten, mir ein paar Telefonnummern zu geben, da wir gerade über Udos Tod gesprochen hätten und ich ein paar der Klassenkameraden dazu befragen wollte. Da meinte Jürgen, die Gründe lägen doch auf der Hand. Es seien die gleichen Gründe, aus denen die Zwillinge ausgetickt und einige andere so weit von Hellersberg weggezogen seien. Ich habe ihn gefragt, warum er denn zurückgekommen sei. Er hat mich beschimpft, dass ihm nichts anderes übrig geblieben sei nach dem Schlaganfall seiner Mutter. In seiner alten Pfarrei scien Gemeinden zusammengefasst worden, er wäre vermutlich in Kürze wegrationalisiert worden. Seine Wohnung war nicht geeignet für die Betreuung eines Pflegefalls, sonst hätte er seine Mutter irgendwie zu sich geholt. Wirklich viel verdient so ein Kirchenmusiker wohl nicht, und finanziell ist es für ihn selbstverständlich das Beste, die Miete zu sparen, während er in seinem Elternhaus wohnt.«

»Konnte er dir sonst noch etwas sagen? Ich meine, das ist ja schon eine Menge, aber wusste er Genaueres?«, fragte Vanessa.

»Er denkt, dass wir Oliver Schmidt mit ziemlicher Sicherheit ausschließen können, weil der evangelisch sei und somit mit dem Pastor nichts zu tun gehabt habe. Er hat mir zugesagt, sich morgen nach der Messe kurz mit dir zusammenzusetzen und die Namensliste mit dir durchzugehen. Soll ich noch weiter telefonieren, oder möchtest du seine Einschätzung morgen abwarten?«

»Ich denke, du hast dir für heute genug aufgeladen, du solltest dir nichts mehr anhören müssen, bevor du nach Hause fährst. Sonst bist du unterwegs so in Gedanken, dass dir auf der Fahrt etwas zustößt«, appellierte Hajo an seinen Sohn.

»Ich wollte ehrlich gesagt hier schlafen«, gestand Johannes matt. »Warum sollte ich nach Trier fahren? Lenny versteht mich sowieso nicht. Ich fahre heute eine halbe Stunde heim, morgen wieder eine halbe Stunde zurück, da bleibe ich lieber bei dir und führe mal wieder ein echtes Gespräch. Es tut gut, endlich einmal wieder zu

Hause zu sein. Und die Teilnahme an der Beerdigung von Oma Jungblut lasse ich mir bestimmt nicht nehmen.«

Hajo stand auf, schloss eine Glastür des alten Wohnzimmerschranks auf und nahm drei Cognacschwenker und eine Flasche Apfelbranntwein heraus.

»Ist zwar nicht ganz so gut wie der berühmte Calvados, aber für unsere ungeübten Zungen reicht er«, urteilte er und goss großzügig ein.

»Ich muss noch fahren«, protestierte Vanessa, aber Hajo winkte ab.

»Was denkst du denn, wer heute Abend eine Alkoholkontrolle machen könnte? Heiner etwa? Und solltest du im Graben landen, holen wir dich mit dem Traktor wieder raus und verzichten auf die Polizei. Das geht im Hochwald so, seit es Autos gibt.«

»Stell dir vor, was im Dorf los wäre, wenn ich alkoholisiert einen Unfall hätte. Oder wenn ich diese kopulierenden Pandas auf der Kreuzung über den Haufen fahren würde.« Sie lachte laut auf bei dem Gedanken. »Nein, ich glaube, das kann ich mir nicht leisten.«

»Ich glaube, dein Fiat könnte dem Pandamännchen unterlegen sein, ich würde es nicht ausprobieren«, empfahl Johannes und prustete los. Die Anspannung des Abends schien sich in seinem Lachen Bahn zu brechen, er weinte und lachte gleichermaßen.

Hajo verteilte die Gläser und prostete den beiden zu.

»Wir können uns noch nach diesem Glas überlegen, wie wir das lösen. Notfalls bringe ich dich mit dem Trecker nach Hause«, bot Hajo an.

»Also ›nach Hause‹ ist wirklich nicht die richtige Bezeichnung für den Gasthof«, wehrte sich Vanessa. »Obwohl ich inzwischen schon so lange da bin, dass ich mir die Bettwäsche selbst sollte aussuchen dürfen. Zu Hause hätte ich bei den Temperaturen jedenfalls Biberbettwäsche und kein Leinen, das ist viel zu kalt, wenn man abends ins Bett geht.«

Es war schon nach Mitternacht, als Vanessa auf ihre hohen Schuhe hinuntersah, die vor der Couch auf dem Teppich lagen. Sie hatte die Beine schon längst untergeschlagen und saß in eine dicke Decke gewickelt in die Sofaecke gekuschelt.

»Zeit zu gehen«, stellte sie übermüdet und leicht beschwipst fest.

»Soll ich dich fahren?«, fragte Johannes, aber Vanessa wollte ihn keinesfalls mehr hinters Steuer lassen, im Gegensatz zu ihr hatte er nicht nur jedes zweite Glas mitgetrunken.

»Wie wäre es, wenn du hierbleibst?«, schlug Hajo vor. »Ich muss sowieso Johannes' Bett beziehen, ich habe ja nicht geahnt, dass er hier schläft. Ich beziehe dir auch schnell ein Bett, und du schläfst in Katharinas Zimmer.«

»Wieso hattet ihr eigentlich getrennte Schlafzimmer?«, fragte Johannes seinen Vater.

Hajo stutzte anscheinend darüber, dass sein eigener Sohn das nicht wusste.

»Deine Mutter hatte ein sehr empfindliches Gehör, und je dicker ich wurde, desto schlimmer wurde meine Schnarcherei. Solange du zu Hause gewohnt hast, wollten wir nicht getrennt schlafen, damit du nicht den Eindruck bekommst, etwas sei nicht in Ordnung. Aber als du ausgezogen bist, bin ich ins Gästezimmer gezogen und habe deiner Mutter das Schlafzimmer überlassen«, erklärte er.

»Das Dorf wird wieder einen Grund zum Reden haben«, stöhnte Vanessa, aber Hajo beruhigte sie:

»Im Moment haben sie so viel anderes, worüber sie reden können, da spielst du in ihrem Leben wohl eher eine untergeordnete Rolle.«

Vanessa lächelte gequält. »Kann ich ein T-Shirt von dir haben, Hajo? Kaschmir ist ganz schlecht zum Schlafen, glaube ich.«

»Sieh oben in Katharinas Schrank. Da wirst du alles finden, was du brauchst. Und im Bad liegt ein Päckchen neue Zahnbürsten, habe ich gestern erst gekauft, bedien dich ruhig.«

Vanessa umarmte die beiden Männer.

»Danke für euer Vertrauen. Das war sicher kein leichter Abend für euch.«

Sie machte sich bettfertig und schlief umgehend in einem rosa Frotteeschlafanzug mit Blümchen ein.

ZEHN

Als Hajo und Johannes am Morgen in die Küche kamen, lag dort ein Zettel von Vanessa: »Ich kann es mir für meine Glaubwürdigkeit im Ort nicht leisten, bei euch zu frühstücken. Bin in der ›Post‹, vielen Dank, wir sehen uns zur Beerdigung.«

»Warum musste ich so früh Lenny über den Weg laufen statt einer solchen Frau?«, fragte Johannes verschlafen.

»Weil du mit Vanessa nicht deinen wundervollen Sohn bekommen hättest, sondern irgendein anderes Kind. Oder sie hätte Karriere gemacht, und du hättest gar keine Kinder. Also mach dir keine Gedanken um Dinge, die du nicht ändern kannst. Gibt es Probleme mit Lenny?«, fragte Hajo einfühlsam.

»Seit Jonas weg ist, haben wir gar keinen Grund mehr, den Schein zu wahren. Ich habe keine Zweifel daran, dass sie diese Nacht nicht allein verbracht hat. Sie war sicher froh, dass ich nicht nach Hause gekommen bin. Sie braucht nur mein Geld, um dadurch gut leben zu können, mit ihren Schickimicki-Freunden frühstücken und einkaufen zu gehen, in irgendwelche In-Boutiquen zu laufen und am Wochenende auf angesagten Partys mit Typen rumzuhängen, die vielleicht noch mehr Geld haben als ich«, zählte Johannes mit einer gewissen Abgeklärtheit auf. »Es ist wirklich erbärmlich.«

Sie frühstückten und zogen sich abermals die Trauerkleider des Vortages an. Um neun Uhr war die Messe in Hermeskeil, um halb elf in Hellersberg. Sie hatten Glück, dass Pastor Lämmle heute nicht die Messe in Kell oder Holzerath halten musste, sondern ihnen in Hellersberg zur Verfügung stand, obwohl er gestern schon hier gewesen war. Vier Gemeinden zu betreuen war zwar kostengünstig, aber es blieb kaum Zeit für Gemeindearbeit oder um eine engere Beziehung zu seinen Schäfchen aufzubauen.

»Wie begegne ich denn heute Josef Feldmann?«, überlegte Hajo laut.

»Wir dürfen ihn auf keinen Fall warnen, bevor Vanessa ihn angesprochen hat. Aber ich denke, das wird sie so bald als möglich erledigen. Wir sollten uns vorerst von ihm fernhalten. Bei der Trauerfeier können wir ihm aus dem Weg gehen, und anschließend gehen wir geocachen, wie ich gehört habe, da werden wir ihm auch nicht begegnen«, antwortete Johannes.

»*Wir* gehen geocachen? Du willst mit?«, wollte Hajo bestätigt haben.

»Na ja, ich kann euch doch nicht alleinlassen«, räumte Johannes schmunzelnd ein.

»Ich glaube, Vanessa hat Heiner angedroht, dass er mit ihr laufen muss, also mach dir keine Hoffnung«, dämpfte Hajo die Erwartungen seines Sohnes.

»Einen Tag mit dir im Wald hatte ich vermutlich seit meinem vierzehnten Lebensjahr nicht mehr, ich denke, das ist auch nicht zu verachten.«

Ruth Eiden wirkte verwundert darüber, dass Vanessa bereits so früh in der Gaststube saß, um zu frühstücken. »Haben Sie heute Morgen um sechs Uhr auch die Geräusche im Treppenhaus gehört?«, fragte sie scheinheilig.

»Oh, hoffentlich habe ich Sie nicht geweckt, das tut mir leid. Ich hatte meinen Computer im Auto vergessen und war um die Zeit draußen«, log Vanessa.

»Ich habe Sie gestern Abend gar nicht kommen hören«, bohrte die Wirtin weiter.

»Das mag sein«, räumte Vanessa ein. »Ich habe lange gearbeitet und muss auch gleich dringend noch auf die Dienststelle. Ich muss einen Bericht für meine Kollegen in Trier schreiben. Wir sehen uns dann zur Beerdigung.«

»Ich kann doch gar nicht kommen, auch wenn mir das sehr leidtut wegen Oma Jungblut. Ich muss in der Zeit den Kaffee für hinterher vorbereiten und schon wieder Brötchen schmieren. Zum Glück habe ich heute Hilfe. Diana Erschens und Philipp Ott helfen mir. Sie haben mir erzählt, sie wollten sich sowieso treffen, um durch den Wald zu streifen, da könnten sie auch vorher hier helfen.«

Vanessa wurde hellhörig. Sie musste den Jugendlichen unbedingt sagen, dass sie vorerst keine Caches machen sollten, es war momentan wirklich zu gefährlich.

»Sollte mein Kollege aus Trier bei Ihnen erscheinen, schicken Sie ihn bitte zur Dienststelle«, bat Vanessa die Wirtin.

»Heute kommen die Sargträger sicher nicht zu mir während der Beerdigung, ich glaube, dieses Mal werden sie das Grab bewachen, aber schön alle zusammen«, plauderte die Wirtin, während sie die Tische für den Beerdigungskaffee eindeckte.

»Was haben Sie da gesagt?«, fragte Vanessa entgeistert.

»Na ja, gestern kamen die drei ja ein Bierchen trinken, während alle anderen in der Messe waren. Das ist aber auch langweilig, da draußen zu stehen und zu warten. Aber der Herr Engel sieht das nicht gern, Alkohol im Dienst und so, darum darf er das nicht erfahren.«

»Wissen Sie eigentlich, was Sie mir da erzählen? Die drei haben behauptet, sie hätten vor dem Friedhofstor unter der Linde gestanden und geraucht. Der Friedhof war demnach völlig unbeaufsichtigt. Wer wusste das sonst außer Ihnen?«

Ruth Eiden hielt inne. »Das kann ich Ihnen nicht sagen. Ich hatte in der Zeit eine Fahrradgruppe in der Gaststube, aber keine Hellersberger. Das würde sich auch niemand trauen, nicht zur Beerdigung zu gehen und sich in der Zeit öffentlich blicken zu lassen.«

»Waren die Fahrradfahrer im Biergarten? Haben Sie vielleicht draußen jemanden beobachtet, ohne sich der Bedeutung bewusst zu sein?«

»Nein, tut mir leid. Die Radfahrer hatten Essen bestellt, da war ich fast die ganze Zeit in der Küche. Die wollten Rumpsteak mit Zwiebeln und Bratkartoffeln, das ist ein bisschen Aufwand, da war ich längere Zeit hinten.«

Vanessa würde die Bestatter unbedingt befragen müssen. Wichtig war vor allem, zu erfahren, ob sie einen anderen Grund gehabt haben konnten, den Friedhof und die Grabstelle unbeaufsichtigt zu lassen, als nur ein Bier am Morgen. Möglicherweise hatte jemand sie unter einem Vorwand fortgeschickt? Oder konnte der Täter einen Komplizen unter den Sargträgern gehabt haben?

»Frau Eiden, kennen Sie diese Sargträger näher?«

»Na sicher, wie man sich halt im Hochwald so kennt. Nur den jüngeren kenne ich nicht so gut, das ist eine andere Generation, aber der Wilfried zum Beispiel –«

Vanessa unterbrach sie. »Ist einer der Männer gebürtiger Hellersberger, oder hat einer von ihnen irgendwelche Beziehungen zum Ort?«

»Na, so genau kann ich das nicht beantworten. Da müssen Sie sie doch selbst fragen. Wir sind schließlich alle um fünf Ecken miteinander verwandt oder verschwägert, aber ich hätte mal gesagt, Hellersberger ist keiner von denen.«

Ruth Eiden hatte in der Post merklich die Werbetrommel für die heutige Bestattung gerührt. Für einen Sonntagmorgen, an dessen Vortag es bereits eine Messe gegeben hatte, war die Kirche verblüffend voll. Vanessa hatte gestern mit Gunter abgesprochen, dass sie beide zusammen mit Heiner Landscheid während des Gottesdienstes vor der Kirche auf dem Friedhof bleiben und darauf achten würden, dass sich auch niemand draußen herumtrieb, der dort nichts zu suchen hatte. Eine weitere verpatzte Beisetzung würde Herrmann Jungblut sicherlich nicht verkraften. Herr Engel würde heute selbst als vierter Mann bei der Grablegung helfen.

Auf dem Friedhof war alles ruhig und unauffällig. Heiner Landscheid stand am vorderen Eingangstor und überblickte den Kirchplatz, während Gunter den hinteren Eingang im Blick hatte und Vanessa den Zugang von der Kirche zum Friedhof. Die Türen waren geschlossen, die Musik hatte eingesetzt. Vanessa ging zu ihrem Trierer Kollegen, teilte ihm kurz die Ergebnisse des Abends mit und händigte ihm den schriftlichen Bericht für ihre Vorgesetzten aus.

»Wir müssen als Allererstes mit Rommelfanger sprechen. Wir können den Pastor nicht aufgrund einer Aussage aus dritter Hand festnehmen«, sagte Vanessa.

»Den Pastor habe ich heute noch gar nicht gesehen«, erinnerte sich Gunter.

»Gut, dann suchen wir ihn später auf, aber erst müssen wir mit Rommelfanger und den Sargträgern sprechen.« Vanessa gab wieder, was Ruth Eiden ihr über die Sargträger erzählt hatte. »Wir haben uns bislang ganz auf Hellersberger konzentriert, aber wir müssen uns vergewissern, dass Pastor Feldmann früher nicht auch in den Nachbargemeinden tätig war. In dem Fall könnte es auch beispielsweise ein ehemaliger Ministrant aus Kell sein, der sich bewusst nicht an Leuten aus seinem eigenen Dorf vergreift, sondern im Nachbarort Angst schüren möchte.«

»Ist in Ordnung, ich schnappe mir die drei Sargträger nach der Beerdigung«, bot Gunter an.

»Wie wollen wir mit dem Pastor umgehen?«, fragte Vanessa ihren Trierer Kollegen, mit dem sie sonst immer ein gleichberechtigtes Team bildete, was bei dieser ortsübergreifenden Zusammenarbeit aber schwierig war.

»Ich schlage vor, dass ich ihn anschließend zur Vernehmung bestelle. Es muss sich allerdings zeigen, ob er nach wie vor belangt werden kann, dafür sollten wir einen Kollegen hinzuziehen, der sich damit auskennt. Unabhängig von seiner Schuld müssen wir ihn darauf hinweisen, dass er in Gefahr schweben könnte, und ich finde den Gedanken gut, ihn zunächst in Gewahrsam zu nehmen«, fasste Gunter Hermesdorf zusammen.

»Bleib du bitte draußen, ich gehe mit Polizeihauptmeister Landscheid in die Kirche und behalte mit ihm zusammen die Trauergemeinde im Blick. Nach der Beisetzung sprichst du mit den Angestellten des Bestatters, ich mit Rommelfanger, und danach nehmen wir uns zusammen den Pastor vor«, sagte Vanessa.

Sie ging zu Landscheid, sprach kurz mit ihm und kehrte noch einmal zu Gunter zurück. »Ich habe Landscheid gefragt, wo Feldmann ist. Er sagt, der sei zum Geburtstag seiner Schwester in den Westerwald gefahren und käme erst morgen früh zurück. Dann gehst du mit zum Totenkaffee, hältst Ausschau und stellst unauffällige Fragen. Ich bin die Polizistin, mit mir redet sowieso niemand, aber dich kennen bislang nicht alle Hellersberger. Die Eingeborenen sind zwar allen Neuen gegenüber misstrauisch, aber bei dir werden sie vielleicht denken, du gehörst zur Trauergemeinde und somit zur Familie. Und wenn Feldmann momentan ohnehin nicht erreichbar ist, hast du heute Nachmittag einfach mal frei und Zeit für deine Familie. Ich gehe in der Zeit mit drei Teams in den Wald und suche nach Caches, die uns weiterbringen, damit wir diese Endkoordinaten endgültig finden. Ingo und Bernadette waren gestern schon unterwegs und haben sechs Caches geschafft, aber ihnen ist nichts Verdächtiges aufgefallen. Wir haben uns aufgeteilt und abgesprochen, wer welches Gebiet abklappert. Ich gehe mit Heiner Landscheid, Hajo Nert geht mit seinem Sohn. Ich hatte erst überlegt, ob wir Polizisten uns aufteilen sollten, aber ich glaube, dieser Landscheid würde eine Spur nur dann erkennen, wenn ausdrücklich ›Ich bin eine Spur‹ daran steht, den habe ich lieber unter meinen Fittichen.« Sie eilte wieder zu Landscheid und nahm ihn mit in die Kirche, während der Trierer Kommissar den Friedhof und somit auch die Bestatter überwachte.

Vanessa hatte Maria Jungbluts Erklärung, warum die Bestattung verschoben worden war, leider verpasst, aber die Stimmung gegenüber dem Pastor wirkte nicht feindselig, und Vanessa hatte den Eindruck, die Schwiegertochter der Toten habe den richtigen Ton getroffen.

Der Gottesdienst verlief feierlich und ohne Zwischenfälle, und auch die Bestattung fand planmäßig statt. Heiner Landscheid und Vanessa verabredeten sich für in einer halben Stunde auf der Dienststelle, und Vanessa ging zurück in die Kirche, um mit dem Organisten zu sprechen. Jürgen Rommelfanger saß an seinem Instrument und spielte in Gedanken vor sich hin. Als Vanessa neben ihn trat, schrak er zusammen, und sofort ruhten seine Finger auf den Tasten.

»Hallo, Herr Rommelfanger, danke, dass Sie sich ein paar Minuten Zeit für mich nehmen. Habe ich Johannes richtig verstanden, dass Sie nur wenig Zeit haben? Ich habe selbst nur maximal zwanzig Minuten, sonst verschiebe ich auch gern ein Treffen mit meinem Kollegen«, bot Vanessa an.

»Nein, nein, das passt gut. Ich spiele heute Nachmittag noch bei einer Veranstaltung in Kell und möchte mich nicht lange aufhalten.« Rommelfanger spielte nervös an dem untersten Knopf seiner schwarzen Anzugjacke herum. »Ich habe ehrlich gesagt gestern zum allerersten Mal über das Thema mit jemandem gesprochen«, gestand er Vanessa. »Das fällt mir ganz schön schwer, zumal wir hier auch noch an seiner Wirkungsstätte sind.«

Vanessa zuckte zusammen, darüber hatte sie gar nicht nachgedacht.

»Ist schon okay«, beschwichtigte sie der Organist. »Es würde mir wahrscheinlich an keinem Ort leichterfallen, also bringen wir es hinter uns.« Er zögerte. »Johannes hat angedeutet, dass Sie eine Vorstellung davon haben, was damals vor rund zwanzig Jahren passiert ist. Anscheinend ist Johannes einigermaßen verschont geblieben, er musste *nur*« – bei dem Wort lachte er bitter auf – »mit der Scham und der Angst leben. Und mit der Ungewissheit, was damals mit seinem besten Freund passiert ist. Damit, dass niemand Udo geglaubt hat und dieser später selbst nicht mehr wusste, was er glauben sollte. Ansonsten ist er sozusagen unversehrt geblieben. Andere nicht. Ich glaube ehrlich gesagt, Matthias Zimmer ist auch verschont geblieben. Er ist nicht so abgebrüht, dass er ein Klassentreffen organisiert hätte, wenn ihm die Vorgeschichte dieser Klasse so bewusst gewesen wäre. Was mit Roland und Hartmut war, kann ich nicht beurteilen, aber ich würde mich an Ihrer Stelle einmal dringend mit Volker in Verbindung setzen.«

»Volker?«, fragte Vanessa nach.

»Volker Gorges, Rechtsanwalt in Frankfurt. Er wohnt im Taunus, und soviel ich weiß, hat er sich auf Fälle von Kindesmissbrauch spezialisiert. Das dürfte kein Zufall sein. Ich habe Ihnen die Liste mit den Adressen und Telefonnummern, die wir für unser Klassentreffen erstellt hatten, einmal ausgedruckt, ich hoffe, das ist für alle Beteiligten in Ordnung.« Rommelfanger zog ein zerknittertes Blatt Papier aus seiner Jackentasche, das er zu einer Rolle gedreht hatte.

»Herr Rommelfanger, waren Sie selbst von körperlichem Missbrauch betroffen?«, fragte Vanessa.

Er blickte hinauf zu den beeindruckenden Pfeifen seines Instrumentes. »Ich wollte ein Leben lang schon Organist werden. Kein Pianist, ich wollte an solch einer Orgel sitzen und Kirchen mit meiner Musik füllen. Sie glauben gar nicht, wie schwer es mir nach meinen Erfahrungen gefallen ist, diesen Wunsch nicht aufzugeben. Aber Orgeln kann man eben nur in Kirchen spielen, da gibt es keine Alternative. Es hat mich lange Zeit gekostet, diesen Ort wieder zu betreten, das können Sie mir glauben.« Wieder stockte er. »Der Körper vergisst die Demütigungen vielleicht, aber der Kopf nicht. Nicht am Tag und erst recht nicht in der Nacht.«

Vanessa lief ein Schauer über den Rücken. »Herr Rommelfanger, bitte entschuldigen Sie meine Beharrlichkeit, aber was ist Ihnen zugestoßen?«

Rommelfanger sah sie lange an und blickte schließlich auf seine Hände, die auf den Tasten ruhten. »Frau Kommissarin, es dauert viel zu lange, Ihnen das jetzt zu schildern. Das wollen Sie in der Kürze und hier in der Kirche auch gar nicht hören.«

»Gibt es weitere Orte, die Sie mit den Geschehnissen von damals in Verbindung bringen? Wir fürchten, es könnten weitere Morde geschehen, und wir würden gern dem Täter einen Schritt voraus sein«, sagte Vanessa.

»Darüber habe ich seit gestern schon gegrübelt. Wir waren häufig in der Eifel in der Teufelsschlucht, wir waren zelten, aber das war an ganz verschiedenen Orten. Außerdem waren wir in Kell im Haus der Jugend. Sonst fällt mir nichts ein. Hilft Ihnen das irgendwie weiter?« Er sah sie erschöpft an, und Vanessa glaubte, in seinen Augen spiegele sich das Grauen seiner Erinnerungen.

»Alles hilft uns weiter, alles, was ein wenig Licht in diese Düsterkeit bringt. Herr Rommelfanger, wir brauchen Zeugen, Opfer, die bereit sind, Pastor Feldmann anzuzeigen, damit wir tätig werden können.«

Rommelfanger lachte verbittert auf. »Sie wissen doch selbst, dass die Taten mittlerweile verjährt sind, da haben Sie doch gar keine Handhabe mehr.«

»Die Rechtsprechung hat sich seit damals geändert, und die Verjährungsfrist beginnt je nach Tat erst mit dem vollendeten achtzehnten Lebensjahr des Opfers. Es könnte also noch rechtzeitig sein. Bitte rufen Sie mich unbedingt an, wenn Ihnen noch etwas einfällt.« Sie reichte dem Musiker eine Visitenkarte mit ihrer Handynummer. »Sie wissen, dass ich zurzeit in der ›Post‹ wohne, Sie können mich jederzeit dort oder über diese Nummer erreichen. Ich danke Ihnen für Ihre Mitarbeit, auch wenn ich mir vorstellen kann, wie schmerzhaft das für Sie sein muss.«

»Ich bin es Udo schuldig. Und den anderen, deren Seelen nicht mehr gerettet werden konnten, vor allem den Zwillingen. Vielleicht könnten die Ihnen weiterhelfen, aber ich fürchte, ihre Erinnerungen sind ausgelöscht, versoffen, verdrängt. Ich bin gar nicht sicher, ob ich den Pastor davor bewahren möchte, dass sein Rächer endlich bei ihm selbst zuschlägt.«

»Herr Rommelfanger, Sie wissen, dass Sie sich mit solchen Aussagen selbst verdächtig machen? Wir müssen uns dringend morgen einmal auf der Dienststelle zusammensetzen, kommen Sie bitte um vierzehn Uhr ins Büro. Dann wird auch unsere Psychologin anwesend sein, und es ist wichtig, dass Sie eine Aussage zu den damaligen Geschehnissen machen. Wir müssen etwas in der Hand haben, um den Pastor verhaften zu können. Kann ich Sie auf dem Handy anrufen, falls sich bei uns eine zeitliche Änderung ergeben sollte?«

»Leider nein, mein Handy ist ja verschwunden.«

Vanessa zog die Augenbrauen hoch. »Was heißt ›verschwunden‹?«

»Ich vermisse es, seit ich am Freitag in der ›Post‹ war. Ich habe es aber heute Morgen erst bemerkt. Ich muss mal bei Ruth Eiden nachhören, ob sie es gefunden hat. Warum fragen Sie?«

»Was war das für ein Handy?«, hakte Vanessa nach.

»Ich kenne mich mit solchen Dingen nicht aus. Ich hatte es gar nicht lange, ich müsste zu Hause nachsehen. Warum interessiert Sie das?«

»Wir sprechen morgen weiter, wenn es Ihnen recht ist. Und ich glaube, wenn Sie sich jemandem anvertrauen möchten, haben Sie in Pastor Lämmle einen richtig guten Zuhörer«, empfahl Vanessa.

»Danke, ich weiß Ihre Anteilnahme und Ihre Fürsorge zu schätzen«, brachte Rommelfanger in einem Ton hervor, der sie abermals frösteln ließ.

Eilig verließ sie die Kirche und ging kurz in den Gasthof, um sich umzuziehen. Unterwegs las sie eine SMS von Gunter. Die Sargträger hatten die Aussage von Ruth Eiden bestätigt, dass sie während der Beerdigung in der ›Post‹ zum Frühschoppen gewesen waren. Ruth Eiden hatte kein Handy gefunden. Vanessa müsste Bernadette bitten, die Fingerabdrücke, die sie auf Thomas Jungbluts Handy gefunden hatte, mit denen des Organisten zu vergleichen. Wenn es wirklich Rommelfangers Handy war, das in Thomas Jungbluts Jackentasche gesteckt hatte, dann würde dies auch erklären, warum der Metzger mit dem Handy nicht zurechtgekommen war und es nicht schnell hatte abschalten können, als es klingelte. Damit würde Jürgen Rommelfanger als Täter auf jeden Fall ausscheiden. Davon abgesehen, dass er zur Tatzeit an der Orgel gesessen und gespielt hatte, hielt Vanessa ihn für klug genug, dem Toten nicht sein eigenes Handy unterzuschieben. Andererseits konnten sie davon ausgehen, es mit einem sehr intelligenten Täter zu tun zu haben, vielleicht verließ er sich darauf, dass die Polizei ihm manche Dinge nicht zutraute. Sie würde den Freak damit beauftragen, Rommelfangers Handyverbindungen beim Telefonanbieter anzufordern, aber sie hatte bereits die Erfahrung gemacht, dass so etwas einige Tage dauern konnte, besonders übers Wochenende. Vanessa schnappte sich im Vorbeigehen ein belegtes Brötchen mit Salami und einer Eischeibe und ging in Wanderkleidung zur Polizeidienststelle. Dort wartete Heiner Landscheid, der sich nach der Trauerfeier ebenfalls umgezogen hatte. Seine Laune passte zu einer Trauerfeier, nicht aber zu diesem strahlend schönen Herbsttag, den er im Freien würde verbringen dürfen.

»Mein Sohn Thorsten würde gern mitkommen. Er wollte eigentlich zusammen mit seinen Freunden cachen, aber Sie haben ihnen das ja verboten. Da dachte er, vielleicht kann er mit uns mitkommen und unter polizeilicher Aufsicht mit Ihnen diese seltsamen Dosen suchen. Ist das okay?«, fragte Landscheid in nörgelndem Tonfall.

Vanessa überlegte. Einerseits hätte sie mit dem Kollegen gern die weitere Strategie besprochen, andererseits hatte sie Angst vor dessen Geschwätzigkeit und davor, dass der Pastor gewarnt werden könnte, bevor sie selbst mit ihm sprechen konnte. Wenn Thorsten dabei wäre, hätte sie einen guten Grund, nicht mit Landscheid über die Ermittlungen zu sprechen. Darum stimmte sie zu, den Sohn mitzunehmen, aber keine weiteren Jugendlichen. Sie würde ihm einschärfen müssen, sich im Hintergrund zu halten und nur zu beobachten, nicht aber selbst die Dose anzufassen, wenn sie überhaupt eine fänden.

Es war fast halb eins, als Vanessa mit Vater und Sohn Landscheid loszog. Sie hatte sich in der Zwischenzeit mit ihrem Handy befasst und hatte nun eine Vorstellung davon, wie sie den ersten Cache mit Hilfe ihres Handys finden könnte. Sollte sie an der Technik scheitern, müsste sie die beiden nach Hause schicken und sich doch Hajo und Johannes anschließen, die erst später, nach dem Totenkaffee in der »Post«, aufbrechen würden. Da es ein klarer, wenn auch kühler Tag war, würde es recht lange hell sein. Sie konnten sich daher durchaus Zeit lassen.

Thorsten hatte sich im Internet mit Jonas übers Cachen ausgetauscht und erklärte seinem Vater voller Begeisterung, wie alles funktionierte. Sie hatten sich auf ein Gebiet südlich von Hellersberg beschränkt, während Ingo und Bernadette nördlich und Hajo und Johannes östlich suchen würden. Der erste Cache war von der Straße aus schnell zu erreichen. Auto abstellen, ein kurzes Stück in den Wald hineingehen, loggen, weiterfahren. Das war noch nach Heiner Landscheids Geschmack: nicht viel Bewegung und ein schneller Erfolg. Beim zweiten Cache ging es noch schneller, er war direkt auf einem Wanderparkplatz zu finden. Die Suche nach dem dritten Cache führte sie an eine Quelle, die in ein steinernes Becken sprudelte. Unter dem gemauerten Becken fand Vanessa eine Dose, die ihrer Meinung nach unverdächtig war, sodass sie Thorsten gestattete, eine kleine Taschenlampe gegen ein Schlüsselband zu tauschen.

»Ich brauche dringend einen Cachernamen, bislang habe ich mich nicht selbst eingetragen. Was meint ihr denn, wie ich mich nennen soll?«, fragte Thorsten. »Ich muss noch loggen.«

Vanessa nickte. Auch sie würde dieses Hobby weiterführen, sie brauchte ebenfalls ein eigenes Profil. »Was machst du noch mal beruflich?«, fragte sie den jungen Mann.

»Ich bin bei einem Zimmermann in der Lehre, letztes Lehrjahr. Warum?«

»Wie wäre es mit ›Auf der Walz‹ oder so?«, schlug Vanessa vor.

»Das klingt gut, schließlich bin ich in dem Fall ein Zimmermann auf Wanderschaft. Was meinst du?«, stupste Thorsten seinen Vater an.

»Hm«, meinte der nur.

»Okay, und unter welchem Namen stehen Sie drin?«, wollte Thorsten von Vanessa wissen.

»Ehrlich gesagt habe ich mich bisher unter Hajos Cachernamen eingetragen. Wie wäre es denn mit ›SEK Hochwald‹?«

»Klingt wichtig, das gefällt mir. Ich trag Sie mit ins Logbuch ein«, bot Thorsten an und trug beide in das kleine Notizheft ein.

»Scheint gar nicht so schlecht zu sein, die ganze Sache«, brummte Heiner Landscheid. »Wo ist der nächste Cache?«

»Ich habe einen Cache auf einem Trimm-dich-Pfad rausgesucht. Kennen Sie den?«

»Na klar, der wurde angelegt, als ich wahrscheinlich etwa so alt war wie Thorsten. Da ist ein Parkplatz, von dem aus man in den Wald geht. Ist der angegeben?«

Vanessa blickte auf ihr Handy, das im Moment keinen guten Empfang zwischen den hohen Fichten hatte.

»Ich schlage vor, wir fahren mal dahin, und Sie sehen dann, ob die Angaben auf Ihrem Handy stimmen. Es sind vielleicht zehn Minuten mit dem Auto«, meinte Landscheid, und sie machten sich auf den Rückweg zum Streifenwagen.

Auf dem Parkplatz musste Vanessa ein wenig mit ihrem Handy hin und her laufen, bis sie GPS-Empfang hatte und bestätigen konnte, dass sie sich an der richtigen Stelle befanden. Der Trimm-dich-Pfad war ausgeschildert, und sie gingen einen breiten Weg entlang in den Wald, der mit einer Schranke abgesperrt war. Es konnten Langholztransporter durchfahren, aber sonstige Fahrzeuge waren unerwünscht.

»Haben diese Cacheleger wieder irgendwelche religiösen Namen?«, wandte sich Landscheid an Vanessa.

»Nein, darauf haben wir extra geachtet, sonst hätten wir deren Caches zuerst gesucht. Der Owner, auf dessen Spuren wir gerade sind, nennt sich ›Karlsson vom Dach‹. Der Cache wurde zuletzt vorgestern gefunden, scheint demnach ganz gut zugänglich zu sein. In der Beschreibung steht, man solle die Gelegenheit nutzen, den Trimm-dich-Pfad zu machen.« Vanessa las den Text vor: »Vor vierzig Jahren wurde der erste Trimm-dich-Pfad angelegt, dem zahlreiche weitere in den siebziger Jahren folgten. Seit den Achtzigern verloren Trimm-dich-Pfade durch die Jogging-Bewegung an Bedeutung. Genieß es, dass dieser Pfad noch immer gepflegt wird.«

Thorsten wollte wissen, wie viel Zeit für den Cache veranschlagt war.

»Es ist ein Multicache, wir werden vermutlich die Stationen alle nacheinander machen müssen, um die endgültige Dose finden zu können. Es sind insgesamt acht Teilaufgaben, deren Ergebnisse wir in die Endkoordinaten einsetzen müssen. Da steht übrigens ›Small‹, also die Größe einer Brotdose oder so. Wir müssen aber nicht alle Liegestütze und Armschwünge machen, auch wenn das sicher ein großer Spaß wäre, wenn wir drei uns im Wald körperlich ertüchtigen«, lachte Vanessa.

Landscheid schnaubte verächtlich. Der Pfad war links des befahrbaren Wegs ausgeschildert, und sie traten zwischen die Bäume, als Landscheid fluchte.

»Seht euch an, was die Wildschweine hier wieder gemacht haben. Alles aufgewühlt. Die zerstören noch den ganzen Hochwald«, schimpfte er.

Vanessa konnte, da sie direkt hinter dem stämmigen Kollegen ging, den Schaden bislang nicht sehen, aber als Landscheid zur Seite trat, sah auch sie, dass die Wildschweine auf der Suche nach Futter den ganzen Boden umgepflügt hatten. Als Allesfresser hatten sie zurzeit mit Kastanien und Pilzen reichlich Nahrung im Wald, aber sie suchten üblicherweise auch nach Kleintieren und bohrten mit ihren Rüsseln tiefe Furchen in die Erde.

»Der Trimm-dich-Pfad ist ja quasi zerstört«, stieß der Hellersberger Polizist entsetzt hervor.

»Okay, da haben Sie sicher jemanden, der sich darum kümmert. Wir müssen uns aktuell jedenfalls um diesen Cache kümmern. Da gibt es unterwegs keine Dosen, sondern wir brauchen für die Koordinaten nur verschiedene Angaben von den Trimm-dich-Schildern. Wie viele Liegestütze soll man an Station eins machen, wie viele Baumstämme sind an Station zwei zu besteigen, wie viele Haltegriffe hat die Hangelstation und so weiter? Das machen wir mal eben. Passt nur auf, wo ihr hintretet!«, forderte Vanessa ihre Begleiter auf.

Thorsten ging zügigen Schrittes vor, wohingegen sein Vater

wie gelähmt war. Er erzählte Vanessa, er habe schon oft mit den Anwohnern diskutiert, wie es mit dem Schwarzwild weitergehen solle. Einige forderten sogar, sie sollten die Bundeswehr holen, um die Tiere abzuschießen, andere wollten, dass die Polizei die Tiere abschoss. Die Jäger hätten erhöhte Quoten und veranstalteten große Jagden, aber da sich die Anzahl der Tiere in den zum Teil milden Wintern der letzten Jahre verdreifacht habe, würden sie der verstärkten Population nicht Herr. Mittlerweile könne man in jedem einfachen Gasthof Wildschwein zu günstigsten Preisen essen. Die Tiere trauten sich immer näher an die Wohnbebauung heran, würden Mülltonnen umwerfen und deren Inhalt durchstöbern. Zäune böten den bis zu zweihundert Kilo schweren Tieren überhaupt keinen Einhalt, darum forderten die Anwohner von der Gemeinde und vom Land finanzielle Unterstützung zur Errichtung von Mauern, aber dafür stünde wie überall kein Geld zur Verfügung.

So schnell der völlig durchwühlte, aufgeweichte Boden es zuließ, gingen Vanessa und Thorsten von Station zu Station und notierten sich die erforderlichen Zahlen. Thorsten machte einen Armschwung hier und eine Rumpfbeuge dort und ließ sich von den Bemerkungen seines Vaters, der, ohne mitzumachen, an ihnen vorbeizog, nicht bremsen. Die Zahlen notierten sie auf der Cachebeschreibung, die Vanessa ausgedruckt hatte. Unter der letzten Aufgabe stand, wie sie die Zahlen zusammensetzen mussten, um an die Endkoordinate zu gelangen.

»Da hat einer eine Dose in den Wald geworfen«, rief Landscheid, der schon ein Stück weiter zum Ende des Trimm-dich-Pfades gelaufen war, und hob die stark verformte Dose auf. Es war eine Brotdose mit einem Deckel zum Festklicken, wie sie häufig von Cachern benutzt wurde. Sie hatte deutliche Bissspuren, und eine Seite war gebrochen, aber die Wildschweine hatten die Dose nicht ganz geknackt.

»Hey, ihr könnt aufhören, ich hab euren Schatz gefunden. Zumindest sind das gleiche Zeichen und so ein Zettel innen in die durchsichtige Dose geklebt, dass es sich um den Teil eines Spieles handelt«, rief er triumphierend in den Wald und machte dabei den Deckel auf. Mit einem Schrei ließ er die Dose fallen, wodurch

Vanessa und Thorsten, die gerade lachend über einen Baumstamm balancierten, vollends auf ihn aufmerksam wurden und zu ihm herüberkamen.

Landscheid war blass geworden und setzte sich auf einen Baumstumpf, wo er sich den Schweiß von der Stirn wischte.

»Vater, was ist los?«, fragte Thorsten und legte ihm eine Hand auf die Schulter.

»Da«, sagte sein Vater und zeigte auf den Boden, wo er eben noch gestanden hatte.

Geistesgegenwärtig zog Vanessa Latexhandschuhe, die inzwischen zu ihren ständigen Begleitern geworden waren, aus der Tasche. Auf dem Boden lagen einige Gegenstände verstreut, die Vanessa als einen Kreisel, einen Luftballon, einen kurzen Bleistift, einen Einkaufschip in einem Halter und eine Wanderkarte erkannte. Unter dem Logbuch schien noch etwas zu liegen, aber Vanessa machte zunächst ein Foto mit ihrem Handy, bevor sie das Notizheft aufhob. Darunter lag ein abgetrennter Mittelfinger, um den eine billige Kette mit rosafarbenen größeren und kleineren Perlen und einem kleinen Kreuz gewickelt war. Vanessa musste schlucken. Thorsten trat neben sie, erkannte, was seinen Vater so aus der Bahn geworfen hatte, und erbrach sich. Vanessa sprang zurück, damit ihre Hose keine Spritzer abbekam, und führte den jungen Mann dann zu dem Baumstumpf, auf dem sein Vater saß.

»Ihr seid echte Helden. Ein Wildschwein könntet ihr wahrscheinlich aufbrechen, aber so was wirft euch aus der Bahn. Soll ich das Auto holen?«

»Wie geht es bloß weiter?«, erkundigte sich Landscheid mit zitternder Stimme.

»Also erst einmal können die anderen beiden Teams ihre Suchen abbrechen. Einen wichtigen Cache haben wir auf jeden Fall gefunden, ich hoffe, dass es der einzige war und nicht noch mehr im Wald versteckt sind.« Sie blickte auf ihr Handy, das zwischen den Fichten wieder keinen Empfang hatte.

»Ohne Sie und die Wildschweine hätten wir den Cache nie gefunden, mein Handy lässt mich im Wald jedenfalls im Stich. Hat einer von euch ein Handy, mit dem man auch im Hochwald telefonieren kann?«, fragte Vanessa.

Landscheid zitterte so sehr, dass er gar nicht in seine Tasche greifen konnte, aber Thorsten antwortete, sie könne seins benutzen. Vanessa setzte ihren Rucksack ab und bot beiden Männern einen Schoko-Müsli-Riegel an, damit sich ihre Mägen ein wenig beruhigten. Danach rief sie erst Ingo an und teilte ihm mit, dass er und Bernadette ihre Suche abbrechen könnten, und bat sie zu kommen. Vanessa gab ihnen die Koordinaten des Parkplatzes durch und schlug vor, sie sollten sehen, ob die Schranke abgeschlossen sei und ob sie mit dem Auto bis in die Nähe ihres Standortes fahren könnten. Den konnte sie allerdings nur beschreiben, da die Navifunktion ihres Handys keine verwertbaren Angaben lieferte, aber sie würden gleich noch mal telefonieren, sobald die beiden auf dem Waldweg seien. Ingo mutmaßte, dass sie mindestens zwanzig Minuten zu ihnen brauchen würden, da sie selbst auch erst zu ihrem Auto zurückgehen müssten. Als Nächstes rief Vanessa Hajo an und teilte ihm ebenfalls mit, es sei nicht mehr notwendig, weiterzusuchen, sie hätten den Cache gefunden, der im Zusammenhang mit dem letzten Mord stand.

Vorsichtig schlug Vanessa das Logbuch auf und las den letzten Eintrag. Er war auf Sonntagmorgen, halb elf, datiert, folglich gerade viereinhalb Stunden alt, sofern die Angaben stimmten. Im Logbuch stand: »Mit viel Herzblut hast du diesen Cache gelegt. TFTC. Cache me if you can.« Darunter war zu lesen: »In: Finger, Out: Leben.« Das Besondere war, dass dieser Eintrag nicht handschriftlich gemacht, sondern am Computer erstellt und anschließend ausgedruckt und eingeklebt worden war, was bedeutete, dass die Uhrzeit nur eine ungefähre Angabe sein konnte und keinesfalls stimmen musste.

Vanessa packte den Finger in eine Beweismitteltüte und steckte das Logbuch in einen zweiten Beutel. Vera Jungblut hatte gestern bei der Überlegung, warum Thomas Jungblut ausgerechnet der Mittelfinger abgeschnitten worden sein könnte, zu Protokoll gegeben, dass ihrem Sohn seit einem Unfall in der Wurstküche ein Stück der Fingerkuppe fehlte. Dieser Finger entsprach in seiner Beschaffenheit dem, wie Vanessa die Hand des Metzgers in Erinnerung hatte.

»Ich glaube nicht, dass die Uhrzeit ein Zufall ist. Das war genau der Zeitpunkt, an dem der Beisetzungsgottesdienst begonnen hat«, sagte Vanessa, als sie Landscheid den Eintrag zeigte. »Das wussten zwar vorab nur die, die gestern in der Gaststätte ›Zur Post‹ waren oder mit Jungbluts Kontakt hatten, aber wenn ich bedenke, wie viele Leute heute Morgen in der Kirche waren, muss die Nachricht seit gestern eine beachtliche Anzahl an Leuten erreicht haben.«

»Ist das der Finger von Thomas Jungblut?«, fragte Thorsten, was Vanessa zeigte, dass ihr Kollege bei sich zu Hause die wahren Gründe verraten hatte, aus denen die Beisetzung verschoben worden war. Somit konnten viele davon wissen, nämlich alle, die in der Gerüchteküche mitgekocht hatten. Zum Glück kam die nächste Zeitung erst am morgigen Montag heraus, sodass niemand schon zusätzliche Informationen aus der Tagespresse haben konnte.

»Ich gehe im Moment davon aus, dass es der Finger von Herrn Jungblut ist, ja.«

Da sich die beiden Landscheids im Wald auskannten und Vanessa keine konstruktive Hilfe von ihrem leichenblassen Kollegen erwartete, schlug sie vor, dass die beiden schon einmal zurück auf den befahrbaren Weg gehen sollten, um die Kollegin von der Kriminaltechnik zu ihr lotsen zu können. Sie könnten auch schon gern nach Hellersberg zurückfahren, sie komme später mit den Trierer Kollegen nach. Landscheid und Thorsten waren froh, den Fundort des abgetrennten Fingers verlassen zu können.

Vanessa ging ebenfalls ein Stück den Waldweg entlang in Richtung Straße, bis die Bäume um sie herum nicht mehr ganz so dicht standen und sie wieder Handyempfang hatte. Sie schrieb Gunter Hermesdorf in einer SMS, dass sie einen Finger gefunden hätten, der aufgrund der Beschaffenheit, der Erde unter dem Fingernagel und der verheilten alten Verletzung auf den ersten Blick dem gestrigen Todesopfer zuzuordnen sei.

Vanessa nahm noch einmal das Logbuch aus der Tüte, um zu prüfen, wann der letzte Fund zuvor geloggt worden war. Ein Eintrag, den sie auch schon im Internet beim Ausdrucken der Cachebeschreibung gelesen hatte, war vom Freitag. Aber da war ein weiterer Eintrag vom Samstagnachmittag, verfasst in holländischer Sprache. Die betreffenden Cacher verbrachten vielleicht aktuell ihren Urlaub in dieser Gegend und hatten ihren Fund bislang nicht im Internet eingetragen. Demnach musste Thomas Jungbluts Mörder definitiv in den vergangenen vierundzwanzig Stunden hier gewesen sein. Da Wildschweine vor allem nachtaktiv waren, konnte es gut sein, dass der Finger bereits gestern Abend in die Dose gelegt worden war, als zu vermuten stand, dass niemand mehr auf Schatzsuche sein dürfte. Das wiederum bestätigte Vanessa in ihrem Verdacht, dass es sich bei dem Täter um jemanden handeln musste, der den Wald gut kannte und den Cache womöglich schon früher einmal gemacht hatte. Auf der ersten Seite des Logbuches stand allerdings: »Logbuch IV«. Damit kamen alle Cacher aus diesem und den vorherigen Logbüchern in Frage. Vanessa sah anhand der Cachebeschreibung, dass der Cache schon seit drei Jahren an dieser Stelle lag, und es konnte somit schon lange her sein, dass der Täter diesen Cache selbst gefunden hatte. Womöglich hatte der Mörder sich jetzt daran erinnert und beschlossen, ihn als Versteck für Finger und Kette zu nutzen. Ihn unter den anderen Cachern ausfindig zu machen, wäre die Suche nach der berühmten Nadel im Heuhaufen. Sie könnte aber zumindest die Logs im Internet nachlesen und auch den Cacheowner kontaktieren, um die Logbücher anzufordern und gegebenenfalls Handschriften zu überprüfen.

Vanessa sah Bernadette und daneben ihren Freund Ingo, der den Metallkoffer zur Spurensicherung trug, auf sich zukommen.

»Hallo, wo habt ihr denn das Bärchen gelassen?«

»Wenn wir als Saarbärchen unterwegs sind, muss das andere Bärchen meist zu Hause bleiben«, erklärte Bernadette. »Ein Dobermann ist ja nicht so ganz unauffällig, und wenn wir nicht von Muggeln entdeckt werden wollen, ist das ohne Hund einfacher. Außerdem sind im Moment so viele Wildschweine im Wald, und während Ingo cacht, kann ich unmöglich den Hund halten, falls der die Fährte eines Schwarzkittels aufnimmt.«

Vanessa zeigte Bernadette, wo sie die Dose gefunden hatten, wobei bereits mit hoher Wahrscheinlichkeit feststand, dass an dieser Stelle mitten auf dem Weg nicht das ursprüngliche Versteck gewesen sein konnte. Fußspuren waren keine mehr auszumachen, da die Wildschweine alles umgepflügt hatten. Selbstverständlich waren die Fingerabdrücke von Heiner Landscheid auf der Dose, nach weiteren würde Bernadette im Labor suchen müssen.

»Ich stimme dir zu, der Finger dürfte dem ersten Anschein nach Thomas Jungblut gehört haben«, sagte Bernadette. »Was ist mit dieser albernen Kette, die darumgewickelt ist?«

»Ich weiß es auch noch nicht, aber möglicherweise erkennt jemand sie wieder«, erwiderte Vanessa. »Gib sie mir bitte zurück, sobald du sie untersucht hast, vielleicht kann sie uns irgendwie weiterhelfen. Das Stück ist so hässlich, daran müsste sich eigentlich jemand erinnern können.«

Ingo hatte sich in der näheren Umgebung nach dem ursprünglichen Versteck des Caches umgesehen, aber wenn das Versteck ein Hohlraum unter einem Baum oder Ähnliches gewesen war, war dies nach dem Einfall der Waldtiere nicht mehr zu erkennen.

Ingo warf einen Blick auf die Kette, die seine Freundin in Händen hielt. »War der Rosenkranz auch in der Dose?«, fragte er.

Vanessa schlug sich mit der Hand vor die Stirn. »Aber klar, Rosenkranz! Als Protestant hatte ich so ein Ding noch nie in der Hand, aber natürlich ist mir das ein Begriff. Da hätte ich auch draufkommen können.«

Bernadette sah beide irritiert an. »Entschuldigt, ich bin nicht christlich erzogen worden, könnt ihr mich bitte mal aufklären?«

»Der Rosenkranz ist ein Hilfsmittel, um beim Rosenkranzgebet nicht durcheinanderzukommen«, klärte Ingo sie auf. »Man muss für jede der großen Perlen ein Vaterunser und jede der kleinen ein anderes Gebet sprechen, aber ich wurde auch nicht tiefgläubig erzogen, ich habe das nie selbst getan. Ich erinnere mich nur daran, dass meine Oma ihren Rosenkranz immer dabeihatte.«

»Somit könnte die Kette als Beweismittel umso wichtiger sein. Widme ihr bitte all deine Aufmerksamkeit«, bat Vanessa Bernadette.

Wenig später gingen sie gemeinsam zurück zum Parkplatz. Bernadette hatte gründlich gearbeitet, hatte aber dennoch den Eindruck, es sei nicht viel verwertbares Material zusammengekommen. Sie hatte Bodenproben genommen, um sie gegebenenfalls mit Schmutz an Schuhen eines möglichen Verdächtigen abgleichen zu können. Außerdem hatte sie etwas Laub aufgesammelt. Wie sie erklärte, fanden sie immer wieder welke Blätter auf den Fußmatten der Autos, die bei Straftaten genutzt worden waren und die vielleicht Bäumen zugeordnet werden konnten, die es nur in bestimmten Regionen gab.

»Wo hast du eigentlich geparkt?«, fragte Ingo Vanessa.

»Ich war mit dem Polizeihauptmeister und seinem Sohn unterwegs. Ich hoffe, ihr könnt mich nach Hellersberg mitnehmen. Die beiden habe ich nach Hause geschickt, dem Sohn war speiübel. Ich hatte befürchtet, er würde am Ende noch alle Spuren vernichten.«

Ingo und Bernadette warfen sich einen Blick zu, der Vanessa stutzen ließ. »Gibt es ein Problem?«

Aber in dem Moment bogen sie bereits auf den Parkplatz ein, und Vanessa wusste sofort, worin das Problem lag: Vor ihnen stand ein kupferfarbener Mazda MX5, ein sportlicher Zweisitzer ohne Notsitze. Vanessa seufzte und sah auf die Uhr.

»Kein Problem, es ist noch zwei Stunden lang hell, ich laufe zurück. Wenn ich mich an der Straße halte, kann ich mich gar nicht verlaufen.«

»Nein, auf keinen Fall, vielleicht ist der Mörder noch im Wald, und wir lassen dich allein. Das geht nicht«, wandte Bernadette ein.

Ingo sagte: »Für die Strecke nach Hellersberg brauchen wir mit dem Auto rund zehn Minuten. Bernadette bringt dich zurück und kommt mich anschließend holen. Und wenn wir das nächste Mal im Hochwald cachen, nehmen wir den Kombi.«

Vanessa dankte Ingo noch einmal für die Unterstützung und stand zehn Minuten später wieder auf dem Platz vor der Gaststätte »Zur Post«. Sie sah, dass Hajo gerade vor der Tür stand.

»Gehst du, oder kommst du?«, fragte sie und drückte Hajo, der ihr ein wertvoller Freund geworden war.

»Johannes war bis eben da. Er hat mich hergefahren, mir fällt zu Hause die Decke auf den Kopf. Ich wollte nur einen Viez trinken. Trinkst du einen mit?« Hajo öffnete die Tür, und Lärm und Gelächter schwollen ihnen entgegen.

Die Wirtsstube war erstaunlich voll. Während sich in den vergangenen Tagen viele nicht aus dem Haus getraut hatten, schien es heute einen Anlass zur Freude zu geben, denn alle waren in ausgelassener, positiver Stimmung.

»Hajo, was willst du trinken? Du bist mein Gast! Und Sie selbstverständlich auch, Frau Kommissarin!«, tönte ihnen die Stimme von Bürgermeister Justinger entgegen.

»Ist Hellersberg ›Dorf der Region‹ geworden?«, fragte Vanessa.

»Nein, nicht ganz, wir sind das zweitbeste Dorf. Aber das ist auch ein Grund zum Feiern, meinen wir. Seien Sie mein Gast, was trinken Sie?«

Vanessa war sich sicher, dass der Bürgermeister heute schon viele Hellersberger eingeladen und jeweils eine Runde mitgetrunken hatte.

»Da gratuliere ich. Hellersberg ist wirklich ein ganz zauberhafter Fleck, umgeben von viel unberührter Natur. Wissen Sie denn, warum es nicht für den ersten Platz gereicht hat?«

»Die Stüber war's, die hat uns um unseren Sieg gebracht! Mit ihrer bodenlosen Arroganz macht sie immer wieder alles kaputt«, rief der Förster in den Raum. Er schien jede Runde mit dem Bürgermeister mitgetrunken zu haben. Vanessa versuchte, ihn zu überhören, weil es für sie nichts Schlimmeres gab als Dorftratsch und haltlose Vermutungen. Andererseits hatte ihr das bei ihrer Polizeiarbeit häufig schon geholfen – und sie vermutlich ebenso häufig auf falsche Fährten geschickt.

»Kennen Sie die Konkurrenz?«, fragte sie den Bürgermeister und stieß mit ihm mit einem Krug Viez an.

»Irgend so ein Dorf an der Mosel. Ist mir auch egal. Wir sind immerhin das zweitschönste Dorf der Region. Das ist ebenfalls ein Grund zum Feiern, oder?«, lallte der Bürgermeister und versuchte, Vanessa in den Arm zu nehmen. Die erblickte in einer Ecke Philipp Ott, machte sich vom Bürgermeister los und ging zu dem Jugendlichen hinüber, woraufhin Justinger Hajo am Arm festhielt und auf ihn einredete.

»Hallo, war das den ganzen Nachmittag schon so?«, fragte Vanessa lachend und ließ sich neben Philipp auf der Bank nieder mit Blick in die Gaststube.

»Diana bedient heute allein, ich bin nur mitgekommen, um auf sie zu warten. Heute Mittag kam der Bürgermeister und mit ihm einige andere, die zu diesem Festkomitee gehört haben. Sie hatten gerade die offizielle Urkunde mit der Urteilsbegründung bekommen, und statt sich über den zweiten Platz zu freuen, suchten sie wie üblich nach Schuldigen, die den ersten Platz verhindert hätten.«

»Und hat man wenigstens in dieser Sache schon einen Schuldigen gefunden, wenn schon wir im Dunkeln tappen?«

»Meine Oma sagte immer, Erfolg habe viele Väter, aber Misserfolg scheint noch mehr zu haben. Man kann es fast schon Hass nennen, was Alexandra …« Er stockte, als überlege er den Nachnamen.

»Alexandra Stüber, die Frau des Chorleiters? Warum gerade sie?«, wunderte sich Vanessa.

»Hat sie einen Hund?«

»Er heißt Blacky, soweit ich weiß.«

»Ja, der hat wohl die Gutachterin der Prüfungskommission angesprungen. Einige sehen das als Grund für die ›Niederlage‹, wie sie es bezeichnen. Andere waren sofort der Meinung, es läge an den Morden, wieder andere sehen in diesen undurchschaubaren Skulpturen den Grund. Nicht einer fasst sich an die eigene Nase und denkt, er könnte auch dazu beigetragen haben, dass Hellersberg nicht die Nummer eins ist. Und noch weniger scheint man in Erwägung zu ziehen, dass ein anderes Dorf tatsächlich besser ist, schöner, zukunftsträchtiger oder warum auch immer erfolgreicher.« Philipp schüttelte den Kopf und nippte an seiner Cola.

»Entschuldige meine Neugier, aber hörst du hier auch die Vermutungen der Leute zu den Morden?«

»Wenn man jedem Verdacht nachgehen würde, müssten es so etwas wie Bandenmorde gewesen sein. Ich glaube, ich habe heute mindestens acht Namen gehört, die den einzigen möglichen Täter bezeichnet haben. Angefangen beim Pastor bis hin zu Alexandra Stüber. Ich bin schon froh, wenn ich mich mit meinem Aufenthalt in Hellersberg nicht verdächtig mache. Haben Sie immer noch keine Idee?«

»Wahrscheinlich haben wir so viele Ideen, wie hier Namen durch den Raum geistern, aber im Gegensatz zu den lieben Hellersbergern müssen wir unsere Ideen auf Herz und Nieren prüfen, und da fallen einige sofort wieder weg. Ich habe den Eindruck, es gibt im Ort einige, die man gern als Täter sehen würde, und einige, deren Täterschaft man aus Prinzip nicht einmal in Erwägung zieht. Ich wäre dir jedenfalls dankbar, wenn du ein wenig die Ohren offen halten könntest für Volkes Meinung. Ich brauche sofort eine Kleinigkeit zu essen, der Viez steigt mir in den Kopf. Möchtest du auch etwas?«

Sie bestellte eine gemischte Schlachtplatte mit zwei Tellern, und beide langten kräftig zu, als Hajo an ihren Tisch trat.

»Nimm dir gern auch von unserer Schlachtplatte, wir sind langsam pappsatt«, bot Vanessa an. Der zweite Viez hatte die Anspannungen des Tages merklich bei ihr gelockert.

»Na, wie kommt ihr bei euren Ermittlungen voran?«, fragte Hajo.

Vanessa machte eine abwehrende Geste. »Lass uns morgen darüber sprechen, für heute habe ich genug gearbeitet«, bat Vanessa und bestellte für alle noch etwas zu trinken.

ELF

Vanessa hatte die halbe Nacht wach gelegen und sich im Bett herumgewälzt. Alle Überlegungen schienen sich im Kreis zu drehen. Gunter hatte bereits mit der Kriminalpolizei in Speyer und Nürnberg telefoniert und verabschiedete sich gerade von dem Kollegen im Saarland. Sie hatten sich erneut die Bestätigung geholt, dass es weder bei Zilk noch bei Winter Tatverdächtige im privaten oder beruflichen Umfeld gab.

»Um wie viel Uhr kommt Pastor Feldmann denn?«, wandte sich Vanessa an Landscheid. Der sah sie verständnislos an und zuckte mit den Schultern.

»Sagen Sie mal, Kollege Landscheid, haben Sie meine SMS nicht bekommen?«, fragte sie.

»Ach, Frau Müller-Laskowski, mein Handy steckt noch in der Jacke, die ich gestern im Wald anhatte. War etwas Wichtiges?«

»Wie man's nimmt. Ich hatte Sie heute Morgen schon sehr früh gebeten, Pastor Feldmann irgendwann nach halb elf auf die Dienststelle zu bestellen, und habe Ihnen mitgeteilt, dass ich um acht in Trier Bericht erstatten werde und anschließend mit den Kollegen von der Kriminaltechnik und der Rechtsmedizin spreche. Entscheiden Sie selbst, ob das wichtig war!«

»Und gab es etwas Neues?« Landscheid zeigte sich unbeeindruckt.

»Der Finger gehörte zweifelsfrei dem Metzger. Der wiederum wurde ohne Zweifel mit der Schaufel erschlagen, ist bewusstlos mit einem angebrochenen Halswirbel zusammengebrochen und hat bei dem Sturz in die Grube einen Genickbruch erlitten. Durch die Zerstörung der für Atmung und Blutkreislauf zuständigen Nervenzentren war er sofort tot. Dafür spricht auch, dass keine Erde in seinen Lungen gefunden wurde. Der Finger dürfte ihm vorher abgeschnitten worden sein; die Verletzung wurde nicht post mortem zugefügt. Den Rosenkranz hat mir die Kriminaltechnik wieder mitgegeben, vielleicht finden wir den vorherigen Besitzer, Jungblut hat er laut seiner Mutter bestimmt nicht gehört.« Vanessa legte die Kette mit den rosafarbenen Perlen auf Landscheids Schreibtisch.

»Bernadette Schubert schreibt in ihrem Bericht: ›Auf den Perlen fanden sich lediglich Fingerabdrücke des Toten, Finger zum Vergleich anbei‹«, zitierte Vanessa.

Landscheid schien sich vor Abscheu bei dem Gedanken an den gestrigen Fund zu schütteln. »Aber was hat das alles mit dem Pastor zu tun? Wenn Sie ihn wegen des Rosenkranzes befragen wollen, können wir eben zu ihm rübergehen«, schlug er vor.

»Herr Kollege, Sie rufen sofort Herrn Feldmann an und bestellen ihn hierher. Ich erkläre Ihnen danach die Zusammenhänge. Sagen Sie ihm, er soll in einer halben Stunde auf der Dienststelle sein!«

Landscheid griff zum Telefon, verständigte Josef Feldmann und bat ihn, aus ermittlungstaktischen Gründen auf die Dienststelle zu kommen.

»Setzen Sie sich«, forderte Vanessa den älteren Kollegen auf, nachdem dieser aufgelegt hatte. »Ich weiß, Herr Landscheid, Sie werden nicht hören wollen, was ich Ihnen jetzt erzähle, aber es besteht die Möglichkeit, dass der Pastor in Gefahr ist. In einer Gefahr, in die er sich selbst gebracht hat.« Verlegen zupfte Vanessa am Saum ihres kurzen Rockes, den sie sich heute Morgen für den Besuch in Trier gegönnt hatte, was sie aber angesichts der Temperaturen im Hochwald längst bitter bereute. »Ist die Heizung noch gar nicht an? Ich friere hier immer, es ist immerhin vier Grad kälter als in Trier. Gibt es im Hochwald nur Sommer und Winter?«, fragte Vanessa zitternd und drehte den Schalter des Heizkörpers.

»Nein, wir haben vier Jahreszeiten wie alle anderen auch: Januar, Februar, Herbst und Winter«, eröffnete Heiner Landscheid Vanessa und lachte laut über seinen eigenen schlechten Witz.

»Das Thema ist nicht ganz so einfach«, begann Vanessa. Landscheid löste den obersten Knopf seines Uniformhemdes, lockerte seinen Gürtel und ließ sich ächzend in seinen Schreibtischstuhl fallen.

»Also, Herr Kollege, wahrscheinlich wird es das Beste sein, wenn Sie erst einmal nur zuhören und später Fragen stellen.« Vanessa räusperte sich, dann nahm sie all ihren Mut zusammen, blickte ihrem Kollegen ins Gesicht und sagte zügig und eine Spur zu laut:

»Wie es aussieht, hat Ihr Freund Pastor Josef Feldmann während seiner Amtszeit seine Vertrauensstellung missbraucht und Kinder und Jugendliche belästigt, genötigt oder sogar sexuell missbraucht. Die Details müssen wir noch ermitteln, aber wir haben den Verdacht, dass ihm irgendjemand diese Vergehen nicht verzeihen kann, wofür ich vollstes Verständnis habe, aber er scheint zu einer merkwürdigen Art von Selbstjustiz zu greifen. Ich habe bislang keine Ahnung, in welchem Verhältnis die Toten zu dem Pastor standen oder welche Bedeutung sie für den Mörder haben, aber der Pastor scheint in dieser Mordserie eine zentrale Rolle zu spielen.« Vanessa hielt inne und blickte besorgt ihren Kollegen an, der kreidebleich geworden war und den Kopf in die Hände gestützt hatte. Auf seinem unbehaarten Kopf hatten sich Schweißperlen gebildet.

Vanessa ging zum Kühlschrank und goss ihrem Kollegen ein Glas Mineralwasser ein, das dieser unbeachtet vor sich stehen ließ. Vanessa fühlte sich hilflos und konnte nicht einschätzen, was in Landscheid vorging. Sie bedauerte, dass Charlotte ausgerechnet jetzt nicht da war. Sie hatte sich angeboten, mit den Angehörigen von Thomas Jungblut zu sprechen und hätte längst wieder da sein sollen, aber das Gespräch schien sich länger hinzuziehen als erwartet. Blieb nur zu hoffen, dass Jungbluts weitere Details beisteuern konnten, denn es stellte sich die Frage, ob auch ihr Sohn ein Missbrauchsopfer gewesen war und deshalb hatte sterben müssen.

Plötzlich sprang Landscheid auf, wobei sein Stuhl krachend nach hinten fiel. »Das Schwein!«, schrie er. »Ich mach ihn platt, wenn er eins meiner Kinder angerührt hat!«

»Haben Sie ehrlich nichts davon gewusst?«, fragte Vanessa.

Ihr Kollege schwieg.

»Herr Landscheid?«

Landscheid richtete den Stuhl wieder auf, blieb hinter diesem stehen und hielt die Lehne fest mit beiden Händen umklammert. »Soll das hier ein Verhör sein?«, bellte er Vanessa an. »Bin ich irgendwie verdächtig?«

»Mir fällt nur auf, dass Sie meiner Frage ausweichen. Haben Sie davon gewusst?«

Landscheid ließ sich erneut schwer auf seinen Stuhl fallen und leerte das Glas in einem Zug. »Es gab immer wieder Gerüchte. Die Kinder kamen vom Firmunterricht nach Hause und erzählten ihren Eltern, der Pastor sei so seltsam. Ein paar Kinder entschieden sich kurzfristig, den Unterricht abzubrechen und auf die Firmung zu verzichten. Sicherlich wurde man als Eltern da hellhörig, aber daran dachte doch früher niemand. Der Pastor! Das war eine Respektsperson. Das konnte nicht sein. Ich erinnere mich, dass eine besorgte Mutter, ich weiß aber nicht mehr, wer das damals war, einmal einen Elternabend einberief, weil ihr Sohn seltsame Andeutungen zu Hause gemacht hatte. Zu der Besprechung kamen überwiegend Mütter von Mädchen, und die versicherten alle, es wäre alles in bester Ordnung. Der Pastor würde sich sehr viel Mühe geben und sei immer hilfsbereit und würde die Kinder unterstützen. Das haben die Mütter der Jungen auch zugegeben, und der Junge stand als Lügner da.« Landscheid wirkte, als sei ihm sein beleibter Körper im Weg. Immer wieder sprang er auf, lief durch den Raum, ließ sich auf einen Stuhl sinken, sprang erneut auf, lehnte sich an die Wand, setzte sich auf den Schreibtisch, lief wieder durch den Raum …

Vanessa hatte inzwischen den Blick abgewendet, weil ihr der Kollege viel zu hektisch war, aber sein Bewegungsdrang war einfacher vorherzusehen und zu ignorieren als seine Wut.

»Was machen wir mit dem Schwein?«, fragte Landscheid in die entstandene Stille hinein und starrte dabei aus dem Fenster in Richtung Kirche. »Ich möchte ihn gar nicht mehr beschützen, soll der Mörder sich ihn doch endlich holen.«

Allmählich wurde Vanessa unruhig. Ein Polizist mit Mut zur Lynchjustiz machte ihr noch mehr Angst als Otto Normalbürger, denn im Gegensatz zu dem besaß Landscheid eine Waffe. Das Letzte, was Vanessa jetzt gebrauchen konnte, war, ihren Kollegen in Gewahrsam nehmen zu müssen. Sie trat von hinten an Landscheid heran und legte ihm eine Hand auf die Schulter, die sich warm und verschwitzt anfühlte. Sein Gesicht schien zu glühen und strahlte blanken Hass und die Bereitschaft zu blindem Aktionismus aus.

»Mein lieber Herr Kollege«, schaltete sich Gunter ein, »Sie wissen selbst: im Zweifel für den Angeklagten. Solange nichts bewiesen ist und wir kein Geständnis haben, gilt der Pastor auf jeden Fall noch als unschuldig. Wenn er gleich kommt, wird er hoffentlich ein richtiges Geständnis ablegen und uns Namen nennen. Aber selbst wenn sich die Vorwürfe als gerechtfertigt erweisen würden, hätte er das Recht auf ein ordentliches Verfahren. Wir wissen nicht einmal, ob überhaupt etwas an den Geschichten dran ist. Wir wissen auch nicht, wie viele und welche Kinder betroffen sind. Ich verstehe Ihre Wut, und ich selbst habe keinerlei Verständnis für Kinderschänder. Ich bin schließlich selbst Vater, aber solange wir nur einen Verdacht haben, möchte ich, dass wir den Pastor fair, höflich und gerecht behandeln.«

Vanessa stockte, als sie merkte, dass Gunter ihrem Kollegen gerade eine ziemliche Vorlage geliefert hatte. »Sollte sich herausstellen, dass die Anschuldigungen der Wahrheit entsprechen, hat er natürlich ebenso das Recht auf eine faire, höfliche und gerechte Behandlung, damit wir uns nicht falsch verstehen«, ergänzte sie.

Heiner Landscheid entwand sich ihrem Griff und drehte sich um. Seine Augen sprühten vor Verachtung.

»Polizeihauptmeister Landscheid, als ranghöhere Kollegin biete ich Ihnen an, sich von der Befragung des Herrn Feldmann zurückzuziehen und diese mir und meinem Kollegen Kommissar Hermesdorf zu überlassen. Falls Sie aber –«

»Kommt gar nicht in Frage«, unterbrach Landscheid sie.

»… falls Sie es aber vorziehen, an der Befragung teilzunehmen, fordere ich Sie dringend auf, sich an die allgemeinen Regeln von Recht und Ordnung zu halten, da ich mich sonst gezwungen sehe, ein Disziplinarverfahren gegen Sie einzuleiten«, sagte Vanessa, wohl wissend, dass sie dabei vielleicht ein wenig zu dick auftrug.

Landscheid schien in sich zusammenzufallen. »Schon gut, schon gut, Frau Kommissarin, ich habe verstanden«, brachte er zwischen zusammengepressten Lippen hervor.

»Prima, ich möchte das Gespräch auch viel lieber mit Ihnen gemeinsam führen. Also reißen wir uns jetzt alle drei zusammen und warten auf den Pastor.«

»Sagen Sie nicht immer ›Pastor‹. Für mich hat er alle Würde verloren, da reicht ›Josef Feldmann‹ als Anrede völlig, will ich meinen.«

»Wenn Ihnen das leichterfällt, in kleinen Dingen bin ich großzügig«, versuchte Vanessa ihn aufzumuntern.

Die Eingangstür ging auf, und Heiner Landscheid zuckte zusammen, aber es war nicht der alte Pastor, sondern der neue. Sie erkannten ihn an dem vorsichtigen »Ist da jemand?«, das er nach hinten rief.

»Kein Wort, bevor wir nicht mit Herrn Feldmann gesprochen haben«, ermahnte Vanessa Landscheid und ging nach vorn. Pastor Lämmle stand vor dem Tresen und hielt den rosafarbenen Rosenkranz in der Hand, den Landscheid vorhin von seinem Schreibtisch dorthin gelegt hatte. Er bewegte lautlos die Lippen, und Vanessa wusste nicht, ob sie ihn unterbrechen durfte, falls er im Gebet war. Andererseits war es ihr wichtig, dass Pastor Lämmle zügig wieder ging, da Josef Feldmann in wenigen Minuten hier erscheinen sollte. Vorsichtig fragte sie: »Darf ich Sie unterbrechen?«

Der Pastor schüttelte den Kopf, was aber weniger eine Antwort auf ihre Frage zu sein schien als ein Zeichen von Ratlosigkeit.

»Was ist das für ein seltsamer Rosenkranz?«, erkundigte er sich stirnrunzelnd.

»Ich hatte gehofft, Sie könnten mir sagen, wem er gehört, wir haben ihn …«, sie stockte, »… gefunden.«

»Den hat sicher jemand weggeworfen, der ist ja nicht vollständig«, erklärte der Pastor kopfschüttelnd.

»Nicht vollständig?« In ihren Augen sah das geschmacklose Schmuckstück völlig unversehrt aus.

»Sie sind nicht katholisch?«, fragte der Pastor.

»Mea culpa, ich bin von der anderen Fraktion.«

»Dann können Sie das natürlich nicht wissen«, räumte Lämmle verständnisvoll ein. »Sehen Sie mal genau her!« Er breitete die Kette auf dem Tresen kreisförmig aus. Auch Heiner Landscheid hatte sich zu ihnen gesellt und nickte dem Pastor zum Gruß zu. Gunter telefonierte im hinteren Büro.

»Ein normaler Rosenkranz hat neunundfünfzig Perlen. Dieser hier kam mir auf den ersten Blick schon seltsam vor. Wenn Sie nachzählen, kommen Sie auf weniger Perlen.«

Vanessa sah ihn zweifelnd an. »Wie konnten Sie das so schnell erkennen?«

»Jeder Rosenkranz folgt dem gleichen Muster, aber dieser ist irgendwie anders. Normalerweise hängt das Kreuz an einer kurzen Schnur, auf der eine große und drei kleine Perlen aufgefädelt sind. Hier fehlen aber zwei kleine Perlen. Das kam mir seltsam vor. Erst auf den zweiten Blick habe ich gesehen, dass ein komplettes Gesätz fehlt, also statt fünf sind es bei der Kette nur vier.« Er schüttelte abermals den Kopf.

»Vier was?«

»Jede Perle steht für ein Gebet. Zehn kleine Perlen und eine große sind ein Gesätz, davon gibt es immer fünf. Aber hier sehe ich nur vier.«

Landscheid sagte: »Herr Pastor, es sind aber keine zehn kleinen Perlen zwischen zwei großen, sondern nur neun.«

Der Pastor zählte nach. »Sie haben recht. Bestimmt gehört die Kette einem Kind, das von den Eltern zur Strafe einen Rosenkranz aufgebrummt bekommen hat und sich die Arbeit ein wenig erleichtern wollte. Wer käme normalerweise schon auf die Idee, die Perlen an einem Rosenkranz nachzuzählen? Ich habe ein fotografisches Gedächtnis, was einem sehr hilft, wenn man mit so vielen Menschen zu tun hat. Und irgendetwas an dieser Kette entsprach nicht dem Bild, das in meinem Kopf von einer solchen Kette abgespeichert ist. Aber das erscheint mir im Moment unwichtig, ich komme eigentlich aus einem ganz anderen Grund.« Fast schien er das Bedürfnis zu haben, sich zu entschuldigen, aber Vanessa war ihm für den Hinweis außerordentlich dankbar. Sie hatte sich gefragt, warum der Rosenkranz um den Finger des Toten gewickelt gewesen war, aber langsam beschlich sie die Erkenntnis, dass diese schlichte, nein diese hässliche Kette an sich eine Bedeutung hatte, die sich ihr momentan nicht erschloss.

»Am 7. Oktober ist übrigens Rosenkranzfest«, unterbrach der Geistliche ihre Gedanken. »Genau eine Woche nach dem Todestag des armen Herrn Jungblut.«

Womit Vanessas Vermutung fast schon zur Gewissheit wurde, aber sie hatte im Moment keine Zeit, sich darum Gedanken zu machen. Sie musste Pastor Lämmle loswerden, so leid es ihr auch tat.

»Pastor Lämmle, vielen Dank für die wichtigen Hinweise, ich

sehe die Kette dadurch mit ganz anderen Augen. Aber wir haben Ihren Zeitplan sowieso schon völlig durcheinandergebracht, und ich weiß, dass Sie ein vielbeschäftigter Mann sind. Was führt Sie eigentlich zu uns?«

Der Geistliche wirkte fast ein wenig verlegen. »Na ja, ich sagte eben schon, ich habe ein außerordentlich gutes fotografisches Gedächtnis. Ich habe mir einmal überlegt, wer bei der Trauerfeier von Frau Jungblut auf jeden Fall dabei war oder ob mir etwas Besonderes aufgefallen ist.«

Er räusperte sich und nahm aus seiner Jackentasche drei Zettel, die er mehrfach gefaltet hatte. Diese legte er vor die Polizeibeamten auf den Tresen und faltete sie auseinander, sodass sie beide die akkurate Handschrift darauf lesen konnten. Eine Auflistung von sicherlich über hundert Namen lag vor ihnen, wobei hinter vielen Namen »Ehepaar« oder »ganze Familie« stand oder auch Angaben wie »rechte Nachbarin von Frau Fickert« oder »Untermieterin von Familie Marx«.

»Herr Pastor, das ist absolut beachtlich, vielen Dank«, sagte Vanessa anerkennend. »Das wird uns eine wahnsinnige Hilfe sein, wenn wir versuchen, verschiedene Hellersberger als Mörder auszuschließen. Haben Sie auch ein Bild vor Augen, wen Sie nicht gesehen haben?« Vanessa stolperte über ihre eigene Formulierung und blickte den Pastor hoffnungsvoll an.

»Ich bin mir nicht ganz sicher. Vielfach merke ich mir Personen auch anhand ihrer Kleidung, aber bei Beerdigungen ist das naturgemäß schwierig. Da beide Veranstaltungen an zwei aufeinanderfolgenden Tagen stattfanden und ich beim ersten Mal natürlich keine Ahnung hatte, dass das später einmal wichtig werden würde, habe ich nur die aufgeschrieben, von denen ich mit Sicherheit sagen kann, dass sie anwesend waren. Ich möchte auf gar keinen Fall einen falschen Verdacht auf jemanden lenken. Ich kann Ihnen nur mit Sicherheit sagen, dass Ruth Eiden beide Male nicht da war, den alten Schreiner habe ich gesehen, aber seinen Sohn nicht. Aber ein Schafhirte achtet nur auf seine Schafe, nicht auf die anderen Weidetiere, die nicht zu seiner Herde gehören«, erklärte der Geistliche philosophisch. »Ich kann Ihnen sicher nicht alle nennen, die gefehlt haben. Mir ist aufgefallen, dass das

Ehepaar Stüber erst erstaunlich spät auf der Empore zum Chor gestoßen ist, weil ich auf die beiden warten musste. Das heißt, Herr Rommelfanger, der Organist, war auch noch nicht da, was mich sehr gewundert hat.«

»Herr Pastor, Sie haben uns sehr weitergeholfen«, bedankte sich Vanessa. »Frau Eiden hat den Totenkaffee vorbereitet, das Ehepaar Stüber hatte Liedwünsche mit Herrn Rommelfanger abzustimmen, und soweit ich weiß, wohnt der junge Schreiner nicht in Hellersberg und hat Gieselind Jungblut vielleicht nicht gekannt, aber wir werden uns die Liste genau vornehmen und sie mit unseren bisherigen Erkenntnissen abgleichen. Damit haben Sie uns jedenfalls sehr viel Arbeit erspart, herzlichen Dank und Ihnen einen wunderschönen Tag.«

Sie versprach, sich in den nächsten Tagen bei ihm zu melden, und blickte sorgenvoll zur Uhr über der Eingangstür. Es war genau zehn Uhr dreißig, Pastor Feldmann musste jeden Moment kommen. Plötzlich fiel ihr etwas Wichtiges ein. »Herr Lämmle?«

Der Pastor ließ die Türklinke los und drehte sich zu ihr um.

»Wenn es nicht zu viele Umstände macht, hätte ich eine Bitte. Könnten Sie bitte in den nächsten Tagen eine Liste anlegen mit Details zur ersten Trauerfeier, die nur Leute wissen können, die anwesend waren? Welche Lieder tatsächlich gesungen wurden, Blumenschmuck auf dem Altar oder was weiß ich. Ich habe den Eindruck, Sie haben eine phantastische Beobachtungsgabe, und es könnte unsere Arbeit erheblich erleichtern, wenn wir Personen, bei denen wir nicht ganz sicher sind, nach Details fragen könnten. Und auf Ihre Verschwiegenheit kann ich mich ja absolut verlassen!«, beschwor sie den jungen Kirchenmann eindringlich.

»Soll ich vielleicht –«, begann er, aber Vanessa unterbrach ihn.

»Wir haben gleich einen Termin, aber wenn Sie es bis übermorgen schaffen könnten? Ich komme auch gern bei Ihnen vorbei und hole mir die Liste ab.«

Der Pastor versprach anzurufen, sobald er fertig war, und verließ die Dienststelle.

»Bin gleich wieder da«, rief Vanessa den Kollegen zu und ging zur Toilette im hinteren Teil der Wache.

Als sie sich die Hände abtrocknete, hörte sie, wie die Eingangstür ins Schloss fiel. War Feldmann gekommen? Sie horchte, wie Kollege Landscheid sich verhalten würde.

»Kannst du nicht einmal pünktlich sein?«, schnauzte der Polizist den Besucher an.

»Ich hab draußen meinen Nachfolger getroffen, er wirkte ziemlich in Gedanken«, erklang die Stimme des ehemaligen Pastors. »Ist ja ein ganz Netter, aber ich halte nichts von diesen zusammengelegten Gemeinden, da verliert man leicht den Kontakt zu den einzelnen Gemeindemitgliedern.«

Landscheid polterte: »Die Kommissare möchten dich sprechen, sie sind sofort bei dir. Setz dich hinten in ihr Büro, ich hab zu tun.«

Vanessa trocknete sich erleichtert die Hände ab und warf einen prüfenden Blick in den Spiegel.

Gunter hatte Feldmann bereits Platz angeboten. Vanessa gab dem alten Pastor die Hand und setzte sich hinter ihren Schreibtisch. Ihr Ton war höflich, aber reserviert. Im vorderen Teil der Wache hörte sie Heiner Landscheid geräuschvoll irgendetwas hin und her räumen.

»Herr Landscheid?«, rief Vanessa nach vorn, aber der Kollege tat so, als würde er sie nicht hören. Mit einem entschuldigenden Blick zum Pastor erhob sie sich und ging nach vorn.

»Herr Landscheid, kommen Sie bitte mit nach hinten? Oder möchten Sie sich jetzt doch lieber raushalten?«

»Ich spreche nicht mit Kinderschändern«, brummte Landscheid so laut, dass Vanessa Angst hatte, man könnte es bis zu ihrem Schreibtisch hören.

»Schön der Reihe nach, wir haben doch eben schon darüber gesprochen«, versuchte Vanessa ihn zu besänftigen. »Wenn Sie es sich nicht zutrauen, dann halten Sie sich meinetwegen raus.«

Widerstrebend kam er mit nach hinten und stellte seinen Stuhl im Rücken von Feldmann auf, sodass sein Freund oder, wie es inzwischen schien, sein ehemaliger Freund ihn nicht sehen konnte, ohne sich umzudrehen. Vanessa wies auf die Stirnseite ihres Schreibtisches und räusperte sich, aber Landscheid tat so, als würde er sie nicht verstehen. Es blieb ihr wohl nichts anderes übrig, als in dieser Konstellation zu beginnen.

»Danke, Herr Feldmann, dass Sie gekommen sind. Die Todesfälle können nicht an Ihnen vorbeigegangen sein. Ich gehe davon aus, Sie haben eine Vorstellung davon, warum wir Sie sprechen wollen?«, begann sie.

»Da ich gerade draußen meinen Vorgänger getroffen habe, nehme ich an, dass Sie alle Hellersberger als mögliche Zeugen befragen. Obwohl mein Kollege ja nicht einmal in Hellersberg wohnt«, schnaubte Feldmann abschätzig.

»Grundsätzlich sind wir für jeden Hinweis dankbar, der zur Ergreifung des Täters führt, aber darum haben wir Sie nicht hergebeten. Vielmehr gehen wir neuen Hinweisen nach –«

Der Pastor lachte laut und etwas hölzern auf. »Sie haben mich im Verdacht, den Weg des Metzgers zum Herrn beschleunigt zu haben? Das ist absurd. Jeder wird Ihnen bestätigen können, dass ich in der Kirche war.«

Sein Lachen war eine Spur zu laut und zu unnatürlich, er wirkte nervös. Vanessa holte tief Luft und wollte sich erklären, als hinter dem Rücken des Pastors die Stimme ihres Kollegen drohend ertönte: »Josef, wir wissen alles über dich. Sag, was du zu sagen hast, und spiel hier nicht den Unschuldigen. Ich hab so die Schnauze voll von deinem frommen Getue.«

Erschrocken fuhr der behäbige Geistliche herum und starrte sein Gegenüber an. »Heiner, was ist in dich gefahren? Die Tode haben dich wirklich sehr mitgenommen, du scheinst nicht ganz bei Sinnen zu sein«, versuchte er zu beschwichtigen, machte es damit aber nur schlimmer.

Landscheid war aufgesprungen, und Vanessa hatte Angst, er würde sich auf den Pastor stürzen. Sie blickte Gunter an, der sprungbereit auf der Kante seines Stuhles saß, als wolle er jeden Moment den Kollegen zurückhalten. Sie ahnte, dass besänftigende Worte keinerlei Einfluss auf den wütenden, hilflosen Vater haben würden, als der er Pastor Feldmann nun gegenüberstand, die Hände drohend in die Seiten gestemmt.

»Herr Landscheid, bringen Sie bitte Ihren Stuhl mit und setzen Sie sich mit uns an einen Tisch«, ließ Vanessa keine Widerrede zu und zeigte neben sich. Nur zögernd hielt der Polizist inne und griff nach dem Stuhl, den er polternd hinter dem Schreibtisch abstellte.

»Nein, Herr Feldmann, wir gehen Hinweisen nach, dass die Mordserie, denn als solche müssen wir sie inzwischen betrachten, indirekt mit Ihnen zu tun hat.« Vanessa ließ ihre Worte wirken, aber der Pastor sah sie offenbar ahnungslos an.

»Ich verstehe nicht, wovon Sie sprechen, mein Kind. Ich bin ein alter Mann, erläutern Sie mir bitte, was Sie meinen«, erwiderte er.

»Du schleimiger Heuchler, jetzt tu nicht so«, fuhr sein Skatkumpel wiederum dazwischen, aber Gunter brachte ihn mit einer Geste zum Schweigen.

»Pastor Feldmann, uns liegen Aussagen vor, die Sie der sexuellen Annäherung an Kinder und Jugendliche bezichtigen und den Verdacht nahelegen, jemand möchte mit den Morden auf diese Vergehen hinweisen. Könnten Sie dazu bitte ehrlich und aufrichtig Stellung nehmen?«

Der Pastor war sichtlich verblüfft und starrte sie sprachlos an. Seine Hände, die bislang ruhig in seinem Schoß gelegen hatten, verkrampften sich ineinander. Er öffnete den Mund und schloss ihn wieder wie ein Fisch auf dem Trockenen.

Heiner Landscheid sprang auf, schlug mit der flachen Hand auf den Tisch und schrie: »Josef, was hast du mit meinen Jungen gemacht?« Die Stimme versagte ihm, und er sackte wieder auf seinen Stuhl zurück.

Der Pastor wurde weiß wie die Wand. Das Telefon klingelte, aber Vanessa ignorierte den Anruf. »Herr Feldmann, solange wir keine Beweise oder ein Geständnis von Ihnen haben, gilt grundsätzlich für Sie die Unschuldsvermutung«, erklärte Vanessa. »Wir erwarten aber für heute Nachmittag einen Zeugen, der Sie ersten Andeutungen nach schwer belasten wird. Sie hätten aber noch die Möglichkeit, sich selbst anzuzeigen. Das würde es Ihnen ersparen, dass wir uns bei sämtlichen Einwohnern und bei ehemaligen Hellersbergern umhören müssen, wer alles möglicherweise von Ihnen sexuell missbraucht wurde. Das wird viel Staub aufwirbeln. Mit Ihrer Aussage könnten Sie das verhindern.«

»Außerdem könnte es sich positiv auf das Strafmaß auswirken«, ergänzte Gunter.

»Was soll ich mir unter ›sexuellen Annäherungen‹ vorstellen?«, brauste der Pastor auf.

»Genau das wollten wir von Ihnen wissen«, erwiderte Vanessa.

»Ich kann Ihnen aber nichts zu diesen haltlosen Vorwürfen sagen«, gab Feldmann zurück.

»Sind Sie da sicher?«, fragte Vanessa. »Ich gebe zu, es wird viel falsches Zeug geredet, aber seien Sie sicher, es fällt niemandem leicht, über sexuellen Missbrauch zu reden. Erzählen Sie mir, warum sich das jemand ausgedacht haben sollte.«

»Nicht nur die Wege des Herrn sind unergründlich.«

»Herr Feldmann, können wir uns mal von diesen Floskeln wegbewegen und Klartext reden?«, forderte Gunter.

Der Pastor sah ihm nicht in die Augen, sondern ließ den Blick auf seinen Händen ruhen und schwieg.

»Herr Feldmann, kann es sein, dass Sie die Tragweite dieser Anschuldigungen bislang nicht ganz verstanden haben?«, bohrte Vanessa. »Nach aktueller Rechtsprechung verjährt sexueller Missbrauch erst nach bis zu zwanzig Jahren nach Volljährigkeit der Opfer. Kennen Sie das Strafmaß?«

Feldmann schwieg.

»Im Falle einer Verurteilung drohen Ihnen bis zu zehn Jahre Haft«, ergänzte Gunter. »Aber die Richter erweisen sich als entgegenkommend, wenn die Täter es den Opfern ersparen, vor Gericht aussagen zu müssen.«

»Ja, aber was soll ich bloß aussagen?«, empörte sich Feldmann.

»Wie gesagt, heute Nachmittag werden wir Genaueres erfahren, danach können wir Sie präzise dazu verhören. Und wir werden auch andere mögliche Zeugen befragen, bis wir wissen, was konkret vorgefallen ist«, sagte Vanessa.

»Und glauben Sie mir, so ein Ruf ist schnell ruiniert. Es wird lange dauern, bis Ihr Ansehen wiederhergestellt ist, selbst wenn die Anschuldigungen sich als haltlos erweisen sollten«, sagte Gunter.

»Ich glaube kaum, dass jemand irgendwelche Anschuldigungen gegen mich erheben wird, weil es nichts anzuschuldigen gibt. Sie möchten mich doch nur einschüchtern, und ich verstehe nicht«, Feldmann wandte sich an Landscheid, »warum du bei so einem Schwachsinn mitmachst, Heiner.«

Bevor Landscheid etwas sagen konnte, fuhr Gunter ihm mit

einer Geste über den Mund. »Wenn Sie nicht kooperieren, werden wir möglicherweise jeden Mann in Hellersberg befragen müssen, jeden Mann, der in den vergangenen dreißig Jahren in Hellersberg gewohnt hat und vor Ihnen geflüchtet ist oder der jeden Tag nach wie vor Ihre Visage sehen musste und an die Erniedrigungen erinnert wurde, während Sie von Gnade gepredigt haben. Unsere vorrangige Aufgabe ist, diesen Mörder zu finden. Wir haben den Eindruck, die Schlinge zieht sich langsam zu. Angefangen hat er mit einem Fremden, jetzt ermordet er Personen aus Hellersberg. Menschen, die Sie kennen und die die ganze Gemeinde kennt. Können Sie sich vorstellen, was passiert, wenn das Dorf Sie dafür verantwortlich und Jagd auf Sie macht?«

»Herr Feldmann, ich möchte Sie nicht beunruhigen, aber wir haben den Eindruck, dass jemand späte Rache üben möchte. Sie wissen von den Todesfällen rund um Hellersberg, und wir sind inzwischen zu der Überzeugung gelangt, dass alle miteinander zusammenhängen. Es scheint tatsächlich ein Serientäter zu sein, der auf ein großes Finale hinarbeitet, und wir fürchten, als letzter Tod ist der Ihre geplant.« Vanessa hielt einen Moment inne, weil sie auf irgendeine nennenswerte Reaktion wartete, aber der Geistliche blieb völlig ruhig.

»Der Mörder scheint von diesem sexuellen Missbrauch zu wissen. Vermutlich war er sogar selbst betroffen«, sagte Gunter.

»Wir wissen nicht genau, nach welchem Schema der Mörder seine Opfer aussucht, aber der Zusammenhang zur Kirche und somit zu Ihnen wird immer offensichtlicher«, erklärte Vanessa.

»Wieso sehen Sie da einen Zusammenhang zu mir? Ich bin schon seit drei Jahren nicht mehr im Amt. Haben Sie auch meinen Nachfolger befragt, was der auf dem Kerbholz hat? Ich hoffe, der war deshalb eben bei Ihnen«, brummte Feldmann.

Die Ermittler ließen die Frage unbeantwortet im Raum stehen. »Wir befürchten, dass der Mord an Thomas Jungblut nicht der letzte war«, sagte Vanessa. »Wir rechnen mit mindestens einem weiteren Mord, und den würden wir gern verhindern, wie Sie sich sicherlich vorstellen können. Und ich hoffe, Sie möchten das auch gern vermeiden. Wir haben den Eindruck, der Kreis der möglichen Opfer wird enger und Sie haben eine

Ahnung, wer das nächste sein könnte. Können Sie das mit Ihrem Gewissen vereinbaren?«

»Hast du überhaupt ein Gewissen?«, hieb Landscheid in die Kerbe.

Der Pastor ließ seine Stirn auf die Tischplatte sinken, vergrub den Kopf zwischen den Armen und begann zu schluchzen. Sein ganzer massiger Körper wurde vom Weinen erschüttert und bebte. Vanessa wertete es als Schuldeingeständnis und empfand Ekel und Abscheu für den Würdenträger. Landscheid wollte etwas sagen, aber Vanessa hob die Hand und bedeutete ihm zu schweigen. Verärgert stapfte er in den vorderen Teil der Wache und brummte unverständlich vor sich hin.

»Wie soll ich das werten, möchten Sie uns das eine oder andere gestehen?«, fragte Gunter ungeduldig.

Der Pastor hob den Kopf. »Ich kann doch sagen, was ich will, mir scheint ja ohnehin niemand zu glauben«, schniefte er. »Früher hat man mir Respekt entgegengebracht, da wäre nicht einmal auch nur daran zu denken gewesen, einem Geistlichen gegenüber jemals solche Anschuldigungen vorzubringen. Was ich hier von Ihnen höre, ist völlig haltloses Geschwätz.«

»Dann erklären Sie mir doch, wo dieses Geschwätz herkommt, wenn es so völlig aus der Luft gegriffen ist«, sagte Vanessa. »Wir haben von mehreren Seiten derartige Andeutungen gehört, denen wir derzeit nachgehen. Und wir werden nicht ruhen, bevor wir nicht sicher wissen, ob Sie schuldig oder unschuldig sind.«

»Das muss ich mir nicht bieten lassen«, begehrte der Pastor auf.

»Mir fällt durchaus auf, dass Sie nicht leugnen, sondern sich nur aufregen. Ich glaube, Sie wissen sehr gut, von wem wir diese Hinweise erhalten haben. Wie es scheint, haben die bisherigen Mordopfer mit diesen Taten in der Vergangenheit zu tun. Wir suchen derzeit nach der Rolle von Franz Schuster in dieser Geschichte, aber ich glaube, Sie wissen bereits, warum es ihn getroffen hat. Und Sie haben möglicherweise auch eine Vermutung darüber, wer die nächsten Opfer sein könnten. Machen Sie endlich den Mund auf«, forderte Gunter ungehalten. »Wer möchte sich da eine späte Genugtuung verschaffen? Wissen Sie es? Ahnen Sie etwas?«

Vanessa rief Landscheid zurück, der sich widerstrebend an ihrem

Schreibtisch niederließ und einen Block und einen Stift vor sich legte, als wolle er umgehend ein Geständnis protokollieren. Vanessa hatte das Gefühl, dass dieses Wechselspiel zwischen dem fordernden Hermesdorf, dem enttäuschten, wutentbrannten Landscheid und ihr als scheinbar verständnisvoller Dritter am ehesten zu einem Ergebnis führen würde, auch wenn das Gespräch ihr größtmögliche Beherrschung abverlangte.

»Ich hab deine Kinder nie angerührt«, murmelte der stämmige Pastor.

»Sprich lauter, ich möchte dich klar und deutlich hören!«, verlangte Landscheid.

Vanessa atmete innerlich auf. Landscheid schien sich unter Kontrolle zu haben. Sein Tonfall war bestimmt, aber in Ordnung.

»Ich habe deine Jungs nie angerührt!«, wiederholte der Geistliche lauter und starrte noch immer auf die Tischplatte.

»Sieh mir wenigstens in die Augen, du feiger Hund!«, verlangte sein langjähriger Freund. Vanessa war mit einem Mal wieder aufs Äußerste angespannt und Gunter wiederum bereit, den Kollegen körperlich von dem Pastor fernzuhalten.

»Meine vielleicht nicht, aber welche stattdessen?«, wollte Landscheid wissen.

»Nein, ich habe auch keine anderen Kinder angerührt. Das schwöre ich bei allem, was mir heilig ist.«

»Spar dir deine Scheinheiligkeit! Und sei sicher, ich werde meine Jungs fragen. Und wenn du gelogen hast, dann gnade dir Gott, vor mir wirst du jedenfalls keine Gnade finden!« Es schien, als bräche sich neben Abscheu auch die persönliche Enttäuschung über den einstigen Freund Bahn.

»Ich werde mein Schicksal annehmen, was auch immer der Herrgott für mich vorgesehen hat«, sagte Feldmann ergeben.

Vanessa musste sich zurückhalten, ihm diese verlogene Schicksalsergebenheit nicht vorzuwerfen. Schließlich konnte er nicht auch noch so tun, als habe er keine Wahl gehabt, denn der Missbrauch von Kindern und Jugendlichen war ganz sicher nicht von einer höheren Macht angetrieben oder befürwortet worden.

Sie räusperte sich und hoffte, sie könnte ihn aus seinem Fatalismus wecken. »Ich bin nicht sicher, ob Sie uns verstanden haben.

Jeder Mord scheint Teil einer Serie zu sein, und wir haben Grund zu der Annahme, dass zwei weitere Morde bevorstehen. Es wird demnach mindestens einen Unschuldigen treffen, sofern unsere Vermutung richtig ist, dass Sie das letzte Opfer sein sollen. Wir möchten jeden Mord vermeiden, auch den an Ihnen.« Sie sah Landscheid an, erkannte, was dieser wirklich dachte und auch am liebsten ausgesprochen hätte, und warf ihm einen vernichtenden Blick zu.

»Meine Aufgabe ist es, die vergangenen Morde aufzuklären und weitere zu verhindern. Verstehen Sie überhaupt, was ich sage?« Vanessas Stimme klang aufgebracht, weil der Pastor keinerlei Gemütsregung zeigte. »Der Mörder scheint auf etwas Bestimmtes hinzuarbeiten, einen Ort, den er uns zeigen möchte. Können Sie sich erklären, worum es gehen könnte?«

»Ich sagte doch, dass ich nicht weiß, wovon Sie reden«, beharrte Feldmann.

»Das glaube ich Ihnen nicht. Ich brauche Namen, Fakten, einfach Wahrheiten! Wer könnte Ihnen nach dem Leben trachten?« Vanessa brach ab, bevor sie sich im Ton vergriff. Ihr Kollege Landscheid war da weniger zart besaitet, und auch Gunter straffte sich, um den Pastor in die Zange zu nehmen.

»Sag mal, Josef, merkst du gar nicht, dass wir uns den Arsch aufreißen, um deine ehrlose Haut zu retten, während du so tust, als wüsstest du von allem nichts? Das kann nicht dein Ernst sein, mach sofort den Mund auf und rede!«, schrie Landscheid Feldmann an.

»Ich kann euch nichts weiter dazu sagen, auch wenn Ihr mir das vielleicht nicht glaubt.« Der Pastor blieb bei seiner Aussage, auch wenn seine Stimme große Unsicherheit verriet.

Vanessa musste sich zusammenreißen. Sie sagte sich, dass sie keinen verurteilten Straftäter vor sich sitzen hatte, aber sie hatte kaum Zweifel an seiner Schuld, da sie Rommelfanger und Johannes für durchaus glaubwürdig hielt. Am liebsten wäre sie auf Feldmann losgegangen, aber ihr war klar, dass sie nur mit Ruhe und Besonnenheit ein Geständnis und mögliche Namen aus ihm herausbekommen könnte. Sie musste sich darauf konzentrieren, weitere Morde zu verhindern, und das würde sie nur schaffen, wenn der Pastor kooperierte, statt weiter unglaubwürdig seine Unschuld zu beteuern.

»Ich brauche Ihre Aussage! Ich kann Sie nicht mir nichts, dir nichts in Gewahrsam nehmen, bis wir den Täter gefasst haben. Es hat leider viel zu lange gedauert, bis wir den Zusammenhang zwischen den Morden erkannt haben und bis die ersten früheren Opfer angefangen haben zu reden. Unter Umständen sind diese Opfer als Mitwisser in Gefahr? Weil jemand verärgert darüber ist, dass sie sich damals nicht gemeinsam gegen den Herrn Pastor gewandt haben? Vielleicht erinnert sich jemand an einen Zeugen, der damals geschwiegen hat? Jemand, der gegen den Herrn Pastor hätte aussagen können, der aber der Meinung war, ein Pastor tue so etwas nicht?«

»Ich mach dich persönlich verantwortlich, wenn es einen weiteren Toten gibt, den wir hätten vermeiden können, hättest du nur den Mund aufgemacht!«, rief Heiner Landscheid aufgebracht.

Der Pastor sah alle drei nacheinander müde an und zuckte mit den Schultern.

»Okay, Herr Feldmann, wir machen das anders«, lenkte Vanessa scheinbar ein. »Wir warten erst mal die Aussage unseres Zeugen heute Nachmittag ab, und danach treffen wir uns morgen wieder hier. Ich rufe meine Kollegin Frau Baumgart hinzu, unsere Polizeipsychologin. Vielleicht sind Sie bereit, ihr nähere Auskünfte zu geben. Ich kann nichts damit anfangen, wenn Sie nur mauern und einen auf mitleiderregend machen wollen. Ich brauche Namen, kommt das irgendwie bei Ihnen an? Noch einmal, meine Aufgabe ist, diese Morde aufzuklären und weitere zu verhindern. Ich schwanke zwischen dem Gedanken, Sie in Hellersberg zu behalten, damit Sie uns helfen können, den Täter zu finden, und dem, Sie an einem sicheren Ort unterzubringen, um Sie aus der Schusslinie zu haben.«

»Wegen meiner kann dieser sichere Ort der Knast sein«, brummte Landscheid.

»Wir haben jedenfalls keine Kapazitäten frei, um Ihr Leben zu schützen«, sagte Gunter. »Vielleicht weicht der Mörder auch von seinem bisherigen Schema ab, und entgegen unserer Vermutung sind Sie bereits das nächste Opfer. Auch wenn Sie hier im Moment niemanden sehen, weil alle zu Ermittlungen unterwegs sind, haben wir in Hellersberg das ganz große Kino aufgefahren, eine komplette Kommission. Aber selbst wenn ich Ihnen Hausarrest empfehle, kann ich Sie nicht zuverlässig schützen, denn ich brauche jede verfügbare Kraft. Gibt es nicht einen Ort außerhalb von Hellersberg, wo Sie ein paar Tage oder Wochen sicher unterkommen können, ein Kloster vielleicht, oder Sie fahren noch mal zu Ihrer Schwester?«

»Eine Flucht kommt für mich nicht in Frage, dazu gibt es gar keine Veranlassung«, beharrte der Pastor starrsinnig.

»Ich möchte mich im Augenblick nicht darüber streiten. Herr Landscheid, bitte nehmen Sie zu Protokoll, dass wir den Pastor auf die bestehende Gefahr hingewiesen haben und er sich weigert, einen sicheren Ort aufzusuchen. Alles Weitere müssen wir in der Sonderkommission klären.« Gunter wandte sich wieder dem Pastor zu: »Sie kennen den klassischen Satz schon aus dem Fernsehen: Halten Sie sich zu unserer Verfügung, verlassen Sie Hellersberg bitte nicht, ohne uns darüber zu informieren. Ich möchte keine große Suchaktion durch den Hochwald starten, weil ich Sie tot im Wald glaube, während Sie gemütlich nach Trier einkaufen fahren oder sich doch für einen sicheren Ort entschieden haben.«

»Mir reicht es jetzt jedenfalls. Ich gehe, Sie wissen ja, wo Sie mich finden«, sagte Feldmann und reichte Vanessa zum Abschied die Hand, die diese aber ignorierte.

»Herr Landscheid wird Ihnen das Protokoll morgen, wenn Sie wiederkommen, zur Unterschrift vorlegen. Ich werde dafür sorgen, dass Frau Baumgart dann auch hier ist«, bot Vanessa an.

»Vielleicht nutzen Sie ja die Zeit und machen sich Gedanken darüber, ob wirklich alles aus der Luft gegriffen ist oder ob es vielleicht für Sie von Vorteil sein könnte, wenn Sie sich erinnern. Ein Geständnis oder sogar eine Selbstanzeige würden sich durchaus positiv auswirken, denken Sie daran«, erinnerte Gunter.

»Mich interessiert vor allem, wer solche Ungeheuerlichkeiten verbreitet.« Der Pastor erhob sich schwerfällig und hielt auch seinem langjährigen Freund die Hand zum Abschied hin, der sich grußlos umdrehte und den Raum verließ. Der Pastor ließ sich kein drittes Mal abweisen und nickte Gunter nur zu.

»Eigentlich hätte ich Urlaub«, nörgelte Charlotte, als sie von Jungbluts zurückkam. Das Gespräch hatte leider keine neuen Erkenntnisse geliefert. Thomas Jungblut war ledig gewesen, hatte in einem eigenen Haus neben der Metzgerei gewohnt und keine offensichtlichen Feinde gehabt, keine Schulden, keine Probleme, die den Eltern, die ihren Sohn gut zu kennen glaubten, bekannt waren.

»Es sind Schulferien, meine beiden Kinder sind allein zu Hause, und ich bin schon wieder bei der Arbeit, statt mit ihnen ins Schwimmbad zu gehen oder Fahrrad zu fahren. Sie sind auch noch nicht alt genug, um sie einfach morgens mitzubringen und allein auf den Ruwer-Hunsrück-Radweg zu schicken.«

»Hättest du den Mut, sie in der Gegend allein losziehen zu lassen, wenn sie älter wären?«, hakte Vanessa verwundert nach.

»Selbstverständlich, wenn sie mir versprechen würden, in einer Gruppe zu bleiben ... Es handelt sich offensichtlich um einen Täter, der seine Taten gründlich plant und nicht im Affekt handelt. Seine Opfer sind ja keine Zufallsopfer, auch seine Mordmethode, der Zeitpunkt und der Ort sind keineswegs zufällig. Ich hätte keine Bedenken, sofern sie sich auf dem Radweg halten würden, wo immer jemand vorbeikommt. Sie würden nicht in sein Beuteschema passen«, fasste die Psychologin zusammen.

»Also keine generelle Reisewarnung für den Hochwald?«, rief Gunter quer durch den Raum.

»Nein, ich würde hier jederzeit Urlaub machen, wo andere wohnen müssen«, parierte sie schmunzelnd. »Sofern die Hochwälder nur im Rudel vorkommen!«, schränkte sie noch einmal deutlich ein.

»Das beruhigt mich, dass Sie das so einschätzen, Frau Kollegin, mein Sohn hat mir nämlich beim Frühstück gesagt, dass er heute mit ein paar Leuten eine Radtour machen möchte, und ich habe ihm gesagt, er soll das im Moment sein lassen. Aber der Kerl ist zwanzig Jahre alt, der lacht bloß über die Sorgen seines Vaters«, sagte Landscheid.

»Ich denke, es ist sicherlich Vorsicht geboten, aber es gibt keinen Grund zu einer Massenhysterie«, beruhigte Charlotte.

»Frau Eiden hat mir gestern von einem neuen Gast erzählt, eine ältere Frau, die ursprünglich zwei Wochen hierbleiben wollte, aber Frau Eiden hat es ihr fast ausgeredet«, erzählte Vanessa. »Hellersberg sei nicht mehr sicher, sie solle sich am besten in ihr Zimmer oder in die Gaststube setzen, aber keinesfalls allein vor die Tür gehen. Sie sagt, abgesehen von dem Tag der Preisbekanntgabe kämen immer weniger Gäste, viele blieben aus Angst zu Hause. Die wenigen, die abends auf ein Glas Bier oder einen Viez vorbeikommen, philosophieren über den Täter und sprechen unhaltbare Verdächtigungen aus. Der Organist, dessen Mutter seit ein paar Tagen im Krankenhaus liegt und dem zu Hause die Decke auf den Kopf fällt, saß an den letzten Abenden in der Kneipe und hat sich fleißig an den Vermutungen beteiligt. Irgendwer hat ihm eine Runde nach der anderen spendiert, und nach einer Weile hat er dann angefangen, lautstark von den Missbrauchsfällen zu erzählen. Laut Frau Eiden hat er einiges an Zustimmung geerntet. Richtig verblüfft schien niemand gewesen zu sein, alle schienen von den Vergehen des Pastors gewusst zu haben oder hatten eine Ahnung davon.«

»Das ist wieder typisch. Die Leute glauben jahrelang nicht, was eigentlich auf der Hand liegt. Sie stricken sich ihre Wahrheiten so, wie es für ihr Gewissen und ihre Weltanschauung notwendig ist. Die mögen den Pastor kraft seines Amtes, und wenn sie nicht mehr wegschauen können, behaupten sie, sie hätten es immer schon gewusst. Das ist reiner Selbstschutz, damit ihr Weltbild wieder stimmt«, meinte Charlotte.

Vanessa nickte. »So wie Frau Eiden das geschildert hat, schien es ein offenes Geheimnis zu sein, über das im Dorf niemals gesprochen wurde. Für mich klang es, als habe jeder es gewusst, aber gehofft, wenn man es verdrängen würde, könne man es damit auch ungeschehen machen.«

»Ich verstehe nicht, warum Sie und Hajo von alldem nichts mitbekommen haben wollen«, stichelte Charlotte.

»Um ehrlich zu sein, verstehe ich es auch nicht«, verteidigte sich Landscheid. »Hajo und ich sind durchaus angesehen im Dorf, glaube ich zumindest. Sonst hätte ich vermutet, sie werfen uns einfach mit dem Pastor in einen Topf und reden nicht mit uns darüber. Aber ich weiß es auch nicht. Andererseits haben Sie ja selbst gerade gesagt, fast jeder scheint es gewusst oder geahnt zu haben, aber niemand hat jemals darüber gesprochen.«

»Wie konnten bloß alle den Pastor dreißig Jahre lang als einen der Ihren behandeln, wenn sie gleichzeitig wussten, was er den Kindern angetan hatte? Warum hat denn niemand etwas unternommen?«, fragte Vanessa fassungslos.

»Ich glaube, das ist jemandem aus der Stadt schwer zu erklären. Bei uns war es bis vor nicht allzu langer Zeit so, dass der Pastor, der Arzt und der Lehrer immer recht haben. Daran wurde gar nicht gezweifelt. Und außerdem gibt es in unserer gut katholischen Ecke einfach Themen, die noch immer tabu sind, über die spricht man halt nicht, nicht einmal hinter vorgehaltener Hand. Aber ich glaube, das ist bei der nächsten Generation schon anders, und vielleicht ändert sich das ja auch bei den Älteren in Zukunft«, hoffte Landscheid.

»Hajo hat gestern mitangehört, wie einige Männer lautstark darüber diskutierten, warum der Mörder wohl alle möglichen Leute ermorde, statt sich direkt den Pastor zu holen. Es wurden anscheinend auch Stimmen laut, eine Bürgerwehr zu gründen, den Pastor aus dem Dorf zu jagen und Ähnliches. Ich habe das Gefühl, der Mörder hat genau sein Ziel erreicht, das Dorf lebt in Angst und Schrecken. Wenn er Glück hat, nimmt ihm sogar die aufgebrachte Menge den letzten Mord ab, und wir tappen weiter im Dunkeln. Jetzt müssen wir sehr zügig arbeiten, um das Schlimmste zu verhindern.«

Inzwischen war auch Bernadette eingetroffen. Als Cacheerfahrene glaubte sie, dass die Anzahl der Perlen des Rosenkranzes, insgesamt zweiundvierzig Stück, einen weiteren Teil der Endkoordinaten darstellten, die sich auch mit den Koordinaten in der Gegend deckten, sodass nur noch die letzten drei Ziffern fehlten. Sie konnten nicht auf gut Glück die ganze Region absuchen, dafür gab es auf jeden Fall zu viele Möglichkeiten, aber sie konnten bereits das Gebiet erheblich einschränken. Sie überlegten, ob sie den Pastor zu dessen eigenem Schutz auf der Wache in Gewahrsam nehmen sollten, aber sie hatten keinen separaten Raum, in dem er sich aufhalten konnte, ohne jedes

Wort mitzuhören. Gunter überlegte laut, ob er ihn zu erkennungsdienstlichen Zwecken nach Trier schicken konnte, um ihn aus der Schusslinie zu haben, sagte jedoch dazu, dass ihm das selbst albern vorkäme, da die halbe Kriminaltechnik sowieso gerade zu Ermittlungen in Hellersberg sei.

Drei der Trierer Kollegen und Kevin Wahlen beschäftigten sich mit der Liste der Teilnehmer der beiden Beerdigungsgottesdienste, die sie mit Hilfe der Aufzeichnungen von Pastor Lämmle und des Kondolenzbuches sowie ihrer eigenen Notizen erstellt hatten. Sie versuchten gemeinsam mit Heiner Landscheid, der sich im Ort natürlich am besten auskannte, zu rekonstruieren, wer nicht die Gottesdienste besucht hatte.

Charlotte hatte sich ein Flipchart aufgebaut und versuchte, auf dem großen weißen Papier ein Täterprofil zu erstellen:

Intelligent, geschickt, aber nicht zwangsläufig stark, aufgrund der gewählten Todesarten eher männlich als weiblich, wobei die Pilzvergiftung nicht unbedingt in dieses Schema passte. Vergiften war eher eine Frauendomäne. Die Polizeitechniker und Mitarbeiter der Gerichtsmedizin hatten sich alle Mühe gegeben, konnten aber aufgrund der Mordwerkzeuge keine Aussage darüber machen, ob es sich um einen Rechts- oder Linkshänder handelte. Auch Körpergröße oder Alter ließen sich bislang nicht näher bestimmen. Sie tappten im Dunkeln und mussten in Windeseile alle losen Enden miteinander verknüpfen, um den oder die nächsten Morde zu verhindern. Einerseits erweckte der Täter oder die Täterin den Anschein, mit großem Hass vorzugehen, aber falls ihre Vermutung stimmte, dass der Pastor das Verbindungsglied zwischen allen Morden war, dann war vielleicht nicht der Hass auf die jeweiligen Opfer von entscheidender Bedeutung, sondern vielmehr Hass aufgrund des erlittenen Unrechts in der Vergangenheit. Somit schien es auch keine Möglichkeit zu geben, den Kreis der möglichen Opfer einzuschränken.

Es klopfte vorsichtig, und Hajo betrat die Wache. Alle akzeptierten ihn inzwischen als inoffizielles Mitglied der Sonderkommission. Er erzählte, Jonas habe ihn informiert, dass er nun Schulferien habe und eine Woche mit seiner Gastfamilie in Urlaub und somit kaum zu erreichen sei, sodass sie auf ihn in Cachefragen nicht zurückgreifen könnten.

»Herr Nert, Sie verstehen sicher, dass wir uns primär mit Pastor Feldmanns Opfern auseinandersetzen müssen«, erklärte Charlotte Baumgart. »Haben Sie noch etwas in Erfahrung bringen können?«

»Heute Morgen hat mich Volker angerufen. Er hat –«

»Bitte entschuldigen Sie«, unterbrach die Psychologin Hajo. »Es würde mir helfen, wenn Sie mir die Personen näher erläuterten. Nachname, Alter, Wohnort, solche Angaben, damit ich weiß, wo ich sie einzusortieren habe.«

Hajo erläuterte: »Volker Gorges ging mit meinem Sohn Johannes in eine Klasse, er ist somit auch Mitte dreißig. Er ist nach dem Abitur weggezogen, hat Jura studiert und führt aktuell eine Rechtsanwaltskanzlei in Frankfurt. Er wusste, dass ein paar seiner Mitschüler nach den Erfahrungen als Kinder und Jugendliche gar nicht weit genug wegziehen konnten. Er erinnert sich ganz sicher daran, dass einer, der seit Jahren in Amerika lebt, missbraucht wurde. Außerdem –«

»Tut mir leid, wenn ich Sie schon wieder unterbrechen muss. War derjenige beim Klassentreffen anwesend?«, hakte Charlotte nach.

»Nein, ganz sicher nicht. Genauso wenig wie der, der als Schafzüchter in Irland lebt, oder der, der ein Weingut in Frankreich betreibt.«

»Und woher hat Herr Gorges diese Informationen?«, fragte die Psychologin skeptisch nach.

»Teilweise war er bei den Taten anwesend, teilweise hat er nur mit den anderen darüber gesprochen«, kam Hajos nüchterne Antwort.

»Anwesend?«, vergewisserte sich Vanessa, die sich auf die Schreibtischkante gesetzt hatte und das Gespräch mithörte.

»Der Pastor mochte es anscheinend gern, wenn die Jungs miteinander … Entschuldigung, ich möchte gar nicht darüber nachdenken. Falls es wirklich notwendig ist, sollen Ihnen die Jungs das selbst erzählen.«

Alle schwiegen betroffen.

»Vanessa, ich glaube, ich weiß, was du mit der Anwesenheit

von Herrn Nert bezwecken wolltest. Das sind Informationen, für die wir als externe Ermittler Wochen gebraucht hätten«, sagte Charlotte. Vanessa lächelte wissend.

»Kann ich bitte Volker Gorges' Telefonnummer von Ihnen haben?«, bat Gunter. »Wenn dieser Gorges doch Rechtsanwalt ist, verstehe ich nicht, warum er Feldmann nicht angezeigt hat. Das muss er mir erklären.« Er zog sich zum Telefonieren in den hinteren Raum zurück.

»Weißt du von weiteren Opfern?«, brachte Vanessa das Gespräch wieder in Gang.

»Ich habe mit Matthias Zimmer gesprochen«, sagte Hajo. »Er sagte mir, er sei damals zur Kommunion gegangen, aber nachdem sein Lieblingsonkel bei der Feier mit einem Herzinfarkt ins Krankenhaus gekommen und kurz danach gestorben sei, habe er sich von der Kirche völlig abgewandt und sei darum auch weder Messdiener gewesen noch zur Firmung gegangen. Ihm ist bei der Organisation des Klassentreffens auch schon aufgefallen, dass die Jungs fast alle weggezogen waren.«

»Es wäre nachvollziehbar, wenn die Opfer keinen Kontakt mehr zu ihrem Peiniger haben wollten und deshalb eine räumliche Distanz vorgezogen haben, auch um besser vergessen zu können. Wenn wir aus dieser Häufung eine Regel ableiten könnten, müssten wir den Mörder unter den Männern suchen, die außerhalb wohnen und jeweils zu den Tatzeiten in Hellersberg waren«, überlegte Charlotte.

»Das klingt zwar äußerst logisch, aber was ist mit den Angehörigen der Opfer?« Vanessa senkte die Stimme. »Wenn ich allein sehe, wie aufgebracht Kollege Landscheid nicht nur wegen der sexuellen Übergriffe, sondern auch über den persönlichen Vertrauensmissbrauch ist, dann kämen auch viele Väter, Brüder oder sogar Mütter in Frage.«

»Wir wissen auch noch immer nicht, wann die Taten aufgehört haben und wie alt die Opfer heute sind. Vielleicht gibt es jemanden, der sich dessen bewusst ist, dass er vor Gericht keine Genugtuung erhalten würde, und der sich darum persönlich rächt?«, ergänzte Charlotte.

»Aber warum jetzt? Warum kommt diese Rache so spät?«, fragte Hajo.

»Vielleicht hat der Mörder erst kürzlich von Pastor Feldmanns Verbrechen erfahren? Vielleicht hat eines der Opfer geredet? Das würde die Theorie stützen, dass es sich bei dem Mörder um einen Angehörigen handelt.« Charlotte kritzelte gedankenverloren auf einen Block.

»Vielleicht eine der Ehefrauen?«, warf Vanessa ein.

»Wenn ich es mir so richtig überlege ...« Hajo stockte und schien nachzudenken. »Viele von Johannes' Klassenkameraden scheinen weitestgehend bindungsunfähig zu sein, oder wie sagt man bei euch?«

»Was wollen Sie damit sagen?«, wollte Charlotte wissen.

»Soweit ich das beurteilen kann, sind sehr wenige verheiratet oder in festen Beziehungen. Aus Johannes' Klasse hat auch fast keiner Kinder. Manche waren zwar mehrfach verheiratet, aber nie für lange.«

»Ein gestörtes Sexualverhalten nach Missbrauchserfahrungen in der Kindheit, das wäre durchaus typisch«, stimmte Charlotte zu.

»Wie wäre es mit einer Ehefrau, die hinterfragt hat, warum ihr Mann ein gestörtes Sexualverhalten hat? Oder ein gestörtes Verhältnis zu seinem Sohn? Sollen wir losziehen und jeden nach seinen Sexualpraktiken fragen?«, fragte Vanessa in verzweifeltem Tonfall.

Gunter rief zwei der Trierer Kollegen zu sich nach hinten und kam nach ein paar Minuten wieder nach vorn. »Ich konnte nur ganz kurz mit Gorges sprechen. Er hat mir gesagt, ihm selbst gegenüber sei es nur zu minderschweren Vergehen gekommen, die spätestens zehn Jahre nach Eintritt der Volljährigkeit des Opfers verjährt sind. Das war wohl auch bei einigen anderen aus seiner Klasse so, und die sind heute alle Mitte dreißig, darum hat Gorges nichts mehr gegen Feldmann unternommen.«

»Ja, inzwischen, aber warum hat er früher nichts gemacht?«, fragte Hajo. »Ich meine vor Ablauf der Verjährung.«

»Das habe ich ihn auch gefragt. Während seines Studiums hat er sich diesem Thema noch nicht gestellt. Erst als er nach seinem Abschluss in eine Kanzlei eingetreten ist, die Opfer von sexuellem Missbrauch vertritt, hat er seine eigene Vergangenheit zugelassen und sie mit einem Therapeuten aufgearbeitet. Bis er endlich mit seinen damaligen Klassenkameraden über deren Erfahrungen gesprochen hat, waren diese Fälle bereits verjährt. Ich habe zwei Kollegen aus der Sonderkommission darauf angesetzt, die telefonieren erst einmal die Namen ab, die Gorges mir genannt hat. Vielleicht bekommen wir Feldmann doch noch dran.«

Zwar konnten immer mehr der damaligen Missbrauchsopfer namentlich benannt und der großen Liste hinzugefügt werden, aber viele von ihnen waren ganz sicher nicht in Hellersberg gewesen, als die Morde passierten. Die Zwillinge beispielsweise, deren Weg vorerst in Psychiatrie und Trinkerheilanstalt geendet hatte, hatten sicherlich ein Motiv, aber keine Möglichkeiten. Vanessa und ihre Kollegen hatten sich vergewissert, dass Dirk Schuh an den Mordtagen die Psychiatrie nicht hatte verlassen können. Und Frank Schuh war an wenigstens zwei Tattagen in der Suppenküche bei der Armenspeisung gesehen worden. Zu der Schwere der damaligen Taten konnten beide leider keine Aussagen machen, da sie nicht als zurechnungsfähig galten und ihre Erinnerungen nur mehr lückenhaft waren.

Guido Thielen war auf seinem französischen Weingut mitten in der Traubenlese und konnte zu den Tatzeiten ebenfalls nicht in Hellersberg gewesen sein, was von mehreren Zeugen bestätigt wurde.

Michael Schütz tanzte in Berlin an einem zweitklassigen Theater und hatte an den fraglichen Tagen Bühnenauftritte gehabt.

Beide bestätigten, Missbrauchsopfer zu sein, aber sie hatten in der Vergangenheit bereits mit Volker Gorges gesprochen – die Taten, unter denen sie gelitten hätten, wären mittlerweile verjährt.

»Können Sie uns auch etwas über andere Männer aus Hellersberg erzählen?« fragte Charlotte Hajo.

Hajo überlegte kurz. »Josef ist seit drei Jahren nicht mehr im Dienst. Vorher hat einige Jahre seine Haushälterin bei ihm gelebt, und keiner hatte einen Zweifel daran, dass die beiden ein Paar waren. Das müssten rund neun Jahre gewesen sein. Meinen Sie, er hätte in der Zeit weiterhin Kinder angerührt?«

»Das ist ein völlig neuer Aspekt, aber gehen wir ruhig einmal davon aus, dass er von den Kindern abgelassen hat. Wenn wir nur von Missbrauch an Minderjährigen ausgehen, dann könnten die Opfer heute zwischen einundzwanzig und fünfzig Jahre alt sein. Ansonsten wäre ich davon ausgegangen, dass alle männlichen Hellersberger ab zwölf Jahren betroffen sein könnten, wobei ich die jüngsten als Täter sowieso ausgeschlossen hätte, aber auch die haben Väter oder große Brüder«, erläuterte die Psychologin.

»Sicher gibt es ein Einwohnerverzeichnis der heutigen Bewohner von Hellersberg. Gab es dieses auch schon für die letzten dreißig Jahre?«, fragte Vanessa.

»Seit der Einführung von Computern bestimmt, aber damit kommen wir vermutlich nur fünfundzwanzig Jahre zurück«, gab Gunter zu bedenken.

»Das könnte reichen, wenn man davon ausgeht, dass die Opfer wohl zwischen neun und vierzehn Jahre alt waren, als sie von Josef missbraucht wurden, und in der Regel frühestens mit achtzehn von hier weggezogen sind«, warf Hajo ein.

»Die Opfer könnten bis zu achtzehn Jahre alt gewesen sein, es gab doch auch ältere Messdiener, oder?«, fragte Gunter. »Darüber hinaus wäre es ja kein Missbrauch an Minderjährigen mehr gewesen.«

»Ich bin nicht sicher, bis zu welchem Alter die Jugendlichen sich das hätten gefallen lassen, ohne sich zur Wehr zu setzen oder einfach nicht mehr hinzugehen. Ich glaube, wir können Opfer über vierzehn Jahre quasi ausschließen«, ergänzte Charlotte.

»Sagt mal, wir sprechen immer nur von Jungen, wie war es eigentlich mit Mädchen?«, fragte Vanessa.

»Ich gehörte damals dem Pfarrgemeinderat an, dazu kann ich etwas sagen«, meinte Hajo. »Erst seit 1994 waren Mädchen als Messdienerinnen überhaupt erlaubt, aber Josef war der Meinung, das lenkt die Jungen nur ab, darum hat er sich eine Weile noch geweigert. Ab 1998 kam kein Pastor mehr darum herum, Mädchen als Messdienerinnen zu nehmen, und ich muss sagen, sie machen ihre Sache auch richtig gut. Das müsste ungefähr zu der Zeit gewesen sein, als Marlene zu Josef kam, weil er langsam zu alt wurde, wie er damals behauptete, und dringend Unterstützung im Haus wollte. Meine Frau war mit Marlene befreundet, und es war immer ein offenes Geheimnis, dass Josef und Marlene ein Paar waren. Vielleicht hat er ab da keine Jungen mehr angerührt, und mit Mädchen hatte er wahrscheinlich wirklich nichts zu tun.«

»Aber es muss doch auch weibliche Kommunion- und Firmkinder gegeben haben«, meinte Charlotte.

Hajo überlegte einen Moment. »Das stimmt wohl, aber Marlene wäre viel zu eifersüchtig gewesen, ich glaube nicht, dass sie jemals zugelassen hätte, dass Josef mit den Mädchen etwas unternimmt. Und ich kann mich wirklich auch nur an diese Jungenaktionen erinnern, wenn ich jetzt so überlege.«

»Wenn man erst einmal weiß, worauf man achten soll, fallen einem viele Details auf, nicht wahr?«, sagte Charlotte.

Hajo nickte. »Ich habe ein paar interessante Gespräche mit meinem Sohn und seinen früheren Mitschülern geführt, möglicherweise hilft euch das bei den Ermittlungen weiter, das sprengt aber jetzt sicher den zeitlichen Rahmen, weil es teilweise einfach nur Anekdoten waren, deren Informationsgehalt vielleicht nicht besonders hoch ist.«

»Das klingt wie eine private Zeugenvernehmung, das finde ich sehr gewagt«, wandte Charlotte ein.

»Zeugenvernehmung würde ich es nicht nennen, aber die Jungs kennen mich zeit ihres Lebens. Die vertrauen mir. Die haben früher schon auf meinem Hof gespielt und wissen, dass ich immer ein offenes Ohr für sie habe. Sie dachten, sie würden Johannes noch bei mir erreichen, darum haben sie angerufen. Und daher weiß ich inzwischen, dass auch Hartmut und Roland wohl davon wussten, weil die anderen ihnen davon erzählt hatten, sie selbst aber keine Opfer waren. Oliver ist ja evangelisch, der hatte keinen Kontakt zum Pastor, den können wir als Opfer beziehungsweise Täter eher ausschließen.«

Charlotte versuchte nach wie vor, sich ein genaueres Bild des Täters zu machen. Sie hielt es für unwahrscheinlich, dass es sich um einen Familienangehörigen eines der Opfer handelte, weil dieser sich eher den Pastor sofort vorgenommen hätte. Vanessa fasste die Gerüchte, die im Dorf kursierten und die Philipp ihr zugetragen hatte, zusammen. An der Wand stand inzwischen eine fast unüberschaubare Liste mit Namen möglicher Täter. Da niemals körperliche Gewalt angewandt wurde, die richtig Kraft erfordert oder auch nur Aufschluss über die Rechts- oder Linkshändigkeit, das Geschlecht, die Größe oder Statur des Täters gegeben hätte, gab es kaum Ausschlusskriterien. Dennoch konzentrierten sich ihre Ermittlungen im Wesentlichen auf katholische Männer unter sechsundvierzig Jahren, die kein eindeutiges Alibi vorweisen konnten. Das betraf vor allem die Freiberufler und Selbstständigen, deren Alibis schwerer zu überprüfen waren, weil sie keine geregelten Arbeitszeiten hatten und ihre Abwesenheit möglicherweise niemandem auffiel. Somit kamen vor allem Handwerker und Künstler in Betracht, von denen es in Hellersberg aber einige gab.

Die Trierer Kollegen der Sonderkommission schwärmten aus, um einige Hellersberger und den Holzerather Schreiner Uwe Lauer nach ihren Alibis zu befragen, während die anderen zusammen zu rekonstruieren versuchten, welche Hellersberger weder auf der Kirmes, dem Handwerkermarkt noch bei der Beerdigung gewesen waren, sich aber nachweislich zu diesen Zeiten in Hellersberg aufgehalten hatten. Dabei kam ihnen zugute, dass am Freitag der letzte Schultag vor den Herbstferien gewesen war. Manche waren in die Ferien gefahren und hatten darum die Beerdigung aus gutem Grund verpasst. Diejenigen konnten somit als Mörder von Thomas Jungblut ausgeschlossen werden.

Der erste Mord war inzwischen fast vier Wochen her. Viele wussten nicht mehr zuverlässig, was sie zu den verschiedenen Todeszeitpunkten gemacht hatten, geschweige denn, dass sich mögliche Alibigeber zuverlässig daran hätten erinnern können, ob sie an diesen Tagen und zu genau diesen Zeiten mit eventuellen Verdächtigen zusammen gewesen waren. Landscheid raufte sich darüber die wenigen Haare, die ihm geblieben waren.

Gegen Mittag brachte Pastor Lämmle eine Übersicht der Lieder und des Altarschmucks sowie sonstiger Details der beiden Trauerfeiern vorbei. Bernadette wollte sich auf weitere Caches in der Region konzentrieren. Das war zwar nicht ihr Aufgabengebiet, aber vom Cachen hatte sie von allen Anwesenden zweifellos die meiste Ahnung. Der Computerspezialist fand das Thema spannend und ließ sich von Bernadette und Hajo erklären, wie Cachen funktionierte. Gemeinsam suchten sie im Internet nach neu gelegten oder auch schon bekannten Geocaches. Hajo bot an, einige Caches abzulaufen, damit niemand von der Sonderkommission wertvolle Zeit verlor, aber zum einen hatte er kein Auto zur Verfügung, zum anderen fanden die Polizeibeamten es zu gefährlich, ihn allein loszuschicken. Ausgerechnet der Computerspezialist, der sich sonst nie freiwillig bewegte, bot an, sich mit Hajo auf den Weg zu machen.

»Denkt bitte daran, dass man nicht überall im Wald Handyempfang hat. Meldet euch bitte trotzdem zwischendurch mal, damit wir wissen, dass es euch gut geht«, gab Vanessa ihnen mit auf den Weg.

ZWÖLF

Der Montag hatte mit Bodennebel begonnen, der sich zäh über die Felder legte, aber darüber ließ sich ein strahlender Tag erahnen. Die Jugendlichen hatten sich für ein Uhr verabredet, da sie keine allzu weite Strecke über den Ruwer-Hunsrück-Radweg fahren, sondern vor allem an einem der Rastplätze grillen wollten. Ein Klassenkamerad von Philipp hatte sich neulich den Knöchel verstaucht und konnte noch nicht in die Pedale treten, aber er hatte angeboten, mit dem Auto zu einem der vielen Parkplätze an der Strecke zu kommen und Grillgut und Getränke mitzubringen. Sie sollten ihn von unterwegs anrufen, sobald abzusehen war, wann sie dort eintreffen würden. In Richtung Trier verlief der Radweg fast nur bergab, sodass die Jugendlichen zunächst ein Stück in Richtung Hermeskeil fuhren, um später eine umso längere Abfahrt zu haben. Sie waren zu sechst, da war es gut, dass sie den Radweg nehmen konnten und nicht auf der Straße fahren mussten. Der Radweg führte über eine ehemalige Bahnstrecke fernab von jedem Verkehr. So war es angenehm zu fahren, wenn man sich unterwegs auch noch unterhalten wollte.

Der Radweg war ein riesiger Erfolg für die Region. Da er auf der alten Bahntrasse verlief, hatte er keine größeren Steigungen oder Kurven, sondern stieg nur sanft, aber stetig von Trier in Richtung Hermeskeil an. In Waldrach war der Radweg so beliebt, dass für die vielen Spaziergänger, Inlineskater und Hundebesitzer extra eine zweite Spur angelegt worden war, damit für die Radfahrer noch genug Platz blieb. Auf dem Radweg konnten sowohl Streckenfresser, denen es darum ging, schnelle Trainingsstrecken zu fahren, als auch Familien mit Kleinkindern auf Laufrädern ihren Spaß haben. In regelmäßigen Abständen gab es Rastplätze, gut erreichbare Parkplätze sowie Informationstafeln zu den örtlichen Besonderheiten von Flora, Fauna und Bodenbeschaffenheit. Mehrere alte Bahnhöfe waren zu erfolgreichen Ausflugslokalen mit großen Terrassen umgebaut worden, wo man nahrhafte Kleinigkeiten zu günstigen Preisen essen konnte.

Diana, Philipp und Thorsten hatten ihre beiden Freunde Yvonne und Raphael motivieren können, mit ihnen den Ferientag zu nutzen. Philipps Cousine war zu Besuch, und Philipp hatte geäußert, sie sei zwar sehr nett, aber er wisse nicht so recht, was er mit ihr anfangen solle, daher komme ihm die Radtour sehr recht. Sie wohnte in Köln und ließ die anderen spüren, dass sie das Landleben nicht gewohnt war und langweilig fand.

»Tut mir leid, aber ich kann auf dem Fahrrad so echt nicht fahren, kann mir das mal bitte jemand anders einstellen?«, nörgelte Philipps Cousine Jana, die es anscheinend nicht gewohnt war, sich per Rad statt per Straßenbahn fortzubewegen.

»Steig mal ab, ich mach dir den Sattel tiefer, sicher geht es danach besser«, bot Thorsten an, der schon den ganzen Vormittag um sie herumscharwenzelte. Dankbar saß Jana ab und ließ sich auf eine Bank fallen, die gegenüber einem riesigen Findling stand.

»Warum ist da eigentlich eine Lücke im Wald?«, erkundigte sie sich ahnungslos.

»Das sind Brandschneisen. Wenn wir einen Waldbrand hätten, was hier zum Glück selten vorkommt, würde dabei eine riesige Waldfläche abbrennen, weil die Flammen von einem Baum auf den nächsten überschlagen. Darum lässt man in regelmäßigen Abständen Lücken zwischen den Baumreihen, damit die Flammen auf ein überschaubares Gebiet beschränkt bleiben.«

Die Großstädterin bewunderte Thorstens Wissen, und Philipp musste lächeln. Es war witzig, Thorsten dabei zu beobachten, wie er einen auf cool machte.

»Sieh mal, da vorn steht ein Fahrrad, ich habe aber nirgendwo einen Fahrer gesehen«, sagte Diana zu Philipp.

»Das ist bestimmt ein Pilzsammler. Wer weiß, wie weit der sich von seinem Rad entfernt hat«, entgegnete Philipp.

»Ich muss aber mal dringend Pipi machen, nicht dass ich im Wald von jemandem überfallen werde«, wandte Diana ein.

»Ihr Mädchen geht sonst immer zusammen pinkeln, das könnt ihr doch im Wald auch machen«, warf Raphael ein, und alle Jungs lachten.

»Ich muss auch mal, ich geh mit«, erwiderte seine Freundin Yvonne, und auch Philipps Cousine schloss sich ihnen an.

»Ich würde mir gern die Hände waschen«, meinte Jana anschließend, »ich fühle mich sonst nicht richtig wohl.«

»Kein Problem, da unten fließt die Ruwer«, sagte Philipp, und die drei Mädchen gingen zusammen runter an den schmalen, ruhigen Fluss.

Thorsten hatte das Fahrrad richtig eingestellt und nahm aus seiner Satteltasche ein Sixpack Bier, das er herumreichte, als vom Fluss ein gellender Schrei ertönte.

»Da hat bestimmt eins der Mädchen eine Kröte gesehen oder so«, grinste Thorsten, aber im nächsten Augenblick schrie Diana, sie sollten sofort kommen.

Lachend schlugen sie sich durch das Gebüsch zu den Mädchen durch und erstarrten, als sie den Grund für den Schrei sahen. Im flachen Flussbett der Ruwer lag ein Männerkörper, das Gesicht im Wasser. Thorsten zog sofort sein Handy aus der Hosentasche, hatte aber keinen Empfang. Er machte Fotos von dem Mann, der ein buntes Trikot und eine enge Fahrradhose trug und dem sicherlich das Rad gehörte, das oben am Weg abgestellt war.

Philipps Cousine schrie noch immer, und Thorsten nahm sie in die Arme und führte sie fort.

»Hey, was soll der Mist mit den Fotos, lösch die sofort wieder«, schrie Raphael, aber Thorsten gab über die Schulter zurück, er wolle Bilder für die Polizei haben, bevor sie irgendetwas veränderten.

»Was sollen wir denn machen? Müssten wir nicht sehen, ob er richtig tot ist?«, fragte Philipp.

»Als Tochter eines Polizisten weiß ich nur, dass man keine Spuren zerstören darf«, wandte Diana ein.

»Aber was ist, wenn er gar nicht tot ist und man ihn noch retten kann?«

»Vielleicht ist er nur gestürzt und ist ohnmächtig?«

»Ob das wieder das Hochwald-Monster war?«

Alle redeten durcheinander.

»Thorsten, du bist der Schnellste von uns. Fahr bitte auf dem Radweg in Richtung Hellersberg und versuch unterwegs immer wieder, die Polizei anzurufen«, sagte Philipp. »Der Findling an der Brandschneise ist eine gute Markierung, anhand dessen müsste man ganz gut orten können, wo wir uns befinden. Alle fünfhundert Meter steht auch ein Markierungsstein mit der Kilometerangabe.

Solltest du keinen Empfang bekommen, musst du eben bis nach Hellersberg fahren.«

Thorsten machte sich sofort auf den Weg. Raphael schloss sich an, um ihn nicht allein fahren zu lassen.

Die Mädchen hatten sich abgewandt, was Diana für eine gute Idee hielt, um die Spuren rund um die Fundstelle zu erhalten. Beim zweiten Hinsehen war Diana bewusst geworden, dass sich das Wasser rund um den Mann rot gefärbt hatte und er bestimmt nicht einfach nur gestürzt war.

»Hast du noch die breiten Gummibänder, mit denen du die Tüte mit den Apfelstücken verschlossen hast?«, fragte sie Philipp.

»Oben am Fahrrad, klar!«

»Gut, bring sie mir bitte. Du weißt, wie gern ich Krimis lese, und da gibt es einen, in dem die Kommissarin sich immer Gummibänder um die Schuhe macht, damit man ihre Fußspuren von allen anderen unterscheiden kann. Das werde ich auch machen, und dann sehe ich nach, ob er noch lebt«, sagte Diana.

Philipp rannte die Böschung zum Radweg hinauf.

»Ich habe immer Gummihandschuhe dabei, falls ich mal einen Reifen reparieren muss und keine Gelegenheit zum Händewaschen habe. Möchtest du die auch benutzen?«, fragte er unsicher, als er zurückkam.

Diana hielt ihm schon die Hand entgegen.

»Hör mal, ist das nicht Männersache, soll ich das nicht machen?«

Diana küsste ihn auf den Mund, streifte sich die Gummibänder und die Handschuhe über und ging zu dem Mann. Als sie ihn auf die Seite drehte, stellte sie fest, dass er nicht völlig erstarrt war und sich die Körperteile, die nicht im Wasser lagen, auch nicht eiskalt und steif anfühlten. Ihr wäre das fast lieber gewesen, somit hätte sie die Leiche liegen lassen müssen, bis die Polizei da war, so aber fühlte sie sich verpflichtet, zu prüfen, ob der Mann noch zu retten war. Sie suchte seinen Puls, konnte aber nichts fühlen.

Vom Weg rief Thorsten außer Atem: »Ihr sollt nichts anrühren, sie sind gleich hier!«

Diana sah erstmals in das Gesicht des Mannes und erstarrte. Ein anonymer Toter wäre schlimm genug gewesen, aber jemand, den sie gut kannte …

»Der ist noch warm, die sollen einen Krankenwagen mitbringen!«, schrie Diana Thorsten und Raphael zu, wandte sich von der Leiche ab und musste sich übergeben. Dann taumelte sie in Philipps Arme, der ihr das Erbrochene vom Mundwinkel tupfte und sie auf den Weg zurückführte.

Es dauerte keine zwanzig Minuten, bis mehrere Fahrzeuge auf dem Radweg zum Stehen kamen. Gunter bat Raphael und Yvonne, in passendem Abstand den Radweg zu blockieren und nur Fahrzeuge durchzulassen, die eindeutig zur Polizei gehörten. Landscheid sollte die Jugendlichen befragen, was sie im Einzelnen gesehen hatten. Bernadette hatte bereits Überschuhe über ihre Schuhe gestülpt, was Vanessa auch gerade tat. »Hat etwa jemand von euch …?«, fragte Vanessa.

Philipp schilderte in knappen Worten, wie sie den Mann gefunden hatten, dass Diana den Mann mit Handschuhen angefasst und dabei gemerkt habe, dass der Körper noch warm gewesen sei. Bernadettes Kollege machte aus verschiedenen Perspektiven Fotos von der Leiche.

»Hebt ihn aus dem Wasser und legt ihn dort ins Laub«, wies Bernadette ihre Kollegen der Spurensicherung an. Als sie den Mann auf den Rücken drehten, schrie auch Philipp auf. Diana hatte bislang so unter Schock gestanden, dass sie noch gar nicht erwähnt hatte, wer der Tote war.

»Scheiße, das ist ja Rommelfanger«, entfuhr es Gunter.

Philipp wollte von der Bank aufstehen, schaffte es aber nicht. Als sich Vanessa zu ihm hinunterbeugte, flüsterte er mit erstickter Stimme: »Ich hab Angst!«

Vanessa hatte Diana an der Hand, ließ sich mit ihr neben Philipp nieder und nahm beide ganz fest in ihre Arme. »Ihr habt alles ganz richtig gemacht. Herr Rommelfanger ist tatsächlich schon zu lange tot, als dass ihr ihm hättet helfen können«, erklärte Bernadette nach einer Weile. »Genaueres wird uns Dr. Breuer sagen können, aber ich nehme an, dass Rommelfanger, genau wie ihr, an die Ruwer hinuntergegangen ist, um sich die Hände zu waschen. So wie seine Hände aussehen, hatte er vermutlich einen Platten und war nicht so klug, sich Einweghandschuhe einzupacken. Unter Umständen hat er ungewollt jemanden beobachtet und wurde darum niedergeschlagen.«

Diana schrie: »Wie viele soll dieser Irre eigentlich noch kaltblütig umbringen? Morgen trifft es vielleicht mich oder Philipp. Wir sind im Hochwald doch nicht mehr sicher.« Sie rückte ganz nah an Philipp heran, und alle Besonnenheit, Überlegtheit und Ruhe, mit der sie vorhin den Toten mit Blick auf eine mögliche Rettung untersucht hatte, fielen von ihr ab, und sie zerfloss förmlich in Tränen.

Vanessa winkte einen Sanitäter heran, der für Herrn Rommelfanger nicht mehr gebraucht wurde, und deutete auf die beiden Jugendlichen.

Gegen halb sechs sammelten sich alle, um noch einmal gemeinsam auf der Wache durchzusprechen, was sie bereits herausgefunden hatten. Bernadette hatte die ersten Proben nach Trier ins Labor geschickt, wollte aber, bevor es gegen sieben dunkel wurde, weiter den Tatort absuchen. Es bestand kein Zweifel, dass Tatort und Fundort identisch waren. Bernadette war sich unsicher, ob Rommelfanger vielleicht nur ein zufälliges Opfer war, denn unweit seiner Leiche hatten sie eine der bewährten Vorratsdosen gefunden, in der sich Cachegegenstände befanden. Rommelfanger war aber seiner Aussage nach selbst kein Cacher gewesen, wie Vanessa am Sonntag erfahren hatte. Andererseits waren sie sicher, dass er ebenfalls zu den Missbrauchsopfern von Pastor Feldmann zählte. Ärgerlicherweise hatten sie aber von ihm keinerlei Aussage über die Schwere der Taten mehr erhalten können, und somit war es möglich, dass sein Missbrauch bislang nicht verjährt gewesen wäre. Zusammen hatten sie rekonstruiert, dass Rommelfanger sich möglicherweise die Hände hatte waschen wollen, dabei vermutlich zufällig auf die Cachedose oder auch auf den Cacheleger gestoßen und daraufhin offenbar von hinten erschlagen worden war. Die Tatwaffe hatten sie nicht finden können, sie wussten nur, dass der Organist mit einem stumpfen Gegenstand erschlagen worden war.

Da die Jugendlichen sich sicher waren, keinem Radfahrer begegnet zu sein, hatten die Beamten die Reifenspuren auf dem nahe gelegenen Parkplatz überprüft und versuchten nun, neue von alten Spuren zu trennen und das Fahrzeug des möglichen Täters herauszufiltern. Das war zwar alles sehr vage, aber es waren wesentlich mehr Spuren, als sie bei den anderen Morden gehabt hatten, was darauf hinzuweisen schien, dass der Mörder unter Druck gestanden und möglicherweise aus dem Affekt heraus gehandelt hatte.

»Rommelfanger sollte ja eigentlich heute Nachmittag zum Verhör auf die Wache kommen, weil er als damaliges Opfer durchaus ein potenzieller Täter zu sein schien. Das können wir somit wohl ausschließen«, brummte Gunter.

»Hätten wir nicht diese Cachedose gefunden, wäre ich nicht einmal sicher, ob es sich überhaupt um denselben Mörder handelt oder ob inzwischen der ganze Hochwald durchdreht, aber so …«, sagte Vanessa zu Charlotte.

»Mir tun diese Jugendlichen leid, die zwar für ihr Alter ganz hervorragend reagiert haben, aber heute sicher den Schock ihres Lebens bekommen haben. Ich würde sie gern einmal zu Hause besuchen, um zu sehen, wie es ihnen geht. Kannst du mir zeigen, wo ich sie finde?«

»Ich möchte mich vorher schnell umziehen, ich fühle mich einfach nur beschmutzt. Kannst du warten?«, fragte Vanessa und wandte sich zur Tür, als diese von außen geöffnet wurde. Es dauerte einen Moment, bis sich ein großer Mann auf Krücken hereingeschoben hatte.

»Hallo, Kollegen. Ich bin Peter Erschens, wir kennen uns vermutlich alle vom Telefon. Es war meine Tochter, die heute den toten Rommelfanger gefunden hat. Ihr kennt alle meine Diana. Natürlich hatte ich von ihr gehört, dass die Jugendlichen heute eine Radtour machen wollten, um das schöne Wetter in den Herbstferien auszunutzen. Ich war skeptisch, aber man kann den jungen Leuten in dem Alter sowieso nichts mehr erfolgreich verbieten.«

»Die Psycho-Tante meinte ja, das sei alles kein Problem, solange sie zusammenbleiben!«, tönte Landscheid durch den Raum.

»Den Jugendlichen ist schließlich auch nichts passiert. Und ich habe recht damit gehabt, dass sie nicht ins Opferprofil passen«, erwiderte Charlotte verärgert.

»Wäre es nicht leichter, Sie würden uns erzählen, wer ins Täterprofil passt, würden denjenigen festnehmen und wir könnten die Kinder wieder ohne Angst losschicken?«, fragte Erschens gereizt.

»Dass ich daran nicht sofort gedacht habe«, gab Charlotte zurück. »Sie helfen mir mal eben bei dem Täterprofil, zusammen bekommen wir das sicher schnell hin. Ich habe meinen Teil schon getan, jetzt sind Sie dran. Dann haben wir das doch im Handumdrehen erledigt und können uns mal wieder anderen Verbrechen zuwenden. Vielleicht können Sie mich in Zukunft immer unterstützen!«

»Tut mir leid, ich bin ein bisschen gereizt. Da ist man ein paar Wochen nicht da, und schon ist der eigene Arbeitsplatz ein Schlachtfeld. Ich habe schlichtweg Angst um meine Töchter.«

»Sie haben mehrere Töchter?«, fragte Vanessa, die bislang nur von Diana gehört hatte.

»Ja, wir haben noch eine Kleine, die ist erst sechs. Die darf auch im Moment nicht allein vor die Tür. Wo ist überhaupt Hajo, ich habe schon gehört, der hätte meinen Stuhl im Büro übernommen?«

»Wir haben ihn zu Erkundigungen direkt vor Ort geschickt. Draußen ist er wertvoller für uns, als wenn er nur in der muffigen Bude rumsitzt. Aber bald können wir Sie ja wieder im Gelände einsetzen«, parierte Vanessa.

»Ich muss noch eine Woche zur ambulanten Reha, danach darf ich mein Knie nach Langem wieder voll belasten und kann nächste Woche endlich wieder regulär zum Dienst erscheinen. Aber ich habe mir gesagt, denken kann ich auch mit Krücken. Ihr braucht gerade sicher jeden Mann.« Erschens humpelte an allen vorbei und ließ sich vorsichtig in den Schreibtischstuhl fallen, den Vanessa nun schon seit einigen Wochen nutzte. Alle Anwesenden gingen zu ihm hin, reichten ihm die Hand und stellten sich mit Namen und Funktion vor.

»Herr Kollege, das ist unheimlich freundlich von Ihnen«, sagte Gunter. »Aber Sie kennen die Dienstvorschriften. Solange Sie weiterhin krankgeschrieben sind …«

»Wenn ich helfen kann, den Täter zu ermitteln, bevor es weitere Opfer gibt, werfe ich meine Krankmeldung weg und trete sofort wieder meinen Dienst an«, erwiderte Peter Erschens lächelnd.

Der Freak kam mit Hajo zur Tür herein. Von Zeit zu Zeit hatte sich der Computerspezialist telefonisch gemeldet, immer wenn er und Hajo einen neuen Cache gefunden hatten. Ihnen war jedoch nichts Verdächtiges aufgefallen, keine Hinweise auf einen weiteren Mord oder ein anderes Verbrechen. Nachdem Rommelfanger gefunden worden war, hatte Vanessa sie zur Dienststelle zurückbeordert.

Erschens blickte zu Hajo hoch und runzelte die Stirn. »Hajo, wenn du in Polizeibegleitung hier erscheinst, stehst du unter Verdacht? Oder gehört auch dein Johannes zu den Missbrauchsopfern?«

»Nein, wir nutzen nur seine Ortskenntnisse, aber da könnten Sie uns sicher auch trotz der Krücken und Ihrer Krankschreibung behilflich sein«, sagte Charlotte.

Vanessa wandte sich an den Freak: »Wir haben in der Nähe des Toten erneut eine Cachedose gefunden, dieses Mal befand sich ein Sudoku darin. Außerdem war ein abwaschbarer Stift beigelegt sowie eine Packung mit Feuchttüchern, damit man das Sudoku direkt lösen und die Lösung für den nächsten Finder wieder wegwischen konnte. Drei der Felder waren eingekreist. Aus den dazugehörigen Zahlen ergibt sich vermutlich die nächste Koordinate. Es sind nicht viele Zahlen enthalten, es dürfte also ziemlich kniffelig sein. Könnten Sie vielleicht …?«

Der Freak lachte. »Ich löse zwar total gern Sudokus, aber wozu habe ich einen Computer? Das lasse ich den mal schön machen.« Er griff nach dem Beweismittelbeutel und fotografierte mit dem Handy kurzerhand das Rätsel ab, um es später lösen zu können.

»Wie lautet dieses Mal die Cachebeschreibung?«, fragte Hajo.

»Das ist ja das Seltsame«, erwiderte Bernadette. »Es gab kein Logbuch, sondern nur ein paar Cachegegenstände. Und eben das Sudoku. Im Internet ist der Cache auch nicht verzeichnet.«

Gunter sah auf die Uhr. »Als Leiter dieser Kommission schlage ich vor, dass wir für heute Feierabend machen. Wir treffen uns morgen wieder um acht Uhr hier, ist das okay? Die Spurensicherung ist vor Ort fertig, und ich fahre von hier zu Rommelfangers Mutter nach Trier ins Krankenhaus. Mehr können wir heute nicht mehr tun.«

»Das trifft sich gut, ich muss unbedingt noch in Luxemburg tanken, wenn wir täglich hierherfahren müssen. Bei den Benzinpreisen lohnt es sich, für dreißig Cent Differenz über die Grenze zu fahren«, meinte Bernadette Schubert.

»Ehrlich gesagt ist die Differenz auch bei niedrigeren Preisen die gleiche, die Ersparnis ist unabhängig von der aktuellen –«

»Bla, bla, bla, Klugscheißer!«, unterbrach Bernadette den Computerprofi.

»Nimmst du mich trotzdem mit? Ich brauche Zigaretten«, bettelte der.

»Und bringt bitte Kaffee mit, der dürfte in nächster Zeit in größerer Menge weggehen!«, bat Vanessa.

In Windeseile hatte sich die Sonderkommission aufgelöst, und der Parkplatz vor der Dienststelle hatte sich geleert. Zurück blieben Peter Erschens, Hajo und Vanessa, die für den nächsten Tag das Kaffeegeschirr zusammenräumen und spülen wollte.

»Soll ich morgen früh auch kommen, Frau Müller-Laskowski?«, erkundigte sich Erschens.

»Ich kann mir vorstellen, dass Sie mit Ihren Ortskenntnissen und Ihrem Wissen über die Einwohner eine Menge zur Lösung des Falls beitragen können, aber ich habe ein schlechtes Gefühl dabei, solange Sie eigentlich krankgeschrieben sind. Aber wenn Sie nur im Büro sitzen, kann schließlich nichts passieren, also ja, kommen Sie, wenn Sie mögen.«

Erschens wollte Vanessa die Hand reichen, aber ihre war voller Schaum vom Spülmittel. Hajo hatte sich bereits stillschweigend ein Geschirrtuch geschnappt und trocknete Teller und Tassen ab.

»Tschüss, Peter, vielleicht sehen wir uns auch morgen«, sagte er. »Mir ist wie allen in Hellersberg daran gelegen, dass der Mörder möglichst schnell gefasst wird, obwohl ich ein ungutes Gefühl dabei habe, dass es einer von uns sein soll.«

»Wer so was tut, ist keiner von uns, egal, wer es ist«, urteilte Erschens und hüpfte auf seinen Krücken zur Tür. Hajo eilte an ihm vorbei und hielt ihm die Tür auf.

»Wer auch immer das war, er hat viel mitgemacht in seinem Leben, was ihn zu diesem Wahnsinn getrieben haben dürfte«, meinte Hajo. »Das rechtfertigt zwar nichts, aber es erklärt vielleicht einiges. Ich glaube, wir sollten erst über ihn urteilen, wenn er gefasst und geständig oder überführt ist.«

»Eine sehr wohlwollende Einstellung, aber damit dürftest du in Hellersberg allein dastehen«, entgegnete Erschens. »Die Leute fragen sich schon, warum du derart stark in die Ermittlungen involviert bist. Musst du die Denkweise der Polizei kennen, damit du ihr immer einen Schritt voraus sein kannst? Du hast immerhin auch jahrelang mit dem Pastor Karten gespielt und auf Du und Du mit ihm gestanden, vielleicht musstest du nur seine Gewohnheiten genau kennenlernen, um ihn schließlich zu vernichten?«

Erschens schien die Meinung des Dorfes auszusprechen, die hoffentlich nicht seiner eigenen entsprach, aber Vanessa trocknete sich die Hände ab und eilte ebenfalls zur Tür. »Herr Kollege, Sie sollten wissen, dass das an Verleumdung grenzt, was Sie da gerade aussprechen. Aber wir finden den Mörder nicht, indem wir solchen Gerüchten nachgehen, sondern durch akribische Polizeiarbeit. Ich freue mich schon, wenn Sie morgen wieder dabei sind. Einen schönen Abend noch!« Damit schnitt sie dem Kollegen jedes weitere Wort ab, und der hüpfte die Stufen hinunter zu seinem Auto.

Hajo starrte mit leerem Blick auf die inzwischen geschlossene Tür. »Hattest du mich eigentlich auch jemals im Verdacht?«, fragte er tonlos.

»Hajo, ich bin Kommissarin. Wenn ich es nicht besser wüsste, würde ich mich selbst nach einem Alibi fragen. Ich war auch bei den meisten Morden in der Nähe. Du kannst dir vorstellen, dass meine Kollegen sehr kritisch sind, wenn ich dich in die Ermittlungen einbeziehe und mit dir und Johannes über Details spreche. Ich habe wie bei keinem anderen immer argumentieren müssen, warum du als Täter nicht in Frage kommst. Für mich gibt es nie jemanden, den ich von vorneherein als Täter ausschließe, sondern immer erst, wenn ich ihn auf Herz und Nieren geprüft habe. Sei sicher, nach so vielen Jahren bei der Mordkommission ist einem nichts Menschliches mehr fremd, da glaubst du keiner Liebesbezeugung eines Verlobten und keinem Alibi, das eine Mutter ihrem Sohn gibt. Du musst alles hinterfragen, wenn du in meinem Job gut sein willst. Nicht umsonst funktionieren Beziehungen von Polizisten meistens nur untereinander oder gar nicht. Ich bin froh, dass Gunter verheiratet ist und Familie hat, aber die meisten von uns leben in einer anderen Welt, mit Schichtdiensten, nächtlichen Einsätzen und permanentem Misstrauen. Ich frage mich immer wieder, ob ich den Suizid meines Mannes hätte verhindern können, wenn wir nicht beide in diesem verdammten Job gesteckt hätten. Und er wäre nie in die Situation gekommen, an sich und seinem Leben zu zweifeln … zu verzweifeln, wenn er diesen Job nicht so perfekt hätte machen wollen. Danach habe ich so manches Mal daran gedacht, den Dienst ganz zu quittieren oder mich wenigstens in den Innendienst versetzen zu lassen. So einem Schreibtischtäter passiert nichts. Aber ich kann das nicht, mir fällt da die Decke auf den Kopf. Ich muss unterwegs sein, muss Leute um mich herum haben, die mich ablenken. Aber zugleich lasse ich kaum noch Menschen an mich heran.« Sie legte Hajo einen Arm um die Schultern und nahm ihm das Geschirrtuch aus der Hand. »Aber wem erzähle ich das? Du hast ja selbst deine Frau verloren, du weißt, wovon ich spreche. Du hast jedenfalls schon so viel für mich getan und mir so viel geholfen, du bist bei mir weit jenseits jeden Verdachts, aber wir Polizisten ticken eben so, nimm es uns nicht übel.«

Vanessa kehrte zum Spülbecken zurück, trocknete die letzten zwei Tassen ab und stellte alles auf einem der Schreibtische für den nächsten Morgen zusammen.

»Darf ich dich nach Hause bringen?«, fragte sie Hajo versöhnlich.

»Danke, ich bin doch mit dem Trecker da«, antwortete er.

»Trinken wir noch einen Viez zusammen in der ›Post‹?«, fragte Vanessa.

»Nein, ich möchte jetzt gern nach Hause, aber komm doch in einer Stunde bei mir vorbei, ja?«

»Weißt du, was ich letzte Woche erlebt habe?«, fragte Hajo lachend und schwenkte ein Glas Dornfelder Rotwein im Schein des Kaminfeuers.

Nach Dienstschluss hatte Vanessa heiß und lange geduscht und sich umgezogen. Sie trug nun eine bequeme Jeans und ein weites Sweatshirt.

»Ursula hatte mich gefragt, ob ich am Donnerstag mit nach Trier ins Theater fahren wollte«, erzählte Hajo. »Ich glaube, es gab Shakespeare, ich habe doch keine Ahnung davon. Irgendjemand war krankheitsbedingt ausgefallen, und der Handarbeitskreis hatte eine Karte und somit auch einen Sitzplatz im Bus übrig. Als wir in Trier ankamen, war das Stück schon in vollem Gange, weil der Bus viel zu spät in Hellersberg losgefahren war und wegen einer Großveranstaltung von der Autobahn bis zum Theater Ewigkeiten gebraucht hatte. Die Platzanweiserin ließ uns nur rein, weil wir eine ganze Reihe für uns hatten und niemand extra für uns aufstehen musste. Die Ersten saßen schon auf ihren Plätzen, als es auf der Bühne hieß: ›Wer seid ihr, und wo kommt ihr her?‹ Da drehte sich eine der Frauen, ich glaube, du kennst sie nicht, zur Bühne um und sagte mit lauter Stimme: ›Wir sind die katholischen Landfrauen aus Hellersberg, und unser Bus hatte Verspätung!‹ Das hatte aber Hamlet, oder wer auch immer da vorn gerade stand, gar nicht wissen wollen, aber damit war er völlig aus dem Konzept gebracht. Das Publikum brüllte vor Lachen, Vorhang, nächster Versuch. Als die Stelle wieder drankam, lachte das Publikum natürlich automatisch, und der Schauspieler musste, ebenfalls lachend, stocken. Vorhang, Pause. Nach dem dritten Vorhang haben sie diese Szene einfach übersprungen.«

Das Lachen tat gut, aber anschließend versank Vanessa tief in Gedanken, und Hajo ließ ihr Zeit, bis sie bereit war, das Schweigen zu brechen.

»Es tut gut, mit dir zu lachen und über etwas anderes zu sprechen als immer nur über diese Todesfälle. Im Grunde dürfte ich dich als Zivilisten ja sowieso nicht einweihen, aber ich wüsste nicht, was ich ohne den Austausch mit dir machen würde. Meine Gedanken kreisen trotzdem die ganze Zeit um diese Mordserie. Ich frage mich: Was geht in unserem Mörder vor? Ich kann keine Systematik erkennen. Anfangs wirkte jeder Mord so gut überlegt, dass wir nicht einmal einen Zusammenhang erkennen konnten und noch an zufällige Morde geglaubt haben. Was Schusters Tod angeht, weiß ich bis heute nicht, ob er ein zufälliges Opfer war oder ob der Mörder ihn an die Stelle gelockt hat, an der die giftigen Pilze wachsen. Der Tod des Metzgers war noch dubioser, aber der Mord an Rommelfanger passt in kein Schema mehr, weil er so ungeplant wirkt. Es scheint reiner Zufall gewesen zu sein, dass Rommelfanger an die Ruwer gegangen ist. Hatte der Mörder das inszeniert? Hatten die beiden sich vorher getroffen? Wir wissen nicht, ob Schuster ebenfalls ein Missbrauchsopfer des Pastors war. Jungblut war vielleicht ein Opfer, das wissen wir nicht mit Gewissheit, aber Rommelfanger ganz sicher. Ich überlege langsam, ob es nicht sogar der Pastor ist, der seine Missbrauchsopfer mundtot machen möchte, bevor diese zu viel verraten können. Hätte er nicht heute den ganzen Tag über in der ›Post‹ gesessen und getrunken, was nicht nur Ruth Eiden bezeugen konnte, hätte ich ihn direkt noch mal einbestellt. Ich weiß nicht, was das Ganze soll. Wenn das Ziel nicht der Pastor ist, könnte der Täter diese Menschen auch einfach so umbringen, aber mit den Caches möchte er uns bestimmt etwas sagen. Er möchte, dass wir nachforschen und ihm auf die Spur kommen, als wollte er, dass wir ihn auf frischer Tat ertappen oder ihm sogar einen Schritt voraus sind und den nächsten Mord verhindern können. Er treibt ein perfides Spiel mit uns. Einerseits ist er ein Taktiker, ein Spieler, andererseits ist er ein geprügelter Hund, der sich für erlittenes Unrecht rächen möchte. Ich kann mich in den Mörder nicht hineinversetzen, darum weiß ich nicht, was er uns zeigen möchte.« Vanessa verfiel wieder in Schweigen.

»Nach welchen Kriterien findet ihr üblicherweise Verdächtige oder schließt Personen als Täter aus? Kann es sein, dass ihr da einen Denkfehler macht?«

Es klingelte an der Tür, und Hajo sah erstaunt auf die Uhr über dem Sofa.

»Lenny ist schon wieder zu einer Vernissage, wobei ich glaube, dass es ihr weit mehr um den Künstler geht als um die Bilder. Ich wollte mir das nicht antun, wollte aber auch nicht schon wieder den ganzen Abend allein zu Hause sitzen. Habt ihr schon gegessen?« Johannes ging zu Vanessa und umarmte sie. Im selben Moment grummelte Vanessas Magen, und alle lachten.

»Ich habe ein paar Flammkuchen aus der Kühltheke mitgebracht, ich werfe mal eben den Backofen an«, schlug Johannes vor und verschwand in der Küche.

»Bernadette hat heute einige Spuren gesichert«, sagte Vanessa zu Hajo. »Wir nehmen an, dass der Täter überrascht wurde und im Affekt gehandelt hat. Sicherlich wollte er wieder einen Mord vorbereiten, aber der Mord, den er schließlich begangen hat, schien nicht geplant gewesen zu sein. Vielleicht war Rommelfanger ein beliebiges, sozusagen ein zufälliges Opfer. Dann wäre es wichtig, zu wissen, wer das eigentliche Opfer hätte sein sollen. Vielleicht hat er dadurch, dass er nicht so überlegt vorgegangen ist wie sonst, einen Fehler gemacht. Andererseits ist es schwieriger, auf den Täter zu schließen, wenn die Opfer keiner logischen Reihe folgen. Und da die letzten drei Opfer allein gelebt haben, haben wir keine direkten Angehörigen, die wir befragen könnten, ob die Opfer Angst hatten, sich akut bedroht fühlten oder sogar erpresst wurden. Selbst über gemeinsame Bekannte oder Aktivitäten können wir nur spekulieren.«

Johannes stand im Türrahmen und blickte sie verwirrt an. »Welche Zusammenhänge könnte es geben? Und was genau sucht ihr an Zusammenhängen?«

Vanessa zog die Beine an und knetete ihre kalten Zehen. »Warum sollte der Mörder Rommelfanger töten, wenn dieser ihn nur dabei beobachtet hat, wie er eine Cachedose verstecken wollte? Sofern Rommelfanger überhaupt hätte erkennen können, was der Mörder gerade tat? Die Vermutung liegt nahe, dass die beiden sich gekannt haben und das Opfer Verdacht geschöpft und den Mörder damit konfrontiert hat. Der Mörder hatte daraufhin

Panik, enttarnt zu werden, und hat zugeschlagen, womit auch immer. Möglicherweise hat er dann schon die Jugendlichen gehört; sie hatten wohl einige Zeit Pause gemacht, bevor die Mädchen sich in der Ruwer die Hände waschen wollten. Vermutlich ist er unbemerkt in die Gegenrichtung verschwunden. Es gibt ja auf dem Ruwer-Hunsrück-Radweg nicht nur Radfahrer, der Weg wird auch von Wanderern und Inlinern häufig genutzt, da wäre er nicht aufgefallen.«

»Inliner halte ich aber eher für fragwürdig, die konnte er an der Ruwer nicht tragen, und ich glaube nicht, dass jemand sich die Zeit nimmt, sie nach einem Mord wieder anzuziehen und loszufahren. Auch hätte er sich auf Inlinern unterwegs nicht verbergen können.«

»Ihr sprecht immer von ›dem Mörder‹, ist eine Frau inzwischen ausgeschlossen?«, fragte Hajo.

»Nicht komplett ausgeschlossen, aber zunehmend unwahrscheinlicher. Die Vergiftung ist untypisch für einen Mann, aber der Schmied passt sowieso nicht ins Bild.«

Die Backofenuhr piepste, und Johannes servierte heiße Flammkuchen, die sie genussvoll und weitgehend schweigend aßen. Es war weit nach Mitternacht, als Vanessa auf die Uhr sah und ihr einfiel, dass sie morgen früh rausmusste. Johannes würde noch eine knappe halbe Stunde bis nach Trier brauchen, aber er wirkte energiegeladen und gut gelaunt.

DREIZEHN

»Bernadette, du siehst entsetzlich müde aus, ist alles in Ordnung?«, erkundigte sich Vanessa am nächsten Morgen besorgt.

»Ich kam gestern nicht zur Ruhe. Ingo ist zu einem Lehrgang, und ich wäre sowieso allein zu Hause gewesen. Darum habe ich die ganze Nacht im Präsidium verbracht und bin gerade von dort gekommen. Dafür bin ich aber auch den ein oder anderen Schritt vorangekommen.«

Vanessa ging zur Kaffeemaschine und brühte einen extrastarken Kaffee für Bernadette auf, bevor sie alle Kollegen zur Besprechung der aktuellen Lage zusammenrief.

»Ich habe die Reifenspuren analysiert, es dürfte sich um einen Suzuki Vitara handeln. Davon dürfte es im Hochwald allerdings Unmengen geben«, begann Bernadette.

»Kein Problem, die meisten werden beim selben Reifenhändler kaufen, weil der weit und breit der billigste ist. Der hat zwar bestimmt keine Namensliste von seinen Kunden, aber wenn mich nicht alles täuscht, steht er in dem Ruf, ein phantastisches Gedächtnis zu haben, der erinnert sich bestimmt an seine Kunden«, warf Landscheid triumphierend ein.

Gunter bat Landscheid spontan, den Reifenhändler zu befragen, was dieser direkt nach der Besprechung tun wollte.

»Charlotte, was kannst du uns zum Täterprofil sagen, bist du einen Schritt weiter?«, wandte sich Gunter an die Psychologin.

»Allmählich habe ich den Verdacht, er will gefunden werden. Ich komme langsam zu dem Schluss, es könnte sich bei dem Täter um eine Person handeln, die nach sexuellen Missbrauchserfahrungen in der Kindheit psychisch gestört ist. Möglicherweise ist es eine Person, die ihre Medikamente nicht ganz regelmäßig einnimmt und uns im medikamentierten Zustand völlig normal erscheint, ohne Tabletten aber irrational handelt. Wenn diese These stimmt, stellt sich die Frage, ob derjenige versehentlich seine Tabletten vergisst oder ob er sich durch einen gezielten Verzicht in einen anderen Zustand versetzen will. Sozusagen das Gegenteil von Drogengenuss, der Verzicht auf ein Mittel, das ihn in einen Normalzustand versetzt.«

»Eine gespaltene Persönlichkeit, so was wie Jekyll und Hyde?«, fragte Vanessa.

»Ich denke eher an eine neurotische, also eine rein seelisch bedingte Depression, ausgelöst durch die Erfahrungen in der Kindheit. Diese unterscheidet sie erheblich von einer Depression, die beispielsweise im mittleren Lebensalter durch Überlastung oder fehlende Lebensaufgaben ausgelöst werden kann. Eine Neurose hingegen ist eine Störung der psychischen Erlebnisverarbeitung. Die traumatischen Erlebnisse von damals wurden ganz oder teilweise verdrängt und brechen sich heute wieder Bahn. Ich gehe von einer Person aus, die im Alltag mit Hilfe von Medikamenten und hoffentlich auch einer Psychotherapie unauffällig im Sinne von sozial angepasst ist, aber die ab und zu eben aus Unachtsamkeit oder auch bewusst auf Medikamente verzichtet oder sogar gegensätzliche Wirkstoffe zu sich nimmt, um in gewissen Situationen einen besonderen Kick zu erleben, einen anderen Bewusstseinszustand. Ich habe es bislang nicht genau analysiert, aber ich fürchte, es ist eine Person, die uns im Alltag nicht auffällt und deren Ausnahmezustände wir normalerweise nicht wahrnehmen. Typisch wäre ein mittleres Lebensalter, das deckt sich durchaus mit dem Kreis unserer Verdächtigen.«

Vanessa und Gunter standen Seite an Seite vor der Namensliste an der Wand und sahen sich die Verdächtigen an. »Eher männlich oder eher weiblich?«, fragte Vanessa.

»Eine neurotische Depression oder Dysthymie wäre typischer für eine Frau, aber die würde auch eher ihre Medikamente regelmäßig nehmen und eine Therapie besuchen. Folglich sind beide Geschlechter möglich«, klärte Charlotte sie auf.

»Du sagtest, jemand, der einen besonderen Kick braucht? Welcherart Mensch könnte das sein? Ein Extremsportler? Oder vielleicht ein Künstler?«, fragte Gunter.

»Das war auch mein erster Gedanke«, sagte Charlotte. »Davon habt ihr aber mehrere, wenn ich mich richtig erinnere. Der Organist und der Kunstschmied sind weggefallen, bleiben die Sängerin Doris Zimmermann, der Bildhauer, der Chorleiter … Allerdings würde eure Alexandra Stüber da nur schwer ins Bild passen. Menschen, die unter einer Depression leiden, sind eher schwermütig, sensibel, ziehen sich eher zurück. Alexandra Stübers Suche nach öffentlicher Anerkennung kommt mir ziemlich untypisch vor. Auch ist sie lange Jahre verheiratet, das ist bei depressiven Menschen leider seltener der Fall, weil eine Beziehung doch sehr unter dieser Krankheit leidet. Der Organist hätte vielleicht diesem Bild entsprochen, aber den müssen wir nun ausschließen, wenn wir nicht davon ausgehen wollen, dass es sich um zwei verschiedene Täter handelt.«

»Gibt es weitere Eigenschaften, die uns zu dem Täter führen könnten?«, fragte Vanessa.

»Typisch wäre eine Häufung von depressiven Erkrankungen in der Familie. Eine gestörte Eltern-Kind-Beziehung, vielfach ausgelöst durch Verlust auf der einen und übermäßige Strenge auf der anderen Seite. Eine Alternative wäre eine so enge Bindung an die Eltern, dass das Kind sich gar nicht frei entfalten kann. Viele dieser Menschen haben einerseits ein sehr geringes Selbstwertgefühl, zugleich aber das ständige Bedürfnis nach Anerkennung.«

»Was wiederum für Alexandra Stüber sprechen könnte«, warf Gunter ein.

»Wir haben doch mehrere Spuren: die Reifenabdrücke, eventuell Fingerabdrücke an den Cacheartikeln –«, begann Vanessa aufzuzählen.

»Fehlanzeige!«, fiel Bernadette ihr ins Wort. »Das war selbstverständlich das Erste, was wir untersucht haben, aber der Täter hat uns keine Visitenkarte hinterlassen. Er scheint immer Handschuhe getragen zu haben.«

Der Computerspezialist blickte abwechselnd auf sein Handy und sein Notebook und tippte immer wieder auf beidem herum. Vanessa wusste nicht so recht, ob er dem Gespräch gefolgt oder völlig in seiner eigenen Welt versunken war. Plötzlich sah er von seinem Smartphone auf. »Hier im Hunsrück mögen sich alle kennen, und jeder weiß angeblich alles vom anderen, aber ich dachte mir, es gibt immer jemanden, der noch mehr weiß. Darum hab ich mal Tante Google, gefragt und siehe da, sie weiß was, was nicht alle wissen.« Er schwieg und schien die Neugierde der anderen auszukosten. »Ich habe in einigen Foren, in denen Leute über Internate, in denen Menschen sexuellen Missbrauch durch Geistliche erfahren haben, diskutieren, immer wieder einen Namen gefunden: ›Der Trostspender‹. Immer wieder spricht er von seinen eigenen Erfahrungen und wie sehr ihn diese Kindheit und Jugend geprägt habe, davon, dass er sich niemandem mehr anvertrauen könne, dass sein Sexualleben geprägt sei von Wahllosigkeit, Verachtung und Gleichgültigkeit bis hin zu Gewalt gegenüber seinen Sexualpartnern, wobei offenbleibt, ob es sich um männliche oder weibliche Personen handelt. Mensch, Charlotte, da wäre es wichtig gewesen, wenn sich Psychologen, vielleicht gerade Polizeipsychologen in diese Foren eingeklinkt hätten. Diese Menschen sind krank, und ich glaube, es ist vielen von ihnen nicht bewusst. Sie leben das Leben, das ihnen als Kinder und Jugendliche als gut und richtig vorgelebt wurde. Sie haben einer Respektsperson, einer Vertrauensperson geglaubt, sie haben diese frühen Erfahrungen als Maßstab genommen, und sie sind sich nicht alle dessen bewusst, welche Fehler sie in ihrem Leben gemacht haben.«

Charlotte erwiderte: »Du meinst, dieser ›Trostspender‹ ist, aus welchen Gründen auch immer, zu sich gekommen und reflektiert über sein Leben? Aber was verleitet ihn dazu, zu morden, statt zu büßen?«

»Buße hat mit Kirche zu tun, und das ist das Letzte, woran er denken würde«, brummte Gunter.

Auf Charlottes Betreiben hin rief Vanessa von der Wache aus noch einmal bei Frau Dr. Schulze-Obersehr auf dem Handy an. Sie fragte, ob die Ärztin, da diese den halben Hochwald in ihrer Patientenkartei hatte, einen Patienten habe, auf den die Beschreibung einer neurotisch-depressiven Störung passen könnte. Insbesondere wollte sie wissen, ob ihr im Zusammenhang mit Trost eine psychische Störung bekannt sei. Die Ärztin war erstaunt. Sie kannte Rolf Trost zwar, aber nur aufgrund einer üblen Schnittverletzung an der Hand, die sie ihm einmal genäht hatte, und von einem hartnäckigen Husten, der vermutlich auf den Staub in seiner Werkstatt zurückzuführen war.

»Wenn ich es mir recht überlege, glaube ich nicht, dass er so selten zum Arzt geht. Wahrscheinlich hat er normalerweise einen Arzt in Trier oder in Köln, wo er früher gewohnt hat. Fragen Sie mal den Apotheker, vielleicht weiß der, welche Medikamente Trost nimmt«, schlug die Ärztin vor.

»Haben Sie die Telefonnummer? Ich müsste ihn doch privat erreichen«, sagte Vanessa matt.

»Ich versuche, ihn anzurufen, das ist bestimmt einfacher, als wenn Sie es tun, ich meine, wegen der Schweigepflicht. Nicht, weil Sie keine Ärztin sind, sondern weil Sie nicht von hier sind. Ich rufe Sie zurück, sobald ich mehr weiß.«

»An der Cachedose habe ich einen feinen Staubfilm gefunden, mit bloßem Auge nicht sichtbar, die Untersuchungen laufen derzeit«, sagte Bernadette, als Vanessa aufgelegt hatte. »Das Sudoku aber hat unser Freak mittlerweile lösen können.« Alle sahen den Computerspezialisten an.

»Die drei eingekreisten Ziffern ergeben vermutlich die gesuchte Zahl, die Frage ist nur, in welcher Reihenfolge.« Er tippte auf seinem Notebook herum. »Ich bin dabei, die Ziffern in einen logischen Zusammenhang zu setzen. Aber ich könnte mir vorstellen, dass es die letzten Ziffern der Finalkoordinate sind«, sagte der Freak. »Der Mörder möchte uns etwas zeigen. Oder er möchte sich uns zeigen.«

Vanessas Handy klingelte, es war Frau Dr. Schulze-Obersehr. Nach dem Telefonat fasste Vanessa kurz für alle zusammen: Die Ärztin hatte mit dem Apotheker gesprochen, und der habe sich daran erinnert, dass Trost ein einziges Mal ein Antidepressivum bei ihm geholt hatte. Damals hatte es einen unerwarteten Wintereinbruch gegeben, und Trost hatte noch keine Winterreifen an seinem Auto gehabt. Mit Sommerreifen habe er sich nicht bis in die Stadt getraut, das habe er ihm erzählt. Es musste wahrscheinlich kurz nach Trosts Rückkehr in den Hochwald gewesen sein. Der Apotheker hatte der Ärztin bestätigt, welche Folgen ein unkontrolliertes Absetzen solcher Medikamente haben konnte. Er hatte wohl alles aufgezählt, was Vanessa in diesem Moment nicht hören wollte: Aggression, Autoaggression, mit anderen Worten die Bereitschaft, sich selbst zu verletzen, bis hin zum Suizid, aber auch Depression bis hin zum körperlichen Zusammenbruch.

»Ich glaube, das könnte unsere Lösung sein«, sagte Vanessa. »Gunter, Charlotte, ich möchte, dass wir drei den Bildhauer aufsuchen, jemand kümmert sich bitte um einen Durchsuchungsbefehl.«

»Heute ist Feiertag, das kann erfahrungsgemäß ein paar Stunden dauern«, wandte Bernadette ein. »Bis der da ist, sehe ich mir mit meinen Leuten noch mal Rommelfangers Wohnung an, vielleicht gibt es Drohbriefe oder Tagebücher oder so.«

»Das klingt gut, aber sobald wir den Durchsuchungsbefehl haben, kommst du bitte mit deiner Truppe nach und stellst Trosts Haus auf den Kopf.«

Rolf Trost war in seiner Werkstatt und bearbeitete gerade eine filigrane Holzfigur mit feinem Schleifpapier, als Vanessa, Charlotte und Gunter eintraten.

»Ich habe nicht gern Besuch in meiner Werkstatt«, monierte er, aber Gunter schnitt ihm das Wort ab.

»Das ist auch kein Höflichkeitsbesuch aus künstlerischem Interesse. Wir sind hier aufgrund des Verdachts, dass Sie in die aktuelle Mordserie rund um Hellersberg verwickelt sind.«

Gunter erläuterte, dass sie über den sexuellen Missbrauch durch den Pastor im Bilde waren, und äußerte die Vermutung, dass auch Trost ein Opfer gewesen war. Dabei betonte er, dass sie darauf angewiesen seien, dass ein früheres Opfer den Pastor anzeigte, um eine Anklage und somit eine Verurteilung überhaupt möglich zu machen. Trost hörte sich alles in Ruhe an und lächelte unergründlich.

»Und jetzt glauben Sie, dass jemand den Pastor umbringen möchte? Verdient hätte er es ja schon, dass ihm jemand nach dem Leben trachtet, wenn das alles so stimmt, wie Sie es schildern«, brummte er, während er weiter an seinem Holzklotz schmirgelte. »Aber wer würde so einen Aufwand betreiben, statt den Pastor direkt umzubringen? Man müsste da viel schärfere Gesetze schaffen, damit so einer nie wieder rauskommt. Da vertraut man so jemandem seine Kinder an, und er nutzt das schamlos aus. Das ist zum Gotterbarmen, oder?« Seine grauen wilden Locken hatte er dabei mit einem karierten Tuch am Hinterkopf zusammengebunden, auf sein faltiges Gesicht hatte sich eine feine Staubschicht gelegt.

»Darf ich fragen, wie alt Sie sind?«, wollte Charlotte wissen.

»Ich weiß schon, nach nur einundvierzig sehe ich nicht aus,

aber das macht das ausschweifende Leben damals in Berlin. Das waren echte Kommunen wie seinerzeit achtundsechzig. Immer bekifft, nie Vitamine zu uns genommen, zu wenig geschlafen. Irgendwann hatte ich dieses Leben satt und ging nach Köln, da ist die Künstlerszene ganz anders als in Berlin. Aber zur Ruhe kam ich noch immer nicht. Als mein Onkel starb und mir diesen Hof überließ, sah ich es als Wink des Schicksals, zu meinen Wurzeln zurückzufinden. Ich habe den Hof –«

»Danke, das interessiert mich zwar grundsätzlich, aber dazu würde ich gern später kommen«, unterbrach ihn Gunter. »Darf ich mich einmal umsehen?«

»Ganz ungern, Herr Kommissar, ganz ungern. Nicht, dass ich etwas zu verbergen hätte, aber die Leute im Ort werden Ihnen sicher auch schon erzählt haben, dass ich mich völlig vom Dorfleben abschotte und nie jemanden in meine Werkstatt lasse. Ich weiß nicht, wie viel Ahnung Sie von Kunst haben, aber jedes Werkstück hat eine Seele, eine Aura. Die muss man ergründen, und dann kann man aus jedem Material ein Kunstwerk erschaffen. Aber wenn diese Aura zerstört wird, wird das Werkstück wertlos und lässt sich nicht mehr verwandeln. Es ist sozusagen entweiht. Wenn Sie sich hier also umsehen, könnte das meine Existenz gefährden. Sie haben dafür sicher Verständnis?«

»Ich schlage Ihnen vor, dass wir uns woanders unterhalten. Unsere Polizeiwache hat keine Aura, nicht einmal eine Atmosphäre, da sind wir gänzlich ungestört von bösen Einflüssen.« Gunter packte Trost am Arm, der sich wehrte.

Vanessa zog ein Paar Handschellen hervor. »Kommen Sie freiwillig mit, oder müssen wir Ihnen Handschellen anlegen? Für den Fall würde ich vorschlagen, dass wir den Wagen stehen lassen und die paar Minuten durch Hellersberg zu Fuß zurücklegen. Es sind so viele Hellersberger am Feiertag zu Hause, die sind immer froh, wenn ihnen etwas geboten wird.«

Trost sah auf die schweren Sicherheitsschuhe an seinen Füßen. »Ich weiß zwar nicht, was Sie sich davon versprechen, aber meinetwegen können wir gehen«, willigte er ein. »Was werfen Sie mir überhaupt vor?«

»Herr Trost, das klären wir gleich auf der Wache. Sie können von dort auch gern einen Anwalt hinzuziehen«, erläuterte Gunter Hermesdorf geschäftsmäßig.

Auf dem Hof vor dem Haus stand ein alter, klappriger Lieferwagen, mit dem Trost sicherlich seine Rohlinge und seine fertigen Kunstwerke transportierte.

»Ist das Ihr einziges Auto?«, fragte Vanessa.

»Nein, ich habe zusätzlich einen Geländewagen in der Garage. Im Hunsrück liegen manchmal gefühlte sechs Monate Schnee, da braucht man einen Wagen, mit dem man überall und jederzeit durchkommt.«

An der Tür der Polizeiwache hing ein Schild: »Vorübergehend nicht besetzt«. Vanessa schloss die Tür auf, und sie gingen gemeinsam in den hinteren Teil der Wache und boten Rolf Trost einen Platz vor einem der Schreibtische an. Vanessa und Gunter setzten sich hinter den Schreibtisch und schalteten ein Diktiergerät ein, Charlotte setzte sich vor Kopf.

»Herr Trost, Sie wissen, wann die Morde geschehen sind, aber ich habe Sie Ihnen einmal zur Verdeutlichung aufgeschrieben«, sagte Gunter und schob Trost eine kalendarische Monatsübersicht zu, auf der er die Morde markiert hatte. »Ich hoffe für Sie, dass Sie sich genau erinnern, was Sie wann gemacht haben.«

»Wie sollte ich? Ich bin Künstler, kein Arbeitnehmer, der Montag bis Freitag ins Büro läuft und dafür zig Zeugen hat. Ich arbeite an meinen Skulpturen, manchmal arbeite ich die ganze Nacht durch und schlafe tagsüber. Ich habe da keinen festen Rhythmus und häufig überhaupt kein Zeitgefühl. Welcher Wochentag ist heute? Ach ja, ab und zu verlasse ich die Werkstatt, um Material einzukaufen. Oder um in der ›Post‹ einen zu trinken. In letzter Zeit war ich wegen dieses Handwerkermarktes häufiger in Hellersberg unterwegs. Zeugen? Alle und keinen. Fragen Sie rum, wer sich konkret daran erinnert, wann er wo war. Und wann ich auch da war. Ich bin sicher, derartige Aussagen wird Ihnen jeder Anwalt vor Gericht in der Luft zerreißen können.«

»Sollten Sie unschuldig sein, wünsche ich Ihnen, dass die Leute sich erinnern können«, sagte Vanessa. »Kennen Sie den Saar-Hunsrück-Steig?«

»Selbstredend, den bin ich schon oft gegangen, weil die Natur mich inspiriert.«

»Und wie sieht es mit dem Ruwer-Hunsrück-Radweg aus?«, fragte Gunter.

»Natürlich kenne ich den auch. Mein Fahrrad ist mir allerdings im Frühjahr gestohlen worden, ich bin aber seitdem Teile des Weges zu Fuß gelaufen.«

»Auch gestern?«, wollte Vanessa wissen.

Trost sah sie verständnislos an und schüttelte den Kopf.

»Hatten Sie Frau Ostermann als Religionslehrerin?«, fragte Gunter.

»Selbstverständlich, es gab ja damals niemand anderen.«

»Aber zu ihrer Beerdigung sind Sie nicht gegangen?«, hakte Vanessa nach.

»Warum sollte ich? Die wäre auch nicht zu meiner gekommen. Ich kannte die alte Hexe kaum und war froh, dass ich nix mehr mit der zu tun hatte. Mal ehrlich, es ist doch bestimmt auch sonst keiner hingegangen. Außerdem habe ich mit Kirche sowieso nix am Hut und schon gar nichts mit Beerdigungen, da gehe ich aus Prinzip nicht hin.«

»Sie waren demnach auch nicht auf Gieselind Jungbluts Beerdigung?«, fragte Vanessa. Bislang hatte es keine Zeugen für Trosts Anwesenheit gegeben.

»Na, Frau Kommissarin, Sie scheinen das System ja durchschaut zu haben. Wenn ich nichts mit Kirche zu tun habe, gehe ich auch nicht auf Beerdigungen.«

»Hatten Sie mit Kirche noch nie was am Hut? Waren Sie nicht damals Messdiener?«, konterte Gunter.

»Wer war das nicht? Die Eltern wollten das so, es gehörte zum guten Ton im Dorf. Und im Hochwald ist ja sonst nix los, da war das schon in Ordnung. Da hat man nicht lange überlegt, alle waren Messdiener. Aber als ich Hellersberg seinerzeit verlassen habe, habe ich mich auch von der Kirche abgewandt, schon als ich damals ins Internat gegangen bin. Das passte nicht mehr in mein Leben, da ich sowieso alles in Frage gestellt habe.«

»Sie sind also nicht gläubig?«, fragte Charlotte.

»Na, ich glaube schon, aber eben an die Seelen der Materialien, mit denen ich arbeite, an Elementarwesen wie Erd- und Naturgeister. Selbstverständlich lasse ich nie eine Schublade offen stehen wegen der Geister, aber an die christliche Kirche im engeren Sinne glaube ich nicht.«

»Ein ganz anderes Thema, Herr Trost: Kennen Sie sich mit Pilzen aus?«, stellte Gunter direkt die nächste Frage.

»Als Kind war ich mit meinem Opa Pilze sammeln, aber das ist schon lange her. Ich habe genauso viel oder wenig Ahnung von Pilzen wie jeder andere im Hochwald.«

»Herr Trost, noch mal: Wie war Ihr Verhältnis zu Pastor Feldmann?«, fragte Charlotte.

»Wie erklärt man einer Psychologin, dass ein Nein auch nein bedeutet? Ich sagte doch schon, ich hatte mit Kirche nichts am Hut«, sagte Trost grinsend.

»Gerade das ist es ja, was uns stutzig macht. Kommunion, Firmung, Messdiener und plötzlich keinen Bezug mehr zur Kirche? Sind Sie seinerzeit von Feldmann missbraucht worden? Oder belästigt? Oder waren Sie Zeuge bei solchen Taten?«, fragte Charlotte.

Trost lächelte anzüglich. »Oh, die Psychologin möchte wissen, wie mein Sexleben so aussieht. Wie süß.«

»Haben Sie Erfahrung mit Psychologen? Bei Ihrer Erkrankung?«, fragte Gunter, und Trost starrte ihn eine Weile lang an, ohne mit der Wimper zu zucken.

»Was wollen Sie damit sagen?«

»Ich spreche von Ihrer Depression. Und von Ihrem zwanghaften Wunsch, sich von niemandem in die Karten sehen zu lassen. Welche Medikamente nehmen Sie?«, fragte Gunter.

»Wovon reden Sie überhaupt? Wieso Medikamente? Erzählt irgendjemand im Ort Scheiße über mich?«, brauste Trost auf.

Vanessa war sich bewusst, dass sie von den Medikamenten im Grunde nichts wissen dürften, da dies der Schweigepflicht des Apothekers und der Ärztin unterlag. Aber Gunter wechselte bereits das Thema.

»Noch eine andere Frage: Was sagt Ihnen der Name ›Trostspender‹?«

Trost lachte. »Worauf möchten Sie diesmal hinaus?«

Vanessa überlegte, wie viel sie preisgeben könnten. »Nutzen Sie diesen Namen im Internet?«

»Meinen Sie, ich sei der einzige Tröster der Witwen und Waisen? Da gibt es sicher noch mehr. Trost ist auch wirklich ein verlockender Name, um damit zu spielen.«

»In welcher Beziehung standen Sie zu Jürgen Rommelfanger, Thomas Jungblut und Franz Schuster?«, fragte Gunter.

»Lassen Sie mich überlegen. Ach ja: Wir sind alle Hellersberger.«

Trost konnte jede Frage entkräften, und er verwickelte sich in keinerlei Widersprüche im Laufe der Befragung. Gunter verzog sich in das vordere Büro, und Vanessa hörte, wie er telefonierte. Trost schabte in der Zwischenzeit mit dem Daumennagel Schmutz unter seinen Fingernägeln hervor und grinste siegessicher.

»Ich habe mit dem Staatsanwalt telefoniert«, erläuterte Gunter und setzte sich wieder hinter den Schreibtisch. »Sie kennen das schon aus dem Fernsehen: Verlassen Sie Hellersberg nicht, halten Sie sich zu unserer Verfügung. Wir werden Sie in den nächsten Tagen sicher noch einmal zur Wache bestellen, dann können Sie auch das Vernehmungsprotokoll von heute unterschreiben.«

»Habe die Ehre«, sagte Trost mit einem süffisanten Grinsen und stapfte in seinen Sicherheitsschuhen zur Tür hinaus.

»Mussten wir den wirklich laufen lassen?«, fragte Vanessa erbost.

»Der Staatsanwalt sieht keine Gefahr im Verzug, Beweise hätten wir keine, meint er, darum müssten wir Trost wieder laufen lassen«, erklärte Gunter.

Draußen fing die Kirchenglocke erbarmungslos an zu läuten, sodass sie ihr Gespräch unterbrechen mussten, weil kein Wort mehr zu verstehen war. Beide sahen gleichzeitig auf die Uhr. Warum läutete die Glocke an einem Dienstagmorgen um elf Uhr achtzehn so lange? Der 3. Oktober war schließlich kein kirchlicher Feiertag, es gab somit keinen Anlass für eine Messe. Sie mussten sich fast anschreien, um sich zu verstehen, und nutzten darum die Gelegenheit, einmal tief durchzuatmen, zu lüften und ein Glas Wasser zu trinken. Aber die Glocke hörte überhaupt nicht auf zu läuten.

Die Eingangstür zur Wache wurde mit solcher Wucht aufgestoßen, dass sie von der Wand zurückprallte und demjenigen, der die Wache betreten wollte, gegen den Ellenbogen stieß.

»Herr Landscheid?«, fragte Vanessa aufgrund des Schmerzenslautes, der von vorn zu vernehmen war.

»Josef ist tot! Der Pastor hängt am Glockenseil! Er ist wohl ermordet worden«, stieß der Dorfpolizist atemlos hervor.

Vanessa sprang auf und griff nach ihrer Jacke. Gunter nahm den Fotoapparat vom Schreibtisch und steckte sein Handy in die Hosentasche.

Rund vier Meter über dem Boden verlief ein Balken, der den Glockenstuhl trug, an dem die Glocke hing. Da diese nur noch in Notfällen von Hand geläutet wurde, war das Glockenseil wohl schon vor Jahren knapp in Mannshöhe abgeschnitten worden. Jetzt war das Ende gekonnt zu einer Henkersschlinge geknüpft worden, in der der Kopf des alten Pastors hing. Das Rad, über das das Seil zum Glockenstuhl lief, bewegte sich nach wie vor hin und her, sodass der Pastor auf und ab baumelte. Neben dem Glockenstuhl lehnte eine alte Leiter an dem Balken.

Die Leiter war verstaubt, aber die blank gescheuerten Tritte ließen keinen Zweifel, dass der Pastor an dieser hinaufgestiegen und von oben in den Tod gestürzt war.

Gunter Hermesdorf griff zu seinem Handy, um die gesamte kriminaltechnische Abteilung hierherzubeordern, aber das beständige Läuten machte Telefonate unmöglich.

Heiner Landscheid kam gerade die Stufen zum Kirchturm heraufgekeucht. Er schrie Vanessa ins Ohr, sie möge ihm Einmalhandschuhe geben, die sie inzwischen immer bei sich trug. Daraufhin streifte er die Handschuhe über, um keine Spuren zu verwischen, und hielt den Pastor auf Hüfthöhe mit beiden Armen umschlungen, bis die Glocke langsam zur Ruhe kam und ausschwang. Gunter war zwischenzeitlich die Stufen wieder hinabgestiegen, um Bernadette anzurufen, und kam sportlich und ohne Atemnot die letzten Stufen wieder nach oben. Er stockte, als er den Dorfpolizisten mit dem Toten im Arm sah.

»Der wurde nicht ermordet, der wurde geradezu hingerichtet!«, sagte Charlotte mit Blick auf den grotesk zur Seite abstehenden

Kopf. »Die meisten Selbstmörder werfen nur einen Hocker um, auf den sie sich vorher gestellt haben, um danach elendig zu ersticken, aber hier wollte jemand jede Eventualität ausschließen. Das dürfte ein schneller Genickbruch gewesen sein. Herr Landscheid, wer hat den Pastor gefunden?«

»Ich bin zur Kirche gelaufen, als das Gebimmel nicht aufhören wollte, da kam mir schon kläffend Blacky entgegengelaufen und das Ehepaar Stüber gleich hinterher. Alexandra schrie wie am Spieß und lief ohne Schuhe völlig kopflos über den Kirchplatz, Friedhelm versuchte, sie einzuholen. Er wies hinter sich auf die Kirche und schrie mir zu: ›Da hängt das Schwein.‹ Dann rannte er weiter hinter seiner Frau her. Ich bin daraufhin in die Kirche, aber bis ich mal die Stufen hoch war, hatten bestimmt schon alle umliegenden Gemeinden die Glocke läuten hören. Die Tür stand offen, Josef baumelte da am Seil. Mir war sofort klar, dass da nichts mehr zu machen ist. Ich wollte Sie anrufen, aber mein Handy vibrierte von der Glocke auch ohne Vibrationsalarm, da dachte ich mir, ich komme mal eben runter. Bin sowieso nicht so gern mit Toten allein. Hab immer Angst, deren Geist würde auf mich übergehen.« Er schnaufte noch immer vor körperlicher Erschöpfung, aber wahrscheinlich auch wegen der schrecklichen Entdeckung, die er gemacht hatte. Unter sich hörten sie Stimmen, und schon kam die ganze Kriminaltechnik zur Tür herein.

»Rührt den Toten nicht an, um keine Spuren zu verwischen. Dr. Breuer kommt auch gleich. Er war verständlicherweise nicht gerade begeistert, am Feiertag nach Hellersberg kommen zu müssen, aber er war zum Glück zu Hause, er ist in rund zwanzig Minuten vor Ort.« Bernadette verschaffte sich einen Überblick über den engen Raum, der hoffnungslos überbevölkert war, und wies ihre Kollegen an, die Ausrüstung aus dem Auto zu holen, den ganzen Raum auszuleuchten und den Leichnam des Pastors von allen Seiten zu fotografieren.

»Bernadette, wir müssen dringend mit dem Ehepaar Stüber sprechen. Herr Landscheid hat sie unmittelbar nach Einsetzen des Glockenläutens aus der Kirche laufen sehen, und sie waren offenbar hier oben. Soll ich sie mit auf die Wache bringen, damit du Fingerabdrücke nehmen kannst?«, fragte Vanessa.

»Nicht nötig, ich komme zu ihnen. Falls du es für nötig hältst, kann ich sofort eine Hausdurchsuchung durchführen.«

»Trost dürfte somit als Täter ausscheiden, der war bis eben bei uns auf der Wache, der kann nicht gleichzeitig den Pastor ermordet haben«, seufzte Vanessa. »Charlotte, kommst du bitte mit zu Stübers?«

Sie ließen Heiner Landscheid zurück, nachdem sie sich hatten erklären lassen, wie sie das Haus der Stübers finden würden.

»Das muss es sein«, sagte Vanessa, als sie in die Straße im Neubaugebiet einbogen. Das Haus wirkte ein wenig großspurig, eine protzige Geländelimousine stand in der Einfahrt, und davor war ein aufwendiger Zen-Garten angelegt, was aber nur darüber hinwegtäuschen sollte, dass der Garten fast keine Pflanzen enthielt und somit keine regelmäßige Arbeit machte. Ein weiß gestrichener Zaun schützte die Zen-Pracht vor Katzen, Hunden und jugendlichem Vandalismus. Noch bevor Vanessa auf die Klingel drücken konnte, hörte man im Haus Blacky kläffen. Die klare und unmissverständliche Stimme von Friedhelm Stüber ermahnte den Hund zur Ruhe, der aber sofort nach Vanessas Klingeln wieder zu bellen begann und aufgeregt zur Haustür lief, was Vanessa, Charlotte und Gunter durch den Glasstreifen neben der Tür beobachten konnten.

»Na super, ich liebe es, wenn der Hund der Herr im Haus ist und das Herrchen nur Hof hält«, raunte Charlotte Vanessa zu. »Wenn der Hund allein im Haus ist, soll er es ruhig bewachen, aber wenn die Besitzer da sind, hat er mucksmäuschenstill zu sein, solange er keinen Befehl zum Zugriff hat. Da hat der Hund zu warten, bis sein Besitzer entschieden hat, wie mit dem Besuch zu verfahren ist.« Vanessa kam nicht mehr dazu, sie zu fragen, woher sie sich mit Hunden auskannte, denn in diesem Moment wurde die Tür geöffnet.

Friedhelm Stüber grüßte sie freundlich und versuchte, mit einer Hand seinen kläffenden Hund am Halsband festzuhalten.

»Herr Stüber, wir würden Sie gern befragen, was Ihre Frau und Sie in der Kirche gemacht oder gesehen haben«, übertönte Vanessa den Hund.

»Das geht wirklich nicht, meine Frau steht unter Schock, sie kann Ihnen das im Moment nicht erzählen«, bat Stüber um Verständnis.

»Friedhelm?«, kam es aus dem Inneren des Hauses. »Ist das endlich Frau Dr. Schulze-Obersehr? Ging das nicht schneller?« Friedhelm Stüber wandte sich um, um seiner Frau zu antworten, was Vanessa, Gunter und Charlotte nutzten, um ins Haus zu treten und die Haustür hinter sich ins Schloss zu ziehen. Stüber gab sich geschlagen und öffnete eine Zimmertür einen Spalt weit, durch den er den weiterhin bellenden Hund schob. Nachdem er die Tür hinter ihm wieder geschlossen hatte, wandte er sich seiner Gattin zu. Die lag theatralisch auf der weißen Ledercouch ausgestreckt und hielt sich dramatisch den Handrücken vor die Augen, weshalb sie zunächst gar nicht sah, wen ihr Mann mitgebracht hatte.

»Frau Stüber, wir haben einige Fragen an Sie und Ihren Mann«, sagte Gunter bestimmt.

»Sie sehen hoffentlich, dass ich dazu nicht in der Verfassung bin«, flüsterte diese kaum hörbar und zog ihr Dekolleté und ihren Rocksaum zurecht. »Friedhelm, hast du den Herrschaften nicht gesagt, dass ich mich nicht wohlfühle und auf die Ärztin warte? Ich kann jetzt nicht über die furchtbaren Dinge sprechen, die ich gerade gesehen habe.« Effektvoll schniefte sie und streckte eine Hand nach einer Taschentuchbox aus, die sie jedoch nicht erreichen konnte, ohne ihre Position zu verändern. Sofort eilte ihr Mann herbei und reichte ihr ein Tuch.

»Ich melde mich gern bei Ihnen, wenn die Ärztin sich um meine Frau gekümmert hat. Wenn ich Sie bitten dürfte …«, versuchte er, die ungebetenen Gäste abzuwimmeln, aber die waren auf diesem Ohr taub.

»Mein Name ist Charlotte Baumgart, ich bin Polizeipsychologin. Vielleicht können Sie mit mir eher über die Geschehnisse sprechen, dazu bin ich ja da.« Aber Alexandra Stüber schwieg.

»Dürfen wir uns setzen?«, fragte Vanessa ungerührt, erhielt aber keine Antwort, worauf sie sich auffällig in dem sterilen, wenig gemütlichen Wohnzimmer umsah, bis Friedhelm Stüber nichts anderes übrig blieb, als ihnen einen Platz anzubieten.

»Wie Sie bereits wissen, ist Pastor Feldmann ums Leben gekommen. Da wir keinen Abschiedsbrief bei ihm gefunden haben, gehen wir davon aus, dass er nicht ganz freiwillig aus dem Leben geschieden ist. Für einen katholischen Geistlichen käme Suizid eher nicht in Frage. Wir wüssten gern, warum Sie in der Kirche waren, was Sie gesehen oder gehört haben, ob Sie vor seinem Tod noch mit dem Pastor gesprochen haben …«, sagte Gunter.

»Wir haben für die Messe am Sonntag geübt. Meine Frau hat schon mal Probleme mit dem ›Ave Maria‹«, erläuterte Stüber.

»Und die Akustik in der Kirche ist verständlicherweise eine andere als hier zu Hause. Und da heute Feiertag ist, haben wir die Zeit nutzen wollen.«

»Na ja, Probleme kannst du das nicht nennen, Friedhelm, das wäre absolut übertrieben. Es entsprach nicht ganz meinem eigenen Anspruch, die Hellersberger hätten es gar nicht gemerkt«, versuchte seine Frau, sich zu rechtfertigen. Gunter verdrehte die Augen.

»Befand sich Pastor Feldmann bereits in der Kirche, als Sie sie betraten? Haben Sie miteinander gesprochen?«, fragte er.

»Wir haben ihn weder gesehen noch gehört. Bis zum Beginn des Glockengeläutes dachten wir, wir seien allein in der Kirche. Wir haben von oben nichts gehört, keinen Streit, keine Stimmen«, sagte Friedhelm Stüber.

»Wie würden Sie Ihr Verhältnis zu ihm beschreiben?«, fragte Charlotte.

»Ich bin nun mal eine gute Christin. Ich halte mich an die Fastenzeit, gehe regelmäßig in die Kirche, zünde Kerzen an, wenn ich jemandem helfen möchte –«

»Danke, das wollte meine Kollegin eher nicht wissen. Oder hat das Ihr Verhältnis zu Herrn Feldmann beeinflusst?«, insistierte Vanessa.

»Ich –«, begann auch der nächste Satz wieder, als es an der Tür klingelte. Friedhelm Stüber ging zur Haustür und kehrte kurz darauf mit der Landärztin zurück.

»Frau Doktor, wir haben den toten Pastor gefunden. Das Bild wird mir nie wieder aus dem Kopf gehen, bitte geben Sie mir etwas, damit ich wieder meinen Frieden finde«, hauchte Alexandra bühnengerecht und fiel in sich zusammen wie Badeschaum.

»Auf ein Wort, Herr Stüber«, bat Vanessa den Hausherrn und führte ihn am Arm in die offene Küche hinüber.

»Können Sie uns bitte erklären, was Sie heute gesehen oder auch nicht gesehen haben?«

»Der alte Pastor muss schon oben gewesen sein, als wir kamen, sonst hätten wir ihn gesehen oder gehört. Als die Glocke zu läuten begann, dachte ich an einen technischen Defekt, wobei ich gestehen muss, dass ich gar nicht weiß, ob die Glocke mechanisch oder automatisch geläutet wird. Wir liefen jedenfalls nach oben. Unterwegs kamen wir an einer Tür vorbei, ich weiß gar nicht, wo sie hinführt. Vielleicht hätte jemand durch die Tür aus der Kirche verschwinden können, zumindest hätte man sich dahinter verstecken können, wir haben nicht nachgesehen. Wir sahen den Pastor da hängen, daraufhin lief meine Frau völlig kopflos die Treppe wieder hinab, Sie müssten oben an der Treppe einen ihrer Schuhe und ein Stück tiefer den anderen gefunden haben. Draußen begegneten wir Landscheid, den Rest kennen Sie.«

»Schatz, ich brauche dich jetzt hier!«, befahl Alexandra Stüber in einem gespielt flehenden Ton. An der Tür klingelte es abermals. Gunter ging nach vorn, um zu öffnen.

Bernadette Schubert betrat mit ihrem Koffer den Raum und sah sich um. Sie zuckte mit den Schultern und deutete damit an, dass es bislang keine neuen Erkenntnisse gab, dann bat sie Friedhelm Stüber, seine Fingerabdrücke nehmen zu dürfen, um seine Abdrücke im Glockenraum des Kirchturms identifizieren zu können. Als sie sich an Alexandra Stüber wandte, redete diese auf die Ärztin ein, dass diese Aufregung einfach zu viel für sie sei und die Ärztin bitte dafür sorgen möge, dass die Polizisten gingen. Dr. Schulze-Obersehr gab Vanessa mit einer für Alexandra Stüber nicht sichtbaren Geste zu verstehen, dass es aus medizinischer Sicht keinerlei Bedenken gebe, sondern die Sängerin nur ihren Allüren fröne.

»Kein Problem, Frau Stüber, Sie wissen aber, dass Sie sich mit Ihrer Weigerung sehr verdächtig machen? Ich kann Sie stattdessen gern mitnehmen wegen des dringenden Verdachts, den Pastor ermordet zu haben, indem Sie entweder selbst Hand angelegt oder ihn zum Sprung genötigt haben«, schlug Vanessa falsch lächelnd vor, woraufhin Alexandra Stüber sich ergeben die Fingerabdrücke abnehmen ließ.

»Wir lassen Sie jetzt allein, aber ich wüsste gern, wo ich Sie morgen erreichen kann, falls ich weitere Fragen haben sollte«, wandte sich Vanessa an Friedhelm Stüber, der ihr daraufhin eine Visitenkarte mit seinen Kontaktdaten reichte.

»Glaubst du ihr?«, fragte Gunter Vanessa, als sie wieder draußen waren.

»Ich würde mir am liebsten noch ihren Personalausweis zeigen lassen, um ihr Alter und ihren Namen zu überprüfen, so wenig glaube ich dem, was sie sagt. Aber da wir keinen begründeten Verdacht haben, kann ich sie nicht in die Mangel nehmen.«

»Ich halte sie jedenfalls nicht für gewalttätig. Es würde nicht zum Wesen von Alexandra Stüber passen«, sagte Charlotte. »Ihren Mann kann ich nicht wirklich einschätzen, konkret verdächtig hat er sich jedoch nicht gemacht. Und ich denke, er tut sowieso nur das, was sie möchte, auch wenn er durchaus den Eindruck vermitteln will, als wäre er der starke Part in ihrer Beziehung.«

»Aber unabhängig von Stübers, jeder Mörder macht Fehler, auch hier werden wir die Puzzlestücke finden, die keinen Zweifel mehr zulassen«, sagte Vanessa. »Bernadette und ihr Team von der Kriminaltechnik sind unschlagbar, ich bin mir sicher, in Kürze wird sie mit stichhaltigen Beweisen aufwarten, und wir müssen nur noch den Haftbefehl beantragen, für wen auch immer. Lasst uns in Ruhe auf die Ergebnisse der Kriminaltechnik warten.«

»Jetzt dürften die Morde vermutlich aufhören, das große Ziel ist schließlich erreicht. Ich frage mich nur, wer das war und was diese ganzen Caches sollten«, sagte Gunter.

Bernadette verließ gerade das Haus und ging ebenfalls auf ihr Auto zu. »Ich schätze, ich werde den Rest des Tages im Labor verbringen. Ich würde dieser hochnäsigen Tussi zu gern ein Vergehen nachweisen, um sie wieder auf den Boden zurückzuholen. Aber um ehrlich zu sein, glaube ich nicht, dass die beiden Stübers mit den Morden in Verbindung stehen.«

»Kommst du bitte erst noch einmal mit auf die Wache? Ich glaube, wir müssen einmal kurz alle Informationen sammeln. Vielleicht kann einer deiner Kollegen mit den Fingerabdrücken schon nach Trier fahren«, schlug Vanessa vor, und Bernadette stimmte zu.

Vor der Wache wartete Peter Erschens auf sie. Er hatte vom Tod des Pastors gehört und bot seine Hilfe an.

»Meinst du, diese Stüber ist auch mit einer psychischen Störung in Behandlung?«, fragte Vanessa Charlotte, als sie wieder im Büro saßen.

»Ich kläre das mal mit der Ärztin, die scheint ja sehr kooperativ zu sein«, schlug Charlotte vor und schickte Frau Dr. Schulze-Obersehr eine SMS.

»Bin gerade bei Stübers fertig, sitze im Auto, komme in 30 min vorbei«, schrieb diese kurz darauf zurück.

Es waren noch keine fünf Minuten vergangen, als die Tür zur Wache bereits aufging. Der leichenblasse Pastor Lämmle trat ein und hielt Vanessa wortlos einen Brief entgegen.

»Herr Lämmle, Sie kommen in einem denkbar schlechten Moment. Können wir das bitte auf morgen verschieben?«, fragte Vanessa, aber der Pastor schüttelte nur stumm den Kopf und zeigte auf den Brief.

Vanessa hatte ihn als sensiblen, klar denkenden und strukturierten Menschen kennen- und schätzen gelernt und ahnte, dass der Brief tatsächlich wichtig sein musste. Sie entnahm dem Kuvert einen handgeschriebenen Brief auf feinem Büttenpapier mit Wellenrand.

»Darf ich?«, fragte sie vorsichtig nach, aber der Pastor sagte schon fast tonlos: »Lesen Sie!«

Lieber Pastor Lämmle,
wenn Sie das lesen, sind Sie der dienstälteste Pastor in der Gemeinde, meinen Glückwunsch. Ich hätte mein Amt gern weiter ausgefüllt, aber die Umstände zwangen mich vor drei Jahren zum Aufhören. Jemand im Bistum hatte einen Verdacht gegen mich, weil es Gerüchte gab, die ich nicht entkräften konnte. Nichts Schwerwiegendes, aber es hatte ein Geschmäckle, wie Sie in Schwaben wohl sagen würden. Zu diesem Zeitpunkt gab es ohnehin viel Wirbel um Missbrauchsvorfälle innerhalb der Kirche, deshalb hat man mich vorzeitig in Ruhestand geschickt, vermutlich, um mich erst einmal aus der Schusslinie zu haben und das Thema unter den Teppich zu kehren.
Ich bin ein schlechter Mensch, aber das habe ich erst in den letzten

Tagen verstanden. Ich wollte diesen Jungen, die zu mir kamen und mir ihre Sorgen und Nöte erzählten, die nach Liebe und Aufmerksamkeit verlangten, nie wehtun. Ich habe erst in den letzten Tagen verstanden, was ich in ihren Seelen ungewollt angerichtet habe. Sie wollten Liebe, und ich habe sie ihnen gegeben, aber vielleicht bezog sich ihre Suche nach Liebe nicht auf die Form, die ich ihnen zu bieten imstande war. Ich wollte ihnen körperliche Geborgenheit geben, weil sie mir selbst ein Leben lang gefehlt hatte, und ich dachte, es wäre auch das, was den Jungen fehlte. Nie habe ich von den Kindern eine negative Rückmeldung bekommen, sie sind mir nicht aus dem Weg gegangen oder haben sich von mir abgewandt, sondern kamen weiterhin zu mir. Erst jetzt verstehe ich, dass das möglicherweise daran lag, dass sie Angst davor hatten, mich gegen sie aufzubringen und meine Gunst zu verlieren. Ich habe nie wissentlich Druck auf die Kinder ausgeübt, aber unter Umständen haben sie es als Druck empfunden, was nie meine Absicht war. Sie hatten vielleicht auch Angst, dass ihre Eltern, die ja zum großen Teil tiefreligiös waren, ihnen nicht nur nicht glauben, sondern sie auch noch bestrafen würden, weil sie aus Sicht der Eltern Lügen über mich erzählt hätten. Außerdem wussten die Kinder, wie einsam ich bin, sie waren so loyal und liebevoll zu mir. Ich glaube heute, sie wollten mich teilweise schützen und behüten, wie ich es eigentlich bei ihnen hätte tun sollen. Die Jungen waren doch zum Teil noch so jung, die wussten bis dahin gar nichts von Sexualität und konnten nicht einschätzen, was normal war und was nicht.

Es waren viele Kinder, viele Jungen, die ich unter meine Fittiche genommen hatte. Aber es ist mir wichtig, dass mein langjähriger Freund Heiner Landscheid mir glaubt, dass ich seinen Kindern nie etwas getan habe. Leider erinnere ich mich nicht mehr an alle Jungen, denen ich zu nahe getreten bin, ich weiß nur, dass ich einige mit Sicherheit ausschließen kann. Ich weiß nicht, wer nach all den Jahren mir nach dem Leben trachtet, aber ich bin sicher, es ist einer von ihnen, ein Hellersberger Junge. Folglich einer von uns, einer, der mich und mein Leben kennt.

Ich fühle mich nicht mehr sicher, und ich habe Angst, dass wegen mir noch andere sterben müssen. Ich weiß nicht, warum so viele unschuldige Seelen bereits sterben mussten, statt dass er sich direkt mich geholt hätte. Vielleicht hat er darauf gewartet, dass ich mich selbst stellen oder schneller zu diesem Schritt greifen würde. Ich will nicht warten, bis er mich richtet.

Ich werde Gottes Strafe nicht entgehen können, aber wenn ich schon in die Hölle komme, dann möchte ich nicht mehr warten müssen in der Gewissheit, was mich nach meinem Leben erwarten wird, und der Ungewissheit, was mich bis dahin weiterhin erwarten wird. Ich habe meine Kirche und das Glockengeläut immer geliebt, darum habe ich diesen Weg gewählt. Ihr sollt mich nicht in geweihter Erde begraben, ich bin dessen nicht würdig. Begrabt mich im Friedwald bei Losheim und nehmt mich in eure Gebete auf. Vergebt mir meine Sünden, ich bin nicht würdig, dass ich eingehe in den Himmel. Gott sei mir gnädig.

Die Unterschrift war fast unlesbar, aber es bestand kein Zweifel, wer den Brief verfasst hatte. Leider enthielt er nichts, was sie auf die Spur des Täters hätte bringen können. Maßgeblich war aber, dass das Ehepaar Stüber entlastet war. Und auch Trost hatte zu dem Zeitpunkt auf der Polizeiwache gesessen, er konnte den Pastor nicht zum Verfassen dieses Briefes und zu seinem endgültigen Schritt veranlasst haben. Geistesabwesend griff Vanessa in die Schublade des Schreibtisches, an dem sie saß, und steckte den Brief in einen Beweismittelbeutel.

»Danke!«

»Der Brief lag auf der Kanzel. Mir war aufgefallen, dass das Licht auf der Kanzel nicht brannte, und ich wollte die Birne wechseln, bevor ich die nächste Messe lese. Es wäre peinlich gewesen, die Predigt nicht halten zu können, weil ich völlig im Dunkeln tappe. Jemand hatte die Birne leicht herausgeschraubt, sodass sie nicht brannte. Und darunter lag dieses Bekenntnis meines Vorgängers und Kollegen.« Pastor Lämmle schluckte. »Können Sie überhaupt ermessen, was es für einen gläubigen Katholiken bedeutet, sich selbst das Leben zu nehmen?«, fragte er tonlos.

Vanessa schüttelte nur den Kopf. »Bitte lassen Sie mir den Brief da, ich werde mich darum kümmern. Pastor Feldmann ist in der Pathologie in Trier, die Kollegen werden sich vergewissern, ob es wirklich kein Fremdverschulden bei seinem Tod gab«, sagte Vanessa.

»Ich denke, ob es hier um Fremdverschulden geht oder nicht, ist die falsche Fragestellung. Die Schuld, die Josef Feldmann vor Gott und diesen Kindern auf sich geladen hat, ist schlimm, aber das ermächtigt niemanden außer Gott, über ihn zu richten. Aber ich nehme an, es geht Ihnen im polizeilichen Sinne darum, ob Pastor Feldmann selbst Hand an sich gelegt hat oder ob jemand anders ihm im wahrsten Sinne des Wortes den Todesstoß versetzt hat. Ich würde mich jetzt gern zurückziehen und mir Gedanken über die Trauerfeier für unseren Bruder machen. Hoffentlich übernimmt das ein Geistlicher aus Trier, der höhere Weihen hat als ich.«

Der Pastor sah um Jahre gealtert aus, nicht so gefestigt in seinem Glauben, wie er es vielleicht gern gehabt hätte. Der Zweifel schien ihn körperlich zu erdrücken, er schlich mehr zur Tür, als dass er ging.

»Danke, Pastor Lämmle. Sie machen einen verdammt guten Job in Hellersberg!«, rief Vanessa ihm nach.

»Na, ich hoffe, verdammt ist er nicht«, sagte der Kirchenmann, und es stahl sich doch noch einmal ein Lächeln in den rechten Mundwinkel.

Die Tür hatte sich gerade erst hinter Pastor Lämmle geschlossen, als Vanessa von draußen erneut Stimmen hörte und wusste, dass sie wieder keine Gelegenheit hatte, durchzuatmen. Die Tür ging auf, und Bernadette kam zur Tür herein und sah dabei auf ihr Smartphone. »Ich habe diesen Staub analysieren lassen. Meine Kollegen schreiben gerade, es scheint schwarzer Granit zu sein, aber sie haben darin auch Metallspäne gefunden.«

»Granit ist der Stein, aus dem diese Skulptur auf dem Kirchplatz gefertigt ist, oder?«, fragte Heiner Landscheid.

»Mensch, Landscheid, das ist es!«, rief Vanessa. »Das würde auch die Metallspäne erklären. Womit bearbeitet ein Bildhauer seine Figuren? Bestimmt mit Feilen und einer Flex.«

»Ich sagte ja, der Schmutzfilm auf der Dose war so fein, dass man ihn mit bloßem Auge nicht sehen konnte. Der Täter hat ihn wohl nicht abgewischt, weil er sich gar nicht dessen bewusst war, einen Hinweis zu hinterlassen«, erklärte Bernadette.

»Dann müssen wir Trost so schnell wie möglich finden, mit ihm dürften wir endlich unseren Mörder haben. Hätten wir das nur früher gewusst, hätten wir ihn gar nicht erst wieder laufen lassen«, sagte Vanessa.

In seiner Werkstatt hatten sie Trost nicht angetroffen, daher vermuteten sie, dass er noch nichts vom Tod des Pastors mitbekommen hatte und derzeit an einem anderen Ort, der höchstwahrscheinlich der Finalkoordinate entsprach, Vorkehrungen für die Ermordung des Pastors traf. Da der Durchsuchungsbeschluss inzwischen vorlag, hatte sich die Spurensicherung Zugang zur Werkstatt verschafft.

Peter Erschens sagte: »Ich kann zwar nicht gut laufen, in meinem Knie hat sich Wasser gesammelt, aber telefonieren kann ich gut. Wen soll ich alles herholen?«

»Versuchen Sie, unseren Computerspezialisten aufzutreiben, ich vergesse immer, wie der heißt.«

»Der kleine Dunkelhaarige mit der Brille? Der mit der gebeugten Haltung und der Computerblässe? Ich weiß auch nicht, wie der heißt, aber ich werde Frau Schubert darauf ansetzen.«

Der Mann konnte anscheinend wirklich selbstständig arbeiten. Heiner Landscheid war zweifellos ein durch und durch guter Kerl, aber im Vergleich zu Erschens leider ein reiner Befehlsempfänger.

Frau Dr. Schulze-Obersehr betrat die Wache. Sie hatten bei der raschen Abfolge der Ereignisse ganz vergessen, sie zu informieren, dass sie gerade nicht gebraucht werde.

»Als Landärztin bin ich sicher mit mehr Dingen betraut als ein Allgemeinmediziner in der Stadt, wo man für jedes Wehwehchen direkt den Facharzt um die Ecke hat, aber Psychiatrie oder Neurologie waren nie mein Fachgebiet. Wenn Sie mir einen Hund oder ein Kalb vorbeibringen würden, könnte ich schon eher helfen, aber die Psyche des Menschen hat sich mir nie richtig erschlossen. Und die Psyche des gemeinen Hochwälders schon gar nicht«, musste die Ärztin sich Luft machen. »Diese Stüber bringt mich auf die Palme, und zu Trost kann ich leider nicht viel mehr als Lehrbuchwissen beisteuern.«

Vanessa setzte sie von Feldmanns Brief in Kenntnis und bat um Verständnis, dass im Moment die Suche nach Trost Vorrang haben müsse.

VIERZEHN

Diana kickte mit der Spitze ihres Wanderschuhs einen Stein vor sich her. Seit einer guten Stunde war sie schon mit Philipp im Wald unterwegs, um auf andere Gedanken zu kommen.

»Mir geht dieser Anblick von Rommelfanger einfach nicht mehr aus dem Kopf. Geht dir das auch so? Und bei uns zu Hause drehen alle völlig am Rad. Du hättest dir die Vorwürfe anhören müssen, die mein Vater mir gestern wegen der Radtour gemacht hat. Als ob es unsere Absicht gewesen wäre, in diese Mordserie verwickelt zu werden und einen Toten zu finden. Wie es mir dabei geht, fragt er nicht, er ist nur wütend, statt mich mal tröstend in den Arm zu nehmen. Mein Vater will endlich wieder arbeiten, kann aber mit seinem Knie kaum auftreten. Ständig schimpft er nur rum, dass, wenn er die Ermittlungen in der Hand hätte, sie sicher schon längst weiter wären. Soll er doch mit seinen Krücken zur Dienststelle hüpfen und mich endlich in meinen Ferien in Ruhe lassen«, schimpfte Diana vor sich hin.

»Selbstverständlich sind die Todesfälle auch in Kell Thema, aber es ist bei uns nicht so schlimm wie in Hellersberg«, meinte Philipp. »Es wird über den Hunsrück-Killer geredet, und natürlich gibt es Stimmen, die meinen, es hätte sicher seine Gründe, warum es nur Hellersberger trifft. Du kennst das, umgekehrt wäre es genauso.«

»Aber sind deine Eltern auch so durchgeknallt?«

»Das liegt bei dir vielleicht daran, dass dein Vater Polizist ist. Und dass du ein Mädchen bist. Ich glaube, um Mädchen macht man sich eben mehr Sorgen.«

»Dann überlegen wir doch mal kurz gemeinsam, wie viele Leichen weiblich waren und wie viele männlich«, sagte Diana aufgebracht.

»Hey, ist ja nicht böse gemeint, aber viele Mädchen können sich wirklich schlechter wehren als Jungs. Du hast doch meine Cousine kennengelernt. Sie halte ich für ein typisches Mädchen. Nur Mode, Jungs und Musik im Kopf, kreischt bei jeder Kleinigkeit vor Verzückung oder weil sie sich anstellt wie ein krankes Huhn. Die hat nicht so tough reagiert wie du, als ihr Rommelfanger gefunden habt. Die hätte ihn nie angerührt, nicht geschaut, ob sie noch helfen kann oder so. Um solche Mädchen müssen sich andere vielleicht Sorgen machen, weil die allein irgendwie nichts auf die Reihe bekommen«, versuchte Philipp zu erklären.

Diana war noch immer nicht überzeugt, und sie gingen schweigend nebeneinander her. Der Waldboden war so weit getrocknet, dass sie beide in den Fahrrinnen der Forstfahrzeuge laufen konnten. Als sie um eine Biegung kamen, war der Weg geschottert, und sie mussten nicht mehr darauf achten, wohin sie traten. Zu ihrer Linken wurde der Laubwald von einem Fichtenwald abgelöst, rechter Hand gingen sie an bemoostem Fels entlang, aus dem vereinzelte Farne und junge Birken wuchsen.

»Sag mal, hast du jemals gesehen, dass die Tür zum Stollen offen steht?«

Philipp war vor einem dunklen Gang stehen geblieben, der in den Felsen geschlagen und normalerweise mit einem Gittertor verschlossen war. Er hielt Diana an der Hand fest. Auch Diana starrte die schmiedeeiserne Tür an, die, seit sie sich erinnern konnte, niemals offen gewesen war. Nachdem ein Teil des Stollens eingestürzt war, wobei der zweite Zugang unpassierbar wurde, war der Zutritt zum Bergwerk aus Sicherheitsgründen verboten worden. Es gab viele Geschichten und Mutmaßungen, warum der Stollen damals eingestürzt sein könnte. Früher hatte es wohl wilde Partys im Bergwerksschacht gegeben, jugendliche Kiffer und Saufgelage, sogar von Orgien war manchmal die Rede. Alles, was im Ort nicht geduldet wurde, fand angeblich im Bergwerk statt. Auch nach dem Einsturz war es kein Problem gewesen, den Stollen zu betreten. Das altersschwache Tor, das den verbliebenen Zugang abriegeln sollte, stellte kein großes Hindernis dar. Erst als sich im Stollen eine seltene Fledermausart ansiedelte, die unter Naturschutz stand, wurde der Stollen endgültig geschlossen. Seit in diesem Zuge auch die Tür ausgetauscht worden war, hatte niemand mehr Zugang zum Stollen.

Diana ging näher an die Tür heran. »Sieh mal, Philipp, die sieht so aus, als sei sie schon häufiger benutzt worden. Das Scharnier ist gar nicht so verrostet, wie man erwarten könnte. Und das Schloss ist an manchen Stellen richtig blank. Ob hier schon häufiger jemand drin war?«

Philipp, der ganz dicht neben ihr stand, starrte ebenfalls auf das Schloss. Er tastete nach der Klinke und hielt inne, als sie von innen ein unverständliches Rufen hörten.

»Hast du das auch gehört?« Diana drückte Philipps Hand und hielt den Atem an. Mit der freien Hand zog Philipp sein Handy aus der Hosentasche und sah auf das Display.

»Kein Empfang«, flüsterte Philipp.

»Ruft da jemand um Hilfe?«, wisperte Diana so leise, dass es kaum zu hören war. Philipp zuckte die Achseln und wies in die Richtung, aus der sie gekommen waren. Diana schüttelte den Kopf und hielt Philipp zurück.

»Was ist, wenn jemand in Gefahr ist? Vielleicht hält der Killer da drin jemanden gefangen«, zischte Diana.

»Ich fürchte, wir sind in Gefahr, wenn wir da reingehen.« Diana musste die Worte fast von Philipps Lippen ablesen, so leise sprach er.

»Ich kenne den Wald, wir müssen mindestens eine Viertelstunde laufen, bis wir wieder Empfang haben«, wandte Diana ein. »Bis dahin könnte es zu spät sein. Wer weiß, wenn wir Rommelfanger früher gefunden hätten, würde er vielleicht noch leben. Diese Polizistin hat zwar gesagt, er war schon länger tot, aber wir haben ja auch einige Zeit auf dem Radweg gestanden, bis wir an die Ruwer runter sind. Ich geh da jetzt rein!« Diana versuchte, Philipps Hand abzuschütteln, der sie aber weiter festhielt.

»Ich lass dich nicht allein gehen, ich komme mit.«

Diana spürte, dass nicht nur Philipps Stimme zitterte. Auch sie hatte Angst, aber in diesem Moment weniger um sich selbst als um ein mögliches weiteres Opfer.

»Die Kommissarin hat uns gestern gelobt und gesagt, wir hätten alles richtig gemacht. Also sollten wir auch heute unserer Intuition vertrauen.«

Diana zog Philipp an der Hand, die dieser fest umklammerte, in den schmaler werdenden Eingang des Stollens hinein. Ihre Körper warfen Schatten und verdunkelten den Gang zusätzlich. Auf den ersten drei, vier Metern fiel noch Licht in den Stollen, aber danach führte der Weg steil bergab zwischen den Felsen hindurch, die einen kaum mehr als einen Meter breiten Durchgang ließen, und hinein in völlige Dunkelheit. Die Wände des Schieferberges waren glatt behauen worden, der schwarze Stein schluckte jedes Licht.

»Hörst du? Schon wieder dieses Rufen! Sollen wir antworten, damit derjenige weiß, dass Hilfe kommt?«, schlug Diana vor.

»Und was, wenn er nicht allein ist? Wir sollten uns eher anschleichen, dann können wir notfalls noch abhauen.«

Gute zwanzig Meter weit tasteten sie sich durch den schmalen Gang und die Dunkelheit, die Köpfe leicht eingezogen. Philipp musste sich zusätzlich nach vorn neigen, um sich nicht den Kopf zu stoßen. Als der Gang fast rechtwinklig nach links abbog und sich in eine künstliche Höhle wie in einen Raum öffnete, blieb Diana unvermittelt stehen. Philipp prallte gegen sie und gab einen kurzen Schreckenslaut von sich. Dianas Augen hatten sich inzwischen an die Dunkelheit des Ganges gewöhnt, und sie ließ den Blick im Dämmerlicht der Höhle schweifen. Beide traten zwei Schritte nach vorn. Der Raum war annährend quadratisch, maß vielleicht zehn mal zehn Meter und schien an der höchsten Stelle halb so hoch zu sein. Ihnen direkt gegenüber erkannten sie eine halbrunde Vertiefung in der Wand, in der ein hölzernes Kreuz lehnte, groß genug, um einen echten Menschen daran zu kreuzigen. Über den Querbalken hingen rechts und links dicke Seile herab. Rechts davon an der Stirnwand warf ein Kerzenleuchter mit vier dicken Wachskerzen flackerndes Licht auf die Nische, die wie eine Apsis den Blick auf sich zog. An der rechten Wand ging neben dem Leuchter ein weiterer Gang tiefer in den Berg hinein. In der Mitte des Raumes lagen zwei Matratzen und einige Decken, eine geschnitzte Marienfigur stand auf einem Felsvorsprung zu Dianas und Philipps Linken.

»Keine gute Idee, hier hereinzukommen.«

Diana und Philipp erstarrten. Erst jetzt spürten sie den kühlen Luftzug in ihrem Rücken, von wo die Stimme kam. Es musste unmittelbar hinter ihnen einen weiteren Zugang zu dieser Höhle geben, den sie bislang nicht wahrgenommen hatten.

»Nein, nein, nicht umdrehen, ihr bleibt genau so stehen.« Etwas Kaltes, Rundes bohrte sich in ihren Rücken wie ein Pistolenlauf. Diana kam die Stimme einerseits vertraut vor, zugleich hatte sie einen irren Klang, wie Diana ihn nie zuvor gehört hatte. Die Männerstimme lachte mit überschnappenden Lauten, die unwirklich widerhallten.

»Willkommen in meinem Dom. Ich kann euch nur Wein und Brot anbieten. Das heißt, den Wein trinke ich natürlich allein.« Wieder folgte dieses unwirkliche, glucksende Lachen.

Diana hörte neben sich ein leises Plätschern.

»Wer wird sich denn gleich vor Angst in die Hose machen?«, höhnte die Stimme hinter ihnen.

»Ich –«, begann Philipp, aber die Stimme schnitt ihm das Wort ab.

»Nichts sagen, nicht bewegen. Ihr versteht sicher, dass ich euch nicht mehr gehen lassen kann, so kurz vorm Ziel? Aber ihr könnt zusehen, so wie ich das in eurem Alter auch immer musste.«

Wieder dieses Lachen. Diana war sich sicher, die Stimme zu kennen, aber der Mann versuchte, seine Stimme zu verstellen und zu klingen wie ein kleiner Junge. Außerdem schien er etwas vor dem Gesicht zu tragen, was seine Stimme dämpfte. Diana drückte Philipps Hand ganz fest und fühlte, wie dieser bebte. Sie überlegte, wieso sie selbst wohl so ruhig war. Ihr Vater hatte ihr einmal erzählt, dass er während eines Einsatzes mitunter so viel Adrenalin ausschüttete, dass er einen klaren Kopf behielt, bis die Verdächtigen oder die Verletzten eines Unfalls abtransportiert wären. Vielleicht war sie in diesem Punkt wie ihr Vater. Die Frage war nur, wie lange dieser Zustand anhielt. Philipp wimmerte neben ihr.

»Darf ich mich um meinen Freund kümmern?«, stieß Diana stockend hervor.

»Dem passiert schon nichts, der holt jetzt mal die beiden Seile, die ich schon über das Kreuz gelegt habe. Du drehst dich nicht um! Geh langsam vorwärts und komm rückwärts wieder zurück«, wies die Stimme Philipp an.

Philipp stolperte vorwärts, ging um die Matratzen herum und reckte sich nach den Seilen. Rückwärts würde der Weg deutlich schwieriger werden, wenn er nicht über die weichen Matratzen gehen wollte.

»Du bist wohl kein Abenteurer«, höhnte die Stimme. »Wir waren noch viel jünger als du, als wir regelmäßig hier waren. Der alte Pastor hat echte Schnitzeljagden mit uns gemacht, so was kennt ihr gar nicht mehr. Ohne Technik und Internet, echte Zettelchen, die er versteckt hat und anhand derer wir unser Ziel finden mussten. Meistens Bibelzitate, die wir als Ministranten natürlich kennen sollten. Für die Jüngeren war das immer spannend, wir Älteren wussten schon, dass meistens diese Höhle unser Ziel war.« Er schlug mit etwas Metallischem gegen die Schieferwand, die laut widerhallte. »Junge Dame, nicht umdrehen, hatte ich gesagt! Und du machst, dass du zurückkommst«, wies er Philipp an. »Früher gab es hier keine Mädchen, nur Jungen waren als Messdiener zugelassen. Aber deine Freundin ist ja mutiger als du. Dich hätten wir damals wohl nur zum Pilzesuchen mitnehmen können. Aber der Pastor hätte dich gemocht. Du bist ein hübsches Kerlchen, genau wie damals die Zwillinge. Die hatte der Pastor besonders gern … Mensch, Junge, komm endlich her und lass die Seile hinter dich fallen«, unterbrach er sich selbst. Die Stimme klang ungeduldig. Als Philipp gegen die Matratzen stieß, strauchelte er, und der Mann fluchte.

»Zwei Schritte nach rechts, dann zwei Meter rückwärts und wieder zwei Schritte nach links«, sagte Diana so beherrscht wie möglich.

»Genug, der Kleine muss auch ohne deine Hilfe seinen Mann stehen. Du gehst einfach zwei Schritte nach rechts und wartest da. Nicht umdrehen«, wies er Philipp an.

Diana spürte, wie der Druck in ihrem Rücken stärker wurde, und stolperte vorwärts, bis sie neben Philipp stand. Anscheinend besaß der Mann noch eine zweite Waffe, die er nun Philipp in den Rücken stieß, denn dieser ging ohne Zögern neben Diana her, als der Mann sie beide in den Gang auf der rechten Seite des Raumes drängte, wo der Schein der Kerzen nur schwach zu ihnen herüberreichte. Der Druck in Dianas Rücken ließ nach. Wieder dieses Lachen, danach ein metallisches Geräusch wie von einem Scharnier. Es klang, als würde ein Korken aus einer Flasche gezogen und als nähme der Mann einige kräftige Schlucke. Erst in dem Moment nahm Diana wahr, wie durstig sie war.

»Dürfen wir bitte auch etwas trinken?«, fragte sie zaghaft.

»Na, na, na, ihr solltet doch schweigen. Ihr seid auch noch viel zu jung für Alkohol. Das heißt, wir haben uns früher in eurem

Alter hier mit dem Pastor getroffen und den guten Messwein getrunken. Die Kirche behält immer das Beste für sich, solche Köstlichkeiten werden nicht mit den normalen Gemeindemitgliedern geteilt.« Wieder dieses metallische Geräusch, und die Stimme klang wieder gedämpft.

»Alles klar?«, raunte Diana, als sie Philipp schluchzen hörte.

»Philipp, ein biblischer Name. Er war der Zweifler unter den Jüngern Jesu, nicht wahr? Und Diana, die Göttin der Jagd, ich erinnere mich an euch aus der ›Post‹. Philipp, du bist doch kein Hellersberger, oder?«

»Nein. Ich … komme aus … Kell«, stammelte dieser.

»Ein Keller Kind, wie schön. Wir hatten immer eine Erzfeindschaft mit Kell, aber das scheint in eurer Generation anders zu sein. Wirf die Seile hinter dich!«

Philipp ließ sie nur fallen, sodass der Mann sich direkt hinter den beiden bücken musste. Diana überlegte, ob sie dies ausnutzen und den Mann mit ihrem ganzen Körpergewicht umstoßen sollte, aber er versperrte den einzigen Weg zurück zum Ausgang, sie würden nicht flüchten können. Stattdessen spürte sie schmerzhaft, wie ihre Arme nach hinten gerissen wurden und das grobe Seil tief in ihre Handgelenke einschnitt.

»Dein Freund läuft schon nicht weg, aber du bist ein mutiges kleines Fräulein. Aber ich werde ihn trotzdem fesseln!«

Diana tastete nach ihren Fesseln, aber sie spürte, wie ihre Finger zu kribbeln begannen. Die Blutzufuhr war abgeschnürt, und sie hielt die Hände wieder still.

»So, ihr beiden, ihr bleibt noch einen Moment dort stehen, Gesicht zur Wand«, kommandierte der Mann und schubste die beiden Jugendlichen. Diana gab einen Schmerzenslaut von sich, als sie mit der Nase gegen die Wand stieß, da sie sich nicht mit den Händen abstützen konnte. Erst jetzt wurde sie sich bewusst, dass sie am Ende des Ganges standen.

»Doch schmerzempfindlich?«, fragte die Stimme hämisch. »Ich dachte schon, ich müsste mir für dich etwas Besonderes einfallen lassen. Aber eigentlich will ich gar nichts von euch. Erst einmal muss ich den Pastor erledigen, danach kann ich mich um euch kümmern. Ihr wartet hier, bis alles vorbei ist. Mein Zeitplan geht sonst nicht auf. Und diese rothaarige Hexe ist schlau, ich kann nicht länger warten.«

Er entfernte sich von ihnen, ging zurück in den großen Raum und kramte dem Geräusch nach anscheinend in einer Kiste mit metallischen Gegenständen. Als er zurückkam, stieß er beide abermals mit den Köpfen gegen die Wand. Diana drehte den Kopf zur Seite, um nicht wieder mit der Nase anzustoßen, und sofort schlüpfte der Mann in die Gegenrichtung, damit sie ihn nicht sehen konnte. Diana schöpfte Hoffnung. Ihr Vater hatte einmal nach einem Seminar, das er besucht hatte, erzählt, dass Geiselnehmer, die sich nicht zeigten, einen eher am Leben ließen als Geiselnehmer, die später vom Opfer identifiziert werden könnten. Auch war es wohl schwieriger, ein Opfer von Angesicht zu Angesicht in Schach zu halten als von hinten.

Dieses Mal war Philipp mit der Stirn gegen die Wand geschlagen. »Scheiße, ich glaube, ich blute«, zischte er mit weinerlicher Stimme.

»Halt durch, alles wird gut«, wisperte Diana zurück und lehnte sich ein wenig nach rechts, um ihren Kopf an Philipps Schulter zu lehnen. Hinter ihnen wurde etwas Metallisches mit schweren Schlägen in die Wand getrieben. Der Mann trat hinter sie und drehte beide so, dass sie den Gang vor sich hatten. Aus der Seitenwand des Ganges ragte ein großer metallischer Ring wie der vor dem Metzgerladen, an dem man seinen Hund anbinden konnte.

»War schon praktisch, dass ich den vom Schmied mitgenommen habe. Ich wusste da noch gar nicht, wozu er einmal gut sein würde. Aber hier wird er mir gute Dienste leisten.« Er schob die beiden bis zu dem Ring, drehte sie mit den auf dem Rücken gefesselten Händen zur Wand, zog ein weiteres Seil durch ihre Handfesseln und vertäute sie damit an dem Ring.

»Auf Dauer wird es vielleicht etwas beschwerlich, so stehen zu müssen, aber ihr seid jetzt nicht wichtig. Ihr habt meine Pläne durchkreuzt, aber ich kann euch nicht kurzerhand umbringen. Das muss wohlüberlegt sein. Und im Moment habe ich andere Dinge im Kopf, die gehen vor. Ich kann nicht einfach so mal dies, mal das tun. Jedes Werk muss vollendet werden, danach erst kann ich das nächste Werk beginnen. Was glaubt ihr denn, wie schwer es war, erst den Schmied zu vergiften und zu warten, bis er endlich tot war? Und trotzdem musste ich zwischendurch diese Lehrerin töten, ich konnte doch nicht warten. Die Gelegenheit war zu gut, so eine hätte sich mir so schnell nicht wieder geboten.« Wieder dieses Lachen, so völlig dieser Welt entrückt, unwirklich, irgendwie unmenschlich.

Zum ersten Mal stand der Mann vor ihnen, aber er stand so, dass er den Gang fast völlig ausfüllte und somit kaum Licht zu ihnen drang. Er war groß und kräftig, das konnte man erkennen, aber der Rest ließ sich im schwachen Licht der Kerzen nur erahnen. Vor seinem Gesicht trug er eine Maske, die Diana spontan an das Visier eines Ritterhelms erinnerte. Eine metallene Platte mit einem gläsernen Visier vor den Augen, das kurz im Flackern einer Kerze aufblitzte, als er sich zur Seite drehte.

»Ihr seid jetzt schön leise, ich muss noch etwas vorbereiten, bevor ich den Pastor holen kann«, ermahnte er die beiden. Er drehte sich zu dem großen Raum um, aber auch im Profil war er durch die Maske nicht zu erkennen. Plötzlich drehte er sich wieder zurück und kam ganz nah an die beiden heran.

»Sagt mal, wart ihr es nicht auch, die gestern den Musiker gefunden haben?«

Diana glaubte zu erkennen, wie Philipp nickte, was der Mann aber wohl nicht gesehen hatte.

»Warum musste dieser Idiot auch unbedingt Kirchenmusiker werden? Er ist doch auch als Kind missbraucht worden, ich weiß es genau, ich war dabei. Aber warum wurde er nicht einfach Pianist? Nein, er musste zurückkommen und unter seinem Peiniger arbeiten, der Idiot. Keinerlei Selbstachtung, das musste bestraft werden. Hey, antwortet, wart ihr das, die ihn gefunden haben?«

»Ja, genau, wir waren mit den Rädern unterwegs«, antwortete Diana.

»Wie unvorsichtig, allein im Wald unterwegs zu sein, wenn jemand umgeht, der Rache fordert. Haben eure Eltern euch das nicht gesagt?« Er hob Dianas Kinn an, und sie fühlte, dass er raue, rissige Hände hatte. »Sag mal, du bist doch die Kleine von diesem Dorfsheriff? Hat der denn seine Tochter nicht über die Gefahren aufgeklärt, die rund um Hellersberg lauern?«

»Lassen Sie das«, begehrte Philipp auf, und sofort ließ der Mann Diana los, um sich ganz nah vor Philipp zu stellen.

»Oh, doch ein bisschen Beschützerinstinkt in dem Kleinen, wie niedlich. Du wärst bestimmt direkt damals zu deiner Mami gelaufen und hättest gepetzt, wenn der Pastor dich angefasst hätte. Solche Kinder hätten wir gebraucht. Aber bei euch ist es ja nicht mehr so, dass der Pastor, der Arzt und der Lehrer immer recht haben. In unserer Generation haben die Eltern noch zu den Lehrern gesagt, sie sollten ruhig zuschlagen, wenn wir nicht hören. Ihr hingegen zeigt heute eure Eltern an, wenn sie die Hand gegen euch erheben, um euch zu erziehen.« Er wandte sich ab.

Diana bekam hinter dem Rücken Philipps Hand zu fassen und hielt sie, so fest sie konnte. Der Mann war in den Dom, wie er den Raum nannte, gegangen, und sie hörten, wie er den Kerzenleuchter verrückte. Die Kerzen flackerten unruhig, und nun strahlte noch weniger Licht zu ihnen herüber als zuvor.

»Was wird er mit uns tun?«, flüsterte Philipp fast tonlos.

»Du hast gehört, dass er erst den Pastor umbringen will. Die Kommissarin ist gut, und sie kommt ihm immer näher. Mein –«

Die massige Figur des Mannes verdunkelte den Gang fast völlig. Seine Bewegungen wirkten unkontrolliert, er wirkte fahrig und warf den Kopf auf der Suche nach etwas hin und her. Plötzlich bückte er sich, und wieder hörten sie, wie eine Flasche entkorkt wurde.

»Mist, leer«, fluchte er und schleuderte die Flasche in ihre Richtung, wo sie direkt neben ihnen an der Wand laut zerschellte.

»Dann halt was Härteres als Wein. Aber ich muss den Pastor noch holen. Der Schmied hatte gute Nägel in seiner Werkstatt, die halten sogar den Pastor aus. Ich habe eine schöne Dornenkrone für ihn gemacht, er wäre stolz auf mich, wenn sie nicht gerade für ihn selbst gedacht wäre.«

Er ging wieder zurück in den Raum, eine weitere Flasche wurde geöffnet, und sie hörten ihn trinken. Anschließend kramte er in etwas herum und fluchte, bis ihm wohl auffiel, dass sie seine Stimme erkennen könnten, da er anscheinend vergessen hatte, die Maske wieder aufzusetzen.

»Mein Vater ist schließlich Polizist, er wird alles mobilisieren, wenn ich nicht wie vereinbart um sechs zu Hause bin und er mich nicht auf dem Handy erreichen kann«, versuchte Diana Philipp zu beruhigen.

»Was ist das für ein Geräusch?«, flüsterte Philipp.

Diana horchte atemlos. »Tabletten, die aus der Packung gedrückt werden? Ich glaube, ich kenne das Geräusch von meinem Vater. Ob wir die schlucken müssen, um uns zu betäuben?«

»Oder zu vergiften.« Philipp war kaum mehr zu verstehen. »Diana?«

»Ja?«

Einen Moment herrschte völlige Stille, danach hörten sie den Mann etwas hämmern.

»Diana, ich hab mich wie ein Feigling benommen.« Philipp schluckte hörbar.

»Völlig okay.« Diana drückte seine Hand ganz fest.

Philipps Gesicht kam ihrem ganz nah, und Diana spürte, wie vorsichtige Lippen über ihre Wange zu ihrem Ohr krochen.

»Falls wir das hier nicht überleben: Du bist das tollste Mädchen, das ich je kennengelernt habe.«

Diana suchte Philipps Lippen mit ihren und flüsterte: »Wir überleben das, und dann bleiben wir für immer zusammen. Ich liebe dich.«

»Ich dachte, du wartest nur darauf, dass Jonas aus Amerika zurückkommt?«, kam Philipps nüchterne Frage.

»Jonas ist nur ein virtueller Freund. Was nützt er mir, wenn ich von einem Killer in einer Höhle gefangen gehalten werde?«

Wieder öffnete jemand die Tür zur Dienststelle, und Vanessa hätte am liebsten »Jetzt nicht« geschrien, aber es war der Computerspezialist.

»Sind Sie schon fertig mit Trosts Haus?«

»Ich selbst war nur kurz da. Wir haben Trosts Computer sichergestellt, einen Laptop, mit dem er sich wohl in alle möglichen WLAN-Netze in seiner Umgebung eingehackt und unter verschiedenen Namen Caches gelegt hat. Wie beispielsweise als ›Guter

Hirte‹ unter dem Namen von Thomas Jungblut. Dadurch, dass er die Caches unter unterschiedlichen Namen gelegt hat, wollte er wohl verhindern, dass wir allzu schnell einen Zusammenhang erkennen und ihm auf die Spur kommen können. Und da wir schon einmal auf den Namen ›Trostspender‹ gestoßen waren, habe ich auch in der Cachercommunity nach dem Namen gesucht. Und es gibt einen Geocacher dieses Namens, der vorwiegend im Hunsrück, aber auch in Trier und Köln cacht. Falls es sich da nicht um einen dummen Zufall handelt, können wir uns alle ausrechnen, wer tatsächlich hinter diesem Namen steckt. Ich habe mich ja um diesen letzten Cache gekümmert. Das Sudoku war schnell gelöst, dafür gibt es schließlich Computerprogramme, aber wir wussten bislang nicht, in welche Reihenfolge wir die drei Ziffern bringen mussten. N 49° 35.239 und E 006° 42 war ja klar, das ergab sich aus den einzelnen Rätseln, demnach fehlten nur die letzten drei Ziffern. Ich habe alles zusammengesetzt und bin zu dem Schluss gekommen, dass es zusammen mit den vorhergehenden Zahlen nur noch sechs Möglichkeiten geben kann. Darum habe ich mir die Stellen bei Google Maps angesehen. Zwei der Koordinaten können wir ausschließen, eine liegt auf der Autobahn, eine im Bach. Bleiben nur noch vier. Ich habe mich mal mit meinem Smartphone auf den Weg gemacht und mir alle vier Stellen angesehen. Die erste, die ich mir angesehen habe, liegt hinter einer verschlossenen Tür in einem alten Bergwerksstollen. Die halte ich dennoch für die vielversprechendste. Ich habe mir die anderen Plätze ebenfalls angesehen. Ich bin zwar kein versierter Cacher, aber da war nichts versteckt, was auch nur das Geringste mit unserem Fall zu tun haben könnte. Ich bin sozusagen sicher, dass es der Stollen sein muss.«

Bevor Vanessa etwas erwidern konnte, trat Heiner Landscheid ein. Direkt hinter ihm kamen der Polizeichef, Bernadette, Dr. Breuer und die halbe KTU durch die Tür.

Die jüngeren Kollegen schienen beeindruckt, dass der Polizeipräsident sie unterstützen würde, Vanessa jedoch fühlte sich eher unwohl in Georgs Anwesenheit. Sie war sich nicht sicher, ob Georg ihr nicht zutraute, den Fall ohne seine Hilfe zu lösen, oder ob er auch alle anderen Kollegen gleichermaßen unterstützt hätte. Gunter fasste die neuesten Ereignisse kurz zusammen.

»Den Staub, den wir an der Cachedose gefunden haben, konnten wir ganz klar auch in der Werkstatt von Trost sicherstellen«, erklärte Bernadette. »Außerdem stehen in einem hinteren Raum der Werkstatt völlig abgedrehte Skulpturen. Teilweise einfach perverse Darstellungen, teilweise völlig abstrakt, aber alle sehen aus, als hätte Trost bei ihrer Erschaffung unter irgendwelchen Drogen gestanden.«

»Oder eben nicht«, mischte sich Frau Dr. Schulze-Obersehr ein, die Vanessa völlig vergessen hatte. »Vielleicht stammen diese Figuren aus den Schaffensphasen, in denen Herr Trost auf seine Medikamente verzichtet und sozusagen seine neurotische Seite ausgelebt hat?«

»Das spräche ebenfalls für Trost als Täter, sofern Pastor Feldmann tatsächlich einen Freitod gestorben ist. Wichtig ist, dass wir Trost schnell finden. Ist er wirklich nicht mehr in der Werkstatt aufgetaucht, seit er hier weg ist?«, fragte Vanessa. Die Trierer Kollegen schüttelten die Köpfe.

»Die Reifenspuren auf dem Parkplatz am Ruwer-Hunsrück-Radweg müssen wir noch mit dem Reifenprofil von Trosts Geländewagen abgleichen, und in Josef Feldmanns Wohnung müssen eine Schriftprobe und, wenn möglich, der Briefblock sichergestellt werden, um zu überprüfen, ob der Pastor den Brief wirklich selbst geschrieben hat«, sagte Gunter. »Das wird allerdings nicht klären, ob Feldmann den auch freiwillig geschrieben hat. Eine Obduktion bleibt daher unerlässlich.«

Dr. Breuer schaltete sich ein: »Ich möchte mich trotzdem oben auf dem Kirchturm ein weiteres Mal umsehen, um die Höhe, aus der Feldmann in den Tod gesprungen oder gestürzt worden ist, sicher in meine Berechnungen miteinbeziehen zu können.«

»Ich würde vorschlagen, dass ich mit dem Staatsanwalt spreche und ein Sondereinsatzkommando anfordere. Wir müssen dringend diesen Bergwerksstollen stürmen«, bot Georg an.

Vanessa lächelte milde. »Chef, in welchem Krimi hast du das bloß gesehen? Das letzte Opfer ist tot, ich glaube nicht, dass von Trost eine Gefahr für ein paar ausgebildete Polizisten ausgeht. Außerdem rechnet er nicht mit seiner Ergreifung, brauchen wir da ehrlich ein SEK? Wir sollten sicher versuchen, den Stollen zu stürmen, aber dazu sollten unsere eigenen Mittel reichen. Herr Landscheid, haben Sie Ihre Dienstwaffe bei sich?«

»Nein, die ist noch zu Hause eingeschlossen, ich hatte schließlich nicht mit einem Einsatz gerechnet. Ich mache mich sofort auf den Weg«, erwiderte Landscheid.

»Ich melde mich zurück im Dienst, ich würde Sie gern bei dem Einsatz unterstützen«, teilte Peter Erschens mit, aber Georg hatte Bedenken.

»Sie können mitfahren, Ihre Orts- und Personenkenntnisse dürften von Nutzen sein, aber solange Sie nicht richtig laufen können, kann ich nicht verantworten, dass Sie an vorderster Front an diesem Einsatz teilnehmen.«

»Was brauchen wir, um in den Stollen zu gelangen?«, fragte Vanessa den Computerspezialisten.

»Es war ein normales Hohlschloss, wirkte nicht schwierig, da reinzukommen«, antwortete dieser.

Vanessa wandte sich an die Trierer Kollegen. »Gut, zwei Kollegen postieren sich bitte am Hof von Rolf Trost. Falls er dort auftaucht, nehmen Sie ihn fest wegen des Verdachts der Tötung mehrerer Personen. Georg, du sprichst bitte mit dem Staatsanwalt wegen eines Haftbefehls. Landscheid, Sie holen Ihre Waffe, und Dr. Breuer geht zur Kirche. Bernadette, kannst du in der Zwischenzeit nach einer Schriftprobe des Pastors sehen? Wir rücken in fünfzehn Minuten aus, um den Stollen zu öffnen.«

»Frau Kommissarin, ich würde auch gern meine Waffe holen und mitkommen«, beharrte Erschens.

»Herr Kollege, Sie sind krankgeschrieben, das kann ich nicht riskieren«, entschied Vanessa.

»Der Mörder hat alles genau geplant, es wird ihn aus dem Konzept bringen, wenn sein Plan nicht mehr aufgeht. Es kann euch passieren, dass er irrational handelt, ich würde den Einsatz nicht zu leicht nehmen«, warnte Charlotte.

»Ich bleibe dabei, keine Waffe für Kollege Erschens. Aber sollte es notwendig sein, weitere Kollegen anzufordern, sind wir sicherlich froh, einen Mann mehr im Einsatz zu haben. Aber Sie halten sich im Hintergrund! Okay, alle bitte an ihre Aufgaben, in fünfzehn Minuten fahren wir zum Stollen. Wir telefonieren bei

Bedarf, wobei das bekanntlich im Hochwald nicht immer so leicht ist, sonst«, sie blickte auf die Wanduhr, »treffen wir uns spätestens in zwei Stunden, also gegen sechzehn Uhr, wieder auf der Wache. Auf geht's!«

Die Beamten der Sonderkommission zerstreuten sich, die Psychologin und die Ärztin gingen zur Stellwand mit den Verdächtigen, sodass Vanessa und Georg für einen Moment allein im vorderen Raum zurückblieben.

»Das hast du gut gemacht, Nessi, du hast alles im Griff«, lobte Georg.

»Sag nie wieder ›Nessi‹ zu mir, Chef«, warnte Vanessa.

»Und sag du nie wieder ›Chef‹ zu mir, das hier ist mein letzter Einsatz in Trier«, gab der Polizeipräsident zurück. Vanessa sah ihn fragend an.

»Ich habe mich auf einen Verwaltungsposten in Mainz beworben, der für mich den Vorteil hat, dass ich näher an der Klinik dran bin, in der meine Tochter ständig behandelt werden muss. Am Montag geben wir den Wechsel bekannt, du bist bislang die Einzige, die es weiß.«

»Glückwunsch, das freut mich für euch.«

»Ich weiß, dass es auch für dich leichter wird. Hast du einen letzten Wunsch zum Abschied, den ich dir erfüllen kann?«

»Ja, räume meine Wohnung so schnell wie möglich, ich möchte meine Schlüssel zurück und mein Leben wieder in geordnete Bahnen bringen!«

»Ich habe den Posten erst zum Jahreswechsel, muss aber zuvor alten Urlaub abbauen und werde nur noch ein paar Tage im Präsidium sein. Ich werde sehen, was sich machen lässt. Eigentlich wollte ich wissen, was ich beruflich für dich tun kann.«

»Schaff den Posten eines Springers für mich. Ich würde gern weiter mit Gunter Hermesdorf im Team arbeiten, aber es ist sehr wertvoll, in den Außenstellen im Trierer Umland das Know-how der Kripo mit den Ortskenntnissen der Kollegen zu verbinden. Bevor die Dorfpolizisten im Nebel stochern, weil sie auf sich allein gestellt sind und nicht den ganzen Apparat im Rücken haben, dessen wir uns in Trier bedienen, würde ich lieber bei Bedarf einspringen und dabei helfen, Fälle voranzubringen. Aber erst einmal möchte ich sehen, ob sich in diesem Fall das System wirklich bewährt hat. Frag mich bitte nach sechzehn Uhr noch einmal.«

»Die Idee klingt schlüssig, ich werde das gern für dich in die Wege leiten, wenn du der Meinung bist, dass darin deine Zukunft liegt«, sagte Georg.

»Dann müssen wir wohl alle dem Freak hinterherfahren, oder weiß jemand von Ihnen, wo dieser Stollen ist?«, fragte Vanessa, als sie aufbrechen wollten, was den Hellersberger Kollegen Erschens nur zu einem Lachen veranlasste.

»Jeder in Hellersberg kennt das Bergwerk«, antwortete er. »Mein Großvater hat da noch Schiefer abgebaut, wir alle haben als Kinder da gespielt. Es ist bereits seit einer halben Ewigkeit geschlossen, bestimmt schon zwanzig bis dreißig Jahre.«

»Heißt das, Sie kennen sich da gut aus? Gibt es nur den einen Eingang oder mehrere, brauchen wir mehr Leute?«, fragte Vanessa.

»Der zweite Zugang ist vor ein paar Jahren verschüttet worden. Niemand weiß so richtig, wie das damals passiert ist. Heute gibt es nur mehr diesen einen Zugang. Der wurde irgendwann auch gesperrt, weil sich seltene Fledermäuse dort angesiedelt haben sollen, die nicht gestört werden dürfen. Es wundert mich, warum jemand einen Schlüssel haben sollte.«

»Okay, wir brauchen Sie anscheinend dringend vor Ort, aber wir müssen sofort fahren. Bleiben Sie beim Chef und warten Sie darauf, dass der Staatsanwalt zurückruft, und kommen Sie mit ihm zusammen nach. Charlotte, fährst du bitte im zweiten Auto mit? Ich schätze, Heiner Landscheid kennt den Stollen auch.«

»Aber sicher«, erwiderte Erschens. »Ich glaube, Heiner war damals sogar im Vorstand des Fördervereins. Man wollte wie in Fell ein Schaubergwerk daraus machen. Aber nach diesem Einsturz galt unser Bergwerk nicht mehr als sicher genug.«

»Okay, wir fahren. Sollten wir Verstärkung brauchen, melden wir uns sofort. Wer fährt mit mir?«

»Bei aller Liebe, Frau Kommissarin, mit Ihrem Auto kommen wir nicht nah genug ran. Wir fahren mit dem Streifenwagen. Wenn ich es richtig sehe, sind es auch nur der junge Mann hier«, Landscheid zeigte auf den Computerfreak, »Sie, Kommissar Hermesdorf und ich.«

»Ich möchte auch gern mitkommen. Möglicherweise ist eine sofortige ärztliche Versorgung nötig«, bot Frau Dr. Schulze-Obersehr an.

»Herr Hermesdorf, Herr Landscheid und ich gehen rein, aber wir wären dankbar, wenn Sie beide am Wagen warten würden, damit wir im Notfall sofort auf Sie zurückgreifen können.«

Die fünf verließen die Wache und stiegen in den Streifenwagen.

»Wofür brauchen Sie mich eigentlich?«, fragte der Computerspezialist von der Rückbank.

»Wir brauchen gerade jeden Mann, aber auch für Sie gilt, dass Sie nur im Hintergrund bleiben. Wer weiß, ob im Stollen ein weiteres Rätsel auf uns wartet, das sofort gelöst werden muss. Entschuldigen Sie, ich vergesse immer wieder Ihren Namen, können Sie mir den bitte noch mal …«, bat Vanessa.

»Peter Müller, das ist so popelig, dass man es sich gar nicht merken möchte. Klingt wie Max Mustermann oder Otto Normalbürger«, gestand dieser. »Aber Sie können mich auch ›Freak‹ nennen, tun die anderen auch meistens. Ich empfinde das auch nicht als Beleidigung oder so, es passt einfach und ist für mich völlig okay.«

Sie hatten die befestigte Straße verlassen und bogen in einen Weg ein, der laut Beschilderung nur für land- und forstwirtschaftlichen Verkehr freigegeben war. Nach fünfzig Metern erreichten sie einen geschotterten Parkplatz.

»Noch rund hundertzwanzig Meter«, meinte der Freak mit Blick auf sein Smartphone.

»Wollen wir hier direkt parken? Dann bleibt der Zuweg frei für Rettungsfahrzeuge oder die Verstärkung«, schlug Vanessa vor.

»Wir können uns aber nicht hinter dem Auto verschanzen, falls es zu einem Schusswechsel kommt, wenn wir es hier stehen lassen«, gab Landscheid zu bedenken.

»Ich war ja eben oben, wir können an dem Stolleneingang vorbeifahren und direkt dahinter parken, das geht«, bemerkte der Freak.

Steine spritzten rechts und links auf, als der Dorfpolizist zügig weiterfuhr. »Ein bisschen unauffälliger, wenn's geht, wir könnten sonst auch direkt mit Martinshorn und Blaulicht kommen«, mahnte Vanessa an.

Linker Hand wurde der Weg von einer Felswand begrenzt. Vanessa erkannte inmitten der Wand ein knapp zwei Meter breites Tor, das offen stand und in den Weg hineinragte, sodass sie mit dem Auto kaum daran vorbeipassten.

»Das Tor war vorhin, als ich hier war, nicht offen, da bin ich ganz sicher«, rief der Freak aufgeregt. »Es ist vielleicht zwei Stunden her, da war die Tür ganz sicher zu. Da ist jemand drin.«

»Ich kann langsam nicht mehr stehen.« Diana verlagerte ihr Gewicht von einem Bein auf das andere und streckte das entlastete Bein aus, das langsam schwer wurde. Sie hörte ein leises Klirren.

»Philipp, hier liegen die Scherben«, sagte sie aufgeregt. »Ich versuche, eine heranzuziehen und die Fesseln durchzuschneiden. Vielleicht können wir das Überraschungsmoment nutzen und abhauen. Er scheint ja mit irgendetwas beschäftigt zu sein.« Sie zog eine Scherbe zu sich heran und versuchte, ihren Schuh vom Fuß zu streifen, um die Scherbe vielleicht zwischen ihre Zehen klemmen und zur Hand bewegen zu können.

Philipp schien ein wenig Mut zu fassen. »Mit den Scherben haben wir auch Waffen gegen ihn in der Hand und können uns verteidigen.«

Diana verlor jedes Zeitgefühl. Ab und zu glitt ihr die Scherbe aus der Umklammerung ihrer Zehen, was sie mit lautem Husten zu übertönen versuchte, aber der Mann schien sie vergessen zu haben. Diana überlegte, dass sie die Scherbe besser zu fassen bekäme, wenn sie auch die Socke ausziehen würde, aber sie fürchtete sich davor, sich in den Fuß zu schneiden. Endlich hatte sie das Glas richtig eingeklemmt und winkelte ihr Bein so an, dass sie die Scherbe mit ihren kraftlosen Fingern fassen konnte.

»War das ein Auto?«, wisperte Diana.

»Ich glaube auch. Hat er einen Komplizen, der den Pastor bringt? Er sagte doch, er müsse ihn holen.«

»Oder es ist Hilfe für uns. Was sollen wir tun?«

Der Mann schien das Auto nicht gehört zu haben. Oder er hatte es bereits erwartet und reagierte deshalb nicht. Diana hörte, wie einzelne Fasern des dicken Seils rissen. Wäre einer von ihnen frei, könnte er den anderen losbinden.

»Ich glaube nicht, dass es ein Komplize ist, dann würde er doch hereinkommen. Soll ich schreien?«

»Husten ist besser, das hört man draußen vielleicht auch, aber falls es keine Hilfe für uns, sondern ein Komplize ist, machen wir uns nicht verdächtig, und sie tun uns vielleicht nichts«, wandte Philipp ein.

Diana hielt ihre Hände hinter dem Rücken ganz still und fing an, laut und heftig zu husten. Der Mann im Raum nebenan hielt inne und kam zu ihnen in den Gang, in dem er sie angebunden hatte.

»Was ist los mit dir? Bist du krank?«, fragte er ohne jegliche Besorgnis in der Stimme.

»Ich glaube, es liegt an dem Durst, mein Hals ist ganz ausgetrocknet. Könnten wir nicht vielleicht doch –« Wieder hustete sie laut und freute sich, dass der Husten von den glatten Schieferwänden widerhallte.

»Ich hab nix für euch. Vielleicht bringe ich nachher ein bisschen Wasser mit, wenn ich den Pastor hole. Nachher muss ich mir auch Gedanken machen, was ich mit euch mache. Es passt mir gar nicht in den Kram, dass ihr hier reingekommen seid«, knurrte er.

Vermutlich hatte er wieder dieses Visier vor sein Gesicht geklappt, die Stimme klang blechern, aber trotzdem laut. Er wandte sich wieder um in den Raum, und Diana rief ihm hinterher:

»Wann können wir mit etwas zu trinken rechnen? Wir sind bestimmt schon seit zwei Stunden hier drin. Draußen vor der Höhle müsste mein Rucksack liegen, da ist eine Wasserflasche drin.«

Philipp stieß sie an und schüttelte den Kopf. »Was erzählst du, du hattest doch keinen Rucksack dabei, oder?«, flüsterte er.

»Stimmt, aber das weiß er doch nicht. Vielleicht geht er ja vor die Tür und sieht nach. Dann kann die Polizei ihn vielleicht schnappen«, erklärte Diana. »Da er gerade gesagt hat, dass er den Pastor holen muss, scheint es kein Komplize zu sein, den wir da gehört haben, oder?«

Aber nebenan wurde wieder gehämmert, und kurz darauf

wurde etwas Schweres durch den Raum gezogen und anscheinend an die Wand gelehnt. Diana hielt die Luft an.

»Ich glaube, da kommt jemand. Wir sind ganz still, die sollen sich erst mal nur um den Mann kümmern. Vielleicht kann ich uns in der Zwischenzeit mit der Scherbe befreien, und danach erst machen wir auf uns aufmerksam«, schlug sie vor.

Vanessa, Gunter und Landscheid stiegen aus und schlichen auf den Eingang zu. Plötzlich blieb Vanessa stehen.

»Mist, ich habe Taschenlampen vergessen. Haben Sie …?«, flüsterte sie Landscheid zu.

»Klar, alles im Wagen. Moment.« Der Dorfpolizist ging zurück zum Auto und holte eine große Stablampe aus dem Kofferraum. Vanessa zwang sich zur Ruhe. In diesem Moment hielt Bernadette mit Georg, Charlotte und Peter Erschens vor dem Eingang des Stollens, als Vanessa wie versteinert stehen blieb. Aus dem Inneren war ein Rufen zu hören.

Mit vorgehaltener Waffe in der einen und der Taschenlampe in der anderen Hand, ging Gunter vor und sicherte den Gang. Vanessa war direkt hinter ihm, Landscheid hielt sich im Hintergrund. Die anderen warteten in den Autos vor dem Stollen und verharrten in absoluter Stille.

Als der Gang nach links abknickte, blieb Gunter unvermittelt stehen und presste sich flach an die Wand, sodass Vanessa neben ihn treten und sich an der gegenüberliegenden Wand halten konnte. Gunter hatte die Taschenlampe abgeschaltet, Vanessa machte Landscheid ein Zeichen, sich nicht zu rühren. Mit dem Rücken zu ihnen kniete ein Mann zwischen zwei Matratzen und einem mannshohen Holzkreuz auf dem Boden. Er hantierte mit einem Kanister und fluchte dabei laut vor sich hin. Bevor die Polizisten das Überraschungsmoment nutzen konnten, stand der Mann auf, drehte sich um und hielt ein langes Feuerzeug in der einen und den Kanister in der anderen Hand. Das Gesicht des Mannes war von einer Schweißermaske verdeckt, die nur einen verglasten Sehschlitz vor den Augen offen ließ, sonst aber wie ein Schild das gesamte Gesicht mit einer metallenen Platte schützte. Ein Gurt hielt die Maske am Hinterkopf fest, und über den Gurt quollen graue Locken. Der kräftige Körper steckte in einer dunklen Latzhose und einem karierten Hemd, an den Füßen trug der Mann Arbeitsschuhe. Vanessa wusste, dass es nicht lange her war, dass dieser Mann ihr am Schreibtisch gegenübergesessen hatte.

»Hallo, Herr Trost. Ihr Werk ist vollendet, Sie können aufgeben«, sagte Vanessa und versuchte, ihrer Stimme einen festen Klang zu verleihen, was ihr angesichts dieser Situation schwerfiel.

»Ach, die Frau Kommissarin«, erwiderte eine knabenhafte, unwirkliche Stimme hinter dem Visier.

»Würden Sie bitte diesen Helm abnehmen? Ich möchte gern mit Ihnen sprechen, Herr Trost«, sagte Vanessa und schob sich an Gunter vorbei in den Eingangsbereich der kuppelartigen Höhle, sodass Trost sie besser sehen konnte, die Aktivitäten im Gang ihm aber verborgen blieben.

»Ich glaube nicht, dass es etwas zu besprechen gibt.«

»Das denke ich doch, Herr Trost. Wie lange sind Sie schon hier in dieser Höhle?«, fragte Vanessa.

»Was sind schon Zeit und Raum im Angesicht des Todes?«, fragte Trost lakonisch und vergaß dabei, seine Stimme zu verstellen.

»Wessen Tod?«, hakte Vanessa nach.

»Spielt das eine Rolle? Suchen Sie sich einen aus. Wie wäre es mit Ihrem eigenen?«

Vanessa hatte bemerkt, dass sich Gunter von ihr entfernt hatte und nun wieder zurückgekommen war. Der dezente Geruch von Parfüm stieg ihr in die Nase, Charlottes Parfüm. Vanessa spürte, dass die Psychologin dicht hinter ihr stand.

»Erschrecken Sie nicht, Herr Trost, ich bin nicht allein gekommen. Meine Kollegin Charlotte Baumgart ist bei mir.« Vanessa trat gemeinsam mit Charlotte drei Schritte in den Raum hinein.

»Was wollt ihr alle von mir? Erst die Kinder, jetzt Sie. Das ist meine Höhle, hier möchte ich allein sein. Nur der Pastor und ich, wie früher, als ich ein Kind war. Ich will nicht, dass ganz Hellersberg und Kell und was weiß ich, wer noch, sich hier breitmachen. Lasst mir doch einfach meine Ruhe, ich lasse euch doch auch eure!«, forderte Trost mit kindlich quengelnder Stimme.

»Wie war das denn früher, wenn Sie mit dem Pastor allein waren? Sind das schöne Erinnerungen für Sie? Erinnerungen, die Sie gern zurückholen möchten?«, provozierte Charlotte, und Vanessa hielt vor Anspannung die Luft an.

»Schöne Erinnerungen an sexuellen Missbrauch? Sie haben sie doch nicht mehr alle. Schöne Erinnerungen daran, wie Schuster neben dem Pastor stand und einen ausgelacht hat, weil man keinen hochbekam? Ich war damals viel zu jung, mein Körper hat gar nicht reagiert. Und dieser blöde Franz steht da, nachdem er einen hierhergelockt hat mit dem Versprechen, man könne sich mit dem Pastor ein paar Heftchen angucken, die die Eltern nicht erlauben, dieser Franz steht da und lacht. Der Handlanger des Bösen. Zu feige, selbst etwas zu tun, aber wenn er dem Pastor zuarbeiten konnte, bekam er dessen Anerkennung und fühlte sich uns allen überlegen. Wahrscheinlich hatte er als Kind das Gleiche erlebt wie wir und dachte, wenn wir alle das gleiche Schicksal erleiden, ist seins im Vergleich gar nicht mehr so schlimm. Da war man schon erleichtert, wenn man mit dem Pastor allein in der Höhle sein durfte, ohne die anderen. Jahrelang ging das so. Bis die Zwillinge endlich im Kommunionsunterricht waren, da hat der Pastor von uns anderen endlich abgelassen und sich überwiegend mit denen beschäftigt.«

»Und heute möchten Sie sich dafür rächen?«, fragte Charlotte.

Trost hatte das Feuerzeug neben sich gelegt, den Kanister von sich weggeschoben und ging einige Schritte auf die Psychologin zu, sodass er rechts von den Matratzen neben dem Kerzenständer stand. »Rache? Vergeltung würde ich es eher nennen. Mein Leiden gegen sein Leiden, Auge um Auge, Zahn um Zahn.«

»Finger um Finger?«, schaltete sich Vanessa wieder ein. Irgendeine Bemerkung Trosts rührte in ihrem Inneren, aber sie konnte es nicht packen.

»Sie haben den Finger schon gefunden? Das ging aber schneller, als ich dachte. Ich brauchte doch etwas, worum ich den Rosenkranz wickeln konnte, und ich musste sichergehen, dass Sie den Cache Jungblut zuordnen konnten. Tja, der Metzger.« Trost fuhr sich mit der Hand durch die Locken und kam dabei an den Haltegurt der Schweißermaske, die ihm daraufhin schmerzhaft gegen das

Schlüsselbein stieß, wie man seinem Aufschrei entnehmen konnte. Er packte die Maske, riss sie sich runter und schleuderte sie den beiden Ermittlerinnen entgegen. Das Gesicht wirkte angespannt, die Pupillen waren riesengroß und die Haut vom Alkohol oder der Anspannung gerötet, wie man im flackernden Schein der Kerzen sehen konnte.

»Warum der Metzger?«, fragte Charlotte.

Trost streckte die Hand flach aus und fuhr immer wieder mit den Fingern durch die Kerzenflamme, vor und zurück, hin und her. Er schien den Schmerz gar nicht zu spüren, war völlig gefangen in seiner eigenen Welt.

»Warum Thomas Jungblut, Herr Trost?«, wiederholte Charlotte energischer.

»Tja, Sie haben das alles gar nicht verstanden, nicht wahr? Sie sind zwar die tolle Psychologin, aber das nützt nichts, wenn Sie die Menschen in Hellersberg nicht kennen. Wen oder was wollen Sie denn analysieren, wenn Sie nichts über die Menschen wissen? Wenn Sie keine Ahnung davon haben, wie wir im Hochwald so ticken?« Er hielt inne, der Geruch verbrannter Härchen breitete sich im Raum aus, bis Trost endlich die Hand zurückzog.

»Ich bin schon durch die Hölle gegangen, das bisschen Feuer macht mir nichts mehr aus«, erklärte Trost und lachte irre. »Udo war mein Freund. Ich hatte nicht viele Freunde in meinem Leben, aber Udo war ein guter Kumpel, auch wenn er ein paar Jahre jünger war als ich.« Trost schwieg, als habe er damit alles erklärt.

»Wir wissen, dass Udo ein Missbrauchsopfer war wie Sie auch, Herr Trost. Aber Sie waren stark, Sie haben das überstanden. Udo ist daran zerbrochen. Was hatte Thomas damit zu tun?«

»Da sagt man immer, Blut sei dicker als Wasser. Aber die beiden waren verwandt, und Thomas hat alles gewusst, aber er hat nie etwas gesagt. Und Udos Oma auch nicht. Wäre sie nicht von allein gestorben, hätte ich da auch nachgeholfen.«

»Aber war Thomas Jungblut damals nicht viel zu jung, um das alles zu verstehen?«, wandte Vanessa ein, die Seite an Seite neben Charlotte stand.

»Der Pastor hat sich einen Scheiß darum geschert, wie jung wir waren. Wir haben doch auch nichts verstanden. Wir haben

Schnitzeljagden gemacht, der Schuster hat uns da ganz heiß drauf gemacht. Vor allem bei schlechtem Wetter oder wenn es so richtig heiß war. Und zur Belohnung durften wir anschließend in die Höhle, um uns aufzuwärmen oder uns vor der Sonne zu schützen. Und der Pastor hat uns daraufhin vorgeschlagen, die regennassen oder verschwitzten Sachen auszuziehen. Wir müssten uns nicht schämen, hat er gesagt, er würde seine Sachen auch ausziehen. Sie haben gar keine Vorstellung von den Schmerzen und von den Demütigungen, wenn man noch so jung ist und gar nicht versteht, was einem geschieht. Wenn man glaubt, es muss halt so sein, Sex tut eben immer weh.«

Er ging zwei Schritte rückwärts und wies mit dem Arm auf das Regal, das an der Wand stand. Vanessa blickte nach links und sah eine alte Spiegelreflexkamera und einen Stapel Fotos im Regal liegen und konnte sich vorstellen, was die Bilder zeigten.

»Er nannte das seine Kuschelhöhle.« Trost spuckte das Wort förmlich aus, und Vanessa sah, wie ein Speichelfaden an seinem Kinn hängen blieb und im Kerzenschein glänzte.

»Sie haben das sicher anders empfunden. Als was haben Sie den Raum für den Pastor vorbereitet?«, fragte Charlotte.

Trost wies hinter sich auf das große hölzerne Kreuz und ging einen Schritt darauf zu. »Wollen wir es Folterkammer nennen? Was sagt Ihnen das über meine Psyche, Frau Psychologin?« Er grinste anzüglich.

»Haben Sie denn Ihre Mission vollständig erfüllt?«, fragte Vanessa. »Sind alle gestorben, an denen Sie Vergeltung üben wollten?« Als Trost nicht antwortete, legte Vanessa nach: »Ich glaube, ich habe begriffen, warum die Morde zu einer Cachekoordinate, zu dieser Koordinate führen sollten. Sie hatten Pech, dem Pastor waren die Details der Morde nicht bekannt. Er wusste nicht, dass die Koordinaten zu seiner Höhle geführt hätten. Haben Sie gehofft, er kommt zu Ihnen gelaufen und bittet um Gnade?«

Trost schüttelte energisch den Kopf. »Ich bin davon ausgegangen, dass er zumindest die Zusammenhänge versteht. Er sollte wissen, dass eines seiner Opfer hinter ihm her ist. Ich habe geglaubt, ich hätte ein paar weitere Tage Zeit, aber plötzlich überschlugen sich die Ereignisse. Ich hatte kaum Zeit, Rommelfangers

Tod vorzubereiten. Ich hatte die Dose gerade in der Werkstatt in meine Jackentasche gesteckt, um noch ein passendes Logbuch in Hermeskeil zu kaufen, als mir das Schicksal in die Hände spielte. Ich war mit meinem Geländewagen auf der anderen Seite der Ruwer nach Hermeskeil unterwegs und musste mal pissen. Da habe ich diesen Kirchenheini gesehen, wie er sich die Hände in dem Flüsschen wusch. Ausgerechnet an einer Stelle, die über ein paar große Steine im Fluss von beiden Seiten gut erreichbar ist. Diese Gelegenheit musste ich nutzen. Er hat erst freundlich gegrüßt und von seinem Platten erzählt. Ich habe ihm angeboten, ihn nach Hellersberg mitzunehmen. Während er sich die Hände schrubbte, habe ich zugeschlagen. Er hat sogar gelächelt, bevor er zusammengebrochen ist. Ich brauchte nur die Dose aus meiner Jackentasche zu nehmen und neben ihn zu legen.« Trost kicherte wie ein ertapptes Kind.

»Um noch mal zum Pastor zurückzukommen …«, beharrte Vanessa.

»Tja, den hätte ich Ihnen gern auf dem Silbertablett serviert, aber Sie kommen zu früh. Jeder gute Katholik hat ein Kreuz an der Wand hängen, aber was ist ein Kreuz ohne Gekreuzigten? Sie sollten die Höhle so früh gar nicht finden, ich bin noch nicht fertig«, quengelte Trost, ging einen Schritt auf das Kreuz zu und verfiel in Schweigen.

»Wieso in der Höhle und nicht an einer Stelle, wo wir ihn auf jeden Fall gefunden hätten?«, fragte Charlotte.

»Wie gesagt, der Pastor hat früher zur Schnitzeljagd eingeladen. Dieses Mal wäre er das Ziel der Schnitzeljagd gewesen. Ich fand, das passt gut. Wir sind einmal mit ihm auf Pilzsuche gegangen und haben dabei scheinbar zufällig diese Höhle im alten Bergwerk entdeckt. Das durften wir aber niemandem erzählen, damit sie nicht geschlossen würde. Tja, Schuster war damals schon zu alt, der war nie mit auf Pilzsuche, sonst hätte er sich vielleicht ausgekannt. Beim Aufbau des Handwerkermarkts kamen wir ins Gespräch, und ich habe ihm gesagt, welche Pilze er nehmen soll, weil sie angeblich besonders lecker wären. Mit manchen Kindern machte der Pastor Fahrradtouren und ruhte sich nach einer anstrengenden Fahrt in der Höhle mit ihnen aus. Alles echte Männerevents: Wir durften das erste Bier trinken oder die erste Zigarette rauchen. Wir waren etwas Besonderes, wir waren schon groß, wir durften uns auch den nackten Körper eines Erwachsenen ansehen und mal fühlen, wie auch unser Körper in ein paar Jahren sein würde. Das waren Männerrituale, von denen wir unseren Müttern nichts erzählen sollten, denn für so was hätten Frauen kein Verständnis. All solche Sachen hat er erzählt, und wir haben es geglaubt. Eine Zeit lang ist er mit uns auf Hochsitze geklettert, was selbstverständlich verboten war und auch zu Hause nicht erzählt werden durfte. Und auf dem Trimm-dich-Pfad hat er mit uns Jungs trainiert, die von ihren Vätern wegen ihrer Schwächlichkeit verhöhnt wurden. Natürlich erzählten wir auch nicht, dass wir heimlich trainierten, um dem Idealbild unserer Eltern irgendwann gerecht zu werden. Diese Blöße gibt sich doch niemand.«

»Die Caches gaben Ihnen demnach einen gewissen Kick?«, mutmaßte Charlotte.

Trost zögerte einen Moment. »Außerdem war es spannend, der Polizei immer einen Schritt voraus zu sein. Bei Jungblut habe ich mir extra mal was anderes einfallen lassen. Erst habe ich in der ›Post‹ Rommelfangers Handy an mich genommen, als wir gleichzeitig auf der Toilette waren. Er hatte es aufs Waschbecken gelegt und dort vergessen. Vor der Beerdigung habe ich Jungblut vor der Metzgerei abgefangen, um ihm mein Beileid auszudrücken. Und dabei konnte ich wunderbar das Handy in seine Jackentasche gleiten lassen. Ich konnte meiner Kreativität freien Lauf lassen. Darum lag der Cache nicht bei dem Toten, sondern da, wo der Pastor früher tätig war. Ließ sich ja schnell im Internet finden, da konnte ich einfach den Cache eines anderen nutzen. Ich war sicher, den Pastor umbringen zu können, bevor Sie das verhindern könnten.«

»Haben Sie nie daran gedacht, dass Sie mit den Caches auch Hinweise auf sich selbst gelegt haben?«, lenkte Vanessa ihn weiter ab.

»Nein, man findet ja sonst auch nicht den Final, bevor man nicht alle Stationen gelöst hat. Und Sie haben auch ganz schön lange gebraucht.«

Trost kicherte erneut. Er neigte sich zur Seite und hob mit

ausgestrecktem Arm eine Schnapsflasche vom Boden auf, öffnete sie und nahm einen tiefen Schluck. Vanessa spannte sich an, bereit, seine Unaufmerksamkeit auszunutzen und auf ihn loszustürzen, aber Trost ließ die Flasche fallen und sprang einen Schritt zurück. Er flüsterte fast, aber laut genug, dass sie ihn hören konnten. Vorsichtig gingen Vanessa und Charlotte zwei Schritte auf ihn zu, um ihn besser verstehen zu können. Trost hatte noch circa zwei Meter bis zur Wand, an der das Kreuz lehnte, danach könnte er nicht mehr weiter zurückweichen, und sie könnten ihn überwältigen. Laut Landscheid und Erschens gab es keinen weiteren Ausgang aus dem Stollen. Selbst wenn Trost in den Gang zu seiner Linken flüchten könnte, müsste er in einer Sackgasse landen.

»Die Ostermann hatte es lange schon verdient. Sie hätte viel früher sterben sollen. Aber ich hatte alles verdrängt. Versoffen, mit Drogen aus meinem Gehirn verbannt. Aber plötzlich kamen diese Berichterstattungen über Kinder in katholischen Internaten, und alles kam wieder hoch. Die Ostermann habe ich zufällig auf einem Foto im Volksfreund von den Heilig-Rock-Tagen in Trier gesehen. Sie stand in der Warteschlange vor dem Dom, um sich die Reliquie anzusehen. Und da wusste ich wieder, wie scheinheilig sie damals gewesen war. Ich war damals bei ihr und habe ihr erzählt, was mir widerfahren ist, das muss im vierten Schuljahr gewesen sein. Zur Beichte brauchte ich ja nicht zu gehen, der Pastor wusste eh schon alles. Da dachte ich, wenn ich es ihr erzähle, unternimmt sie vielleicht etwas. Meinen Eltern hätte ich nichts sagen können. Aus Sicht meines Vaters war ich sowieso ein Schwächling. Und meine Mutter ist zu jeder Gelegenheit in die Kirche gerannt. Vielleicht hatte sie selbst was mit dem Pastor, ich weiß es nicht.«

Er wischte sich mit dem Handrücken über seine Stirn, auf der Schweißtropfen glänzten. Vanessa hoffte, dass das Kerzenlicht ihn blenden würde, sodass er sie nicht richtig sehen könnte. Dann könnte Vanessa ihre Pistole so auf ihn richten, dass sie ihn unschädlich machen konnte. Sie hatte gehört, wie sich Gunter und Landscheid von ihr entfernt hatten, aber wieder in den Gang zurückgekehrt waren. Peter Erschens schien bei ihnen zu sein, sie hatte einen unregelmäßigen Schritt gehört, der von seinem Humpeln stammen musste. Die Männer könnten Trost vielleicht gemeinsam überwältigen, aber es war wichtig, ihn von diesem Kanister und dem offenen Feuer fortzudrängen. Wenn sie ihm langsam stetig näher kämen, würde er vielleicht immer weiter zurückweichen.

»Als ich die Ostermann so sah, erinnerte ich mich wieder, wie sie mich damals angeschrien hat. Sie sagte, so was würde einem Jungen nicht passieren, ich solle sofort aufhören, Lügen über den Pastor zu erzählen. Wer hat schon vor dreißig Jahren einen Schwarzkittel angeschwärzt? Die waren absolut integer, über jeden Zweifel erhaben, gute Hirten, die sich um ihre Schäfchen kümmerten. Sehr intensiv und im eigenen Interesse, aber dafür war die Gesellschaft damals blind. Ich musste die Hose runterziehen, und sie hat mich mit einem Rohrstock windelweich geprügelt. Danach hat sie den Stock auf meiner Hand entzweigeschlagen.« Trost hielt die linke Hand in die Höhe, sodass man sehen konnte, dass der kleine Finger in einem unnatürlichen Winkel von den übrigen abstand. »Eigentlich hätte ich ihren Finger in die Dose tun sollen, aber der Gedanke kam mir leider zu spät.«

»Warum Martin Marx?«, fragte Vanessa weiter. Sie wollte ihm keine Zeit zum Nachdenken lassen, damit er sich nicht überlegen konnte, was er als Nächstes tun sollte.

»Haben Sie nicht herausgefunden, dass Martin mein alter Firmkumpel war? Ich hatte ihn völlig aus den Augen verloren, er hat sich schließlich sehr jung von Hellersberg abgesetzt und auch noch den Namen seiner Frau angenommen. Aber er ist nicht weit genug von Hellersberg weggegangen. Ich habe ihn in Losheim beim Einkaufen getroffen. Er behauptete doch tatsächlich, so schlimm könne es für mich gar nicht gewesen sein, wenn ich sogar wieder nach Hellersberg zurückgegangen sei. Das konnte ich so nicht auf mir sitzen lassen. Er hat mir erzählt, dass er cacht, da war es leicht, ihn auf einen neu gelegten Cache anzusetzen. Aber was hätte ich denn damals tun sollen? Ich war völlig abgebrannt, kein Geld, keine Anstellung, eine kreative Blockade. Ich konnte nichts mehr erschaffen, mein Hirn war völlig leer. Diese blöden Medikamente, die mir der Arzt damals in Köln verschrieben hatte. Mit denen konnte ich zwar meine Alpträume und dieses schreckliche Gefühl, immerzu verfolgt zu werden, loswerden, aber die haben mich wie in Watte gepackt. Ich hatte überhaupt keine Phantasie mehr. Meine Schaffenskraft war völlig eingefroren. Das hat beinah meine Existenz zerstört. Und gerade da starb mein Onkel und vererbte mir dieses Haus. Was hätte ich anderes machen sollen? Wo sonst hätte ich ein Wohnhaus mit angrenzender Werkstatt für nix haben können? Und Feldmann war nicht mehr im Amt, ich dachte mir, ich könnte ihm aus dem Weg gehen. Der scheinheilige Pfaffe hat so getan, als ob nichts wäre, wenn wir uns trotzdem mal begegnet sind. Sie waren doch dabei, als er es sogar gewagt hat, mich mit ›mein Sohn‹ anzusprechen. Aber nein, er war ja klug genug, nicht auch noch Kinder zu zeugen, vielleicht hat er sich darum nur an Jungen vergangen.«

»Demnach haben Sie Ihre Medikamente absichtlich unregelmäßig eingenommen, weil Sie dadurch kreativer waren?«, fragte Charlotte.

»Nennen Sie es, wie Sie wollen. Wenn ich diese Wut zugelassen habe, konnte ich endlich wieder etwas erschaffen. Ich konnte meine Gefühle in Skulpturen ausdrücken, die ich mit Hammer und Meißel oder sogar mit elektrischem Gerät bearbeiten konnte. Ich hatte auch keine Selbstregulation, das ist ja das Teuflische an dieser Krankheit. Man selbst hält sich schließlich nicht für krank. Und vor allem ist man nicht der Meinung, dass Medikamente helfen können, weil man doch immer glaubt, Herr über die Krankheit zu sein. Man lässt eben nicht zu, dass sie einen beherrscht.«

Vanessa überlegte, wie sie Trost näher an die Wand zurückdrängen könnte. Solange ihr nichts einfiel, müsste sie Trost am Reden halten.

»Ich habe aber leider nicht ermitteln können, wie Holger Zilk in die ganze Geschichte verwickelt war. War er auch Hellersberger?«

Vanessa sah an Trosts fahrigen Bewegungen, dass er sich in die Enge getrieben fühlte.

»War das dieser Vertreter? Arme Sau.« Das Mitleid klang schal aus seinem Mund. »Ich hatte bereits einen einfachen Lottoschein in die Dose gelegt, als mir bewusst wurde, dass man Fingerabdrücke an ihm finden könnte. Darum habe ich einen neuen Schein laminiert und hatte ihn gerade in die Dose gelegt, als der Kerl mir einfach in die Quere kam. Ich hatte alles so schön geplant, wollte eigentlich den Förster umbringen. Sein Sohn war damals mit mir in einer Klasse, viertes Schuljahr an der Grundschule. Ich weiß, dass er seinem Vater alles erzählt hatte, aber der hat ihm nicht geglaubt, wie so viele damals. Er ist dann auf der Bundesstraße vor einen Lastwagen gelaufen. Er war nicht auf der Stelle tot, nein, er hat erst noch ein paar Wochen im Krankenhaus mit seinem Leben gerungen, bis er endlich erlöst wurde. Und keiner hat diesem armen Lkw-Fahrer gesagt, dass es ein Selbstmord war. Der Lkw-Fahrer ist vom Balkon im Krankenhaus gesprungen, als er davon gehört hat, dass der Junge gestorben ist. Er konnte mit der Schuld nicht mehr leben. Aber unser Förster, der konnte das. Der hat den Tod seines eigenen Sohnes und dieses armen Mannes auf dem Gewissen. Und hat ein Leben lang so getan, als sei nichts gewesen. Er hat seinen Sohn vielleicht vergessen, aber ich nicht.«

»Sie wollten also ursprünglich, dass der Förster den Cache findet. Und was hatten Sie mit ihm vor?«, fragte Charlotte Trost, aber der schwieg.

»Herr Trost?«

»Das mit diesem Fremden, das tut mir wirklich leid. Ich hatte mir alles so schön ausgedacht. Ich wusste ja, ich musste nur warten, dann wäre der Förster irgendwann schon gekommen, aber das war ein Unfall, das müssen Sie mir glauben. Ich hatte einen festen Plan, und der hätte mir beinah alles kaputt gemacht. Der hätte den Lottoschein mitgenommen. Da musste ich ihn einfach töten. Darum hat es bis zum zweiten Mord auch so lange gedauert, der erste war noch gar nicht dran. Ich musste alles neu planen. Ich konnte doch den Förster nicht auch am Hochsitz erstechen. Den musste ich am Leben lassen.«

Trost verfiel wieder in Schweigen, und Vanessa sah sich in der Höhle um. Sie hatten sich ganz langsam immer weiter auf Trost zugeschoben und waren ihm sicherlich inzwischen einen Meter näher gekommen. Sie standen jetzt direkt neben den Matratzen, daher schätzte Vanessa, dass sie etwa vier Meter von Trost entfernt waren. Charlotte bewegte sich gleichmäßig mit, sodass kein Abstand zwischen beiden entstand und auch keine eindeutige Bewegung zu sehen war. Von dort, wo Vanessa nun stand, konnte sie in einen

Gang zu ihrer Rechten blicken, der zwischen ihnen und Trost in die Wand abzweigte. Dort nahm sie eine vage Bewegung wahr, die den Nebel in ihrem Kopf lichtete, und sie wusste plötzlich, was Trost vorhin gesagt, sie aber nicht verstanden hatte. »Was wollt ihr alle von mir? Erst die Kinder, jetzt Sie«, hatte er gesagt. Und er hatte von Kell gesprochen. Eben noch hatte sie gedacht, er habe gemeint, dass die Kinder Rommelfanger gefunden hatten. Aber mit einem Mal wurde ihr schlagartig klar, dass er Philipp in seiner Gewalt haben musste. *Er* musste es gewesen sein, der mit einer vorsichtigen Bewegung auf sich aufmerksam gemacht hatte. Aber er hatte von *Kindern* gesprochen, vermutlich war also auch Diana bei ihm.

Sie mussten die Kinder schützen. Aber wie sollte sie den anderen klarmachen, dass Trost Geiseln hatte, ohne eine Kurzschlussreaktion auszulösen? Vanessa tastete nach Charlottes Hand und versuchte, mit dieser auf den Gang rechts von ihnen zu deuten, ohne dabei Trost aus den Augen zu verlieren. Charlotte schien zu verstehen, denn sie griff in ihre Jackentasche und zog einen Briefumschlag daraus hervor, den sie Trost entgegenhielt.

»Herr Trost, dies hier wird Sie interessieren. Darf ich zu Ihnen kommen und Ihnen den Brief zeigen?«

Trost sah Charlotte aus funkelnden Augen an. Der Alkohol mochte ihn völlig enthemmt haben, sein Verhalten war nicht mehr an normalen Maßstäben zu messen, seine Reaktionen waren unvorhersehbar.

»Was soll das?« Trost schwankte leicht, bewegte sich aber nicht auf sie zu. »Was ist das für ein Wisch?«

Vanessa hielt ihre Hand hinter den Rücken und machte ihren Kollegen ein Zeichen, dass es gleich zum Zugriff kommen musste. Sie wusste nicht einmal, ob Gunter in der Dunkelheit ihre Hand sehen, geschweige denn ihre Geste richtig deuten könnte, aber sie verließ sich darauf, dass sie beide sich immer gut auch ohne Worte hatten verständigen können. Blieb nur zu hoffen, dass Landscheid nichts verbockte. Den Kollegen Erschens konnte sie nicht einschätzen. Was würde passieren, wenn Erschens begriff, dass es seine Tochter war, die Trost in seiner Gewalt hatte?

»Das ist ein Bekennerbrief von Pastor Feldmann. Er hat alle

Vergehen, deren er bezichtigt wird, gestanden und bekennt sich in diesem Brief schuldig. Er bittet Sie um Verzeihung.«

Charlotte kam langsam ein Stück auf Trost zu und hielt ihm den Umschlag hin, aber der lachte laut auf. Vanessa wusste sicher, dass Feldmanns Abschiedsbrief bei der Kriminaltechnik war, dies war vermutlich Charlottes Privatpost, die sie gestern auf dem Weg zur Arbeit aus dem Briefkasten gefischt hatte.

Plötzlich durchbrach ein Niesen die angespannte Stille des Stollens. Es kam aus dem Seitengang rechts von Vanessa und Charlotte. Trost machte einen Schritt auf den Gang zu und versperrte ihn mit seinem Körper, aber auch die Polizistinnen bewegten sich in diese Richtung, sodass Trost verharrte.

»Keinen Schritt weiter, oder den Kindern passiert was«, drohte er. Er zog ein Messer aus einer Seitentasche seiner Arbeitshose. Die Klinge blitzte im Flackern der Kerzenflammen kurz auf. Da Vanessa und Charlotte nicht mehr vor dem Hauptgang standen, dürften Gunter und Landscheid freie Sicht auf Trost haben und notfalls auch auf ihn schießen können. Was aber, wenn er sich nach hinten in den Gang zurückzog?

»Herr Trost, wen haben Sie da in Ihre Gewalt gebracht?«, fragte Vanessa, aber Trost starrte sie nur trotzig an.

»Herr Trost, Sie haben doch damals als Kind selbst erlebt, wie prägend das ist, wenn man ein Opfer von Gewalt wird«, redete Charlotte auf ihn ein. »Diese Erfahrung hat Sie Ihr ganzes Leben lang begleitet. Möchten Sie das den Kindern wirklich antun?«

»Die hätten hier nicht eindringen dürfen, das ist meine Höhle.«

»Ich nehme an, die Tür stand offen und sie sind einfach hineingegangen, oder? So sind Kinder eben, die Neugier treibt sie an. Das war doch bei Ihnen als Kind genauso: Der Pastor hatte Macht über Sie, weil Sie neugierig waren. Aber die Kinder haben Ihnen doch nichts getan. Machen Sie die Kinder doch nicht auch zu Opfern, Herr Trost. Ich verstehe, dass Sie sich für das, was Ihnen widerfahren ist, rächen mussten, aber die Kinder trifft keine Schuld.«

Während Charlotte sprach, ging sie vorsichtig weiter auf Trost zu, achtete aber darauf, für ihre Kollegen freies Schussfeld zu lassen. Trost warf den Kopf hin und her, er wirkte unschlüssig, was er tun sollte. Im Gang hinter ihm bewegte sich etwas, was nur Vanessa und Charlotte sehen konnten. Trost hingegen schien nichts um sich herum wirklich wahrzunehmen.

»Was der Pastor Ihnen damals angetan hat, hat Sie traumatisiert. Das war ein schlimmes Vergehen des Pastors. Sie sind doch ein sehr intelligenter Mensch und machen sich viele Gedanken um Ihr Leben. Ich glaube nicht, dass Sie den Kindern etwas Ähnliches antun möchten. Dazu haben Sie selbst zu sehr unter Ihrer eigenen Kindheit gelitten. Das würde auch gar nicht zu Ihnen passen. Ihre Opfer sind alle schnell und schmerzlos gestorben, Sie wollten sie nicht leiden lassen. Das war sehr gnädig von Ihnen, Herr Trost. Sie sollten auch zu den Kindern gnädig sein.«

Trost hing an den Lippen der Psychologin, eine Träne glitzerte auf seiner Wange. Er stand leicht nach vorn gebeugt, seine Arme hingen kraftlos an seinen Seiten. Seine Augen wirkten, als sei er völlig weggetreten, und er nahm die Bewegung hinter sich im ersten Moment nicht wahr. Die beiden Jugendlichen rannten den Gang entlang, ihre Schritte hallten laut im Stollen wider, ihre Schatten huschten über die Wände. In dem Augenblick, als Trost die beiden bemerkte, wirbelte er zu ihnen herum. Ohne zu zögern, stürzten Gunter, Landscheid und selbst der humpelnde Erschens aus dem gegenüberliegenden Gang an Vanessa und Charlotte vorbei auf Trost zu und rissen ihn gemeinsam zu Boden. Vanessa sprang zur Seite, um den Kerzenständer zu sichern, der gerade umkippte und in Richtung des offenen Kanisters fiel, während Charlotte sich den Kanister griff und zum Ausgang lief. Erschens sah über Trosts Schulter hinweg seine Tochter an, zog Trosts Kopf an den Locken hoch und schmetterte ihn auf den Boden.

Vanessa konnte deutlich das Splittern von Trosts Nase hören. Sie zog Erschens zurück, während Landscheid aus seinem Hosenbund Handschellen hervorzog und sie Trost anlegte, der sich nicht einmal wehrte.

Peter Erschens schloss seine Tochter fest in seine Arme und wandte sich mit ihr zum Ausgang. Vanessa legte einen Arm um Philipp und folgte den beiden. Als sie ans Tageslicht traten, stiegen Bernadette, Georg, der Freak und Frau Dr. Schulze-Obersehr aus den Wagen. Der Freak reckte den Daumen in die Höhe, und Georg wollte Vanessa in den Arm nehmen, aber die wandte sich der Ärztin zu:

»Bitte kümmern Sie sich um die beiden.« Sie blickte an Diana und Philipp hinunter. »Sie haben zwar leichte Blessuren im Gesicht, abgeschnürte Handgelenke und ein paar kleinere Schnittwunden an den Händen und Unterarmen, aber ich sehe keine gravierenden äußeren Verletzungen. Wichtiger ist vielleicht, ob die beiden etwas zur Beruhigung brauchen. Und anschließend bräuchten wir möglicherweise ein wenig Erste Hilfe bei einem Nasenbruch, aber die Kinder gehen für mich vor.«

Bernadette war auf die Eingangstür zugegangen und kam nun zu der Gruppe zurück. Sie hielt einen einzelnen, verrosteten Schlüssel in die Höhe.

»Der hier hing beim Pastor am Schlüsselbrett. Ich habe ihn ausprobiert: Er passt ins Schloss, aber er sieht so aus, als sei er schon lange nicht mehr benutzt worden. Außerdem lag der Briefblock nach wie vor auf Feldmanns Sekretär, seine Handschrift war so energisch, dass sich die Schrift auf das nächste Blatt durchgedrückt hat. Im Papierkorb daneben lagen einige Entwürfe seines Abschiedsbriefs, alle in der gleichen Handschrift verfasst, und es wirkte nicht so, als habe er die Briefe unter Zwang geschrieben. Auf dem Küchentisch lag ein Einkaufszettel, meiner Meinung nach in der gleichen Handschrift. Große Zweifel an der Version des Pastors habe ich somit nicht mehr.«

Georg hatte den Kanister den Weg entlang zum Schotterparkplatz getragen, nachdem er diesen fest verschlossen hatte. Die Kriminaltechnik würde sich darum kümmern, was der Kanister enthielt und wie man weiter damit verfahren müsste.

»Habt ihr ein Auto übrig?«, fragte Vanessa. »Dann können die beiden jungen Helden des Tages zusammen mit dem Freak, der Ärztin und dem kranken Kollegen schon mal zurückfahren.«

Bernadette wies auf ihr Auto, aus dem der Freak gerade ihren Alukoffer lud. »Schickt bitte die Kollegen von der Spurensicherung her, wenn ihr wieder in Hellersberg seid, sie sollen sich die Höhle ansehen.«

»Das wird kaum noch nötig sein, Herr Trost ist in allen Fällen geständig. Nur dass sein eigentliches Zielobjekt tot ist, haben wir ihm bislang nicht verraten.«

Charlotte sah Vanessa an und legte ihr einen Arm um die Schultern. »Ich wusste einfach nicht, wie er reagieren würde, wenn wir ihm das erzählen. Und du hast das wohl zum Glück genauso gesehen. Ich wollte bei einem solchen Einsatz gar nicht an vorderster Front dabei sein, aber es ist schön, zu wissen, dass man Kollegen hat, auf die man sich, wenn es darauf ankommt, absolut verlassen kann.«

Als Vanessa auf den Eingang zur »Post« zuging, war es schon dunkel. Gunter war mit Trost nach Trier ins Krankenhaus gefahren, von wo aus dieser direkt in Untersuchungshaft wandern würde. Für heute hatte Vanessa endlich frei, nachdem dieser Tag endlos lang gewesen zu sein schien. Durch die Fenster konnte Vanessa sehen, dass die Gaststube zum Bersten voll war, und sie konnte sich vorstellen, wie viele Fragen auf sie einstürmen würden, wenn sie jetzt hineingehen würde. Gerade als sie die Hand auf den Türgriff legte, zeigte ihr Handy mit einem Summen den Eingang einer SMS an.

Es war Johannes, der Vanessa die Tür öffnete. Er nahm sie in die Arme und beglückwünschte sie zu ihrem Erfolg.

»Glückwunsch auch von Jonas. Ich musste ihn einfach auf dem Handy anrufen und ihm erzählen, wie alles ausgegangen ist. Ich hoffe, es war dir recht.«

»Sehr sogar, ich wollte ihm nachher auch noch eine E-Mail schreiben.«

Aus der Küche roch es verführerisch nach Zwiebelkuchen.

»Ich habe Federweißen aus Trier mitgebracht, Paps hat Zwiebelkuchen gebacken, und wir haben gehofft, dass du vorbeikommen würdest.«

Er nahm Vanessa den Mantel ab und führte sie ins Wohnzimmer, wo ein gemütliches Kaminfeuer prasselte. Beim Essen mit Johannes und Hajo fasste Vanessa die Ereignisse des Tages so kurz wie möglich zusammen.

»Was war in diesem Kanister?«, fragte Hajo.

Vanessa lachte auf. »Hätten wir gewusst, dass er nur Olivenöl enthielt, hätten wir uns weniger Sorgen gemacht. Trost hatte in dem vorderen Seitengang, den wir zunächst gar nicht gesehen haben, einige Materialien gelagert, unter anderem ein von ihm geschweißtes Gestell, in das er ein ewiges Licht einhängen konnte. Und das wird traditionell mit Olivenöl gefüllt. Er war wirklich detailverliebt bei allem, was mit Kirche zusammenhing.«

»War der Pastor euer Bauernopfer?«, fragte Johannes.

»Selbstverständlich ist es schlimm, dass wir es nicht verhindern konnten. Es lag seit Tagen der Druck auf uns, diesen letzten Mord nicht zustande kommen zu lassen. Wir haben dem Pastor vorgeschlagen, sich Schutz in einem Kloster oder bei Verwandten zu suchen, bis wir den Täter haben, aber er hat sich geweigert. Hätte er früher gestanden oder hätte es eine konkrete Anzeige gegen ihn gegeben, hätten wir ihn inhaftieren können, aber so waren uns leider die Hände gebunden. Dabei haben wir aber nicht geahnt, dass die Schuld, die er auf sich geladen hatte, ihn zu solch einem Schritt bewegen würde. Ich glaube aber, dass er sich unabhängig von der Ergreifung des Täters umgebracht hätte. Es war wohl eher seine Schuld, an der er zerbrochen ist, als die Angst.« Sie wandte sich an Johannes: »Wie geht es dir damit?«

Der nuckelte an seinem jungen Wein und dachte längere Zeit nach. »Ich glaube, keiner von denen, die damals Opfer waren, hätte Trost aufgehalten, wenn sie begriffen hätten, welches Spiel er gespielt hat«, meinte er schließlich. »Er hat sich stellvertretend für alle Opfer gerächt, auch wenn es vermutlich keinem von ihnen mehr nützt. Aber möglicherweise können die Zwillinge wieder auf die Beine kommen, wenn sie wissen, dass der Pastor tot ist. Vielleicht kommen unsere Klassenkameraden, die bis ins Ausland vor ihrer Vergangenheit davongelaufen sind, endlich wieder einmal nach Hellersberg, nun, da ihr Peiniger nicht mehr lebt. Für sie ist der Tod des Pastors sicherlich heilsamer, als es seine Inhaftierung gewesen wäre.«

Vanessa nickte und schwieg lange. »Die ganze Sache ist schon traurig, aber irgendwie habe ich auch Verständnis für Trost. Trotzdem gibt es für solche Fälle Gerichte, Selbstjustiz ist nie der richtige

Weg. Aber für mich dürfte der Fall damit abgeschlossen sein. Ich werde Charlotte fragen, ob sie den Opfern psychologische Unterstützung vermitteln kann.«

»Heißt das, du arbeitest künftig wieder in Trier?«, fragte Hajo traurig.

»Ich denke, meine Arbeit in Hellersberg dürfte vorbei sein, aber wie es weitergeht, weiß ich erst in ein paar Tagen. Ich habe das Leben hier aber trotz allem richtig genossen.«

»Wie geht es eigentlich beruflich bei dir weiter, wenn du nicht mehr unter deinem Exfreund weiterarbeiten möchtest?«, erkundigte sich Johannes.

»Diese Arbeit als Springer hat mir ehrlich gesagt sehr viel Spaß gemacht. Ich könnte mir gut vorstellen, auch in Zukunft im Trierer Umland eingesetzt zu werden, wenn dort das Fachwissen der Kriminalpolizei gebraucht wird. Heiner Landscheid mag für die Polizeiarbeit, die im Hochwald üblicherweise anfällt, sehr gut geeignet sein, und er findet sicher auch die ein oder andere unkonventionelle Lösung, um den Frieden untereinander zu sichern. Ich bin überzeugt, er macht im Alltag einen guten Job, aber Kapitalverbrechen wie Mord sind Sache der Kripo. Und so wird es überall rund um Trier aussehen. Aber auch an der Mosel, in der Eifel oder im Saargau geschehen Verbrechen, bei deren Aufklärung erfahrene Kriminalkommissare gebraucht werden. Diese Arbeit könnte ich mir für die nähere Zukunft vorstellen. Aber ungeachtet dessen hat Georg mir heute verraten, dass er zum Jahresende nach Mainz geht und vorher Urlaub abbaut. Ich überlege trotzdem noch, ob ich wirklich in die Wohnung, in der ich mit ihm gewohnt habe, zurückgehen soll oder ob ich mir auf dem Land etwas suchen soll. Es hat Charme, hier zu wohnen.«

»Das denke ich mir auch«, stimmte Johannes zu. »Lenny hat irgendeinen obdachlosen Künstler bei uns einquartiert, auf dessen Vernissage sie gestern war. Und ich glaube nicht, dass er nur mit Lenny frühstückt, darum habe ich mein Bett geräumt und werde vorerst bei Paps wohnen.«

»Du weißt, dass Katharinas Zimmer leer steht«, bot Hajo Vanessa an. »Wenn du also nicht nach Trier zurückmöchtest, bist du hier gern gesehen.«

Johannes umfasste Vanessas Hand, in der sie die Gabel hielt, und drückte sie leicht. »Ich mache gern den Umzugshelfer, wenn du herziehen möchtest. Du kannst doch unseren schönen Hochwald nicht wirklich verlassen.«

»Den wundervollen Hochwald, in dem es sich so trefflich morden lässt. Wir werden sehen, was kommt, ich bin offen für alles. Aber lasst mich bitte erst einmal ausschlafen, heute Abend kann ich nicht mehr klar denken«, bat Vanessa.

»Wer hätte vor ein paar Wochen, als du zu uns kamst, gedacht, dass Täter zu Opfern werden und Opfer zu Tätern?«, überlegte Hajo laut. »Dein Schlafanzug liegt noch oben.«

Dank

Wir danken unseren tapferen Testlesern Anette, Christa, Lukas, Marcus und Renate dafür, sich durch unser Erstlingswerk gekämpft und uns mit zahlreichen Hinweisen, mit Kritik, Lob, Fragen und Anekdoten immer wieder unterstützt und bestärkt zu haben. Mit euch morden wir in jeder Lebenslage und in jeder Region immer wieder gerne!

Wir danken opencaching.de, dass wir mittels ihrer Internetseite dieses wundervolle Hobby in Auszügen etwas näher erläutern dürfen. Weitere Informationen unter www.opencaching.de:

Name: Wähle einen verständlichen Namen, der den Cache oder seine Umgebung beschreibt. Verwende verschiedene Namen für verschiedene Caches.

Koordinaten: Der Ort, an dem der Cache versteckt ist, oder der Startpunkt oder Parkplatz bei einem mehrteiligen Cache. Wenn der Ort oder Startpunkt errätselt werden muss: eine beliebige Koordinate im Zielgebiet, damit man den Cache auf der Karte finden und die ungefähre Entfernung abschätzen kann.

Land: In welchem Land liegt der Cache? Besonders wichtig ist diese Angabe bei Caches in Grenznähe.

Bewertung: Schwierigkeit und Gelände: Auf einer Skala von 1 bis 5 wird angegeben, wie schwer die gestellte Aufgabe zu lösen und der Cache zu finden ist beziehungsweise wie anspruchsvoll der Weg zum Cache ist.

Cacheart: Es gibt mehrere Möglichkeiten, einen Cache zu gestalten:

Normaler Cache (»Tradi«): Die eingetragenen Koordinaten geben möglichst genau die Cacheposition an. Der Cache ist zum Beispiel eine Dose mit Logbuch darin, und zum Finden und Öffnen des Caches sind keine Rätsel oder Aufgaben zu lösen.

Drive-in: Wie ein normaler Cache, jedoch gibt es sehr nahe beim Cache einen Parkplatz. Es wird keine Spezialausrüstung benötigt.

Multicache (»Multi«): Die angegebenen Koordinaten geben nicht die Cacheposition, sondern den Startpunkt für die

Suche nach dem Cache an. Von dort aus kann er durch das Lösen von Aufgaben oder Rätseln und/oder durch das Finden von Zwischenstationen erreicht werden. Die Lösung der Aufgaben und Rätsel muss vor Ort möglich sein.

Gefährliches Gebiet: In dem Gebiet, wo der Geocache versteckt wurde, ist mit Gefahren zu rechnen. Mit diesem Attribut kann man auch auf Gefahren aufmerksam machen, die nicht auf den ersten Blick offensichtlich sind. Das können zum Beispiel stark befahrene Straßen, steile Abhänge oder Steinschlag sein. Deshalb sollte man bei Geocaching-Touren mit Kindern oder größeren Gruppen entsprechende Vorsichtsmaßnahmen ergreifen und je nachdem auch auf die Witterung achten (zum Beispiel Regen bei steilen Abhängen). Näheres zu den Gefahren ist in der Cachebeschreibung erläutert.

Dornen: In der Nähe des Geocaches gibt es Dornen. Für die Suche sollte man entsprechende Handschuhe und Kleidung parat haben.

Zecken: Je nach Saison gibt es in dem Gebiet besonders viele Zecken. Es wird daher empfohlen, entsprechend lange Kleidung zu tragen und nach der Cachetour nach Zecken Ausschau zu halten.

Nahe beim Auto: Der Parkplatz befindet sich in unmittelbarer Nähe zum Geocache. Es sind nicht mehr als einige Schritte notwendig, um den Geocache zu finden.

Längere Wanderung: Bei diesem Cache erwartet euch eine längere Wanderung. Geocaches, bei denen der kürzeste Fußweg vom Parkplatz zum Geocache und zurück weiter als 5 Kilometer ist, sollte man dieses Attribut zuweisen. Im Gebirge und entsprechenden Steigungen ist das Attribut auch bei kürzeren Wegstrecken sinnvoll. Gute Wanderschuhe und entsprechende Ausrüstung empfehlen sich.

Nur bei Nacht: Der Geocache kann nur bei Nacht gelöst werden und wird deshalb Nachtcache genannt. Zum Beispiel müssen Reflektoren mit einer Taschenlampe angeleuchtet werden, die dann den Weg zum Versteck zeigen. Bitte gegebenenfalls auch das Attribut »Taschenlampe« setzen.

Rund um die Uhr machbar: Dieser Cache ist jederzeit machbar, sowohl am Tage als auch in der Nacht.

Nur zu bestimmten Uhrzeiten: Dieser Cache lässt sich nur zu bestimmten Tageszeiten absolvieren. Nähere Angaben sind in der Beschreibung des Caches zu finden. Der Cache kann zum Beispiel auf einem Gelände mit festgelegten Öffnungszeiten versteckt sein.

Ganzjährig zugänglich: Dieser Cache lässt sich während des gesamten Jahres finden, wobei je nach Jahreszeit die Schwierigkeit bei der Suche schwanken kann. Die Schwierigkeit soll bei guten Bedingungen angegeben werden.